L'ENFANT DU BOSPHORE

DU MÊME AUTEUR

Manhattan désarroi, Payot, 1991
Le Souligneur, Stock, 1992
De la bouche des enfants, Stock, 1993
Avant de te dire oui, Stock, 1995
Maximum, Stock, 1996
Pitch, NiL, 2000

CAROLINE BONGRAND

L'ENFANT DU BOSPHORE

roman

ROBERT LAFFONT

ISBN 2-221-10339-4

« Là où il n'y a pas d'homme, efforce-toi d'en être un. »

HILLEL, *Pirké Avoth* 2, 6.

Sais-tu ce qu'ils disaient alors ? Ils disaient cela : qu'une mère reconnaît toujours les cris de son enfant. Et qu'elle sent de quel côté va le vent, lorsqu'il est en mer, et ce, bien qu'elle se trouve, elle, sur la terre ferme. Que sa bouche est sèche lorsque son enfant a soif, même s'il se trouve à des milles de son cœur. Que son estomac la brûle si c'est la faim qui le torture. Ils disaient aussi qu'un fils sait toujours où trouver sa mère. Mais ce qui m'a le plus frappé, c'est lorsqu'ils ont commencé à parler de la mort. Selon eux, une mère ne peut pas trouver la mort – ils disaient trouver la mort comme on dit trouver le sommeil – tant qu'elle ne sait pas son enfant en sécurité. En sécurité, il faudrait savoir ce qu'ils entendent par là. Eh bien voilà ce qu'ils m'ont dit : si l'enfant est en danger, la mère attend, elle attend qu'il soit tiré d'affaire, et s'il est en mer, qu'il ait mis le pied sur le rivage, et s'il est poursuivi par des affreux, qu'il ait pris suffisamment de distance pour être hors d'atteinte. Et elle n'a même pas besoin de le voir une dernière fois. Non, elle sent qu'il est maintenant à l'abri. Alors, elle sourit une dernière fois, et la voilà partie. Et si l'enfant ne parvient pas à trouver la tranquillité, je veux dire par là si, malgré les vœux de sa mère, et son ingéniosité à lui, la vie continue d'être dure et périlleuse, alors... alors, il condamne sa mère à devenir un être immortel. Enfin, ça, c'est ce qu'ils racontaient.

Le chemin

Eliezer gardait les yeux rivés sur le petit sentier terreux, attentif à ne pas placer son pied malheureusement et se tordre la cheville ou encore trébucher et laisser s'échapper le paquet de draps. Une famille grecque lui avait commandé un trousseau pour l'enfant à venir – ils attendaient la naissance pour la semaine suivante. Du coton d'Égypte de la plus belle qualité et d'un blanc parfait, qu'il avait fait, à leur demande, broder en chaque coin d'une croix d'or par l'une de ses ouvrières.

C'était un paquet bien lourd. On connaît les mères. Elles veulent tout pour leur enfant, et plutôt trop que pas assez. C'est qu'un petit, ça se change, et souvent. Le temps de laver les langes, de les faire sécher au soleil... Bien sûr, on pouvait laisser le petit ou la petite les fesses à l'air, calé sur un lit de cendres. Mais une vieille histoire qui n'était pas une légende circulait dans la ville, une histoire horrible de brindille mal éteinte sous la cendre – le bébé avait brûlé, et tout le quartier avec. Et depuis, les mamans ne voulaient plus faire confiance à la méthode ancestrale, pourtant si pratique. Désormais, elles préféraient toutes plus de linge, et plus de travail, plutôt que de prendre le risque du malheur.

Les ruelles qui mènent des rives du Bosphore à la tour de Galata étaient bien abruptes, et le marchand devait se montrer extrêmement agile et souple, monter quatre ou cinq marches d'un même élan, au risque de retomber en arrière. De temps à autre, il s'arrêtait pour reprendre son souffle, puis repartait. Tandis qu'il s'apprêtait à s'engager dans le chemin pentu qui mène à la tour génoise, il trouva l'accès barré. Deux agents de l'Empire orientaient les passants vers une autre artère sous prétexte qu'ici se construisait une fontaine.

Eliezer sourit. Ce n'était pas la première fois, ni sans doute la dernière, qu'on lui demandait de changer d'itinéraire. N'était-ce pas là précisément la destinée de son peuple ? Ils s'étaient éparpillés déjà plusieurs fois, sur toutes les routes du monde, cherchant asile, cherchant la paix. Certains avaient cru la trouver, en Espagne, pour l'éternité. N'y avaient-ils pas vécu plus de mille années, avant d'y être impitoyablement persécutés ?

Un souverain, un seul, s'était alors penché sur leur sort : Bayezid II, béni soit son nom, sultan du grand Empire ottoman, qui, révolté par la situation autant qu'intéressé, avait ouvert les portes de son empire et fait savoir qu'ici, enfin, les Juifs d'Espagne pourraient vivre comme ils l'entendaient, qu'ils pourraient pratiquer leur culte et exercer leurs métiers. Jamais ils ne seraient inquiétés. Mieux encore : ils seraient protégés.

Ils étaient arrivés ici sur des caravelles semblables à celles de Christophe Colomb, dont certaines avaient été affrétées par le sultan lui-même. Des dizaines de milliers d'hommes, de femmes, d'enfants brisés d'avoir quitté la terre qui était devenue la leur, heureux malgré tout d'être en vie, et reconnaissants, à jamais, à celui qui avait pris la décision de les sauver.

Istanbul.

Depuis presque deux siècles, ils y étaient heureux, prospères et respectés.

Arrivé au pied de la tour, Eliezer compta les maisons sur la gauche du premier minaret de la mosquée avoisinante, poussa un portail, s'engagea dans une petite allée jusqu'à ce qu'il se trouve devant une vaste maison de bois à deux étages. Il frappa à la porte et, sans tarder, une très jeune servante, une enfant encore, l'invita à entrer. Une fois à l'intérieur, elle le conduisit à l'étage. C'était là que se trouvait la maîtresse de maison, allongée sur un épais matelas, les pieds surélevés par deux larges coussins posés l'un sur l'autre, le visage bouffi et les yeux en peine. Son ventre montait vers le ciel comme la colline sur laquelle était construite sa maison. Elle offrit un faible sourire au marchand qui s'inclina légèrement.

La servante défit le paquet. Elle présenta les draps à Athina pour que, du bout des doigts, celle-ci en apprécie le coton, si finement tissé, si soyeux, et pourtant bien résistant. La jeune fille les déplia un à un avec une infinie précaution en s'extasiant sur la qualité du travail. Son enthousiasme et sa joie dépassaient largement celles de la future mère, vaincue par l'extrême fatigue et assaillie sans cesse par ces douleurs subites et brutales qui la faisaient interrompre ses commentaires de cris aiguisés comme les couteaux qui semblaient la traverser.

Chacun de ces cris faisait sursauter le marchand. La domestique se tournait alors vers lui et, dans un geste d'apaisement, l'invitait à s'asseoir. Eliezer se rasseyait. À chaque article déplié et présenté, Athina effectuait un petit mouvement de tête, en signe de contentement, à l'endroit du marchand. Lorsque la servante eut fini de montrer les draps à sa maîtresse, celle-ci lui glissa un mot à l'oreille. La jeune fille se dirigea alors vers une autre pièce. Un nouveau cri strident et bref fit sauter de son siège le marchand. Il se rassit aussitôt.

Quelques instants plus tard la servante réapparut, tenant dans le creux de sa main gauche une petite bourse de soie crochetée contenant une pièce d'or, et dans la droite un gobelet d'eau fraîche. Elle tendit l'eau au Juif, qui s'en désaltéra volontiers. Puis elle lui remit la bourse. Le drapier remercia Athina d'un mouvement de tête, tandis que celle-ci répondait d'un haussement de sourcils. Puis il poussa la porte de la maison. Il avait rempli sa mission.

Lorsqu'il se retrouva dehors, il fut frappé par la vue des arbres, des dômes, des minarets, des collines et des jardins. En face de lui, sur l'autre rive, se dressait, fier, immense, le palais du sultan. Le Bosphore étincelait de mille éclats sous un soleil digne de la *Sefarad** [1] perdue. Dans quelque direction que s'aventure le regard, tout n'était que beauté, lumière, émerveillement.

Sans aucun doute possible, la plus belle ville du monde.

---

1. Les mots suivis d'un astérisque sont définis dans le glossaire en fin d'ouvrage.

La naissance

Les draps étaient là, l'enfant pouvait venir. Et cela ne tarda pas. Voilà que les douleurs se firent continues et insupportables. La femme pleurait, criait, s'étouffait tant elle avait mal. La servante, affolée, s'en alla frapper à la porte des voisins, qui s'empressèrent à leur tour de frapper aux portes des maisons les plus proches pour répéter la nouvelle – la Grecque allait donner naissance à son enfant, ce n'était plus qu'une question d'instants. De maison en maison, de ruelle en ruelle, tandis que le groupe grossissait, on fut mis au courant, de Balat à Djibali, et en moins de temps qu'il n'en faut pour faire cuire une poule, que le bébé de Constantin Nikolayos s'apprêtait à sortir des entrailles de sa femme Athina, et qu'il avait intérêt à venir voir ça, avec une sage-femme, parce que le cordon ne se couperait pas tout seul. Et puis une femme, il faut la soutenir. Lui mettre un linge froid sur le front, lui prendre la main, l'encourager, encore que, si la situation l'exige, elle puisse s'en sortir sans aide.

Dans l'agitation de l'après-midi finissant, ce petit monde réalisa tout à coup qu'Athina était restée seule.

Tous et toutes se bousculèrent vers sa maison, à Galata. La pauvre femme avait perdu les eaux et ses yeux étaient exorbités de frayeur. Les trois quarts des visiteurs, rassérénés de constater que la Grecque avait assez de monde pour la soutenir, l'aider, l'encourager, présentèrent leurs hommages au futur père et quittèrent la maison pour retourner à la leur.

Il ne restait plus qu'un noyau d'une douzaine de personnes. Dans la pièce à côté, buvant de l'eau parfumée au fenouil ou du café. Assis sur les banquettes en bois recouvertes de grands coussins damassés rectangulaires, avec des broderies de fil d'argent à chaque coin. C'était le premier enfant de Nikolayos. Il espérait que ce serait un fils. À vrai dire, il n'en doutait pas : la forme du ventre de sa femme ne faisait, selon ses sœurs et sa vieille mère, pas l'ombre d'un doute. Un ventre « qui avance comme ça », qui semble vouloir s'élancer vers le ciel, tandis que la femme est allongée, un ventre aussi oblong, presque pointu, c'était un mâle, à coup sûr. Ces commentaires, qui avaient fleuri dans la famille dès le cinquième mois de grossesse, avaient empli de fierté le Grec. Un fils. Un fils qui perpétuerait son nom !

Le marchand de douceurs, qui se promène dans les ruelles avec, sur son plateau de cuivre, ses courabiers présentés en enfilade sur une tige de bois, s'était aussitôt présenté chez Nikolayos, qui lui avait acheté tous ses sablés. Mais pour la naissance d'un fils cela ne suffirait pas, et la jeune servante confectionnait maintenant, et à grande hâte, un gâteau aux noix pilées et aux amandes fraîches dont l'arrière-grand-mère de Nikolayos avait apporté la recette en quittant Trébizonde, presque un siècle auparavant.

Le travail avait commencé, encouragé par la sage-femme. La douleur, insoutenable, faisait hurler Athina.

— Je n'y arriverai pas, criait-elle. Je n'y arriverai pas !

— Toutes les femmes y arrivent, Athina. Toi comme les autres.

Athina poussa à nouveau un hurlement, et il dura, dura. La sage-femme en conçut un certain agacement. Était-il vraiment nécessaire de faire tout ce bruit ? Elle s'approcha du visage de la future mère et lui donna une claque sèche sur la joue. Athina, surprise, porta sa main enflée à son visage.

La sage-femme alors lui lança un regard de défi, et présenta sa main, l'air menaçant. Encore un cri comme ça, et tu en auras une autre, disaient ses yeux. Comment Athina pourrait-elle ne plus crier ? L'enfant qui passait dans son bassin lui faisait mal, elle n'y pouvait rien. Crier, c'était plus fort qu'elle. Je crierai si je veux, pensa-t-elle. Pourquoi cette vieille sage-femme venait-elle la contrarier à cet instant si crucial de l'existence ? La douleur réapparut et les cris reprirent de plus belle. La sage-femme donna une nouvelle claque à la Grecque.

— Tu n'as pas encore compris ? lança-t-elle.

— Laisse-moi tranquille ! cria Athina.

Et voilà que soudain, la douleur disparut. Athina regarda la sage-femme, prudente. La douleur faisait sans doute une pause, elle reprendrait plus cruellement encore dans un instant.

Mais non, elle ne reprit pas.

— Est-ce que c'est normal ? demanda Athina.

— Quoi ?

— Je ne sais pas, répondit Athina, perplexe. Je n'ai plus mal.

Elle sentit alors un drôle de mouvement entre les parois de son bas-ventre. Était-il possible que le bébé ait compris qu'il devait aider sa mère, que, seule, elle n'y arriverait pas ? L'enfant avait placé ses mains de telle sorte qu'elles lui frayent un passage, puis, comme un petit explorateur, il s'était extrait de ce ventre pour libérer sa mère chérie, et ce, sans même qu'elle ait eu besoin de l'expulser. Elle se trouva bête, à bout de souffle, devant cette petite chose, montrant son visage fripé, jaunasson et recouvert d'un fin duvet. Le nouveau-né fit mine de regarder autour de lui et se mit à hurler.

— Ça alors ! s'exclama la sage-femme.

— Mon enfant ! cria Athina.

Il était l'avenir et le passé, il portait en lui toute une vie qui le conduirait dans l'autre siècle, il garderait en lui trace des accomplissements, des peines, des voyages, des migrations, des émotions. Il était le trait d'union entre les mondes, celui qui porte le cahier et qui n'en écrirait qu'une page, rangeant sa mère aussitôt du côté du passé, tandis qu'un instant avant sa naissance elle était encore l'avenir. Il aurait lui-même des enfants, qui auraient des enfants, et cela nous mènerait loin, si loin, aussi loin peut-être que le XXe siècle ! Comme elle l'aimait, son enfant, comme elle l'aimait ! Elle tendit ses bras pour l'attraper et le serrer contre elle, contre son cœur – pas trop vite le vide de la séparation, qu'il lui tienne encore chaud au ventre. Oui, elle avait voulu s'en défaire, il y a quelques minutes de cela, à cause de la trop grande douleur, mais non, elle ne voulait jamais qu'on les sépare, elle l'aimait trop, elle l'aimait tant, déjà, et elle l'aimerait toujours ! Elle tendit amoureusement les bras vers le bébé tant chéri, mais son époux qui venait d'entrer dans la pièce saisit le frêle enfant avant elle. La mère se retrouva hébétée, les mains tendues vers le vide. C'est alors qu'elle entendit la voix de son mari.

— C'est un garçon ! J'ai un fils !

D'un coup sec, la sage-femme coupa le cordon, puis elle enfonça sa main là d'où était sorti le bébé, et sans faillir fouilla le ventre de l'accouchée – sensation insupportable qui fit crier de nouveau Athina – pour la « délivrer » de la poche de placenta.

Et puis plus rien. Athina entendait bien son bébé chouiner, mais avec cela, ni rires, ni un mot de l'un ou de l'autre, rien. Pourquoi Constantin, d'habitude si bavard, ne parlait-il pas ?

Athina était trop fatiguée. Après tout, elle se fichait pas mal de tout. Pourvu qu'il lui ramène vite son enfant. Un petit garçon. Un tout petit garçon. Contre sa peau, contre son cœur. Comme elle était impatiente de le tenir contre elle ! Elle l'attendait. Sa vie était comme suspendue. Qu'on le lui ramène, qu'elle lui donne son amour, son lait, ses regards, sa tendresse de mère. Un garçon, un si beau petit garçon. « Mon bébé, cria-t-elle. Amenez-moi mon bébé ! »

Dans la pièce à côté, Constantin tenait le bébé à bout de bras devant la sage-femme embarrassée. Ses yeux étaient comme accrochés au sexe de l'enfant.

— Pourquoi ça arrive à mon fils ?

— Je n'en sais rien, balbutia la sage-femme.

— C'est une malédiction !

— Ne dites pas ça, reprit la vieille.

— C'est une malédiction ! répétait le père.

— Votre fils est en bonne santé, il est beau comme tout.

Méthodiquement, froidement, le père enveloppa le bébé dans les draps d'Eliezer, les beaux draps tout neufs, les beaux draps de coton d'Égypte de la plus belle qualité, le bébé qui gueulait parce qu'il avait faim et qu'il voulait le lait de sa mère. Et que tant qu'on ne le lui donnerait pas, il gueulerait comme ça, et peut-être même plus fort encore.

— Les enfants nous sont envoyés par Dieu, balbutia la vieille. C'est Dieu qui a voulu que le vôtre soit comme ça.

— Dieu ? Mais qu'est-ce que vous dites ? Mon Dieu n'a certainement pas voulu ça.

Le Grec mit le bébé dans les bras de la sage-femme et lui ordonna d'« aller le mettre où elle voudrait », parce qu'il n'en voulait pas. La sage-femme prit l'enfant dans ses bras en secouant la tête, le visage sévère. Il n'avait pas le droit de faire ça. Ni à la mère ni à l'enfant. Ce n'était rien, ce n'était rien du tout ! L'important, c'est que c'était son enfant. Tout en marmonnant à voix basse – qu'Athina n'entende pas, surtout, qu'elle n'entende pas –, la sage-femme s'obstinait à emmailloter le bébé, comme si en lui ajoutant des épaisseurs elle avait pu le protéger, lui fabriquer une carapace pour l'existence. En quelques instants le nouveau-né se retrouva complètement prisonnier, tous ses membres immobilisés, dans un état de frustration terrible, et avec le sentiment tout à fait désagréable de ne pas recevoir l'accueil qu'il méritait. Le Grec n'était pas heureux des remarques de la sage-femme, et il le lui fit savoir.

Celle-ci se mit alors à secouer l'enfant comme une salade que l'on vient de laver et que l'on cherche à débarrasser de son eau. Elle ne le secouait pas : elle se secouait tout entière avec lui, désemparée, non pas parce qu'elle crevait de faim, comme lui, mais parce qu'elle crevait de peur.

Si petit, il était si petit. À peine né, et il fallait déjà le protéger de la malveillance des hommes ?

Constantin Nikolayos hurla le nom de la jeune servante si fort que le bébé, terrorisé, s'arrêta un instant de brailler. Mais juste un instant. Il reprit ses gémissements – semblables à ceux d'un autre mais en réalité comparables à aucun. Eyet arriva, tremblante, les mains pleines de pâte à gâteau. Un mélange de miel, d'œufs frais, de noix pilées et d'amandes. Au dernier moment, avant de mélanger – cela différerait un peu de la recette, mais elle n'avait pu s'en empêcher, cela sentait si bon, et ça lui semblait être une bénédiction –, elle avait ajouté une goutte de cette fleur d'oranger que quelqu'un avait apportée et dont on disait qu'elle apaisait les bébés. Une seule goutte, personne ne le remarquerait.

La mère, pantelante, était restée seule dans la chambre. Déchirée d'être ainsi amputée de son enfant, elle rassembla son courage et, lentement, remua une jambe, la replia, puis fit de même pour l'autre, et posa enfin les deux pieds sur le sol. Elle prit appui tant bien que mal sur le matelas, s'agrippa fermement à une table et se leva. Il lui fallait retrouver son petit. Elle poussa la porte, murmurant de sa voix la plus douce : « Mon bébé, où es-tu mon bébé ? » « *Paedi mou ? pou eisai paedi mou ?* » Elle se réjouissait. Dans quelques instants seulement il serait là, contre elle. Comme il lui manquait, déjà. Quel ingrat, ce Constantin, de le lui avoir enlevé.

Nikolayos arracha l'enfant des mains de la sage-femme pour le placer dans celles, collantes et grumeleuses, de la servante, parfumant ainsi les draps d'Eliezer d'amande et de fleur d'oranger.

Eyet devait prendre ce bébé et l'emmener où elle voudrait – ça n'avait aucune importance, du moment que c'était loin, très loin d'ici.

La petite servante ne comprenait pas. La petite servante ne comprenait rien. Il se passait quelque chose de terrible, d'infamant, mais quoi ?

« Mon bébé ? Où es-tu mon bébé ? », répétait Athina.

Tandis que la mère s'avançait vers l'escalier qui menait au salon, elle sentit tout à coup, en plus de son cœur qui s'emballait étrangement dans sa poitrine, comme un deuxième cœur, dans le ventre cette fois, qui battait beaucoup plus vite, beaucoup trop vite, de plus en plus vite, et fort. Il était arrivé quelque chose au bébé. Où était-il ? Elle devait lui donner le sein ! C'était ça qu'elle devait faire, le nourrir ! C'était cela qui était prévu par la nature ! Et le serrer contre elle – elle ne l'avait toujours pas serré contre elle. Il l'appelait au secours, elle le sentait. Non, elle se faisait des idées. Elle fut saisie d'un vertige, comme si elle découvrait en elle-même un gigantesque précipice.

Elle manqua défaillir, mais s'accrocha de toutes ses forces à la rampe de bois lisse. Elle essayait de descendre cet escalier le plus vite possible. Son bébé était en danger. Elle en était sûre maintenant. Ne pas tomber. Rester vaillante. Elle seule pourrait le sauver.

Lorsqu'elle ouvrit la porte donnant sur le salon, elle, en cheveux, en sueur, en chemise tachée de sang, elle qu'il ne fallait pas voir, surtout pas dans cet état-là, elle balaya l'assemblée du regard, mais elle ne put apercevoir son enfant. Tous se retournèrent sur elle, et son mari, alors, annonça :

— Il y a eu un problème. Il n'y a plus de bébé.

On entendit alors comme un murmure ému de l'assistance. Un « ah », prolongé, qui fit aussitôt place à un pesant silence. Et puis ce fut un bruit terrible, celui d'une masse qui s'effondre sur le sol, cassant une chaise au passage.

Ce jour-là, et bien que M. Constantin Nikolayos soit un Chrétien, et non un sujet de Mahomet le Prophète, il décida que la mère de l'enfant serait répudiée, et plus précisément jetée à la rue. Si « cela » s'était produit une fois, cela pouvait se reproduire. Et « cela » était proprement inacceptable. Qu'ils puissent penser que nous sommes des Juifs ? Nikolayos, en bon Grec, ne pouvait pas le tolérer. L'homme n'était plus que haine et dégoût et son visage, autrefois presque beau, s'en trouvait maintenant déformé en la plus totale laideur.

Après le départ des amis et de la famille, Constantin Nikolayos engagea quelques hommes pour porter Athina sur l'un des terrains en friche qui bordent le Bosphore, de ce côté-ci de la Corne d'Or.

Allongée à même le sol, celle qui avait tout perdu.

Mais elle était vivante. Et cela lui laissait penser que son enfant aussi. Pourquoi Dieu la maintiendrait-il en vie si son bébé ne l'était pas ? Elle s'accrocha à cette idée pour ne pas devenir folle. La folie, n'était-ce pas un moyen comme un autre de survivre à la douleur ? N'était-ce pas une invention de Dieu lui-même ? Lâcher la terre sous ses pieds, et s'envoler.

Et comme, orpheline depuis l'âge de trois ans, elle n'avait pas où aller, elle décida qu'elle resterait là en attendant Dieu. Lui seul pourrait la sauver. C'est-à-dire lui rendre son enfant. Ou tout au moins le protéger. Et pour cela, comme une folle, maintenant, elle priait.

Qu'il tombe en de bonnes mains. À l'abri des méchants. Loin des dangers. Que la chance l'accompagne. Qu'il ait de quoi manger. Qu'il grandisse robuste, et fort, et en bonne santé. Qu'il soit protégé.

Elle priait tout haut et, sans pouvoir s'arrêter, en même temps, elle pleurait.

Il y avait donc deux façons d'être orphelin en ce monde, par les racines, et par les branches.

La figue

Eyet se dépêchait autant qu'elle le pouvait, dévalant les ruelles et prenant les tournants les uns après les autres. Le Grec avait ordonné : « loin et vite ».

Mais sitôt qu'elle approcha le bas de la colline, elle prit peur. Avec les bateaux, le passage, qui sait ce qui arriverait au bébé ? Non. Il valait bien mieux qu'il reste là-haut, dans son quartier. Elle avait peur, pour lui et pour elle. Elle était trop jeune, on l'accuserait de l'avoir volé. Il fallait vite s'en débarrasser. Et aussitôt avait-elle formulé cette pensée qu'elle s'en voulut. Comment pouvait-on se débarrasser d'un si petit bébé ! Elle trouva refuge sous un grand arbre, immense.

— Il a décidé de t'enlever à ta maman, je ne sais pas pourquoi. Je te le jure. Je ne suis pas d'accord avec ce qu'il m'a demandé de faire tu sais, mais j'ai des petits frères à nourrir, et si je ne fais pas ce qu'il dit je risque de perdre ma place. J'espère que tu me pardonnes. Tu me pardonnes n'est-ce pas ? Où est-ce que je vais t'emmener maintenant ? Tu es un si beau bébé. Mais comme tu pleures ! Si seulement tu t'arrêtais de pleurer un instant, je pourrais réfléchir à l'endroit où je vais te laisser. Mais tu pleures tout le temps, c'est parce que tu as faim. Il ne t'a pas laissé le temps de téter ta mère, rien qu'une fois. Et toi tu as faim, tu veux manger. Et si je te donnais mon sein, mon sein qui n'a pas de lait, tu crois que cela te calmerait ? Quand mon frère Asim était petit, on lui donnait un bâtonnet de cuir, et il le mâchouillait. C'était la seule façon d'avoir la paix. Qu'est-ce que je pourrais te donner ?

Elle se cacha dans la cour d'une maison et, s'appuyant contre un mur, déboutonna sa chemise et donna son sein plat au bébé qui, immédiatement, se mit à téter. Elle pouvait enfin réfléchir. Enfin, presque. Il la pinçait, l'aspirait, la suçait si fort et si goulûment, le petit saligaud. Il lui faisait mal, peut-être même qu'elle saignait. Et voilà que tout à coup, elle sentit comme des choses à l'intérieur de son ventre de vierge. Oh, mais qu'est-ce qu'il faisait là ! On aurait dit que par son sein il voulait aspirer son hymen. Mais non, ce n'était pas si désagréable. Elle ferma les yeux. Ça devait ressembler à ça, ce dont il ne fallait pas parler. Sentant la chaleur lui monter à la tête et son cœur s'emballer, ressentant comme des palpitations, là, entre ses cuisses, en bas, sous ses jupes et ses culottes, en même temps que son cœur accélérait encore la mesure, elle manqua défaillir. Les palpitations arrêtées, elle reprit ses esprits.

— Toi alors, lui dit-elle.

Le bébé, qui continuait de téter, la regarda un instant. Du moins, c'est l'impression qu'elle eut. Quelle forme ces iris immatures, en vie depuis seulement une demi-heure, pouvaient-ils bien distinguer ? Attendrie, elle lui sourit. Comme il était gentil, ce bébé, comme elle avait envie de le garder. Après un petit moment, comprenant que même avec les meilleurs efforts du monde, aucun lait ne sortirait de là, l'enfant se remit à hurler. Il n'y avait pas de temps à perdre. Comme quelqu'un passait dans la ruelle, la servante reboutonna à la hâte son chemisier.

La voilà qui arpentait à nouveau les rues du quartier. Où pouvait-elle le laisser ? Où serait-il en sécurité ? Le chant d'un muezzin attira son attention vers une petite mosquée quelques rues plus haut. Ce n'était pas un petit musulman ? Et alors ? Personne ne le saurait. Il y avait des musulmans bruns, des châtain clair, et même un, à Scutari, qui était roux. Mahomet sauverait le bébé. Oui, sans aucun doute, ici, ils sauraient quoi faire de lui. Elle tint l'enfant devant elle une dernière fois.

— Écoute-moi, petit : tu es beau, tu as l'air bien gentil même si tu cries comme un loup. Il faut que tu te souviennes de cela :

ce n'est pas parce qu'ils ont choisi de t'abandonner que Dieu n'est pas avec toi. Dieu est avec toi, tu m'entends ? Si tu te demandes un jour d'où tu viens, souviens-toi seulement de cela : Galata, tu viens de Galata. Tu vois, la tour, ils disent qu'elle sera encore là dans cinq cents ans, eh bien, toi, tu seras solide comme la tour.

Elle le serra contre son cœur en fermant les yeux.

— Sois fort, petit.

S'apercevant qu'il lui restait un peu de pâte à gâteau sous l'ongle de l'index, elle le récupéra et lui mit la minuscule boule sucrée sur la langue. L'enfant referma sa petite bouche avec une force inouïe, prêt à téter le doigt. Il ne voulait que ça, téter !

En lui en faisant la remarque, elle laissa s'échapper une larme qui vint s'écraser sur la tête du bébé.

— Et aussi, petit, personne ne te l'a dit, et personne ne te le dira plus maintenant, alors souviens-toi de cela : ta maman t'aime. Elle m'a parlé de toi chaque jour, elle m'a dit tout ce qu'elle voulait te donner, et elle voulait te donner beaucoup, tu sais. Elle a nourri les plus beaux rêves, prié chaque matin, chaque soir, elle a formulé des vœux, et tout ça pour toi. Et je vais te dire autre chose. Je l'ai vue, moi, ta maman, eh bien elle mettait ses mains sur son ventre, comme ça, et elle souriait. Tu sais pourquoi ? Parce qu'elle t'aimait. Elle ne voulait pas t'abandonner. Elle n'y est pour rien, je t'en supplie, crois-moi quand je te dis ça, elle t'aimait.

S'assurant encore que personne ne la regardait, Eyet poussa la lourde porte qui ouvre sur le jardin de la mosquée. Là, elle fit quelques pas et posa le bébé sur une marche du lieu de prières. Puis elle partit en courant et en pleurant, participant ainsi à la constitution de ces couches de l'écorce terrestre qui, plus tard, donnent les mines de sel. Le sel de la terre, ce n'était rien d'autre que cela, des milliards de millions de milliers de larmes. Il n'y avait aucune chance que l'océan s'assèche. Ou alors il faudrait que les hommes redeviennent bons.

Le maître et ses trois élèves étaient maintenant penchés audessus de la petite chose, qui s'était endormie et ronflait. Le vieux sage regardait la tache sur son crâne. Il la toucha, mit le doigt à la bouche.

— Quelqu'un a pleuré.

Les autres, silencieux, se contentèrent de hausser les sourcils.

— Il faut lui trouver une nourrice. Il va se réveiller et il aura faim.

L'un d'entre eux montra du doigt la croix d'or sur le drap

Le vieil homme hocha la tête.

— J'ai vu.

Un autre indiqua les grumeaux collés sur le coton. Les hommes se regardèrent un instant.

Le plus jeune se leva pour aller chercher, à quelques maisons de là, un vieil oncle qui avait été, longtemps, goûteur au palais. Le vieillard en robe de laine se présenta, l'œil vif et le sourire aux lèvres, heureux que l'on ait tout à coup besoin de lui.

Il détacha délicatement l'un des grumeaux et le plaça solennellement sur sa langue.

— Amandes, noix, miel.

— C'est donc un Grec.

— Il y a comme un goût de fleur d'oranger.

— Tu es sûr ?

Le goûteur ferma les yeux.

— C'est à peine perceptible.

— Alors ? demanda l'un des disciples.

— Oui, il y a de la fleur d'oranger. Probablement pas plus d'une larme.

— Alors, c'est un Génois, conclut le maître. Nous le rendrons à sa communauté. J'irai moi-même. Mais d'abord, il lui faut son repas.

Une femme fut amenée pour nourrir l'enfant. Il but tant et tant – pendant soixante-dix-huit minutes exactement – qu'il vida la nourrice de toutes ses forces et qu'elle ne put plus nourrir ses autres bébés pendant une journée complète, créant un capharnaüm extraordinaire à la nourricerie. Après quoi, royalement, il fit son rot.

Le religieux, considérant alors que l'heure était venue, prit le nouveau-né sous le bras et, tel un pain, il le porta à l'église latine la plus proche.

— Je crois bien que c'est à vous, dit-il en présentant l'enfant.

— Ah, répondit bêtement le gardien.

— Eh bien, prenez-le.

Le gardien saisit l'enfant comme s'il s'agissait d'une créature bizarre et imprévisible, avec crainte et maladresse. Il le tenait maintenant du bout des doigts, avançant à grands pas dans la cour. Lorsqu'il vit le prêtre, il s'empressa de lui mettre le bébé dans les bras.

— Qu'est-ce que c'est que cet enfant ? demanda le prêtre.

— Je ne sais pas, répondit le gardien. Il paraît qu'il est à nous.

Le prêtre considéra la broderie sur le drap. Il ordonna au gardien de convoquer une sœur pour qu'elle prenne soin du nouveau-né, et de trouver une nourrice pour le sustenter. Il n'y avait pas de temps à perdre. Ce bébé avait l'air de n'avoir que quelques heures. En attendant, c'est le gardien qui le veillerait.

Celui-ci le posa dans un pot de terre cuite, le recouvrit d'une toile de lin usée, pensant le protéger de l'air frais qui soufflait maintenant sur la ville. Il resterait là le temps qu'il remplisse sa mission. Il s'en fallut de peu, en vérité, que l'enfant étouffe.

Pendant ce temps, le prêtre, tout à l'euphorie qui suit les grandes découvertes, réfléchissait à la façon d'accueillir le nouveau-né. Il lui fallait un baptême, et surtout, il lui fallait un nom. Dans un ouvrage en latin, il trouva le mot *antilogus* qui signifiait : « contre la parole », c'est-à-dire « ce dont on ne parlera pas ». Jamais cet enfant ne saurait dans quelles circonstances il avait été placé ici. Jamais ceux qui l'élèveraient ne connaîtraient les raisons qui avaient poussé les parents, ou l'un d'entre eux, à l'abandonner. Antilogus. Cela sonnait étrangement bien. Antilogus. Le prêtre était ravi de sa trouvaille. Il recopia le nom sur un morceau de papier et se sourit à lui-même, satisfait.

Lorsque la sœur déshabilla Antilogus pour le changer – il avait tété un nouveau sein, en poire celui-là, et en avait aussitôt conçu de magnifiques selles verdâtres –, elle constata avec surprise ce pourquoi Nikolayos avait voulu s'en débarrasser. Aussitôt, elle courut appeler le prêtre.

Posé sur la table, l'enfant était à nouveau l'objet de tous les regards. Le prêtre remua la tête, agacé.

— Nous le baptiserons et il sera chrétien, dit-il, brandissant le petit morceau de papier.

— Nous n'avons pas le droit de faire ça, lança la sœur. Nous n'avons pas le droit de lui voler son identité.

Le prêtre leva les yeux sur la sœur. C'était la première fois qu'elle lui opposait une résistance.

— Vous savez comme moi qu'il n'a pas encore vraiment d'identité.

— Il a une identité, affirma-t-elle avec autorité.

Le prêtre et la sœur échangèrent un regard de défi.

— Il faut le rendre à ceux à qui il appartient. Puisque nous savons de qui il s'agit.

— Nous ne le savons pas.

— Bien sûr que si, répondit-elle, tremblante de son audace.

Le prêtre observa un instant cette sœur qui bravait les codes de la hiérarchie. Puis il fit un large geste de la main, pour bien montrer qu'il se dégageait du problème et qu'elle n'avait qu'à faire ce que bon lui semblait.

On ne se disputerait pas dans la maison de Dieu.

Cette fois, c'était la sœur qui marchait, le bébé calé dans ses bras. Elle s'attirait les foudres du prêtre. Peut-être. La situation l'exigeait. Et Dieu la comprendrait, elle en était certaine. Elle n'était d'ailleurs pas loin de penser que c'était Lui qui lui avait insufflé cet acte de rébellion.

Arrivée devant le temple, que les Juifs appelaient le *kale**, elle contempla l'étoile gravée sur le frontispice. Le jour tombait déjà. Elle poussa doucement la porte. Une assemblée d'hommes, enveloppés chacun d'un grand châle blanc tissé de rayures bleues, priait en balançant le corps d'avant en arrière. Elle déposa l'enfant sur le sol et s'en fut aussi discrètement qu'elle était venue. Le *chamach**, qui l'avait aperçue, lui courut après et l'arrêta.

— Il est à vous, dit-elle en turc. Et elle s'éloigna.

Au moment du Kaddish, seule prière du chabbat qui se dit en araméen, Antilogus ouvrit les yeux. Alors qu'on ne pouvait plus entendre le moindre bruit, chaque homme se recueillant sur ses morts, une main posée sur ses yeux fermés, Antilogus se mit à hurler.

Tous les regards se tournèrent vers lui. Le chamach se précipita. Il prit l'enfant dans ses bras et gravit les douze marches du minuscule escalier qui menait jusqu'au petit bureau du rabbin. Là, il ferma soigneusement la porte. Dans la toile de jute qui lui servait désormais de manteau (le bébé avait souillé ses draps de coton et de fil d'or, hélas) était coincé le petit morceau de papier. La sœur avait tout de même voulu qu'il ait un nom, ce bébé.

Comme l'enfant ne se calmait pas, le chamach eut l'idée de lui donner une figue. Il tendit le bras par la petite fenêtre et arracha un fruit au figuier tout proche. Ainsi l'enfant téta le fruit qui, à bien y regarder, a la forme d'un petit sein, extrayant de lui un nectar doux et oh combien rassasiant.

Puis le chamach prit la plume, et nota :

« Aujourd'hui, en ce 22 du mois de tichri de l'année 5415 (1661 pour les chrétiens), un nouveau-né a été déposé à l'intérieur de notre kale au moment du Kaddish, soit une heure environ après le début de l'office qui avait commencé à la tombée du jour. Un papier trouvé dans le tissu qui l'enveloppe donne son nom, de consonance latine : Antilogus.

« Il n'est fait aucune mention de ses origines ou de sa provenance, mais il m'a été dit qu'il est "à nous". En attendant la venue du rabbin, moi, Moché Zaragoza dit le chamach, je consigne cet événement. »

Et tandis que le bébé s'apaisait, de l'autre côté de la colline de Galata, Eyet, la jeune servante, se faisait congédier par Nikolayos. Elle en avait trop vu. Elle en savait trop. Elle lui rappellerait ce qui était arrivé et par conséquent il ne pouvait pas la garder. Il lui ouvrit la porte, pour la deuxième fois de la journée.

— Mais j'ai fait ce que vous demandiez ! Je suis allée porter l'enfant ! Ne me renvoyez pas, je vous en supplie ! Je suis une bonne servante ! Je suis dévouée et le serai toujours ! J'ai mes petits frères à nourrir ! S'il vous plaît !

L'homme referma la porte derrière elle.

Ainsi, elle avait accepté d'exécuter les ordres de son maître pour rien. Ce petit bébé, où était-il maintenant ? Après tout, si elle pouvait nourrir quatre bouches, elle pourrait bien en nourrir une cinquième. Elle se mit donc en route vers la mosquée. Elle reprendrait l'enfant et l'élèverait comme son fils. Ou non, elle retrouverait Athina – pauvre Athina –, et elle le lui rendrait. Ou bien encore, elle les hébergerait tous les deux, là-bas, de l'autre côté des murailles. Cette pauvre femme, chassée de chez elle après avoir accouché. Elle était sans doute morte de chagrin, si elle n'avait pas fait une hémorragie.

Voilà. La mosquée. Elle entra comme elle l'avait fait plus tôt.

Elle s'adressa à la première personne qui se présenta.

— Un enfant a été déposé ici aujourd'hui, et je reviens le chercher.

— Le Génois ?

Elle ne comprenait pas.

— Non, le Grec.

— Le Grec ? Alors je suis désolé, je n'en sais rien.

L'homme referma derrière lui.

Elle tambourina contre le battant.

— On vous confie un bébé, vous devriez savoir où il est !

— Le bébé qui était ici est parti. Je ne peux pas vous en dire plus. Soyez raisonnable, arrêtez ce bruit maintenant.

— Parti, répéta-t-elle sans bouger. Parti où ? comment ? Parti, ça ne veut rien dire.

Elle frappa à nouveau. La porte s'entrouvrit.

— Parti où ? demanda-t-elle.

Le gardien tendit son bras devant lui. Regardant l'horizon, il fit un mouvement avec la main comme s'il voulait imiter les battements d'ailes de ces goélands que l'on peut apercevoir, d'une rive ou de l'autre du Bosphore, volant au-dessus de la mer.

— Mais il est vivant, n'est-ce pas ? insista la jeune femme.

— Je n'en sais rien. Je ne peux pas vous en dire plus.

La porte se referma et Eyet repartit, lentement, vers sa maison, en tâchant de se remémorer dans le détail cette affreuse journée. Non, jamais, jamais de sa vie entière elle ne pourrait se pardonner ce qu'elle avait fait, obéir à ce monstre et perdre l'enfant d'Athina.

La peau

Le rabbin souleva délicatement l'étoffe qui recouvrait l'enfant. Le gland était parfaitement découvert, rond comme une petite cerise, et sa tige, d'une taille honorable pour un être de cet âge, affichait une certaine vigueur. Ses testicules, parfaitement dessinés, semblaient pleins et lourds. De cette petite peau dont ni les Juifs ni les Musulmans ne veulent, mais dont ces derniers ne se défont qu'à l'âge de huit ans, il n'y avait aucune trace. Le bébé dormait, ses petits poings serrés. Le rabbin les considéra, ainsi que le morceau de cordon ombilical, la taille de son crâne et celle de ses pieds.

— Il est né aujourd'hui, annonça-t-il, solennel.

Puis il ajusta la couverture sur Antilogus, pour que celui-ci ne prenne pas froid. Les hommes se regardèrent.

Un bébé né sans prépuce. Cela signifiait sans doute quelque chose. Mais quoi ? La circoncision, lien suprême établi entre le Tout-Puissant et son peuple, les Juifs, symbolisait l'entrée du nouveau-né dans la communauté d'Israël. Sans prépuce, circoncis de naissance, que fallait-il comprendre à cela ?

— C'est une anomalie physique, lança l'un des hommes. Ça n'a rien à voir avec nous.

— Ce n'est peut-être pas si simple, répondit le rabbin.

Les hommes se tenaient, graves, autour de la table ovale. Le doyen ôta son *talith** de ses épaules, prit sa respiration, et continua :

— L'ablation du prépuce représente un pacte avec l'Éternel. En conséquence, il me semble qu'un enfant né sans prépuce est un envoyé de Dieu. Nous n'avons pas à le « marquer dans sa chair », il est arrivé déjà marqué de Son Sceau. Et cela est le signe que notre communauté doit l'accepter et l'élever.

— Mais son nom est latin ! lança l'un.

— La nature l'a fait comme ça, cela ne veut pas dire que cet enfant soit à nous, ajouta un autre.

— Il a été placé sur notre chemin, répondit le rabbin.

— On met aussi des cailloux, des obstacles et des mendiants sur le chemin qui mène à nos maisons ou à nos boutiques.

— Amichaï a raison, cet enfant n'est pas à nous.

— Pour une miette nous sommes juifs ! *Por une migajika semos djidios !* s'écria le rabbin. Que vous le vouliez ou non, cet enfant grandira et tous penseront que c'est un Juif. Il ne sera accepté dans aucune autre communauté et ne pourra jamais y vivre tout à fait sereinement et encore moins s'y épanouir et s'y marier. Alors que, chez nous, il mènera une vie normale, une vie qui lui permettra de s'intégrer comme s'il était véritablement issu de notre communauté : personne ne fera la distinction avec l'un de nos enfants. Nous devons lui donner cette chance. Si personne ne le réclame, et puisque le Tout-Puissant nous le confie, qu'il soit nôtre.

— Qui l'élèvera ?

— Cette question a sa réponse toute trouvée. Il est hélas un mari et une femme qui souffrent de n'avoir pas eu d'enfants.

— Esther...

— Et Nissim Azaria.

Le doyen fit oui de la tête.

— Ils sont trop âgés. Et Esther n'a ni neveux ni nièces. Quant à ceux de Nissim, ils sont à Smyrne ! Quelle enfance lugubre il aura !

— Sans frère ni sœur, il sera comme sans pieds ni mains !

— L'enfant sera vieux avant que d'être jeune !

— Calmez-vous.

— Comment allons-nous le leur annoncer ?

— Le plus simplement du monde. J'irai les trouver ce soir même.

— Ce soir même ? Mais il fait déjà nuit. Et c'est chabbat !

— Dieu nous a confié cet enfant. C'est pour que nous nous en occupions, et bien. Le bébé a donc au plus vite besoin d'une mère qui le berce, le cajole et le nourrisse. Il faut trouver une nourrice. Qui connaissons-nous ?

— Bemidra, la femme du jeune Haïm.

— On dit que le premier lait de la vache qui vient de mettre bas est aussi bon que le lait d'une mère.

— Eh bien il nous faut cela, ou une nourrice.

— Moi, je dis que cet enfant est un étranger.

— L'étranger, c'est ce que nous sommes à autrui, et quelquefois à nous-mêmes. Qu'y a-t-il de mal à être étranger ? Le mal, est-ce que ce ne serait pas, au contraire, de ne pas lui tendre les bras pour le sauver ? le protéger s'il est en danger ? Lorsque nous vînmes, par milliers, chassés d'Espagne, sur ces navires marchands, n'étions-nous pas des étrangers ? En Égypte, n'étions-nous pas des étrangers ? Justement parce qu'il est étranger, cet enfant doit être le bienvenu chez nous. La discussion est close, je vous remercie d'avoir accepté d'y prendre part. Chabbat chalom à tous.

Le petit groupe sortit sans bruit. Le rabbin mit son manteau. Il se pencha un instant sur le nouveau-né. Qu'il était beau. Que ses traits étaient fins. Qui donc avait pu vouloir se séparer d'un si bel enfant. Comment cela était-il possible ? Il fallait que ces gens soient bien pauvres et désespérés, ou simplement pleins de haine envers les Juifs.

L'idée que ce bébé ait pu inspirer une haine si radicale attrista profondément le vieux rabbin. Il enroula délicatement le nouveau-né dans une couverture bien chaude et le prit dans ses bras avec tendresse. Il chargea Moishe d'aller prévenir Sara, sa femme, de le rejoindre immédiatement. Ensuite, le chamach devrait se rendre à Balat, chez Bemidra, et réclamer que celle-ci vienne faire la nourrice sans attendre. Après, il lui faudrait aller trouver sa belle-fille Miriam et lui demander de préparer quelques vêtements pour le petit. Chabbat si sacré attendrait.

Le lait

Lorsque Esther ouvrit la porte, une heure plus tard, elle fut surprise de trouver le rabbin, son épouse Sara et Bemidra, cette jeune femme un peu trop grasse qu'elle avait déjà aperçue dans la cour du kale. Elle les invita à entrer, les fit asseoir sur de larges coussins de soie et leur prépara en grande hâte une limonade. Nissim, qui avait entendu du bruit, descendit l'escalier, habillé d'un caleçon long et d'une simple chemise. Il salua d'un mouvement de tête le rabbin et les deux femmes.

— Esther, nous devons te parler, dit le rabbin. Un bébé a été déposé au kale.

— Un bébé ? répéta Esther, étonnée.

— Eh bien, oui, un bébé. Il a été trouvé là, avec un mot. Il est né sans prépuce. Il faudrait que quelqu'un s'en occupe. Nous avons pensé que Nissim et toi feriez de bons parents.

Nissim et Esther échangèrent un regard de surprise.

— Mais nous avons quarante ans, rétorqua Esther. J'ai l'âge d'être grand-mère.

— Mais est-ce que tu l'es ? Non. Alors, tu seras une mère un peu âgée, voilà tout. Quand les enfants viennent au monde ils ne demandent pas une mère jeune, grande ou petite, ni même riche ou belle. Tout ce qu'ils veulent, c'est avoir une mère, une bonne mère, qui soit là pour s'occuper d'eux et les aimer. C'est de cela que le petit a besoin.

Il y eut un silence terrible. Le rabbin, qui s'imaginait être accueilli dans la liesse, tamponna son front de la sueur qui y perlait.

— N'avez-vous jamais désiré un enfant ? lança Sara.

Oui, bien sûr qu'ils l'avaient désiré, qu'ils en avaient rêvé, même, et pendant des années. Le jeune couple avait attendu, puis espéré qu'Esther tomberait enceinte. Multipliant les prières, les étreintes, suivant scrupuleusement les savants conseils des herboristes, s'abandonnant aux superstitions, aux guérisseurs, à la magie. Et voilà qu'un jour ils n'avaient plus eu le cœur à l'ouvrage. Le grand docteur Mayorkas avait déclaré Esther de constitution « tout à fait normale », mais ce nouvel espoir n'avait pas été suivi de plus de chance et leur vœu le plus cher n'avait jamais été exaucé. Esther avait eu peur que Nissim ne veuille plus d'elle, mais il l'aimait, et il était prêt à souffrir avec elle plutôt que d'avoir un enfant avec une autre.

Nissim était un bon mari, et travailleur. C'était un menuisier de talent, un homme qui ne reculait jamais devant la tâche, qui aimait son travail et le pratiquait avec fierté. Les coffres de bois étaient sa spécialité. Il les incrustait à la demande de perles ou de pierres précieuses, d'argent, d'or ou de cuivre qu'il repoussait. Il avait de nombreux clients et aussi de grands amis chez les orfèvres et chez les vendeurs de diamants, rubis, saphirs et autres pierres semi-précieuses. Les marchands des bazars lui commandaient des meubles à tiroirs pour pouvoir y ranger leurs marchandises. Il connaissait du monde, et même s'il n'était pas très bavard, il était apprécié pour son exigence du travail bien fait et son respect inconditionnel des délais. Année après année, il avait vu vieillir ses voisins dans l'allée des menuisiers, comme on l'appelait au bazar, et leurs enfants grandir, se marier et avoir des enfants à leur tour. Mais Nissim n'était pas envieux.

Esther et lui s'interdisaient ce grand péché, tentation des esprits et des âmes faibles, qui ronge les os et assure de souffrir deux fois plus, puisque le bonheur des autres est ressenti comme un malheur bien pis encore que celui qui nous accable déjà. Ils restaient côte à côte et main dans la main, résignés, décidés à se contenter du confort qui leur avait été octroyé par le destin, à défaut de connaître le bonheur de laisser quelqu'un après soi pour poursuivre le chemin.

Esther était une belle femme. L'ossature épaisse de son visage était équilibrée par ses grands yeux couleur d'un ciel d'orage et ses longs cils noirs recourbés. Ses cheveux, épais, longs, lourds étaient d'un noir qui trahissait ses origines espagnoles. Son teint clair et ses quelques taches de rousseur brouillaient encore les pistes. Son corps n'avait pas souffert de ce qui fait une femme. Sa silhouette était enviée, mais pas son sort. Sa vie lui manquait. Chaque instant. La maison était toujours calme, et il n'y avait personne à surveiller. Les éclats de rire, les cris, les voix, elle les entendait lorsqu'elle ouvrait une fenêtre. La nuit, aucun pleur ne venait dérober son sommeil, si ce n'est, quelquefois, les siens.

— Alors ? reprit Sara. Vous le prenez, oui ou non ?

— Tu nous annonces ça, et tu nous demandes de nous décider aussitôt ? lança Nissim, pour protéger sa femme.

— Quoi ? dit Sara, sévère, je ne comprends pas. C'est la chance de votre vie ! Dieu vous l'a toujours refusée et voilà que le miracle se produit, qu'un enfant vient à vous, et c'est tout ce que cela vous fait ? Esther ! Esther ? Tu m'entends ?

Esther se retourna. Des larmes coulaient sur ses joues.

— Qu'y a-t-il ?

Esther lui lança un regard de détresse terrible.

— Je ne voudrais pas le prendre et qu'ensuite on vienne me l'enlever. Si quelqu'un revient le chercher ou le réclame, que se passera-t-il ?

Le rabbin baissa les yeux. Non, il ne pouvait rien promettre.

— Est-ce qu'on sait d'où il vient ? reprit-elle.

— On ne sait rien du tout. Nous connaissons seulement son nom : Antilogus.

— Antilogus, prononça Esther avec solennité.

— Est-ce qu'il faut lui laisser ce nom ? demanda Nissim.

— C'est peut-être la seule chose qui lui reste de sa mère, dit Esther.

— Vous lui donnerez un second nom, et vous l'appellerez de ce second nom, proposa le rabbin.

— Antilogus, répéta Esther. Antilogus.

— Alors ? reprit Sara. Il ne va pas tarder à se réveiller et nous avons besoin de savoir. Si tu ne le prends pas je dois l'apporter à quelqu'un d'autre.

— Nous le prenons, répondit Esther.

— Nissim ? demanda le rabbin.

— Si Esther est prête alors je suis prêt, moi aussi.

Sara se tourna vers la jeune femme qui l'accompagnait. Bemidra défit sa robe et en sortit Antilogus endormi. Elle marcha jusqu'à Esther et le lui tendit.

— Qu'il est beau ! s'écria Esther. Qu'il est précieux ! Quel miracle ! Laisse-moi t'admirer, petit bébé ! Tu es le plus beau de tous les bébés du monde, tu es une merveille absolue ! Et tu sens bon, et tu as l'air si paisible, tu dois être si gentil, je le lis sur ton visage, tu es la bonté même. Tu dors, comme tu as raison, repose-toi car tu en as besoin, magnifique petit garçon.

Tout naturellement, Esther le prit contre elle, ferma les yeux et sourit. Ses paupières se crispaient pour retenir ses larmes.

— Bemidra restera avec vous, c'est une bonne nourrice. Elle dormira chez vous si ça ne vous fait rien.

Nissim acquiesça d'un hochement de tête.

— Nous pouvons partir maintenant, conclut le rabbin.

Il tendit un petit paquet de vêtements pour l'enfant, de quoi se débrouiller une journée ou deux. Nissim les raccompagna à la porte. Les deux hommes s'étreignirent un instant, en signe d'au revoir. Nissim était très ému.

— Surtout ne vous inquiétez pas, insista Sara. Le plus important, c'est de ne pas s'inquiéter. Tout va bien se passer.

Nissim hocha la tête à nouveau, puis referma la porte derrière eux.

Esther monta les escaliers et installa le petit garçon dans un panier qu'elle plaça près de son matelas. Bemidra coucherait dans la pièce à côté.

— Il faudra que tu lui fabriques un berceau, susurra-t-elle à Nissim.

— Tu l'auras demain.

Esther plaça son doigt au creux de la main du bébé. Il referma aussitôt son petit poing autour de l'index.

— Regarde, dit Esther. Il me tient.

Une larme s'échappa et vint s'écraser sur le front de l'enfant.

— Ne pleure pas. Notre vœu s'est réalisé, Dieu a entendu nos prières ! Je sais ce que tu penses. Mais si sa mère l'a abandonné, c'est qu'elle ne pouvait pas le garder. L'important, c'est qu'il soit là, avec nous, non ?

— Mais elle voulait le garder, n'est-ce pas ?

— Qu'est-ce que tu en sais ? Elle a pu le laisser de son plein gré.

— Je ne crois pas qu'aucune femme puisse faire ce genre de chose de son plein gré.

— Peut-être qu'elle est morte, ajouta Nissim, pensant rassurer sa femme.

Mais l'effet fut inverse. Voilà qu'ils pleuraient tous les deux, maintenant. Se tenant la main serrée comme on s'accroche à une branche, pour ne pas céder au courant et se perdre dans les larmes. Esther balbutiait entre ses sanglots.

— Il faut que je l'aime pour moi et pour elle. Parce que si elle a été séparée de son bébé, alors elle doit être en train de prier pour qu'il se trouve en de bonnes mains. Moi Esther, je réponds à cette femme et à toi, Nissim, que je donnerai à cet enfant l'amour, la force, les principes, je lui apprendrai à être bon sans être faible, à être sûr de lui sans jamais se montrer arrogant, je lui enseignerai qu'il doit avoir des convictions, mais non des certitudes, je lui transmettrai l'amour de son prochain et le respect de l'autre. Ce sera un bon garçon.

Elle se tourna vers son mari.

— Tu crois que nous l'aimerons autant, même s'il n'est pas tout à fait notre enfant ? J'ai tellement peur de ne pas l'aimer assez ! Tellement peur !

— Tu l'aimeras, je ne m'en fais pas pour ça. Et je l'aimerai aussi. Tu seras sa mère, et je serai son père. Nous ferons le mieux du mieux. Il ne manquera jamais de rien. Je te le promets.

Comme pour se l'approprier, Esther s'occupa de son bébé toute seule. Bemidra lavait le linge, donnait le sein à l'enfant, mais le reste du temps, c'était Esther, et Esther seulement.

Esther fermait la porte derrière elle. Elle défaisait son corsage et plaçait le petit contre sa poitrine. Elle voulait qu'il se fasse à sa peau, qu'il l'adopte lui aussi. Les histoires d'amour s'écrivaient également avec la peau et il fallait les frotter, ces deux-là, suffisamment souvent et suffisamment longtemps.

Ainsi se créait le lien.

Esther chantait des chansons à son enfant, *romanzas** apportées dans leurs malles de la Sefarad perdue, Esther le berçait.

Va salio de la mar la galana
Con un vestido al y blanco
Va salio de la mar
Entre la mar y el rio
Mos cricio un arvol de bembrio
Ya salio de la mar.

Esther lui massait le corps avec de l'huile d'olive. Son petit dos, ses toutes petites mains, ses petites cuisses et enfin ses tout petits pieds dont les orteils paraissaient aussi grands que ses doigts. Esther les lui embrassait mille fois par jour. Était-ce parce que l'homme se tient debout sur ses pieds ou parce qu'ils étaient si petits, si délicats, si adorables qu'elle avait choisi ceux-ci pour exprimer sans retenue son immense affection ? Être mère, c'était s'occuper de son enfant. L'avoir mis au monde ? Non, ça n'était qu'un détail.

Ce bébé, il fallait prendre et perdre du temps pour lui, il fallait dire au revoir au reste, à toutes les choses si futiles qui régissaient la vie d'avant. Ce bébé, il exigeait un engagement total, à la vie à la mort, il était à lui seul une religion. Esther voulait être à la hauteur, plus que tout. Déjà elle anticipait. Lorsqu'il dormait, elle se couchait près de lui et imaginait les émotions qu'il éprouverait lorsqu'il découvrirait le goût de la muscade, le sel ou encore la confiture de *vijna**. Est-ce qu'il aimerait l'odeur du bois de l'atelier de Nissim ? Est-ce que ses yeux resteraient bleus ? Comment percevrait-il le monde, si grand, lui, si petit ? Esther rêvait à son petit garçon et elle s'endormait, contre lui. Pour entendre son souffle, et le sentir sur son visage. Comme si, désormais, elle y puisait sa respiration, comme si elle vivait de ce qu'il vive.

Quelquefois il se réveillait en pleine nuit. Bemidra, la *tsatsa**, la nounou, accourait, déboutonnait sa chemise à la hâte. Esther lui tendait le bébé qui ouvrait une large gueule et refermait ses lèvres sur le sein avec la même force que s'il avait voulu l'avaler en une bouchée. Est-ce que cela était déjà arrivé, une femme dévorée par un enfant ? Esther restait là, près d'eux. Elle veillait jalousement ; surtout que son petit ne s'attache pas trop à Bemidra. Elle était si douce, si ronde, si pleine de tendresse et de lait. N'importe qui aurait aimé Bemidra. Et surtout un nouveau-né. Dès que l'enfant avait fini de téter, c'est Esther qui lui faisait faire son rot. Puis elle le recouchait.

Un soir Esther se rendit dans la cuisine. Elle versa un peu de lait dans une soucoupe. Elle l'emmena dans sa chambre. Là, elle en prit une goutte avec le bout de son index et plaça le doigt sur la pointe de son sein : la goutte se mit à couler le long de son ventre, lui procurant un plaisir inouï.

Dix jours plus tard, elle était réveillée dans la nuit par une sensation étrange : sa poitrine avait gonflé, sa poitrine était énorme, au moins cinq fois son volume habituel ! Sa peau tirait et elle sentait ses seins prêts à exploser. Elle courut se regarder dans le miroir. Sa poitrine était belle comme elle ne l'avait jamais été. Parfaitement ronde, pleine, haute, une poitrine de seize ans pour une femme de quarante. Elle hésita un instant et réveilla Nissim.

— Nissim, Nissim réveille-toi !

— Quoi ?

— Nissim, mes seins, il faut que tu touches mes seins tout de suite.

— Qu'est-ce que tu racontes ?

— Nissim, je t'en prie, regarde.

Il n'en crut pas ses yeux.

Elle prit sa main et la posa contre son sein.

— Mais c'est brûlant !

Nissim posa la main sur l'autre sein, et serra, les deux mains à la fois.

— Vas-y, appuie plus fort, ça va me soulager. Il faut me soulager, j'ai trop mal.

— Tu es sûre ?

— Vas-y je te dis.

Nissim posa ses mains de part et d'autre du sein gauche et appuya. Esther poussa un petit cri de douleur et un liquide trouble s'échappa en un jet pour atterrir dans l'œil de Nissim. Les deux époux ne purent s'empêcher d'éclater de rire.

C'était un miracle, et Antilogus en profiterait, désormais, jusqu'à six fois par jour. Bemidra resterait confinée à la cuisine. Une femme qui allaite doit être bien nourrie.

Durme querido hijico
Durme sin ansia ni dolor
Cerra tus lindos ojicos
Durme durme con savor.

Konfites

La tradition voulait qu'après le cinquième mois de grossesse une femme juive commence à préparer la *fatchadoura*, le trousseau du bébé. Avant toute chose, femmes de la famille, voisines et amies se réunissaient et fêtaient ensemble « les langes ». Des amandes confites étaient jetées sur un épais tissu de coton et, chaque femme en tenant un bout, elles s'amusaient à faire sauter les amandes comme sur un trampoline en poussant des « oh » et des « ah ». Puis la future grand-mère donnait le premier coup de ciseaux dans le tissu et les femmes chantaient une chanson.

Après la fête venait le travail. Il fallait à l'enfant des morceaux de tissu de largeur et de découpes différentes, selon qu'ils serviraient à langer ou à emmailloter le petit corps. Il lui fallait des vêtements, une *kamizika* sans manches, une *kazakita* avec manches, un *pantaloniko*. Et pour sa couche, de quoi recouvrir un matelas, des draps, des oreillers et des couvertures doublées, crochetées ou brodées. Il n'y avait pas un instant à perdre : la fatchadoura devait être prête pour le septième mois, au cas où l'enfant viendrait à se présenter avant terme.

Lorsque le trousseau était complet, la future mère, aidée des femmes de sa famille, lavait toutes les pièces puis les repassait.

On exposait le travail accompli devant les femmes, voisines et amies, qui avaient secoué et fait voler les amandes confites sur la toile, et chacune s'extasiait. Puis on s'occupait de l'œil.

Il faut se protéger du mauvais œil qui rôde autour des maisons heureuses, et cela ne s'improvise pas. Tresse de fil d'or, morceau de tissu rouge à déposer près du berceau de l'enfant, pierres de turquoise ou encore pièces de monnaie à placer, autant qu'on le pouvait, sous son matelas. Les mères quant à elles gardaient sous leur coiffe un triangle de soie mauve ou bleue brodé de deux mains et des mots Sanoi, Sansanoi, Samangelaf, noms des anges qui protègent les mères, de telle sorte que la broderie touche leur front en permanence.

Esther, qui avait reçu Antilogus mais ne l'avait pas porté, n'avait pas eu le temps de lui confectionner quoi que ce soit. Toutes les femmes, voisines et amies, s'étaient empressées de lui prêter tout ce dont elle aurait besoin, et plus encore. Par superstition, elle prit le temps de lui couper et de lui coudre une *kamiza larga*, sorte de chemise si longue qu'on dirait une robe et à laquelle on attribuait des vertus protectrices – *kamiza larga para vida larga* : une longue chemise pour une longue vie. L'enfant la porterait pour sa brit-mila.

La brit-mila était pratiquée sur l'organe de la génération le huitième jour après la naissance si la santé du bébé le permettait. Celui-ci identifiait alors son destin à celui de son peuple, se plaçant dans une lignée qui remontait jusqu'à Abraham. On disait que c'était pour cela que les hommes de la communauté étaient si différents des autres : leur sexe leur rappelait sans cesse qu'ils étaient des Juifs, et qu'en conséquence ils avaient une conduite exemplaire à tenir.

L'adoption exigeait bien autre chose : une fois approuvé par la cour rabbinique, l'enfant devait, à un an, prendre le bain rituel qui viendrait compléter la conversion.

À un an, après avoir été plongé dans l'eau du Mikveh de Pera, Antilogus fit son entrée officielle dans la communauté. Nissim et Esther n'ayant plus leurs parents, c'est le rabbin et sa femme qui assumeraient le rôle de parrain et marraine. Ainsi se déroula la cérémonie.

Sara vint trouver Esther dans la chambre. Celle-ci, tremblante de peur, lui tendit le bébé. Sara le cala sur un coussin de soie brodée, le couvrit d'un tissu brodé de fil d'or et d'argent et posa un voile de coton transparent sur son visage. Elle le porta dans la grande pièce où une dizaine de personnes attendaient, debout. Deux immenses bougies étaient allumées. Deux chaises avaient été placées au centre. L'une, empruntée pour l'occasion à la kale, resterait vide, prête à accueillir le prophète Eliahou, ange de l'alliance et gardien des enfants. Sur la seconde, plus haute et décorée, s'assiérait le *Sandak**, le parrain, qui tiendrait l'enfant pendant que serait pratiqué le hatafat dam. Antilogus était né circoncis, mais cela n'empêchait pas qu'il faille marquer l'entrée de l'enfant dans la communauté. Le Livre avait tout prévu, même l'absence de prépuce ! Personne n'était pris au dépourvu. Il serait prélevé de son sexe une goutte de sang symbolisant la circoncision – le hatafat dam. Après seulement, il pourrait recevoir un nom.

Antilogus fit son apparition.

— Dieu bénisse ! s'exclama une femme dans l'assistance.

— Dieu bénisse ! répéta en écho l'assemblée.

Sara tendit alors le bébé à son mari qui prit place sur la *sia para cirkunsir*, la chaise de circoncision. Il présenta le bébé au *mohel**, un jeune rabbin habilité à pratiquer les gestes rituels.

Ce dernier approcha, sortit une toute petite aiguille d'argent, et piqua le sexe de l'enfant. Une goutte de sang perla, tandis qu'Antilogus se mettait à hurler. Aussitôt, l'une des femmes de l'assistance se précipita sur le bébé et lui écrasa une petite boule de pâte d'amande cuite sur le front.

— Dieu bénisse !

— Qu'il vive jusqu'à cent vingt ans !

— Jusqu'à cent vingt ans !

Avec ça, il partait bien dans la vie.

De l'autre côté du mur, Esther, qui n'avait pas eu le droit d'assister à la cérémonie – les mères sont trop sensibles –, sentit, au son des appels de son petit, une boule d'angoisse se former dans son ventre et grossir, grossir jusqu'à lui paraître aussi lourde qu'un enfant. Voilà que la boule se mit à remonter vers la gorge et à l'étreindre, et même à l'étrangler, au point qu'elle en perdit l'équilibre et tomba à terre, évanouie.

Quand Nissim la trouva, allongée sur le sol, il lui tapota les joues. Elle ouvrit les yeux.

— Tout s'est bien passé, la rassura-t-il. Notre fils va bien !

— Ça y est, dit-elle en se relevant. Je crois que cette fois je suis devenue sa mère.

Et l'enfant fut nommé, comme ils l'avaient souhaité, Antilogus, Naor, Ben Azaria – Antilogus, le Lumineux, fils d'Azaria.

(Dieu bénisse, Dieu bénisse.)

Comme la tradition de mitsvah l'exigeait, dix pauvres de la communauté furent invités à partager avec la famille et les amis les *konfites*, amandes caramélisées, les *maroncinos*, gâteaux de pâte d'amande, et la pâte de coing, le *dulce de bimbrio*, tellement sucrée qu'il est conseillé d'en accompagner chaque cuillerée d'un verre d'eau.

Ken ijo kria oro fila ! Ken ijo kria oro fila ! lançaient les uns et les autres.

Un fils, c'est de l'or.

Le bois

Antilogus, enfant unique, adoré par Esther, avança en âge, et bientôt il eut trois ans. Il était magnifique avec ses boucles d'or et son regard de miel. Un seul de ses sourires pouvait faire chavirer mille navires. L'enfant portait bien son nom, et le soleil paraissait pâle comparé à l'éclat de son cœur. Il jouait, s'amusait d'un rien, de cailloux qu'il arrangeait à son gré ou empilait, d'un fruit qui roule sur la table, d'une pièce de monnaie cachée sous un drap, puis révélée, puis cachée à nouveau. Il avait récemment découvert son ombre, sous le soleil d'Orient qui inondait chaque jour le *cortijo**, courette commune à leur maison et à celle des voisins. Cette tache sombre qui n'avait jamais la même forme, qui bougeait dès qu'il bougeait, qui était une fois toute petite, une fois immense, cachait-elle un esprit farceur ? Elle l'intriguait, elle le fascinait et il lui courait après des heures entières. Lorsqu'il se sentait dépassé par elle, il s'allongeait sur le sol, et restait là, immobile. C'était le seul moyen d'avoir le dessus ; en même temps, ce n'était pas très amusant. Fallait-il qu'il en ait peur, ou au contraire devait-il voir en elle une amie ? Un après-midi, il s'était aperçu que sa mère, elle aussi, avait une ombre. Et une autre fois que Bemidra aussi ! Esther lui montra, avec une bougie, comment la lumière crée l'ombre, et comment, en plaçant ses doigts de telle ou telle autre manière, on peut s'amuser à créer de fausses ombres d'animaux.

Une autre fois, c'est une fourmi qu'il apercevait, grimpant

le long d'un mur. Il existait donc des êtres plus petits que lui encore, qui vivaient leur vie, avec une famille, un lieu où dormir, et peut-être même de bonnes choses à manger ? Mais comment faisaient les insectes pour chanter ? Il devait y avoir de la musique chez eux aussi, mais les hommes ne pouvaient pas l'entendre.

Il s'occupait tout seul, et puis il réclamait sa mère. Ils jouaient alors à cache-cache, elle le prenait dans ses bras ou sur ses genoux et lui chantait des romanzas en lui caressant les cheveux, elle s'amusait à lui raconter de petites histoires de coccinelle porte-bonheur ou de colombe aux ailes magiques. Ils se donnaient les mains, faisaient une ronde, Esther en perdait son souffle et presque son équilibre, puis la mère et l'enfant tombaient sur un grand coussin posé à même le sol et riaient aux éclats jusqu'à ce qu'Antilogus en attrape le hoquet. Le petit garçon adorait sa maman. Il copiait maintenant chacun de ses gestes, voulant, comme elle le lui faisait depuis toujours, lui baiser les pieds, lui caressant les cheveux – cette longue natte qu'elle cachait, lorsqu'elle sortait, sous ce grand voile de coton blanc noué sous le menton. Il la regardait amoureusement et tentait de lui chanter à son tour quelques romanzas. Alors elle le corrigeait, lui faisait répéter les paroles, et il reprenait, à tue-tête, un peu faux parfois, et elle encourageait ses efforts par des applaudissements. Comme il était beau, comme il était gentil, ce fils.

Il s'arrêtait de chanter, collait son menton contre sa poitrine et la regardait fixement, avec le charme et l'assurance des grands séducteurs qui savent leur cause gagnée d'avance. Elle lui renvoyait le regard si profondément émerveillé qu'il attendait.

Antilogus aidait sa mère pour les tâches ménagères. Bien sûr, elle le tenait éloigné de tous les instruments tranchants ou contondants et du feu, mais elle le faisait participer lorsqu'elle chassait la poussière, arrangeait les draps sur les lits ou qu'elle étendait le linge. Il s'amusait à sauter à pieds joints dans les bassines malgré ses supplications. Le couple était établi, complice, et bien qu'il fasse quelquefois des bêtises, Esther ne pouvait pas gronder son petit garçon. Elle essayait, mais ne tenait pas longtemps et finissait toujours par lâcher un sourire. Il courait dans ses jupes ou sautait littéralement dans ses bras, à la manière d'un petit chimpanzé. Elle lui caressait la joue, les cheveux, le serrait contre elle, *dulce de dulce*, et lui chantait une romanza.

En la mar ay una torre
En la torre ay una ventana
En la ventana ay una palomba
Que a los marineros ama
Dame la mano palomba
Quiero suvir onde ti
Maldicha que duerme sola
Durmere yo con ti
Si la mar se haze leche
Yo me hago pescador
Pescare a mis dolores
Con palavricas de amor.

Elle ne se lassait pas de son enfant, jamais, et remerciait chaque jour l'Éternel de le lui avoir confié. Elle priait pour lui jusqu'à trois fois par jour. Qu'il soit en bonne santé, qu'il soit heureux, et que toujours le Tout-Puissant veille sur lui et le protège. En cela, oui, elle était une mère juive, c'est-à-dire, en vérité, rien de plus qu'une femme qui sait qu'un enfant est un trésor.

Un jour, tandis que Nissim rentrait de son atelier, un ami le mit en garde. Un fils unique qui passe tout son temps avec sa mère, cela n'est pas bon. Il leur fallait adopter un autre enfant ou séparer la mère et l'enfant, au moins de temps en temps.

— Sinon ? avait demandé Nissim.

— Sinon, l'enfant prend ta place et toi tu n'existes plus.

Nissim partagea la remarque avec sa femme qui lui répondit d'un ton ferme que jamais un enfant n'avait reçu trop d'amour de sa mère, qu'Antilogus avait trois ans et non quinze ou dix-huit, qu'il n'était pas un homme, mais un tout petit.

— Je dis seulement qu'on pourrait le confier, quelquefois.

— Jamais. Pourquoi veux-tu aller chercher quelqu'un d'autre puisque je suis là pour lui ?

— Il a besoin de voir d'autres choses et d'autres gens que toi.

— Il est heureux comme ça, regarde-le.

— Les enfants ont besoin de découvrir le monde ! Tu es une bonne mère, affectueuse, vaillante, mais tu n'es pas le monde !

— Il a trois ans, enfin ! Découvrir le monde ! Tu veux qu'il aille courir jusqu'en Perse ou en Chine ? Qu'il franchisse les fleuves et gravisse les montagnes à dos d'âne ou de chameau ? Il est heureux ici, avec moi.

— Il faut qu'il s'amuse avec d'autres enfants. Tu le gardes jalousement dans tes jupes, il a besoin d'avoir des amis. Est-ce que tu veux que plus tard il soit un adulte maladroit, timide, renfermé ? Ses affaires en souffriraient, et lui avec. Tout ce que je dis c'est qu'il pourrait venir avec moi au bazar de temps en temps. Au bazar, il rencontrera des gamins de son âge.

— Mais tu as perdu la tête ! Le bazar ! N'importe qui se perdrait au bazar, même toi ! Alors un enfant ! Il aura la vie entière pour découvrir le monde, pour apprendre, pour grandir. Qu'est-ce qui nous presse ? Dans quelques années il ira au *meldar** et il s'y fera des amis, et ce sera bien assez tôt. Ce dont il a besoin, ce n'est pas d'être séparé de moi, c'est d'avoir un frère ou une sœur. Et ça, on ne peut pas le lui offrir. Alors laisse-moi lui donner mon amour et ma joie de vivre, qu'il ait l'enfance la plus douce possible, et qu'il puisse venir s'y réfugier, dans sa mémoire, quand il sera un homme et que nous ne serons plus là pour lui.

C'est seulement lorsque l'enfant atteignit ses cinq ans que le couple décida qu'Antilogus Naor passerait une journée par semaine au grand bazar, au milieu d'effluves d'épices, d'odeurs de bois frais, de cèdre, de chêne, de figuier, entouré de cris, des bruits incessants de ceux qui discutent, marchandent, achètent, vendent, de porteurs qui chargent et déchargent et assurent le transit des marchandises d'un continent à l'autre. Mais cela se ferait dans certaines conditions, qu'Esther avait imposées. L'enfant resterait dans l'atelier et sa mère le surveillerait.

Il n'y avait rien de plus formateur, disait Nissim, que de passer son temps au bazar. Le comportement des clients – celle-ci qui venait tout le temps sans jamais pouvoir se décider, cet autre qui commandait de façon gloutonne et revenait toujours quelques jours plus tard pour réduire sa commande, cet autre encore qui se plaignait sans cesse de son épouse, celui-là qui prétendait être un homme important –, leurs goûts, leurs exigences, leurs façons de marchander, les représentants des différentes communautés, les Romaniotes, les Karaïtes, les Grecs, les Arméniens, les Polonais, les Francs... tout cela constituait un enseignement. Savoir reconnaître les uns des autres, les habits clairs et les couleurs vives des Musulmans, les habits sombres des Juifs, la couleur des babouches, la forme des chapeaux. Et les turbans, leur nombre de tours, leur couleur, leur largeur, leur hauteur ! Plus le turban était imposant, plus celui qui le portait occupait une place importante dans la hiérarchie de l'administration ottomane. Chacun des éléments de la tenue indiquait à qui l'on avait affaire, et tous ces codes s'apprenaient, et s'apprenaient à nouveau lorsque le sultan, par décret, décidait que les femmes juives porterait du noir et non plus du marron et que leurs chaussures devraient être violettes et non bleues. Des mauvaises langues racontaient que l'Inquisition contre les Juifs espagnols pouvait être attribuée à leurs femmes, beaucoup trop belles, trop richement vêtues et ornées de bijoux tellement extraordinaires que cela avait éveillé la jalousie morbide et la haine des catholiques. Les rabbins encourageaient donc la discrétion chez les femmes de la communauté, et toutes se pliaient sagement à ce conseil. Chez elles seulement, elles dévoilaient les vêtements de couleurs vives qui les ravissaient.

Au bazar, il fallait savoir quelle famille faisait quoi, et pourquoi il fallait tenir sa langue en présence de celui-ci, faire un pas vers celui-là et fournir, toujours, un travail d'une qualité irréprochable.

— Vois-tu mon fils, il faut toujours rechercher l'excellence, l'excellence pour être incontournable, indispensable, non pas par vanité ni orgueil mais par nécessité de survie, pour être toujours tellement nécessaire aux autres qu'ils ne puissent pas envisager de se défaire de nous, leurs Juifs. Cela il te faudra, un jour, le transmettre à tes enfants.

L'apprentissage des relations avec le monde commençait tôt et Nissim se réjouissait : ainsi Antilogus saurait se débrouiller partout où il irait, comme un chef. Il serait le roi des affaires et aucun marchand ne résisterait à ses talents de négociateur et à son sens aigu des rapports humains.

Il servirait le sultan par son talent et son entregent et rendrait ainsi grâce à cet Empire ottoman, juste parmi les justes, qui avait sauvé son peuple – ça, il ne fallait jamais l'oublier.

Crocus Sativus

Dans le brouhaha des travaux des hommes, le petit Antilogus ne dérangeait pas. Il aimait cette odeur de bois fraîchement coupé qui entre dans les narines, se plaisait à écraser la sciure qui s'amoncelait sur le sol au fil des heures. Quelquefois, il s'amusait à en ramasser pour la tasser entre ses deux mains et en faire une petite balle, une autre fois il en faisait une petite montagne. La montagne n'était jamais suffisamment haute ou moelleuse pour qu'il puisse y poser confortablement son petit derrière, mais elle suffisait à Tchoumi. Tchoumi était un petit triangle de bois dont il avait décidé de faire son meilleur ami.

Antilogus l'emmenait partout avec lui. Tchoumi adorait escalader des tabourets ou des tables, se frayer un chemin dans la sciure épaisse. Il aimait se mesurer à l'adversité et sortait toujours vainqueur de toutes les épreuves que lui faisait subir l'enfant. Le triangle avait néanmoins la victoire modeste : une fois tous ces exploits accomplis, il acceptait d'être simplement rangé dans le fond d'une poche. C'est là, en vérité, qu'il passait ses nuits et une partie de sa journée, au point de faire régulièrement craquer les coutures de l'étoffe. Ce qui donnait lieu à des disputes entre Esther et Nissim. Pourquoi Nissim avait-il donné à leur fils un triangle de bois ? Avec un jouet pareil, il ne pourrait que se blesser. Il ne le lui avait pas donné, se défendait le père, c'était Antilogus lui-même qui l'avait choisi parmi une multitude de morceaux de bois mis au rebut.

Un soir, tandis qu'ils dînaient, Esther proposa de modifier légèrement la forme de Tchoumi.

— Ton père pourrait raboter la partie pointue. Comme ça il ne trouerait plus tes poches.

— Mais c'est sa tête ! s'était écrié le petit garçon. On ne peut pas lui couper la tête !

— Bien sûr qu'on ne peut pas. Et qu'on ne doit pas, le rassura Nissim, réalisant à quel point son fils était attaché à son jouet.

— Ce qu'il lui faudrait, c'est un bateau, lança Antilogus.

— Un bateau ?

— Oui, reprit l'enfant. Qu'il puisse naviguer, passer d'une rive à l'autre, d'un pays à l'autre, qu'il voie du paysage, qu'il fasse des rencontres.

Les parents se regardaient, stupéfaits.

— Je suis sûr qu'en remontant les fleuves il pourrait aller jusqu'en Perse ou en Chine.

— Pourquoi voudrais-tu qu'il aille si loin ? demanda Esther.

— Il faut que Tchoumi connaisse le monde. Il ne peut pas rester avec moi tout le temps. Il faut qu'il voie des choses, des gens. Il a besoin d'avoir des amis.

Nissim regarda Esther.

— Et puis moi, je suis petit, je ne peux pas voyager, mais lui, il pourrait y aller pour moi, comme ça il aurait des tas de choses à me raconter quand il reviendrait. Parce qu'il reviendrait toujours, c'est moi sa famille.

Le soir, dans l'intimité de leur chambre à coucher, Esther et Nissim prirent la décision de présenter Antilogus à d'autres enfants du bazar. Et ce malgré les réticences d'Esther qui craignait qu'il apprenne qu'il avait été adopté. Tout le monde savait qu'elle ne pouvait pas avoir d'enfant, on ne l'avait pas vue enceinte, et pour cause ! Antilogus n'était pas vraiment leur fils. Ce n'était un secret pour personne sauf pour lui. Nissim et Esther le lui diraient, le moment venu. Pour l'instant, la chose était prématurée.

Le lendemain, Nissim s'en fut trouver Caraso, le marchand d'épices. Caraso tenait une boutique minuscule dans l'allée centrale du bazar égyptien. Le vieil homme n'était pas aimable mais tous savaient – y compris le grand vizir et les cuisiniers du palais – qu'il possédait les meilleures épices de tout l'Empire. C'est qu'il avait un nez et un palais incomparables. Sans parler de son oreille : il était capable, rien qu'au bruit que faisait le grain écrasé entre le pouce et l'index, de distinguer entre tous les poivres. Pouvait, pour chacune de ses épices, dater précisément la cueillette, deviner si la région d'où provenait l'une ou l'autre avait connu une humidité inhabituelle ou au contraire une grande sécheresse. Il savait si la graine avait été cueillie, lavée ou grillée une semaine ou un mois auparavant. Dans certains cas, il allait même jusqu'à dire au feu de quel bois une graine avait été grillée.

Il vendait le meilleur safran qu'on puisse trouver. Tandis que d'autres étaient tentés de tricher légèrement, faisant passer pour du safran des pistils de fleur de souci, ou le coupant au paprika, Caraso, lui, en faisait une affaire d'honneur. Il possédait dans ses tiroirs celui de Kozani, non loin de Salonique, celui d'Espagne, dit « de la Mancha », très prisé des séfarades, et, pour les connaisseurs, celui qu'il faisait venir du Gâtinais, en France. Malgré le monopole honteusement établi par les Hollandais – qui n'avaient pas hésité à brûler des champs entiers de girofliers, réduisant à néant les seuls moyens de subsistance de régions entières, condamnant à la misère des populations autrefois prospères –, Caraso avait toujours en sa possession des clous de girofle. Et lorsque le sultan, qui aimait tant les loukoums à la rose, avait mal aux dents, c'était Caraso que ses messagers venaient trouver et même, quelquefois, réveiller en pleine nuit ! Le vieil homme concoctait aussitôt une pâte dont lui seul avait le secret. Le sultan pouvait s'en oindre la gencive et oublier un temps sa douleur ou sa gêne.

Le succès des épices du maître tenait non seulement à leur qualité mais à leur extrême fraîcheur. Il faut se procurer une épice lorsqu'on est sûr de l'utiliser sans attendre. La stocker, c'est la condamner à perdre sa saveur, son arôme, à altérer sa couleur et quelquefois une partie de ses vertus. Caraso, lui, n'achetait que par petites quantités. Il arrivait qu'il ne lui reste plus de cardamome blanche ou de poivre long. La pénurie créait aussitôt un mouvement de panique au palais. Bien que l'Empire ottoman s'étende d'Alger à Budapest, de Bakou à Damas et de Sarajevo la Juive aux portes de Jérusalem, et bien qu'il soit remarquablement administré, aucun autre marchand n'avait les faveurs du sultan comme le vieux Caraso. Il était le Juif des Épices. Son fils, qu'il avait formé dans les règles de l'art, allant jusqu'à lui interdire de manger des douceurs – le sucre altère le goût –, avait pris la route. Avant de savoir acheter aux caravaniers qui, au péril de leur vie, franchissent les fleuves et les continents à dos d'âne ou de chameau, il fallait voir. Voir les épices dans leur milieu naturel, comprendre comment un savoir ancestral se transmet dans un village pour traiter un arbre, sa racine, ses fruits, ses graines ou ses fleurs. Il fallait aimer l'épice avec son histoire, ses légendes, ses personnages et ses paysages. Il fallait goûter, humer, respirer, croquer, tenir en main, écraser légèrement ou au contraire effleurer délicatement, comme ce poivre long, qui ressemblait à une fine pomme de pin, et dont les écailles, minuscules, s'articulaient pour s'arquer, au gré des mouvements, dans un sens ou dans l'autre.

À trop vouloir bien faire, le fils avait perdu la vie, assassiné par des barbares sur le chemin du Caucase. Caraso s'était retrouvé seul avec sa belle-fille et son petit-fils, Zafran, dont le prénom rendait hommage à cette épice qui les avait rendus riches.

Nissim et Caraso étaient en affaires depuis que Nissim lui avait refait l'intérieur de sa boutique. Profonde, étroite et sombre, elle avait été parée d'une infinité de petits tiroirs du sol jusqu'au plafond. Une échelle permettait d'accéder aux plus hauts, tandis que ceux du bas étaient restés vides, l'âge empêchant le marchand de se pencher à son gré. En guise de paiement, Caraso lui avait ouvert une sorte de crédit et, régulièrement, il s'acquittait de sa dette envers Nissim « en espèces » comme disaient les Français, c'est-à-dire en épices. Nissim prenait pour Esther la superstitieuse de l'aliboufier, une résine qui éloigne les énergies négatives ; quelquefois, c'était du benjoin de Siam, du camphre, d'autres fois de la cardamome, un clou de girofle, du pavot bleu, du sésame doré pour le pain de chabbat, du poivre blanc de Malabar, de l'anis pour les pâtisseries ou encore des cristaux de sucre au safran, dont Antilogus raffolait. Il laissait fondre le morceau translucide dans sa bouche jusqu'à ce que le stigmate de safran s'en trouve libéré. Alors, il calait la précieuse pointe du pistil entre sa langue et son palais pour profiter le plus longtemps possible de ce goût si particulier, si cher aux Judéo-Espagnols d'Istanbul et d'ailleurs, parce qu'il était celui de la patrie perdue.

Ce safran, Nissim en dépensait une partie chez les autres commerçants, à faire du troc. Le reste, il le confiait à Esther qui ne manquait pas d'en incorporer dans son *arroz*, son riz ou, les jours de fête, dans ses plats de poisson, le *peshcado colorado.*

Les deux hommes ne discutaient jamais de rien, mais ils s'estimaient. Aussi, c'est tout naturellement vers Caraso que Nissim se tourna à propos d'Antilogus. Était-il possible qu'on fasse se rencontrer Zafran et Antilogus ? Ils pourraient devenir amis et jouer ensemble. Caraso n'était pas contre. Nissim convia donc le vieil homme, sa bru Tzipora et son petit-fils Zafran au premier repas du chabbat – car de tous les repas du chabbat, c'est au premier que l'on doit convier l'invité d'honneur.

« *Benditchas manos que tal izieron !* » « Bénies soient les mains qui ont fait ces choses ! » s'écria Caraso à la vue de la superbe tablée. Zafran et Antilogus furent placés l'un en face de l'autre. Ils s'observèrent silencieusement pendant toute la durée du repas. Lorsqu'ils aperçurent le plat de fruits et les douceurs, ils se déridèrent un peu. Les adultes furent servis en premier, et lorsque le plat arriva devant les deux garçons, il ne restait plus que des loukoums au citron et un seul à la pistache. Les enfants se regardèrent, perplexes. Esther demanda à Zafran s'il aimait la pistache. Zafran répondit d'une mine gourmande avant d'ajouter que si Antilogus voulait le manger, il le lui laissait parce qu'il aimait aussi ceux au citron. Nous pouvons le partager, proposa Antilogus. Esther ne put s'empêcher de lui embrasser le front.

Esther et Tzipora échangèrent un sourire. S'ils étaient capables, à leur âge, de renoncer à leur dessert l'un pour l'autre, alors ils étaient mûrs pour devenir amis. Esther coupa en deux le loukoum à la pistache et les garçons n'en firent qu'une bouchée. Puis il prirent chacun un fruit. Et dès qu'ils eurent l'autorisation de se lever de table, ils s'en furent jouer dans le cortijo.

Zafran considéra le figuier. Il attrapa une branche et s'y suspendit un instant, puis il posa le pied sur le tronc et se hissa jusqu'à une branche plus élevée. Ainsi, de branche en branche, il monta, pour se retrouver presque au sommet de l'arbre. Antilogus, qui était resté en bas, était très impressionné.

— C'est très facile, lui dit Zafran. Tu peux le faire toi aussi.

Alors Antilogus attrapa une branche et se hissa comme il pouvait. Il était moins agile que son camarade, mais il avait au moins autant de volonté que lui. Il mit toutes ses forces à l'exercice et se retrouva bientôt à côté de son nouvel ami.

— Regarde, lui dit Zafran.

Sur un arbre, au loin, ils aperçurent, perchés comme eux, d'autres enfants. Ils leur firent un signe de la main et les enfants répondirent. Cela les amusa beaucoup, et ils recommencèrent plusieurs fois.

Ils échangèrent un sourire complice puis redescendirent de l'arbre, doucement. Lorsqu'ils furent arrivés en bas, chacun reprit le fruit qu'il avait laissé de côté. Zafran regarda Antilogus et plaça un doigt devant sa bouche : ce qu'ils avaient fait là, c'était un secret. À son tour, Antilogus mit alors un doigt devant sa bouche, pour montrer qu'il avait bien compris.

Ce soir-là, Antilogus s'interrogea : des enfants perchés sur des arbres se faisaient-ils ainsi des signes, les uns aux autres, à l'infini ? Pendant quelques instants, il en avait fait partie.

Et il se sentit fier, pour lui et pour son ami.

Son ami.

Bénédiction

Esther était très nerveuse. Laisser son enfant à des étrangers, même s'ils sont de bonne famille, même s'ils sont gentils, même s'ils sont éduqués, cela ne l'inspirait guère. Mais il le fallait, Nissim disait qu'il le fallait, pour le bien du petit. Et puis les deux garçons s'entendaient bien. Esther tentait de se raisonner. L'âge ne l'épargnait pas, elle était de plus en plus anxieuse, et pour des broutilles. Il fallait respirer un bon coup et accepter qu'un enfant grandisse. Il fallait accepter de faire confiance à son fils, à son jugement, à son cœur, à son instinct. Accepter de perdre le contrôle total, accepter le principe même de la vie, son imprévisibilité, et cela dans la bonne humeur et la sérénité. Comment faisaient les autres mères ? s'interrogea-t-elle tandis qu'elle aidait Antilogus à enfiler son petit manteau.

La mère prit son enfant par la main et quitta la maison. Elle le tenait fermement, prenant bien soin, comme à chacune de leurs sorties, de le faire marcher côté mur, de sorte que si un âne chargé de marchandises déboulait à l'intersection de deux ruelles, son fils soit toujours protégé. Esther ne pensait qu'à cela : la protection. Bien sûr l'Éternel était là pour veiller sur les hommes, les femmes et surtout les enfants, mais on n'était jamais trop prudent. On racontait que sur mille morts une seule était naturelle, et toutes les autres dues à l'œil. Antilogus était tellement beau que tous et toutes se retournaient sur son passage. Esther se tenait le lobe de l'oreille en disant « té-té-té-té-té », puis elle touchait le front de son enfant. Lorsque quelqu'un dans la rue faisait un compliment sur son fils – quels yeux, quels cils, quelle chevelure, quelle peau ! –, Esther s'empressait de répondre qu'il avait le corps couvert de boutons, que ses doigts de pied étaient tordus, qu'il ne savait pas parler, qu'il était si malhabile qu'il ne pouvait même pas tenir une cuillère dans ses mains, ou qu'il était affublé d'une autre tare encore, de sorte que l'admiration de l'interlocuteur se mue en pitié, ou, mieux, en un dégoût profond. Un compliment, il n'y avait pas pire pour attirer l'œil. Du reste ceux qui les prodiguaient ne pouvaient être que malveillants et il fallait les éviter à tout prix. D'ailleurs, chez les Juifs, on ne se faisait jamais de compliments, et surtout pas lorsqu'on parlait d'un enfant. C'était la garantie d'une catastrophe prochaine. Et lorsqu'on ne pouvait se retenir, tout était inversé. « Qu'il est gracieux » devenait : « Comme je te plains, tu dois souffrir que ton fils soit touché par une si grande laideur. » Plutôt que « les femmes se l'arracheront », on disait « ma pauvre, tu n'arriveras jamais à le marier ». La véritable bienveillance se traduisait ainsi par ce qu'un étranger aurait considéré comme un affront, une vexation et même parfois une insulte.

Ils étaient arrivés devant la maison des Caraso. Tzipora ouvrit la porte à Esther. La pauvre était extrêmement mal à l'aise.

— Je reviens te chercher dans une heure, d'accord mon fils chéri ?

— D'accord, maman.

— Je reviens le chercher dans une heure, si cela vous convient, dit-elle alors à Tzipora.

— Même deux heures ! Ils auront plus de temps pour bien faire connaissance. Je crois qu'ils vont beaucoup s'amuser.

— Deux heures ? répéta Esther d'une voix chevrotante.

Elle força un sourire. Deux heures sans son garçon. Deux heures à ne pas savoir ce qu'il ferait, où il serait. Oh ! Nissim avait raison, elle le couvait trop. Il avait un ami, il fallait qu'elle l'accepte et qu'elle n'en fasse pas une histoire.

Tzipora prit la main d'Antilogus et lui montra la courette où jouait déjà Zafran, avec quelques billes de verre et d'autres de métal.

Esther ne put s'empêcher de les suivre. Raisonner, c'était une chose. Mais on ne se changeait pas comme ça, d'un coup. Elle avait besoin de pouvoir se représenter le cadre dans lequel se trouverait son enfant, loin de ses yeux.

Elle remarqua immédiatement la petite porte de bois. La clé était dans la serrure.

— Ils ne peuvent pas sortir par là ? demanda Esther.

— Pourquoi le feraient-ils ? Il y a tout ce qu'il faut ici, plaisanta Tzipora.

— Et personne ne peut entrer dans la courette ?

— La porte est fermée à clé. Et la maison de l'autre côté nous appartient aussi.

— Bon, alors je suis rassurée, lança Esther qui paraissait plus anxieuse que jamais. À dans deux heures alors, dit-elle, la gorge nouée.

Elle prit son courage à deux mains et sortit.

Dans la rue, elle eut un vertige et dut s'appuyer un instant à un arbre. Il y avait toutes ces histoires qui avaient circulé, récits abominables qui avaient parcouru les frontières aussi vite que le sable est porté par le vent. Le petit garçon de six ans sur le front duquel des passants avaient lancé de l'eau, en pleine rue, à Venise, avant de le déclarer baptisé et de l'enlever, pour ne jamais le rendre à sa famille. Les atrocités commises par les rois portugais, qui prenaient plaisir à enlever les enfants juifs pour les envoyer sur des îles d'où ils ne reviendraient jamais [1]. Les histoires étaient passées de bouche en bouche et s'étaient quelque peu déformées, mais hélas elles étaient vraies, il y avait eu des témoins, et des témoins chrétiens ! Dieu merci nous étions chez les musulmans et l'Islam protégeait ses Juifs. Béni soit le sultan qui nous protège, se répétait Esther tout en marchant. Elle s'arrêta

1. En 1493, le roi portugais Jean II ordonna de rafler tous les enfants juifs âgés de deux à dix ans. Ils furent emmenés en Afrique et débarqués sur l'archipel de Sao Tomé, également connu sous le nom d'îles Perdues. La plupart de ces enfants périrent pendant le voyage. Ceux qui survécurent furent livrés aux bêtes féroces qui les dévorèrent. (*Cf. Les Juifs d'Espagne*, H. Méchoulan, Liana Levi.)

un instant à mi-chemin entre la maison de Tzipora et la sienne. Tout à coup elle ne savait que faire ni où aller. Elle qui était tout le temps collée à son fils, voilà que sans lui, elle se trouvait désorientée, sans but. Elle décida qu'il fallait rentrer à la maison pour aider Bemidra à étendre le linge.

Antilogus n'avait jamais vu ni tenu de bille. Il était subjugué par leur rondeur, et intéressé par leur poids. Zafran lui proposa d'en lancer une jusqu'au trait qu'il avait pris soin de tracer dans la terre avec un bâton. Antilogus fit rouler la bille très maladroitement, et celle-ci partit dans une tout autre direction. Zafran le rassura et lui montra comment placer ses doigts autour, et comment il faut présenter son poignet pour la diriger où l'on veut. Après cinq essais, Antilogus parvint à lancer droit. Il était heureux.

Ils pouvaient passer aux choses sérieuses : qui s'approcherait le plus du trait. Ils s'amusaient comme des fous et riaient aux éclats. Puis Zafran se lassa et il proposa à Antilogus de monter dans sa chambre.

Là se trouvait une multitude de jouets qu'Antilogus découvrit avec émerveillement. Poupées de tissu, marionnettes en bois sculpté achetées par le vieux Caraso à une caravane de retour de Ceylan, deux palets de bois et leur boule de chiffon – le jeu consistait à s'envoyer la boule de chiffon en la frappant par le bas et celui qui la laissait tomber par terre avait perdu. Zafran, qui n'était pas mécontent d'impressionner son nouvel ami, ouvrit un coffre et en sortit une guitare. Antilogus ne put retenir un souffle d'admiration : il avait vu cet instrument, une fois seulement, alors que sa mère l'avait emmené à Balat pour rendre visite à la *tya**, la vieille tante d'Esther. La musique l'avait enchanté, et sa mère avait eu le plus grand mal à le convaincre de prendre le chemin du retour. Un guitariste qui jouait et chantait en même temps, il n'avait jamais rien entendu de plus beau. Zafran avoua qu'il ne savait pas se servir de la guitare. C'était celle de son père. Antilogus, lui, savait que s'il possédait un tel instrument, il ne pourrait s'empêcher d'en jouer. Il demanda à Zafran la permission de le tenir un instant. Zafran le lui tendit.

Antilogus s'assit par terre, prit la guitare entre ses bras, comme dans son souvenir le joueur de Balat. Il posa la main contre les cordes et, du bout des doigts, agrippa une corde, puis une autre. Les sons qui s'échappaient le submergeaient de joie. Il produisit encore quelques notes, puis fit courir ses doigts sur les cordes, de plus en plus vite. Zafran applaudissait. Antilogus s'écarta alors de l'instrument et le rendit à Zafran qui le rangea dans le coffre.

Une demi-heure plus tard, après que les enfants se furent régalés de jus de grenade et de courabiers, Zafran demanda à Antilogus s'il avait envie de voir quelque chose d'extraordinaire.

— Plus extraordinaire que la guitare ?

— Bien plus.

— Qu'est-ce que c'est ?

Zafran lui fit signe de le suivre. Dans la courette, il tourna la clé dans la serrure. Quand la porte s'ouvrit, révélant le tumulte de la rue, Antilogus prit peur.

— Où veux-tu aller ? Il faut le dire à ta *madre** si nous allons dans la rue. Et la mienne, je ne suis pas sûr qu'elle soit d'accord.

— Personne ne le saura et on sera rentrés avant qu'elles s'inquiètent.

— Pourquoi est-ce qu'il ne faut le dire à personne ?

— Parce que c'est un secret.

— Tu l'as déjà fait ?

— Oui, deux fois. Tu verras, c'est magnifique.

Antilogus sentit une peur diffuse s'emparer de lui, mais il se souvint de la mine réjouie de son père ce matin-là. Nissim était si fier qu'Antilogus se fasse un ami.

— Je viens.

Les deux enfants s'engouffrèrent dans les ruelles qui menaient aux escaliers. Il n'y avait pas de temps à perdre. Dans sa course, Antilogus bouscula légèrement une vieille femme. Il s'immobilisa un instant, ne sachant s'il devait s'excuser ou partir en courant.

— Tu es si beau, lui dit-elle.

Antilogus ne répondit pas et se dépêcha de rattraper Zafran. Quelle étrange sensation que cette liberté. Pour la première fois, il avait ses deux mains pour lui. Il ne tenait plus Esther, Esther ne le tenait plus. Il était libre de ses mouvements, libre de marcher ou courir, libre de traverser la rue comme bon lui semblait. Est-ce que cela le rendait plus heureux ? Même pas. Arrivé en bas des marches, il fut saisi d'un vertige. Zafran, qui remarqua l'expression de panique sur son visage, lui demanda ce qui n'allait pas.

— Est-ce que nous ne risquons pas de nous perdre ? interrogea Antilogus.

— Tu as peur, n'est-ce pas ?

Antilogus hocha la tête. Oui, il avait peur. Peur de cette ville qui grouillait de monde, de ces marchands ambulants, de ces vendeurs à la criée qui ressemblent parfois à des ogres, peur de ces voyageurs qui venaient de très loin pour se rendre dans un ailleurs encore plus mystérieux, peur de ces effluves et de ces odeurs entêtantes et parfois si écœurantes qu'elles vous soulevaient l'estomac. Il avait peur parce qu'à Istanbul personne n'était jamais à l'abri d'un feu, et qu'une autre fois c'était la terre qui tremblait, et que seul, sans sa mère pour le protéger, il réalisait, pour la première fois de sa vie, que le monde était dangereux, et qu'il n'avait sans doute aucune chance s'il se battait contre lui.

— Tu n'as aucune raison d'avoir peur. Allez, donne-moi la main si tu veux. Et ne pose plus de questions !

Zafran l'entraîna jusqu'à l'embarcadère. Jamais auparavant Antilogus n'avait connu de telles émotions. Il voulait pleurer et rentrer chez lui, se jeter dans les bras d'Esther, la douce Esther, la madre, l'écouter chanter une romanza en jouant avec sa longue natte. Mais il serra les dents.

C'était peut-être en expérimentant ce genre de sensation que l'on grandissait.

Soleil couchant

Ils étaient une dizaine d'hommes et quelques femmes à monter sur le pérame. Lorsque Zafran présenta son visage au marin chargé de recueillir l'argent, ce dernier lui sourit. Il l'avait reconnu. Zafran sortit de sa poche trois clous de girofle. Puis, d'un mouvement de tête, il désigna le petit Antilogus comme son camarade. L'homme, une brute épaisse tout en muscles, prit les épices et lui fit signe de s'asseoir sur le côté, avec les femmes. Quand tout le monde fut installé l'homme défit le nœud qui retenait le bateau à la rive et commença à ramer.

Le petit bateau traversa lentement le Bosphore. Lorsqu'il se trouva à mi-chemin, Zafran se tourna vers son ami.

— Regarde : on est au centre du monde.

La vue était à couper le souffle.

Antilogus serrait Tchoumi très fort dans sa poche. Heureusement qu'il l'avait près de lui ! Heureusement !

— Tu n'as jamais vu Galata d'ici, n'est-ce pas ?

— Non, répondit Antilogus.

— C'est beau, n'est-ce pas ?

Antilogus éclata en sanglots.

— Qu'est-ce qu'il y a ? demanda Zafran.

— Je veux retourner dans ma maison.

— On reprendra aussitôt le bateau dans l'autre sens, ne t'en fais pas.

— Je veux rentrer dans ma maison.

— Je vais te montrer quelque chose de magnifique. Tout ira bien, je te le promets, et crois-moi, tu seras très content de m'avoir suivi.

— Tu le promets ?

— Oui, je te le promets.

Antilogus se détendit un peu et sourit à Zafran.

C'est alors qu'ils aperçurent, derrière eux, une autre barque, plus belle, plus riche, sur laquelle un homme se tenait debout. Zafran et Antilogus le regardèrent ; tel un roi, il saluait fièrement. Qui était-il ?

Lorsqu'ils arrivèrent sur le quai d'en face, un attroupement s'était déjà formé. L'homme était attendu. Des gens criaient, lui faisaient des signes, appelaient leurs amis à se joindre à eux, le tout dans un brouhaha terrible. C'est le pérame* du mystérieux inconnu qui fut débarqué en premier. Et dès qu'il eut posé le pied sur le sol la foule se jeta par terre en hurlant, en pleurant et en scandant des prières.

— C'est ça, ce que tu voulais me montrer ? demanda Antilogus.

— Non, répondit Zafran, mal à l'aise. Je voulais que tu voies le sultan. Il fait sa promenade vers cette heure-ci. Il a un caïque tout en or, tu sais.

— Et lui, c'est qui alors ?

— Lui ? Je n'en sais rien.

Les hommes et femmes restés dans leur pérames s'impatientaient ; ils tentaient tous de monter sur le quai en même temps. Finalement chacun put poser le pied sur la terre ferme. Y compris les deux enfants, qui, fascinés par l'extrême agitation, auraient dû rester dans l'embarcation pour repartir.

L'homme mystérieux se mit à déclamer des vers, puis il annonça que désormais, grâce à lui, ils n'avaient plus rien à craindre, plus jamais, parce qu'il était là pour les sauver, tous, avec leur âme, et que le moment était venu. La foule se mit à danser, à crier et à pleurer de plus belle dans un véritable tourbillon de folie. Dans le mouvement, Zafran et Antilogus furent séparés, et bientôt Antilogus, bousculé par cette population en liesse, tomba à l'eau.

Un frisson glacé parcourut l'échine d'Esther. Elle reposa sur la pierre le linge qu'elle s'apprêtait à étendre. Regarda la couleur du ciel : bleu pur. Elle ajusta son châle, puis reprit le drap et l'étendit sur la corde raide. Voilà qu'elle avait mal au ventre. Et mal au cœur. Elle ne se sentait pas très bien, tout à coup. Elle s'appuya un instant contre le mur, le temps de reprendre son souffle, puis, choisissant d'ignorer son malaise, elle se remit au travail. « Je n'aime pas qu'il soit là-bas », confia-t-elle à Bemidra.

La première réflexion qu'Antilogus se fit, c'est que l'eau était glaciale et que ce devait être ça, la mort. Il gardait sa main serrée autour de Tchoumi dans sa poche à nouveau déchirée. La tête lui tournait. Bien sûr qu'il ne savait pas nager. Il ouvrit les yeux et s'aperçut qu'ils ne lui piquaient pas. Il vit les rayons de soleil qui pénétraient l'eau sombre. C'était magnifique. Là-haut, les hommes avaient autre chose à faire que de se préoccuper de lui. Était-il déjà mort ? Non, pas encore puisqu'il sentait Tchoumi lui trancher la paume. Qu'est-ce qui lui prenait de le serrer si fort ? Ça ne le ramènerait pas à la surface. Ça ne le ramènerait pas chez lui. Madre, se mit-il à penser très fort. Madre, viens me sauver. Madre, je suis dans l'eau, madre, je me noie. Au fond du Bosphore, Antilogus sortit Tchoumi de sa poche. Dis-leur que je les aimais, pensa-t-il avant de perdre connaissance.

À l'autre bout de la ville, sur la rive anatolienne, une femme que les riverains disaient folle, vivant dans la rue et se nourrissant de restes ou de la charité des passants, une femme qui racontait à qui voulait l'entendre toujours la même histoire, on lui avait arraché son petit alors qu'elle venait de le mettre au monde, sentit un goût salé dans sa bouche. Elle recracha aussitôt le contenu d'une bonne tasse arrivé là d'on ne sait où. Des larmes qui, lassées de sortir par les yeux, se choisissaient un autre itinéraire ?

Tout à coup, elle se mit à hurler. « Il se noie ! Mon petit se noie ! »

Et elle se mit à courir plus vite qu'un homme a jamais couru pour sauver sa vie.

Elle cria aux marins qui crièrent à leur tour avant de plonger au secours de l'enfant. Et de cris en cris, tandis que la cohue s'était déplacée vers le bazar, et que Zafran avait trouvé refuge chez son grand-père, dans l'allée des épices, un pêcheur qui ramassait ses filets non loin de l'embarcadère vit le ballet de tous ces hommes qui plongeaient, les uns après les autres, dans le Bosphore. L'appel de l'un d'entre eux parvint jusqu'à ses oreilles.

— Un enfant est tombé à l'eau !

Le pêcheur balaya d'un coup d'œil la surface des flots. Non loin de lui, il aperçut Tchoumi qui flottait. Il sauta à son tour et nagea aussi profond qu'il le pouvait. Les yeux écarquillés, il cherchait. Soudain, il aperçut le petit garçon, nagea jusqu'à lui et le saisit par la taille. Il l'entraîna à la surface, le hissa jusqu'au quai. L'enfant paraissait sans vie. Le pêcheur lui donna sa veste. « Aidez-moi », hurla-t-il. Aussitôt trois autres pêcheurs accoururent. Il fallait l'emmener au chaud.

Athina avait réussi à passer de l'Anatolie à la Roumélie[1], elle traversait maintenant Beyoglu en criant : « Il se noie, il se noie ! » Les femmes du quartier, impressionnées, reprirent en écho : « Il se noie ! Il se noie ! », tant et si bien que de ruelle en ruelle, et en quelques instants seulement, la ville entière fut mise au courant. L'appel au secours parvint aux oreilles d'Esther qui finissait d'étendre le petit drap de son fils. Elle leva les yeux au ciel : un petit nuage blanc se trouvait maintenant juste au-dessus de sa maison. Quand elle reposa son regard sur sa corde, le petit drap était tombé par terre.

Elle sortit de la maison comme une furie, se rendit chez Tzipora, vit la petite porte ouverte, courut jusqu'au Bosphore, bousculant au passage un marchand de paniers d'osier et faisant tomber le vieux vendeur de balais. Elle sauta dans une embarcation en suppliant le marin d'aller vite, plus vite, plus vite encore, tandis que sur une autre embarcation, à moins de cent mètres de là, Athina se dirigeait aussi vers le bazar. Les deux femmes posèrent en même temps le pied sur la rive.

Elles regardèrent, terrifiées, de part et d'autre de l'embarcadère, sans même se voir. Un homme leur fit signe et elles se précipitèrent, l'une derrière l'autre, vers une petite cabane. Esther

1. Respectivement, rives asiatique et européenne du Bosphore.

se jeta au chevet de son fils. Les pêcheurs faisaient grise mine. En découvrant le visage livide de l'enfant, ses yeux fermés, son petit corps inanimé, la Juive laissa sa tête tomber contre lui et poussa un cri de désespoir si rauque et si déchirant que les pêcheurs eux-mêmes se mirent à pleurer. Puis elle fut secouée de sanglots ininterrompus au milieu desquels elle appelait son fils, lui demandait « Pourquoi ? pourquoi ? », s'adressait à Dieu, jurait et se donnait des coups violents sur la poitrine. N'avait-elle pas senti le danger en l'amenant là-bas ? Pourquoi ne s'était-elle pas écoutée ? Elle n'aurait jamais dû l'y laisser ! Et elle ne se le pardonnerait jamais, jamais ! Voilà que tout à coup ses pleurs se firent terriblement aigus, presque inaudibles. Elle prit l'enfant dans ses bras. Elle lui demanda pardon, et encore pardon. Elle lui dit qu'il avait été le bonheur de sa vie. Doucement, elle entonna la berceuse préférée d'Antilogus.

Durme querido hijico
durme sin ansia ni dolor
cerra tus lindos ojicos
durme durme con savor.

Puis elle reposa l'enfant sur le sol, et se blottit contre lui.

— Vous n'allez tout de même pas accepter ça, lança Athina qui était restée en retrait. Parce que c'est inacceptable. Inacceptable et intolérable !

Esther, dans sa douleur, n'entendait ni ne comprenait ce que disait la Grecque. Athina s'approcha de l'enfant, lui caressa le visage et, sans que quiconque ait le temps de l'en empêcher, se mit à le battre comme plâtre. Esther tenta de s'interposer, mais Athina, malgré sa frêle silhouette, était plus forte. Esther se jeta sur elle. Qu'elle lâche son enfant !

Les pêcheurs se regardaient, interloqués : laquelle des deux était la mère ?

— Tu vas revenir à toi tout de suite, petit. Tu m'entends ? Reviens, je te demande de revenir !

Athina saisit Antilogus par la chemise et le prit contre elle un instant.

— Mon enfant !

Esther eut un mouvement de recul. Elle avait compris.

Athina serrait son enfant si fort que tous crurent que le petit corps en serait broyé. Puis elle lui murmura quelque chose à l'oreille et le reposa sur le sol. Elle regarda Esther d'un air accusateur : la Juive n'avait pas su veiller sur lui comme il le méritait. Esther ferma les yeux, accablée. Un instant plus tard, Antilogus vida ses poumons de quatre ou cinq litres d'eau d'un coup. Esther et les pêcheurs en furent aspergés. Il se redressa, secoua la tête comme un petit chien qui s'ébroue puis, hagard, regarda les deux pêcheurs médusés et Esther. Celle-ci se tourna vers Athina, mais la mendiante avait disparu.

— Où est Tchoumi ? demanda le petit garçon.

Esther ne répondit pas. Rêvait-elle ?

Les pêcheurs la regardèrent. La pauvre femme avait reçu un choc aussi important que son fils. Le plus vieux d'entre eux tendit le morceau de bois à l'enfant.

— C'est ça que tu cherches, petit ? lui lança-t-il.

— Tu es vivant ! cria tout à coup Esther, et elle se précipita pour prendre Antilogus dans ses bras en sanglotant et en remerciant.

— Mama, pleurait le petit garçon, mama. Je veux rester avec toi.

Ainsi fut clos le débat entre Nissim et sa femme. Antilogus grandirait chez lui, loin des autres enfants, loin des dangers et des tentations. Quant à Esther, elle ne le quittait plus des yeux, même lorsqu'il jouait dans la maison. Déchirée par des sentiments contradictoires, bénissant Athina d'avoir sauvé son fils adoré et vivant dans la terreur qu'elle vienne le réclamer, elle faisait des cauchemars toutes les nuits, voyant le visage d'Athina partout, croyant la reconnaître dans la rue. Et quelquefois, en effet, c'était bien elle. Mais comment lui en vouloir ?

C'en était bien fini de l'insouciance. Esther n'avait plus confiance en personne, pas même en Bemidra la dévouée. À vivre dans la peur, bientôt elle tomba malade. Car c'est ainsi, et les médecins vous le diront : la peur engendre la peur, et le tourbillon frénétique ne se contente pas de happer l'énergie et de sucer la vitalité de sa victime comme les sordides animaux sucent le sang, jusqu'à ce que celle-ci se retrouve sans forces, terrassée ; il s'attaque au reste de ses membres, ses cuisses, ses mollets, son cœur, ses bras, sa colonne vertébrale, son cerveau et gagne jusqu'à son âme, y injectant son maléfique venin, dans l'espoir vite contenté de vaincre ce qu'il y a de plus beau au monde : la liberté d'être, d'aimer et de penser.

Romance

Sabbataï Tzevi avait la plus belle voix du monde. Est-ce que c'était pour cela, ou à cause de sa beauté et de son infini charisme, que la moitié des Juifs d'Istanbul avaient bu ses paroles lorsqu'il s'était déclaré le Messie ?

Le Messie, selon les Écritures, viendrait après une catastrophe. Des dizaines de milliers de Juifs avaient été récemment massacrés en Pologne, c'était cela, la catastrophe. La nouvelle était parvenue jusqu'aux rives du Bosphore. Puis le bruit avait couru qu'un dénommé Tzevi, originaire de Smyrne, sillonnait les routes en se prétendant le Sauveur, qu'il promettait de reconstruire le Temple et de ramener les enfants d'Israël dans leur royaume, où ils seraient, à tout jamais, en sécurité.

Ses cheveux de miel et d'ambre lui valaient le surnom d'Homme à la Tête d'Or. Depuis quelques années déjà il voyageait, tour à tour attendu, adoré, puis conspué, chassé, considéré par les uns comme le Sauveur, par d'autres comme un fou dangereux. C'était un érudit, un pieux – on racontait qu'il pouvait jeûner pendant cinq jours d'affilée. Une fois, il avait déclaré pouvoir voler au-dessus des nuages. Une autre fois, qu'il avait le pouvoir d'arrêter le soleil à midi. Il était bon, donnait à manger et à boire aux pauvres. Et avait toujours sur lui des petites douceurs pour les enfants. Quiconque avait la chance d'être effleuré par l'éventail d'argent qui ne le quittait pas tombait aussitôt en pâmoison. Il transgressait les interdits, prononçait le Tétragramme, se permettait tout, allant jusqu'à signer ses circulaires : « Moi, Sabbataï Tzevi, l'Éternel, votre Dieu »... Il était le Messie, l'envoyé de Dieu, Dieu Lui-même, et comme si cela ne suffisait pas, déclarait qu'il serait bientôt assis à la place du sultan, présidant à la destinée du grand Empire ottoman.

C'était à cause de lui si Antilogus était tombé à l'eau. Parce qu'ils s'étaient tous battus pour s'en approcher au plus près. Le Messie ! À Istanbul !

Au début, le sultan n'avait pas pris l'affaire très au sérieux. Puis un jour, le rabbin de la grande synagogue Arhida lui avait demandé audience. Cet imposteur insultait et Dieu et le sultan, et divisait les Juifs.

— Que Sa Grâce veuille bien ordonner de l'emprisonner ou de le chasser, et nous nous chargerons d'exécuter cet ordre.

Le sultan était maintenant intrigué qu'un seul homme puisse semer une telle pagaille avec des chansons, de l'audace et des images poétiques. On lui rapportait que certaines boutiques du bazar avaient été abandonnées par leurs propriétaires, pressés de précéder le fameux Messie en Terre sainte.

Pour se faire une idée plus précise de la situation, le sultan décida de recevoir quelques-uns des partisans de Tzevi. Le médecin personnel du sultan, convaincu que l'Homme à la Tête d'Or n'était pas un imposteur, s'en fit le meilleur avocat. D'après ce qui était écrit dans la Torah et dans le Talmud, à cause de la couleur de ses cheveux, parce qu'il prononçait le Tétragramme, parce que la valeur numérique de son nom était égale à celle de l'un des noms de Dieu, Tzevi était le Messie, tout concordait. Il fallait le laisser faire !

Aussi le sultan, qui avait grande confiance en son médecin, décida de ne pas intervenir. Si Tzevi était véritablement le Messie des Juifs, en effet, tous se devaient de le respecter. Lui y compris.

Antilogus était tombé à l'eau et c'était Esther qui avait « attrapé la mort ». Elle toussait chaque jour un peu plus et son teint pâlissait davantage. Antilogus restait près d'elle, se sentant affreusement coupable et, en même temps, s'ennuyant de plus en plus dans cette maison où ils ne chantaient plus, ne dansaient plus, ne tourbillonnaient plus. Antilogus jouait avec Tchoumi, mais il se lassait. Ce n'était qu'un bout de bois, pas très intéressant. Il pensait à la guitare de Zafran. Si seulement il en avait une comme ça, il ne la laisserait pas dans une malle. Il apprendrait à jouer et chanter les romanzas si chères à Esther, au son desquelles il avait grandi. Avec ça, c'est sûr, elle guérirait.

La cuisine, ce n'était plus Esther qui la faisait. Elle avait raté plusieurs fois de suite ces plats qu'elle réalisait autrefois en un tour de main et sans même y penser. Désormais, c'était Bemidra qui se chargeait des courabiers.

Est-il besoin de dire que ses sablés n'étaient pas aussi bons que ceux d'Esther ? Sans compter que la tsatsa en faisait moins souvent, débordée par les tâches qui lui incombaient désormais. Il fallait en demander pour en avoir ! Esther, autrefois, en avait toujours de prêts. Son fils n'avait même pas besoin de parler : elle savait. Ouvrait la petite boîte de fer-blanc, en souriant.

Ne parlons pas des *biskotchos* ou des *boyos de pimienta*, ces délicieux petits sablés sucrés-salés et poivrés. Chaque femme avait sa recette, et d'ailleurs, cela dépendait de la taille des mains et de la personnalité de qui les confectionnait. Tout se mesurait en poignées et pincées. Selon que les mains étaient grosses ou menues, de bonne ou de méchante humeur, cela ne donnait pas tout à fait la même chose. En vérité, les femmes n'étaient pas mécontentes que les recettes varient d'une cuisine à l'autre : pour les enfants, il en était autrement.

Esther passait désormais la totalité de la journée au lit, incapable de faire quoi que ce soit – à peine de rester éveillée. Le médecin, qui s'était avoué impuissant, avait suggéré d'aller trouver la guérisseuse. C'était elle qui prodiguait les soins de la *saradoura**. La saradoura, qui devait commencer deux jours avant la fin du mois lunaire et finir le premier jour du mois suivant, avait pour but de procurer du repos à ceux qui, à la suite d'une frayeur quelconque, avaient eu les nerfs ébranlés. Trois jours de mise à l'écart, de massages et d'incantations pour retrouver la santé et éloigner les mauvais esprits.

La vieille femme s'enferma dans une pièce avec Esther. À minuit, elle répandit sur tout le corps de la souffrante une infusion composée de marjolaine, d'eau de fleur d'oranger et de sucre, tandis qu'elle récitait des prières pour qu'Esther se débarrasse de ses cauchemars et de ses craintes. À midi, elle recommença. Le deuxième jour, elle lui fit avaler une poudre aux vertus prétendument salvatrices. Le troisième jour, elle lui donna des grains de café moka à garder dans la bouche sans les avaler. Pendant tout ce temps, Esther était exclusivement nourrie de galettes de sésame et d'amandes fraîches. Le troisième jour, une fois les soins terminés, elle fut emmenée au *mikveh** où la guérisseuse appliqua sur son corps une solution de sulfate de soude. Puis Esther put revenir à sa vie familiale.

La saradoura semblait l'avoir apaisée. Hélas, après une semaine seulement, l'affolement la gagna de nouveau, et de plus belle.

Nissim aussi était d'humeur lugubre. Depuis que ce Sabbataï Tzevi était arrivé dans la ville, les gens n'étaient plus les mêmes, tous étaient comme fous, plus personne ne suivait les affaires en cours et les échanges commerciaux s'en trouvaient d'autant diminués.

Deux des trois apprentis manquaient à l'atelier depuis plusieurs jours. Nissim se retrouvait seul à finir ses commandes, dont la moitié avaient été annulées ! Plus aucun Juif ne voulait de coffre, de tabouret ou de table : ceux qui voyaient en Tzevi le Messie en étaient maintenant à vendre leurs maisons et leurs possessions pour se rendre en Terre sainte où les conduirait sans tarder celui qu'on appelait le roi des Juifs. Plus d'un tiers des boutiques du bazar avaient été fermées sans préavis. Certains avaient vendu leur échoppe pour donner leur fortune aux pauvres. Chaque jour, un événement nouveau se produisait qui contrariait Nissim.

Ce matin, c'était la neige. Depuis qu'elle tombait, on voyait des hommes, pères de famille autrefois tout à fait raisonnables, se rouler nus dedans. Aujourd'hui, Nissim s'était disputé avec l'un d'entre eux, et pas le moindre. Son vieil ami Caraso.

— Mais qu'est-ce que tu fais là !
— Tu ne vois pas ? Je dois me purifier moi aussi.
— À ton âge, tu vas attraper la mort.
— La mort n'est rien, je ne la crains pas.
— Pense à ta belle-fille, à Zafran.
— Le Messie est là, désormais il n'y a plus rien à craindre !
— Et tes épices !
— Je m'en fiche pas mal !
— Mais le sultan !
— Laisse-moi !

Et le vieux, nu comme un ver, prit son élan et se roula à nouveau dans la neige. Cela ne nous apportera que du malheur, pensa Nissim.

Le vieux rabbin avait mis en garde la petite communauté de Galata. Un homme qui monte sur les tables en prononçant le Tétragramme, qui chante des chansons d'amour profanes en plein office ou se permet arbitrairement de créer ou de supprimer des fêtes n'est pas le Messie, mais un fou dangereux. Aussitôt, les critiques avaient fusé et certains avaient couru après le vieil homme pour le frapper. Il s'était réfugié à temps dans le petit bureau où Antilogus avait connu son premier repos.

Qu'est-ce qu'ils avaient tous à vouloir retourner en Terre sainte avec Tzevi ? Ils n'étaient pas malheureux sous la protection du sultan.

Le sultan adorait ses Juifs. Tous les sultans depuis Bayazid II adoraient leurs Juifs. Et l'estime qu'ils leur portaient était due à l'excellence de ce peuple qui avait appris des Arabes la médecine, de ses voyages et exils la maîtrise des langues, et de son goût immodéré pour l'étude la nécessité de développer l'imprimerie. Les diplomates de l'Empire étaient toujours des Juifs – qui d'autre connaissait le perse, l'arabe, le slave, l'espagnol, le bulgare, et vingt autres langues encore ? Du reste, les traités, alliances et autres accords avec les provinces étrangères étaient toujours rédigés en hébreu. Les douaniers aussi étaient des Juifs et le médecin du sultan, l'homme de confiance qui l'accompagnait partout et tout le temps, en était un également. Et c'était ainsi depuis leur arrivée, en 1492[1].

Ils avaient apporté d'Espagne leur savoir, leur sens du commerce, et en avaient aussitôt fait profiter l'Empire. Les sultans savaient combien ce peuple était précieux, et combien il était reconnaissant à la patrie qui l'accueillait. « Travaillez à la prospérité de la ville où je vous ai relégués et implorez Dieu en sa faveur, car sa prospérité est le gage de votre prospérité. » Depuis le prophète Jérémie qui, au nom de Dieu, l'avait ordonné, il était du devoir du Juif, au même titre que de respecter ses parents, ses maîtres, la vie et l'honneur d'autrui, d'aimer et de travailler de toutes ses forces à la prospérité du pays d'accueil. Et tout d'abord, il fallait obéir à ses lois. Les lois du pays étaient aussi importantes que les lois énoncées dans la Torah. Du devoir d'obéir aux lois du pays découlait celui d'être loyal dans l'exercice de sa profession. Et l'acquittement des impôts en temps et en heure faisait partie des obligations ! Payer ses impôts en retard revenait à transgresser le troisième commandement : « Tu ne voleras point. » En cas d'agression d'une puissance étrangère, le Juif avait le devoir de se dévouer pour son pays d'accueil, et même de se sacrifier à sa défense. Aussi, chaque chabbat, les Juifs d'Istanbul, de Gallipoli, de Gabès ou de Budapest priaient pour la prospérité de l'Empire ottoman. Mis à part la couleur verte qui leur était formellement interdite par décret (elle était réservée à l'islam), les Juifs étaient libres d'aller et venir, de penser, de se réunir, de prier, de chanter, de bâtir des maisons et de développer leur commerce. Ils étaient protégés comme jamais personne ne les protégerait plus. Une loi promettait même la mise à mort à tout individu mettant en danger l'un des membres de la communauté juive.

C'était une époque bénie, et au milieu de cela, Sabbataï Tzevi venait mettre sa pagaille !

---

1. Avant l'arrivée des Juifs d'Espagne en 1492 se trouvaient à Istanbul de petites communautés juives romaniote, karaïte, achkénase. D'après M. Franco *(Essai sur l'histoire des Israélites de l'Empire ottoman)*, les Romaniotes y étaient établis depuis le Ier siècle de notre ère.

Ceux qui choisissaient Tzevi contre la raison commettaient, au dire du rabbin, une grave entorse aux devoirs envers la patrie. Nissim était bien de son avis.

On ne doit pas oublier celui qui, alors que tous étaient d'accord pour vous anéantir, a pris le risque et endossé la responsabilité de vous sauver. Alors, même si Tzevi était un Juif, avant tout on devait loyauté au sultan. La gratitude éternelle des arrière-grands-parents de Nissim, et de leurs parents, et des parents de leurs parents, cela s'était transmis, et cela devait continuer de se transmettre, de génération en génération.

Pour ne pas affoler Esther, Nissim ne racontait rien de ce qu'il voyait ou entendait. Mais on entendait tout ce qui se disait dans la rue. Les vendeurs de sorbets à la criée – rose, griotte, grenade ou pistache lait –, les vendeurs de *sahlep** – lait chaud épaissi avec de la poudre de racine d'orchidée – qui arpentaient la ville en criant « saaaaahlep ! », les vendeurs de *simit**, cet anneau de pain aux graines de sésame grillées, comme tous les autres marchands ambulants, transportaient avec eux un peu plus que des marchandises ou des délices. Grâce à eux, les nouvelles des quartiers de Bebek ou d'Haskeuy, d'Uskudar en Anatolie, de Balat au bout de la Corne d'Or ou de Sultanhamet voyageaient d'un bout à l'autre de la ville. Et lorsque Bemidra ouvrait la porte au vendeur de lait ou à l'*aguador*, qui apportait l'eau potable à domicile dans des outres chargées sur un âne, Antilogus toujours écoutait. Si bien qu'il était à peu près au courant de tout.

« Au fait, avait demandé tout bas l'enfant à la servante, qu'est-ce que c'est, un messie ? » Chacun n'avait que ces noms-là à la bouche, le Sauveur, le Messie, le roi ! Bemidra la première. Elle qui faisait désormais les courses – Esther n'en était plus capable – se plaignait de la pagaille qui régnait au marché – quand il était ouvert – et dans les rues. Les gens étaient tous comme illuminés et on ne pouvait plus avoir une conversation normale. Ainsi, lorsqu'elle était partie chercher des oignons pour les hacher et les mettre dans son plat de viande, elle s'était fait insulter. Elle voulait faire la cuisine ? manger ? Alors qu'il y avait tellement plus important, faire pénitence pour préparer le retour en Terre sainte !

Elle avait traversé tout le quartier et s'était rendue chez les marchands turcs de Péra. Sur le chemin du retour elle avait été à nouveau chahutée. Son panier s'était renversé, les oignons avaient commencé à dévaler la pente mais elle les avait presque tous récupérés. Elle les avait payés un peu trop cher, mais elle les avait enfin, ses oignons, et c'était tout ce qu'elle voulait, pouvoir préparer son plat de viande, comme tous les vendredis matin. Qu'il cuise toute la journée et soit prêt pour le soir.

— Un messie ? C'est comme Dieu, sauf que c'est un homme, avait-elle répondu à l'enfant.

— Il est bon alors ?

— Dans la ville, ils disent qu'il a le pouvoir de supprimer toutes les souffrances et qu'il va nous conduire dans un pays de miel.

L'enfant n'avait pas tout compris, mais ça n'avait pas d'importance. Il aimait le miel.

Il en prenait une petite cuillère tous les matins. Étalé sur son simit, par-dessus cette crème de lait merveilleuse qu'on appelle *kaïmak**, et que jamais aucune douceur au monde ne pourra égaler.

Le poison

L'anxiété d'Esther touchait maintenant tous ses organes. Sa respiration, son estomac, et même ses articulations. Elle frissonnait et aucune couverture, aucun feu ni aucune parole ne parvenait à la réchauffer. Son crâne la serrait affreusement, elle avait des nausées, elle était sans cesse sujette aux sueurs froides et au vertige, même lorsqu'elle reposait, immobile, sur le matelas. Elle avait perdu l'appétit, et son estomac et ses yeux la brûlaient. Un soir, Mayorkas, le médecin, essaya de lui parler.

— Esther, je te comprends, c'était un moment extrêmement difficile, tu as eu une peur atroce. Mais c'est terminé, le moment est passé. Et il est là, ton petit garçon, en bonne santé, et beau comme tout. Qu'est-ce qui t'inquiète ?

— J'ai peur. J'ai peur de tout ce qui peut arriver de mal. J'ai peur de ne pas être là quand il aura besoin d'aide. J'ai peur qu'il s'en aille avant d'avoir vécu. J'ai peur des dangers qui le guettent. Des insectes, des méchants, des maladies qui lui prendraient sa force. J'ai peur qu'un chien le morde dans la rue, ou que quelqu'un le batte. J'ai peur qu'un cheval le bouscule et qu'il tombe à terre, brisé. J'ai peur de choses stupides aussi, je vois le mal et le danger partout. J'ai peur de ce qui lui fera envie et le mènera au danger. La vue d'un vendeur de sahlep qui lui fera traverser la rue à la hâte, et être heurté par un porteur d'eau. J'ai peur qu'en le protégeant trop je le condamne à une vie qui le tuera. J'ai peur des chats qui sont les mauvais esprits. J'ai peur des braseros au-dessus desquels on cuit les aubergines. J'ai peur du vent qui propage les incendies. J'ai peur de la neige ou du verglas, l'hiver, qui fait perdre l'équilibre. J'ai peur qu'il attrape froid. J'ai peur qu'il souffre. Je ne veux pas qu'il souffre. Je voudrais pouvoir lui fabriquer une enveloppe qui le rendrait invincible. Je voudrais pouvoir le protéger de toutes les peines, de toutes les douleurs, de toutes les déconvenues. Je voudrais prendre tout cela sur moi pour l'en épargner.

— Tu peux bien mourir, tu ne le rendras pas pour autant immortel. Il doit vivre sa vie, Esther, et il la vivra. Et elle sera belle, et elle sera laide, et elle sera riche, et elle sera triste. Parce que ainsi est le chemin. Quoi que tu fasses, quoi que tu penses, tu ne pourras rien empêcher ni forcer. Et ton rôle de mère n'est pas là. Tu dois l'aimer, seulement l'aimer. C'est de ton amour qu'il tirera sa force de vie.

— Je l'aime, je l'aime tant. Mais j'ai peur. J'ai peur tout le temps.

— La seule chose dont tu devrais avoir peur, c'est qu'il grandisse sans toi. Et si tu continues comme ça, à te mortifier, Esther, eh bien, tu sais ce qui adviendra. Que tu le voies marié, que tu voies ses enfants, que tu le voies devenu un homme, grand, fort, beau, que tu voies le résultat de tes efforts dans la façon qu'il aura de poser son regard sur le monde, voilà ce que je te souhaite. Alors je t'en prie, pour lui, pour toi, pour ton mari, secoue-toi. Vois le bon côté des choses. C'est facile d'imaginer le pire. N'est-il pas beaucoup plus facile de descendre la colline que de la remonter ? Mais tu peux aussi choisir de faire confiance. Un jour après l'autre. Doucement, pas à pas.

Le discours de Mayorkas n'avait pas eu plus d'effet que ça. Esther était prise, comme entraînée dans la spirale infernale. Il lui arrivait de se voir au-dessus d'un grand précipice et tout à coup elle entamait une plongée violente dans l'abîme. Elle se réveillait, en sueur, hurlant à l'aide. Antilogus bondissait aussitôt hors de ses épaisses couvertures pour se rendre à son chevet. Là, il trouvait Nissim, vaincu, qui lui tenait la main fermement, comme pour la maintenir sur cette terre.

L'enfant se jetait dans les bras de sa mère, comme s'il n'avait jamais cessé d'avoir deux ou trois ans. Esther lâchait la main de son époux pour serrer son petit contre elle.

— *Mama, estoy aqui. Estoy aqui. Tu ijico* !* Maman, je suis là. Je suis là ! Ton petit garçon !

La main d'Esther se perdait dans la chevelure dorée de l'enfant, elle souriait tristement. Nissim retournait dans son lit.

— Je t'aime tellement mon chéri, je t'aime tellement. Est-ce que tu le sais ?

— Oui, maman, je le sais. Tu m'aimes, et moi je t'aime aussi. Et papa aussi, nous nous aimons tous les trois.

— Tu m'aimes aussi, mon chéri, rassure-moi ?

— Bien sûr que je t'aime. Avec mon cœur et avec mes yeux.

— Tu m'aimes quoi qu'il arrive ? Tu m'aimerais même si tu apprenais des choses, même si des gens te racontaient des histoires ?

— Je ne comprends pas ce que tu dis, maman, tu dois dormir maintenant. Oui, je t'aime et je t'aime pour toujours, quoi qu'il se passe, quoi qu'on me raconte. Ça te va ?

— Ça me va, disait la mère, dans cet échange où l'enfant avait pris le rôle de la mère, et la mère celui du petit enfant inquiet.

— Allez, concluait l'enfant en ajustant les couvertures sur le corps devenu frêle, dors maintenant.

Il l'embrassait et repartait dans sa chambre.

Au milieu de la nuit, elle criait son nom à nouveau. Il revenait à son chevet, caressant une mèche de ses cheveux trempés, la rangeant de côté pour dégager son visage apeuré.

— Tu es là, mon chéri, tu es là ?

— Je suis là, bien sûr que je suis là.

Est-il besoin de dire combien l'enfant aimait sa mère ? Elle était sa lumière, sa joie de vivre, ses yeux, le chant qui anime les racines de son âme, elle était la douce, l'unique, celle qui a le pouvoir de réparer, de faire oublier, d'enchanter. Elle était la magicienne. De ses grands yeux bleus tombants, il disait qu'ils ressemblaient à deux poissons. Sa tresse, il savait la faire et la défaire. Il connaissait ses gestes et ses expressions par cœur. Il savait toujours ce qu'elle pensait, sans qu'elle ait besoin de l'exprimer. Par-dessus tout, il aimait se blottir contre elle, le soir, avant le coucher. Ils collaient leur nez l'un contre l'autre. Ce magnifique nez droit qu'ils avaient, étrangement, en commun. La peau des deux fronts se touchait, ils se souriaient.

Si Antilogus avait causé la détresse de sa mère, il lui semblait que c'était à lui de la réparer. C'était lui qui l'avait rendue malade, c'était donc lui qui pourrait la sauver.

Mais comment faire ? Rester à ses côtés jour et nuit ne servait à rien puisque les angoisses concernaient l'avenir, ce temps imaginaire où aux yeux d'un enfant, tout ne semble que lumière, force et liberté.

Antilogus, qui voyait bien que le médecin n'apportait aucune amélioration à l'état de sa mère, et qui lisait sur le visage de son père, décida qu'il devait aller trouver Sabbataï Tzevi. Si le Messie était si puissant qu'on le disait, il pourrait bien faire quelque chose contre les cauchemars d'Esther.

Une nuit, tandis qu'Esther et Nissim étaient couchés, Antilogus s'en fut par la fenêtre de la cuisine. C'était un vendredi et il avait entendu plusieurs fois que Tzevi ne manquait jamais de se montrer à la synagogue Ahrida ce jour-là.

Le petit garçon, qui connaissait le chemin pour l'avoir fait avec son père plusieurs fois, descendit tranquillement en direction de Balat. Il marcha pendant une heure environ. Lorsqu'il arriva devant les portes de la synagogue, elles étaient fermées. Il entendit des chansons d'amour. Tzevi considérait qu'une chanson d'amour profane passée par sa bouche devenait sacrée. Aussi se permettait-il toutes les libertés.

Antilogus poussa la porte du temple. La synagogue était bondée.

Il était là. L'homme qu'il avait aperçu, ce malheureux jour, sur l'autre rive. L'Homme à la Tête d'Or.

Antilogus se faufila entre les fidèles du Messie, jusqu'à se trouver le plus près possible de celui-ci. Il était maintenant à quelques mètres de lui seulement. Il passa devant d'autres hommes portant le talith sur leurs épaules.

L'assemblée entière était comme ensorcelée par la voix

mélodieuse de Tzevi. Lorsqu'il eut fini sa romanza, un certain Nathan de Gaza prit la parole. Tzevi se retira. Antilogus tenta de le suivre mais un bouclier de cinq hommes se referma sur le roi des Juifs et l'enfant fut écarté.

Antilogus sortit de la synagogue, bien décidé à retrouver le Messie. Il fit le tour du bâtiment. La lune éclairait un visage, à la fenêtre du kale. C'était lui.

— Ho ! cria Antilogus. Ho ! Senyor !

Antilogus ramassa un caillou et le lança sur la fenêtre.

L'homme tourna le regard vers lui.

— *Machiah* !* Messie ! C'est vrai ce qu'on dit sur toi ?

— C'est vrai, petit. Bien sûr que c'est vrai.

— C'est vrai que tu accomplis des miracles et que tu vas sauver le monde ?

— C'est vrai.

— Alors, j'ai besoin de toi.

Tzevi sortit par une porte dérobée.

— Dis-moi, petit.

— Ma maman est malade. Elle est malade de peur. Elle a peur tout le temps et cela l'empoisonne. C'est ce que dit Mayorkas, le médecin. Je vois bien que ça ne s'arrange pas. Elle ne mange pas, elle a beaucoup maigri. Elle est toute blanche. J'ai peur moi aussi et je voudrais te demander, puisque tu es le Messie et que tu peux tout, de venir avec moi jusqu'à chez nous, s'il te plaît, pour la sauver, la rassurer, lui dire que tout ira bien, qu'elle n'a pas de raisons de s'inquiéter.

— Tout ira bien, petit.

— C'est elle qui doit l'entendre, pas moi. Et puis il faut redonner de la couleur à ses joues. Alors ?

— Alors quoi ?

— Tu es d'accord, Machiah ?

— Je la sauverai, soit.

Antilogus ressentit alors une émotion très forte. Comme s'il était en face de Dieu en personne. Il avait une chance extraordinaire. Le Machiah allait sauver Esther ! Il lui prit la main.

— Pas maintenant, lui lança Tzevi. Je suis invité pour le repas du chabbat, il faudra que tu m'attendes.

— Je vous attendrai.

Une foule se déversa aussitôt des portes de la synagogue. Le visage du roi s'éclaira. Tous se jetèrent à ses pieds. Antilogus en fut très impressionné. Quelques hommes, restés debout, invitèrent Tzevi à les précéder. Le cortège se forma en quelques instants seulement. Antilogus, derrière, suivait.

Tzevi marchait avec un bâton à pommeau d'argent qui lui donnait une autorité terrible. Le petit garçon se sentait fier. Il allait sauver sa mère et faire le bonheur de son père, et il serait heureux lui aussi !

Le Poyraz se mit à souffler sur la ville. Un vent de nord-est terrible, un de ces vents violents qui passent de l'Anatolie à la Roumélie. La petite fenêtre que l'enfant avait laissée entrouverte, dans la cuisine, claqua d'un coup sec, réveillant Esther en sursaut. Nissim, épuisé de sa journée, ne se leva pas. Et puis c'était Antilogus qu'elle réclamait, c'était lui qu'elle attendait, c'était lui qui irait.

Le dîner de chabbat durait depuis une heure maintenant dans cette maison de Balat. Cela sentait si bon les boulettes de poireaux, les gratins d'aubergines, de courgettes ! Antilogus, qui voyait cela de la fenêtre, se mit à saliver. Il y avait les mêmes odeurs délicieuses, chez lui, autrefois, quand Esther cuisinait. Et il avait faim maintenant, affreusement faim. La température n'avait cessé de chuter, la neige tombait à nouveau, et il craignait d'attraper mal. « Si je suis malade, cela inquiétera maman encore plus. » Il décida qu'il fallait rentrer. D'abord, il devait donner son adresse au Machiah.

Il frappa à la porte, mais personne ne l'entendit. Tous buvaient, mangeaient et bénissaient bruyamment. Il entra dans la maison. Lorsque enfin on l'aperçut, tous firent silence.

— Je le connais, il m'attend, dit royalement Tzevi.

— Il faut qu'il mange, lança la maîtresse de maison.

Cela sentait si bon la bonne cuisine. Mais il y avait plus important que cela.

— Il faut que vous veniez avec moi tout de suite, dit Antilogus à Tzevi. Ma maman ne sait pas que je suis sorti. Il faut se dépêcher.

Tous éclatèrent de rire.

— Tu es avec le roi des Juifs et tu t'inquiètes ?

— Attends-moi, petit, que je finisse mon repas.

— Qu'il finisse son repas !

On apporta une chaise à l'enfant. Il s'assit. Il commençait à être nerveux. Tout à coup, il se leva, se dirigea vers Tzevi, lui prit le bras et le tira de toutes ses forces.

— Il faut que vous veniez maintenant. S'il vous plaît. Il n'y a que vous qui pouvez la sauver.

Tzevi, sans attendre un mot de plus, se leva.

— Attendez-moi, chers amis. Je reviendrai.

L'homme et l'enfant parcoururent la ville à vive allure. Comme tous les Juifs célébraient le chabbat, il n'y en avait pas un dans la rue pour reconnaître le Messie. Antilogus ne disait mot, de peur de ralentir leur cadence.

Lorsqu'une demi-heure plus tard ils arrivèrent à la maison, ils trouvèrent la porte ouverte. Nissim, assis sur une chaise, pleurait.

— Papa ?

Nissim leva les yeux vers son fils.

Antilogus ressentit un frisson glacé lui parcourir l'échine, puis une bouffée d'angoisse brûlante l'étouffa.

— Maman ! cria-t-il.

Il courut jusqu'à la chambre de sa mère.

Esther était là. Les yeux fermés. Enfin sereine.

Antilogus se mit à hurler.

— Machiah ! Machiah ! Il faut que tu la réveilles ! Réveille-la !

Il courut chercher Tzevi à l'entrée de la maison, mais le Messie avait disparu.

L'enfant se tourna vers son père.

— Où étais-tu, mon fils ?

Le soir même, Nissim plaça une cruche d'eau devant la porte de la maison. Une bougie fut placée au chevet d'Esther et une autre à ses pieds.

Arvoles yoran por luvyas
Y montanyas por aires
Ansi yoran las mis ojos
Por ti querida amante.

Comme la tradition l'exigeait, ni l'époux ni le fils n'accompagnèrent Esther à sa dernière demeure. Elle fut mise en terre par la femme du vieux rabbin, le vieux rabbin lui-même et les huit femmes qui l'accompagnaient lors des mises en terre. Elles disaient des prières, dansaient. *La hevra de los keverim*, comme on les appelait, se détachèrent pour se placer de chaque côté du cercueil. Elles se mirent à chanter, en levant les bras vers le ciel.

— Pourquoi mourrais-tu ?

— N'avais-tu pas un mari qui t'aimait ?

— Pourquoi mourrais-tu ?

— N'avais tu pas un fils qui t'adorait ?

— Pourquoi mourrais-tu ?

— N'avais-tu pas une belle maison ?

— Pourquoi mourrais-tu ?

— N'y avait-il pas de miel dans ta cuisine ?

— Pourquoi mourrais-tu ?

— Et le soleil, avait-il dit qu'il ne reviendrait pas ?

— Pourquoi mourrais-tu ?

— Pourquoi mourir ?

— Pourquoi ?

— Pourquoi ?

Lorsqu'ils quittèrent le cimetière, tous s'écrièrent : « *Koulano Haïm !* »

« Nous sommes tous vivants. »

Meldar

Bemidra était à la maison. Elle faisait la cuisine, s'occupait de chasser la poussière, de laver puis d'étendre le linge. Antilogus ne parlait pas. Mais elle veillait sur lui. De temps en temps, elle s'approchait et le prenait dans ses bras. Elle lui préparait des tartines de kaïmak et de confiture de figues. Lui cuisait de bons biscuits. Ouvrait la porte au marchand de sahlep pour lui en acheter une bonne tasse. Mais l'enfant semblait n'y trouver qu'un faible réconfort. Il était silencieux et restait invariablement assis contre le même mur. Il passait ses mains par terre, sur le tapis, dans un sens puis dans l'autre, jouait avec les franges. On aurait dit qu'il apprenait par cœur chaque fibre, chaque fil, chaque couleur. Il gardait la tête baissée. Bemidra avait beau essayer tout ce qu'elle voulait, non, Antilogus était inconsolable. « Ta mère voudrait que tu continues de te nourrir convenablement », disait-elle quelquefois pour l'encourager. L'enfant haussait les épaules et se forçait alors un peu à manger. Mais très vite, il repoussait l'assiette ou le bol, pour retourner aux franges usées du tapis. Si Bemidra insistait un peu trop, l'invitait à sortir dans le cortijo pour « prendre la lumière », alors l'enfant courait dans la chambre de sa mère, se jetait sur le matelas et enfouissait sa tête dans les draps.

Un mois après la mise en terre d'Esther, Antilogus fut conduit par son père à l'école. Bemidra en avait convaincu Nissim. Il fallait sortir l'enfant de chez lui, sinon il en perdrait la raison. Là, tous les petits garçons juifs apprenaient à lire dès l'âge de cinq ans. Cela l'intéresserait, cela lui changerait les idées. Pour l'occasion, Nissim lui avait fait faire sur mesure, par son ami Eliezer le drapier, de nouveaux pantalons et une nouvelle chemise. Bien qu'il s'y trouve plus à l'aise que dans les précédents, Antilogus ne les aimait pas. Et pour cause, ceux-là n'avaient jamais été reprisés par Esther. Conformément aux vœux de sa défunte mère, il fit couper par un apprenti de son père la partie pointue de son fidèle Tchoumi. C'est avec un camarade plus rond, plus poli, paraissant plus petit aussi car sa main avait grandi, qu'il se rendit au meldar. Là l'attendait une dizaine de petits écoliers ainsi que le maître. Comme le voulait la coutume, Nissim avait apporté un cadeau à celui-ci, et des douceurs aux enfants, afin qu'ils accueillent plus chaleureusement le nouveau venu.

Nissim embrassa son fils et lui lança un regard fier. Il avait confiance en lui. Antilogus lui sourit tristement. Tous deux étaient brisés par la disparition d'Esther, et toute leur vie et leur perception des choses et du temps s'en trouvaient changées. Ils en profitaient pour se rapprocher, l'enfant demandant à son père de lui parler de sa mère, encore et encore. Comment étaient ses cheveux quand ils s'étaient connus ? (Nattés, toujours nattés.) Pourquoi n'avaient-ils eu qu'un seul enfant ? (Mais c'est déjà un cadeau de Dieu, un enfant.) Pourquoi maman avait-elle si peur de ce qu'elle ne connaissait même pas : l'avenir ? (À cela, Nissim ne savait pas répondre.)

Une nuit, c'est l'enfant qui avait eu peur. Il avait réveillé son père.

— Et la voix de maman, qu'est-ce qu'il va se passer avec la voix de maman ?

— Je ne comprends pas ce que tu demandes, fils.

— Eh bien, là, elle existe encore, je l'entends très bien dans ma tête : si je la cherche, je la trouve. Mais est-ce que ce sera comme ça toujours ? Et son rire ?

— Je ne sais pas, avait répondu le père, je ne sais pas.

Les questions s'accumulaient jour après jour, et cela avait convaincu Nissim que l'étude était maintenant nécessaire à Antilogus. Avant ? Avant, il y avait pensé ; seulement Esther ne l'avait pas souhaité. Alors il y avait renoncé, pour ne pas la contrarier. Surtout ne pas la contrarier, pour ne pas la fatiguer.

Le maître désigna de sa *vara** – cette très longue baguette de bois qu'il avait toujours en main – un tabouret sur lequel l'enfant devrait s'asseoir chaque jour. Tous les élèves le regardaient. Des petits, aux boucles dorées ou brunes, d'autres, aux cheveux noirs aussi épais qu'une brosse. Et parmi eux, un visage familier. Zafran était là, lui aussi. Les deux garçons se regardèrent, incrédules. Antilogus baissa les yeux le premier.

— Il y a vingt-deux lettres dans l'alphabet hébreu.

Le maître sortit d'une petite armoire un pot de miel et des petites assiettes.

Il dessina avec un pinceau la lettre aleph devant les enfants. Ceux-ci regardaient le miel avec gourmandise

— Dessinez-moi la lettre aleph.

Les écoliers, l'un après l'autre, trempèrent le pinceau dans le pot de miel et écrivirent aleph. Sauf Antilogus, qui ne la connaissait pas.

— Est-ce que quelqu'un peut dessiner un aleph pour notre nouvel élève ?

Zafran sembla hésiter, puis il trempa le pinceau dans le miel et dessina un aleph. Puis le maître ordonna de lécher l'assiette, ce que les enfants firent avec volupté. Tous, sauf Antilogus.

À la sortie de ce premier cours, Zafran alla le trouver.

— Je suis désolé pour ta mère, dit-il.

Antilogus remua la tête, comme pour signifier à Zafran qu'il entendait ses excuses. Les larmes montèrent de son cœur jusqu'à ses yeux et commencèrent de couler sur son beau visage ovale. Il les essuya avec sa manche, mais tandis que celles-ci séchaient, d'autres surgissaient.

— Ne pleure pas comme ça, dit Zafran.

Antilogus ne pouvait plus s'arrêter.

— Je sais ce que tu crois. Que tout ça, c'est ma faute. Eh bien, pour que tu me pardonnes, je vais te dire un secret. Quand je te l'aurai dit, tu te sentiras beaucoup mieux. D'accord ?

Antilogus essuya ses larmes, curieux, malgré tout, de ce que savait Zafran.

— Esther, ce n'était pas ta vraie mère. Ta vraie mère, c'était une autre femme. Elle t'a abandonné et c'est Esther qui t'a recueilli.

Antilogus sentit son corps se transformer en une masse lourde, terriblement lourde. Il ne pouvait plus bouger. Il était devenu une statue. Ou bien un morceau de pierre.

— Je ne sais pas de quoi tu parles, et ça ne m'intéresse pas, répondit-il.

— Tout le monde le sait sauf toi, ajouta Zafran.

L'enfant blessé s'éloigna. Il courut dans les ruelles à en perdre haleine. Lorsqu'il arriva à la maison, il trouva sa tsatsa en train de laver le linge. Il se dirigea droit sur elle et lui agrippa le bras.

— Bemidra, maman, c'était bien ma maman, dis ?

— Pourquoi tu parles de cela ? demanda la pauvre nounou.

Et elle fondit en larmes.

— Pauvre petit.

— Tu ne m'as pas répondu ! Réponds-moi !

— Je ne peux pas, je ne peux pas !

— Bien sûr que tu peux, mais tu ne veux pas !

L'enfant, fâché, la poussa de toutes ses forces et Bemidra perdit l'équilibre pour finir à terre, ses jupons découvrant ses genoux.

— Tu es grosse et laide ! cria-t-il. Ma mère était belle !

Et il sortit en courant de la maison.

Il dévala les ruelles qui mènent à l'embarcadère et ordonna à un rameur de l'emmener de l'autre côté de la Corne d'Or. Il sauta d'un pas aisé de la barque sur la terre ferme et se précipita vers l'atelier de son père.

Lorsque à bout de souffle il interrogea Nissim, il comprit à son expression contrite que Zafran n'avait pas menti.

— Tu étais tout petit. On aurait juré que tu venais de naître.

L'enfant se boucha les oreilles en hurlant. Son père décolla ses mains de sa tête et le prit dans ses bras.

— Écoute-moi, mon fils. Tu es mon fils et tu le resteras

toujours. Et ta mère est ta mère pour l'éternité. C'est elle qui t'a bercé, nourri, qui s'est inquiétée pour toi. Chaque jour que Dieu a fait pendant ces années, c'est elle qui t'a apaisé lorsque tu faisais des cauchemars, c'est elle qui te comprenait toujours mieux que personne, c'est elle qui arrangeait tes couvertures pour que tu n'aies pas froid. Qu'est-ce que tu veux de plus ? Les autres, laisse-les dire. Ils veulent te faire du mal. Et le mal ne doit pas avoir de prise sur toi, mon fils. Tu dois être fort. Tu dois être fort parce que ceux qui font du mal seront nombreux sur ton chemin et qu'il faut apprendre à résister aux blessures et aux attaques. Et même si tu souffres aujourd'hui de l'avoir perdue, elle est là, dans ton cœur, chaque jour. Tu es ce qu'elle t'a donné. Tu es ce qu'elle a fait de toi. Un garçon bon, juste, de bonne volonté.

Antilogus baissa la tête.

— Pourquoi est-ce que vous ne me l'aviez jamais dit ?

— Ta mère ne voulait pas qu'on te le dise trop tôt.

— Trop tôt ?

— Elle voulait que tu atteignes tes treize ans. Bien sûr il y avait toujours le risque que tu l'apprennes par quelqu'un d'autre. C'est pour cela que nous vivions un peu loin du monde. Pour éviter que tu le saches de la bouche de n'importe qui. La vérité est comme un bouchon de liège, n'est-ce pas ? Tu le tiens dans l'eau mais lui ne cherche qu'à remonter à la surface. Un moment d'inattention et zfitt, le voilà qui surgit.

Pourquoi Zafran avait-il eu besoin de lui raconter tout ça ? Ce n'étaient pas ses affaires !

— Viens, mon fils, lança Nissim. Je vais t'apprendre à construire quelque chose. Qu'est-ce que tu as envie d'apprendre ?

— Rien.

— Tu ne peux pas répondre « rien ». Apprendre, c'est la plus belle chose du monde.

— Je ne veux rien apprendre maintenant.

— Il y a bien quelque chose qui te ferait plaisir ?

L'enfant faisait non de la tête.

— Quelque chose dont tu rêves ? Tous les petits garçons rêvent d'un tas de choses. Moi, quand j'étais petit, je rêvais de glace dès que le vendeur de *marash** passait dans la rue. Mais ma mère ne voulait jamais m'en acheter. Je regardais les autres enfants en manger et j'en rêvais. Je n'y avais jamais goûté mais rien qu'à voir l'expression de bonheur sur leur visage, j'en salivais. Et puis un jour, quand j'ai été plus grand, j'ai arrêté le vendeur dans la rue et je lui ai acheté un gros morceau de marash que j'ai mis dans ma bouche. C'était dur comme du bois, froid à s'en faire mal aux joues et aux dents, et ça avait un goût de savon ! Je l'ai recraché et j'ai cessé ce jour-là d'envier les plaisirs des autres.

— Tu pourrais me fabriquer une guitare ?

Le père secoua la tête et agita les mains, impuissant.

— Ça, je ne sais pas le faire. Demande-moi autre chose, n'importe quoi.

L'enfant regarda son père. Il n'avait pas envie d'autre chose.

Le père ne pouvait rien pour lui. Ses yeux d'homme battu par la vie s'embuèrent de larmes qu'il essuya aussitôt avec les doigts.

— Je suis désolé, mon fils.

Il le prit dans ses bras. Il le serra fort contre lui. Puis il le reposa à terre. Et l'enfant reprit son chemin, laissant le vieil homme à ses outils, ses travaux et sa peine.

Lorsque Antilogus fut sorti du bazar égyptien, il s'immobilisa un instant pour voir le Bosphore, ses quais, ses bateaux, ses marchands et ses habitants à qui il semble toujours manquer quelque chose, pour qu'ils soient ainsi en perpétuel mouvement. Comme la ville était belle, riche, colorée.

L'enfant monta dans un petit bateau. Il n'avait désormais plus rien à craindre pour sa vie. Sa mère était morte.

Le nom

Antilogus poussa la première porte. Il traversa la synagogue et prit le petit escalier en colimaçon qui mène au bureau du rabbin. Il frappa à la porte.

— Qui est-ce ?

— Antilogus.

— Entre, mon petit.

Comme l'enfant n'entrait pas, le rabbin se leva pour aller le chercher. Antilogus ne bougeait pas.

— Qu'y a-t-il ?

Antilogus se jeta dans ses bras et éclata en sanglots.

— Je ne peux pas pleurer devant mon père, parce que je sais que ça le fera souffrir. Mais j'ai besoin de pleurer parce que je suis malheureux.

— Pleure mon garçon, pleure autant que tu veux.

— Qui me comprendra ?

— Je te comprends, moi.

— Je suis un enfant trouvé !

— Je sais bien. C'est moi qui ai décidé de te confier à tes parents.

— Rabbin, où est ma famille, qui sont mes parents, et pourquoi est-ce que je porte ce nom bizarre ?

L'enfant s'étouffait entre ses sanglots, son nez dégoulinait et il toussait maintenant d'une toux sèche et brûlante.

— Tu es le fils d'Esther et de Nissim. Mais tu es né de

deux autres personnes dont, hélas, nous ne savons rien. J'ai essayé de rechercher qui ils étaient et le seul indice que l'on m'ait fourni ce sont des draps grecs qui t'auraient emmailloté.

— Des Grecs ?

— Oui, ces Grecs qui nous accusent chaque année de meurtre rituel, alors que nous sommes innocents. Ces Grecs qui nous haïssent et vont jusqu'à tuer leurs propres enfants pour ensuite clamer que nous en sommes les assassins. D'entre tous les peuples, il a fallu que ce soit des Grecs.

— Rabbin, comment je vais faire, maintenant ?

— Tu vas apprendre. Tu vas étudier et apprendre autant que tu pourras. La seule façon de résister à la cruauté du monde, c'est de développer ses connaissances et son âme.

— Ils devaient me détester pour m'abandonner.

— Non. Certainement pas. Et rien n'est plus hasardeux que de tenter de parler à leur place. Malheureusement, il existe de nombreuses possibilités. Que la femme qui t'a donné la vie soit morte et que le père n'ait pas su quoi faire de toi. Qu'ils aient été très pauvres, qu'ils aient déjà eu de nombreux enfants avant toi et qu'une bouche de plus à nourrir leur soit parue... insurmontable.

— J'aurais donc des frères ou des sœurs ?

— Je n'en sais rien, je n'avance que des hypothèses pour te répondre et il me semble que je ne fais qu'ajouter de la confusion à ton esprit. Est-il vraiment sage de poursuivre cette conversation ?

— J'en ai besoin, rabbi.

— Peut-être aussi qu'ils ne t'ont pas gardé parce que tu paraissais juif.

Le rabbin lui raconta.

— Ils m'ont abandonné à cause de cela, alors qu'avant tout j'étais un enfant ?

— Je n'en sais rien. Je n'en sais trop rien, mon petit. Tout ce que je te demande, c'est de comprendre, c'est-à-dire de prendre en toi et de garder dans ton cœur l'amour des parents que tu as connus.

L'enfant hocha la tête.

— Il faut que tu retournes au meldar, même si Zafran est dans la même classe que toi.

— Je ne veux pas.

— Il le faut. Parce que c'est l'étude qui te sauvera.

Le rabbin ouvrit la porte à l'enfant.

— Tu peux venir quand tu veux. Ici, c'est ta maison.

Et le rabbin ouvrit la petite fenêtre, tendit le bras et attrapa une belle figue, violette, charnue. Il la donna à l'enfant qui mordit aussitôt dans la chair moelleuse.

Antilogus remonta les quelques ruelles qui menaient chez lui. Puis, se sentant affreusement mal en ces lieux qu'il ne reconnaissait plus, il redescendit.

Il longea le Bosphore jusqu'à ce qu'il aperçoive un cyprès, énorme et magnifique. Il lui sembla que cet arbre était un exemple. Se tenir droit, quelle que soit la saison, quels que soient les vents et les épreuves. Garder fière allure. Cet arbre était un héros. Il fallait lui ressembler.

Après cette décision, Antilogus se recroquevilla au pied du large tronc. Il se trouva tout à coup si petit à côté de ce grand arbre doux et rassurant : où étaient donc les deux bras de l'arbre ? Et les paroles ? Les paroles qui consolent ? Et les chansons que l'on chantonne en caressant les cheveux ?

— *Les arbres ne sont que des arbres, Antilogus. Tu ne dois pas attendre d'eux qu'ils te rendent ta mère, parce que cela, ils ne le feront pas.*

— *À quoi servent-ils alors ?*

— *À se souvenir que tout ne disparaît pas avec le temps.*

Antilogus prit l'habitude de se rendre auprès de son arbre tous les jours après l'école. Il s'asseyait, repliait ses genoux contre sa poitrine. Son visage reposait dans ses mains qui s'appliquaient à le maintenir à peu près droit. Antilogus n'était plus que questions, qui, en lui, jaillissaient en tous sens. Si l'homme qui se disait le Messie était un menteur, alors pourquoi tous ou presque croyaient en lui ? Est-ce que les adultes, sous prétexte qu'ils avaient plus d'expérience et d'années derrière eux, avaient pour autant plus de discernement ? Pouvait-on vraiment leur faire confiance ? Qui était sa vraie mère ? Est-ce qu'elle souffrait de l'avoir perdu comme lui souffrait d'avoir perdu Esther ?

Un matin, tandis que le sultan se promenait sur son caïque d'or et de velours, il aperçut, assis au pied de l'arbre, le petit garçon.

Le grand homme ordonna que les rameurs le rapprochent de la rive. Antilogus, perdu dans sa mélancolie, fut sorti de sa torpeur par le bruit régulier des rames luttant contre les courants. Il leva les yeux.

Le sultan descendit du caïque.

Antilogus, apeuré, bondit sur ses jambes.

— N'aie pas peur, petit. J'ai vu que tu pleurais. Tu pleurais, n'est-ce pas ?

Antilogus était sur ses gardes. Qui était cet homme, dont le turban était si haut et si large qu'il se demandait comment la nuque qui portait cette tête ne s'était pas déjà brisée sous le poids d'une telle coiffure ? Le sultan s'assit sur la rive, contre le cyprès où quelques instants plus tôt était adossé Antilogus.

— Il m'arrive de pleurer, moi aussi. La vérité est que nous pleurons tous. Même les plus méchants d'entre nous. Veux-tu bien me raconter ce qui t'arrive ?

Les yeux de l'enfant restaient fixés sur le turban. De couleur blanche, il était à deux étages, et la partie supérieure était faite de soie brodée chatoyante vert émeraude, ornée, en son sommet, de quelques plumes d'oiseaux rares serties par de petits cônes d'argent.

— Tu as l'air bien malheureux, petit.

Antilogus ne répondait pas.

— Alors tu ne veux rien me dire ?

Le sultan, contrarié, le considérait.

— Tu te demandes comment je le porte toute la journée ?

Antilogus haussa les épaules. Bien sûr qu'il se le demandait. Seulement, il n'avait pas envie de poser une question à un étranger. Le sultan plaça ses deux mains de part et d'autre de son turban et il le souleva, lentement. Il le plaça délicatement sur la tête de l'enfant. C'était affreusement lourd ! Et beaucoup trop grand ! Antilogus rendit le turban à son propriétaire.

— Eh bien vois-tu, lorsque je ne le porte pas, j'ai l'impression de ne pas avoir la tête tout à fait en place. J'en ai besoin. Et il m'oblige à me tenir bien droit, en toutes circonstances. Car si je me penche, il m'entraîne en avant et risque de me casser le cou, et le dos avec. Alors je me tiens bien, et cela me donne une certaine vision des choses, une certaine exigence. Tu sais qui je suis, n'est-ce pas ?

Antilogus secoua la tête. Il avait affaire à un homme certainement important, mais il ne le connaissait pas, non, il ne savait pas qui il était. Le sultan ne put s'empêcher de sourire.

— Chaque matin et chaque fin d'après-midi, vois-tu, je fais ma promenade ici. Je ne peux pas m'en passer. C'est le plus beau paysage du monde. Même moi qui suis habitué à la beauté, au luxe, aux diamants, à l'or, aux meilleurs fruits comme aux plus odorantes fleurs de la terre, je ne me rassasie jamais de cette mer qui semble vouloir toujours plus étendre sa gamme de couleurs, ses nuances de bleu, de gris, de vert. Cela me détend, m'apaise, me donne de la force pour la journée, me lie à l'immensité tandis que le détail m'accapare le reste du jour. Et alors, dois-tu te demander ? Et alors, chaque matin, chaque soir depuis maintenant plusieurs semaines, je te vois, appuyé contre ce gros arbre, les yeux rougis par la détresse. Dis-moi maintenant. Je ne te demande pas de me raconter ce qui ne va pas, je te demande si moi, le sultan qui peut tout ordonner, j'ai le pouvoir de réparer l'injustice qui t'a brisé le cœur. Car c'est une injustice, n'est-ce pas ? Il n'y a que les injustices qui fassent si mal, si longtemps.

C'était donc lui, celui qu'ils rêvaient tous de croiser, de servir, d'apercevoir ne serait-ce qu'un pauvre instant ? L'enfant le regardait curieusement maintenant.

— Alors, réponds, petit : en ai-je le pouvoir ?

Le sultan baissa les yeux.

— Est-ce qu'il y a au moins quelque chose qui rendrait ta douleur moins pleine ?

L'enfant restait muet.

— Il y a bien quelque chose... il doit y avoir quelque chose, reprit le sultan.

— Une guitare, murmura Antilogus.

— Une guitare ? Une guitare d'Espagne ?

Le sultan éclata de rire.

— Mon enfant, tu l'auras ce soir.

Il lui donna une petite tape amicale sur l'épaule.

— Comment t'appelles-tu ?

— Antilogus, Naor, Azaria. Fils d'Esther et de Nissim.

— Tu es un petit Juif. Alors, tu as perdu ta mère. Tu as perdu ta mère, n'est-ce pas ?

Antilogus le regardait, médusé.

— Eh bien, sache que tu as désormais un nouvel ami, et cet ami, c'est le sultan en personne. Réjouis-toi. Vois-tu, lorsque nous sommes arrivés dans cette ville, il y a près de deux siècles, nous avons trouvé l'église Sainte-Sophie. Naturellement, nous avons décidé de la transformer en mosquée. Mais cela semblait impossible, et bien que nos mathématiciens et nos architectes retournent le problème dans tous les sens, personne ne parvenait à trouver un moyen d'orienter le bâtiment vers La Mecque, ce qui est impératif, vois-tu. Tandis que nous envisagions de détruire l'église, une petite fille juive s'y est introduite. Elle a posé le doigt sur un mur, et l'église entière s'est mise à tourner, imperceptiblement, jusqu'à ce qu'elle soit exactement dirigée vers le Lieu saint d'entre tous les lieux saints. Devant la stupéfaction de tous, la petite fille s'en est allée, mais nous n'avons pas oublié. Pour nous, les petits enfants juifs sont sacrés.

Le sultan ôta l'une de ses bagues et la mit dans la main d'Antilogus.

— Si un jour tu as le moindre souci, présente cette bague à l'entrée de mon palais. Demande-moi et, je te le promets, je viendrai à ton secours. Au revoir, Antilogus, Naor, Azaria, fils d'Esther et de Nissim.

Et le sultan remonta à bord de son caïque. Le soir même, un autre caïque apporta près de l'arbre une guitare *ispanya*.

Orphelin d'avoir perdu sa mère qu'il aimait tant, orphelin de l'avoir perdue une autre fois lorsqu'on lui avait appris qu'elle n'était pas sa mère, orphelin encore de ne pas savoir qui était la femme qui par le passé l'avait perdu, l'enfant grandit tel un poisson séparé de son banc par un mauvais courant. Toutes ces écailles qui auraient dû servir à le protéger, il les écartait maintenant malgré lui, comme par réflexe, pour paraître plus gros peut-être, ou plus fort, mais l'effet était inverse et elles laissaient pénétrer en lui le monde tel qu'il est, méchant et vain. Certains savent faire d'un malheur une carapace, d'autres, mal préparés (mais comment se prépare-t-on à cela ?) le laissent ouvrir la porte à d'infinies douleurs, car la première d'entre toutes a tracé la voie, le sillon sur lequel désormais les larmes viendront courir et s'emballer comme la mer Noire s'engouffre dans le Bosphore pour resurgir en une autre mer, plus grande encore, la Méditerranée.

Mais il avait maintenant une guitare, et il pourrait chanter.

La peine

Caraso ne livrait plus ni safran, ni paprika, ni muscade, ni coriandre, ni rien. Désormais, au bazar, la quasi-totalité des boutiques auparavant tenues par des Juifs étaient fermées. Cela affectait les cuisines du palais, et au harem, on se plaignait beaucoup de ne plus pouvoir se procurer les bonnes huiles à la rose musquée ou au sésame grillé ni les parfums qui laissaient espérer que l'on deviendrait la favorite. Lorsque le sultan avait mal aux dents, on lui fournissait une pâte de girofle, mais elle était bien moins efficace que celle de Caraso.

Aussi le sultan décida-t-il de se rendre lui-même au bazar pour constater ce qu'il en était. Il ne pouvait pas croire ce qu'on lui racontait, que le commerce était paralysé à cause des Juifs qui, désormais, s'y refusaient ! Les Juifs, se refuser au commerce ! Eux qui en tiraient toute leur fierté ! Eux que personne n'égalait ! Le commerce ! Vital à l'empire, vital pour les échanges, si nécessaire aux relations entretenues avec les autres puissances, et particulièrement avec l'Europe ! La raison d'être du Bosphore ! C'était pour le commerce que le détroit existait, seulement pour le commerce. Il était la force vive d'Istanbul. C'était lui qui, au même titre que le palais et ses merveilles, faisait battre le cœur de la ville, lui qui assurait sa réputation, son rayonnement. Et les voyageurs étrangers, ceux qui, de retour dans leur pays, entretenaient la gloire de l'empire en racontant comment Istanbul, centre nerveux, carrefour des carrefours, tenait le monde dans le creux de sa main, ces voyageurs, que penseraient-ils devant un tel désordre, un tel laisser-aller ?

Ils croiraient qu'Istanbul n'est qu'une légende bâtie injustement sur les ruines de Byzance, et ils repartiraient, vexés d'avoir été dupés, et narreraient à tous comment Istanbul n'est plus ce qu'elle était et comment le sultan, qu'on disait pourtant extraordinairement puissant, ne contrôle rien du tout, comment la souveraineté de son empire est à la merci d'une poignée d'illuminés.

Un après-midi, il avait surgi dans le bazar égyptien. Lui qui ne se montrait que rarement, mis à part lors de sa promenade quotidienne sur son caïque, ne trouva personne sur le quai pour l'acclamer et le saluer. Comme on le lui avait rapporté, presque toutes les boutiques étaient à l'abandon, et celles, tenues par des fidèles de Mahomet, des Grecs ou des Arméniens, qui restaient ouvertes étaient presque vides.

Les marchands qui demeuraient dans leurs échoppes se jetèrent devant le sultan en pleurant. Le bijoutier Slimane, un des seuls de la corporation à ne pas être juif, s'adressa à lui.

— Il n'y a plus de pierres, et encore moins de tailleurs de pierre ! Et les clients, les clients sont partis. Pourquoi viendraient-ils chez nous ? Il nous manque la moitié de la marchandise et l'autre moitié prend la poussière. Ce n'est pas un bazar, c'est un cimetière.

Et il cracha par terre en guise de conclusion.

Le sultan sentit son sang turc bouillir dans ses veines. Malgré sa rage il continua d'arpenter les allées, les unes après les autres. Tous avaient l'air hagard. Lorsqu'il passa devant l'atelier de Nissim, il vit un homme défait. Le sultan le considéra gravement.

— Toi, tu es juif.

— Oui, sultan.

— Mais tu ne crois pas en Tzevi, c'est ça ?

— C'est ça.

— Et alors, ça va ?

Nissim se retourna pudiquement, incapable de retenir ses larmes, lui qui ne pleurait jamais, lui qui n'avait jamais pleuré, même pas à la mort d'Esther, tellement il gardait tout, tellement il avait pris l'habitude de tout étouffer, à l'intérieur de lui, pour que sa souffrance ne pèse pas sur son fils. Le sultan lui avait lancé un « ça va ? », rien de plus. C'était ainsi, on pouvait porter sa douleur et se taire, mais dès que quelqu'un tout à coup apercevait votre peine, dès qu'une voix aimable s'inquiétait de vous, elle ouvrait comme une porte, et il devenait impossible de tout garder.

Nissim pleurait maintenant comme un enfant perdu. Le sultan alors lui mit la main sur l'épaule.

— « Il faut se reprendre », dit-il, sévère.

Alors Nissim se redressa et, instantanément, ses larmes cessèrent de couler. Il s'inclina et le sultan passa son chemin.

Dans l'allée des tanneurs, un Juif lui apprit que bon nombre des siens étaient hostiles à Tzevi mais qu'ils étaient obligés de le cacher pour ne pas subir la haine de ses partisans. Il supplia le sultan de faire quelque chose. Tzevi détruisait la communauté. Il prétendait faire le bien, mais il faisait le mal. Oui, il restait quelques Juifs dans le bazar, mais ils n'étaient pas très fiers, et la plupart étaient ruinés.

La situation était bien pire que le sultan ne l'imaginait, bien pire que ce qu'on lui avait raconté.

« Il faut que mes Juifs se reprennent », se dit-il.

Peu de temps après, il donna l'ordre d'arrêter Sabbataï Tzevi. L'homme fut cueilli par le grand vizir en personne tandis qu'il rentrait d'un voyage sur l'autre rive. Conduit devant le sultan, il restait silencieux.

— Tu accomplis des miracles, dit-on.

Tzevi hocha la tête.

— Je n'ai pas bien entendu ta réponse, tu accomplis des miracles, n'est-ce pas ?

— Oui, *padisha**, on le dit.

— Et toi, tu le dis aussi ?

— Je le dis.

— On me rapporte que tu racontes aux Juifs que tu serais toi-même l'Éternel, le Tout-Puissant, leur Dieu, leur Unique.

— Oui, parce que je le suis.

— Très intéressant. Tu es donc invincible, puisque rien ni personne ne peut avoir de prise sur toi ?

— C'est cela que je suis, approuva Tzevi.

Le sultan était surpris de tant d'audace, et cela ne lui déplaisait pas totalement.

— Tu es donc beaucoup plus puissant que moi, qui suis un simple mortel.

— Je le suis.

Après un silence, et tandis que le sultan égrenait, de la main gauche, les perles de son *tespih** d'ambre, il leva la main droite et claqua des doigts. Deux hommes s'approchèrent de Tzevi pour le maintenir immobile, puis la porte s'ouvrit et douze pages munis d'arcs et de flèches firent leur entrée dans la grande salle.

— Tu n'as donc rien à craindre de quelques flèches, lança le sultan.

Il fit signe aux archers de se tenir prêts.

Tzevi pâlit.

— C'est-à-dire que... c'est-à-dire que je ne suis pas totalement invincible.

— Ah.

— Et les flèches...

— Les flèches ? demanda le sultan, qui commençait à trouver la rencontre divertissante.

— Les flèches pourraient me tuer.

— Pourraient ?

— C'est une possibilité. Pas une certitude. Juste une possibilité.

Le sultan partit d'un rire tonitruant.

— Eh bien, nous allons voir.

Tzevi se jeta à genoux.

— Je ne peux pas accomplir ce miracle, il dépasse mon pouvoir ! cria-t-il.

— Alors tu reconnais que tu es un imposteur, un menteur, un traître, à ta communauté et à l'Empire, tu reconnais que tu es coupable d'insultes à mon endroit et à l'égard de ton Dieu.

— Je le reconnais.

Le sultan se tourna vers l'un de ses conseillers qui lui dit un mot à l'oreille.

— Eh bien, cela mérite la peine de mort, conclut-il. Tu seras empalé. À moins, bien sûr, que tu préfères embrasser l'islam, ce dont je doute.

— Si je me convertis, j'aurai la vie sauve ?

— Oui. Tu auras la vie sauve, comme tu dis. Mais n'oublie pas que tu feras honte à ton peuple, ton peuple qui a préféré se laisser massacrer plutôt que de renoncer à sa foi en Espagne, au Portugal, en France ! Ne me dis pas que toi, qui te prétends le roi des Juifs, tu es prêt à renier ta foi !

Tzevi ôta sa kippa et la jeta à terre. Il l'écrasa avec le pied et s'écria : « Vive l'islam ! »

Aussitôt le bruit se répandit dans la ville. De tous ceux qui avaient cru en lui, comme on ne doit croire qu'en Un seul, la grande majorité s'effondra, déchirée par la culpabilité d'avoir adoré un nouveau veau d'or. Non, Sabbataï Tzevi n'était pas le Messie.

L'huile

Bientôt vint la saison des aubergines. Violettes, noires, charnues, énormes, brillantes, elles stimulaient l'appétit de tous, des femmes qui se délectaient d'en faire mille et un plats, des maris qui savaient que de retour à la maison ils s'en régaleraient, des enfants qui en raffolaient. Tous dans la ville s'en réjouissaient, mais les Juifs en faisaient véritablement une fête. Quand le vendeur ambulant criait : « *Berendjinas ! Estan aqui las berendjinas !* », les visages se transformaient, toutes les portes s'ouvraient, chaque femme répétait en écho, dans une joie immense : « Les berendjinas sont là ! » Ensemble, elles riaient du bonheur d'avoir atteint, grâce à Dieu, cette nouvelle saison, et illuminaient la rue de leur gourmandise. Les enfants formaient aussitôt une nuée autour d'elles, et dès l'affaire conclue avec le marchand, ce petit monde se dépêchait de rentrer à la maison. La madre mettait l'huile à chauffer – deux doigts, mais cela prenait tout de même beaucoup de temps – dans un plat qu'elle posait sur le chaudron, pelait les aubergines et les coupait en tranches dans le sens de la longueur. Elle cassait deux œufs dans un plat creux, enrobait, devant ses enfants impatients, chaque tranche d'aubergine de farine, puis d'œuf battu, et les plongeait dans le bain de friture ! Dès qu'elles doraient il fallait les retourner, pour qu'elles ne brunissent pas trop.

Quand la mère sortait les aubergines de l'huile chaude, les enfants ne tenaient plus en place. Elle les suppliait de ne pas les toucher trop tôt, de peur qu'ils se brûlent. Ils attendaient alors le regard ou le mot qui les autorisait à se régaler du délice tant convoité. Puis la mère disait : « Allez-y », et ils se jetaient sur le plat. Cela donnait parfois lieu à une vraie pagaille mais dès qu'ils avaient chacun attrapé un morceau, ils mordaient dans la chair moelleuse et on n'entendait plus un bruit ni une parole. Et la mère, satisfaite, regardait ses bambins. Matin, midi et soir, les petits enfants juifs savouraient ces aubergines frites. C'était cela, le bonheur. Et cela durait fin août, tout septembre et début octobre même, si on avait de la chance. Et puis c'était fini. Il fallait attendre à nouveau. Neuf ou dix mois à parler et à rêver du goût de l'aubergine et à tenter de retrouver dans son souvenir l'impression que sa texture si particulière laisse là, sur la langue.

Mais Esther n'était plus là pour faire les aubergines et Bemidra, la dévouée, était retournée dans sa famille. Elle ne venait plus que pour le linge, le laver, l'étendre, le plier. Nissim et son fils n'avaient plus personne pour leur faire la cuisine. Ils ne pouvaient que sentir le parfum de l'aubergine frite ou grillée qui parfumait la ville. Perdre sa mère, c'était une chose, mais s'apercevoir que parce qu'elle n'était plus là, on n'avait plus droit aux aubergines frites, voilà de quoi éveiller encore le sentiment d'injustice dans le cœur d'un enfant.

« C'est la saison des aubergines, papa », avait dit Antilogus à son père, ce soir-là.

Nissim avait levé les yeux vers son fils, devant le pain, les olives, le fromage et les quelques fruits qui leur servaient désormais de repas. Peut-être valait-il mieux, comme le lui avait suggéré le rabbin, qu'il se remarie. La maison serait à nouveau bien tenue, et lui serait épaulé. Et à nouveau lui et son fils mangeraient chaud, et de la bonne cuisine. Les veuves ne manquaient pas. Mais lorsque Nissim imaginait une autre femme qu'Esther à la maison, il lui était impossible de s'y résoudre. Il préférait encore faire venir de Balat la vieille tante d'Esther. La tya faisait la cuisine comme personne, et bien qu'elle soit aveugle d'un œil, usée de fatigue et que son dos, courbé comme celui d'un chat qui a pris peur, limite ses mouvements et réduise encore sa minuscule taille, tellement minuscule que, toute sa vie, on l'avait prise pour une petite fille, elle serait d'une grande aide dans l'organisation du foyer. Il n'y avait rien qu'une femme aimât tant que l'aveu qu'on a besoin d'elle. Antilogus la connaissait pour lui avoir rendu visite avec sa mère peut-être sept ou huit fois, et il l'aimait bien. Surtout parce que, comme Esther, elle portait la raie au milieu, et que ses cheveux étaient assemblés en une très longue tresse.

Un matin, avant l'ouverture de son atelier, Nissim se rendit de l'autre côté de la Corne d'Or. La tya lui ouvrit la porte et l'embrassa. N'était-il pas trop malheureux ? Ça allait. Est-ce que la vie n'était pas trop dure pour leur fils ? Ça allait. Et comment faisaient-ils pour la cuisine ? C'était justement pour cela qu'il venait la voir.

— Ce sont les aubergines, n'est-ce pas ? Ce sont les aubergines qui ont réveillé votre goût de vivre et de manger ?

Nissim hocha la tête.

— Alors tu voudrais que je vienne vous faire à manger des aubergines, et aussi d'autres bonnes choses.

— Oui. Si tu voulais bien.

On avait encore besoin d'elle en ce monde. Elle prit les mains de Nissim dans les siennes, et son visage alors s'assombrit.

— Toi, comme mon propre fils, toi, le bon mari, toi, le bon père. Il n'y a rien que je voudrais autant que cela, t'aider, mais je ne le peux pas. J'ai tout ici, mes souvenirs, mes habitudes. Je suis trop vieille déjà pour m'habituer à une autre maison. Je mourrai sûrement cet hiver.

— Ne dis pas ça, tya, ne dis pas ça.

— Je te le dis parce que je le sens, c'est tout.

— Tu es la seule personne, de nos deux familles, qui vive encore ici.

— Je sais, je sais bien. Alors toi, Nissim mon neveu comme mon fils, veux-tu bien venir ici avec le petit, il y a un peu de place, nous nous serrerons, nous serons sous le même toit et la vie sera plus facile pour tout le monde, moi qui serai moins seule et toi qui n'auras plus ces soucis dans la tête et qui te reposeras sur moi. Veux-tu bien venir vivre ici ? Il faudra faire quelques aménagements mais tu es menuisier, alors qu'avons-nous à craindre ? Rien.

— Tu ne voudrais donc pas t'installer chez nous ?

— J'ai mes souvenirs, ici.

Nissim baissa les yeux. La vieille jouait avec un petit dé en argent. Elle le faisait passer d'un doigt à l'autre avec une dextérité surprenante malgré l'état de ses phalanges. Le dé passait ainsi de l'index au majeur puis à l'annulaire et à l'auriculaire, puis il reprenait sa danse au pouce et ainsi de suite. Elle ne s'en rendait même plus compte.

— Je sais ce que tu penses. Toi aussi tu as tes souvenirs là-bas. Et pourquoi tu laisserais tes souvenirs et moi non ? Je suis une vieille femme. Je mourrai sûrement cet hiver je te dis, ou au printemps.

— Ne dis pas ça, tya, ne dis pas ça.

La tya avait dû faire ça toute sa vie, jouer avec son dé. Les hommes avaient bien le tespih pour passer le temps, occuper leurs mains. Tous les hommes, du plus important au plus pauvre. La tya avait son dé. Lorsqu'un homme voulait demander une jeune fille en mariage, il lui offrait une pièce ou un bijou en or ou en argent. Mais on disait que le simple fait qu'une jeune fille accepte un dé en argent valait pour des fiançailles, et qu'on n'avait plus besoin, dès lors, de les célébrer : on pouvait passer directement à l'organisation du mariage. Il ne fallait jamais, jamais accepter quoi que ce soit en argent ou en or de qui que ce soit. Et encore moins s'il s'agissait d'un dé ! Car celui qui l'avait donné avait vite fait de revenir et de réclamer la jeune fille, et on ne pouvait pas la lui refuser. Mais il y avait aussi des histoires heureuses, et celle de la tya et de son défunt mari en était.

— De toute façon, reprit-elle, il te faudrait quelqu'un de plus vaillant que moi. Regarde mes mains : elles voudraient bien aider, mais elles tremblent. Tu as vu comme elles tremblent ? L'autre jour, je coupais les courgettes et le couteau m'a échappé. Il est venu se planter sur mon pied. Tu comprends, mon neveu que j'aime comme un fils, tu comprends qu'il faut que tu viennes ici ? J'ai mes voisins ici, mes amis, j'ai mon quartier qui est toute ma vie, j'y ai mes souvenirs avec mon défunt mari que j'aimais tant même si je lui criais après quelquefois. Je ne peux pas partir d'ici, pardonne-moi. Pardonne-moi et dis-moi que vous allez venir ici tous les deux.

— Je ne peux pas te dire ça, tya.

— Alors tu vas être fort et tu vas trouver une idée pour résoudre le problème, n'est-ce pas ?

— Oui, tya. C'est ça.

Il prit dans ses bras la vieille tante qui le serra si fort que s'il n'avait pas été aussi robuste, il aurait manqué étouffer.

— Tu fais attention à toi et à l'ijico, surtout.

— Et toi, la tya, tu soignes bien ton pied.

— Mon pied, je vois bien que c'est lui qui va me tuer.

Après que Nissim fut sorti de la maison, il prit un chemin rocailleux qui débouchait sur une prairie. La nature était splendide, les bougainvillées, les cyprès et les figuiers embaumaient déjà dans la chaleur de ce matin d'été. Il longea le Bosphore jusqu'au bazar. Comment feraient-ils, tous les deux, pour survivre au vide créé par la mort d'Esther ? Il se souvint alors d'une parole que lui avait dite son père. « Le monde n'est pas parfait, mon fils. » Et il se la répéta à haute voix.

C'est souvent lorsque l'homme reconnaît son impuissance que la force lui vient. À la tombée du jour, Nissim ayant fini son travail, il monta dans un pérame, traversa le Bosphore, remonta les ruelles étroites et sinueuses qui menaient jusqu'à chez lui, ouvrit la porte donnant sur le cortijo. Là, il eut une idée. Au lieu de rentrer, il frappa à la porte de la maison d'à côté, celle des Pinto. Une servante lui ouvrit et il exposa son plan à la femme et au mari. La femme leur ferait la cuisine et Nissim viendrait chercher les repas le matin pour la journée, ou la veille pour le lendemain. Quelquefois ce serait Antilogus, surtout pour le déjeuner qu'il est bon de prendre bien chaud pour donner la chaleur qui convient à l'estomac et qui entretient la bonne santé. En échange de ce service, il leur fournirait légumes, viandes et même épices de qualité. À ce dernier mot les yeux du mari se mirent à briller d'un nouvel éclat et l'affaire fut conclue dans la joie.

Ainsi procédèrent-ils durant quelques jours. Quelques jours seulement, car le mari était jaloux. Il craignait qu'un veuf soit attiré par la fraîcheur et par les charmes de sa femme, qui n'avait que vingt-trois ans – et ce bien qu'elle soit, de l'avis de tous, hélas, assez laide et bien que, après neuf grossesses ayant donné douze bébés, son corps ait bien souffert. La jalousie a juste besoin, pour se nourrir, d'un jaloux, et contre elle, et contre lui, on ne peut rien. La jeune Mazal avait fait frire les aubergines pour Nissim et Antilogus, et le mari avait jugé cette attention un peu trop complice. Il avait envoyé le plat de berendjinas par terre et celui-ci s'était brisé net en deux morceaux. « Voilà ce qui va nous arriver si tu continues à lui faire la cuisine », avait hurlé le mari en brandissant les deux morceaux du plat devant sa femme effrayée.

Ce furent eux qui quittèrent la maison avec leurs douze enfants, plongeant Nissim dans un profond désarroi. Non seulement il n'avait pas trouvé de solution à son problème, mais il avait causé du tort.

Le jour du départ des voisins, un épais nuage de fumée était venu assombrir le ciel bleu d'Istanbul. Un feu violent s'était déclaré dans le quartier de Kasim Pacha. Cela aussi, hélas, marquait la saison des aubergines. Et dire qu'Antilogus n'en avait toujours pas mangé.

L’âne

Les maisons du quartier de Galata de tout temps furent prisées, et bientôt une famille s’installa là d’où le jaloux et sa femme étaient partis. Le déménagement avait été pénible et l’arrivée dans la ruelle, bruyante. Il était difficile de convaincre un âne chargé de tapis et un autre de plats d’étain, de cuivre, de services de verres, de carafes et d’assiettes de porcelaine de monter une pente si raide. C’était une expédition. Il y avait un homme pour tirer chaque âne, un autre pour les pousser, d’autres pour porter les draps, les miroirs, les deux bancs et la table, le père qui portait les chandeliers en argent, la grand-mère qui, dans un va-et-vient incessant d’un bout à l’autre du convoi, vérifiait, catastrophée, que rien n’était cassé, rayé, abîmé, cogné ou même volé de toutes ces choses qui leur avaient été prêtées, données ou pour lesquelles ils s’étaient tant endettés. *Atyo, atyo, atyo !* « Mon Dieu, mon Dieu ! » scandait-elle inlassablement, ce qui exaspérait visiblement le chef de famille. La mère, quant à elle, était entièrement recouverte d’un voile de coton blanc et il était impossible d’imaginer seulement son visage. Mais la façon qu’elle avait de pencher la tête, comme si elle ne souhaitait pas regarder ce qui l’attendait, laissait croire que ce déménagement n’était pas pour elle une source d’allégresse. La petite fille qui avait sa main dans la sienne ne ratait, elle, rien du spectacle. Elle était la seule que les caprices de l’âne amusaient. La seule qui semblait véritablement se réjouir de cette expédition. Toute une journée, depuis le lever du soleil, pour passer d’un quartier à un autre – et sur la même rive encore !

Enfin le père ordonna au convoi de s'immobiliser – ils étaient arrivés. Il regarda un instant la maison de bois. Sa femme marcha jusqu'à lui. Sa mère aussi. La vieille regarda un instant son fils. Il se tourna vers elle, l'air interrogateur. Elle baissa la tête avec autorité, mouvement qui signifiait qu'elle approuvait ce choix.

Puis elle sortit de sa poche une boule de chiffons, dont elle tira un œuf de poule. Elle lança un regard à son fils qui aquiesça d'un simple hochement de tête.

La *nona** lança l'œuf contre la porte d'entrée. L'œuf se brisa sur le bois et tous restèrent un instant à contempler la trajectoire du jaune, rond comme une lune malgré le choc, du liquide transparent et visqueux et des morceaux de coquille blanche.

— Tout ce qui doit casser reste en dehors de cette maison, cria la nona d'une voix peu assurée.

Puis le chef de famille poussa la porte, découvrant d'un côté leur maison, de l'autre la cour qu'ils partageraient avec le menuisier et son fils.

La petite fille lâcha la main de sa mère et courut à l'intérieur du cortijo. Son nouvel espace de jeu, rien qu'à elle. Ses fleurs, ses parfums, ses oiseaux. Elle regarda de tout côté, chaque mur, chaque recoin. Cela sentait bon le figuier. Et le chèvrefeuille aussi. Tout à coup, elle s'aperçut qu'il y avait quelqu'un là, assis sur le petit escalier attenant à l'autre maison. Un garçon ! Elle resta muette, comme prise en flagrant délit.

Antilogus la détaillait. Pourquoi cette superposition de vêtements, ces mélanges d'étoffes et de couleurs, et ces rubans partout ? À quoi servaient-ils exactement ?

— Hé, toi ! Tu t'appelles comment ? lui demanda-t-elle.

— Pourquoi tu veux savoir mon nom ?

— À partir d'aujourd'hui nous habitons ici. Est-ce que tu es notre voisin, d'abord ?

Antilogus hocha la tête.

— Si tu es notre voisin, nous allons tous les deux partager cette petite cour, et alors on peut se dire nos noms.

— Toi d'abord, répondit Antilogus, méfiant.

— Moi, c'est Vida.

Antilogus haussa les épaules, indifférent.

— Mon nom ne te plaît pas ?

— Ce n'est pas ça.

— Alors quoi ? Pourquoi tu fais cette tête ?

— Tu es une fille.

— Et alors ? Les filles, c'est aussi bien que les garçons, déclara-t-elle avec l'autorité qu'elle put. Je suis sûre qu'il y a des tas de choses que je connais et toi non.

Antilogus haussa les épaules.

Comme une fourmi passait sur le bois de l'échelle, il l'attrapa avec un doigt. Il posa son doigt sur le mur de sa maison. Ainsi la fourmi passa sur la surface plane.

— Tu es toujours désagréable ou c'est juste pour m'accueillir ? demanda Vida.

Antilogus descendit de son perchoir et rentra chez lui. Vida, vexée, sentit le sang lui monter au visage, visage qu'elle avait, selon les compliments donnés par les femmes de sa famille, « affreux », « horrible », « épouvantable », avec ses cheveux « filasse », ses yeux « ternes », son « teint de plâtre », sa préoccupante « maigreur ». C'était une « calamité », une « véritable calamité ». À les entendre, l'étranger en serait sorti effrayé. Mais il ne fallait pas s'y tromper. Une fois qu'on était sûr d'avoir repoussé l'œil grâce à ces paroles, de l'avoir repoussé loin, loin, très loin, on pouvait sourire, et largement. Parce que Vida, la petite Vida Danone, était probablement la plus jolie petite fille d'Istanbul.

Vida était partagée. La tentation était grande de détester ce garçon antipathique. Mais la crainte de n'avoir pour complice, dans cette nouvelle demeure, que son imagination l'encourageait à la tolérance. Et puis surtout, comment accepter que quelqu'un l'ignore, la méprise même, comme il l'avait fait ? Elle allait lui prouver que les filles, c'est aussi, voire plus, intéressant et amusant que les garçons.

Le soir même Isaac Danone vint frapper à la porte de Nissim. Sa petite Vida avait tenu à l'accompagner. Les deux hommes se lièrent immédiatement de sympathie. Nissim raconta qu'il vivait seul avec son fils, et aussitôt Vida, qui se tenait bien sage, assise sur un tabouret, mais qui ne laissait rien échapper de la conversation, s'émut de ce que « le garçon », comme elle l'appelait, soit privé de sa mère. Le père fit descendre Antilogus qui était dans sa chambre. Les enfants furent officiellement présentés.

Tandis qu'autour d'un raki Isaac et Nissim se trouvaient des amis et des points communs, les enfants se regardaient.

— Elle est morte il y a longtemps ? demanda Vida.

— Qu'est-ce que ça peut te faire ?

— Tu pourrais me répondre.

— Ça fait cinq mois.

— Et tu n'as pas de nona non plus ?

Il ne répondit pas.

— Moi non plus je n'ai pas de frères... ni de sœurs.

Ce qu'elle disait n'intéressait décidément pas Antilogus.

— Mais j'ai des cousins, reprit-elle. Plein de cousins. Pour les fêtes on se retrouve tous ensemble, c'est très amusant.

Son enthousiasme était tombé à plat. Pauvre Vida, elle n'était pas près de gagner l'amitié de son voisin. Voilà qu'elle s'en voulait maintenant. Elle était bien sotte d'avoir évoqué sa famille, ses cousins, la multitude, la joie. Antilogus était seul, et dans la peine. Comment pouvait-il apprécier ce qu'elle racontait ? Il était malheureux, et elle lui parlait de bonheur. Quelle sotte. Quelle petite sotte. Alors qu'elle ne s'y attendait plus, Antilogus leva son regard sur elle.

— Et qu'est-ce que vous faites, quand vous êtes ensemble ? demanda-t-il.

— Qu'est-ce qu'on fait ? répéta Vida, tout étonnée de ce revirement.

— Oui, vous jouez à quoi ?

Antilogus la regardait droit dans les yeux. Comme c'était difficile de résister à Vida. C'était plus que difficile, c'était proprement impossible.

— On joue à... on joue à plein de choses, reprit-elle d'une voix mélodieuse. En réalité, ce sont eux qui jouent, le plus souvent, et ils me laissent regarder. Ce que je préfère par-dessus tout, c'est le karageuz.

— Le karageuz ?

— Tu n'as jamais vu le karageuz ?

— Le karageuz, c'est pour les adultes.

— Il y a surtout des adultes, mais les enfants peuvent y aller.

Antilogus la regardait, bouche bée.

— Tu veux que je te raconte ?

— D'accord.

— Eh bien, tu vois des personnages, enfin tu ne vois que leur ombre, mais tu les vois en transparence, en couleurs, derrière un drap tendu. Tu vois leur visage, et surtout tu peux bien suivre les mouvements de leur corps, parce qu'ils bougent !

— Comment ça, ils bougent ?

— Ce sont des marionnettes articulées.

— Des quoi ?

Vida descendit de son tabouret, courut jusqu'au cortijo, arracha trois brindilles du figuier et revint s'asseoir devant Antilogus.

— Regarde, dit-elle en plaçant le pouce et l'index à la jonction de deux brindilles.

Avec l'autre main, elle en fit pivoter une, puis l'autre.

— Tu vois, c'est comme nous : nous sommes articulés, un os à un autre je crois, et comme ça nous pouvons plier les jambes, les bras, bouger la tête, les doigts. Eh bien, Karageuz, comme les autres personnages, il a des membres qui sont attachés entre eux et qui peuvent bouger. Il a même un chapeau et quelquefois son chapeau part en arrière et on s'aperçoit que Karageuz est chauve, et c'est très drôle.

— Pourquoi c'est drôle ?

— Eh bien, il ne veut pas qu'on sache qu'il est chauve, alors il a ce grand chapeau exprès pour cacher le fait qu'il n'a plus de cheveux, mais quand il s'énerve trop, son chapeau bouge un peu et on voit qu'il est chauve.

— Et alors ?

— Et alors tu le vois en train de bouger, de marcher, de se pencher, tu le vois en mouvement. Et les autres aussi.

— C'est qui les autres ?

— Eh bien, il y a Hadjivat. Hadjivat, il est beaucoup plus beau que Karageuz. Ils sont toujours en train de se disputer mais ils font des affaires ensemble. Et il y a l'oiseau, et le poisson, et il y a des femmes, et... c'est tout pour aujourd'hui.

— C'est tout ?

— Je ne vais pas non plus tout te raconter le même jour, sinon demain je ne t'intéresserai plus. Et j'ai bien envie qu'on soit des amis. Et toi, tu auras des choses à me raconter j'espère ? ajouta-t-elle avant de lui sourire.

— Moi ? Rien.

— Mais alors, on va s'ennuyer, ça va être horrible !

La petite fille le dévisagea un instant, perplexe.

— Écoute, tu sais ce que dit ma nona ? Qu'il faut faire avec ce qu'on a. Alors, si on s'ennuie ensemble, eh bien, tant pis, au moins on sera là l'un pour l'autre, et c'est cela qui compte, pas vrai ?

— D'accord.

— Alors on est amis, et tu ne vas plus faire l'indifférent, parce que moi, je n'aime pas ça.

— Je ne le ferai plus.

— C'est mieux comme ça, conclut-elle.

Il posa sa main sur l'un des rubans qui partaient des cheveux de la fillette, le souleva, le laissa retomber sur ses boucles.

— À quoi ça sert, tout ça ? demanda-t-il.

— À être jolie. Une fille doit toujours être jolie. C'est très important.

— Pourquoi ?

— Je n'en sais rien, répondit Vida.

— Moi je crois que même sans tous ces rubans tu serais quand même jolie.

Il rougit jusqu'aux oreilles et Vida aussitôt fit de même. Pendant un temps, troublés de ce qu'ils venaient de dire, les deux enfants se tournèrent le dos pour faire comme si l'autre n'était pas là.

— Si tu veux, je te raconterai ce que j'apprends au meldar.

Sans lui répondre, Vida l'embrassa sur la joue. Puis elle rentra chez elle.

Le lendemain, au meldar, Antilogus écouta avec plus d'attention que d'habitude. Il devait tout bien retenir pour tout rapporter à sa nouvelle amie. Lorsqu'il sortit de l'école, il se précipita chez lui pour la retrouver. Elle avait gagné.

La figue

Antilogus et Vida partagaient désormais tous deux leur temps entre l'attente de se voir et les moments passés ensemble. Ils s'entendaient si bien, s'amusant d'un rien, mais toujours tous les deux de la même chose ; ils riaient toujours exactement en même temps, comme s'ils avaient été créés ensemble et qu'ils étaient chacun la moitié de l'autre. Elle commençait une phrase, il la finissait, ou bien c'était lui qui commençait et elle qui complétait. Elle avait envie de quelque chose ? Il le devinait aussitôt. Ils étaient comme frère et sœur et même mieux. On pouvait croire d'eux qu'ils étaient jumeaux tant ils semblaient en tous points et en toute heure accordés, et la vérité, c'est qu'ils étaient faits l'un pour l'autre. Comme une petite femme, elle l'attendait toujours à la fin de la journée, avec, pour lui, toutes les douceurs et toutes les attentions. Elle le régalait de courabiers, de jus de vijna, de pâte de coing délicieuse, et même de beignets de berendjinas qu'elle avait pris soin de réclamer à sa nona dès le matin. Si bien que chaque fois qu'elle exprimait chez elle un souhait, qu'elle disait avoir envie d'*almodrote de spinaka*, de petites boulettes de viande, ou de n'importe quoi qui soit bon à manger, sa nona soupirait, tout en souriant, et marmonnait : « C'est encore pour le petit d'en face, hein, Vida ? Si tu continues, il va falloir qu'on vous marie. »

Un matin qu'il avait senti, de sa chambre, le parfum des berendjinas, Antilogus était sorti dans la cour, hagard. La petite fille aussitôt avait couru jusqu'à lui pour lui en donner. Ils les avaient partagés, adossés tous deux contre le muret, contemplant les mouvements que causait le vent dans les branches du figuier. Puis Antilogus était allé cueillir une figue pour Vida, et la lui avait donnée, pour la remercier. De ses doigts délicats, elle l'avait ouverte en deux, laissant apparaître un cœur bien rouge et ces minuscules et délicieuses petites graines, aussi craquantes que le sésame lorsque les dents viennent se refermer sur elles, puis elle en avait tendu la moitié à son ami.

Ils avaient partagé le fruit de bon cœur. L'air était si bon. C'était la toute fin de l'été, presque le début de l'automne. Ils se contentaient de le savourer, les sens en éveil. Le chant d'un oiseau, l'envol d'une coccinelle, le bruissement d'ailes d'une libellule ou le parfum des vignes, non loin de là, que le vent apportait avec lui en descendant vers le sud.

Antilogus racontait à Vida ce qu'il apprenait au meldar. L'alphabet hébreu, pour commencer. Il lui faisait répéter les lettres. Lui racontait comment le beth, deuxième lettre, qui signifie « maison », représente un plafond, un sol, et à droite un mur sur lequel on peut se reposer – le passé – et une porte ouverte sur l'avenir. Comment le guimel – dont la racine, *gml*, signifie en hébreu « donner » – représente un être dont le bras se tend pour donner. Daleth. Hé. Vav. Zaïn qui ressemble à un petit poignard. Heth, teth, yod. Comment le khaf, lettre dont le nom veut dire « cuillère », peut, par sa forme, en recevoir et en contenir une. Lamed, qui était la plus jolie, la préférée de Vida, peut-être parce qu'elle semblait vouloir lier, de son bras levé, le ciel et la terre. Mem, noun, samekh, ëayin. Et le peh, qui a la forme d'une bouche de profil, avec une dent, alors que, justement, le mot *peh* signifie « bouche ». Chaque jour, Antilogus dessinait avec le doigt une lettre sur la terre battue de la courette. Vida y pensait toute la nuit. Quand elle eut bien maîtrisé les consonnes, il lui enseigna les voyelles. Comment elles s'écrivent, sur le flanc gauche de la consonne ou sous elle, et quelquefois au-dessus. Il lui apprit aussi les finales, qu'on nomme *sofite*. Vida était fascinée d'avoir accès à ce savoir, et elle apprenait plus vite qu'Antilogus lui-même n'avait appris. Depuis qu'il partageait l'étude avec elle, il était dix fois plus appliqué. Et malgré la présence de Zafran, qu'il ignorait courtoisement, le meldar lui devenait de plus en plus nécessaire. Il était avide de réponses, avide de savoir, avide de pouvoir rendre un peu à celle qui lui donnait tant. Si bien qu'en peu de temps il devint le meilleur élève.

Vida, quant à elle, s'appliquait à regarder sa nona faire la cuisine et la couture. Elle ne cessait de lui poser des questions. Voilà qu'elle aussi voulait tout apprendre.

— Tu as le temps, ma fille ! *Tienes tiempo ija* !* répondait la grand-mère amusée.

— Si je veux être une femme bonne à marier, je dois apprendre dès maintenant, répondait la petite fille sur le ton le plus sérieux du monde.

Ainsi, les deux enfants y pensaient déjà. Le mariage. S'unir devant Dieu pour l'éternité. Partager ces millions de petits moments uniques et incomparables.

— Quand deux personnes s'aiment, avait demandé Vida à sa grand-mère, quand deux personnes s'aiment, qu'est-ce qu'elles font ?

— Si elles sont en âge, elles se marient, avait répondu la nona.

— C'est à quel âge qu'on se marie ?

— Il faut que la fille soit devenue une femme, il faut attendre ses douze, treize ans. Le garçon doit être majeur, il doit avoir fait sa bar-mitsvah.

Vida était heureuse. Elle savait maintenant exactement à quoi ressemblerait leur vie. Il y aurait cinq ans à patienter, et puis ils se marieraient, et puis ils auraient des enfants. Elle posait encore dix et vingt questions à la nona, sur les qualités qu'un mari attend de sa femme.

— Un homme, il lui faut le ventre et le bas-ventre. Tu lui fais bien la cuisine, et pour le reste, je t'expliquerai plus tard, sinon je vais me faire tirer les oreilles par ton père. Ensuite, il te faut de la patience, du dévouement, de la compréhension. Tu dois le soutenir comme les murs soutiennent la maison, mais tu ne dois jamais le dire. Tu le protèges de l'intérieur, et lui, il te protège de l'extérieur. Tu dois être belle, qu'il ne regarde que toi, mais surtout, tu dois être gentille. Vous ne devez faire qu'un face au monde. Vous devez faire corps avant tout. Si la vie vient vous frapper au cœur, vous devez pouvoir vous accrocher l'un à l'autre pour être plus forts.

Vida ne comprenait pas la moitié de ce que lui confiait la nona, mais elle l'écoutait religieusement et se promettait de se souvenir de toutes ces recommandations.

Un jour qu'elle et Antilogus jouaient dans la courette, le garçon monta dans sa maison pour aller y chercher sa guitare. Il joua à Vida une mélodie, puis une seconde. Il avait appris tout seul, dans sa chambre. Placer ses doigts, pincer les cordes. À pas de fourmi, il avait progressé. Des mois d'acharnement, à se faire mal au bout des doigts, jusqu'à ce qu'il décide de se laisser pousser les ongles, rien qu'un peu, pour gratter les cordes plutôt que les pincer.

Vida sentit son cœur s'ouvrir et la musique pénétrer en elle comme un grand souffle. Elle se mit à pleurer, bouleversée.

— Qu'est-ce qu'il y a ? Tu veux que j'arrête ?

— Non. Je veux que tu continues.

Et l'un devant l'autre, dans la cour, ils se firent le serment de s'aimer jusqu'à la mort. Puis, retrouvant sa légèreté, Vida lui demanda de créer, pour elle, rien que pour elle, une mélodie.

— Est-ce qu'il faudra mettre des mots dessus ?

— Non, avait répondu la petite fille. Nous n'avons pas besoin des mots, puisque nous nous aimons.

Le soir, Vida et Antilogus, chacun dans sa chambre, se faisaient un dernier signe par la fenêtre. La paume de la main ouverte : on se retrouve demain. Les mains jointes devant le cœur : je pense à toi. L'index posé verticalement sur le front : je vais y penser. Antilogus n'était plus seul. Il ne serait plus jamais seul.

La cire

Une année avait passé et il n'y avait qu'une seule chose dont Antilogus n'osait pas parler à Vida. C'était le voile qui couvrait entièrement le visage de sa mère, si bien qu'on aurait dit un fantôme, un esprit ! Elle passait d'une pièce à l'autre sans faire de bruit comme si elle ne pesait rien, comme si elle n'était pas faite de chair. Elle ne parlait jamais, même pas pour dire un mot, ou au moins émettre un son, et tous faisaient comme si elle n'existait pas. Était-elle muette ? Et pourquoi son visage était-il ainsi caché ? Vida ne l'avait jamais évoqué devant Antilogus, et il se doutait que si elle, qui lui disait tout de tout, ne lui disait pas cela, c'est qu'il ne devait pas le savoir. Aussi, ne lui avait-il jamais posé la question. Il la respectait trop. Un soir, l'enfant s'en était ouvert à son père.

Nissim, grave, avait rappelé à son souvenir le jour où la famille Pinto avait quitté la maison.

— Il y avait de la fumée noire sur la ville. Tu t'en souviens, n'est-ce pas ?

Antilogus s'en souvenait comme si c'était hier.

— Cette fumée, elle venait d'une maison, une grande et belle maison. La maison de Vida et de ses parents. Et de ses frères et sœurs.

— Ses frères et sœurs ?

— Vida avait deux frères et trois sœurs. Tous plus grands qu'elle.

Antilogus n'y croyait pas. Vida ne lui avait rien dit d'eux.

— C'est parce qu'ils sont morts. Ils sont morts lorsque leur maison a brûlé.

Nissim n'en savait pas plus. Le feu s'était déclaré dans la soirée et en un instant s'était emparé de la maison de bois. Le temps de réagir, de monter les escaliers pour réveiller les enfants il était déjà trop tard, le dévouement des hommes du quartier n'avait rien changé, et même abattre les murs pour qu'en tombant ils étouffent le feu n'avait pas suffi. Trois de ceux qui avaient porté secours avaient péri cette nuit-là, et toutes les maisons voisines s'étaient embrasées les unes après les autres, mais leurs habitants, eux, avaient eu le temps de sortir.

Si tous ses frères et sœurs étaient morts, si la mère de sa mère aussi était morte, pourquoi Vida avait-elle survécu ? Antilogus ne pensait plus qu'à cela. Après une semaine de réflexion il arriva à la conclusion que, si le Tout-Puissant crée des calamités, il fait aussi des miracles, et que, comme Esther était morte, Vida avait été sauvée. Cela lui apparut tout à fait logique, que l'une soit venue pour compenser l'autre. C'était cela, l'équilibre du monde. Il fit même un rêve dans lequel il s'imagina que sur son lit de mort, Esther avait reçu la visite de la petite fille à qui elle avait remis une bougie allumée en lui demandant surtout de faire bien attention à ce que cette flamme-là reste intacte. Vida était un ange. Elle était le prolongement d'Esther parmi les vivants. Il y avait comme une âme que tous partageaient en ce monde, et les enveloppes charnelles ne faisaient que se relayer pour se transmettre le message. Il fallait poursuivre le chemin. Être un homme fort, digne, un homme juste.

Malgré l'explication qu'il s'était trouvée, Antilogus continuait de s'interroger. Et les parents de Vida ? Pour quelle raison avaient-ils survécu ? Et pourquoi une grand-mère avait péri plutôt que l'autre ? À quoi est-ce que cela avait tenu ? Antilogus se promit de le demander au rabbin.

Le lendemain, la classe avait été ajournée et Antilogus était rentré chez lui plus tôt qu'à l'accoutumée. En pleine matinée, avant même l'heure du déjeuner.

Au meldar, le maître qui s'était penché pour faire fuir un

vendeur de poules distrayant ses élèves avait basculé et était tombé par terre, déclenchant l'hilarité générale. Le grand homme, qui n'était pas réputé pour son humour, s'était fracturé la jambe.

— On cherche à punir l'autre et l'on se retrouve puni soi-même ! Ne creuse pas un puits pour ton ennemi, tu risquerais de tomber dedans, continua-t-il en tentant de se relever, trop heureux de pouvoir encore faire la leçon à ses élèves. Ma jambe est cassée, leur cria-t-il. Eh bien, qu'attendez-vous pour venir m'aider ? Que je me lève et que je vienne vous botter les fesses ?

À cause d'un vendeur de poules, Antilogus poussa la porte qui donnait sur le cortijo et fit les quelques pas qui le séparaient de la maison de Vida. Comme elle serait heureuse d'apprendre qu'il n'avait pas classe aujourd'hui ! Ils pourraient jouer ensemble ou écouter de la guitare. Comme il n'entendait aucun bruit, il entra.

La maison était vide. Sans doute les femmes étaient-elles sorties faire des courses, car nous étions mercredi, et le chabbat approchait. La plupart des femmes faisaient la cuisine dès le mercredi soir et tout le jeudi. La nourriture cuisait ou mijotait sur le brasero pendant des heures entières, si bien que le vendredi il n'y avait rien à faire qu'aller au mikveh, prendre le bain rituel de purification avant chabbat, le jour de repos tant attendu, la fête qui clôt la semaine et qui marque ainsi la pause dont chacun a besoin pour se recueillir.

Il regarda autour de lui. Non, il n'y avait personne. Il s'aventura, à tout hasard, vers la cuisine, et là, il la vit, telle qu'elle était, sans rien pour cacher ce qui restait de son visage. Il fut saisi d'une terreur insurmontable qui le paralysa.

— Pourquoi est-ce que je ne suis pas morte ? lui demanda-t-elle d'une voix brisée. Pourquoi ? Pourquoi est-ce que je ne suis pas morte ?

Antilogus était pétrifié.

— Pourquoi ? Pourquoi ?

Pris dans la peur comme une poussière dans la résine, Antilogus ne parvenait pas à bouger. La femme se mit à hurler de douleur, d'un hurlement presque animal, et puis se retourna. Elle se cogna la tête plusieurs fois contre le sol, en hurlant de plus belle. Antilogus sentit la honte lui monter au visage comme de l'huile bouillante. Il s'excusa d'être entré – mais elle n'entendait plus –, s'excusa encore en bafouillant et sortit en courant, renversant au passage un tabouret qu'il ne prit même pas le temps de remettre sur ses pieds.

Vite que le vent lui fouette les joues, que la course fasse sortir de lui cette vision d'horreur, que la terreur déguerpisse ! Il courut à perdre haleine jusqu'en bas de la colline et il se jeta dans l'eau comme un fou. Sa théorie de l'équilibre du monde ne résistait-elle déjà plus à la vérité de la vie ? L'eau était glacée. Il regardait à droite, à gauche, fouillant les profondeurs bleutées de ses yeux avides de vérité. Que le Bosphore noie ses larmes, qu'il les emporte, qu'elles se fondent dans la mer ! Puis, ses poumons menaçant de céder au manque d'oxygène, il donna de grands coups de ciseaux avec les jambes et remonta à la surface. Il sortit la tête de l'eau, la secoua de tous côtés comme un chien qui s'ébroue. L'air était frais, vivifiant. Comme cela faisait du bien d'être ici ! Comme le Bosphore était beau. Comme il s'y sentait bien. Il y était comme chez lui maintenant.

— Hé ! petit ! lui cria un pêcheur. Tu as fini de jouer avec ta vie ?

Antilogus lui fit un signe de la main.

Ce soir-là, Antilogus composa une mélodie pour Vida. Une mélodie triste comme un bateau qui prend le large, aussi touchante que les circonvolutions d'un banc de poissons.

Lorsque Vida entendit le morceau de musique, elle se mit à pleurer. On croyait y entendre des questions, et des sanglots.

— Pourquoi est-ce que tu es vivante ? lui demanda-t-il, tout bas.

Elle baissa les yeux.

— J'ai eu envie de boire de l'eau. Il n'en restait plus dans la cruche, alors je suis descendue en chercher dans la cuisine.

— Alors c'est cela qui t'a sauvée ? L'eau ?

Vida secoua la tête.

— Non, pas l'eau. La soif.

Les graines

Au bazar, bien loin de Jérusalem, quelques échoppes et ateliers juifs avaient rouvert, timidement. Les commerces étaient encore presque vides pour la plupart. Les marchands avaient donné aux pauvres toutes leurs marchandises en prévision de leur départ en Terre sainte. La Terre sainte, quelques familles s'y étaient d'ailleurs probablement installées, parce que l'atelier de montage de colliers de perles de la famille Catan, réputé le meilleur de tout l'Empire, restait fermé, à l'abandon. Ils avaient cru comme les autres aux promesses du Messie et avaient voulu faire mieux encore, en devançant le reste de ses condisciples. Étaient-ils arrivés jusque là-bas ? Personne ne leur avait dit, pour Sabbataï ? Le vieux Caraso avait repris possession de son antre. Mais si les épices embaumaient encore du fond de leurs petits tiroirs, elles avaient perdu leur première fraîcheur, leur caractère unique, leur extraordinaire. Le safran s'était rabougri. Le cumin sentait la poussière. La cannelle avait perdu de sa force : elle ne brûlait plus la langue comme lorsqu'elle était fraîchement râpée. La muscade avait fadi elle aussi et le thym avait terni. Les noix, les amandes et les noisettes s'étaient ramollies tandis que les autres fruits secs s'étaient ridés ; le pistil – grande feuille de pâte d'abricot sec qui était, de notoriété publique, la plus grande faiblesse du sultan après les loukoums et les femmes – avait perdu de son moelleux et de son chatoiement. Seuls les fustukes avaient gardé du craquant sous la dent. Ces graines de tournesol, ou *pas-*

*satiempos**, que les Juifs espagnols appelaient ainsi car elles aident à passer le temps, faisaient la joie des Stambouliotes, et à vrai dire nul au bazar, sans distinction d'âge ni de confession, ne pouvait s'en passer. Cela permettait de patienter entre deux clients. Il y avait deux sortes de passatiempos. Les salés et les non salés. Les salés, on les mettait dans la bouche avec leur coque et on les suçotait jusqu'à faire fondre le sel. Puis on mettait les doigts à la bouche et l'on calait la coque mouillée de salive entre les dents de devant et on la faisait légèrement craquer de sorte que ses deux parties se dessoudent et donnent accès à la *pepita*. On remettait la main à la bouche pour y cracher la coque et on la jetait dans un cendrier de cuivre que l'on vidait lorsqu'il était bien plein. Ou bien l'on était assez habile pour faire tout cela sans la main. Les amateurs de passatiempos faisaient travailler leurs mâchoires et leur langue sans arrêt.

Contrairement à ses épices, les passatiempos de Caraso n'avaient rien d'extraordinaire. Ce qui les rendait attrayants, c'était qu'il les offrait. À la visite de chaque client ou badaud, Caraso en prenait une pleine poignée et la mettait dans la main ou directement dans la poche de son visiteur. Une façon de se rendre sympathique, lui qui était gris et froid comme la mort et qui probablement le savait. L'époque avait changé, et Caraso pouvait bien remplir les poches des cuisiniers de Sa Majesté avec des graines, ceux-ci ne lui achetaient plus rien. Même pas le clou de girofle pour les délicates gencives du sultan.

Menev l'Arménien avait largement profité de l'absence de Caraso. Les cuisiniers, pâtissiers et confiseurs du palais avaient eu le réflexe, en trouvant la boutique de Caraso fermée, de regarder autour d'eux. Menev s'était trouvé investi de la mission de reconstituer l'excellence de Caraso hors les murs. Non pas que l'Arménien ait joui des mêmes sens exacerbés du vieux Juif, non, Caraso était unique, véritablement unique et irremplaçable – mais il connaissait, pour les avoir vus des dizaines et des centaines de fois, ces voyageurs qui livraient au Juif, et par très petites quantités, les trésors d'épices, et dont bon nombre, d'ailleurs, étaient arméniens. Aussi, lorsque ces fournisseurs s'étaient eux aussi cassé le nez devant la porte fermée, Menev leur avait proposé de faire affaire avec lui. Au fil des mois, tandis qu'auprès d'eux il apprenait à distinguer le bon de l'acceptable, puis le meilleur du très bon, il s'était constitué une clientèle prestigieuse et internationale. Désormais, même les Français et les Hollandais venaient s'approvisionner chez lui.

Caraso était désolé, désolé. Assuré de son exceptionnel talent, et avant lui de celui de son père, et avant encore de celui de son grand-père, il n'avait pas imaginé qu'il puisse un jour tout perdre. Baigné de succès, auréolé d'une réputation ne connaissant pas les frontières, il n'avait pas eu la sagesse de voir au-delà. Oui, on pouvait tout perdre. Son statut, son argent, l'estime des autres, l'estime de soi-même, la tranquillité d'esprit. Et cela était pire que tout, puisque l'homme vient au monde avec une mémoire qui sert à regarder le chemin parcouru, ce qu'on a construit et ce qu'on a perdu. Personne n'était à l'abri de rien en vérité. Ce n'est qu'à cela que servait l'enseignement : à enjoindre l'homme, aussi confiant et doué soit-il, à une certaine forme de prudence. La vie réservait des surprises, et les autres n'en étaient pas toujours responsables. La façon dont chacun appréhendait et réagissait devant un événement comptait autant, sinon plus, que l'événement lui-même.

Caraso n'était pas le seul dans son cas. Entre les nombreux mois d'euphorie sabbatéenne et la torpeur dans laquelle les avait laissés la nouvelle de l'apostasie, les marchands juifs avaient perdu leur réputation, leur honneur, et bien souvent, leur affaire et leurs clients. Ils n'étaient plus vendeurs, ils n'étaient plus acheteurs. On ne reconnaissait maintenant plus les Juifs par leur habit mais par la mine déconfite qu'ils arboraient : un mélange de honte, de malaise et de détresse profonde. Ils avaient tous les yeux baissés et le front plissé. Certains paraissaient dix ou vingt ans de plus que l'année d'avant. D'autres avaient perdu tous leurs cheveux, ou encore les avaient vus tourner au gris ou au blanc. Beaucoup avaient maigri. Et de la joie, de l'allégresse, du bagout charmeur et envoûtant, de leur habileté à manier les langues et les acheteurs avec autant de talent, de tout ce qu'on entendait en rires, en chansons, en tapes dans la main, de tout ce qui faisait du bazar d'Istanbul l'un des lieux les plus vivants et fascinants au monde, il ne restait que des hommes démunis et déroutés, que silence et mélancolie. Et l'on n'entendait plus que le bruit des pas qui traînent sur la terre battue et le chant du muezzin qui appelle à la prière. Et, de temps en temps, quelqu'un qui suppliait un client de venir chez lui.

Un matin, tandis que Caraso ouvrait sa *botikita**, il aperçut l'un de ses plus anciens clients tourner la tête pour l'éviter et se rendre à la hâte chez l'Arménien.

— Tu te caches ! lui cria-t-il. Est-ce que tu as besoin de te cacher ? Que m'importe que tu ne viennes plus chez moi ! Je n'ai pas besoin d'un client comme toi !

Le client entra chez Menev. Là, il fut accueilli comme un vieil ami. On le fit asseoir, on lui servit le thé. Le silencieux, le taciturne, l'homme qui retient ses paroles, le jour où il ouvre sa bouche, ce ne sont pas seulement des mots qui sortent.

— Tu te caches ! continua Caraso, qui les observait. Tu te caches ! Quel genre d'individu a besoin de se cacher !

Le client, agacé, se leva et marcha jusqu'au Juif.

— Je ne me cache pas, je prends le thé.

— C'est chez moi que tu dois prendre le thé, lâcha Caraso sur un ton autoritaire. Tu es *mon* client.

— Je l'étais, mais maintenant je ne le suis plus.

— Tu n'es plus mon client ? Tu n'es plus mon client ? Alors tu es maudit ! maudit ! cria Caraso, hors de lui.

Menev s'interposa.

— Ça va maintenant, laisse-nous.

— Tu me les as volés, les uns après les autres. Tu m'as volé mes clients.

— Je ne t'ai rien volé.

— Tu m'as volé mes fournisseurs.

— Je ne t'ai rien volé !

Le vieux Caraso saisit l'Arménien par le col de son manteau. Le client s'interposa.

— Arrête maintenant, conseilla-t-il au vieux marchand.

— Toi, je vais te réduire en soupe de poussière, criait Caraso. Traître !

Et il tenta de lui donner un coup de poing dans la poitrine. Deux hommes intervinrent et saisirent Caraso par les bras pour le ramener à sa boutique.

— Est-ce que tu es devenu fou ? Laisse-le donc !

Caraso éclata en sanglots. Sa douleur résonnait dans toute l'allée du bazar.

— Je l'ai frappé, mais c'est moi en lui que j'ai frappé ! C'est moi que je hais, pas lui !

— Ça y est maintenant, le reprit l'un des hommes qui l'avait séparé de la bagarre. Il faut passer à autre chose, reconstruire l'avenir au lieu de créer des altercations qui ne font que ternir un peu plus la réputation de la communauté.

Un attroupement s'était créé autour des trois Juifs et il y avait maintenant une quarantaine d'hommes qui faisaient un brouhaha terrible, tandis que les badauds continuaient à affluer. Une rixe, cela fascinait tous les hommes, marchands, clients, apprentis. Que s'était-il passé ? C'était Caraso ? Avec qui ? Menev. L'attroupement grossissait et boutiques et échoppes se vidaient. Tout à coup quelqu'un cria : « Assez ! » L'homme monta sur une table et s'adressa à tous.

— Oui, nous nous sommes trompés. Tout ce que nous avions, nous l'avons perdu. Pas seulement les biens, mais l'honneur, la dignité, la confiance qu'autrefois tous ici avaient en nous ! Puissions-nous un jour être pardonnés par l'Éternel, et si nous ne le pouvons, que nos enfants le soient. Que les sultans qui nous ont sauvé des inquisiteurs, des bourreaux, qui nous ont protégés, nous pardonnent eux aussi, qu'ils nous laissent la chance de redevenir ce que nous n'aurions jamais dû cesser d'être : leurs sujets fidèles et dévoués. Ce qu'il faut maintenant, *ombres**, c'est bien se tenir. Plus de scandale, il ne faut plus de scandale. Il faut servir le pays et se faire oublier, vous entendez ? Ce n'est qu'à ce prix que nous pourrons à nouveau nous faire apprécier. Alors pas d'insultes, pas de rixes, pas de bagarres, pas de haine, pas de rancœur, pas un mot ou un regard de travers. Nous, et *a fortiori* les plus sages d'entre nous, devons donner l'exemple !

Puis l'homme était descendu d'un saut de la table, et il avait disparu dans la foule.

L'atmosphère du bazar était désormais pesante comme le métal qui sert à fabriquer les ancres. Cette année-là, à Kippour, les hommes se frappèrent la poitrine plus fort encore qu'à l'habitude, si fort que trois d'entre eux, dont Caraso, le pauvre homme, en moururent. De mémoire de rabbin jamais une telle hécatombe ne s'était produite pendant l'office.

Le citron

« Celui qui a une fille ne dormira plus », c'est cela qu'ils s'écriaient, quand on annonçait : « C'est une fille. » Quelquefois même, ils pleuraient. Un fils, c'était de l'or. Mais une fille ? Une fille, c'était une malédiction. La fille n'a que son instinct, et tant qu'elle n'est pas femme, un rien peut anéantir sa vie et ses promesses d'avenir. Il faut veiller à son corps, le protéger, s'assurer qu'il grandit comme il faut. La tenir éloignée toujours du regard des hommes, bons ou mauvais – l'homme bon a vite fait de faire le mal si la tentation passe trop près, quant à l'homme mauvais, il est sans surprise. Pour amener cette enfant à son mariage, pour lui épargner les grands malheurs, il faut la veiller comme le lait sur le feu et prendre soin d'elle, et lui apprendre à prendre soin d'elle, et lui apprendre à se protéger. Et cela est très difficile, cela prend beaucoup de temps, cela épuise le père et terrifie la mère qui s'en donnent la peine. Si elle est belle ? Que l'œil ne s'en aperçoive pas et qu'il ne vienne pas abîmer son beau visage. Que l'Éternel la protège de la jalousie des autres. Que sa beauté ne soit pas son linceul. Si elle est laide ? Qu'elle se trouve malgré tout un époux, qu'elle en trouve un, qu'on ne la repêche pas morte dans le fond d'un puits, de désespoir, la nuit venue. C'était un grand souci, une fille laide, et il fallait sans tarder songer à compenser. Faire un trousseau plus important encore, que l'on commençait à tisser et broder dès le lendemain des relevailles. Et les *agunas**. Ceux qui avaient des filles priaient tous pour qu'elles ne connaissent pas leur sort. Cela, c'était pire que tout. Il y en avait, des agunas. Des jeunes femmes dont le fiancé était mort, mais dont on n'avait pu retrouver le corps. Soit le jeune homme était tombé à l'eau, soit il était décédé au cours d'un voyage et on n'avait pu rapporter sa dépouille. S'il l'on ne voyait pas son corps, la mort ne pouvait être déclarée officiellement. La fiancée n'avait pas le droit de se marier avec un autre, elle devait attendre, éternellement, quelqu'un dont elle savait qu'il ne reviendrait jamais, parce qu'il était mort. Une vie gâchée, une vie détruite.

Une fille, ils priaient tous Dieu de les en préserver. C'était trop, trop d'inquiétude.

Dans la maison de Vida, les choses étaient un peu différentes. La catastrophe avait eu lieu. Cinq enfants perdus d'un coup. Il en restait une, soit. Mais celle qui avait encore du cœur pour y penser, s'en soucier, c'était la nona. La mère de Vida, la pauvre, son père, le pauvre, eux ne pouvaient plus songer à l'avenir. Quel avenir y avait-il devant eux ? Une terre brûlée. Vida était un petit oiseau sur un champ de ruines. Nona le savait. C'est pourquoi elle veillait à protéger et encourager la joie de la petite fille. C'est pourquoi elle la laissait jouer comme elle le faisait avec le petit garçon d'en face. Vida avait besoin de gaieté, elle avait besoin de légèreté. Elle n'avait pas à payer pour ce qui était arrivé ! Elle avait droit à sa vie. Vida. La plus jolie petite fille du monde. Qui n'avait qu'une hâte, retrouver celui qu'elle aimait. Ces deux-là feraient un beau mariage, un beau couple, de beaux enfants, si Dieu veut, et la nona s'en réjouissait chaque jour, et chaque matin, et chaque instant de la journée. Vida était sa lumière et Antilogus, elle savait qu'il serait le meilleur mari possible pour Vida. Il était tout trouvé, ce mari, tout trouvé, et la nona priait, elle priait pour qu'il n'arrive rien à Vida, et surtout rien à Antilogus Naor Azaria, le Lumineux, qu'il ne lui arrive rien surtout, qu'il soit en bonne santé, que Dieu veille sur lui, qu'il puisse veiller sur Vida aussi. Et nona tissait, et nona brodait, et nona priait, nona s'appliquait sur chaque pièce de ce qui serait le trousseau de Vida. Tout avait brûlé dans l'incendie, ce serait un tout petit trousseau. Peu importe, on commanderait des draps à Eliezer, le vieux drapier. L'important, c'est qu'ils seraient là, l'un pour l'autre, et Dieu les avait bénis par cette rencontre.

Et le trousseau s'étoffa, et les mois passèrent. Et la nona vieillit encore un peu plus, et Vida devint encore plus belle. Son visage s'était affiné, la petite fille en elle laisserait bientôt place à la jeune fille. Un matin d'avril, elle eut onze ans.

— Dis, nona, quand est-ce qu'on va nous fiancer ?

— Cela ne va pas tarder maintenant. Je vais en parler à ton père.

— Oh oui, nona, ne tarde pas ! S'il te plaît.

Nona et Vida décidèrent que pour convaincre le padre Isaac d'organiser des fiançailles bientôt, il serait bon de lui préparer son plat préféré. Aussi se mirent-elles en route vers le marché aux poissons de Galata, le meilleur de toute la ville, et par chance il n'était pas trop loin ! C'était une belle journée. Le printemps était de retour, et avec lui, les fleurs et les fruits. Le marché, bien approvisionné, était une fête des couleurs. Un marchand d'artichauts en présentait une pyramide haute de plus d'un mètre vingt. Certains primeurs vendaient leurs fruits alignés, d'autres en vrac. Certains s'amusaient à en faire des figures qui attiraient le regard et ravissaient les promeneurs, comme le marchand de poivrons rouges et verts qui assemblait ses légumes de telle sorte que, de loin, on croyait apercevoir des fleurs géantes. Il les calait, bien serrés les uns contre les autres, sur cet énorme plateau de paille tressée aux bords larges. Du côté des poissons, il y avait tout ce dont on pouvait rêver. Vida ne revenait pas de toute cette agitation, et elle tenait le bras de sa nona bien serré. Tous ces regards qui se posaient sur elle avec concupiscence ou simplement pour admirer sa grande beauté l'effrayaient un peu. Les cris de celui-ci qui se vantait d'avoir de la bonite, de tel autre qui disait que si on lui prenait deux maquereaux, le troisième il ne le compterait pas, de celui-là qui criait qu'il avait des œufs de mulet séchés, et de cet autre qui répétait comme une litanie « mulet-mulet-mulet-mulet » sans même prendre le temps de respirer. Et les bousculades, les brusques mouvements de foule, aussi lourds que les courants qui bouleversent le Bosphore, dans un sens, et puis dans l'autre sens, et puis encore. Il fallait rester bien accrochée au bras de la nona.

— Comment devient-on une femme ? lui avait encore demandé Vida ce matin-là.

— On ne réfléchit pas à ces choses-là, elles sont naturelles, avaient répondu la vieille dame.

Mais Vida avait insisté. Alors la nona avait répondu qu'il fallait de la patience, de l'attention, et un bon tour de main en cuisine.

Voilà qu'un superbe poisson attira le regard de la grand-mère. Elle s'en approcha, le saisit, le renifla, jaugea son poids, son volume, puis elle se mit à l'inspecter sous tous les angles d'un œil expert. Il dégageait une odeur agréable, légèrement iodée. Ses écailles étaient brillantes comme un miroir, ses branchies d'un rouge éclatant, sa chair ferme et compacte, et son œil saillant et vif. C'était exactement ce qu'il lui fallait.

— Combien ? demanda-t-elle au pêcheur.

Avant même qu'il ait dit son prix, elle secoua la tête en disant : « Trop cher, trop cher. »

— Combien ? répéta-t-elle.

— Trop cher, trop cher, recommença-t-elle.

Puis le pêcheur baissa son prix. Il pesta contre elle et elle lui lança d'un air de défi :

— Des poissons, il y en a plein le Bosphore, alors tu baisses ton prix ou je ne te le prends pas. Parce que là, il est beau, il est fier, mais attends une heure, et il aura l'œil glauque et les écailles auront perdu leur brillant, et il te restera sur les bras. Alors baisse ton prix je te dis.

Elle lui tendit une pièce. Le pêcheur, vaincu, secoua la tête en souriant, et la nona mit le poisson dans son panier.

— Toi, la vieille, je t'aime bien quand même, lança l'homme.

Elle se retourna vers Vida.

— Regarde-moi ce poisson.

— Il est énorme.

— C'est ce qu'il faut. Tu as vu comme il brille ? Il faut toujours qu'il brille, sinon, c'est qu'il n'est pas frais. Allez, maintenant il nous faut deux citrons. Le poisson pour ton père, tu crois qu'il va se préparer tout seul ? Viens *ijica*.

Et la nona prit Vida par le poignet, comme lorsqu'elle était une toute petite fille. Elles achetèrent deux citrons – mais cette fois c'est Vida qui, pour s'entraîner, répéta « trop cher, trop cher », secouant la tête d'un air décidé en imitant sa grand-mère. Et elle eut les deux citrons pour le prix d'un. Puis Vida s'arrêta devant l'étalage d'oignons. De gros oignons, si ronds, si blancs et si parfaitement alignés qu'on aurait dit un collier de perles géantes.

— Est-ce que nous avons besoin d'un oignon ? demanda Vida à sa grand-mère.

— Ma petite fille, il faut que tu saches qu'on a toujours besoin d'un oignon, répondit la nona, complice.

Alors Vida marchanda encore, et elles en rirent jusqu'à la maison.

Marchander, tout le monde ici considérait que c'était faire honneur aux produits. Bien sûr, tous espéraient vendre le fruit de leur travail au plus cher, mais ce que tous, en réalité, appréciaient le plus, c'était cet échange avec le client où chacun joue à établir les limites de son territoire. Ce n'était rien d'autre qu'un jeu. Exactement comme pousser des pions sur un damier, les avancer ou les reculer, au gré de la partie. Il fallait provoquer le vendeur, qui tenait alors tête au client, et le rapport de forces s'installait ou non, et même si les pêcheurs perdaient un peu de leur revenu au passage, ils n'étaient pas mécontents de ce corps à corps. Ils perdaient avec un ? Ils se rattraperaient avec un autre. On disait que celui qui savait négocier à son avantage sur un marché, rien ne pourrait l'arrêter. L'apprentissage de la vie passait par là aussi, et tous en convenaient.

Une fois qu'elles furent rentrées à la maison, la nona posa le poisson sur la table. Elle se lava les mains à l'eau de la cruche, mit le tablier autour de sa taille, et en noua un autour de celle de Vida. Puis elle s'approcha du poisson.

— D'abord, il faut le vider. Tu le prends d'une main, et avec l'autre tu le vides par les ouïes. Tu mets les doigts dedans et tu attrapes tout ce que tu peux.

Elle sortit les branchies. Introduisit les doigts à nouveau et en extirpa les viscères.

— Ensuite, tu fais une petite entaille là, sur le côté, près de sa queue. Et tu retires ce qui reste qui n'est pas la chair.

— Bah ! fit Vida, dégoûtée.

— Ensuite, te le rinces. Allez, c'est toi qui le rinces.

— Je ne veux pas le tenir !

— Si tu veux devenir une femme, il ne faut pas avoir peur de tenir un poisson.

Vida posa un doigt sur l'animal.

— Ça glisse !

— Et alors, tu tiens bien, c'est tout.

Vida considéra la bonite. Elle fit une grimace et attrapa le poisson. Il manqua de lui échapper – autant que s'il avait été vivant – mais elle eut le réflexe de tendre ses bras et de le lâcher dans la bassine d'eau. Là elle le rinça puis, suivant les indications de sa grand-mère, elle le prépara.

Le poisson fut placé sur le brasero et il y resta pendant près de deux heures.

Lorsque le père de Vida rentra, il s'étonna de ce que la table soit si belle, un soir de semaine qui n'était pas chabbat. « Que se passe-t-il ? demanda-t-il à la nona. Est-ce que nous avons quelque chose à célébrer que j'aurais oublié ? » La nona échangea un regard avec Vida. Puis elle tendit une citronnade à son fils, qu'il commence par se reposer de cette longue journée.

Celui-ci prit le verre, but d'un trait, puis le reposa sur le petit plateau de cuivre. La nona lui sourit.

— Antilogus et Vida ont douze et onze ans. Il va bientôt faire sa bar-mitsvah, il sera en âge de se marier. Notre petite Vida ne rêve que d'être fiancée à lui, et quel garçon merveilleux n'est-il pas ? Je suis une vieille dame et je sais ces choses, alors écoute-moi, mon fils, et fiance-les.

Le père hocha la tête, considérant l'initiative.

Et ils se mirent à table, et ils mangèrent le poisson. Lorsque fut venu le moment de se coucher, la nona prit son fils à part.

— C'est Pessah* dans onze jours. Profitons-en pour inviter Nissim et Antilogus au Séder*, et avant ou après, tu parles à

Nissim et tu lui proposes. C'est un homme bon et sensé, il voudra bien. Je suis vivante aujourd'hui, mais demain ? Fais-moi ce cadeau, mon fils, je veux voir ma Vida mariée et heureuse, et qu'ils aient de beaux enfants, que je voie où va la vie, que je voie la lumière de notre famille entrer dans le monde à venir, donne-moi cette perspective, accorde à la mourante que je serai un jour cette faveur, ce privilège, de pouvoir me retourner, satisfaite, malgré les épreuves, sur le chemin parcouru. Alors, ils viendront pour Pessah, tu es d'accord n'est-ce pas ?

Le père hocha à nouveau la tête.

Ce soir-là, la nona alla trouver sa petite-fille chérie dans son lit. Vida ne dormait pas.

— Alors ? demanda-t-elle.

— Alors, grâce à Dieu, ton vœu se réalisera.

Et Vida s'endormit. Aussitôt, un rêve s'empara d'elle. Antilogus et elle, main dans la main, gravissant une montagne, si claire, si lumineuse, traversant des paysages désertiques. Antilogus et Vida se retrouvant devant la mer, eux deux unis pour l'éternité, portant chacun une couronne de pierreries sur la tête, enfourchant un cheval blanc avec une très longue crinière, un cheval volant dans les airs, pour se poser plus loin, sur une terre d'ocre. Antilogus et Vida, franchissant, émerveillés, un arc-en-ciel, comme une arche, les yeux levés vers toutes ces couleurs pour se retrouver, juste là, pieds nus sur un petit sentier bordé de jasmin, de baies sucrées et de menthe sauvage, dans un jardin parfumé d'orangers et de figuiers, d'oliviers et de dattiers baignés dans une lumière rose et or.

Exode

Toute la semaine précédant Pessah, il fallait traquer le *hamets**. Trouver, à l'aide d'une bougie, chaque morceau de pâte levée qui s'était égaré dans la maison et le brûler. Nettoyer le logis de fond en comble de sorte qu'il ne reste plus une seule miette de pain. Puis la veille de la fête, on cachait dans la maison dix petits bouts de pain dans des petits morceaux de tissu. Les enfants devaient trouver les dix morceaux de pain, les apporter au brasero et les jeter dans le feu.

La première année, lorsque Vida et sa famille avait emménagé dans le quartier, Antilogus n'avait pas été invité. Après que la nona eut caché le hamets, Vida était docilement partie à sa recherche. Autrefois, avec ses frères et ses sœurs, chercher le hamets, c'était une fête, un sacré remue-ménage. Là, sous le voile du silence, sans les rires, les cris, les bousculades, traquer le hamets n'avait plus de raison d'être. Vida était revenue avec le butin, sans un mot, sans un sourire, et avait mis les boulettes dans la main de la nona. Puis elle avait confié à sa grand-mère qu'elle ne voulait plus jamais le faire. Aussi l'année suivante la nona était-elle venue quérir Antilogus pour qu'il joue avec elle à qui en trouvera le plus. Depuis ils y jouaient ensemble tous les ans, la veille de Pessah, et ils s'en amusaient divinement.

C'était une véritable chasse au trésor, et celui qui découvrait le plus de petites boules était récompensé par les félicitations de toute la famille. Vida précédait Antilogus dans une pièce ou bien elle l'y suivait. Ils allaient chacun dans une direction différente, mais se rencontraient au détour d'une porte. Ils riaient, comparaient leur butin, essoufflés de cette course contre l'autre. Ils parcouraient chaque recoin, scrutaient chaque espace entre les lattes du parquet, soulevaient chaque coussin. Antilogus s'agenouillait pour regarder sous les tapis tandis que Vida, sur la pointe des pieds, cherchait aux coins des fenêtres, et ils riaient aux éclats lorsqu'ils découvraient une cachette.

La première année, c'est Vida qui avait gagné. L'année suivante, c'était Antilogus. La troisième année, Vida à nouveau.

Bien évidemment, d'un Pessah à l'autre, le vainqueur ne manquait pas de rappeler sa victoire au vaincu. Et le vaincu de répondre que le vainqueur ne perdait rien pour attendre, parce que les choses changeaient et qu'il ne fallait pas présager de sa force. Le vainqueur qui se vantait était condamné à perdre la fois suivante. C'était ainsi. Il ne fallait jamais, au grand jamais, s'estimer gagnant.

Huit heures s'étaient écoulées depuis le lever du soleil. Vida avait découvert trois boules de hamets, et Antilogus quatre. Ils avaient pourtant vérifié chaque pièce. Ils coururent ensemble jusqu'à la nona.

— Nona, nona ! Est-ce qu'il y en a hors de la maison ?

— Non, elles sont toutes cachées à l'intérieur.

Ils coururent en même temps vers l'office où l'on entreposait les fruits, les légumes et les plats. Dans leur course, ils se cognèrent l'un à l'autre et Vida tomba par terre, pleurant de rire. Antilogus lui tendit la main pour la relever, mais il riait lui aussi au point qu'il en perdit l'équilibre et glissa juste à côté d'elle.

— J'en ai trois, mais bientôt j'aurai ceux qui manquent, articulait péniblement Vida entre deux fous rires.

— Non non non, c'est moi qui les trouverai avant toi, disait Antilogus.

Et de là où ils étaient, au même moment, ils aperçurent une petite boulette de pain posée contre un mur. Ils se levèrent en même temps et se précipitèrent dessus. Vida, qui sentait qu'elle perdait la main, poussa Antilogus sur le côté mais celui-ci l'agrippa par la manche et ce petit jeu les entraîna à nouveau par terre, sauf que cette fois, il était tombé sur elle. Ils se regardèrent un instant. Leurs deux visages étaient si proches l'un de l'autre. Aucun des deux ne pensait plus au hamets, et pourtant c'est Antilogus qui, déployant son bras gauche, l'attrapa. Il tendit la boulette à Vida. Pour elle, il renonçait à sa fierté d'homme, pour elle, il était prêt à perdre. Ils se regardaient, les yeux emplis de confiance et de promesses secrètes. Qu'avaient-ils besoin de se dire de plus que ce qu'ils se disaient là ? Probablement rien. Antilogus prit dans ses doigts une mèche de cheveux de Vida qu'il ramena sur le côté. Leurs joues étaient rouges, ils avaient chaud. La fillette lui sourit malicieusement et susurra qu'il restait deux cachettes à découvrir. Antilogus, amusé, se leva d'un bond. Bon joueur, il remit Vida sur pied. Debout, il garda un temps sa main dans la sienne. Ils se regardèrent un instant encore, et à les voir ainsi, on pouvait lire un amour immense, si grand qu'il en resterait sans nul doute pour les vingt et peut-être même les trente générations à venir. Leur amour se perpétuerait de génération en génération, leur descendance garderait en elle toujours une parcelle de cette étincelle divine, extraordinaire complicité. De ce lien magique, leurs enfants et les enfants de leurs enfants tireraient une force dont tous se demanderaient d'où elle venait. Et elle viendrait d'eux, Antilogus et Vida, qui s'étaient profondément aimés, toute leur vie.

Antilogus et Vida reprirent leur course dans la maison. Pour l'instant, ils étaient à égalité. À l'étage, ils croisèrent la nona qui les arrêta.

— Si vous voulez vous fiancer, les enfants, faites-moi le plaisir de rester entiers. Alors on ne court pas dans les escaliers. Entendu ?

— Entendu, répondirent exactement en même temps Vida et son ami.

Et aussitôt, ils partirent d'un grand rire. Après tout, peut-être bien qu'une seule voix leur aurait suffi.

La nona, malicieuse, se félicitait de son ingéniosité. Elle avait pensé à de bonnes cachettes cette année encore. Une heure déjà, et ils n'avaient pas tout trouvé ! Dès qu'ils auraient fini, elle préparerait le repas du lendemain soir. Et elle se réjouissait. Oui, c'était une fête pour ne pas oublier le passé, mais la nona, avec Vida, n'avait envie que de penser à l'avenir. La joie, la joie de fiancer Vida effaçait tout. Même les grandes douleurs que la vieille dame, comme chacun ici, portait dans un cœur lacéré.

Antilogus et Vida cherchaient, cherchaient encore, mais ils ne trouvaient plus. Battus, ils avaient fini par baisser les bras, temporairement du moins, le temps de boire un jus de cerise, se désaltérer, reprendre leur souffle, avant de repartir de plus belle dans leur quête, car il ne fallait pas laisser du hamets dans la maison ! Ils s'assirent sur les tabourets, autour de la grande table. Là, ils s'aperçurent que les boulettes étaient là, qu'elles s'étaient trouvées là tout ce temps, posées sur une petite assiette en grès du service de tous les jours, car chaque famille juive d'Istanbul avait deux services d'assiettes, celui pour l'année, et celui pour Pessah, qui ne touchait jamais le hamets. Ils sourirent tristement, vexés l'un et l'autre de ne pas avoir su voir ce qui était devant leurs yeux, et ils se promirent que cela leur servirait de leçon.

— Qui les a trouvées ? demanda Antilogus.

— On les a trouvées ensemble.

— Alors qui a gagné ?

— Peut-être que cette année on est à égalité.

— À égalité, répéta Antilogus, rêveur.

— Quoi ? demanda Vida, qui ne lui connaissait pas cet air.

— C'était juste devant nous, et nous n'avons pas su voir. Parce que nous pensions qu'il était impossible que le hamets soit visible, à la portée de nos yeux. Et cette certitude nous a aveuglés.

Vida haussa les épaules.

— On voit avec l'idée qu'on se fait de ce qu'on va voir, continua-t-il. Si l'on pense que l'on ne peut pas trouver, on ne trouve pas.

— Et l'inverse est vrai, tu crois ? demanda Vida. Être convaincu qu'on va trouver, est-ce que cela permet de trouver plus facilement ?

— Je n'en sais rien, répondit Antilogus. Ce que je sais, maintenant, c'est qu'il y a le monde tel qu'il est, et le monde tel que nous le voyons.

— Cela fait deux mondes, s'étonna Vida.

— Beaucoup plus que ça, répondit Antilogus.

Si l'on considérait que chaque personne avait sa propre vision des choses et des événements, alors peut-être y avait-il autant de mondes que de gens sur la terre.

— Peut-être que les choses que nous voyons ne sont pas ce qu'elles sont, peut-être que de la même façon que nous ne voyons pas des choses qui existent, que nous croyons voir des choses qui n'existent pas et qu'en réalité le monde n'existe pas, peut-être que nous même nous n'existons pas, que tout cela n'est qu'une illusion, conclut Antilogus.

Vida lui prit la main.

— Il y a un monde, dit-elle, et nous existons. Il y a un monde puisque je suis là et que tu es là. C'est tout ce qu'il y a à savoir. Je ne veux pas que tu penses comme ça. Ça me fait peur.

— Tu as raison, dit Antilogus. Je ne recommencerai pas.

La nona leur apporta la carafe de vijna et de beaux fruits à partager.

— Nona, lui demanda-t-il, pourquoi tu avais mis le hamets sur la table ?

— Si tu poses la question, Antilogus que j'aime comme mon propre petit-fils, c'est que tu as compris.

Antilogus et Vida lancèrent leurs boulettes de hamets dans le feu. Puis le garçon regagna sa maison. Demain, Dieu bénisse, ils seraient fiancés.

L'étoile

La nuit est tombée depuis une heure, maintenant. Cette nuit, cette nuit enfin ils pourront s'en aller. Chacun se joint silencieusement à la foule. Les femmes tiennent leurs enfants contre elles. Un nouveau-né se met à pleurer, la mère le berce pour le calmer tout en continuant d'avancer. Des hommes s'assurent que le groupe ne s'éparpille pas. Il n'y a pas un instant à perdre. Il faut s'échapper, tout de suite, ne pas ralentir la cadence. Marcher à un rythme soutenu, mais sans courir. Il ne faut pas paniquer les enfants ni les vieillards. Des hommes et des femmes rejoignent le cortège par la droite et par la gauche. Comme beaucoup d'autres, ils tiennent leur pain qui n'a pas levé encore. Ils ne savent pas où ils vont mais Dieu les guide, Dieu a frappé de son doigt les Égyptiens pour libérer les Hébreux ce soir-là. Un vent chaud souffle et balaie les branches des palmiers, on entend le chant d'un grillon. Il faut suivre le groupe, il faut avoir confiance. Comme ils ont mal aux mains, comme leurs pieds les torturent, leur dos est cassé par le labeur, et ils sont épuisés. Mais ce soir Dieu est venu les libérer, ce soir ils peuvent partir. Combien de fois ont-ils prié, depuis combien d'années attendaient-ils ce moment sans plus oser l'espérer ? Quatre cents années. Dieu s'est souvenu de la promesse faite à leurs pères. Alors la joie chante dans leur cœur. Ils nous ont asservis dans nos corps et dans nos âmes, ils nous ont assommés par le labeur. Ils ont failli briser le lien qui nous unissait en nous accablant de travaux inutiles et ingrats. Toi, le Juif qui as tant souffert, tu la reconnaîtras, n'est-ce pas, la souffrance, sur le visage d'autrui ? Et tu lui tendras la main, dis ? Tu ne feras pas souffrir, toi, parce que tu connais le prix de la vie, tu connais les larmes, tu connais le désespoir profond, tu connais la détresse de l'abîme. Et tu n'oublieras pas, tu ne devras jamais oublier cette parcelle de ton histoire, et quelque chose en toi restera toujours étranger, alors nourris le pauvre, protège celui qui a tout perdu, l'exclu, le démuni, aide-le, et souviens-toi, car toi aussi, tu le fus, comme lui, étranger, sur la terre d'Égypte. C'est pour cela que tu as été élu, pour souffrir l'esclavage, et développer ta conscience de l'humanité, c'est pour cela que tu as souffert. Pour ne jamais oublier d'être humble, pour ne jamais oublier de porter secours aux autres, pour ne jamais considérer ta liberté comme un acquis, et te battre toujours pour elle. Les étoiles brillent dans le ciel. L'air s'est rafraîchi, le vent s'est apaisé, on ne le sent presque plus. La nuit est claire. Les femmes rajustent leur pauvre châle sur les bébés, qu'ils n'attrapent pas froid. Nos fils, nos filles, grâce à Dieu, ils grandiront dans un monde libre. Les enfants ne disent mot, on leur a dit qu'il fallait être silencieux. Ils tiennent la main de leur mère, se tiennent la main entre eux. On n'entend pas un mot, que des pas, des milliers de pas sur le sable d'Égypte, comme un murmure, comme le bruit d'un vent qui viendrait de loin, d'un souffle échappé du profond des entrailles de la terre. C'est le murmure de Dieu.

Les hommes ouvrent le cortège et le ferment. Combien sommes-nous ? Des milliers, des centaines de milliers. Et nous partons ce soir. Dieu nous a libérés, béni soit-Il.

Se souvenir, c'était un devoir.

Tous les soirs de l'année, les Juifs mangeaient le pain levé, mais la semaine de Pessah, on ne prenait que du pain de misère, pain azyme, non levé. Tous les soirs de l'année, les Juifs mangeaient toute sorte de verdure, mais ce soir-là, premier soir de Pessah, on ne mangeait que des herbes amères. Il fallait se souvenir de l'esclavage, ne pas perdre de vue d'où on venait, et ce quel que soit le confort dont on jouissait. Manger non pas pour se nourrir mais manger pour se souvenir. C'était le devoir des pères de raconter à leurs enfants, chaque année, Pharaon, la servitude, la souffrance, puis les dix plaies prodiguées par le doigt de Dieu et le miracle, la délivrance, et de mettre ce récit à leur portée, de les y impliquer, de le rendre intéressant. Pour cela, on racontait l'histoire en disant « nous ». Il ne s'agissait pas de lointains ancêtres, d'une lointaine époque, mais de « nous », maintenant. Ce n'était pas l'histoire de quelqu'un d'autre qu'on racontait là, mais la leur, la leur ! C'était pour les enfants surtout qu'existait cette longue fête, pour leur enseigner dès le plus jeune âge comment Dieu pouvait tout, comment Il les avait sauvés, leur enseigner encore que la liberté n'est jamais un acquis, que certains hommes se plaisent à exploiter, faire souffrir et anéantir d'autres hommes, ignorant sans doute, au mépris de l'histoire, que l'on ne peut faire le mal sans se condamner soi-même, telle l'abeille qui, enfonçant son dard dans la chair de sa victime, se condamne à payer de sa vie son instinct malfaisant.

Se souvenir, c'était un devoir.

Le plateau du Séder trônait au milieu de la table. L'os d'épaule d'agneau garni de chair, l'œuf dur, les herbes amères, le céleri, l'eau salée, le *haroset**, pâte faite de noix, dattes, miel et pommes finement hachées arrosée de jus d'orange, symbolisant par sa couleur rougeâtre l'argile que les Juifs devaient fabriquer pour construire les villes pour Pharaon. Chacun de ces six éléments était disposé de sorte que se dessine sur le plateau une étoile de David. Au milieu du plateau étaient placées trois *matsot** l'une sur l'autre, séparées entre elles par un tissu, et recouvertes d'un napperon brodé. Le vin pour le *kiddouch** était posé sur un plateau ainsi que la petite carafe et la coupe d'argent pour que chacun puisse faire ses ablutions.

« Voici le pain de misère que nos pères ont mangé en terre d'Égypte. Quiconque a faim vienne et mange ! Quiconque est dans le besoin vienne et célèbre Pessah avec nous ! Cette année ici, l'an prochain en terre d'Israël. Cette année esclaves, l'an prochain hommes libres », s'exclama Isaac Danone en brandissant le pain azyme. Alcalay, un mendiant du quartier qui se trouvait non loin de là, poussa la porte et entra dans la maison. Il prit place autour de la table sans bruit. Puis Isaac trempa le céleri dans l'eau salée et le mangea. Le récit pouvait commencer. Vida posa la question, parce qu'elle était la plus jeune de l'assemblée.

Pourquoi cette nuit était-elle différente de toutes les autres nuits ?

Cette nuit, ils commémoraient la sortie d'Égypte.

Isaac se leva et s'adressa à tous ceux qui étaient là. Nona, assise à sa droite, Vida, Antilogus, la mère de Vida, Nissim et Alcalay le Juif.

— Nous avons été esclaves de Pharaon, en Égypte, et l'Éternel notre Dieu nous en a fait sortir par sa main puissante et son bras étendu. Si le Saint, béni soit-Il, n'avait pas fait sortir nos ancêtres d'Égypte, nous serions encore, nous, nos enfants et nos petits-enfants, assujettis au pharaon d'Égypte.

— Cette *matsah**, pourquoi la mangeons-nous ? demanda Nissim.

Il était du devoir de chacun, chaque année, de poser des questions, même s'il en connaissait déjà les réponses. Le maître de cérémonie répondait, ou bien une discussion s'ensuivait. Le débat n'était pas seulement admis, mais encouragé.

— Parce que la pâte de nos pères n'avait pas eu le temps de lever, reprit Isaac, lorsque l'Unique se manifesta à eux et les délivra, comme il est dit.

— Cette herbe amère, pourquoi la mangeons-nous ? demanda Alcalay.

— Parce que les Égyptiens ont rendu amère la vie de nos pères en Égypte comme il est dit : « Ils leur rendirent la vie amère par des travaux pénibles avec l'argile et les briques, et toutes sortes de corvées dans les champs, toutes tâches qu'ils leur imposèrent avec dureté. »

— Et cette eau salée, que représente-t-elle ?

— Les larmes versées par notre peuple pendant les années d'esclavage.

— Pourquoi Dieu ne nous a-t-il pas libérés plus tôt ? demanda Antilogus.

— Il voulait que nous développions le sentiment d'humilité et la compréhension envers les étrangers et les esclaves.

— Comment la libération se passa-t-elle ?

— Il y eut le sang, les grenouilles, la vermine et les bêtes féroces, la peste, les ulcères, la grêle, les sauterelles, l'obscurité, la mort des premiers-nés.

Se souvenir, c'était un devoir.

Après plusieurs heures d'interrogations, de discussions, de réponses et de commentaires, après que chacun eut absorbé quatre coupes de vin accoudé sur le bras gauche, Isaac invita chaque convive à servir son voisin. L'épaule d'agneau aux fèves, les boulettes de poireau et matsah, les fritadas d'épinards et de courgettes allaient maintenant assouvir leur faim, après que ce récit de Pessah et ces explications eurent rassasié leur appétit de savoir. Après le dessert, ils se mirent à chanter.

Quien suspiese y entendiense
Alavar al Dio creense
Cualo es el uno
Uno es El Criador
Barukh Hu Barukh semo

Quien suspiese y entendiense
Alavar al Dio creense
Cualos son los dos
Dos Mose y Aron
Uno es El Criador
Barukh Hu Barukh semo

Quien suspiese y entendiense
Alavar al Dio creense

Cualos son los tres
Tres muestros padres son
Avram Yt'shaq y Yaaqov
Dos Mose y Aron
Uno es El Criador
Barukh Hu Barukh semo

Quien suspiese y entendiense
Alavar al Dio creense
Cualos son los quatro
Cuatro madres muestras son
Tres muestros padres son
Dos Mose y Aron
Uno es El Criador
Barukh Hu Barukh semo

Cinco Livros de la Ley, Seis dias de la semana, Siete dias de sabat, Ocho dias de la mila, Nueve mezes de la prenada, Diez mandamientos de la Ley, Onze trivos sin Yosef, Doze trivos con Yosef.

(À celui qui sait, à celui qui comprend, Dieu mérite des louanges, Que signifie un, Un est le Créateur, Dieu soit loué, Que signifie deux, Deux Moché et Aaron, que signifie trois, Trois nos Pères bénis, que signifie quatre, quatre Mères d'Israël, cinq Livres de la Loi, six jours de la semaine, le septième jour est chabbat, huit jours avant la circoncision, neuf mois de grossesse, les dix commandements, onze tribus sans Joseph, douze tribus avec Joseph.)

Se souvenir, c'était un devoir.

Alors Antilogus ferma les yeux. Mais ce qu'il vit n'était ni le chemin, ni les herbes, ni le cortège d'hommes, de femmes et d'enfants.

C'était le visage de sa mère. Cette chanson, Esther la chantait. Et de sa voix puissante et rocailleuse, et par les mouvements brusques et fiers de son visage, qui marquaient le rythme et donnaient au chant plus de force encore, et par le bruit qui sortait des paumes de ses mains, frappées, entrechoquées l'une contre l'autre dans l'euphorie, on aurait juré qu'elle était une reine andalouse et qu'elle avait le monde à ses pieds.

L'eau

Chacun était reparti chez soi. Alcalay, le vieux mendiant, avait retrouvé la rue. Nissim avait rejoint l'autre côté du cortijo. Antilogus était couché. Vida dormait et sa mère aussi, probablement. Restaient, autour de la table, la nona et son fils Isaac.

— Pourquoi ? demanda la nona. Pourquoi tu n'as pas annoncé ?

— J'ai changé d'avis.

— Changé d'avis ? Comment changer d'avis sur deux personnes si bien accordées ensemble, deux personnes si bonnes, qui s'aiment autant, et se connaissent depuis longtemps déjà ?

— J'ai changé d'avis.

— Et alors, tu veux attendre encore avant d'annoncer ? C'est peut-être sage. Si tu le crois, tu dois avoir tes raisons. Alors tu annonceras demain soir, ou à Soukkot, ou à Roch hachanah, vrai ?

— Non.

— Comment, non ? Alors tu veux attendre qu'ils soient majeurs, qu'il ait atteint ses treize ans et elle ses douze ans révolus ? Pourquoi attendre, si nous sommes sûrs ?

— Tu es sûre, toi, peut-être, mais pas moi. Ils s'aiment.

— C'est ce que je te dis, qu'est-ce que tu veux de plus ?

— Mariage d'amour, mariage de malheur.

— Mon fils, ce n'est qu'un proverbe.

— Les proverbes ne se trompent pas, ils sont notre sagesse.

— Rien ne vaut la sagesse d'une nona. Et moi je suis ta mère, tu dois m'écouter.

— Un mariage d'amour est une mauvaise chose.

— Ce n'est pas vrai.

— C'est vrai.

— Ce n'est pas vrai.

— Ce n'est pas vrai ? Nous nous aimions, tu ne te souviens pas comme nous nous aimions ? Je courais pour la retrouver. Mon absence lui était insupportable. Nous avons fait cinq enfants à la suite, nous nous adorions et ne nous lassions pas l'un de l'autre. Elle faisait tout pour moi, sans que j'aie jamais besoin de demander. Je faisais tout pour elle. Je ne regardais pas à la dépense, pas à l'effort, et puis un jour, un jour tout s'est arrêté. L'amour était trop fort, il ne pouvait pas durer.

— Mais il y a eu Vida, et elle est venue bien longtemps après les autres, Vida n'est pas arrivée par la fenêtre, ni dans un panier, sur un fleuve !

— Comme Antilogus tu veux dire ?

— Ne dis pas de mal de lui. Il est plus gentil que gentil, plus brave qu'un brave, il est bon élève au meldar, le meilleur dit-on, il est bâti et beau comme aucun et il aime Vida plus que le soleil aime le jour et mourrait pour elle si elle le lui demandait. N'est-ce pas ce qu'un père souhaite pour sa fille ?

— Vida est ma petite et je veux la protéger.

— Eh !

— L'amour ne dure qu'un temps et lorsque ce temps est fini que reste-t-il ? Que des différences, que la déception, la peine et le sentiment que l'on a été trahi, non pas par l'autre, mais par soi-même, par son propre jugement, par son désir, par ses sens. C'est pire encore.

— Tu dois les fiancer.

— Je ne le ferai pas. Regarde-nous. Regarde-nous ! Nous en sommes venus à nous détester. Et à nous battre, le soir venu, quand les enfants dormaient, dans la cuisine, pour un rien. Je lui disais quelque chose, elle m'affirmait le contraire. Nous ne pouvions plus nous mettre d'accord sur quoi que ce soit, jamais. Nous nous bagarrions continuellement ou bien nous ne nous adressions la parole que par l'intermédiaire des enfants, « Dis à ta mère ceci », « Dis à ton père cela ». Les pauvres petits étaient pris au piège, tu crois que c'est facile, tu crois qu'ils en étaient heureux ? Ils voyaient les autres familles, et ils nous voyaient nous, honte sur nous qui ne savions pas faire la part des choses et nous sacrifier pour eux, nos enfants. Et nous nous sommes bagarrés, et bagarrés encore, et elle a voulu me tuer en me poussant vers le brasero, et il s'est renversé, et la bassine d'huile lui a sauté au visage, elle hurlait pendant que le feu se propageait, et Vida, notre petite Vida était là, quand je me suis précipité pour prendre la cruche d'eau et sauver le visage de Lea, elle était là, Vida tenait un gobelet, et elle le tendait vers moi, parce qu'elle avait soif, la petite innocente tombée dans le nid de guêpes avait soif ! Les flammes couraient sur les tapis et grimpaient sur les murs, et moi qu'est-ce que je pouvais faire sinon sortir ma femme de là et sauver Vida qui ne voulait que de l'eau, certainement pas voir ses parents qui se haïssent et s'insultent et se battent, parce que quel enfant veut voir ça, je te le demande ? Alors le temps de les sortir, l'une qui hurlait de douleur, ses cheveux étaient partis en fumée son visage était comme une torche, et la petite, à qui j'ai crié de courir chercher de l'aide, j'ai voulu remonter à l'étage chercher mes enfants, mes grands que j'aimais plus que tout au monde même si j'étais un imbécile de me battre avec leur mère et de les faire souffrir alors que nous aurions pu vivre comme ça, ce n'était pas une mauvaise vie, nous avions à manger et à boire, ils étaient beaux nos enfants, nous aurions dû nous en réjouir et ignorer ce qui fâche, ce qui peine, ce qui contrarie ; nous avons fait les idiots, et voilà, le brasero s'est renversé et les flammes se sont mises à dévorer la maison, et moi je voulais retrouver l'escalier pour aller les secourir, c'était tout ce que je voulais. Jamais plus nous ne nous disputerions, jamais plus ni moi ni elle ne lèverait la main, je m'en faisais le serment. Mais c'était trop tard, tu vois. Regarde ce qu'il reste de nous tous : des cendres. Je suis un fantôme moi aussi, comme elle, mais je mets un pied devant l'autre parce que je pense à Vida, ma petite Vida, et tu voudrais que je lui fasse faire un mariage d'amour, mais non, non, jamais je ne ferai ça, jamais, tu m'entends, nona ? Jamais, au nom de mes trois fils et de mes deux grandes filles, jamais. Nona souviens-t'en je t'en supplie, fermons les yeux et faisons comme s'ils étaient encore vivants. David, Yezkel et Behor, et Gaddith, et Peïla. Behor essayait de sortir par la fenêtre, il voulait sauter et il m'appelait : « *Padre** *! Padre !* » Je lui ai crié de sauter mais il ne l'a pas fait, il s'est retourné pour regarder quelque chose derrière lui, est-ce que c'était sa sœur ou son frère ou bien l'escalier qui s'effondrait, la maison est tombée à ce moment-là, et ils sont arrivés les hommes pour nous aider, mais c'était trop tard. Je suis désolé pour Vida. Mais tu as raison, elle a l'âge d'être fiancée, et je tâcherai de lui trouver quelqu'un.

Et Isaac quitta la pièce, laissant la nona seule devant la tablée à débarrasser. Six couverts, ce n'était rien. À Pessah, dans une famille juive, on est au moins huit, douze. Vingt-quatre ! Elle ramassa soigneusement la vaisselle et les couverts, les plats, et les apporta à l'office. Elle rinça les assiettes à l'eau claire, l'une après l'autre, méthodiquement. Puis au tour des couverts. Elle couvrit le plateau du séder, il servirait le lendemain encore, car hors de la terre d'Israël les Juifs célébraient le séder deux soirs de suite. Puis elle se lava les mains, les essuya. Elle détacha son tablier, mis à la hâte par-dessus ses habits de fête, et elle s'allongea par terre, sur un tapis, la tête posée sur un coussin. Là, elle se souvint d'un autre proverbe : « Si tu veux que ton mariage dure, épouse une fille qui a grandi dans ta rue. » Pourquoi est-ce qu'elle n'avait pas eu le réflexe de répondre au proverbe de son fils par celui-ci ? Elle ferma les yeux et se remit à chanter.

Quien suspiense y entendiense
Alavar al Dio creense
Cualo es el uno
Uno es El Criador
Barukh Hou Barukh Semo.

Tout à coup, elle entendit un bruit derrière elle. Elle se releva, hagarde, ralluma sa bougie sur la veilleuse.

— Qui est là ?

La petite fille se tenait debout, à peine visible derrière l'escalier.

— Vida ? Depuis combien de temps est-ce que tu étais là ?

Meldar

— Où en étions-nous la dernière fois ? demanda le maître.

— L'homme a un certain nombre de devoirs envers l'Éternel.

— C'est ça. Envers Dieu, c'est-à-dire, ni plus ni moins, envers lui-même, car chacun de nous porte en lui une parcelle de l'étincelle divine. Envers Dieu, c'est-à-dire envers sa famille, ses parents, ses enfants, sa femme bien sûr, sa communauté, et plus généralement envers les autres hommes, que nous appellerons, en nous référant au texte : le prochain. Mais si l'homme est là, sur la terre, c'est pour faire un chemin spirituel. Et c'est à cela que servent les lois, à trouver ou retrouver la droiture, comme un tuteur qui aide à tenir l'arbre droit et ainsi à le faire croître dans toute sa majesté, dans toute sa force et son ampleur. Si l'arbre est grand et fort mais qu'il penche, il cassera, abîmant dans sa chute tout ce qui l'entoure. S'il est faible, seul, il ne pourra rien. Mais avec un tuteur, il pourra au moins gagner de la hauteur, de l'altitude, s'élever !

— C'est quoi, un tuteur ? lança un élève.

— Un tuteur, mais c'est un bâton, comme celui-ci !

— Alors c'est à ça que sert l'étude ?

— Bien sûr, et c'est le fondement de tout. L'homme doit faire l'apprentissage du questionnement de soi-même, de sa conscience, de son âme et de son cœur. Autrement dit, l'homme est sur terre pour devenir meilleur. Il doit chercher et se transformer. Il est comme une pâte brute, et sa mission spirituelle est de se raffiner, de s'épurer. D'abord, il lui faut prendre conscience des défauts qui font de lui un homme faible, lâche ou affublé de je ne sais quel autre mauvais penchant. Dieu attend de chacun d'entre nous que nous soyons des êtres bons, honnêtes, solides, avec du cœur. Dans un second temps, lorsque nous avons réalisé ce qui n'était pas droit en nous, nous devons le corriger. Mais comment corriger un affreux penchant, vas-tu me demander ? Eh bien, puisque c'est un affreux penchant, nous aurons beaucoup de mal à nous en défaire. C'est là qu'est la noblesse de l'entreprise. S'il était facile de changer, Dieu ne l'exigerait pas de nous.

— Donne-moi un exemple, maître.

— Prends l'homme qui boit. Il boit, cela lui fait perdre la tête, battre sa femme et ses enfants, délaisser ses affaires qui, du coup, périclitent. Il se comporte mal vis-à-vis des autres et vis-à-vis de lui-même, il est faible : il a abdiqué, il a accepté d'être commandé par autre chose que lui-même, c'est-à-dire par autre chose que Dieu, la seule puissance dont nous puissions accepter qu'elle nous commande. Eh bien, cet homme n'est pas sur le droit chemin. Mais c'est un exemple un peu fort et tu risquerais de te croire à l'abri. Des hommes qui ne boivent pas, ne jurent pas, ne volent pas et se comportent en apparence très bien ont aussi un travail à faire, un chemin à parcourir, parce qu'aucun de nous n'est parfait et que la vie ne sert qu'à ça, à se perfectionner, c'est-à-dire à polir le plus possible notre âme, que nous laisserons en partant.

— Quel rapport avec les épreuves ? Nous parlions des épreuves.

— Le rapport, le voilà : Dieu nous demande de changer, de devenir meilleurs que nous sommes. Cela requiert de nous des efforts. Aussi tentons-nous souvent de nous dérober à cette requête, alors que Lui fait tant pour nous ! Lorsque nous ne prenons pas conscience que nous devons changer, bien nous comporter, Il envoie des signes, des messages. C'est cela les épreuves.

— Chaque épreuve serait donc comme une main qu'Il nous tendrait pour nous améliorer ?

— Exactement.

— Mais comment une épreuve pourrait nous rendre meilleurs que nous ne sommes ? L'épreuve ne fait-elle pas de l'homme un aigri, un amer au visage et au cœur secs ?

— D'abord, je te répondrai ceci : il n'est pas d'épreuve que nous ne puissions surmonter. Si l'homme comprend qu'il doit changer, et change alors, il gagne comme un « supplément d'âme ». Et il sort de son épreuve grandi. Peut-être qu'il aura perdu son affaire, peut-être qu'il se sera fait une blessure, mais il en sera sorti grandi puisqu'il aura découvert une chose : il peut surmonter une épreuve. Et puis cela lui aura aussi appris à regarder l'essentiel, et à se comporter... différemment. Il découvrira que ce qui est important, ce n'est peut-être pas le jeu, les amis, l'appât du gain, mais aussi la découverte de l'autre, le recueillement. Je vais te raconter une autre histoire. Il y avait cet homme qui ne s'occupait jamais de sa famille. C'était un bon marchand, ça oui, un si bon marchand qu'il restait à conclure des affaires sur le port jusqu'à bien après la nuit tombée. Il rentrait chez lui où tous déjà dormaient, même sa femme qui, l'ayant attendu pourtant bien tard, avait fini par se coucher. Eh bien, cet homme ne parlait jamais à sa famille. Il pensait bien faire en rapportant des monceaux d'argent à la maison, mais ni sa femme ni ses enfants n'étaient heureux puisqu'ils ne le voyaient jamais. Cet homme avait oublié qu'il était aussi un mari et un père. Il remplissait une partie de son devoir, protéger matériellement les siens, mais il passait complètement à côté d'un autre devoir, celui d'être là pour montrer le chemin, éduquer, donner l'exemple à ses fils et à sa fille !

— Et alors ?

— Et alors cet homme, pensant faire l'affaire du siècle, racheta une cargaison de chevaux venus du grand froid. Des chevaux blancs au pelage magnifique, les plus beaux chevaux d'Asie, qu'il comptait revendre au palais le triple ou peut-être même le quadruple de leur prix. Il en salivait d'avance. Lorsque les chevaux furent amenés devant lui, il en fut tellement enthousiasmé qu'il s'approcha un peu trop de l'un d'entre eux qui lui donna un mauvais coup. Et l'homme tomba à terre, la jambe brisée. Une catastrophe, pensa-t-il. N'ayant confiance en personne, il n'avait pas de second. Qui s'occuperait de vendre sa cargaison ? Il la perdrait, on la lui volerait, il serait ruiné et ridiculisé aux yeux du sultan. Voilà alors ce qui arriva. Il fut ramené chez lui où sa femme prit grand soin de ses blessures, où ses enfants lui tinrent compagnie et le comblèrent d'affection. Il avait tout perdu, mais il était en train de tout gagner : il se rendait compte qu'il avait une famille, une merveilleuse famille ! Son fils aîné, en qui il n'avait jamais placé la moindre confiance – non pas que le jeune homme n'en soit pas digne –, s'occupa de vendre les chevaux au sultan, et il les vendit cinq fois leur valeur !

Le jeune homme hocha la tête.

— Donc, maître, chacun doit changer.

— Chaque jour, vois-tu, il faut faire le choix d'être meilleur que la veille.

— Les épreuves ne sont donc pas une malédiction.

— Non. Elles apparaissent comme telles, mais plus tard, avec le recul, on s'aperçoit qu'elles ont permis une transformation bénéfique.

— Mais que penser de l'homme méchant ? Il semble quelquefois qu'il ne soit pas touché par quelque épreuve que ce soit. Il est si fort, comme indestructible. Quel chemin spirituel existe-t-il pour lui ?

— L'homme sans foi ni loi ? L'homme qui n'a pas de conscience ? Il vit comme il l'entend et se sent le maître avant Dieu, il édicte ses propres règles. Mais cet homme, aussi fort semble-t-il, cet homme est seul. Il est accablé par une solitude terrible.

— Mais son âme, qu'advient-il de son âme, s'il n'est pas devenu meilleur ? S'il n'a parcouru aucun chemin ? Pourrait-on imaginer un meurtrier qui ne regretterait pas ses crimes ?

Le maître posa sa vara sur la table. Les élèves étaient tous suspendus à ses lèvres.

— Il y a des êtres abjects. Cela existe.

Les élèves parurent très impressionnés de cette réponse.

— Alors il n'y a pas vraiment de justice ? demanda Antilogus.

— Pourquoi devrait-il y avoir une justice ? Si le monde était juste, quel pourrait bien être l'engagement de l'homme ?

Le maître s'adossa au mur, pensif. Son regard clair semblait porter toutes les réponses.

— Allez, rentrez chez vous, maintenant.

Les élèves s'inclinèrent et quittèrent la pièce. Le religieux se servit un gobelet d'eau fraîche de la cruche posée sur la table. Comme cela donnait soif, de parler !

Lorsque Antilogus sortit du meldar, il aperçut Vida qui lui fit signe de le rejoindre. Il marcha jusqu'à elle. Il remarqua ses pantalons bouffants, déchirés et salis aux genoux.

— Il faut que nous partions loin d'ici, dit-elle.

Il prit les mains de Vida, ses paumes saignaient.

— Comment est-ce que tu t'es fait ça ? demanda-t-il.

— Je me suis accrochée au figuier en descendant par la fenêtre.

— Qu'est-ce qui s'est passé ?

— Il faut que nous partions loin d'ici, répéta Vida.

Sans mettre en doute la gravité, l'importance et l'impériosité de la demande de Vida, Antilogus la saisit par le bras et l'entraîna vers le bas de la colline.

— Où veux-tu aller ? demanda-t-il.

— Je n'en sais rien.

— Alors nous irons à l'ouest. Au bazar, ils disent tous que l'avenir est à l'ouest. C'est par là, ajouta-t-il en lui montrant le chemin d'un mouvement de tête.

Puis il lui prit la main et ils se mirent à courir.

La fleur

La ville était loin maintenant et les enfants n'avaient plus d'autre perspective qu'un champ de citronniers qui s'étendait à perte de vue, embaumant l'air, déjà chaud, et posant sur l'horizon comme un collier de confettis jaunes, roses et verts. Antilogus aurait bientôt treize ans, Vida approchait des douze.

Ils avaient marché quatre heures, sans se reposer, sans s'arrêter, sauf pour boire, lorsque Allah avait eu la bonté de mettre des fontaines sur leur chemin. L'islam réclamait que des fontaines soient créées et aménagées en tous lieux, pour que les fidèles, à défaut de pouvoir toujours trouver de quoi se nourrir, puissent faire leurs ablutions et, accessoirement, se désaltérer.

Ils étaient partis sans rien. Sans gourde, sans nourriture, sans même un vêtement de rechange ou une pièce de monnaie pour acheter du pain. Ils n'avaient pour eux que ces citronniers, le soleil, la confiance et la liberté. Vida était heureuse, Vida n'en demandait pas plus. Le soleil semblait prêt à se coucher. Un vent frais traversa le champ. Antilogus et Vida frissonnèrent. Au fur et à mesure que les heures avançaient, la température chutait. Le froid s'amusait à venir chatouiller Vida par la déchirure de ses pantalons. Elle et Antilogus en riaient. Ils cherchaient à s'abriter derrière un arbre, puis derrière un autre dont le tronc paraissait un peu plus large. Mais rien ne les protégeait vraiment du froid.

— Écoute, proposa Antilogus à Vida alors qu'elle s'était mise à claquer des dents, si tu veux, on peut s'allonger l'un contre l'autre. Je mettrai mes bras autour de toi et comme ça on se tiendra chaud. Qu'en penses-tu ?

Vida hocha la tête. Elle fit comme il avait dit. Il s'allongea à son tour. L'un contre l'autre, ils avaient beaucoup moins froid. Le visage de Vida était enfoui dans le cou d'Antilogus. Pour être sûr qu'ils ne se décollent pas l'un de l'autre, il avait mis ses bras autour de son amie. Vida au contraire gardait les siens totalement blottis contre la poitrine d'Antilogus. Elle se sentait comme dans une carapace. Ici rien ni personne ne pourrait jamais l'atteindre. Elle était en sécurité ! Elle n'avait plus peur de rien. Elle bougea légèrement la tête, aperçut le visage d'Antilogus. Il la regarda aussitôt, lui sourit.

— Tu ne m'as pas demandé pourquoi il fallait partir.

— Tu avais sûrement une bonne raison.

— Est-ce que nous faisons quelque chose d'interdit ? demanda-t-elle.

— Parce que nous sommes partis ?

— Parce que nous nous sommes blottis.

— Nous nous tenons chaud parce qu'il fait froid.

À cet instant précis, Vida réalisa qu'elle était amoureuse d'Antilogus, amoureuse à en perdre la tête. Jusqu'à présent elle l'avait profondément et tendrement aimé, comme un ami, mais elle sentait maintenant quelque chose d'autre en elle, comme si son corps prenait de la légèreté. Ce visage ne lui inspirait plus seulement la confiance, elle... elle avait envie qu'il se rapproche un peu plus du sien. Antilogus, pour maintenir son équilibre, bougea très légèrement, et tout à coup ce mouvement des corps qui s'ajustent provoqua en Vida un grand émoi. Oui, son corps à elle était bien contre son corps à lui. Le cœur de Vida se mit à battre. Fort, très fort, de plus en plus fort, et vite, si vite !

— Ça va ? demanda-t-il.

— Ça va, balbutia-t-elle.

— Est-ce que tu as peur ?

— Non, non, articula-t-elle sans grande conviction.

Antilogus s'écarta légèrement et regarda Vida. Elle leva la tête vers lui à nouveau. Comme elle le trouvait beau ! Elle était probablement écarlate mais la nuit était tombée et il ne pourrait rien en savoir.

— Tu es sûre que tout va bien ? demanda-t-il encore.

Elle répondit d'un petit bruit bizarre. Elle n'osait plus bouger, tiraillée entre le désir ardent d'embrasser Antilogus et celui d'être embrassée par lui. Son ventre suivait maintenant une drôle de course, il lui semblait qu'il montait dans l'espace puis descendait, bougeait en tous sens puis montait à nouveau, soulevant chaque fois un peu plus son cœur et accentuant son désir de hisser son visage à la hauteur de celui d'Antilogus et de coller ses lèvres aux siennes. Surtout, qu'elle ne laisse pas libre cours à ses pulsions. Si elle l'embrassait et qu'il la repoussait ? Peut-être qu'il l'aimait, mais pas comme elle, maintenant. La paume de la main gauche d'Antilogus bougea pour mieux s'aplatir sur le dos de Vida. Puis il la fit remonter le long de sa colonne vertébrale, jusqu'à la nuque, puis elle se perdit dans ses cheveux. Le souffle d'Antilogus s'était lui aussi accéléré. Jamais on n'avait eu aussi chaud, si peu couverts, par un temps aussi froid. Vida sentit à ce moment-là une bouffée de chaleur partir de ses reins et traverser son corps de bas en haut jusqu'à ce que le vent de sable du désert vienne chatouiller les parties les plus secrètes de son cerveau. Elle se cambra, parce que ces nouvelles sensations exigeaient cela. Et voilà que d'autres sensations arrivaient. Antilogus regardait Vida. Tout en lui jurait qu'il n'y avait qu'elle et qu'il n'y aurait qu'elle, au grand jamais, pour la vie. Il fit glisser son index le long de la ligne médiane de son visage, suivant le détour des sourcils, des yeux, des cils, reprenant sur le nez, puis caressa un instant la lèvre supérieure. Il entrouvrit la bouche de Vida et y engouffra sa langue avec douceur et naturel, comme si elle y retournait, comme si c'était là chez elle. Vida répondit comme une femme, le couvrant de baisers. Voilà qu'ils se découvraient, sous les citronniers, à mille lieues du monde, de la terre et des hommes, voilà qu'il découvrait sa petite poitrine trop haute, son ventre encore un peu rond et doux comme l'enfance, sa nuque délicieuse et sucrée, voilà qu'elle pouvait mettre sa poitrine nue contre son torse nu. Leurs peaux se faisaient tous les honneurs et ils ne s'arrêtaient pas, elle caressait son dos avec ses boucles blondes, il léchait ses épaules, ses bras, ses mains, remontait, voilà qu'il lui léchait le ventre, le nombril. Sa peau était douce et à peine salée, il la respirait comme une fleur, la respirait encore en fermant les yeux pour graver ce parfum en lui. Les citronniers, complices, exhalaient. Il lui retira son pantalon déchiré, elle se laissa faire, se tortillant du même désir fou, il embrassa ses pieds, fit glisser sa langue du creux de sa cheville jusqu'à celui du genou, lentement, lentement, comme cela chatouillait, non, ce n'étaient pas des chatouilles, Vida se laissait faire, la nuque en arrière, les cheveux mêlés aux brins d'herbe et au monde infini qui s'y cachait, fourmis, coccinelles, grillons, sauterelles et autres troubadours, tandis que la langue continuait son ascension irrésistible. Antilogus remonta à hauteur de son visage et plongea sa langue encore une fois dans la bouche de Vida, comme ils avaient faim, comme ils s'aimaient, Vida caressa les hanches, puis les cuisses d'Antilogus, comme elles étaient longues, comme elles étaient fermes, comme il était beau, et son nombril, elle colla son oreille contre son nombril – on croyait entendre des voix ; puis Antilogus prit sa main et la posa contre son sexe, elle ouvrit les yeux, le regarda. Il attendait : c'était elle qui décidait, elle qu'il respectait. Et elle mit ses mains sur la nuque de celui qu'elle aimait et elle le ramena contre elle, les yeux fermés. Et sans aucune douleur, sans aucun mal, ils firent corps, et âme. C'était donc vrai, ce que les sages racontaient, sur les origines.

Les âmes avaient été coupées en deux et éparpillées dans l'univers. Depuis, elles erraient, orphelines de leur moitié. De temps à autre, Dieu permettait que les deux moitiés se retrouvent et forment, à nouveau, l'unité.

— Nous nous aimons, n'est-ce pas ? demanda Vida, tout bas, dans un demi-sommeil.

— Nous nous aimons plus fort que ce qu'il y a de plus fort en ce monde, répondit Antilogus, tout bas, comme en écho. Nous nous aimons pour l'éternité.

Le froid comprit ce soir-là qu'il ne servait à rien d'essayer de les torturer : il n'y parviendrait pas. Ils s'étaient déjà endormis et même la neige qui se serait mise à tomber en flocons épais, et même le tonnerre, et même la terre qui se serait mise à trembler ne les aurait pas réveillés. Ils dormaient, l'un contre l'autre, comme des époux.

Devant Dieu et les étoiles, ils s'étaient mariés.

Le bruit

Ça y est, il faisait clair maintenant. Quel bonheur que ce soleil qui donnait chaque jour rendez-vous à la nature et aux hommes, et chaque jour tenait sa promesse. Vida regardait Antilogus. Voilà qu'ils se retrouvaient l'un en face de l'autre. Antilogus lui tendit son corsage. Elle se tourna et le remit.

— J'ai faim, dit-elle.

— Moi aussi, répondit Antilogus. Essayons de trouver quelque chose à manger.

Ils regardèrent autour d'eux. Des citronniers et des grenadiers à perte de vue. Antilogus choisit une grenade assez rose. Il enfonça l'ongle de son pouce dans la fine peau et cassa le fruit en trois morceaux. Il détacha soigneusement la fine pellicule qui protégeait les grains, puis il porta le fruit à ses lèvres, en goûteur.

— Elle est assez sucrée, je crois.

Il tendit la grenade à Vida, et celle-ci la dévora. Puis il en décrocha encore trois ou quatre et ils les mangèrent ensemble, sous l'arbre.

Maintenant leurs mains collaient. Antilogus prit celles de Vida, et il les promena au-dessus de l'herbe, fraîche, humide, encore perlée de rosée. Comme elles étaient tentantes, ces minuscules gouttes d'eau ! Ils échangèrent un regard complice, puis ils s'allongèrent à plat ventre sur le sol. Ils se mirent à lécher chaque brin d'herbe, chaque pétale de chaque fleur qui était prête à leur donner à boire. Enfin, désaltérés, ils se relevèrent. Ils essuyèrent leurs doigts sur leurs vêtements. Puis Antilogus prit la main de Vida.

— Qu'est-ce qu'on fait maintenant ? demanda-t-il.

— Maintenant, on va vers l'ouest, dit-elle.

Et ils reprirent leur chemin.

Comment étaient-ils arrivés là, que s'était-il passé pour qu'ils fuient ? Rien ne semblait n'avoir jamais existé avant ce moment-là, avant cette traversée au petit matin, pieds nus, main dans la main, du champ de citronniers. Le monde semblait vierge de tout, sauf de lumière. Le chant de la nature était à lui seul une poésie.

Ils marchèrent, marchèrent encore. Ils rencontrèrent d'abord une drôle de poule blanche, magnifique, qui avait un manteau de duvet de soie. Elle tournait en rond, dans un sens, dans l'autre, puis elle faisait quelques pas dans une direction, levait la tête vers le ciel, et changeait d'itinéraire, revenait sur ses pas. Que cherchait-elle ? Elle avait dû se perdre ou s'échapper – ou les deux, d'abord s'échapper, et ensuite se perdre. Vida la prit dans ses bras sans crainte. La poule remuait, un peu agacée d'avoir été ainsi soustraite à sa liberté.

— Il ne faut pas que tu aies peur, lui dit Vida.

Antilogus regardait la poule.

— La poule, il ne faut pas que tu aies peur, dit-il.

Et il caressa son plumage. C'était une poule couverte de fil de soie ! Il la caressa encore. Elle avait l'air terrorisé.

Vida la posa sur l'herbe. La poule partit aussi vite qu'elle put, en marchant droit cette fois, sans hésiter. Sa démarche était malaisée. De temps à autre, elle se retournait, comme pour voir ceux à qui elle avait échappé. Elle qui n'avait plus aucun repère en avait finalement trouvé un : il fallait s'éloigner des hommes. Et cela lui permettait maintenant d'avancer.

— Qu'est-ce qui lui est arrivé ? demanda Vida tandis que la poule n'était plus qu'un point à l'horizon.

— Ils ont sûrement voulu prendre sa soie, dit Antilogus.

— Peut-être qu'ils ont pris ses poussins, ajouta Vida.

Après avoir gravi la colline, ils aperçurent une rivière. Ils coururent ensemble jusqu'à sa rive. C'était une toute petite rivière dans laquelle jouaient et dansaient une multitude de petits poissons. Antilogus et Vida mouraient de faim. Antilogus défit sa chemise, en fit un filet et se pencha au bord de l'eau pour l'y plonger. Aussitôt, une superbe truite s'y engouffra. Antilogus referma la chemise et la posa sur l'herbe. Le poisson sautait en tous sens. Tandis qu'il se fatiguait, Vida, finalement, l'attrapa. Elle le maintint à terre. Il ne se débattait presque plus.

— Il va mourir, dit-elle. Est-ce que nous avons faim au point de vouloir le tuer ?

— Tu as raison, il doit y avoir autre chose à manger.

Antilogus prit le poisson.

— Retourne dans ta rivière, poisson, et sois heureux.

Antilogus remit la truite dans l'eau, et aussitôt elle retrouva sa vitalité. Vida se mit à pleurer.

— De quoi vivrons-nous ?

— J'irai chercher une poule dans un village voisin, et nous aurons des œufs.

— Mais pour les cuire ?

— Je sais faire un feu.

Il lui prit la main.

— Je pourrais essayer de nous construire une cabane.

Il sortit de sa poche un petit couteau.

— Ce sera long, et il faudra que tu m'aides.

Alors Vida leva les yeux vers le champ de citronniers qui leur faisait face.

— Nona lui avait ouvert la porte. Il était entré, il était là, dans notre maison. Il tenait dans sa main le dé en argent. J'ai entendu leur conversation, ils nous fianceraient là, comme ça, tout de suite, dans la maison. L'homme riait beaucoup. Il avait l'air joyeux. La nona est montée me voir. Elle pleurait. Elle était trempée de larmes, elle ne cessait de s'essuyer les yeux et les joues. Elle m'a prise par les poignets, elle m'a fait asseoir sur ses genoux et elle m'a suppliée d'être forte. Elle m'a dit qu'elle m'aimait et qu'elle serait toujours là pour moi, toujours, et qu'il ne fallait jamais désespérer, même lorsqu'on était très, très contrarié. Elle m'a dit aussi qu'il fallait accepter le monde, parce que le monde est parfait. Je lui ai demandé si c'était vrai, si l'homme qui était en bas était là pour moi. Elle m'a dit que oui, qu'il était là, qu'on allait nous fiancer, que c'était la décision du padre et qu'il n'y avait pas à discuter, et qu'il avait raison, parce que c'était un homme, et que les hommes savent prendre les décisions. Mais en disant cela, elle pleurait, alors on avait l'impression qu'elle pensait le contraire. Elle me tenait fort dans ses bras, très fort, elle me faisait mal, je ne comprenais pas. Je pleurais avec elle parce que je voyais qu'on allait nous séparer, toi et moi, que tout ce que la nona m'avait dit de ce qu'on fait avec un homme, la cuisine et tout le reste, ce ne serait pas avec toi mais avec lui, alors je répétais à la nona, je lui disais : « Qu'est-ce que je peux faire ? Nona, qu'est-ce que je peux faire ? » Et elle répétait qu'elle ne savait pas, qu'elle ne savait pas. Et puis, tout à coup, on a entendu les pas de mon père dans l'escalier, il montait doucement parce que en même temps il parlait à l'homme au dé qui, lui, restait en bas. La nona s'est levée brusquement, elle a ouvert ses bras. Elle a mis ses mains devant son visage, comme pour ne pas voir. Alors j'ai ouvert la fenêtre, j'ai sauté en me rattrapant à la branche du figuier, et puis je me suis enfuie par chez toi. J'ai couru aussi vite que j'ai pu, je me suis cachée.

— Où t'es-tu cachée ?

— Dans une église. Je savais que c'était le seul endroit où on ne me chercherait pas. Et puis je suis venue te retrouver.

— Alors, là-bas, si ça se trouve, ils te cherchent encore.

— Oui, sans doute, ils me cherchent encore.

— Tu l'as vu ?

— L'homme ? Non. J'ai juste entendu sa voix.

Antilogus la prit dans ses bras.

— Nous sommes loin de la ville, maintenant. Et nous sommes ensemble.

— Ensemble, répéta-t-elle doucement.

Sa tête tournait. Elle avait encore faim. Antilogus lui proposa d'aller chercher du pain. Elle n'aurait qu'à rester là, à l'attendre. Il reviendrait vite.

— Où vas-tu aller ?

— Je trouverai bien un village. Il doit bien y avoir quelqu'un pour récolter ces fruits.

Vida acquiesça. Antilogus se leva et se dirigea droit devant lui. De temps à autre il se retournait pour regarder Vida. Elle lui faisait un signe de la main, et il y répondait aussitôt. Il reprenait sa marche, et voilà qu'il se retournait à nouveau : elle était toujours là.

Oui, il détestait être sans elle, être séparé d'elle, même pour quelques minutes, même pour un instant. Il avait besoin d'elle pour savoir que faire, pour savoir que décider, besoin d'elle pour savoir se battre, pour grandir, pour devenir fort, besoin de ses éclats de rire, de sa tendresse et de sa beauté. N'était-elle pas une preuve de l'existence de Dieu ?

Lorsqu'il fut arrivé tout en haut de la deuxième colline, il découvrit deux maisons de pierre et un moulin. Un homme travaillait la terre. Antilogus marcha jusqu'à lui et lui demanda s'il pouvait lui prendre quelque chose à manger et lui emprunter des outils.

— Quel genre d'outils ? demanda l'homme.

— Pour construire une maison, répondit Antilogus.

L'homme éclata de rire gentiment, et lui dit que construire une maison, ici, seul, c'était chercher la difficulté. Il partit lui chercher un bon morceau de pain et lui proposa un marché. Si Vida et lui acceptaient de l'aider à cueillir, le moment venu, les citrons, il les laisserait habiter une petite cabane, non loin de là. Antilogus s'empressa de suivre le paysan. La petite cabane n'avait rien de confortable, mais elle était dotée d'un toit et de murs, et pour l'instant, c'est tout ce dont ils avaient besoin. Alors l'affaire fut conclue.

Quand Vida entra dans la cabane, elle eut la même réaction qu'Antilogus.

— C'est notre première maison, s'écria-t-elle, joyeuse.

— Il n'y a pas grand-chose...

— Nous l'aménagerons, pas vrai ?

Vida déchira le bas de ses pantalons et y enveloppa le pain. Ils le placèrent précautionneusement en hauteur, accroché à un clou.

Puis Vida recula, prit un moment pour regarder son nouvel intérieur, imaginant peut-être tout ce qu'elle pourrait en faire. Une toute petite cabane de bois, sans même une porte ! Il faudrait songer à en fabriquer une. Mais en attendant, Vida assembla une branche et du feuillage pour faire un balai. Elle chassa les fourmis, nettoya la cabane de fond en comble. Puis ils s'occupèrent de leur couchage. Ils ramassèrent autant de feuilles que possible et en firent grossièrement un lit. À l'extérieur de la maison, Antilogus coupa les herbes hautes avec son couteau, pour dégager le chemin.

Le soir, ils se couchèrent, épuisés. Ce n'était pas très confortable. Les fourmis étaient revenues. À chaque mouvement, les feuilles bruissaient. Le matelas s'éparpillait, et ils se retrouvaient l'un ou l'autre, ou tous les deux, sur la terre humide et glacée. Alors ils se levaient, reconstituaient le matelas en riant, se recouchaient en se promettant de ne plus faire un seul mouvement. Mais tôt ou tard ils bougeaient, et tout était à recommencer, et cela les faisait encore éclater de rire et, après tout, ce lit, ils s'en fichaient pas mal.

Ils étaient l'un contre l'autre. Ils s'aimaient.

Et les jours passèrent, doucement. Assis, dehors, à contempler la nature, à tresser des herbes hautes pour en faire des lanières, un panier, une corde. À grimper aux arbres, pour regarder l'horizon, au coucher du soleil. Allongés dans l'herbe à contempler les étoiles, les suivre des yeux parfois lorsqu'elles filaient et à s'extasier l'un sur l'autre, à se tenir la main, à regarder le jour se lever, puis se coucher, tout en faisant des projets d'avenir. La seule chose dont ils s'interdisaient de parler, c'était de manger. Le pain donné par le paysan ne suffisait pas. Les citrons étaient encore trop petits et trop verts.

Ainsi, ils décidèrent qu'il fallait tuer le poisson. S'il se présentait à nouveau, lui ou un autre, il fallait le prendre. Il ne serait pas sacrifié inutilement, puisqu'il leur permettrait de survivre, de poursuivre leur existence et donc d'accomplir leur destinée. Le poisson était envoyé par Dieu, le poisson était là pour les aider. Ils se mirent d'accord. Si on tuait ce poisson par absolue nécessité, et si on en était conscient, et si on l'en remerciait, lui et l'univers qui l'avait créé, alors on ne commettait rien de mal. Aussi se rendirent-ils à la rivière. Antilogus prit sa chemise pour en faire un filet, comme il l'avait fait la fois précédente. Il attrapa un premier, un deuxième, puis un troisième poisson. Lui et Vida les remercièrent sincèrement avant de les laisser expirer. Un peu plus loin, Antilogus fit un feu, comme le lui avait appris son père. Vida, munie du petit couteau, prépara les poissons, comme le lui avait enseigné la nona. Elle enfonça les doigts dans les ouïes et en sortit les viscères. Puis ils les firent griller et les dévorèrent.

Lorsqu'ils eurent fini, ils entendirent un bruit étrange derrière eux. Ils se retournèrent. La poule de soie était revenue. Dans un ballet ininterrompu, elle ramassa des brindilles avec son bec et modela à son tour ce qui ressemblait à un nid. Puis elle se posa dessus et ferma les yeux. Au bout de quelques minutes, ils entendirent un « plof ». Elle avait pondu un œuf. Les enfants éclatèrent de rire. Ils avaient de la chance !

Ils convinrent qu'il valait mieux laisser la poule couver l'œuf plutôt que de la manger. Peut-être même pourraient-ils entreprendre un élevage ? Avec des œufs, ils seraient en mesure de mieux se nourrir, et peut-être même de faire du troc, de les échanger contre du pain, contre du lait ? Les œufs, les poissons grillés, l'eau douce de la rivière et, de temps en temps, un citron doux ou une grenade, cela suffisait pour vivre.

Aussi vécurent-ils heureux, jour après jour, nuit après nuit. Quelquefois, Antilogus était inquiet. Il craignait l'arrivée de l'automne, avec ses pluies, et surtout celle de l'hiver, avec la neige et le grand froid. Comment feraient-ils, eux qui n'étaient vêtus que de simples vêtements qu'ils lavaient chaque semaine à la rivière et faisaient sécher au soleil ? Comment se protégeraient-ils lorsque la dureté de la vie viendrait les prendre au fond de leur cabane ?

L'eau

Le moment arriva de ramasser les citrons. Le paysan vint les chercher, les gratifia d'un morceau de pain chacun et les conduisit jusqu'au champ. Là, ils commencèrent à décrocher un à un les fruits de leurs branches. Cela sentait si bon. Lorsque les citrons étaient trop hauts, Vida montait sur les épaules d'Antilogus et les lui passait. Il les jetait dans la brouette. Sans s'interrompre, sous le soleil, ils travaillaient dur, jour après jour.

Après cinq jours, Vida avait mal au cou, aux épaules, aux bras. Antilogus avait mal au dos, aux jambes. Dans la cabane, un soir, Vida se mit à pleurer. C'était trop dur. Trop fort, ce soleil. Trop fatigant, d'avoir à tendre le bras sans arrêt. Elle ne pouvait plus continuer. Peut-être auraient-ils dû construire leur cabane, au lieu de s'installer dans celle du paysan.

— Est-ce que tu crois que c'est toujours ainsi ?

— Quoi ?

— Ce que tu gagnes d'un côté, tu le perds de l'autre ?

— Tu veux dire, n'avoir pas eu à se construire une maison et devoir fournir l'effort maintenant pour autre chose ?

— C'est ça.

— Je crois que construire une maison est beaucoup plus difficile que de cueillir les citrons. Surtout, nous n'avions pas de quoi la construire.

— Sinon nous l'aurions fait, n'est-ce pas ?

— Bien sûr que nous l'aurions fait.

Vida était fatiguée, Vida était inquiète. Il y avait donc un monde en dehors de sa maison, en dehors de sa famille, de la nona, du cortijo, de Galata et d'Istanbul. Il y avait un monde avec des paysans, des fruits à cueillir, des légumes à sortir de la terre, du soleil et point d'ombre, de la sueur, des courbatures, des fourmis déchaînées et des guêpes menaçantes. Un monde difficile, bien loin de ce qu'elle avait vécu jusque-là.

— Ne t'en fais pas, lui répétait Antilogus.

Il lui proposa de rester se reposer. Il finirait tout seul le travail.

Bien sûr qu'ils y pensaient, l'un et l'autre, mais aucun n'était prêt à l'avouer. Chez eux. Chez leurs parents. Là où ils étaient gâtés, logés, choyés, nourris, servis, vêtus, là où il ne leur manquait rien, là où le confort régnait en maître absolu. Là où l'on fêtait Dieu et l'année avec des desserts délicieux et des vins sucrés, là où l'on mangeait des boulettes de légumes et de viande... non, il ne fallait pas y penser. À quoi bon ? Ils n'y retourneraient pas. Lui, parce qu'il restait avec elle. Elle, pour qu'on ne la sépare pas de lui.

Pour attraper tous les citrons, Antilogus grimpait maintenant aux arbres. Il s'était harnaché un panier sur le dos, et il les y déposait au fur et à mesure. Lorsque le panier était plein, Antilogus descendait adroitement jusqu'au sol, et il déversait délicatement les fruits dans une grande brouette. Plus il grimpait à nouveau dans le citronnier. Chaque soir, le paysan venait évaluer la récolte. Il n'était pas mécontent du travail de son ouvrier. Il gratifiait Antilogus d'une tape dans le dos et sortait de sa veste un morceau de pain et un autre, plus petit, de fromage. Antilogus ne les mangeait pas. Il présentait tout à Vida en prétendant en avoir déjà pris. Vida dévorait. Antilogus se nourrissait de citrons. Et de poisson, quand il avait le temps, au petit matin, d'en attraper un ou deux dans la rivière.

Après douze jours de récolte, il était presque venu à bout des citronniers. Il n'en restait plus qu'un, et pas le plus gros. Comme le soleil tapait, et fort, Antilogus avait enroulé sa chemise autour de sa tête. Son torse nu, sa nuque et ses épaules le brûlaient. Le harnais de cuir lui pinçait la peau, et à chaque mouvement, l'osier du panier irritait un peu plus son dos. Mais il en avait presque fini.

Il mit un point d'honneur à débarrasser l'arbre de tous ses fruits en quelques heures seulement. À midi, il avait terminé.

Content de lui, il poussa la brouette chargée de citrons jusqu'à la maison du paysan. Cela aussi faisait partie du travail. Le paysan le félicita et lui raconta que, seul, il mettait un mois et perdait généralement une partie de la récolte. Le paysan avait été impressionné par la force du garçon et il était prêt à lui – à leur – donner une vraie pièce de la maison, si lui et Vida restaient là et l'aidaient. Antilogus lui fit part de tout ce qui leur manquait. Une cruche. Un matelas. Une couverture. De la confiture. Des bougies. Une brosse à cheveux. Une serviette de coton. Et surtout, des vêtements. Le paysan proposa de leur acheter de la toile de coton et de la laine, afin qu'ils puissent s'en confectionner. Il sortit de la pièce et revint avec une cruche de terre cuite, largement ébréchée. L'air bonhomme, il la posa devant Antilogus.

— Prends-la. J'en ai une autre.

Enfin, ils pourraient boire sans avoir à sortir de la cabane et marcher jusqu'à la rivière. Il imaginait le visage de Vida lorsqu'il lui annoncerait toutes ces bonnes nouvelles. Il remercia le paysan, se leva et partit, la cruche contre sa poitrine, en direction de la petite cabane. Il était heureux. Les choses se mettraient en place, petit à petit. Il n'y avait pas à en douter. Maintenant ils auraient un toit, et surtout une porte !

Il marchait, confiant. Sa faim, sa fatigue, il ne les sentait plus. Vida retrouverait un peu de confort. Vida retrouverait sa santé, Vida retrouverait sa gaieté. Il s'en réjouissait. Lorsqu'il atteignit la cabane, il passa la tête pour voir si elle dormait. Elle n'était pas là. Il posa la cruche, regarda autour de lui. Elle avait eu soif, pensa-t-il, et elle était partie à la rivière.

Il la trouva, recroquevillée par terre, livide. Elle se tenait le ventre.

— J'ai mal, répétait-elle tout bas comme une litanie.

Sous elle, le sang coulait. Pas même le temps de se frayer un chemin, ce sang était bu, absorbé par la terre assoiffée. D'où venait-il ? Antilogus enleva les vêtements de Vida pour comprendre. Il venait d'entre ses jambes.

— Qu'est-ce que c'est ? demanda-t-il.

— Je n'en sais rien.

— Tu as eu mal tout d'un coup ?

— Je n'en sais rien.

Aussitôt, une douleur inconnue assaillit ses reins. Elle se tordit. Antilogus courut à la rivière. Il trempa sa chemise dans l'eau fraîche et revint pour lui rafraîchir les tempes comme il avait vu faire le médecin avec sa mère. Ça faisait toujours beaucoup de bien, l'eau fraîche.

— Est-ce que ça va mieux ? demanda-t-il.

Elle bougea la tête, à peine.

Antilogus décida de l'emmener dans la maison du paysan. Il prit Vida dans ses bras, mais au moment où il allait la lever, elle le supplia de la reposer à terre. Chaque mouvement la torturait.

— Dis-moi comment tu as mal, je vais aller chercher quelqu'un.

— C'est dans le fond du ventre, et là aussi, dit-elle en montrant ses reins. Ma tête, reprit-elle, je n'ai pas de force. Est-ce que c'est comme ça, mourir ?

— Tu ne peux pas mourir, rétorqua Antilogus, s'efforçant tant bien que mal de cacher son inquiétude. Tu ne peux pas mourir parce que j'ai besoin de toi. Mourir, c'est pour les autres. Ceux qui ne s'aiment pas autant que nous.

Aussitôt avait-il prononcé cette parole que sa tête lui tourna. Qu'avait-il dit là ? Bien sûr que non, la mort ne demandait jamais son avis à personne. Bien sûr que non, la mort ne respectait rien, et surtout pas l'amour. Tout à coup, il réalisa le danger. Antilogus supplia Vida de tenir bon, il allait trouver de l'aide très vite et revenir.

Le paysan était couché, mais Antilogus le réveilla. Il lui emprunta sa petite brouette. Lorsque le paysan aperçut Vida, il leva les mains vers le ciel. Il y avait trop de sang, maugréait-il, trop de sang ! Non, il ne savait pas quoi faire. Non, il n'y avait pas de docteur par ici.

Antilogus installa Vida sur la brouette.

— Où allons-nous ? demanda-t-elle.

— Nous retournons à la ville, parce que tu es malade et qu'il faut te soigner, et pour te soigner, il nous faut un médecin, et un bon, et un lit, et de la nourriture.

— Je ne veux pas retourner à la ville, je ne veux pas !

— Nous n'avons pas d'autre choix.

Antilogus se souvint qu'il avait chez lui la bague du sultan. S'il pouvait aller la chercher, il trouverait l'aide dont ils avaient besoin. Il lui faudrait aller jusqu'à chez lui, en haut de la colline, mais alors, où laisserait-il Vida ? Si quelqu'un les voyait, le père de Vida aurait vite fait de venir la chercher. À supposer que tout se passe bien, qu'Antilogus puisse prendre la bague sans que personne ne reconnaisse Vida, il lui faudrait encore redescendre la colline et traverser le Bosphore jusqu'au palais du sultan. Cela prendrait beaucoup de temps. Cela prendrait trop de temps et ne serait pas raisonnable. Antilogus pouvait aussi laisser Vida chez le rabbin, le temps d'aller chercher la bague, oui, là elle serait en sécurité, seulement le trajet jusqu'au palais n'en serait pas moins long. Est-ce que le rabbin accepterait de la cacher ? Il fallait oublier la bague, oublier le palais. Il avait besoin d'un médecin, juste d'un médecin. Comment en trouverait-il un ? Celui qu'il connaissait habitait à deux pas de chez lui. Il soignait aussi la famille de Vida.

Les chaos de la brouette amplifiaient la douleur de Vida. Le supplice ne faisait que commencer. Antilogus prit un citron et le donna à Vida, qu'elle le suçote, cela la réconforterait. Mais Vida ne pouvait même pas tenir son bras replié. Son corps lui faisait si mal, elle n'était plus qu'une immense douleur courant du sommet de son crâne à ses doigts de pied, glacés malgré la chaleur étouffante. Antilogus poussait la brouette, déterminé, sans s'autoriser à souffler. Il regardait devant lui sans faillir, malgré la faim, malgré la fatigue, malgré le soleil qui tapait maintenant au-dessus de sa tête. Il avait étendu sa chemise mouillée pardessus celle de Vida pour la protéger de ses rayons. Ils avaient mis cinq heures pour arriver dans cette campagne. C'est à coup sûr ce qu'il leur faudrait pour rentrer. Il ne fallait pas perdre une seule minute.

Tandis qu'il concentrait toutes ses forces sur les deux bras de la brouette, s'entêtant à la faire aller le plus vite possible sans jamais lui faire perdre l'équilibre, il priait, priait encore. Il remerciait Dieu de lui avoir donné Vida – le suppliait de la protéger, de veiller sur son corps, sa santé, son avenir. Remerciait encore, suppliait aussitôt. Remerciait. Suppliait. Il était en sueur et ses muscles le faisaient souffrir, mais cela n'avait pas d'importance, cela n'avait aucune importance, et il ne les écoutait pas. Il fallait avancer, simplement avancer.

Trois heures plus tard, grâce à Dieu, ils entrèrent dans la ville. Ce qu'il restait des vêtements de Vida nageait dans une petite mare de sang. Mais elle était vivante. Antilogus s'arrêta devant le premier marchand venu et lui demanda un pain, puis il arrêta un aguador et lui prit un peu d'eau. Mais Vida ne voulait pas manger, Vida ne voulait pas boire. Pour cela, il aurait fallu qu'elle se redresse, elle ne le pouvait même pas. « Qu'est-il arrivé ? » demandaient les uns et les autres tandis qu'Antilogus traversait la ville et remontait les pentes avec sa brouette. Mais il ne répondait pas, il n'avait pas le temps de répondre.

— Vida ? Vida, est-ce que ça va ? lui demanda-t-il tandis qu'ils arrivaient en bas de Galata.

Vida ouvrit les yeux et lui sourit tristement.

— Je t'aime, lui dit-elle.

— Moi aussi je t'aime. Ce n'est pas ce que je te demande. Est-ce que tu as encore mal ?

Bien sûr qu'elle avait encore mal, et il le savait. Mais il avait envie d'entendre que non, qu'elle allait beaucoup mieux, que la situation n'était pas grave, pas désespérée, que c'était juste un petit saignement de rien du tout, comme ça, assorti d'un mal de tête, simplement parce qu'ils n'avaient pas assez mangé, mais ça ferait comme le poisson hors de l'eau, dès qu'ils l'avaient remis dans l'eau il s'était mis à sauter, danser, vivre sa vie de poisson, là ce serait exactement la même chose, Vida avait besoin de manger un peu, c'est tout, de manger un peu et de se reposer, allongée sur un matelas confortable et pas sur une brouette en bois, recroquevillée, à sentir chaque caillou, chaque nid de poule, chaque cahot comme un coup de poignard. Qu'est-ce qui s'était passé ? Bien sûr qu'il n'avait cessé de se poser la question. Est-ce que c'était le premier citron doux, est-ce que c'était la poule, est-ce que c'était le froid, est-ce que c'était ce qu'ils faisaient, le soir, quand ils se retrouvaient ? Antilogus avait bien réfléchi, et il avait pris sa décision. Il la ramenait chez elle. C'était ce qu'il y avait de mieux. Elle serait dans son lit, bien au chaud, veillée par sa nona.

— Il va nous séparer, balbutia Vida.

Antilogus s'arrêta un instant pour l'écouter, sa voix était tellement faible.

— Je ne veux pas rentrer chez moi, reprit-elle. L'homme au dé, il m'attend pour m'épouser.

— Vida, tu es très malade. Si je ne te ramène pas, tu vas mourir.

— Plutôt mourir avec toi que vivre avec un autre.

Il caressa son visage en sueur.

— Je ne peux pas te laisser mourir Vida, répondit Antilogus. Je t'aime.

— Si tu me laisses avec eux, je mourrai.

— Non, c'est si tu restes avec moi que tu mourras.

— Non, dit-elle. Non, dit-elle encore.

Le visage de Vida était gris, livide. Antilogus avait encore une pente à monter, et ce ne serait pas facile. Garder le cap, ne pas se laisser distraire par cet échange, par ces pensées, par la vue que venait troubler cette brusque arrivée de larmes. Oui, il savait bien ce que c'était, mourir. Perdre quelqu'un. Perdre la personne que l'on aime le plus au monde. Il savait.

Mais surtout qu'il n'y pense pas, c'est ça, qu'il ne songe à rien d'autre qu'à son chemin, qu'aucune pensée ne vienne ralentir sa course.

Du haut de sa treizième année, que connaissait-il sinon la maladie qui avait tué Esther et la lumière bleue des rayons de soleil qu'on aperçoit de sous l'eau ? Quel choix avait-il ? Risquer de la laisser mourir, baignée dans son sang ? Qu'elle ait la vie sauve ! Tant pis si son cœur à lui était brisé. Isaac reviendrait peut-être sur ses paroles. Après tout, s'il la sauvait, ne méritait-il pas d'être son époux ? Vite, il lui faudrait trouver un dé, un dé en argent. Pourquoi n'y avait-il pas pensé avant ? Tout leur avait toujours paru si facile, si évident, l'éternité semblait veiller sur leur amour.

Il attaqua la pente avec la détermination qui ne l'avait jamais quitté et, tandis que dans la rue, tous s'étaient immobilisés, comme par magie, pour les regarder, lui, dégoûtant, en sueur, elle, gisant, Antilogus sortit Vida de la brouette et la prit dans ses bras.

— Je t'aime plus que tout au monde, lui dit-il.

— Antilogus, appela-t-elle faiblement.

— Vida.

— Toi que j'aimerai toujours.

Antilogus serrait les dents. Il retenait ses larmes. Pas question de pleurer, pas question de pleurer maintenant.

— Ma fiancée, ma promise, répondit-il.

— Je t'ai menti.

— De quoi tu parles ?

— Je n'ai jamais vu le Karageuz.

— Ça n'a pas d'importance.

— Mais tu te souviens, quand on s'est rencontrés, je t'ai dit que je l'avais vu.

— Je me souviens.

— J'ai juste dit ça pour me rendre intéressante à tes yeux.

— Ça n'a pas d'importance.

— Tu viendras me chercher, et on ira le voir ensemble, le Karageuz, d'accord ?

Vida essayait tant bien que mal de sourire.

— Bien sûr, on ira le voir ensemble, le Karageuz, répondit Antilogus.

Le visage de Vida était mouillé de larmes et lorsque Antilogus posa ses lèvres sur les siennes pour lui dire encore combien il l'aimait, il retrouva le goût de l'eau salée de Pessah.

C'est la nona qui ouvrit la porte. Le père se tenait assis, juste derrière, entouré de quelques hommes qu'Antilogus ne connaissait pas. Apercevant Vida, il se leva brusquement et s'avança jusqu'à elle. Il la prit aussitôt dans ses bras.

— C'est cela que tu as fait d'elle, et on voudrait que je te laisse l'épouser ?

Et il ferma la porte violemment. Antilogus se retrouva dehors, les mains vides, pleines de sang. Il passa sa langue sur ses lèvres, encore humides et salées des larmes de Vida. Il rentra sa langue dans sa bouche, comme pour avaler sa peine.

On n'oublie jamais celle dont on a embrassé les larmes.

La fenêtre

Antilogus poussa la porte de chez lui, machinalement. Il aperçut son père, assis par terre, en train de lire son livre de prières. Nissim aussitôt leva les yeux vers son fils. Mais aucun son ne sortit de sa bouche. Il posa le livre, s'approcha. Antilogus avait du sang sur les jambes et sur les pieds. Nissim prit un torchon, le mouilla et s'agenouilla pour nettoyer les jambes de son fils. Antilogus lui enleva le torchon des mains : il pouvait le faire tout seul.

Et le jeune homme regarda son père dont tous les cheveux étaient devenus blancs. Peut-être auraient-ils voulu se parler, se dire quelque chose, échanger une parole, un ou deux mots, une phrase, je suis heureux que tu sois là, je suis content d'être rentré, mais rien, rien, aucun son ne parvenait à sortir de la bouche de l'un ni de la bouche de l'autre. La femme est le trait d'union entre les hommes. Sans elle, il semble quelquefois qu'ils ne sachent plus se parler. Le père ouvrit légèrement ses bras et l'enfant s'y engouffra. Mais dans les bras de son père, Antilogus ne trouva pas le réconfort qu'il espérait. Les gestes étaient maladroits, peu naturels. Malgré tout, ils restèrent ainsi pendant quelques longues minutes.

Puis Antilogus tomba par terre. Nissim le porta dans sa chambre. Là, il dormit pendant plus de trente heures. Lorsqu'il se réveilla, son père était encore à ses côtés. Antilogus prit la bague que lui avait jadis donnée le sultan et il se précipita à la fenêtre.

— Vida ! cria-t-il.

— Vida est partie, répondit Nissim.

— Partie ? Où ?

— Loin d'ici.

— Ils l'ont mariée ?

— Non.

— Alors, quoi ? Parle !

— Son cœur a cessé de battre.

Antilogus bondit hors de sa chambre et dévala le petit escalier. Il traversa la cour, poussa la porte de la maison des Danone.

La maison était silencieuse. Le médecin se tenait là, assis, l'air abattu. Un dé en argent était posé au centre de la table. Vida, sur un matelas, gardait les yeux fermés.

— Elle n'est pas morte, cria Antilogus. Elle n'est pas morte !

Personne ne répondait. Ils étaient tous comme figés dans de la cire.

Il s'approcha de Vida, s'agenouilla auprès d'elle, prit sa main dans la sienne.

— Vida, Vida, réveille-toi. C'est moi. Moi ! Vida !

Il colla sa bouche contre son oreille.

— Si j'ai survécu, toi aussi tu dois survivre.

Il ferma les yeux et Vida ouvrit les siens. Enfin elle lui souriait. Enfin elle lui répondait.

— Je suis là, disait-elle tout bas, je suis là, ne t'inquiète pas, je suis avec toi, je serai toujours avec toi.

— J'ai tant besoin de toi, Vida, répondait-il.

Et il se redressa pour la regarder encore, si belle, si douce dans la lumière. Mais il avait rêvé. Elle n'avait pas parlé. Alors il se tourna vers les autres.

La mère de Vida avait relevé son voile.

— Qu'est-ce que vous lui avez fait ? cria-t-il.

La nona se leva, s'approcha de lui.

— Va-t'en, petit. Va-t'en vite. Il n'y a plus de vie ici. Il ne restera rien de nous.

Antilogus sortit de la maison. Il ne voyait plus rien. Oui, il distinguait bien quelques couleurs, quelques formes, mais tout se brouillait aussitôt. Rien n'était établi, rien n'était certain, désormais. Où étaient les murs, où était le ciel ? Et si les murs nous encerclaient, et si nous marchions sur le ciel ? Sa tête tournait, les images vagabondes se chahutaient l'une l'autre, les souvenirs, les bruits, les émotions. Où étions-nous ? Qui étions-nous ? Pourquoi étions-nous ? Il appuya sa tête contre le mur de la maison. Était-il allongé ou debout ? Voilà qu'il avait la nausée, maintenant, à voir ce monde lui tourner autour et l'entraîner dans sa course vaine. Il posa ses deux mains à plat sur la paroi comme s'il avait pu s'y accrocher. Le sol se dérobait à nouveau sous ses pieds. Pourquoi ? Cela ne servait à rien de se demander pourquoi. Il n'y avait aucune réponse. Il était abruti. Il n'était pas en état de penser. Penser ? Pour quoi faire ? À quoi cela servirait-il ? À trouver des excuses à Dieu, peut-être ?

— Tu vas reprendre le cours de ta vie maintenant, entendit-il. Tu vas retourner au meldar. Tu dois faire ta bar-mitsvah. C'est comme ça que l'on devient un homme.

Son père. Son père était là, son père lui parlait.

— Un homme ?

— Mon fils, tu as de la peine. Mais tu te relèveras, je le sais.

Mais que disait-il là ? Que, bientôt, il aurait oublié ? Que, bientôt, il irait mieux et rirait à nouveau ? Il ne voulait pas entendre ça. Il ne voulait rien oublier. Au contraire, il tenait à se souvenir de chaque instant, de chaque moment partagé, il ne voulait surtout rien perdre, pas une seule parcelle de leur histoire, de ses souvenirs. C'est tout ce qui lui restait, sa douleur, et Nissim voulait qu'il l'efface ? Non, non, il ne le voulait pas, il ne le voulait surtout pas.

— Je ne suis pas ton fils, padre. Je ne suis pas un Juif.

— Ne dis pas cela.

— Qu'est-ce que ça change, que je dise les choses ou que je les taise, puisque nous savons, puisque c'est la vérité ?

— Mon garçon...

— Je suis désolé. Je ne deviendrai jamais ce que tu attends.

— Mais je n'attends rien... Où vas-tu ?

Antilogus s'éloignait.

Son cœur battait fort maintenant. Il sentait la colère et la honte tournoyer confusément en lui comme un bouillon de sang. Qu'avait-il dit là ? Qu'avait-il fait ? Pourquoi les choses s'étaient-elles égarées dans cet enchaînement malheureux ? Il y a quelques semaines de cela, tout était pourtant si gai, si paisible. Et d'un coup, la vie avait pris un tournant irréversible. Il était rouge écarlate, sentait ses reins broyés, ses os brisés. Sa bouche et ses narines peinaient à faire entrer et sortir l'air. Sa tête était lourde. Pris d'un vertige, il s'arrêta un instant, s'appuya contre un arbre. Puis il repartit. Il mettait un pied devant l'autre, par réflexe, il avançait.

Lorsqu'il arriva devant la synagogue, il entra. Il se dirigea vers l'escalier qui menait à la salle de classe, l'ouvrit et n'y trouva personne. Il était tard, les élèves et le maître étaient rentrés chez eux depuis longtemps. Alors il se mit en route pour la maison du rabbin, non loin de là. Il frappa à la porte. Devant le vieil homme, Antilogus ouvrit la bouche comme un chien qui aboie, pire, comme un loup qui aurait décidé de tuer d'un coup de crocs pour se venger d'une blessure trop profonde.

— Dieu est injuste. Ou bien il a un compte à régler avec moi. Il me fait payer quelque chose. Ceux qui m'ont abandonné, qu'ont-ils donc fait de si abominable ? Ce n'est pas ce qu'on dit ? Que le mauvais est maudit jusqu'à la dixième génération ?

— Tu vas retourner au meldar et tu vas apprendre. Et c'est en apprenant que tu comprendras.

— Apprendre ? Apprendre que Dieu est bon et que souffrir sert à devenir meilleur ?

— Que veux-tu faire ? Être ingrat à ton tour ? Mais avec qui ? La méchanceté se retourne toujours contre celui qui la prodigue. Tu veux être mauvais parce que tu penses que c'est comme cela qu'on peut tordre le cou à la vie, prendre le dessus sur elle, la maîtriser, comme un lutteur plaque son adversaire à terre, comme on maîtrise un chien, comme on tord la paille pour la tresser ? Je vais te dire quelque chose, mon garçon. La vie sera toujours plus forte que toi. Alors ne te rebelle pas contre elle, mais va avec elle. Va avec elle et tu gagneras sa force. Comprends ses mécanismes, comprends ses travers, ses surprises, ses désagréments, ses sales coups et ses miracles, comprends et accepte-les, accepte qu'elle, comme nous, n'est pas parfaite. Ou plutôt qu'elle l'est, dans toute sa complexité, dans le grand schéma de l'univers. Je sais. C'est très difficile de le comprendre lorsque nous sommes frappés en plein cœur par les impitoyables douleurs, les grandes déchirures. On ne peut pas demander à la vie d'être juste. La justice de la vie nous dépasse, en vérité. En revanche, on peut exiger de soi-même d'être juste. Et si chaque homme, chaque femme, si chaque individu se soucie de justice, si chacun développe une conscience de la justice, crois-moi, la vie nous paraîtra déjà moins injuste.

— Elle le sera encore.

— Nous sommes là pour atténuer les douleurs. Nous sommes là pour aider les autres, nous sommes là pour limiter et amoindrir les injustices. Nous sommes là pour partager avec le monde les principes de moralité et de bonté. C'est pour cela que nous avons été élus, pour rien d'autre ! Nous devons nous en souvenir, toujours, et donner l'exemple, et toi aussi, tu dois donner l'exemple. Et l'injustice ne sert qu'à cela : à comprendre.

— Dieu a échoué. Vous me dites tout ça parce que vous ne voulez pas admettre que Dieu a échoué.

— Non. Dieu, béni soit Son nom, n'a pas échoué. Bien au contraire. Dieu a mis en chacun de nous son esprit de justice. Il compte sur nous pour prendre le relais de Sa bonté et l'exercer dans notre petit rayon d'action, notre champ quotidien, humblement mais efficacement.

Antilogus ne put contenir un rire nerveux.

— Il a besoin des hommes pour continuer Son œuvre, reprit-il aussitôt, c'est donc qu'Il n'est pas tout-puissant.

— Ce n'est pas de l'impuissance mais de la générosité. Il peut tout, et plutôt que de le faire Lui-même, il a choisi d'offrir aux hommes cette chance. L'homme peut choisir ce qu'il est, dans un contexte donné. Il peut choisir d'être bon, de faire le bien. Il peut choisir la facilité, les mauvais sentiments, les mauvais penchants, mentir, dire du mal des autres, juger à la hâte, condamner sans appel, d'un mot, quelqu'un dont il ne sait presque rien, quelqu'un qu'il n'a même pas essayé de comprendre, même pas écouté, il peut se livrer à la médisance, ou bien il peut décider que non, il préfère se taire. Il veut rester noble, bon, digne, grand. L'homme a le choix. Chaque instant, chacun est libre de décider de qui il est, de qui il veut être. C'est à l'homme à déterminer, à chaque instant de sa vie, avant chaque action, chaque parole, l'homme qu'il veut être, pour lui-même. Car celui qui respecte les autres, celui qui est juste, celui qui est bon, l'est avant tout envers lui-même. Et il fait honneur à son âme. Tu comprends ?

— Non, je ne comprends pas.

— Antilogus...

— Je ne comprends pas pourquoi Vida est morte. Pourquoi elle a survécu à ses frères et sœurs pour mourir maintenant.

— Peut-être qu'elle a survécu juste pour que tu la rencontres. Pour qu'elle éclaire ta vie, même si cela n'aura duré que peu de temps, trop peu de temps. Tu avais besoin d'apprendre certaines choses qu'elle seule pouvait t'apprendre. L'amour, le prix de la vie, d'autres choses encore

— Le bonheur.

— Oui, le bonheur.

— Mais je l'ai perdu, ce bonheur.

— Tu l'as perdu, peut-être, mais au moins, tu as eu la chance de le connaître, ce bonheur.

— Quel intérêt, connaître le bonheur pour le perdre ensuite ?

— Vois-tu, les hommes ont tendance à étaler les événements de manière chronologique. Il y a le passé, le présent et le futur. Mais c'est une illusion. En réalité, le temps n'existe pas. Imagine que le temps est un vaste champ, et que tous les moments sont liés, qu'ils s'y trouvent côte à côte. L'avenir, le passé, le présent, tout cela, c'est le même temps. Ton bonheur passé est encore présent en toi, il t'accompagne encore même si tu ne le ressens pas, il fait lumière dans ton âme, dans ton corps.

— La mort, la mort est une coupure, rabbin.

— Cette lumière bien sûr n'est pas visible à l'œil, mais peux-tu faire confiance à tes sens ? Bien sûr que non.

— Je vois ce que je vois.

— Je t'assure que bien souvent on ne voit pas des choses qui se trouvent exactement sous nos yeux, et qu'on croit voir des choses qui ne s'y trouvent pas. Toi-même tu m'avais raconté comment chez Vida, tu n'avais pas vu le hamets. Tes sens sont là pour te tromper. Souviens-toi, souviens-toi du seau d'eau glacée et du seau d'eau chaude. Tu avais la main droite dans le seau glacé et la gauche dans le seau brûlant. Ensuite, tu as plongé tes deux mains dans le troisième seau, celui qui contenait de l'eau tiède. T'en souviens-tu ?

— Je m'en souviens.

— La main droite a trouvé l'eau tiède très chaude et la main gauche l'a trouvée glacée. Alors, tes sens, tu ne dois pas compter sur eux. Mais qu'est-ce que tu crois, que parce que les gens meurent ils disparaissent de la surface du monde ? Bien sûr que non. Les âmes sont éternelles. Tu n'as pas à pleurer les morts, parce qu'ils sont là, même si tu ne les vois pas.

— Vous avez réponse à tout, mais je déteste vos réponses.

— Tu dois surmonter ta douleur. Si tu veux, je t'y aiderai.

— Non.

— Non ? Toi, mon meilleur élève, tu réponds non ?

— Je ne veux plus apprendre. Et je ne veux pas faire ma bar-mitsvah. Et encore moins être juif. Ni même autre chose. Je ne veux rien. Surtout, je ne veux pas de Dieu.

— Dieu t'éprouve, cela ne veut pas dire qu'Il t'abandonne. Tu as un chemin à faire, Antilogus, et chaque événement te met sur ce chemin. Et ces événements sont en train de façonner ton caractère et ta personnalité de sorte que le moment venu, lorsque Dieu t'appellera, tu aies les moyens personnels, la force vitale, et le jugement qu'il faudra pour agir, et réussir.

— Je me fiche bien de demain.

— Mais tu verras. Tu verras ce que je te dis. Viendra ce jour où tu te retourneras sur ce que tu as accompli. Et, grâce à Dieu, tu accompliras de grandes choses. Ce jour-là, tu t'apercevras que chacun des événements qui te semblait une malédiction te poussait vers quelque chose de grand, quelque chose de très simple et d'immense à la fois, quelque chose qui donnera, simplement, un sens à ta vie.

Antilogus avait déjà tourné les talons.

— Eh ! Où vas-tu comme ça ? Tu rentres chez toi ?

Mais Antilogus ne répondit pas. Le rabbin resta seul, un instant, à contempler sa silhouette qui disparaissait dans le méandre des ruelles.

Antilogus monta jusqu'à Pera et ses vignes, continua encore jusqu'à atteindre la place où se tenait un petit théâtre de karageuz. Il était si fatigué.

Il entra. La représentation avait déjà commencé.

Karageuz, dans son bateau, essayait de pêcher un poisson. Le poisson lui échappait toujours et Karageuz pestait. Enfin arriva un second poisson bien plus gros qui ne fit qu'une bouchée du dîner de Karageuz. Le gros poisson était plus malin que Karageuz ! Le public riait, riait encore de cette humiliation. Karageuz, vexé, essaya alors de prendre le gros poisson – il ferait coup double, l'insolent serait puni, et quel bon repas en perspective ! Mais voilà qu'au moment où il allait l'attraper, un grand oiseau apparut qui le saisit avec son bec et l'emporta au loin. Karageuz était à nouveau humilié, et Karageuz n'aurait rien à manger. Et tous, dans l'assemblée, riaient, riaient encore, bruyamment.

Tous sauf un, qui sanglotait.

La peau

Le marionnettiste sortit de derrière le rideau.

— Hé ! toi ! Qu'est-ce que tu attends ? demanda-t-il, en turc.

Antilogus ne répondit pas.

— Du moment que tu me paies, je m'en fiche pas mal, continua l'homme. Tu vas me payer ta place, dis-moi, hein ? Je ne t'ai pas vu entrer tout à l'heure. Tu as attendu que je sois occupé avec les marionnettes là-bas, derrière le drap, c'est ça ? Espèce de malhonnête ! Oh, oh ! Est-ce que tu es sourd ?

Le marionnettiste s'approcha d'Antilogus. Celui-ci avait les yeux fermés. Il dormait.

— Hep, tu te réveilles et tu déguerpis s'il te plaît !

Antilogus ouvrit les yeux.

— Qu'est-ce que tu viens faire dans mon théâtre ?

Antilogus regarda le Turc.

— Alors, tu paies ta place pour le prochain spectacle ou tu déguerpis ?

La tristesse marquait le visage d'Antilogus et Gözlem le vit.

— Tu n'as pas de quoi payer ? Dis-le, si tu n'as pas de quoi payer.

— Je n'ai pas de quoi payer.

— Je m'en doutais. Et tu crois que je vais te laisser assister au spectacle ? Et que je vais me laisser rouler comme ça ? Pour qui tu me prends ?

À ce moment-là, une trentaine d'hommes entrèrent dans le théâtre. Gözlem s'empressa de les contenir pour leur présenter un panier dans lequel chacun déposa un légume, un fruit, une sardine, un clou ou encore une petite poignée de café moulu dans un sachet de papier. Seuls les étrangers déposaient une pièce de monnaie. Certains venaient les mains vides, mais Gözlem pouvait aller les trouver plus tard dans leurs échoppes, leur café, pour se faire servir un raki à l'œil ou un café brûlant, ou encore se faire couper les cheveux ou raser la barbe. Les hommes étaient bruyants et pressés de s'amuser. Gözlem orientait les plus petits vers l'avant, les plus grands derrière. Et quand un petit venait accompagné d'un grand, s'ils ne voulaient pas se séparer, il les mettait devant, insistant pour que le grand reste bien sur la dernière place de la rangée.

Dépassé par l'ambiance et pressé de satisfaire son audience, Gözlem se précipita derrière le rideau. Il adorait son public et il adorait le monde, à condition toutefois que ce rideau de coton blanc l'en protège. Là, derrière, il était bien tranquille, avec ses multiples marionnettes qu'il connaissait mieux que si elles avaient été ses propres enfants, avec qui il entretenait une relation riche, vivante et qu'il aimait ou détestait selon le jour, l'humeur, les mots que lui-même avait mis dans leur bouche. Il arrivait qu'il en veuille à l'une d'elles, à cause d'un geste ou d'un mot, alors que c'était lui-même qui avait décidé de lui faire prendre cette route. « Toi, tu files du mauvais coton », pouvait-on l'entendre dire à l'une ou à l'autre. Ou encore : « Si je n'avais pas besoin de toi pour mon théâtre, je te ficherais à la porte, parce que je n'aime ni tes manières ni ta façon de penser, mais bon, il faut bien que je gagne ma vie. » Quelquefois même il se disputait franchement avec elle. Il faisait les questions et les réponses en prenant tour à tour sa propre voix, pour raconter ce qu'il avait sur le cœur, et celle de la marionnette. De bonne ou de mauvaise foi, celle-ci tentait toujours de se défendre. Sa voix pouvait être celle d'un canard, d'une souris, d'une jeune femme, et Gözlem s'en donnait à cœur joie, imitant l'accent kurde, arménien, juif espagnol, grec, italien, français, hollandais, albanais, allemand, jouant l'ivrogne, l'érudit, l'idiot, le galant ainsi que toutes les humeurs. Il formait un couple avec chacune de ses marionnettes, et tous ensemble, ils formaient une famille. Ainsi, l'homme n'était jamais vraiment livré à lui-même.

Mais la réalité en allait autrement, et Gözlem, aussi entouré soit-il par ses personnages et par ses fidèles spectateurs, Gözlem était seul. Lui, le virtuose qui pouvait prendre trente voix différentes, reproduire à l'identique le chant des oiseaux ou le cri des animaux, n'avait personne pour l'aider – ni femme, ni enfant –, il était seul pour tout faire.

Aussi, lorsque à la fin de la représentation suivante, qui était, pour Gözlem, la cinquième de la journée, il aperçut Antilogus qui n'avait pas bougé dans la salle vide, il vint jusqu'à lui.

— Petit salopard ! Mon garçon, tu ne vas quand même pas croire que je vais te laisser regarder tous mes spectacles, les uns après les autres, comme ça, pour rien ?

— Je voudrais rester là, répondit Antilogus.

— Ah bon ?

Gözlem éclata de rire.

— Rester là ! Il veut rester là !

Il se tourna vers son rideau.

— Vous entendez ça, là bas ? Il veut rester là !

Antilogus se redressa. Il regardait Gözlem droit dans les yeux.

— Je voudrais rester là, répéta-t-il.

Et il ferma les yeux, épuisé.

— Je ne vais quand même pas servir d'asile à tous les clochards du quartier non plus ! Pour qui il me prend, celui-là ?

Le vieil homme était perplexe. Considérant Antilogus, il se passa la main sur son menton recouvert d'une barbe drue, ce qui produisit un bruit presque métallique.

Antilogus était non seulement beau, mais il était grand. Il était fort. Son corps était magnifiquement bâti, et ses épaules, bien charpentées. Pour son âge, c'était déjà impressionnant, et l'adolescent à coup sûr grandirait encore. D'ici quelques années, et à condition d'une bonne alimentation, d'une vie saine et d'une santé clémente, il serait fort comme trois hommes.

Le lendemain matin, lorsque Antilogus ouvrit les yeux, le marionnettiste était toujours là, à le regarder. Il lui tendit un pain au sésame. Antilogus le prit et mordit dedans comme un affamé.

— Qu'est-ce que tu sais faire ? demanda Gözlem.

— Pas grand-chose, mais je peux tout apprendre, répondit Antilogus.

Gözlem réfléchissait. Il n'était pas mal d'avoir une aide, surtout de la part de quelqu'un de jeune et de costaud. Cela lui permettrait peut-être de se reposer un peu. N'était-il pas fatigué de toutes ces années passées debout, derrière le rideau ? N'avait-il pas envie d'être un peu épaulé ? Car c'était pour cela en vérité, et rien que pour cela, qu'il laissait passer les individus qui ne payaient pas. Il était trop fatigué pour les prendre au collet et les faire déguerpir. Il n'avait plus la force de se battre, et encore moins d'élever la voix. Oui, bien sûr, il le faisait toute la journée dans son théâtre, il faisait parler ses personnages, sans arrêt, mais le Karageuz et ses comparses lui prenaient toute son énergie. Parler, jouer, manier les tiges des marionnettes, il l'avait fait tant de fois, des milliers de fois sans se lasser, jamais. Mais il avait maintenant envie de s'asseoir. Oh, jamais pendant la représentation. Là, il était comme animé par un souffle mystérieux qui décuplait ses forces. Mais aussitôt le spectacle terminé, c'était comme si une énorme pierre lui tombait sur le crâne et les épaules. Et les jambes encaissaient la douleur. Si Antilogus était bon, pourquoi pas, peut-être pourrait-il s'occuper de ses enfants qu'il chérissait tant ? Non, il ne voulait pas qu'ils finissent dans une caisse, abandonnés, eux qu'il avait fabriqués de ses mains, eux qu'il avait découpés minutieusement dans la peau de chameau qu'il avait grattée, brûlée, huilée encore et encore, dont il avait ôté chaque poil à la pince et qu'il avait décorée de pigments naturels, eux dont il avait dessiné les yeux, le nez, la bouche, les mains, le corps et les vêtements avec dévotion et amour. Qu'adviendrait-il de toutes ces poupées d'ombre ? Bientôt, il serait trop vieux. Qui s'en occuperait, qui les huilerait pour travailler leur transparence, qui retoucherait leurs couleurs dès qu'elles s'estomperaient ? Qui leur permettrait de s'exprimer comme elles le faisaient, chaque jour ?

— Viens avec moi, dit Gözlem.

Antilogus le suivit. Ils passèrent derrière le grand drap blanc dont trois des quatre coins étaient fixés au mur à l'aide de clous. Là, sur une planche de bois, était posé le petit monde de Gözlem. Karageuz, Hadjivat, Celebi – le jeune galant –, baba Himmet, le nain bossu, Laz, le fumeur d'opium, Matiz, Zenné – la courtisane aux seins nus –, les deux lutteurs et les autres. Il y en avait une quinzaine. Sans compter les animaux, les accessoires, les décors : la maison traditionnelle, le citronnier, l'arbre aux visages, le bateau, la cigogne.

Antilogus était fasciné.

— Tu peux les toucher, si tu veux.

Antilogus approcha sa main de Karageuz. Mais au moment où il s'apprêtait à s'en saisir, Karageuz se redressa.

Gözlem avait pris la marionnette par les trois longues tiges horizontales fixées à son dos. Il la faisait bouger, tout en la faisant parler.

— Comment tu t'appelles ? demanda Karageuz à Antilogus.

— Antilogus.

— Euteuleugueuz ? Je pensais que j'étais le seul à avoir un nom affreux ! Mais ton nom est encore plus affreux que le mien ! Et impossible à prononcer ! Euteuleugouss ? Anteuleugouss ? Anteuligueuss ?

Gözlem attrapa Hadjivat. Hadjivat ne pouvait pas laisser Karageuz parler ainsi. Karageuz et Hadjivat étaient opposés en tout, et leur différence d'éducation pouvait se ressentir à chaque phrase. Hadjivat était un lettré, érudit, cultivé. Sa pensée était précise, il était fin, réservé, posé. Il avait toujours le mot qu'il fallait et obtenait toujours ce qu'il désirait. Karageuz, lui, était un homme du peuple, malchanceux, roublard et d'une parfaite mauvaise foi. Il avait l'art de se mettre dans des situations inextricables, pénibles et souvent humiliantes. Et il n'hésitait jamais à lever le poing. Surtout sur Hadjivat, dont il était férocement jaloux. Malgré sa profonde maladresse, quelque chose en Karageuz demeurait attachant. Le regard naïf qu'il posait sur certaines situations, certaines choses laissait penser qu'il avait véritablement un cœur d'enfant, un cœur pur et généreux, et qu'il était seulement victime de son mauvais caractère. Finalement, c'est Karageuz qui souffrait le plus de Karageuz.

— Antilogus, répliqua Hadjivat. C'est tout à fait facile à prononcer. Évidemment, pour toi qui es un rustre, un primaire, c'est impossible, parce qu'il faut de la délicatesse pour prononcer le « us ». An-ti-lo-gus, tu vois, j'y arrive très bien, moi.

Voilà que Karageuz et Hadjivat s'affontaient.

— C'est un prénom beaucoup trop long, écoute ça : Aaaannnn-tiiiiiii-leuuuuuu-geuuuuussss ! rétorqua Karageuz.

— Si tu le dis comme ça, c'est sûr. Je peux en faire autant avec ton nom : Kaaaaaaraaaaageuuuuuuzzzzz.

— Toi, tu me fatigues. Est-ce que je t'ai appelé ? Tu n'as rien à faire ici.

— J'ai autant à faire ici que toi. Je ne vois pas pourquoi, sous prétexte que tu es un homme du peuple, ta présence dans ce théâtre serait plus légitime que la mienne.

— Plus quoi ? Qu'est-ce que tu as besoin d'utiliser des mots compliqués pour te rendre supérieur, c'est à moi qu'on le présentait, Antilogus.

— Tu vois que tu arrives très bien à le dire !

— Toi, tu ne perds rien pour attendre.

— Mon pauvre ami ! Tu es tellement prévisible.

— Je vais te mettre mon poing sur la figure, espèce de prétentieux qui veut me voler mon nouvel ami en le flattant.

— Tu crois franchement qu'il voudra être ton ami si tu te moques de son nom comme tu le fais ?

— Bien sûr que oui, il voudra bien être mon ami. Je dis ce que je pense, c'est tout, ça ne veut pas dire que je ne suis pas un homme bon.

— Entre nous deux, je crois qu'il aura vite fait son choix.

Karageuz, excédé, se pencha en arrière pour prendre son élan et, au moment où il s'apprêtait à assener un grand coup à Hadjivat, une jeune femme aux seins dénudés vint se placer entre les deux hommes. Hadjivat et Karageuz ne disaient plus un mot.

— Tu la connais ?

— Non. Et toi ?

— Non plus.

— Mademoiselle, dit Hadjivat, laissez-moi me présenter. Hadjivat, pour vous servir.

— Ne l'écoutez pas, dit Karageuz, tout ce qu'il veut c'est vous toucher les seins. Comme moi ! Sauf que moi, au moins, je vous le dis franchement.

— Ne nous laissons pas importuner par cette nuisance, voudriez-vous que nous allions nous promener sur le Bosphore ? proposa Hadjivat à la jeune femme.

— Mais avec joie, répondit-elle.

À ces mots, Karageuz décocha un coup de poing à Hadjivat qui tomba à terre.

— Mais c'est épouvantable, cria la jeune femme. Qu'avez-vous fait là ?

— Je peux vous toucher les seins, maintenant ?

— Ça, jamais !

Et elle partit en courant.

— Un jour, cria Karageuz, tu seras vieille et laide et tes seins pendront jusqu'à tes chevilles, alors tu repenseras à ma proposition, et tu la regretteras !

— C'est toi qui vas regretter tes propos, reprit Hadjivat, à nouveau sur ses pieds.

— Tu veux te battre ? proposa Karageuz.

Et il lança un coup de poing dans la direction d'Hadjivat. Hadjivat l'esquissa et Karageuz, perdant l'équilibre, tomba à terre. À ce moment, la femme aux seins nus réapparut.

— Vous allez mieux, j'espère ? demanda-t-elle à Hadjivat.

— Beaucoup mieux, merci.

— Nous pourrions peut-être nous asseoir à l'ombre d'un arbre ?

— Très bonne idée. Et ainsi vous me laisseriez peut-être poser la main sur votre délicate poitrine ?

— J'en serais très émue.

Et ensemble, ils disparurent.

D'un regard, Gözlem montra à Antilogus le tambourin posé sur la table. Antilogus le prit.

— J'ouvre le spectacle avec ça, mais si tu savais t'en servir, peut-être qu'on pourrait l'entendre plus souvent. Tu pourrais marquer les moments forts, les pauses, les hésitations.

Antilogus secoua doucement l'instrument, puis un peu plus fort. Il fit trembler son poignet puis frappa le tambourin de la paume de l'autre main, à diverses cadences.

— Ce n'est pas mal. Tu peux faire mieux mais, pour un début, ce n'est pas mal du tout.

Antilogus continuait de travailler son rythme.

— Tu dois pouvoir exprimer chaque émotion.

Gözlem lui prit le tambourin des mains et se livra à une démonstration de tout ce que l'on pouvait rendre avec l'instrument.

— Tu peux faire les pas, les démarches, l'allure, les battements de cœur, tu peux donner envie de danser aux personnages, tu peux marquer l'essoufflement, l'accélération, la fin, tu peux tout faire avec ça. Il faut que tu le ressentes au plus profond de toi. Tu vois, chaque personnage possède sa personnalité, sa respiration, sa façon de se déplacer, de tenir sa tête, de parler, de ressentir les choses, sa propre vision du monde. Tu dois en tenir compte. Ça te paraît difficile aujourd'hui, mais un jour viendra où tu n'auras rien à penser. Tu auras tout là, dans les tripes. Et ça sortira tout seul, ça deviendra ta nature. C'est cela le spectacle.

Gözlem posa le tambourin sur la table. Puis, montrant le panier :

— Tu pourrais aussi t'occuper d'accueillir les spectateurs ? De veiller à ce qu'ils soient bien placés ?

— Je pourrais.

— Et ne pas laisser passer les tricheurs, ceux qui ne veulent pas payer leur place, si tu vois ce que je veux dire ?

— Je crois que je vois ce que vous voulez dire.

— Mais je te préviens, je te paierai comme on me paie. Tu pourras dormir dans le théâtre et tu mangeras avec moi, comme moi. Alors ? ajouta Gözlem inquiet, ça te va ?

— Ça me va, répondit Antilogus.

— Je t'appellerai Anti, parce que c'est plus simple pour moi.

Et Gözlem le gratifia d'une grande tape dans le dos.

— Maintenant, Anti, tu es comme mon fils.

L’huile

Ainsi le vieil homme fit-il une place à Antilogus. Pour lui, il confectionna un fin matelas de toile de jute, qu’il remplit d’orge. Ce n’était pas du plus grand confort, et chaque fois qu’Anti bougeait le matelas faisait du bruit. Mais c’était mieux que de dormir par terre. Commander un matelas neuf prenait du temps et coûtait beaucoup d’argent. Le matelas de Gözlem était bourré d’épaisseurs de chiffons et de coton. Il accompagnait le marionnettiste partout depuis qu’il travaillait. Presque cinquante ans ! Il était à peine plus épais que celui d’Antilogus, mais au moins, Gözlem pouvait le rouler, le matin venu, et l’attacher avec une corde pour qu’il se tienne dans un recoin sans gêner. À force d’être étranglé par la corde, le matelas rapiécé cent fois s’était usé aussi en son milieu, et il était maintenant de plus en plus difficile de le faire tenir droit. Même avec la corde, même appuyé contre le mur, on sentait qu’il n’en pouvait plus. Il avait tout donné.

Le théâtre n’était pas grand, et la pièce qui se cachait derrière le rideau encore moins. C’est pourtant là qu’ils vivaient et qu’ils dormaient, tous. Gözlem, Antilogus, Karageuz, Havicat et les autres. En dehors des représentations, les marionnettes étaient accrochées au mur. Gözlem n’avait jamais réussi à se payer un vrai coffre pour les ranger. C’est qu’il y en avait beaucoup. Sans parler des décors, les *göstermelik**, faits de la même peau que les personnages, qui faisaient patienter le public en attendant le début de la pièce et permettaient au vieil homme de reprendre son souffle entre deux actes. Il aurait fallu un grand coffre, avec des compartiments, des étages peut-être ?

Les baguettes de bois permettant de manipuler les personnages étaient vissées dès le matin à leur nuque, leur taille, leurs genoux. Il y en avait pour chacun d'eux et pour chaque élément de décor. Il était impératif qu'elles soient de la même longueur, pour ne pas forcer le *hayali**, le marionnettiste, à des acrobaties dangereuses. Antilogus avait pris les baguettes dans sa main et avait essayé de faire évoluer les marionnettes. Il y était parvenu, mais pas comme il voulait. C'était un exercice difficile de maîtriser leurs gestes, le langage de leur corps, qui dit autant qu'une parole ou un visage. Et encore plus difficile lorsqu'on sait qu'il faut s'occuper de mettre en mouvement plusieurs personnages à la fois – jusqu'à trois ! Et avec ça, les faire parler, et même parfois se disputer, chacun avec sa propre voix, son propre timbre ! Et faire rire le public ! Antilogus préférait rester concentré sur le tambourin. Et cela valait mieux pour tout le monde.

Une fois fixées à leurs tiges, et en attendant d'intervenir dans la pièce, les marionnettes étaient couchées sur une planche de bois surélevée sur deux tabourets. Ainsi il était facile pour le marionnettiste de s'en saisir. L'entrée en scène de chaque personnage était précédée ou accompagnée d'une petite musique qui lui était propre. Après un mois, Antilogus avait compris leur rythme respectif, leur démarche. Il fallait les accompagner, souligner leurs humeurs, accentuer les émotions. La gaieté, la roublardise, l'empressement, la déception, la bêtise, l'émerveillement, la douleur : tout pouvait s'exprimer par le tambourin. Car il n'était pas question de laisser les mots seuls raconter l'histoire. Il fallait lancer l'imagination du spectateur comme un cerf-volant tout en laissant libre cours à son interprétation. Si son pressentiment de ce qui allait arriver s'avérait juste, celui-ci se sentait maître des choses, et cela lui procurait une grande satisfaction. S'il apparaissait au contraire une solution qu'il n'avait pas envisagée, alors il n'en était que plus heureux.

En plus du tambourin, Antilogus s'occupait de l'entretien des marionnettes. Avec le temps, avec le froid ou les grandes chaleurs, certaines perdaient de leur éclat, de leur transparence.

Antilogus les soignait, les réparait, les huilait, faisait des retouches de couleurs. La hantise, c'était encore et toujours les rats qui voulaient s'inviter dans le théâtre. Les rats raffolaient de tout, et aussi de peau de chameau. La nuit, il fallait se tenir à l'affût du moindre bruit. La toile épaisse dont les deux hommes entouraient les marionnettes décourageait les rongeurs, mais il fallait rester vigilant. Sinon, on pouvait se retrouver avec des personnages ou des décors en moins le lendemain matin. Et si Karageuz lui-même était mangé ? Alors ce serait la ruine assurée du théâtre et du maître. À moins qu'il n'ait été assez sage pour en avoir fabriqué un double, or cela, aucun maître karageuz ne le faisait jamais : le Karageuz était unique.

Gözlem transmettait à son apprenti les secrets de fabrication d'une marionnette d'ombres. Et cela prenait du temps, cela prenait du temps et du soleil.

Pour fabriquer un Karageuz, ou n'importe quel autre personnage dont on voudrait projeter l'ombre, tout en gardant une transparence permettant au spectateur de distinguer les traits du visage et les couleurs des vêtements, on utilisait de la peau de chameau trempée dans une solution qui dissolvait sa graisse, puis séchée au soleil pendant deux mois – juillet et août. Il fallait ensuite la traiter pour l'adoucir, jusqu'à ce qu'elle devienne translucide, et à nouveau la gratter patiemment avec un morceau de verre pour la débarrasser de ses derniers poils. Puis on appliquait une forme sur la peau et on la découpait précautionneusement en suivant ses contours avec un petit couteau pointu longuement aiguisé à cet effet. La silhouette était ensuite décorée avec des pigments naturels, vert olive, rouge, bleu, émeraude, orange, violet, marron, jaune, noir. L'art de colorier une peau était aussi subtil que celui de raconter l'histoire de son personnage. Il ne fallait pas se tromper de couleur, et bien tenir son bâtonnet, qu'il ne dérape pas, car certains pigments teignaient si profondément qu'une bévue aurait été irrécupérable. À l'une des extrémités du bâtonnet de bois était enroulé un petit morceau de coton. Gözlem l'humidifait en le posant sur sa langue, le trempait dans le pigment, puis dessinait. On dit que la *kukla**, la marionnette, peinte non à l'eau mais avec la salive du maître karageuz, développe une âme véritable, et qu'elle apporte avec elle l'inspiration et le talent.

Chaque jour, Antilogus était chargé de veiller à ce que le théâtre soit bien propre, à ce que les bancs soient bien alignés et les spectateurs bien placés. Il se chargeait aussi de l'entrée, tenant d'une main le panier qui servait à recevoir les objets ou victuailles apportés en guise de paiement et indiquant les places de l'autre. Gözlem n'avait plus à courir en tous sens dans la panique. Il pouvait se concentrer sur son histoire, répéter encore ses voix, affiner la structure de son récit ou faire le vide, se relaxer avant le grand saut. Bien qu'ayant désormais une compagnie, le vieil homme avait gardé l'habitude de passer un contrat avec Karageuz avant chaque représentation. Il faisait les questions et les réponses.

— Je te fais vivre et tu me fais vivre, c'est entendu ?

— C'est plutôt le contraire, répondait immanquablement Karageuz.

— Tu ne vas pas déjà commencer ? Ça revient au même. Alors ?

— C'est entendu.

— On est dans le même bateau tous les deux.

— Dans le même bateau.

— Alors tu ne me lâches pas, hein ?

— Je suis avec toi, main dans la main, je te dis que c'est le pacte de Karageuz.

— Bon. Je compte sur toi, ne me déçois pas.

— Ça va maintenant !

Antilogus fermait la porte du théâtre, il passait derrière le rideau et annonçait à Gözlem combien de personnes étaient là et qui était là. Des hommes. Des hommes et quelques jeunes femmes. Un petit groupe de janissaires. Des enfants. Le cafetier. Le grand vizir ! Des pêcheurs grecs. Des marchands juifs. Un ambassadeur étranger avec une montagne de boucles blanches et grises sur la tête et le visage rose, tout rose avec comme de la poudre sur les joues et le front. Le vendeur de sahlep. Des Perses. Un géant. Un enfant très richement vêtu, accompagné de gardes. Le boulanger, comme tous les jours. Qui, comme tous les jours, avait payé d'un simit.

Le spectacle pouvait commencer. Pourtant Gözlem attendait, pour débuter, que son auditoire s'impatiente. Il voulait être désiré, véritablement désiré. Alors il faisait attendre les spectateurs. Cinq, dix, quinze minutes. Il soulevait un coin du drap, les épiait. Ils étaient là et ils commençaient à s'énerver. Alors, il clignait de l'œil à l'intention d'Antilogus qui faisait aussitôt vibrer le tambourin d'un geste inspiré, et Hadjivat apparaissait. Karageuz ne tardait pas non plus. Ainsi se déroulait une histoire, une deuxième, puis une troisième. Le spectacle durait environ quarante minutes. Avec l'attente du début et les applaudissements, il fallait compter une bonne heure.

Les représentations avaient lieu tous les jours, toute l'année, sauf pendant la période du ramadan où elles étaient données la nuit. Et il y avait toujours du monde. Les Stambouliotes adoraient les distractions, et pas seulement le karageuz. On trouvait dans la ville des troupes d'acteurs, des conteurs et des jongleurs – pour la plupart, des Juifs –, des acrobates à profusion, des lutteurs, et même des lutteurs à l'huile ! Deux hommes au corps enduit d'huile d'olive qui essayaient péniblement de trouver une prise l'un sur l'autre. Mais ça glissait ! Où qu'ils posent la main, ça glissait, et il leur fallait patience et rage pour parvenir à soulever leur adversaire et le mettre à terre. Il y avait même dans la ville quelques ours danseurs dont les gitans s'étaient fait une spécialité.

Un jour où le montreur d'ours passait près de leur théâtre, Gözlem avait invité Antilogus à sortir pour le regarder. Déjà, un attroupement s'était formé autour de l'animal. Les enfants étaient fascinés et effrayés à la fois. On se demandait ce qu'il adviendrait des spectateurs si le malheureux Gitan avait le malheur de lâcher la corde par laquelle il tenait l'énorme animal.

— L'ours a l'air d'être très gentil. L'est-il vraiment ?

— Je n'en sais rien, avait répondu Gözlem. À vrai dire, je crois que personne n'en sait rien. Même l'ours lui-même n'en sait rien, si tu veux mon avis. Vois-tu, ce gitan a pris cet ours lorsqu'il était bébé, tout petit. À l'époque, l'animal devait regarder le Gitan comme si c'était lui, le géant. Et le Gitan l'a dressé. Je t'ai dit comment on dresse les bêtes sauvages, ce n'est vraiment pas beau à voir. Le Gitan a mis dans la tête du petit animal l'idée qu'il était plus grand, plus fort que lui, que c'était lui qui décidait de tout, de ce qu'il devrait faire ou non, tous les jours de sa pauvre vie. Regarde-le, il pourrait à lui tout seul déraciner un arbre, soulever le toit d'une maison, tuer un homme, que dis-je ? trois hommes à la fois s'il voulait. C'est une force extraordinaire, et regarde, il danse parce que l'autre agite son tambourin, il danse parce qu'il a peur de ce gitan qui fait la moitié de sa taille ! L'ours est persuadé qu'il est un tout petit ours impuissant et vulnérable. Est-ce qu'il va continuer à vivre en se pliant aux ordres, parce qu'il est convaincu d'être petit et sans défense, ou est-ce qu'il va...

— ... se rendre compte qu'il n'est pas ce que le Gitan lui dit qu'il est ?

— Il peut se passer deux choses. Soit l'ours décide qu'il veut mettre sa force et sa puissance au service de quelque chose de bon. Soit... il se venge et choisit de tuer le gitan. Et peut-être même de le manger.

— Mais le Gitan l'aura bien cherché, non ?

— Est-ce que le Gitan se rend seulement compte de ce qu'il fait ?

— Forcément.

— Alors oui, il l'aura cherché.

— Pourquoi est-ce que ce montreur d'ours a tant de succès, si ce qu'il fait est dégradant et injuste ?

— Parce qu'il flatte les hommes. Il leur fait croire qu'ils sont les plus forts, qu'ils ont gagné. Mais ce n'est pas vrai, tu m'entends ? Ce n'est pas vrai. Gagner au mépris d'un être, ce n'est jamais gagner. Chaque injustice commise, vois-tu, même la plus insignifiante en apparence, chaque injustice se répercute toujours un jour ou l'autre sur le cours des choses, sur le monde. Et l'homme finit toujours par payer.

— L'homme qui a commis l'injustice ?

— Pas forcément lui, mais sa descendance, ses frères, ses cousins. Tous les hommes, en vérité.

— Et lui alors, il reste impuni ?

— L'impunité n'existe pas. C'est cela que les hommes n'ont pas encore compris. Nous avons tous le même destin. Nous sommes tous reliés, les uns aux autres, par un fil invisible. Celui qui fait du mal aux autres se fait du mal à lui-même et blesse l'humanité.

Le vieil homme baissa les yeux, tristement.

— Rien n'est jamais perdu dans ce monde, Anti. Ni le bien ni le mal. C'est difficile à expliquer, mais un jour, je sais, tu comprendras. Les arbres pèchent...

— ... et ce sont les branches qui pleurent, compléta l'adolescent.

Les deux hommes se regardèrent un instant. En trois années vécues ensemble, le vieil homme s'était attaché à l'enfant comme si c'était le sien. Et il en était tellement heureux. Cela lui avait facilité les choses, certainement, mais cela n'était rien. L'arrivée d'Antilogus avait surtout donné un sens à sa vie. Le vieux avait quelqu'un à protéger, quelqu'un à éduquer, quelqu'un à préparer, quelqu'un à qui transmettre tout ce qu'il avait appris du théâtre d'ombres, de la vie et des hommes. Gözlem avait reçu du jeune homme comme un don de perspective – d'où l'on vient, qui l'on est, ce que l'on laissera après soi. L'infini derrière soi, l'infini devant soi. Ainsi, lui, sans famille, sans enfants, n'aurait pas vécu pour rien.

Le Gitan promenait maintenant la paume de sa main parmi les passants, dans l'espoir de recueillir une pièce ou deux.

— Pourquoi est-ce que tu m'as emmené voir ce Gitan et cet ours ? demanda Antilogus.

— Pour que tu saches que ça existe. Pour le combattre. Tu comprends ?

— Je comprends.

Tout à coup, Antilogus s'avança vers l'animal.

— Qu'est-ce que tu fais ? lança le vieux, inquiet.

Antilogus n'avait pas peur de l'ours. Lorsqu'il fut arrivé devant lui, il leva la tête. L'animal tourna la sienne de côté, ne comprenant pas ce que cherchait le jeune homme. Antilogus posa alors sa main sur sa fourrure. L'ours eut un mouvement de recul et grogna.

— N'aie pas peur, dit Antilogus, n'aie pas peur. Je ne te veux aucun mal.

Antilogus, maintenant, caressait l'animal, et celui-ci se laissait faire.

— Baisse la tête. Baisse la tête, j'ai quelque chose à te dire.

Et l'animal, bien dressé, baissa la tête. Alors, Antilogus approcha son visage de l'oreille de l'ours. Gözlem tremblait. D'un coup de gueule, il aurait pu briser le crâne et la nuque de l'adolescent.

— Tu es grand et fort, mon ami. Tu ne dois avoir peur de personne, parce que personne ne possède ta puissance. Même pas ton maître. Tu es grand et fort.

Et comme il s'était approché, doucement, à petits pas, Antilogus s'éloigna. Lorsqu'il arriva devant le Gitan, celui-ci, de rage, cracha par terre. Puis il reprit la corde de l'ours, et le tira vers un autre quartier de *Stamboul**.

— Pauvre ours, pensa Antilogus.

— Qu'est-ce que tu lui as dit ? demanda Gözlem.

— La vérité.

Ce soir-là, Antilogus sortit du théâtre pour contempler, quelques minutes seulement, l'horizon et les bateaux qui striaient le Bosphore dans un sens ou dans l'autre. Gözlem sentit alors comme une boule dans sa gorge. Un jour, il le savait, Antilogus sortirait de sa retraite, un jour, il choisirait de revenir à la vie. Un jour, il partirait. Et en vérité, il ne fallait souhaiter que cela. Le vieil homme se raisonnait, en silence. Un être si bon, si sensible, si juste, ne fallait-il pas que le monde entier en profite plutôt que la poussière derrière les chaises et quelques silhouettes en peau de chameau qui se dandinent maladroitement dans un théâtre miteux ? Un jour, l'enfant meurtri deviendrait un homme et il serait happé par le monde. Pourvu qu'il y soit bien préparé, pourvu qu'il y soit bien préparé.

Et le vieil homme, sur son matelas de chiffons, en secret, priait.

Le sel

Le lendemain matin, Antilogus et Gözlem se préparèrent au spectacle comme chaque jour. Mais au moment d'ouvrir la porte et de présenter le panier, le jeune homme constata qu'il n'y avait personne. Personne ! Il passa la tête dehors. La rue était vide. Il n'y avait pas un seul passant, même pas un âne ou un chat. Antilogus appela le vieux maître. Gözlem était intrigué.

— Attends-moi là.

Le vieux sortit du théâtre, traversa la ruelle, la remonta jusqu'au café. Toutes les informations transitaient par là. C'était le repaire des hommes, toutes corporations confondues. Ils s'y retrouvaient pour jouer aux dames, au trictrac, pour écouter déclamer des poèmes ou refaire le monde, fumer, boire du raki, en cachette ou non, glaner quelques ragots sur le palais et écouter avec avidité les récits des voyageurs.

Le café était fermé. Gözlem cria :

— Il y a quelqu'un ici ou quoi ?

Il entendit une voix de femme.

— Imbécile, si tu ne veux pas mourir, rentre chez toi sans attendre et barricade-toi.

— Qu'est-ce qui se passe ? demanda le vieux.

— C'est l'ours. Il s'est échappé. Il se promène dans la ville et sûr qu'il a déjà mangé quelqu'un et qu'il va continuer comme ça. Tu n'as pas entendu, cette nuit ?

— Non.

— Rentre chez toi, allez, tu vas l'attirer si tu restes là, cria un homme à travers les jalousies d'une fenêtre.

Gözlem reprit le chemin du théâtre. Il ferma la porte derrière lui et se fit aider par Antilogus pour mettre les bancs derrière la porte. Ils restèrent assis à l'intérieur toute la journée, silencieux, l'oreille collée l'un contre la porte, l'autre contre le mur, épiant le moindre bruit. Ils entendaient de temps à autre de singuliers petits grincements, difficiles à définir. Mais ce n'était certainement pas les pas d'un ours.

De temps en temps, Anti posait des questions.

— Tu crois qu'il a tué le Gitan ?

— Je n'en sais rien.

— Tu crois que l'ours est dangereux ?

— Je n'en sais rien.

— S'ils en ont tous peur, il doit être très dangereux.

— Pas forcément. Ils ont peur du retournement de situation plus que de l'ours si tu veux mon avis. Le faible qui devient fort, c'est ça qui est terrifiant. Car cela veut dire que tout peut changer, à tout moment, et que les forts aussi pourraient d'un instant à l'autre devenir les faibles.

— Alors ils vont essayer de le tuer ?

— Probablement.

La réponse du vieux plongea Antilogus dans une profonde perplexité. D'où lui était venue l'idée que la liberté était ce dont cet ours avait besoin ? Après tout, n'était-il pas correctement nourri et soigné par le Gitan ? Ne valait-il mieux pas vivre inféodé plutôt que mourir ? Quel enseignement devait-il tirer de cet événement ? Qu'il faut laisser chacun se débrouiller avec ce qui lui arrive, surtout ne pas intervenir ? Les bonnes intentions ne suffisaient pas. Il fallait être certain de pouvoir maîtriser le cours des événements qui leur feraient suite, jusqu'à ce que l'on parvienne à un dénouement heureux. Antilogus se disait maintenant qu'il avait eu tort de parler à l'ours. Combien d'hommes et de femmes, combien d'enfants avaient été attaqués par sa faute, depuis ce matin ?

— Je vais aller le retrouver, lança-t-il.

— Qu'est-ce que tu racontes ?

— C'est à moi d'aller trouver cet ours et de le reconduire hors de la ville, qu'il ne fasse de mal à personne.

— Tu as perdu la tête ! Je ne te laisse pas sortir. Tu penses bien que le grand vizir a lancé depuis longtemps les janissaires à sa poursuite. Il a déjà été attrapé, ou bien il s'est enfui vers les montagnes. Dans tous les cas, tu ne peux rien faire. Tu as envie de mourir, c'est ça ?

— Cela m'est égal, je crois.

— Eh bien, moi, je n'ai pas envie que tu meures, alors reste tranquille.

C'était la première fois que Gozlëm exprimait de façon directe son affection pour Antilogus. Les deux hommes aussitôt en conçurent une certaine gêne, mais firent chacun comme si de rien n'était. L'un, comme s'il n'avait rien dit, l'autre, comme s'il n'avait rien entendu.

Tout à coup, ils entendirent des voix. Des hommes à cheval criaient que l'ours avait été capturé. Alors Gözlem ouvrit la porte, et Antilogus et lui se précipitèrent dehors pour écouter le récit. L'ours avait vidé un étal de poissons. Puis il était descendu vers le Bosphore et s'y était baigné. Ensuite il était remonté sur la rive et s'était endormi contre un arbre. Il n'avait pas été difficile de le capturer dans son sommeil avec un grand filet. Il avait alors été réveillé et ramené à son maître le Gitan qui avait reçu une amende pour ne pas avoir su le surveiller correctement. Il y avait eu plus de peur que de mal, l'ours n'avait blessé personne, pas même un enfant, ni un chat, ni une souris. Tous pouvaient sortir de chez eux, et la vie pouvait reprendre.

Aussitôt les hommes se mirent à crier de joie, à s'embrasser. Un instant plus tard, ils s'insultaient les uns les autres en se traitant d'imbéciles et de froussards. Les Grecs insultaient les Arméniens, qui insultaient les Turcs, qui insultaient les Kurdes, qui insultaient les Grecs, et certains même en venaient aux mains. Bien sûr qu'un ours qui a été dressé n'est pas dangereux. Bien sûr qu'il ne peut pas faire de mal, qu'il n'a qu'une envie, comme nous tous, c'est de passer du bon temps. Il fallait vraiment être simple d'esprit pour imaginer qu'il aurait pu mettre à sac la ville et dévorer les poules et les petits enfants.

Comme ils étaient restés enfermés tout l'après-midi, Gözlem et son aide se rendirent au café qui rouvrait ses portes. Là, ils se sustentèrent d'un bon morceau de fromage natté et d'un large simit. On leur servit un bon café et des douceurs – des petits cylindres de pâte d'amande et de pistache apportés par un confiseur de Bebek*.

— Tu vas nous remettre tout ça en ordre ! lança le cafetier à Gözlem.

Les hommes, après une telle tension, avaient bien besoin de se détendre. Alors on comptait sur Karageuz et Hadjivat.

La dernière bouchée avalée, Gözlem et Anti retournèrent au théâtre.

Ils passèrent derrière le rideau. Et là, ils découvrirent avec effroi que Karageuz avait été mangé par les rats. À prêter tant d'attention à l'ennemi imaginaire, ils avaient méprisé l'existence et la détermination des rongeurs. Gozlëm n'avait pas rangé Karageuz dans son étui. Il l'avait laissé, nu, sur la table, lui qui n'avait jamais oublié de le protéger pendant près de quarante-cinq années ! Le vieil homme s'effondra sur son tabouret. Il pleurait à chaudes larmes.

— Nous allons en fabriquer un autre, lui dit Antilogus.

— C'est impossible. Nous n'avons pas la peau.

— J'irai en trouver une.

— Il faut du temps pour la préparer. Il faut deux mois complets pour qu'elle sèche.

— Est-ce qu'on ne pourrait pas trouver un Karageuz quelque part ? Il y a sûrement un vieux maître karageuz qui accepterait de nous prêter le sien.

— Non. Cela n'existe pas. Une marionnette, c'est comme une femme. Si tu la prêtes, tu perds son âme et la tienne.

Et Gözlem défit la ficelle de son matelas. Il le tira dans un coin et se coucha.

— Tu vas dormir, maintenant ? demanda Antilogus.

— Qu'est-ce qu'il y a d'autre à faire ? Je suis fini.

Antilogus sortit. À quelques hommes qui marchaient vers lui, il répondit qu'à cause de l'ours il n'y aurait pas de spectacle aujourd'hui, mais que tout reprendrait demain, comme d'habitude. Cinq représentations par jour, à partir de midi. Et il chargea les hommes de colporter la nouvelle ici et là, et au café.

Toute la soirée, il écuma la ville à la recherche d'une idée ou d'un miracle qui sauverait son ami. Istanbul semblait déserte. Antilogus l'avait tout à lui. C'était une sensation grisante et terrifiante à la fois. Il descendit jusqu'au Bosphore et s'assit sur un petit banc. Il ferma les yeux et emplit ses narines d'air iodé. Comme cela était bon.

Vers minuit, il remonta, doucement, vers Pera.

Lorsqu'il poussa la porte, le vieux était toujours allongé. Il serrait contre lui quelques baguettes de bois, tristes vestiges de l'existence du glorieux Karageuz. Les rats les avaient épargnées.

En les voyant, Antilogus eut une idée. Il les prit à Gözlem et les manipula, comme si à leur extrémité se trouvait le personnage.

Si tous avaient eu assez d'imagination pour entendre les pas ou le souffle de l'ours alors que celui-ci se trouvait de l'autre côté de la Corne d'Or, ils pouvaient croire à un Karageuz sans le Karageuz.

« Voilà ce que nous allons faire », se dit-il.

Gözlem ne bougeait pas.

— Réveille-toi, maître.

Gözlem se redressa.

— Écoute ça : nous allons faire le karageuz sans Karageuz. Il suffira de prévenir qu'il a reçu un sort, et qu'il devenu invisible ! Avec mon tambourin je n'aurai qu'à faire ce que j'ai fait jusqu'à maintenant pour annoncer son arrivée à l'écran. Le public comprendra qu'il est là, mais il ne pourra pas le voir. Toi, avec ta voix, tu feras un Karageuz qui peste d'avoir été rendu invisible. Tu comprends ?

— Le karageuz sans le Karageuz ? Et tu crois qu'ils marcheront ?

— Si tu y crois toi-même, si tu y mets ton cœur, parce que moi j'y mettrai le mien, alors, oui, ils croiront encore plus à sa présence que lorsqu'il était devant eux, en vrai.

Le drap

Tout le monde est placé. La salle est pleine. Antilogus passe derrière l'écran. La bougie est allumée. Elle projette l'ombre du citronnier qui sert aujourd'hui de göstermelik. Il prend le tambourin, se concentre. Il échange un regard avec le vieux, puis lance ses doigts sur la peau tendue du tambourin.

Tam, ta-ta-ta-tam, ta-ta-ta-tam, ta-ta-ta-tam.

Le göstermelik disparaît, l'écran reste blanc.

Tatata- ti ti ti- tatata-ta-ta-tam. Tatata ti-ti-ti-tatata-ta-ta-tam. Tatata-ti-ti-ti-tatata-ta-ta-tam.

C'est l'air de Karageuz que l'on entend. Pourtant, c'est la silhouette d'un chat qui se promène sur l'écran. Il se dandine bizarrement, ce chat.

Les hommes rient.

— Quoi ? Vous m'avez reconnu ? Mais non, dans cet habit de chat personne ne peut me reconnaître.

Les hommes crient : « Karageuz ! Karageuz ! Karageuz ! »

— Le magicien m'a pourtant garanti que transformé en chat personne ne pourrait me reconnaître !

« La voix ! » crie un homme dans la salle.

— La voix ! Ah... ah... je n'y avais pas pensé. Alors je ne dirai plus rien. Je veux savoir ce que ma femme pense vraiment de moi, continue le chat. Elle me dit toute la journée qu'elle m'aime et que je n'ai aucune raison d'être jaloux. Moi, je suis jaloux si je veux. Ah ! les voilà.

Le chat se tapit dans un coin de l'écran. Apparaissent la jeune femme de Karageuz, fort amène et, de l'autre côté de l'écran, Hadjivat, chacun accompagné par son air de tambourin.

Karageuz ne dit rien, mais s'approche doucement de la Zenné. On l'entend penser.

— Eh, dis donc, c'est ma femme. N'y pense même pas. De toute façon, c'est moi qu'elle aime. Et toi, avec tes grands airs, tu crois que tu es plus intéressant ?

Hadjivat lève la tête.

— Quel drôle de bruit ? On dirait un rugissement de fauve. Est-ce qu'il y a un tigre ou une panthère quelque part ?

Les spectateurs éclatent de rire.

Hadjivat se tourne vers Zenné.

— Madame, pardonnez-moi de vous importuner, mais il me semble avoir entendu rugir un fauve. L'auriez-vous entendu vous aussi ?

— Oui, il m'a semblé... Pourtant, je ne vois personne d'autre que vous ici. C'est étrange.

— Très étrange.

— Cela m'inquiète. D'abord, un ours qui nous tyrannise tous, et qui ne vient même pas dévorer un seul d'entre nous !

— Je suis de votre avis, madame.

— Et maintenant, voilà que vous entendez le rugissement d'un fauve. Dites, monsieur, faudrait-il que j'aie peur ?

— Idéalement oui, madame.

Zenné se met à trembler de peur.

— Oh, que j'ai peur !

Les hommes éclatent de rire.

— N'ayez crainte, madame, je suis là pour vous protéger. Hadjivat, votre serviteur.

— Oh, mais pas besoin de vous présenter, je vous connais, répond-elle d'une voix enjôleuse.

Hadjivat se redresse. Il semble attiré par la jeune femme.

— J'en suis très honoré.

— Pas de manières, voulez-vous ?

— Si cela est votre souhait. Voudriez-vous que nous sortions de ce petit bois, peut-être est-il dangereux si l'on y entend des voix.

— Dangereux, s'exclame le chat, furieux. Il n'y a rien de dangereux ici ! Où veut-il emmener ma femme, le saligaud. Hep ! C'est ma femme !

— Vous avez entendu ? dit Zenné.

— J'ignore quel est cet animal, mais il n'est pas très loin.

— Oh ! crie Zenné. J'ai trop peur. Serrez-moi vite dans vos bras !

Le chat vient se mettre entre eux deux. Hadjivat recule.

— Regardez-moi ce chat, s'écrie Zenné. Qu'il est beau !

— Beau... Ma foi, c'est un chat.

— Viens dans mes bras, petit chat. Alors, c'est toi qui rugis ? Ce n'est pas pour me déplaire, tu sais...

Le chat saute dans les bras de Zenné. Elle commence à lui caresser le poil. Le chat ronronne.

— Rien que pour ça, ça valait la peine, dit-il. À la maison, j'y ai pas souvent droit.

— C'est étonnant, on jurerait qu'il dit quelque chose, remarque la jeune femme.

— En effet, comme un murmure... Un chat qui parle, c'est très amusant, mais ça n'existe pas.

— Oh ! le pauvre, il n'a pas de poil sur la tête, se désole Zenné.

Le public éclate de rire. Certains se mettent à crier : « C'est Karageuz ! Le chat, c'est Karageuz ! »

Zenné, attendrie, caresse le crâne de l'animal.

— Ça me rappelle mon mari. Voyez-vous, il est... chauve.

« C'est Karageuz », crie encore le public.

Zenné recule, silencieuse.

— Vous avez entendu quelque chose ?

— Oui, mais pas distinctement, répond Hadjivat.

« C'est Karageuz ! Le chat, c'est Karageuz ! Il a reçu un sort ! »

Le public fait silence. Zenné et Hadjivat soupirent.

— Vous avez l'air de bien aimer votre mari, madame.

— Oui, malgré ses nombreux défauts.

— Une femme si belle que vous aurait épousé un homme imparfait ?

— Dites-le encore, pour voir... demande la jeune femme.

— Une femme si belle que vous...

— Ah...

Le tambourin marque l'émotion de Zenné.

Le chat remue dans ses bras.

— Je suis sûr que c'est un homme merveilleux, dit Hadjivat.

— Vous êtes bien généreux. Hélas, il n'est pas si merveilleux que cela.

Elle change de voix.

— Il est jaloux. Et envieux. Et avec ça il regarde les autres femmes. Mais aucune ne veut aller avec lui, vous pensez bien. Il se réveille toujours de mauvaise humeur. Et puis, et puis je trouve qu'en vieillissant, physiquement, euh... il ne s'améliore pas. Il a des poils qui lui sortent du nez et même des oreilles. Il m'arrive même de penser que je pourrais....

— Que vous pourriez ?

— Que je pourrais...

— Que vous pourriez ?

— Eh bien... refaire ma vie avec quelqu'un d'autre.

Le chat fait un bond.

— Mais qu'est-ce qu'il a, ce chat ? s'exclame-t-elle, intriguée.

— Refaire votre vie avec quelqu'un d'autre, disiez-vous.

Le chat saute à la gorge d'Hadjivat. Hadjivat recule. Le chat retourne dans les bras de Zenné.

— Oui, si l'opportunité se présentait, si je rencontrais quelqu'un de fin, de distingué, de délicat, quelqu'un qui soit différent de mon mari...

Hadjivat s'approche de Zenné.

— ... mais qui ne soit pas pour autant un étranger...

Hadjivat s'approche encore un peu plus de Zenné.

— Qui soit en mesure d'apaiser mes inquiétudes, car toute femme en a, et le temps qui passe n'arrange rien de ce côté-là, ni des autres, vraiment, alors...

Hadjivat et Zenné ont leurs visages presque l'un contre l'autre.

— Eh bien, oui, je crois que je n'aurais pas de mal à le quitter.

Le chat pousse un grognement de mécontentement.

— Je crois que ce chat ne vous aime pas, dit-elle. C'est étrange, car je vous trouve, comment dire, très, très, à tous égards, très... aimable.

Hadjivat et Zenné sont collés l'un contre l'autre. Ils émettent maintenant de petits gloussements de plaisir.

Le chat grogne encore plus fort.

— Débarrassons-nous de lui, voulez-vous ? suggère Hadjivat.

— Vous n'aimez pas les chats ?

— Il vient troubler notre admirable conversation. Et puis, entre nous, il est affreux.

— Mais c'est justement parce qu'il est affreux et dégarni qu'il a besoin qu'on l'aime et qu'on s'occupe de lui.

Hadjivat fait deux pas en arrière.

— Je crains, madame, que vous ne soyez pas encore près de quitter votre époux.

Le public éclate de rire.

Zenné à son tour recule.

— Et moi qui vous croyais élégant !

Le chat éclate du rire gras caractéristique de Karageuz.

— Je le suis, madame, lorsque quelqu'un m'intéresse. Avec vous, eh bien... j'aurais bien passé un petit moment.

Le chat rit encore plus fort.

— Un petit moment ? Vous ne valez guère mieux que Karageuz.

Le chat arrête de rire.

— Eh bien, ma décision est prise. Je quitte mon mari, mais seulement pour vivre avec ce chat. Lui, au moins, il ne me demandera jamais rien.

Le chat émet un son bizarre : il n'avait pas prévu ce dénouement.

Zenné quitte l'écran à reculons, Hadjivat sort de l'autre côté.

Antilogus marque la sortie des personnages avec son tambourin. Puis l'on entend une voix, c'est celle de Karageuz qui peste.

— Me voilà bien avancé, maintenant, je suis obligé de rester chat.

Antilogus bat la fin du spectacle et Gözlem place son décor. Tous applaudissent.

Le vieux soulève un coin de la toile de coton : les hommes se sont levés, ils continuent d'applaudir à tout rompre. Alors Gözlem se tourne vers Anti. Ouvre ses bras.

— Tu m'as sauvé, petit.

— Quelquefois, ce que l'on prend pour une calamité est une bénédiction.

— À charge de revanche, fiston.

Gözlem et Antilogus ne s'en tinrent pas à l'histoire du chat de la femme infidèle. Ils concoctèrent ensemble encore d'autres pièces reposant sur l'absence de Karageuz. Le public en raffolait. Non pas que ces scénarios soient particulièrement hilarants ou subtils, mais ils étaient nouveaux. Alors, comme une traînée de poudre, se répandit dans la ville la nouvelle que se trouvaient, derrière les vignes de Pera, un maître karageuz et son apprenti qui pouvaient faire du « karageuz sans Karageuz ». Et, de tous les quartiers de la ville, affluèrent des hommes, des femmes et des enfants avides de découvrir la nouveauté. Le théâtre était plein à craquer à chaque représentation, et l'on raconte qu'un jour le sultan lui-même se déplaça. Accompagné de quelques gardes, il prit place sur le banc du milieu, suscitant gêne, curiosité et émoi. Mais à peine la pièce avait-elle commencé que personne ne prêta plus attention à lui. Alors, comme les autres, il se mit à rire, à rire jusqu'à en pleurer. Il n'était plus le sultan à qui l'on doit déférence et respect, mais juste un Turc, un simple sujet du vaste Empire venu pour se distraire honorablement de sa journée de labeur. Pour la première fois depuis bien longtemps, il se sentait lui-même. Lui-même, l'enfant qu'il était resté. Oui, Gözlem et son apprenti étaient bien des génies, ils lui avaient fait oublier cet énorme turban qu'il portait sur la tête.

Le poivre

Ce soir-là, Gözlem avait entraîné Antilogus au café. Ils avaient encore été acclamés. On leur avait servi du café, du pain, des olives, du fromage, des pâtisseries au miel et du sirop de rose, et le rôtisseur s'était empressé de leur apporter à chacun du kebab. Et voilà que tous les hommes voulaient proposer leur fille à Gözlem et à Antilogus. Quels bons partis ils étaient ! Dans les petits papiers du palais. Tout le monde le savait, le sultan avait ri. Tous renchérissaient en prédictions. L'un voyait Gözlem promu chef des divertissements de l'Empire, un autre l'imaginait enseignant. On lui construirait un grand théâtre au milieu des jardins de Topkapi. Ou alors le sultan l'enverrait, en ambassadeur, divertir les cours d'Europe pour leur faire goûter la saveur de l'humour turc. Ils étaient tous d'accord. Gözlem occuperait sans tarder une position importante. Son apprenti lui aussi ferait carrière et bâtirait une fortune.

Gözlem se laissait fraternellement porter par cet enthousiasme, cette gaieté, ces rires, cette fête perpétuelle. Combien de temps sombres avait-il traversés pour arriver à ces jours de bonheur et d'abondance ? Lui, l'homme discret, caché derrière son rideau, l'homme simple qui se contente d'un morceau de pain et d'un matelas troué à même la terre. Ses doigts étaient usés, ses mains pleines de cals, déformées. Il fallait cela pour tenir des marionnettes toute une vie à bout de bras, il fallait cela. Lui, l'obscur qui avait passé sa vie enfermé, voilà qu'il avait droit à la lumière. Il riait, il buvait, il pleurait. Antilogus lui avait offert son heure de gloire. Antilogus qui se tenait discrètement en retrait, contemplant avec émotion l'expression de joie triste sur le visage de son ami.

Qu'est-ce qui ferait suite à ce grand bonheur, à ce succès ? Qu'est-ce qui changerait ? Le vieil homme ne pouvait s'empêcher d'y penser. Peut-être rien, se rassurait-il intérieurement. Tout le monde aime le succès, mais le vieil homme en avait peur. Si l'on plaisait au sultan, cela signifiait aussi qu'un jour, on pouvait cesser de lui plaire. C'était ainsi. Chaque début porte en soi sa fin. Alors il fallait seulement savourer l'instant. Avoir la sagesse de savourer l'instant. Ne pas s'imaginer prince, ni roi, ni rien. Ça, c'était bien pour Karageuz, le fou, le naïf. Mais lui, Gözlem, non, il devait garder les pieds sur terre.

Les hommes se disaient beaucoup de choses au café, et quelquefois, pour rien, juste un mot, la conversation tournait mal et il arrivait fréquemment qu'ils en viennent aux mains. C'est pour cela qu'ils appréciaient tant Karageuz et ses conflits éternels avec Hadjivat : ils s'y retrouvaient mieux qu'en un miroir. Quant à Hadjivat, ils adoraient le détester. En vérité, ils auraient bien aimé, les uns et les autres, avoir sa distinction et sa finesse. Qui avait le temps et l'argent d'être Hadjivat, alors qu'il y avait des bateaux à mener, des sacs de grain à porter, plus lourds que soi quelquefois, des tonnes de poissons à pêcher, des maisons à construire, des ruelles à déblayer, des peaux à tanner et de la glace à battre encore et encore ? On était ce qu'on pouvait, c'était comme ça. Chacun se défendait et l'on était déjà heureux d'avoir la santé et de quoi se nourrir. Et à la fin de la journée, on se rendait au café pour se détendre un peu, entre hommes.

Et voilà qu'un garde s'était présenté. Il cherchait le maître karageuz.

— Qu'est-ce que tu lui veux ? avait lancé le propriétaire du café.

— Je lui veux que le sultan souhaite le voir maintenant. Et son apprenti doit venir aussi.

Les hommes s'étaient mis à faire des bruits avec leur bouche, comme un roulement de sifflets, d'autres levaient un bras vers le ciel en agitant la main, comme pour attester qu'elle venait bien de Dieu, cette bénédiction. Oui, ils l'avaient bien dit, Gözlem et son apprenti, ils seraient puissants, et dès demain !

— Alors, ils sont où ? demanda le garde, impatient.

Soudain, et pour un instant seulement, les hommes firent silence. Et si le sultan voulait couper la tête au marionnettiste ? Si, malgré le bon moment passé au théâtre, le grand padisha de l'Empire avait jugé subversif le Karageuz de Gözlem et de son apprenti ? S'il avait décidé d'en finir avec eux deux, était-ce raisonnable de les lui livrer ?

— Pourquoi est-ce qu'il veut les voir ? demanda le patron du café.

— On dit qu'il a apprécié le spectacle.

Alors la tension se dissipa et les hommes reprirent leurs sifflets, leurs gestes et leurs cris, pour exprimer leur admiration et bénir encore l'homme et son art.

Gözlem se leva. Il se faufila entre eux.

— C'est moi, dit-il avec aplomb.

— Alors viens, suis-moi.

Gözlem se tourna vers Antilogus. Il lui fit un signe de la main. Antilogus le rejoignit.

— Lui, c'est l'autre ? s'assura le garde.

— C'était mon apprenti, mais il m'a dépassé. C'est un maître maintenant.

Et Gözlem prit Antilogus dans ses bras et lui tapa affectueusement dans le dos.

Alors les hommes acclamèrent l'héritier.

— Bon, ça suffit comme ça, on y va, lança le garde.

Et ils se mirent en route.

En bas de la colline les attendait le caïque impérial. À l'avant de l'embarcation se tenait un kiosque monté sur quatre piliers d'argent massif et entouré d'une balustrade du même métal. Il était habillé d'un épais et soyeux tissu pourpre orné de perles fines, qui formait des rideaux. C'était là que s'asseyait le sultan lorsqu'il faisait sa promenade. C'était là que les deux hommes avaient été invités à prendre place en son absence. L'intérieur du caïque était décoré d'une marqueterie de nacre tandis que la bordure extérieure représentait, sur toute sa longueur, des bouquets de fleurs peints à l'huile. Un homme s'occupait de verser de l'eau fraîche à boire aux hôtes. Vingt-six autres étaient également répartis de chaque côté du caïque pour en actionner les rames. Gözlem s'extasiait. Non pas devant le caïque, mais devant la vue. C'était la première fois qu'il traversait le Bosphore dans un tel confort. Personne pour le pousser ou crier de faire attention. Il avait tout le loisir de se tourner, de se retourner pour contempler une rive, l'autre, et les bateaux qui circulaient par ici ou par là. Il ne s'en lassait pas, se déplaçant d'un bout à l'autre de l'embarcation, redécouvrant sa ville avec des yeux d'enfant. Elle à qui, jusqu'ici, il avait humblement appartenu, elle qu'il avait servie, voilà qu'elle semblait vouloir se donner à lui, se jeter à ses pieds, le servir à son tour, sans relâche. Tout à coup il se tourna vers Anti.

— Je ne connais pas le monde, qui est vaste, très vaste. Et je sais bien que ce n'est pas raisonnable d'émettre un jugement sans avoir vu le reste, mais tu sais, je crois bien que c'est ici la plus belle ville du monde.

Cette dernière phrase, il l'avait prononcée avec une fierté toute turque. Et il avait sans doute raison. Rien n'était aussi beau que ces collines, ces arbres, ces minarets qui tentent de chatouiller le ventre des nuages, ces dômes, ces murailles de pierre, cette tour génoise, et au beau milieu de tout cela, l'eau bleu marine, épaisse, sublime comme une veine, une artère irriguant tout un peuple, nourrissant tout un monde, faisant battre le cœur de la cité, battre le cœur des hommes. À Istanbul, Dieu et l'homme se tenaient la main, en parfaite entente. Cela se voyait. Cela se sentait. La ville n'était qu'harmonie, force et beauté. Non. Rien n'était aussi beau. Rien ne serait jamais aussi beau que ce paysage. Aucune femme, aucun trésor, aucun poème. Jamais.

Arrivés sur l'autre rive, ils furent invités à suivre le garde, escortés de part et d'autre par une douzaine d'autres hommes. Ils durent marcher un bon quart d'heure, puis ils arrivèrent devant le palais. Topkapi.

Le garde les confia alors à deux autres gardes, eux-mêmes encadrés par deux de leurs pairs, qui les conduisirent à travers un dédale de couloirs, de jardins et de cours. Là, les hommes du palais passèrent le relais à un page, et le chemin se poursuivit. Les portes s'ouvraient devant eux comme par enchantement. Tous étaient parfaitement silencieux, seul se pouvait entendre le léger sifflement produit, à chaque pas, par le glissement des semelles de cuir sur la pierre polie.

Ils traversèrent enfin une immense salle, puis une seconde.

Le page s'immobilisa tout à coup, puis se tourna vers les deux invités pour les arrêter. Il leur fit signe d'attendre là, sans bruit, et il fit un geste aux sept hommes qui gardaient une immense double porte de bois sculpté, et incrustée d'argent. Celle-ci s'ouvrit et le page s'y engouffra. Gözlem regarda Antilogus.

L'excitation portée à son paroxysme ressemble à s'y méprendre à la terreur. Gözlem transpirait par tous les pores de sa peau, son cœur battait comme roule le tambour. Il peinait à trouver son souffle. C'était trop d'émotions.

Le page réapparut quelques minutes plus tard.

— Le grand padisha vous attend, dit-il en guise d'introduction.

Et il tendit le bras vers l'intérieur de cette pièce mystérieuse, pour les y inviter. À peine les marionnettistes étaient-ils entrés que les portes se refermèrent derrière eux. Personne, il n'y avait ici personne. Que des tapis, des poufs, des plateaux, des coussins.

Ils se regardèrent, étonnés. Devaient-ils rester debout ? Pouvaient-ils s'asseoir ? Tandis que Gözlem s'avançait vers un pouf brodé de fil d'or et de cuivre dans la perspective de s'y poser, une nouvelle porte s'ouvrit. Gözlem fut interrompu dans son mouvement. Il retrouva *in extremis* son équilibre, se redressa. En face d'eux, dans une salle parfaitement carrée, un homme assis à une table parfaitement ronde et coiffé d'un turban d'une blancheur et d'un volume remarquables piochait dans une corbeille en argent massif des fruits jaunes, orange et verts.

D'un mouvement de tête, il les invita à le rejoindre. Antilogus et Gözlem s'approchèrent. À chaque coin de la pièce se tenait un garde, immobile comme une statue, regardant droit devant lui. Le sultan examina Gözlem un instant, puis il lui indiqua un siège, à sa droite. À Antilogus, il indiqua un siège à sa gauche. L'adolescent n'avait jamais vu une aussi grande table. Son plateau de marbre était bordé d'une multitude d'incrustations de pierres précieuses représentant le symbole de chacune des trente-deux circonscriptions de l'empire. Le rameau d'olivier était ainsi fait de malachite opaque, de calamine translucide, de fluorine et d'émeraude. L'azurite, la topaze, le saphir et le corindon se joignaient au lapis-lazuli pour faire un fond de ciel à certains paysages. Toutes les couleurs étaient présentes.

Sans même que le sultan ait eu besoin de dire quoi que ce soit, les gardes apportèrent à boire aux marionnettistes. On leur servit délicatement de la glace pilée au fond de fins gobelets taillés dans du cristal de roche. D'une carafe du même cristal leur fut ensuite versé du sirop de rose. Il faisait chaud, et Gözlem but le sorbet d'un trait. Antilogus, lui, prenait son temps. Il laissait un peu de glace pilée glisser de la paroi du gobelet jusqu'à sa bouche, la suçotait, l'avalait doucement. Lorsqu'il tombait sur un morceau plus épais, il le recrachait dans le gobelet, secouait celui-ci afin que la glace fonde un peu, qu'elle se parfume encore du sucre de rose, et il portait à nouveau le verre à sa bouche. C'était délicieux. Et cela lui donnait quelque chose à faire.

Vint le moment où le gobelet d'Antilogus fut vide. Alors, il le posa sur la table.

Le sultan n'avait cessé de les observer. L'air bourru, les sourcils froncés, les yeux plissés, l'air de vouloir comprendre quelle flamme animait ces deux esprits-là, il ressemblait à un vieil homme trop riche qui se méfie de tout. Il était penché en avant, puis voilà qu'il se redressait et s'avachissait dans l'autre sens, pour reposer son dos contre le dossier moelleux. Puis il se penchait à nouveau, l'œil plus plissé encore. Mais il ne disait rien, rien du tout.

Après un quart d'heure de silence, le sultan choisit une belle orange dans la coupe de fruits. Il la fit rouler sur la table et elle vint se heurter contre la paume ouverte d'Antilogus. Puis le sultan fit rouler une autre orange vers Gözlem. À son tour, le grand homme en prit une et commença à l'éplucher. Alors les marionnettistes en firent autant. Ensemble, ils mangèrent les oranges.

Une goutte de jus gicla dans l'œil du sultan, et tous les trois rirent de bon cœur. Puis ce fut Gözlem qui s'éclaboussa et les rires reprirent de plus belle. Finalement c'est Antilogus, essayant, pour les amuser, de se faire gicler un peu de son fruit dans l'œil, qui eut raison des deux autres : le sultan finit par pleurer de rire, entraînant Gözlem avec lui. Ils rirent, rirent encore. Ils étaient devenus des frères.

Puis un page ramassa les épluchures et leur apporta de quoi se rincer les doigts. Brusquement, le sultan retrouva son sérieux. Gözlem et Antilogus tentèrent d'en faire autant mais ils n'avaient pas une si grande maîtrise et il leur fallut quelques secondes de plus.

Le sultan ne parlait toujours pas. Antilogus et Gözlem n'osaient pas se regarder, de peur de pouffer. Le silence était pesant maintenant, et les deux invités commençaient à ressentir une certaine peur. Un quart d'heure encore se passa, et tout à coup, le sultan se leva.

— Alors, dit-il, quel est votre secret ? Je vous ai bien observés. Je ne vois rien en vous qui soit extraordinaire. Peut-être un peu d'insolence chez l'apprenti, mais n'est-ce pas là un attribut de la jeunesse ? Alors, dites-moi.

— Notre secret, si nous en avons un, est simplement l'amour de notre métier, répondit Antilogus. Je pense que mon maître ne me contredira pas.

— Il a bien parlé, répondit Gözlem.

Le sultan tournait maintenant autour de la table.

— Vous pourriez jouer pour mon harem ? Cachés derrière votre drap, car il ne s'agit ni de voir, ni d'être vu. Sinon, c'est la mort, vous m'entendez ?

— Je ne sais pas si notre humour conviendrait, grand padisha, répondit Antilogus devant Gözlem, blanc de peur de tant d'audace. Nous aimons dévier légèrement de la bienséance. Nous aimons faire rire les hommes avec de l'humour déplacé, nous nous plaisons dans une certaine liberté, une légère grivoiserie. Les femmes apprécieraient-elles notre humour ? Rien n'est moins sûr. Vous risqueriez d'être déçu, je ne crois pas que l'aventure vaille la peine d'être tentée. Elle vexerait plus qu'elle ne divertirait, et le résultat pourrait être la cause de notre perte. La véritable question à se poser est : apprécieriez-vous que les femmes du harem apprécient notre humour ?

La réponse d'Antilogus fit réfléchir le sultan.

Il jouait maintenant avec l'une des petites mèches de sa barbe. Il la tournait tant et tant qu'elle finit par former une petite boucle. Tout en la lissant encore et encore, comme la pointe d'une moustache, il se déplaça vers la fenêtre.

— Vous vous demandez pourquoi je vous ai fait venir ici.

— Oui, ne put s'empêcher de lancer Gözlem.

— Eh bien, tout simplement pour vous remercier. J'ai passé un très bon moment hier. Je passe souvent de bons moments, mais il est rare qu'on me surprenne, et j'ai été surpris.

Il se tourna vers eux. Il souriait, son visage en était totalement transformé. On ne voyait plus ses yeux plissés, méfiants, mais les joues et le sourire d'un homme bon et franc, et le regard rieur et généreux d'un homme de Dieu.

— Je vous dois cela. Je vous dois ce bon moment.

Au tour de Gözlem et d'Antilogus de rester muets.

— Je voudrais vous remercier. Vous comprenez ?

— Vous avez payé votre place, vous ne nous devez rien du tout, dit Gözlem.

— Que chacun d'entre vous formule un vœu, et il sera exaucé. Dans les limites du raisonnable, bien sûr. Je ne suis pas un magicien.

— Je suis sûr que si, lança Antilogus sans réfléchir.

Le sultan alors le foudroya du regard. Antilogus sentit ses jambes se dérober sous lui. Qu'est-ce qui lui avait pris de répondre ? D'où sortait cette phrase ?

— Revenez ici dans huit jours, chacun avec votre vœu. Allez, dit-il, en guise de conclusion.

Les portes s'ouvrirent.

Comme à l'aller, on les raccompagna jusqu'à l'autre rive. Là, ils assurèrent n'avoir point besoin d'escorte pour retrouver le théâtre.

— Je suis désolé, confia Antilogus à son ami dès qu'ils furent débarrassés des gardes.

— Ce n'est rien, répondit Gözlem.

— Est-ce qu'il était sérieux, avec son vœu ?

— À mon avis, tout à fait sérieux.

— Qu'est-ce que tu vas lui demander ?

— Je n'en sais rien. Je crois que l'idée de demander me coûte plus que ne me réjouirait ce que je pourrais recevoir.

— N'as-tu pas envie de confort ?

— Avec le succès que nous avons maintenant, je pourrais m'offrir un nouveau matelas tout neuf. Je n'ai pas besoin du sultan.

— Il n'y a rien, vraiment ?

— Je ne sais pas, répondit le vieux, contrarié.

Le théâtre n'était plus très loin.

Là, une foule les attendait, entre excitation et mécontentement. Et le spectacle ? Ils demandaient tous le spectacle.

— Et toi, demanda Gözlem tandis qu'ils s'installaient derrière le rideau, prêts à débuter leur représentation, tu as quelque chose à demander ?

Le châle

Ce soir-là, Antilogus ne dormit pas de la nuit. Il était obnubilé par l'offre du sultan, et en même temps terrifié à l'idée de l'avoir froissé, et par là même d'avoir compromis ses chances. Le sultan l'avait trouvé insolent et en effet, il l'avait été à deux reprises, à la seconde bien malgré lui. Est-ce qu'il allait devoir payer ce glissement de langage, cette maladroite ardeur ? Si le sultan leur pardonnait, que demander ? Quelque chose pour maintenant ? Quelque chose pour plus tard ? Quelque chose pour le présent, quelque chose pour l'avenir ? Quelque chose pour soi, quelque chose pour les autres ? Comment savoir, si jeune, ce dont il aurait le plus besoin ? Ce qui lui servirait le plus, dans l'existence, et qu'il ne pourrait se procurer autrement que par l'entremise du sultan ? Il se tournait et se retournait sur son pauvre matelas, rêvant d'un cheval blond à longue crinière, d'une maison comme celle où il avait grandi, ou d'une autre, plus belle encore, construite au bord du Bosphore. Il rêvait d'un manteau de fourrure pour l'hiver, d'avoir une cuisinière attitrée, mais alors il faudrait qu'elle lui parle espagnol. Et pourquoi pas un homme qui se chargerait de l'intendance de sa maison. Un vœu. Un seul vœu. Il fallait choisir. Et s'il demandait une pierre précieuse ? Il la vendrait et pourrait s'offrir et la maison et les services d'une cuisinière. Il se souvint du vieux rabbin. Comme il aimait discuter avec lui pendant des heures entières. Oui, c'était cela la bonne idée : il parlerait avec lui et lui demanderait son avis. Au petit matin, il se mit en route pour lui rendre visite.

Antilogus descendit tranquillement les ruelles de Pera, et lorsqu'il arriva dans le quartier de Galata, il contempla les maisons, la tour, la vie qui s'éveillait avec ses marchands ambulants déjà un peu de mauvaise humeur, les traits tirés par l'effort. Monter et descendre ces ruelles à longueur de journée, de mois, d'années, cela marquait un homme.

Il continua son chemin, jusqu'à trouver son kale, sa synagogue. Il entra. Des dizaines d'hommes et de femmes étaient couchés sur les bancs.

Il gravit deux par deux les marches du petit escalier qui donnait face au bureau du rabbin, poussa la porte. Quatre ans qu'ils ne s'étaient pas vus. Le visage du rabbin avait beaucoup vieilli. Son dos s'était un peu courbé.

— Mon vieux rabbin !

Le regard du vieil homme s'éclaira. Et aussitôt quelques larmes se mirent à perler de ses paupières. Il se leva. Ses yeux exprimaient une tristesse terrible, mais sa bouche continuait de sourire à celui qu'il connaissait depuis son premier jour.

— Dans mes bras, mon garçon !

Et Antilogus s'engouffra dans les bras du rabbin.

— Ça fait du bien de te voir.

— Que se passe-t-il ici ? Pourquoi est-ce que tous ces gens dorment en bas ?

— Parle-moi de toi d'abord. Assieds-toi. Est-ce que tu vas bien ?

— Je vais bien, rabbi. Je vais bien.

— Dieu bénisse.

— Dites, rabbi, qui sont-ils ?

— Ils n'ont nulle part où aller, ils ont tout perdu. C'est une calamité. Le sultan est fâché contre nous.

— Fâché ?

Et le rabbin lui raconta les ravages faits par Tzevi. À la suite de son apostasie, des dizaines de familles, persuadées qu'il fallait suivre son exemple, s'étaient converties à l'islam. Voilà que des Juifs avaient changé de prénom, de nom, de vêtements, changé de fréquentations, changé de lieu de culte. Ils avaient abandonné leurs patronymes juifs si fièrement rapportés d'Espagne dans leur exil, leurs prénoms qui signifiaient tant, leurs prières, leurs rites, pour en adopter d'autres, sans rapport aucun avec leur passé. Les femmes avaient changé leurs robes, leurs coiffes, et ceux de leurs bijoux et objets qui étaient « trop juifs » avaient été vendus ou donnés.

Tzevi ne s'était pas arrêté là. Remis en liberté, il avait entrepris une tournée dans les familles de convertis à l'islam, ceux qu'on appelait maintenant les *deunmés**, et leur avait ordonné de ne pas pour autant abandonner leur judaïsme. « Comment faire ? », lui avait demandé un père de famille. — Musulman à l'extérieur, juif à l'intérieur, avait répondu Tzevi.

La cuisine était le théâtre d'une immense confusion. Comment et quoi cuisiner désormais ? Et les fêtes ? Et quand circoncire les fils ? À huit jours, comme on l'avait toujours fait, ou à huit ans révolus ? L'important, est-ce que ce n'était pas le chiffre huit, commun aux deux religions, et qui semble porter en soi l'infini puisque la boucle tourne et se répète, indéfiniment ? Dieu merci le Prophète ne permettait pas que l'on mange du porc, cela facilitait déjà un tout petit peu les choses.

L'islam exige la mise à mort de celui qui, converti, souhaiterait revenir à sa précédente religion. Aussi ces histoires avaient-elles plongé le sultan dans le plus grand embarras. Comment pouvait-on s'inscrire dans les deux religions à la fois ? Il se sentait personnellement insulté et comptait bien le faire payer à ceux qui l'offensaient. Tzevi fut envoyé en exil sur une île des Dardanelles. Selon la loi, le sultan devait ôter la vie aux membres des quarante familles qui avaient choisi d'embrasser cette double vie. Mais son médecin avait réussi à contenir sa rage. Au lieu de la mise à mort, le padisha annonça que tous les Juifs seraient répudiés des postes de l'administration, et ordonna de ne plus commercer avec eux. Des Grecs et des Arméniens furent choisis pour remplacer les fonctionnaires juifs. Quant aux commerçants, ils ne recevaient plus aucune commande de l'État. Les femmes juives n'étaient plus admises au harem pour y vendre bijoux et parfums. Toute la communauté juive payait pour quelques-uns.

Le rabbin baissa les yeux.

— Que comptez-vous faire ? demanda Antilogus.

— Que veux-tu que nous fassions ? Nous n'avons plus d'argent, plus de travail.

— Ce n'est pas une raison. Il faut réagir, n'est-ce pas ? N'est-ce pas là ce que vous m'avez enseigné ? Que rien ne peut mettre un homme à terre s'il n'a pas décidé lui-même de sombrer ?

Le rabbin posa les yeux sur Antilogus.

— Tu étais mon meilleur élève.

— Peut-être que je le suis toujours, répondit Antilogus.

— Où vis-tu ?

— Dans un théâtre, derrière Pera. Je fais le tambourin pour le karageuz.

— Toi ? le tambourin ?

— J'y serai, si vous avez besoin de moi.

Le rabbin éclata d'un petit rire nerveux qui ne trahissait que détresse et fatigue.

— Rabbi, rabbi, si vous, le sage, aviez un vœu à formuler, quel serait-il ?

— De quoi parles-tu, mon fils ?

Antilogus éprouva une grande honte à n'avoir pas vu ce qui était sous ses yeux. Alors, il prit sa décision.

Gözlem, quant à lui, ne changea pas d'avis. Surtout, ne rien changer à sa vie, c'était là le secret pour rester un honnête homme. Une belle maison, et voilà qu'il aurait besoin de domestiques, de meubles et de tapis extravagants, qu'il se verrait obligé de se lancer dans de folles dépenses pour entretenir un train de vie inutile dont lui seul profiterait puisqu'il n'avait ni femme ni enfants. Non, ce n'était pas intéressant. Néanmoins, il était bien d'accord avec son apprenti que s'il refusait l'offre du sultan, celui-ci pourrait s'en offenser. Aussi décida-t-il de demander une chaise. Une bonne chaise comme les Européens en fabriquaient. Une bonne chaise bien confortable où il pourrait reposer son dos. Cela, ce n'était ni trop, ni trop peu.

Ainsi, le jour dit, à l'heure dite, les deux hommes se présentèrent au palais.

Le sultan, cette fois, les attendait dans son kiosque aux murs habillés de carreaux de faïence blanc, corail et bleu décorés de tulipes.

— Alors ? lança-t-il, impatient de satisfaire leur requête.

— Je voudrais une chaise, lança Gözlem. Une bonne chaise qui me repose le bas du dos et aussi le haut, et dans laquelle je puisse m'assoupir, en fin de journée, pour me délasser.

Le sultan éclata de rire.

— Une chaise ?

— Oui, une bonne chaise, répondit Gözlem.

Le grand homme éclata de rire à nouveau.

— Vous aurez votre chaise.

Puis il se tourna vers Antilogus.

— Et toi ? Je suis curieux de savoir ce qu'un jeune homme comme toi va me demander.

— Il n'y a rien d'autre que je souhaite aujourd'hui que le bien-être de ma communauté.

Le sultan se tourna vers lui.

— Les Juifs m'ont adopté, reprit Antilogus. Ils m'ont élevé et m'ont tout donné. Que je le veuille ou non, que je les fréquente ou que je ne les fréquente pas, je suis des leurs. Aussi, puisque j'ai l'immense privilège de me trouver devant vous, je voudrais vous demander, et cela sera mon vœu, clémence pour les miens.

— Cela, je ne te l'accorderai pas.

— Pourquoi ?

— Pourquoi ? Tu oses me demander pourquoi ? Parce que ton peuple m'a humilié aux yeux des autres puissances de ce monde ! Parce qu'il m'a fait passer, par le désordre qu'il a déclenché dans cette ville, pour une marionnette, un imbécile bien plus faible et naïf que ton Karageuz ! Quelqu'un qui feint d'avoir les choses en main, mais qui ne contrôle rien, absolument rien de ce qui se passe chez lui. Notre commerce a été paralysé, les échanges ont été freinés puis complètement arrêtés pendant deux années. Deux années ! Deux années durant lesquelles des étrangers sont passés par la ville, durant lesquelles ils ont écrit pour témoigner de ce qu'ils avaient vu. Une ville en désordre, aux étals vides, au commerce délabré ! Comme si cela ne me suffisait pas, l'Amérique.

— L'Amérique ?

Le sultan s'assit. La sueur perlait sur son front. Un page vint lui apporter un mouchoir de coton. Il le saisit brusquement et s'essuya le front puis l'ensemble du visage tout aussi brusquement. Après un long silence, il reprit, lentement, à voix basse.

— Nous étions le centre du monde, des épices, du commerce, et puis ils ont découvert l'Amérique, plus riche, moins chère que nous. Maintenant qui sommes-nous dans le grand schéma de cette terre ? Personne ! Je fais semblant, je fais semblant et ici tous me croient, mais la vérité c'est que moi, le grand sultan du grand Empire ottoman, moi, le descendant de Soliman le législateur, je n'ai plus aucun pouvoir sur le monde occidental que celui de ravir les dames des différentes cours d'Europe en leur faisant porter des loukoums ou des pistaches ! Tous se rient de moi désormais, parce qu'ils ont vu le bazar fermé, ils ont vu la pagaille et l'impossibilité de la maîtriser, ils ont vu que j'avais moins de pouvoir qu'un illuminé.

Son ton changea.

— Les tiens ont trahi ma confiance. J'aurais dû les condamner à mort ! Je ne l'ai pas fait. Je me suis dérobé devant la loi, et tous en ont conclu que j'étais un lâche, une mauviette. La voilà ma clémence ! Elle était là, ma clémence. Au lieu de les tuer, je leur ai confisqué leurs postes pour les confier à des sujets plus méritants. Ils devraient tous me remercier d'avoir pris leur travail plutôt que leur vie ! Et toi, petit imbécile, tu viens me narguer dans mon propre palais ? Je n'ai plus de clémence pour les Juifs !

Alors Antilogus tendit la paume de sa main. Dessus était posée une bague. Celle que lui avait donnée le sultan, il y a très très longtemps.

— « Si un jour tu as le moindre souci, commença Antilogus, écarlate de son audace, je te le promets, je viendrai à ton secours. »

Le sultan, contenant à peine sa colère, se tourna vers Gözlem.

— Tu auras ta chaise, ami. Va, maintenant.

Et le grand padisha s'éloigna, sans un au revoir pour le jeune homme.

— Que faudrait-il pour que vous nous pardonniez ? cria Antilogus.

Le sultan éclata d'un rire tonitruant.

Antilogus courut jusqu'à lui, le dépassa, se mit en travers de son chemin.

— Que faudrait-il, padisha, pour que vous leur pardonniez ?

— Ce qu'il faudrait, mon petit ? Il faudrait montrer aux Européens que je suis aussi fort qu'eux, les convaincre qu'ils ont encore besoin de mon empire. Autant essayer de faire parler un âne.

À nouveau, le sultan éclata de rire, de ce rire si caractéristique, bruyant et bref. Il repoussa Antilogus et poursuivit son chemin.

— Tout est fini maintenant, tout est fini, dit-il comme à lui-même, tandis qu'il s'éloignait. Il y a l'Amérique. Ils en rêvent tous. Qui est-ce qui peut se mesurer à un rêve ? Personne. Même pas nous.

Cette fois, les marionnettistes durent se débrouiller tout seuls pour traverser le Bosphore.

Un vent terrible s'était levé. L'embarcation était chahutée en tous sens. Les deux hommes se tenaient fermement. Gözlem regardait Antilogus. Il sentait déjà, avec l'instinct d'un parent, que son apprenti se préparait à filer. Pourquoi est-ce qu'Antilogus ne lui avait jamais dit qu'il était juif ? C'était un pacte tacite entre eux, ne pas se poser de questions sur le passé. Mais aujourd'hui les questions se bousculaient dans la tête du vieil homme. Il avait pris cet enfant sous son aile, mais il n'était pas le sien.

Enfin, ils posèrent le pied à terre. Il faisait froid maintenant. Très froid. Ils marchèrent silencieusement vers le haut de la colline.

— Je te rejoindrai plus tard, dit Antilogus à Gözlem à mi-chemin.

Quand le vieux leva les yeux vers lui, Antilogus avait déjà tourné les talons.

Le marionnettiste ajusta son col comme il pouvait pour se protéger des morsures du vent, mettant un pied devant l'autre. Une énorme masse nuageuse se pencha alors sur la ville pour l'assombrir et les premières gouttes commencèrent à tomber. Il y eut un orage, puis une averse torrentielle. Malédiction pour ceux qui ne possèdent pas de toit. Bénédiction pour la ville qui voit alors ses trottoirs d'un coup balayés, nettoyés de leur crasse et de leurs odeurs, pour quelque temps seulement.

La chaise

Antilogus raconta son entrevue avec le sultan. Le rabbin, assis devant lui, l'écoutait attentivement.

— Je pense que nous pourrions aller en Amérique.

— Comment ? Mais de quoi parles-tu ?

— Oui. Il faudrait y acheter des terres, développer des cultures, mettre en place un commerce de ces produits qu'on ne trouve que là-bas et dont les Européens raffolent.

— Mais nous n'avons rien. Nous sommes ruinés. Et tout ce dont tu parles, les Anglais, les Français, les Espagnols s'en occupent déjà depuis un moment.

— C'est justement pour cela que nous devons le faire. C'est notre seule chance. Il doit y avoir quelque chose, là-bas, que les autres n'ont pas encore découvert. Quelque chose d'extraordinaire qui pourrait changer le monde, modifier la donne entre les puissances. Pourquoi n'existerait-il pas, là-bas, une épice, un fruit, une pierre précieuse, quelque chose de si fabuleux que celui qui le posséderait posséderait tout ? Nous l'offririons au sultan, et alors il nous pardonnerait, et les choses redeviendraient comme avant.

Le rabbin, accoudé à sa table, laissa tomber sa tête entre ses mains.

— « Comme avant », c'est hélas quelque chose qui n'existe pas. Disons que nous pourrions retrouver un certain bien-être. Mais le mal est fait, hélas. Tes idées sont séduisantes, Antilogus, mais je crains qu'elles ne soient pas réalistes. Nous arrivons après les autres. Je crois qu'il est trop tard pour prendre une initiative de ce genre.

— N'est-ce pas vous qui m'avez appris qu'il n'est jamais trop tard pour vouloir inverser le cours des choses ? La communauté n'est-elle pas en danger ? reprit Antilogus.

— Elle l'est, en effet.

— Alors, il n'y a pas à réfléchir. Il faut agir.

Le rabbin leva les yeux vers le jeune homme. Le regard d'Antilogus brillait par sa détermination, son expression dégageait une fougue et une force prêtes à tout surmonter.

— Parlez-en autour de vous, insista-t-il.

— Qu'est-ce qui te dit que l'on pourrait mener cette expédition à bien ? Nous serions une goutte d'eau dans l'océan !

— Encore une fois, rabbi, tout simplement parce que nous n'avons pas d'autre choix.

Puis Antilogus repartit en direction du théâtre. La pluie avait cessé ; l'air était maintenant imprégné d'une odeur de terre mouillée. Et cette odeur en dégageait déjà d'autres, celle du bois, celle du cuir, qui venaient se mêler harmonieusement à l'iode de la mer de Marmara. Odeurs si chères à son cœur d'enfant. Il aurait pu se nourrir seulement de cela, des odeurs de la ville après la pluie, tant elles le réconfortaient, lui rappelaient Esther, Nissim, son enfance, sa maison. Tout à coup, il eut envie de rentrer chez lui, et il se mit à courir. Antilogus avait offensé son père, il l'avait blessé. Le moment était venu de s'excuser. Quel âge avait Nissim, à présent ? Ce devait être un vieil homme. Presque quatre années qu'il ne l'avait pas vu. D'urgence le prendre dans ses bras, et lui demander pardon.

Arrivé devant sa maison, Antilogus sentit un délicieux fumet de cuisine. Rassuré, il laissa échapper un soupir de satisfaction. Ainsi Nissim était vivant, ainsi Nissim avait pris une cuisinière. Il poussa la porte, solennellement. Sa maison. Comme il avait envie de se retrouver chez lui ! Il demanderait pardon à son père. Il tomberait dans ses bras. Ils parleraient longuement d'Esther, de Karageuz, de ce qu'étaient devenus les parents de Vida. Ils avaient tant à se raconter.

Mais c'est une autre famille qu'il trouva dans ses murs. Un père, une mère, trois petits enfants qui couraient en tous sens, deux plus grands, une cuisinière.

Devant leur surprise, il se présenta. On lui porta un verre d'eau fraîche.

Ils lui racontèrent qu'ils vivaient là depuis neuf mois. Le précédent propriétaire leur avait vendu la maison pour rejoindre Smyrne où vivaient ses frères. Il leur avait dit n'avoir plus aucune raison de rester dans la ville, d'autant que ses affaires allaient mal. Antilogus était abasourdi. Il lui avait semblé que quoi qu'il dise à son père, son père resterait toujours son père, et sa maison resterait sa maison, et qu'il pourrait toujours y revenir, n'importe quand. S'il ne l'avait pas encore fait, c'était aussi à cause de cette conviction-là : qu'ils seraient, sa maison et son père, toujours là, toujours prêts à l'accueillir. Éternels.

Le père avait disparu et la maison appartenait à d'autres. Antilogus reconnaissait chaque pièce, chaque recoin, chaque poutre et chaque tommette du sol, et cela le bouleversait. Sa maison. Là où il avait appris à marcher, à vivre, là où Esther l'avait tenu dans ses bras, l'avait bercé, embrassé, là où elle lui avait chanté des chansons, là où ils avaient célébré les fêtes, dans la douceur, dans la liesse, les unes après les autres, au gré des saisons. Sa maison n'était plus à lui. Il demanda l'autorisation de monter dans ce qui avait été sa chambre. Elle avait été arrangée autrement. Il s'approcha de la fenêtre.

La madre lui annonça que la maison d'en face n'était pas habitée. Il s'y était passé, lui avait-on dit, des choses horribles, cela se savait, et aucune mère ne voulait plus y vivre, et encore moins y élever ses enfants. Tout à coup, Antilogus pensa à sa guitare. Il se retourna. Le coffre était toujours là. C'était un miracle. Il s'agenouilla, caressa le bois sombre. Ce coffre, son père l'avait fabriqué pour lui. Voilà qu'il le trouvait beau. Quel travail magnifique. Est-ce qu'il avait songé, enfant, à le regarder, ne serait-ce qu'une fois ? Il l'ouvrit, délicatement. Il était plein de vêtements qu'il ne connaissait pas.

Alors il le referma, doucement, et il se leva. Lorsqu'il se retourna, la femme tenait dans ses bras sa guitare.

— C'est cela que tu cherches ?

Oui, c'était cela qu'il cherchait, quelque chose qui le rattache enfin à son passé, quelque chose qu'il puisse emporter avec lui, quelque chose de physique, qui ne soit pas qu'un souvenir, n'importe quoi, mais quelque chose. Alors la madre lui tendit l'instrument. Il la remercia, puis il descendit le petit escalier. Elle lui proposa à manger, mais il refusa poliment.

— Vous avez été heureux ici ? demanda-t-elle tandis qu'il s'apprêtait à sortir de la maison.

— Nous avons été si heureux que je ne pourrais même pas vous le raconter.

Et une dernière fois il posa sa main sur le mur de pierre. La nuit tombait à présent. Il pivota légèrement.

— Vous permettez ? demanda-t-il, pour la forme.

Et il monta sur sa petite échelle. Elle était beaucoup trop petite maintenant. Il avait tellement grandi. Il s'y assit, plaça ses doigts sur sa guitare. Ferma les yeux. Et il joua la mélodie qu'il avait composée pour Vida.

Toute la famille était sortie pour l'écouter. Peut-être marquerait-il la mémoire d'un de ces enfants comme le souvenir du joueur de Balat avait marqué la sienne.

Lorsque le morceau fut fini, il descendit de l'échelle. Il contempla un instant le figuier du cortijo, son figuier, leur figuier. Il en détacha une feuille, une grande feuille comme une main et il la glissa à travers les cordes, dans le cœur de la guitare.

Puis il remercia, et partit.

Le rabbin avait raison. Rien, rien, jamais, ne peut redevenir comme avant. Même en fermant les yeux. Même en y mettant tout son cœur et toute son imagination. Même en y ajoutant le son ou les parfums. Le chemin devant soi est un chemin toujours nouveau.

Lorsqu'il arriva au théâtre, il trouva Gözlem assis sur l'un des bancs où, d'habitude, s'installait le public. Ses vêtements étaient encore trempés. Il n'avait pas pris la peine de se changer.

Anti vint se poser à ses côtés.

— Ils ont besoin de toi ? demanda le vieux.

— Je ne sais pas s'ils ont besoin de moi, mais je veux être sûr de faire tout mon possible pour eux.

— Nous sommes qui nous sommes, lança le Turc.

Antilogus se tourna vers lui.

— C'est cela qui est tragique, c'est cela qui est beau, reprit le vieux. Bien sûr nous pouvons changer un nombre considérable de choses dans notre vie, notre façon de faire, de dire, de penser. Mais nous sommes qui nous sommes. Quand partiras-tu ? demanda-t-il. Préviens-moi juste un peu avant, que j'aie le temps de te trouver un remplaçant.

Les deux hommes se regardaient dans le blanc des yeux.

Je dis ça, mais je le sais, bien sûr : personne ne pourra te remplacer. On ne remplace jamais quelqu'un qu'on aime. Nous le savons tous les deux, mais nous n'en dirons rien, pour ne pas rendre ce moment plus éprouvant encore. C'est le pacte entre nous. Je le sais, tu le sais. Nous savons et nous nous taisons. Mais nos cœurs, sous l'armure de la retenue, battent. Je perds un fils, tu perds un père. Bien sûr, il y aura quelqu'un, la vie est faite de rencontres. Mais est-ce qu'il sera comme toi ? Bien sûr que non. Je t'ai vu grandir. Tu étais un enfant. Maintenant, tu es un homme. Est-ce que ce n'est pas toujours comme ça lorsque les enfants quittent la maison ? Il faut les laisser partir, surtout. C'est ça. Je dois te souhaiter bonne chance. Prier qu'il ne t'arrive rien de mal. Supplier ta bonne étoile de te protéger comme je voudrais le faire si je partais à tes côtés.

Je ne te dirai rien de tout cela, mais juste bonne chance, Anti. Va vers toi, fils, c'est cela que tu dois faire, maintenant. Ne t'en fais pas pour moi. Va vers toi, fils, vas-y.

— Tu vas aller en Amérique, n'est-ce pas ?

Antilogus hocha la tête.

— Ça se pourrait bien.

Et Gözlem éclata d'un rire trop fort pour être celui d'un homme heureux.

— Allez, on va se promener. Je t'emmène quelque part.

— Et le théâtre ?

— Ils peuvent bien attendre.

Antilogus resta là, un instant, à contempler le drap blanc derrière lequel s'était jouée, chaque jour et chaque soir depuis quatre ans, l'histoire de Karageuz, d'Hadjivat et du reste de la troupe.

Puis les deux hommes se mirent en route.

La rosée

Combien de fois Gözlem était-il monté sur l'estrade du café pour raconter aux hommes sa vision de l'Amérique ? Gözlem imaginait l'Amérique comme le jardin d'Éden. Des arbres fruitiers à perte de vue. Des rivières riches des poissons colorés les plus extraordinaires, certains dotés d'ailes de papillon multicolores. Des fleurs comme jamais l'Empire n'en possédera jamais : des fleurs qui changent de couleurs selon la saison, qui s'habillent d'un manteau l'hiver, d'un simple voile l'automne, de fil d'or au printemps et qui, l'été venu, fabriquent un pistil au bout plat qui leur sert d'ombrelle. Des fleurs plus belles encore que les tulipes du sultan. Des fleurs à larges pétales qui respirent et vivent comme des jeunes femmes, se courbant dans un sens ou dans l'autre selon qu'elles ont eu une nuit étoilée ou pluvieuse. D'autres fleurs qui murmurent des mélodies apprises par les oiseaux. Des arbres grands et forts, trapus, aux racines bien ancrées dans le sol, et intimement liées les unes aux autres, de sorte que tous les arbres soient comme des frères. Des terres prospères et généreuses. Une nature heureuse, sereine et un ciel immense, plus grand que tout ce que l'on peut imaginer.

— Le ciel est le même partout, répliquait immanquablement le cafetier.

Ces soirs-là, il se sentait malheureux. Dérouté par la certitude de n'avoir, malgré les efforts conjugués de son imagination et de sa troupe de marionnettes, qu'une vie à vivre, le maître karageuz pleurait. Pour lui et pour les autres. Que sauraient les hommes du monde et de ses merveilles s'ils ne pouvaient pas les voir ? Le monde était trop vaste. Et les hommes trop fragiles. Que sauraient-ils les uns des autres, eux qui avaient à peine le temps d'assurer leur subsistance et celle des leurs ? La pensée que tous ces hommes qui avaient tant à s'apprendre et tant à partager ne puissent pas le faire l'attristait profondément. Un jour, peut-être, cela changerait.

Alors, de retour dans son théâtre, il s'asseyait au chevet de son apprenti. Anti dormait à poings fermés.

— Toi, tu ne moisiras pas ici. Tu partiras, hein ? Tu partiras je te dis. Il y a un monde à voir, des fleurs à sentir, des fruits à goûter, des paysages fabuleux à découvrir. Tu seras courageux, tu iras, hein ? Tu iras. Même si je ne veux pas que tu partes, hein ? Il faudra que tu partes un jour.

Antilogus ne se réveillait jamais, alors, chaque fois, le vieux partait se coucher.

Et voilà que maintenant, Anti allait partir. Pour de bon.

Les deux hommes marchaient, côte à côte, silencieux, dans les ruelles.

Le marionnettiste était bouleversé. C'était sa faute ! À lui parler dans son sommeil, à évoquer, tous les soirs, les terres lointaines, à l'encourager à partir voir le monde, il lui avait transmis ses rêves de voyage. « Tu ne peux pas dire une chose et en penser une autre, se répétait-il maintenant à lui-même. Si tu crois que cet enfant fait bien de partir, pourquoi es-tu triste au fond de toi ! Tu souhaites qu'il parte et tu veux qu'il reste ! Allez, arrête de te torturer. Il est bon qu'il s'en aille. Oui, il y aura des dangers. Il y a toujours des dangers. Même la fille du grand sultan, celle qu'il avait installée sur une île pour que les scorpions ne l'atteignent pas, en a trouvé un dans son raisin, et elle en est morte. Il n'y a aucun lieu hors de danger. Il saura l'affronter, parce qu'il est fort, intelligent, parce qu'il est un jeune homme bon et que Dieu le sait, Dieu l'a vu, Dieu sait lire dans les cœurs et les âmes. »

— Quelque chose ne va pas ? s'était inquiété Antilogus.

— Tout va très bien, pourquoi me demandes-tu cela ? répondit le vieux, surpris de s'être trahi.

— Depuis qu'on a quitté le théâtre tu ne dis rien, et tu fais des bruits bizarres.

— Ah bon ?

— Oui, tu grognes et puis tu soupires, et tu marmonnes.

— Oh, ce n'est rien.

Et le maître ferma son poing et le cogna deux fois contre son vieux crâne.

— Il s'en passe des choses là-dedans, que veux-tu.

Les deux hommes continuèrent la promenade, silencieusement. Qu'avaient-ils besoin de se dire ? L'un était inquiet du départ de l'autre, l'autre était inquiet de ce que deviendrait le premier. Mais à quoi bon échanger les inquiétudes. Il valait bien mieux se taire, et partager les instants d'amitié qui leur restaient.

Ils marchèrent pendant une bonne heure encore, longeant les murailles. Puis Gözlem conduisit Antilogus vers un jardin si fleuri, si vert et si coloré qu'il semblait tout droit sortir de l'imagination de Dieu.

Il y avait là un tout petit banc de pierre. Ils s'y assirent.

— Écoute-moi, Anti. Ce que je vais te dire là est important. Il faudra que tu t'en souviennes. Chaque fois que tu te poseras une question, chaque fois que tu auras un choix à faire, quelque chose d'important, qui te dépasse, qui t'effraie, rappelle-toi de cela et utilise-le. Vois-tu, il arrive que l'on ait besoin de prendre une décision et qu'on ne sache pas quoi faire. Naturellement, on cherche à raisonner, mais quelquefois le raisonnement ne nous aide pas. On se tourne alors vers le hasard, les signes que l'on interprète comme ceci ou cela, ou bien encore on se tourne vers les autres, pensant qu'ils auront un point de vue sur la question, et comme nous ne sommes pas sûrs de grand-chose, nous accordons une valeur démesurée à leur réponse. On s'imagine toujours que les autres comprennent tout mieux que nous. Mais je vais te dire quelque chose, Anti, ils font semblant, c'est tout. Alors écoute bien ceci. En vérité, la seule personne qui pourrait te donner une réponse serait celle qui aurait exactement la même histoire que toi, la même route, la même culture, la même expérience quotidienne des choses que tu as vécues, et qui, en même temps, aurait du recul par rapport à ces événements. Qui a vécu ce que tu as vécu ? Personne. Celui qui dit te comprendre, c'est un naïf, ou un escroc. La seule personne, le seul être qui puisse se mettre complètement et totalement à ta place, dans la situation que tu vis à un instant précis n'existe pas. En tout cas, pas physiquement. Ce que je voudrais te dire c'est que... c'est en toi qu'il faudra chercher les réponses. Et seulement en toi. Vois-tu, chaque être humain possède en soi toutes les réponses. Toutes, je dis bien toutes. Simplement, il ne sait pas qu'elles sont là, cachées en lui. Il ne sait pas où les trouver. Il y a en toi une force qui veut t'aider, qui t'aime, une force bienveillante qui te vient d'avant, d'avant même ta naissance. Cette force, vois-tu, ne souhaite que ton bonheur. Et pour elle ni le temps, ni la distance ne comptent. Elle sait tout, elle voit tout. Elle voit l'avenir, elle connaît le passé. Elle est infaillible. Cette force, derrière laquelle se cachent peut-être des hommes, des femmes, tes ancêtres, est une armée à ton service. Elle forme ton instinct. Elle veille sur toi. Elle te protège. Alors, voilà ce que je t'apprends, moi, c'est qu'elle est là, et que tu peux l'appeler si tu en as besoin. Tu peux l'appeler à ton secours. Parce que lorsqu'on l'appelle, elle vient. Elle vient toujours. Elle n'existe que pour cela, te venir en aide. Alors, qu'elle vienne aujourd'hui, qu'elle surgisse du plus profond de ton âme, de ton corps, de tes entrailles, pour te montrer qu'elle est là, pour te montrer que, quoi qu'il advienne, tu n'es jamais seul, tu es protégé. Ferme les yeux.

Antilogus sentit tout à coup une douleur dans la jambe droite. Puis c'est son estomac qui fit un bruit étrange. Sa main gauche sursauta. Son oreille se mit à bourdonner.

— Elle est là pour te donner le souffle de vie et la force dont tu as besoin pour accomplir ta destinée.

Antilogus sentit alors un puissant souffle d'air chaud remonter le long de sa colonne vertébrale. Et tout à coup, il lui sembla que son corps était pris dans un tourbillon si fort qu'il s'agrippa au banc, de peur de se retrouver projeté en un ailleurs mystérieux et lointain. Puis, petit à petit, la sensation s'apaisa.

— Nous ne sommes pas seulement nous-mêmes, Anti. Alors le voilà, mon cadeau d'au revoir. Lorsque tu auras une question dont tu ignores la réponse, ferme les yeux, et va au plus profond de toi.

— Et la réponse viendra ?

— Elle ne viendra pas forcément avec des mots, mais elle viendra.

— Qu'est-ce que c'est que ce souffle que j'ai senti remonter le long de ma colonne vertébrale ?

— C'est ta force de vie, Anti. Ta force de vie. Tu peux ouvrir les yeux maintenant.

Les yeux d'Antilogus couraient sur le panorama sublime, les collines, les minarets, le Bosphore.

— D'où vient chaque goutte de ton sang, d'où vient chaque infime partie de toi, de ta chair ? Il y a eu des êtres, avant toi, et ils ont vu, et ils ont vécu, et ils ont une mémoire, et cette mémoire va d'arrière en avant et d'avant en arrière. Il n'y a que nous pour penser que les choses vont dans un sens précis, parce que les choses vont dans tous les sens. Ta mère est en toi, bien sûr, ta mère te porte. Mais tu portes ta mère. Tu portes en toi son ventre qui te portait. Tout cela est invisible. Mais tout cela est bien là. Séparer, c'est juste l'affaire des corps. Jamais celle des âmes.

— Comment est-ce que tu sais tout ça ?

Le vieil homme prit un air malicieux.

— Je m'occupe d'un théâtre, moi aussi.

Puis il se leva.

— Allons, assez parlé. Viens, je t'emmène manger la meilleure glace de toute la ville. Je suis sûr qu'en Amérique ils n'en ont pas d'aussi bonnes que chez nous !

Le bateau

Il n'y avait plus un bruit dans la synagogue. Les membres les plus influents de la communauté étaient réunis. Certains étaient venus avec leurs femmes. Le rabbin avait fini d'exposer le projet.

— Ça n'a aucun sens, cria un homme.

— Ne critiquons pas l'esprit d'initiative, s'il vous plaît, répondit un autre.

— Mais comment financerons-nous l'expédition ?

— Chacun de nous pourrait donner ce qu'il a.

— Le peu qu'il nous reste ?

— Plus personne n'a de bijoux !

— Les femmes n'ont plus que leurs alliances, et peut-être, pour les privilégiées, une paire de boucles d'oreilles.

— Si chacune donnait son alliance et une paire de boucles d'oreilles, ce serait déjà bien. Les hommes pourraient donner de l'argent, ou quoi que ce soit qui ait de la valeur.

— Personne n'a plus rien ! Quand bien même chacun viderait le fond de ses poches, cela ne suffirait pas.

— Cela suffirait, reprit le rabbin, parce que nous n'affréterions pas un bateau. Nous enverrions l'un des nôtres. Là-bas, il jetterait les bases d'un commerce qu'il ferait prospérer. Puis, une fois les affaires solidement établies, il pourrait revenir en avertir le sultan et lui offrir cette terre, ces richesses.

— Pourquoi ne pas les garder pour nous, si c'est notre argent que l'on investit ?

— Ou le donner directement au sultan ?

— Le sultan ne veut pas de notre argent.

— Moi je n'y crois pas, lança l'un des piliers de la communauté.

— Dans ce cas, reprit le rabbin, nous prenons le risque de finir persécutés comme nos frères de Pologne. Vous savez bien ce qu'il advient lorsqu'un gouvernement cesse de nous soutenir et de nous protéger.

L'assemblée, à ces mots, avait poussé de longs soupirs.

— Personne ne veut cela, cria un homme.

— Alors il faut faire quelque chose. La question que je pose est : pourquoi pas cela ? lança le rabbin.

— Il a raison, déclara quelqu'un. Si personne n'a d'autre idée, c'est cela qu'il faut faire.

— Comment un seul homme pourrait se rendre maître d'un monde ? cria un autre.

— Il ne s'agit pas de se rendre maître d'un monde mais de découvrir quelque chose, quelque chose d'aussi extraordinaire que le sucre, ou l'or, ou la girofle et, à partir de cette découverte, de développer son influence pour ensuite l'offrir.

— Pourquoi ne pas plutôt partir tous en Amérique ? intervint une femme. Pourquoi ne pas nous établir là-bas, s'il existe encore des terres vierges.

— Elle a raison ! Établissons-y notre Terre promise !

Alors, l'assemblée tout entière se tourna vers le dernier qui avait parlé. Il y eut un silence pesant.

— Nous voulons rester ici. Nous sommes des Turcs, nous n'avons rien à faire ailleurs, rien. Nous sommes nés ici et nous mourrons ici. C'est notre patrie. Elle nous a accueillis, elle est devenue notre mère Que Dieu la bénisse, parce que nous n'en voulons pas d'autre !

Et tous applaudirent celle qui avait parlé.

— Dieu bénisse le sultan, Dieu bénisse l'Empire ottoman, criaient les uns et les autres.

Le calme revint peu à peu.

— Est-ce que tout n'a pas été découvert par les Anglais, les Espagnols, les Hollandais ou les Français ? demanda quelqu'un.

— Personne ne sait jusqu'où va cette terre. Il y a certainement encore une place à prendre.

— À supposer que cette expédition vaille la peine, qu'elle nous rachète au yeux de l'Empire, lequel d'entre nous serait assez fou pour partir ? Mesdames, chères mères, laquelle d'entre vous serait prête à laisser partir son enfant, à prendre le risque de ne jamais le revoir, parce qu'il y a un risque, n'est-ce pas ?

À ces mots, quelques-unes d'entre elles perdirent connaissance.

— Il faudrait un homme qui n'ait ni père ni mère, un homme qui n'ait ni femme, ni enfants, lança une femme.

— Et qui soit fort, fort comme plusieurs hommes, reprit une autre.

— Et déterminé aussi. Un homme qui résiste aux épreuves d'une traversée et à celles de l'isolement. Un homme qui n'ait rien à perdre.

— Et tout à donner !

Il y eut soudain un grand silence dans l'assemblée.

— Cher rabbi, s'exclama un vieil homme, ton idée n'est pas mauvaise mais l'homme dont tu rêves n'existe pas. Nous avons tous des familles, des enfants, et personne n'est prêt à sacrifier un enfant pour un projet aussi périlleux.

Antilogus monta alors sur l'estrade.

— Lui, il n'a pas de mère ! cria une femme.

— Pas de père ! renchérit une autre.

— C'est un enfant adopté !

— Vous n'avez pas le droit de dire cela, s'insurgea le rabbin.

— Elles ont raison, dit Antilogus. Je ne suis pas votre frère, votre fils, votre cousin ou votre neveu. Et pourtant, c'est à moi que vous avez choisi de sauver la vie, et d'accorder la clémence et le bonheur d'une famille, il y a dix-sept ans. Je n'ai pas oublié. Non, je n'ai ni père ni mère. Et pourtant, Esther, Nissim, je les aimais comme des parents. Et je les aime encore. Et personne dans mon cœur ne pourra jamais les remplacer. Ne craignez rien, mères, vos enfants resteront à vos côtés. C'est moi qui partirai. Personne ne souffrira de mon absence. Je n'assommerai personne de peine à mon départ. En cela, je partirai plus libre et plus fort qu'aucun autre. Je partirai et je ferai du mieux possible. Je n'écouterai ni la peur ni les maux qui peuvent assaillir le corps ou l'âme d'un homme. Je serai courageux parce que je vous le dois. Je serai fort et je tâcherai d'être malin. Bien sûr je n'ai pas l'expérience des affaires. Qu'ai-je fait de ma vie jusqu'à présent ? Manipuler un tambourin, lustrer des marionnettes ? Mais je serai éclairé par votre confiance et par la mission sacrée de vous tirer de ce mauvais pas.

— Que feras-tu exactement ? l'interrompit quelqu'un.

— Je commencerai par étudier la façon dont les Anglais ou les Français qui ont réussi là-bas ont développé les cultures. J'apprendrai d'eux et j'appliquerai leurs méthodes.

— Tu les auras alors pour ennemis, puisque tu seras leur concurrent.

— Peut-être. Et peut-être pas. En vérité, il est très difficile de répondre à vos questions, parce que je ne sais pas grand-chose pour le moment.

— Nous avons essayé de nous renseigner, continua le rabbin, seulement personne ne sait vraiment ce qui se passe là-bas. Il y a des rumeurs, mais elles sont vagues. Il existe des témoignages écrits, mais le temps de nous les procurer il se sera écoulé une demi-année.

— Cette entreprise peut paraître folle, reprit Antilogus, pourtant elle ne l'est pas. Avec l'argent recueilli, je pourrai acheter des terres.

— Alors tu es prêt à rester là-bas ?

— Le temps qu'il faudra pour que votre investissement porte ses fruits.

— Et si tu t'y plais et que tu décides de ne pas revenir, est-ce que tu y as pensé ? Que deviendra notre investissement ?

— Je m'engage vis-à-vis de vous, ma communauté. Si je restais là-bas, je devrais vivre chaque jour avec ma conscience, avec la pensée que je vous ai trahis, que j'ai trahi votre confiance.

— Et si quelqu'un te tue ?

— Si quelqu'un me tue, eh bien... je serai mort.

On entendit quelques rires dans l'assistance.

— Mais enfin, pourquoi partir si loin ? demanda une vieille femme.

— Si vous avez une autre idée, je veux bien l'entendre, dit le rabbin. Nous tenons là un jeune homme plein de vie qui est prêt à tout risquer pour nous, je ne crois pas que nous devrions lui parler sur ce ton. Nous ferions mieux de l'aider à mettre en place ce voyage qui ne sera pas de tout repos. Je vous rapppelle que, depuis quelques années, les choses ne vont pour nous qu'en se dégradant. Je vous demande si, oui ou non, vous êtes prêts à participer, tous autant que vous êtes, à ce périple. Bien sûr, il comporte des risques. Bien sûr, il n'est pas garanti que nous réussirons. Mais si nous n'essayons pas, comment le saurons-nous jamais ? Écoutez-moi. Nous avons été suffisamment divisés ces dernières années. Revenons à l'unité, et soutenons ce projet. Alors, le plus simplement, je vous propose de voter. Que ceux qui sont pour cette tentative lèvent la main.

Le rabbin monta sur l'estrade pour voir tous les présents et les compter.

Quelques mains se levèrent parmi les deux cents personnes qui occupaient les lieux. Puis d'autres, et d'autres encore.

— Le projet m'a paru déraisonnable au début, mais j'y ai réfléchi, et c'est là notre seule chance. Antilogus est prêt à courir le monde pour vous, à risquer sa vie pour sauver la vôtre, et c'est comme ça que vous le remerciez ? Vous ne le connaissez pas beaucoup, je comprends. Mais écoutez ceci. Ce garçon est comme mon fils. Il est arrivé ici, les hommes s'en souviennent peut-être, un chabbat. Il venait de naître. C'était un bébé. Je l'ai vu grandir, et au début c'est moi-même qui lui ai appris à lire, à compter et à s'interroger. Alors je sais qui il est, vous m'entendez ? Je sais qu'il fera ce qu'il dit qu'il fera. C'est un jeune homme honnête, courageux et de bonne volonté.

Le nombre de mains levées augmenta. Quelques minutes encore et toutes les mains étaient en l'air.

Dès le lendemain, une collecte fut organisée. Ceux qui n'avaient plus rien vendirent jusqu'à leur chemise pour participer. Les femmes ôtèrent en soupirant leurs boucles d'oreilles, leurs bracelets, leurs bagues. Celles qui avaient pris trop d'embonpoint et ne parvenaient pas à les enlever se les firent patiemment couper à l'aide d'une lime de métal. On se défaisait d'un chandelier, d'une timbale, d'une assiette ou d'un morceau d'étoffe. Et cela donnait lieu à des pleurs, des déchirements, des batailles entre époux. Chaque bijou ne représentait-il pas une naissance ou un autre événement heureux ? N'était-il pas le cadeau laissé par un parent tant chéri ou le dernier vestige d'une richesse à jamais évanouie ? Dès lors, comment s'en défaire sans avoir le cœur un peu serré ? « Si nous le donnons, nous n'aurons plus rien ! » disait l'un. « Si nous le donnons pas, nous nous condamnons », répondait l'autre. Il fallait se mettre d'accord sur ce que l'on donnerait. Bien souvent, la question ne se posait même plus : il ne restait plus rien de valeur dans la maison. Ils étaient tous pauvres, maintenant. « Il le faut, pour nos enfants, pour l'avenir de notre communauté », martelaient ceux qui passaient dans les maisons pour la collecte. Ces hommes n'avaient pas la tâche facile. Sitôt qu'on leur avait remis les objets, les étoffes, les bijoux, les femmes perdaient connaissance ou s'affalaient sur un canapé en pleurant. Le rabbin lui-même avait donné sa coupe en argent massif qui servait à la prière du kiddouch. Sara avait en vain supplié son époux de la garder.

— Pourquoi as-tu fait ça ? lui demanda-t-elle.

— Parce que l'avenir est plus important que le présent, avait répondu le vieil homme, et qu'il mérite que l'on fasse des efforts.

Après une semaine de collecte une grande vente ouverte à tous les habitants de la ville fut organisée. Cette vente attira du monde, et de toutes les communautés. D'un côté on pesait l'or, de l'autre, on discutait le prix du carré de soie damassée. Antilogus lui-même vendit sa guitare à un diplomate français. Il se contenta de dire que c'était une authentique *guitarra* espagnole. À la fin de la journée, les vendeurs qui, pour l'occasion, s'étaient surpassés dans l'art de la négociation, avaient récolté une petite fortune. La décision fut prise de changer tout cet argent en or, en perles et en pierres précieuses. Des vigiles se relaieraient jour et nuit pour veiller sur le trésor.

Alors commença véritablement l'éducation d'Antilogus. On lui montra les cartes dont on disposait pour lui donner quelques notions de géographie. Il découvrit les contours de la Méditerranée, apprit le nom des pays. On entreprit de lui enseigner les bases de l'anglais et du français. On lui fit rencontrer un marin, qui lui apprit à se repérer par rapport au soleil et aux étoiles et lui inculqua quelques notions de natation. Exercice qu'Antilogus répéta, harnaché à une corde accrochée au plafond. Ses dents furent regardées de près, et par précaution on arracha l'une d'entre elles, un peu gâtée. On vérifia l'état de son dos, de ses jambes, de ses pieds. Il fut ausculté par l'un, puis l'autre, et abreuvé de recommandations. Puis ce fut le tour de ses yeux, de ses oreilles. Le médecin fut chargé de lui fabriquer une petite mallette de secours, qui contiendrait de quoi soigner les maux les plus courants du voyageur. On commanda des bas de laine ainsi que de hautes bottes de cuir souple et bien solides. Il lui fallait des vêtements chauds, mais légers. Les tailleurs choisirent de mélanger les poils de chèvre du cachemire à la soie chinoise et de lui tisser, dans cette matière nouvelle, des chemises de corps qui sauraient bien retenir la chaleur et ne pèseraient guère plus qu'un voile de coton. Quant au manteau dans la doublure duquel on coudrait le trésor, on commençait déjà à le couper.

Le velours

En attendant le grand départ, Antilogus était logé au domicile du rabbin. Les hommes et les femmes de la communauté se succédaient pour venir lui dire un petit mot, le couvrir de bénédictions – ou de menaces, s'il échouait. Une femme lui apportait un fruit. Une autre un pain. Celle-ci racontait que pour gagner de quoi subsister son mari devait se rendre, chaque jour, sur l'autre rive, en Anatolie. Il rentrait à la nuit tombée, si bien qu'on ne prenait plus aucun repas en commun, et la vie de famille s'en ressentait. « Tu vas réussir, n'est-ce pas ? Tu nous reviendras avec de bonnes nouvelles, et tout rentrera dans l'ordre, et mon mari pourra rouvrir son échoppe, en bas de chez nous, comme autrefois, et mes fils l'y aideront, et nous serons à nouveau réunis ? »

Un enfant venait lui donner de la part de ses parents une petite fiole d'huile d'argan, un autre lui apportait des olives. Puis un vieillard le mettait en garde, lui racontant d'atroces histoires de têtes coupées et de membres déchiquetés. « Mais toi, toi ils ne te tueront pas parce qu'ils verront que tu es le plus fort. Tu es le plus fort, n'est-ce pas ? »

Puis c'était au tour des enfants. Ils l'entouraient et lui posaient mille questions. Antilogus s'en amusait, mais leur répondait honnêtement qu'il ne pouvait pas encore leur apprendre quoi que ce soit. « Nous penserons à toi chaque instant que tu seras parti, lui avait dit une jeune fille d'à peine treize ans. Que cela te donne de la force et de la détermination. » Et elle était sortie, le visage un peu trop rouge.

On le couvait comme une femme enceinte, on l'adorait déjà comme un héros. Les jeunes femmes rêvaient de lui, les petites filles se juraient de devenir belles pour lui. Celles que la nature avait omis de gâter voyait en ces quelques années d'absence – car c'est à quelques années que l'on évaluait la mission du jeune homme – l'opportunité d'embellir, pour pouvoir lui plaire, à son retour. Les mères encourageaient leurs filles et les pères les rassuraient.

— Il reviendra et il t'épousera.

À l'idée de rater leur chance avec Antilogus, les jeunes filles ne voulaient plus se fiancer. Des chamailles éclataient entre familles. « Ma fille ne veut plus épouser ton fils, entendait-on maintenant fréquemment dans les maisons. – Et pourquoi cela ? – Parce qu'elle espère épouser Antilogus. » Voilà que la folie s'emparait de la ville. Il fallait à tout prix être associé à ce héros. Le fait qu'il soit d'une beauté toute grecque ne gâchait rien. Et les hommes, à vrai dire, commençaient à en prendre ombrage. Même les mères de famille, irréprochables jusque-là, laissaient paraître quelques signes de trouble, lorsque, dans la rue, elles croisaient le jeune homme. Ses boucles lui arrivaient maintenant jusqu'aux épaules. Ses grands yeux ourlés de cils bruns lui mangeaient le visage. Il n'avait même pas besoin de sourire. Il lui suffisait d'être tel qu'il était. Son corps, que l'on pouvait deviner grand, long, musclé, doré par le soleil, faisait trembler à peu près chaque femme qu'il croisait. Et ces trois taches de rousseur, sur le côté gauche de son nez, étaient absolument irrésistibles.

Quelques hommes s'en furent trouver le rabbin.

— Il est trop beau, trop jeune, et en plus, on dit à nos femmes et à nos filles qu'il est notre sauveur. Nous frisons l'adoration, et l'adoration est un péché.

— A-t-il tenté de séduire quelqu'un ?

— Non, mais il le fait sans le vouloir, et même s'il ne dit rien, s'il ne bouge pas, elles se pâment. C'est insupportable. La moitié des mariages ont été annulés parce que les filles ne rêvent plus que de lui, et le pire, c'est qu'elles ne s'en cachent pas !

— C'est ennuyeux. C'est ennuyeux, car on ne peut tout de même pas l'enfermer, répondit le rabbin.

— Qu'il parte, qu'il parte !

— Il a encore à apprendre, notamment l'anglais. Il lui faudra encore un mois.

— Il apprendra sur place.

— Oui, qu'il se débrouille là-bas. Parce que ici, il ne fait que semer la pagaille.

— Messieurs...

— Qu'il parte !

— Il y aurait bien une solution qui nous satisferait tous autant que nous sommes, avança le rabbin.

Enjoué, il souriait.

— Nous n'avons qu'à le fiancer. Oui, c'est ça, fiançons-le et comme ça vos filles et vos femmes cesseront de penser à lui. Et il pourra continuer d'apprendre l'anglais, ce qui lui sera vital.

— Le fiancer ? Mais... avec qui ?

— Eh bien, il faudra réfléchir.

— Ma... ma fille serait en âge, peut-être...

— La mienne aussi.

— Excusez-moi, mais c'est la mienne la plus jolie.

Et voilà les hommes qui se chamaillaient à nouveau. Le rabbin eut le plus grand mal à les faire taire.

— Je m'en occuperai moi-même. Maintenant, rentrez chez vous. Et n'en parlez à personne, je vous en prie. Cela créerait une agitation inutile.

Il les raccompagna à la porte et revint s'asseoir à son petit bureau. Il regarda par la fenêtre le ciel parfaitement bleu. À qui donc pouvait-on fiancer Antilogus ? À coup sûr, les femmes se battraient pour lui. Il fallait éviter ce spectacle déshonorant pour elles et gênant pour lui.

Il resta dans son bureau à réfléchir. Tout à coup, il entendit des pas.

— Père, père !

C'était Elina, sa cadette.

— On dit dans la ville qu'il faut trouver une fiancée à Antilogus Naor, et que c'est toi qui dois choisir !

Le rabbin soupira. Pourquoi les hommes ne savaient-ils jamais tenir leur langue ?

— C'est vrai ? Père, c'est vrai ?

— Oui, c'est vrai, mais je te préviens, ce ne sera pas toi.

— Pas moi ? Mais pourquoi ? Je suis aussi jolie qu'une autre.

— Ma fille, tu es très belle, et merveilleuse, et tu possèdes toutes les qualités dont un homme rêverait. Mais tu es ma fille, et si je veux être juste, je n'ai pas le droit de te favoriser.

Les yeux d'Elina s'embuèrent de larmes.

— Il est si beau, si gentil.

— Alors, toi aussi ? demanda-t-il.

Et la jeune fille baissa les yeux.

Le rabbin comprit tout à coup la crainte des hommes qui lui avaient rendu visite. Oui, il fallait qu'Antilogus parte. Et sans tarder. Mais maintenant que toute la ville était au courant qu'on le fiancerait, il fallait les organiser, ces fiançailles.

Chez lui, il prit Antilogus à part.

— Ta mission t'éclaire d'une lumière telle que...cela sème un désordre total.

Antilogus, attentif, l'écoutait.

— Ta beauté, ta gentillesse, c'est trop pour des gens qui ont tout perdu, tu comprends ?

— Je comprends.

— Alors, il faudrait que tu te fiances.

— Quoi ?

— Il faudrait que tu te fiances.

— On a dit que je pouvais partir justement parce que je n'avais pas d'attaches. Si je me fiance, je ne pourrai pas partir l'esprit tranquille. Et avec qui me fiancerais-je ? Vida est morte. Tout cela est absurde.

— Non, ça n'est certainement pas absurde, puisque c'est moi, le rabbin, qui te le demande.

— Pardon.

— Ce n'est rien.

Les deux hommes laissèrent tous deux échapper un profond soupir.

— Si tu ne te fiances pas, elles voudront toutes t'attendre. La moitié des fiançailles ont été annulées, aucune fille ne veut d'autre mari que toi.

Antilogus ne put réprimer un rire. Il avait bien senti qu'il ne laissait personne indifférent, mais n'avait pas imaginé que son influence puisse aller si loin.

— Tu partiras dans quatre semaines. D'ici là, pour éviter les problèmes, on te trouvera une fiancée.

— Qui doit la choisir ?

— Puisque tes parents ne sont plus là, je la choisirai pour toi. S'il y a une indication que tu souhaites me donner, tâche d'y réfléchir pour demain. À moins que tu aies quelqu'un en tête ?

Antilogus secoua la tête, interloqué.

— Je pense que cela sera moins désagréable et nuisible que de réunir toutes les jeunes filles devant toi, et de te faire choisir.

Soudain, le rabbin eut cette vision apocalyptique : deux mille jeunes femmes s'évanouissant en même temps. Il épongea son front, ruisselant de sueur.

— En attendant, cela ne te dérange pas de déménager dans la petite cabane attenante à la maison ? Je t'y installerai moi-même un matelas et tout ce dont tu auras besoin.

— Bien sûr que non, répondit Antilogus, surpris.

— Très bien.

Quelques minutes plus tard, Antilogus s'installa dans la petite cabane. Cela causa inévitablement une dispute entre le rabbin et sa femme.

— C'est lui qui doit sauver notre communauté, et c'est comme ça que tu le traites ! Tu le fais dormir avec les poules, sur la paille ? Et où prendra-t-il ses repas ?

— Je les lui apporterai.

— Mais tu es devenu fou !

— Dans la maison, il est trop dangereux, avait rétorqué le rabbin avant de claquer la porte et s'enfermer, au calme, pour lire.

Zenné

Gözlem dormait. Antilogus le réveilla.

— Qu'est-ce que c'est ? bougonna le vieil homme. Qui est là ?

— C'est moi. Anti.

— Anti ?

Le marionnettiste se redressa. Comme il faisait trop sombre, les deux hommes sortirent du théâtre. La lune formait un croissant complice, éclairant leurs visages.

— On va me fiancer.

— Je croyais que tu partais ?

— Je pars, mais avant, ils veulent me fiancer.

— Pour qu'elle t'attende toute la vie, qu'elle souffre ?

— Je suis d'accord avec toi, ça n'a pas de sens, mais ils insistent.

— Et tu dois les écouter.

Antilogus haussa les épaules.

— Pourquoi pas ? répondit le vieux en lissant ses cheveux en arrière. Et alors ?

— Alors, il faut que je leur dise ce que je souhaite. Le rabbin m'a demandé de lui donner des indications.

— Des « indications » ?

— Des « indications ».

— Ah.

— Tu as un peu l'expérience des femmes, non ?

— Je ne me suis jamais marié.

— Mais tu connais les femmes quand même ?

— Si on veut. Écoute-moi, si on me posait la question à moi, sachant que je vais m'absenter pour...

— Un an, deux ans, trois ans. Je n'en sais rien.

— Et pendant ce temps-là, elle sera seule, enviée mais seule, et sans enfant ?

— Je sais, ça n'a aucun sens.

— Les fiançailles n'ont aucun intérêt, Anti. Ou bien tu l'épouses, et tu lui fais un enfant, ou bien tu ne te fiances pas.

— Quoi ?

— Tu ne dois pas être la cause du malheur d'une femme. Les fiançailles sont une idée facile. Il faut aller au bout du raisonnement. Tu dois te marier avec elle et lui faire un enfant.

— Mais je pars dans quatre semaines.

— Il ne faut pas beaucoup de temps pour faire un enfant.

— Il en faut pour se marier, non ?

— Non. Exige du rabbin qu'il vous marie immédiatement. Et fais-lui un enfant. Si tu lui fais un enfant, tu m'entends, ton absence sera beaucoup plus supportable, elle aura quelqu'un à nourrir, à protéger, à élever, et cela l'occupera tout entière, cela occupera ses pensées, son cœur, cela lui donnera une raison de vivre et une existence, une légitimité dans ce monde. La vie ne sera pas facile, mais elle aura un sens.

— Cet enfant n'aura pas de père.

— Bien sûr que si. Il aura un père, et il en entendra parler. On lui dira qu'il est en voyage, et comme sa mère, il t'attendra.

— Tu as raison. Mais cela ne répond pas à la question du rabbin. Quel genre de femme ?

— Mon point de vue, c'est qu'une femme trop belle est une source de problèmes. Les autres la regardent, on devient jaloux, la relation s'empoisonne, et la vie devient très vite un enfer. Surtout si tu es absent.

— Comment veux-tu que je sois jaloux, si je suis à des lieues de là ?

— Détrompe-toi, la jalousie peut surprendre n'importe quand et n'importe où. Une femme belle, très belle ? Même la femme la plus amoureuse du monde, irréprochable, dévouée : combien de temps, combien d'années peut-elle mettre entre parenthèses la vie qui est en elle, si tu vois ce que je veux dire ?

Antilogus était silencieux.

— Le désir, Anti. Les femmes ont besoin de s'exprimer. Alors...

— Alors il ne faut pas qu'elle soit trop belle.

— Eh non. Pas trop belle. Juste jolie.

Gözlem regarda la lune.

— Pas trop jolie en fait, ce serait même mieux. Les autres hommes la trouveraient banale, sans rien de particulier, mais toi, toi qui la connaîtrais, tu saurais qu'une fois avec toi, elle est belle, parce que tu aurais le pouvoir de la rendre telle grâce à ton regard. Elle s'éclairerait, elle se transformerait dans tes yeux, par ton amour pour elle. Elle serait belle, mais d'une beauté un peu... cachée, tu comprends ?

— Et tu crois que je vais pouvoir dire ça au rabbin ?

— C'est une indication suffisante, non ?

Antilogus haussa les épaules.

— Ne t'énerve pas. On va trouver autre chose. Il faut prendre notre temps, c'est important ce qu'on décide là. C'est ton avenir, Anti.

Les deux hommes cherchèrent encore mais ne trouvèrent rien d'autre. Comme il était difficile et hasardeux d'établir le portrait de la femme qu'on aimerait !

Alors le lendemain à l'aube, Antilogus alla trouver le rabbin. Il lui demanda une jeune femme tout à fait banale, pas jolie, ni laide, ni rien. Le rabbin s'en étonna, puis il sourit et dit à son jeune ami qu'il était bien sage. La vérité, c'est qu'il était soulagé. Puis Antilogus ajouta que tant qu'à se fiancer, il souhaitait tout autant l'épouser. Comme ça, il pourrait lui faire un enfant, et elle aurait de quoi s'occuper pendant son absence, plutôt que de se sentir comme une aguna qui ne sait pas pour quoi elle vit.

— Tu es un bon garçon, toi, tu penses aux autres, l'approuva le rabbin, un peu honteux, c'est vrai, de le faire dormir avec les poules.

Le vieil homme visita grand nombre de familles, et son choix s'arrêta sur la benjamine d'un vendeur d'eau. Elle était gentille, d'allure tout à fait banale, ni belle ni laide, simple et honnête.

Les fiançailles furent organisées à la hâte, et se tinrent chez le rabbin. La jeune fille, émerveillée par la beauté de celui qui serait bientôt son mari, n'osait éprouver le moindre sentiment pour lui. Aussitôt le mariage célébré, il partirait. Et qui sait quand il reviendrait ? Alors elle le regardait comme elle aurait regardé un bijou dans la vitrine d'un orfèvre du bazar. Elle pouvait le contempler, le toucher, et même l'essayer à son cou, mais ce bijou n'était pas vraiment à elle, ce bijou ne pourrait jamais complètement lui appartenir. C'était ainsi. À moins de le voler. On laissa les futurs époux ensemble, dans la même pièce, pour qu'ils fassent connaissance. Antilogus posait des questions à la jeune fille. Il essayait d'en savoir plus sur elle, plus que son seul prénom, Gaddith, mais celle-ci ne répondait rien. Une seule phrase revenait dans sa tête.

— Pourquoi veux-tu savoir tout cela, puisque tu vas partir ? lui avait-elle finalement demandé.

— Parce que j'ai besoin de savoir qui tu es pour penser à toi quand je serai loin.

— Quand tu seras loin, tu auras d'autres choses à penser qu'à moi et à ce que j'aime.

— Peut-être pas.

La jeune fille n'y mettait pas beaucoup de bonne volonté. Elle avait fait son choix. Surtout ne pas s'attacher. Ne pas s'attacher à celui qui va s'en aller. Pourquoi son père avait-il accepté de lui accorder sa main. Pourquoi elle ? Elle en voulait au monde entier. Et surtout à lui, devant elle, qui lui souriait, qui essayait par tous les moyens de se rendre sympathique.

Sans qu'ils aient pu vraiment trouver quoi que ce soit qui les rapproche, le mariage fut célébré. Puis ils furent conduits dans la chambre à coucher d'une maison prêtée pour l'occasion. Voilà qu'ils se tenaient assis l'un à côté de l'autre, sur un matelas.

Comme la coutume l'exigeait, on avait fait venir durant l'après-midi le plus beau petit garçon du quartier pour qu'il saute sur le matelas, tout neuf, qu'il y saute des centaines et des centaines de fois, pour l'assouplir et l'imprégner de ces éclats de rire dont on disait qu'ils portaient bonheur et promettaient la fertilité.

Alors, Antilogus déshabilla Gaddith. Et il comprit ce que Gözlem lui avait confié sous le croissant de lune. Gaddith avait des seins somptueux. Ils plongeaient pour remonter plus haut encore que leur base. Ils étaient pleins. Et Antilogus ne put s'empêcher de les saisir à pleines mains. Il tirait dessus, il les tordait, il les écrasait, il les caressait. Il ne put s'empêcher d'y coller ses lèvres et tenta de les mettre tout entier dans sa bouche mais c'était impossible. Gaddith poussait de petits cris de douleur.

— Qu'y a-t-il ? demanda-t-il.

— Tu me fais mal.

Il avait ces seins devant lui et il devait y faire attention. Alors il posa très délicatement ses paumes dessus. Puis interrogea Gaddith du regard. Est-ce que c'était mieux comme ça ? Ni Gaddith ni sa bouche ni ses yeux ne répondirent. Il ne pouvait ôter ses mains. La peau veloutée, un peu mate, était irrésistible. Il contemplait le corps de la jeune fille. Il laissa glisser ses mains, au gré de ses découvertes. Gaddith avait les épaules fines, et la taille infiniment étroite. Les mains d'Antilogus suffisaient à en faire le tour complet. Ses fesses étaient rebondies et les muscles de ses jambes fuselés. Mais par-dessus tout, il y avait cette façon qu'elle avait de tenir sa tête. Elle était orgueilleuse. Et intelligente. Très intelligente. Il le sentait. Il le savait. Elle tenait sa bouche dans une expression pincée de supériorité. Non, elle ne se laisserait pas prendre et laisser, semblaient crier ses yeux bruns.

Antilogus passa sa main le long de son buste, caressa l'espace entre ses seins, puis son cou, son menton, continua de parcourir les nombreuses courbes du corps de celle qui était maintenant sa femme.

— Tu as intérêt à faire ce qu'il faut, parce que je n'ai pas l'intention de n'avoir rien vécu avant ton départ, tu comprends ce que je dis ?

Elle rougit aussitôt d'avoir prononcé ces mots. Puis elle dénoua ses cheveux noirs, libérant du même coup les esprits et les forces qui s'y cachaient.

Antilogus ôta un à un ses vêtements. Quelle splendeur d'homme ! Gaddith ne laissait rien paraître, le menton haut, le sourcil fier. Rien surtout. Mais déjà, quelque chose en elle d'infiniment petit et fort à la fois tremblait, vibrait, réclamait, suait, suppliait.

Pendant cinq jours et cinq nuits, la porte de la chambre nuptiale resta fermée. Le mari et la femme, à défaut de s'être une seule fois parlé, s'étaient dévorés, nourris l'un de l'autre et fait jouir jusqu'à manquer plusieurs fois d'en mourir.

Oui, il valait mieux qu'il parte. Sinon, elle deviendrait folle. Elle ne serait plus que cela, plus qu'un sexe assoiffé de combat, une bête insatiable, plus qu'un corps, plus qu'un feu.

Au sixième jour, Gaddith s'était transformée. Elle était devenue si belle que, croisant son image dans le miroir, elle crut ne pas se reconnaître. Son regard s'était approfondi. L'expression de ses traits s'était métamorphosée. Tout en elle irradiait. Comment n'avaient-ils pas vu sa beauté, ceux qui l'avaient choisie pour lui ?

— Va-t'en maintenant, lui dit-elle.

Alors Antilogus s'approcha d'elle, attrapa de ses deux mains ses longs cheveux, les remonta de manière à dégager sa nuque fraîche et passa sa langue tout autour de son cou en un mouvement continu, comme s'il voulait lui dessiner un collier. Puis il prit son visage entre ses paumes, et comme un animal, il le lécha. Elle se laissa faire.

— Comment partir, murmura-t-il, comment faire, tu es si belle, Gaddith...

Il embrassa le front de la jeune femme. Elle était étendue sur le matelas, épuisée, trempée de leur sueur à tous deux.

— Je ne sais pas ce qui arrivera, Gaddith, je n'en sais rien. Mais je penserai à toi.

Et il sortit de la chambre en prenant soin de bien refermer la porte. Gaddith sentit la terre s'ouvrir sous elle.

— Reviens-moi. Reviens-moi, hurla-t-elle. Reviens-moi !

L'ancre

Antilogus savait maintenant s'exprimer en quatre langues. Turc, espagnol, anglais, français, et il disposait de quelques rudiments de portugais. Il avait rencontré quelques-uns des meilleurs hommes d'affaires de la communauté – Gabay, Fresko, Sarfati et Carmona – qui avaient tenté de lui inculquer quelques notions essentielles du commerce, mais ne se montraient pas très optimistes. Le commerce, cela ne s'apprenait pas, cela se pratiquait au quotidien. L'enseignement se faisait au bazar, ou sur le port.

Il ne manquait plus au jeune homme que ce fameux manteau que l'on avait fabriqué pour lui sous haute surveillance – et dans lequel des petites mains avaient cousu soigneusement pièces d'or, d'argent, rubis, diamants, saphirs et perles. Le manteau pèserait un peu lourd, mais c'était, après réflexion, la plus sage solution. Un bagage pouvait lui être dérobé, ou encore basculer par-dessus bord pour finir au fond de la mer. En revanche un manteau, à condition toutefois qu'Antilogus le garde sur lui jour et nuit, le mettait à l'abri de bien des désagréments.

La semaine qui précéda son départ, Antilogus fut invité à déjeuner et à dîner par les plus grandes familles de la ville. Chacun y allait une dernière fois de ses conseils et de ses recommandations. Et surtout, chacun le gâtait de sa meilleure cuisine. Comme convenu, le médecin lui remit une mallette qui contenait quelques petites fioles de remèdes en cas de vomissements ou de diarrhée. On lui remit les bottes de cuir qui montaient jusqu'au genou, ce que personne n'avait jamais vu que sur des étrangers de passage. Il eut droit à deux chemises neuves, deux caleçons et deux pantalons. Des jeunes femmes lui avaient tissé de longues chaussettes. L'avant-veille du départ, le barbier lui rasa la barbe et lui coupa un peu les cheveux. On ne sait pas ce qu'il advint de toutes ces boucles sur le sol du salon. Mais on imagine facilement que certaines jeunes femmes s'arrangèrent pour en récupérer quelques-unes.

Puis le rabbin vint le chercher dans la cabane où il était retourné depuis qu'il avait quitté Gaddith. Le manteau était prêt.

Antilogus entra dans la maison du rabbin. Le manteau était posé sur une table. En velours de soie rouge carmin, chatoyant, le col et les poignets en zibeline, il semblait la parure d'un roi. Derrière la table, le tailleur et son aide le saisirent avec solennité et aidèrent Antilogus à l'enfiler. Il était parfaitement à ses mesures. Et cela du premier coup, sans essayage.

— C'est un habit de fête, observa Antilogus mal à l'aise. Avec ça, je vais me faire remarquer.

— Le conseil a pensé qu'il fallait que tu aies l'air riche, rétorqua le tailleur. Pour que tu puisses traiter d'égal à égal avec les puissants. Et puis, la couleur rouge éloigne l'œil. Les femmes ont insisté, que veux-tu.

Antilogus ôta le manteau, considéra l'intérieur, un mélange de laine et de soie jaune paille.

— Je préférerais le porter à l'envers.

— Nous ne l'avons pas fait réversible. Tu y seras plus à l'étroit, là, au niveau des épaules.

Antilogus retourna les manches et tenta d'essayer le manteau, mais le tailleur connaissait son métier mieux que lui. Le vêtement ne pouvait pas être simplement retourné.

— Eh bien, il prendra la poussière et la pluie, ce manteau, et plus vite que tu ne crois le rouge virera au brun, conclut le rabbin.

— Je suis désolé qu'il ne te plaise pas, ajouta, vexé, le tailleur. C'est pourtant, je crois, le plus beau manteau que j'aie fabriqué de toute ma vie.

— Il est magnifique. Très lourd, mais magnifique.

Le tailleur lui expliqua comment avait été réparti le trésor. L'or avait été cousu sous le col. Les diamants, les saphirs et les rubis, dans les manches. Les pièces d'argent suivaient le tracé des coutures latérales. Enfin, l'ourlet avait été doublé de près de cent perles fines de Chine.

— Maintenant, tu nous as sur le dos, en quelque sorte, s'amusa le tailleur.

Fresko, Gabay, Sarfati et Carmona frappèrent à la porte.

— Le bateau est là. L'équipage est en train de décharger. Il reprendra la mer dès ce soir. Alors il faut regrouper les affaires et commencer à les descendre.

Le jour du départ était arrivé. Les hommes et leurs épouses s'agitaient en tous sens. Ne rien oublier. Sara avait préparé des listes interminables qui avaient été vérifiées mille fois. Il ne manquait rien. Une dernière fois, elle s'assura que tout était bien rangé dans la malle, que les bocaux de pâte de coing étaient bien calés et qu'ils ne dégoulineraient pas sur les vêtements. On envoya chercher des hommes pour porter la malle.

— Mon fils, c'est maintenant, dit le rabbin.

Antilogus était comme muet. Il suivit le petit groupe, bientôt grossi d'autres hommes encore. L'un d'entre eux, Romi, tenait dans sa main un gobelet rempli d'eau.

— C'est aujourd'hui qu'il s'en va ? demandaient les uns et les autres.

— C'est aujourd'hui, répondait le rabbin.

Tandis qu'entourés des siens, le jeune homme descendait la colline vers le Bosphore, il rencontra un groupe de janissaires qui lui ordonna de le suivre. Les siens avaient autorisation de l'accompagner et d'attendre devant le palais. Tous étaient inquiets : cette convocation inattendue du sultan risquait de lui faire rater son bateau. C'en était peut-être même le but.

— Alors, tu as décidé de m'épater ? lui lança le sultan dès qu'il l'aperçut.

— On peut dire ça.

— Et tu as réussi à les convaincre de te donner tout leur argent ?

— Oui.

— Pour moi.

— Pour vous, pour eux, oui.

— Tu es têtu, dans ton genre.

— Peut-être.

— Et tu t'imagines que tu vas y arriver, toi, tout seul ?

— Pourquoi pas ?

— Tu as l'insolence de la jeunesse. Tu comptes sur la chance, mais comment sais-tu qu'elle sera avec toi ? Est-ce qu'ils ont seulement regardé tes dents ?

— Oui.

Le sultan désigna à l'un de ses pages une boîte de marqueterie posée sur une petite table. Le page la lui présenta immédiatement. Elle contenait de petits carrés de gomme de Chio, gris et mats.

— Vas-y, dit le sultan. Prends-en un et mets-le dans ta bouche.

Antilogus s'exécuta.

— Vas-y, mâche. Mâche, je te dis.

Antilogus se mit à mâcher. Le sultan lui sourit, satisfait.

Il en prit un lui aussi et le mit dans sa bouche.

— Si tu as les dents gâtées, là-bas, à l'autre bout du monde, qu'est-ce que tu feras de bon ? Un homme qui souffre n'est plus lui-même. Il perd la tête, on le sait.

Et le sultan soupira.

— Est-ce que tu saurais quoi faire si tu venais à être mordu par un serpent ?

— J'aspire le venin et je le crache.

— Et si c'est un scorpion qui te pique ?

— Je mange sa tête.

— Tu montes à cheval ?

— J'apprendrai.

— Tu sais naviguer ?

— Je connais les étoiles.

— Sais-tu seulement te battre ?

— Je ne l'ai jamais fait.

— Et ils te font confiance.

Tout à coup, le sultan frappa dans ses mains.

— Quelqu'un ! Allez lui chercher un turban. La tête doit être couverte !

Aussitôt, un homme de taille moyenne, de dix ans l'aîné d'Antilogus, entra dans la grande pièce. Son buste trop large et court, ses jambes rachitiques n'étaient pas pour mettre en valeur son costume. Quant à son visage, graisseux, plein de plis et de verrues, il était des plus affreux. C'est comme ça que l'on choisissait les eunuques. Le plus laid possible. Il s'approcha d'Antilogus, monta sur un petit tabouret, et mesura son tour de tête. Puis il quitta la pièce à vive allure.

L'eunuque revint, portant cinq turbans sur un plateau. Le sultan les considéra, puis il en choisit un de velours bleu turquoise, surmonté d'un petit miroir au tour serti d'émeraudes et de grenats. Il s'approcha d'Antilogus et le plaça délicatement sur la tête du jeune homme. La taille était parfaite.

— Allez, file maintenant.

— Pourquoi est-ce que vous faites ça ?

— Quoi ?

— Pourquoi est-ce que vous êtes si bon avec moi ?

— Je fais ce que je veux, je n'ai d'ordres à recevoir de personne. Je suis le sultan.

— Pourtant je suis l'un des leurs.

— Au lieu de voir ta chance, tu n'ouvres l'œil que sur la malchance des autres.

— Un homme peut-il être heureux quand il voit souffrir les siens ?

— Tu m'agaces maintenant.

— Pourquoi êtes-vous si généreux avec moi ?

Le sultan détourna le regard. Puis il leva les yeux vers ceux, océan, d'Antilogus. Oui, Antilogus était têtu. Est-ce que c'était une qualité ou un défaut ? Probablement les deux.

— S'il vous plaît, dites-moi.

— Que veux-tu que je te dise ? Que lorsque je t'ai vu pleurer au pied de cet arbre qui semblait faire mille fois ta taille, cela m'a ému ? Un sultan ne s'émeut pas. Mais quand tu m'as parlé, ce jour-là, j'ai trouvé que ce qui t'arrivait était... que c'était... comment dit-on déjà... ils ont un mot pour cela...

— Injuste.

— Oui, c'est ça, injuste.

Le sultan prit la petite boîte de marqueterie et la mit dans les mains d'Antilogus.

— Écoute-moi. Ce turban, je ne te le donne pas. Je te le prête. Alors fais-y attention, et à ton retour, rapporte-le-moi. Tu m'entends ? Ne t'en défais sous aucun prétexte. Je resterai ici à l'attendre.

— Je vous le rapporterai.

— Imbécile. Tu crois que tu vas réussir ? Il faut vraiment être un Juif pour s'imaginer des choses pareilles ! Allez, dehors ! cria-t-il, comme hors de lui.

Antilogus fit demi-tour et partit en courant. Il n'y avait pas de temps à perdre. À l'extérieur du palais attendaient, anxieux, le rabbin et les hommes.

— Qu'est-ce que c'est que ça ? s'exclama le rabbin lorsqu'il vit le turban.

— Au moins on ne le prendra pas pour un Juif, lança l'un des hommes.

— Et il vaut mieux que cela n'arrive pas quand il longera les côtes espagnoles.

Tous observaient maintenant les émeraudes cousues. Un silence sanctionna cet étalage de richesse.

— Pourquoi t'a-t-il fait ce cadeau ? demanda Fresko.

— Je n'en sais rien, répondit Antilogus. Il m'a aussi donné de la gomme.

— Il veut t'empoisonner.

— Non, j'en ai goûté une et je me sens très bien.

— De la gomme, pour quoi faire ?

— Pour mes dents.

— Tes dents ? Le sultan s'intéresse à tes dents ?

Et, tous autant qu'ils étaient, ils éclatèrent d'un rire nerveux.

— On ne devrait pas le laisser partir seul, lança quelqu'un.

Le rabbin s'arrêta. Les hommes formèrent naturellement un demi-cercle en face de lui.

— Assez ! Nous en avons déjà débattu, et débattu à nouveau. Personne n'a souhaité l'accompagner, et vous savez comme moi qu'il n'était pas question de demander à un étranger de le faire. Nous prierons, et il s'en sortira. Du moins, c'est à souhaiter. Quoi qu'il en soit, ce n'est pas maintenant que nous devons nous mettre à nous interroger. Il y a un temps pour tout. Un temps pour questionner et un temps pour agir. Il ne faut pas tout mélanger.

Et le rabbin reprit le chemin vers l'embarcadère.

— Dépêchons-nous, Antilogus ne doit pas rater le bateau. Tu jetteras ces gommes, ajouta-t-il à son intention. Il suffirait que l'une d'entre elles soit mauvaise...

Antilogus mit sa main devant son visage. Le soleil lui tapait déjà dans les yeux. Romi le cordonnier se plaça en face de lui.

— Qu'une mauvaise idée ne vienne pas te traverser l'esprit, dit-il.

— Tu ne te laisseras pas corrompre, ni entraîner, ajouta un autre.

— Oh ! cria Antilogus. Est-ce que vous me faites confiance, oui ou non ?

Gêné, le rabbin présenta ses mains ouvertes devant lui, l'air de dire que les choses étaient ainsi.

— Avec la responsabilité, hélas, vient le reproche, dit-il Celui qui fait peut mal faire. C'est vrai. Mais il peut aussi bien faire. Alors laissons-lui sa chance, ne le condamnons pas par avance à faillir et à échouer. L'homme répond comme un miroir aux regards qui se posent sur lui. C'est notre rôle de voir en lui un homme responsable, digne, honnête. Ainsi, il le sera.

Les hommes hochèrent la tête en guise d'approbation.

— Allez, lança le rabbin. Il ne faut pas traîner si on veut attraper ce bateau.

Ils s'installèrent sur une petite barque. Les rameurs s'empressèrent de leur faire traverser le Bosphore.

Ils arrivèrent à temps devant la polacre. Il y avait encore une demi-heure avant qu'elle prenne le large. Alors le rabbin prit Antilogus dans ses bras. Il le serra fort, comme un fils. Surtout, que le Tout-Puissant l'accompagne, qu'Il le protège mieux que mille hommes. Le vieil homme essuya une larme du revers de sa manche.

— Il y a trop de vent ici pour mes yeux, s'excusa-t-il.

Cela fit sourire Antilogus.

— Nous nous reverrons, rabbi.

— Oui, bien sûr, nous nous reverrons. Je compte sur toi, répondit le rabbin d'un air faussement enjoué.

Le rabbin sortit d'une pochette son châle de prière et son livre. Il le déplia, et tous ceux qui l'accompagnaient se regroupèrent de sorte que le coton blanc frangé de bleu recouvre leur tête à tous. Il fallait dix hommes. S'ils étaient dix, alors ils pouvaient eux-mêmes officier n'importe où. Et même s'ils se trouvaient sur une route incertaine, ou au milieu de cendres, même s'il n'y avait pas de toit, ni de rouleaux de prières, même s'il n'y avait rien.

Ils prièrent. Que l'Éternel bénisse Antilogus. Qu'Antilogus, Dieu bénisse, reste en vie. Dieu bénisse. Qu'Antilogus, Dieu bénisse, revienne.

Le rabbin tendit alors à Antilogus le livre de prières.

— Prends-le.

Antilogus prit le livre, recouvert de velours violet et protégé par une armature d'argent ciselé.

— Je ne t'oblige pas à l'ouvrir. Mais il te tiendra compagnie, si tu en as besoin.

Antilogus le rangea dans l'une de ses poches.

— Merci, rabbi.

— Pas de merci entre nous.

Un à un, les hommes serrèrent Antilogus dans leurs bras, d'une étreinte virile mais pleine de tendresse.

— Je vous le promets, je trouverai là-bas quelque chose d'extraordinaire, et je vous sauverai.

Antilogus avait la gorge un peu sèche. Il n'avait pas prévu de ressentir ce qu'il ressentait là. Il avança, courageux, vers le bateau. Le rabbin prit le gobelet d'eau des mains de Romi.

— Qu'il nous revienne, et en bonne santé ! cria-t-il, tandis qu'il lançait le contenu du gobelet vers la silhouette qui disparaissait.

Le capitaine donna les ordres. Le trois-mâts se préparait maintenant à quitter le port.

L'ancre fut levée, les amarres larguées, les voiles déroulées. Tous levèrent la main pour offrir un dernier salut.

Le bateau, poussé par le vent d'est, s'éloigna rapidement. Alors que les rives verdoyantes, les murailles et les minarets fuyaient à vive allure derrière lui, Antilogus sentit son cœur se serrer.

Il réalisa brusquement qu'Istanbul, sa ville, son monde, filait devant ses yeux comme du sable fin entre les doigts d'un enfant. Qu'elle disparaissait. Son regard brusquement affolé s'accrocha au corps trapu de la petite tour génoise, Galata. Elle qui l'avait tant impressionné, lorsqu'il était enfant, voilà qu'elle n'était plus qu'un petit téton à l'horizon. Le bateau courait sur les flots. Istanbul, déjà, était un souvenir.

Alors, il s'assit sur sa malle et ouvrit la petite boîte que le sultan lui avait donnée. Il compta ses morceaux de gomme. Il y en avait quarante-trois. Il en coupa un en deux, le mit dans sa bouche. Et il se mit à penser, dans une cavalcade effrénée, à tout ce qu'il avait vécu.

La rosée

Les vents bénissaient Antilogus et son voyage. *Le Tempérant*, polacre marseillaise, repartait d'Istanbul chargé de blé et d'huile. Après la mer de Marmara, les Dardanelles, le bateau prit la mer Egée, heureuse que le grand Metelmi gonfle ses voiles, et l'entraîne où il voulait aller, au sud, l'aidant à se frayer son chemin entre les îles Ikaria et Mykonos, puis Naxos et Paros, et enfin Sikinos et Folekandros. En Crète, le trois-mâts ferait escale. C'est là qu'Antilogus devait débarquer, afin de trouver un autre bâtiment, et de continuer sa route.

À aucun moment Antilogus n'avait eu le mal de mer. Assis sur sa malle, il n'avait cessé de contempler les paysages, plus beaux les uns que les autres. Ici la mer n'était que bienveillance. Le vent s'apaisait à la tombée du jour, comme par respect pour le sommeil des hommes. Une bonne partie d'entre eux partait alors dormir. Dans l'étroitesse de sa couche, Antilogus, qui était si grand, n'était pas parvenu à allonger ni même à plier les jambes suffisamment pour pouvoir s'assoupir. Il était remonté sur le pont et, assis, avait contemplé les étoiles. Depuis son départ l'excitation de sa mission, tout autant que l'inconfort, le tenait en éveil. À quoi l'Amérique pouvait-elle donc ressembler ? Il avait hâte d'en découdre, hâte d'être là-bas. Quelle frustration que de ne posséder aucune information, de ne savoir ni les paysages, ni les mœurs, ni les cultures, ni les usages, ni personne, ni même le temps qu'il y faisait ou les fruits qu'on y mangeait. Il devrait établir ses affaires près d'un port, pour pouvoir faciliter le commerce transatlantique. Quelles affaires, il n'en savait rien encore. L'idéal serait qu'Antilogus découvre une richesse encore inexploitée. S'il ne découvrait rien, il ferait la même chose que les autres. « Tu t'y prends en trois temps, lui avait dit un ancien. D'abord, tu les regardes faire. Ensuite, tu trouves une idée pour améliorer la fabrication, le rendement, la conservation ou le transport. Enfin, tu mènes à bien sa réalisation en entreprenant tout ce qui est nécessaire à cela. Tu te donnes les moyens d'être meilleur que les autres. »

Malgré le vent, l'air était chaud, surtout l'après-midi, et le manteau se révélait évidemment trop épais et trop lourd. Alors, Antilogus le roulait en boule. Sous ses fesses, le vêtement lui assurait, dans cet univers de bois et de fer, un peu de mollesse et de confort. Quant à son turban, il le portait incliné pour se protéger du soleil. La quatrième nuit, il l'avait placé sous sa tête pour dormir, sur le pont du bateau. La nuit, l'air pouvait être beaucoup plus frais.

Au matin de la quatrième nuit, la terre apparut. Une énorme montagne s'élevait, fière, en protectrice des lieux. Devant elle se dressait un minaret. Un peu plus loin, autour, on en comptait encore trois, quatre. Les Ottomans avaient pris, quinze années seulement auparavant, la Crète aux Vénitiens, et ils entendaient bien le faire savoir. Toutes les églises des ports de Candie, Réthymon et Hania, aussi appelée La Canée, s'étaient vues transformées en autant de mosquées. Les maisons de Hania ressemblaient assez à celles d'Istanbul. De pierre ou de bois, elles comportaient deux ou trois étages et les pièces intérieures débordaient sur l'extérieur par des terrasses ou des encorbellements.

Antilogus se tenait debout, dévorant des yeux le paysage avec la curiosité d'un enfant. Le capitaine du navire avait ordonné que l'on affale les voiles. Le port de Hania était si grand qu'il pouvait accueillir une vingtaine de bâtiments, sans qu'aucun ne gêne l'autre. On pouvait voir une foule d'hommes, de femmes et d'enfants, le même air fébrile dans les yeux, guetter le nouvel arrivant. D'où venait-il ce bateau ? Qu'apportait-il ? Que prendrait-il ici avant de repartir et où se rendrait-il ? On aurait dit qu'ils en attendaient tous quelque chose. Une affaire à conclure, quelque chose à vendre, à demander, à acheter, un message à transmettre, ou simplement, assouvir la curiosité du monde de par-delà cette mer qui, parce qu'elle les isolait, les condamnait à l'hospitalité. Dès que le bateau fut à peu près immobilisé, la vie sur terre reprit sa course.

Le Tempérant fut arrimé au ponton. Le capitaine en descendit, suivi par quelques hommes de l'équipage. Tandis qu'ils se rendaient au comptoir pour discuter des modalités du chargement, quelques autres s'occupaient de passer commande des provisions dont ils auraient besoin pour la suite du voyage. Antilogus fit signe à deux Crétois de prendre sa malle. Ils s'en emparèrent sans faiblir et, habitués à la tâche, la portèrent jusqu'à la rive. Antilogus descendit l'échelle et posa un pied à terre, puis le deuxième. Il lui semblait que tout autour de lui tournait, et il manqua de perdre l'équilibre. Il s'accroupit au sol, posa les mains à terre. Juste un instant. Puis il se releva, bien décidé à tenir droit sur ses jambes. Ainsi, pensa-t-il, ce qui avait été notre lot toute la vie durant pouvait nous apparaître comme la plus curieuse des sensations. Marcher sur la terre ferme, cela lui paraissait si peu naturel, déjà, après seulement quatre jours de bateau ! Sur le quai, des hommes interpellaient les marins. Ils proposaient fromage, poissons, fruits frais et pain. Certains vendaient du savon, d'autres tenaient dans leur main un cercle formé de branches tressées, sur lequel étaient attachées des petites poupées de laine multicolore.

Antilogus donna une petite pièce à chacun des deux porteurs. Il compta ses affaires. Il avait sur lui manteau et turban, il avait les gommes, il avait le livre, et il avait la malle. Tout allait bien.

Il engagea un vieil homme pour lui garder sa malle pendant qu'il tentait de trouver un bateau en partance pour l'Espagne. Le vieux, qui n'avait plus qu'une dent et dont le visage était fripé comme une vieille peau de bouquetin, s'assit sur la malle avec fierté, comme si c'était là sa propriété.

Le cadi chargé de la gestion du port ne savait rien de précis sur les arrivées à venir. Hier un bateau était parti vers Malte. Vers l'Italie, ils n'y en avaient pas eu depuis longtemps. Des navires italiens faisant la caravane maritime, s'arrêtant dans chaque port de l'Empire, il y en avait au moins un par quinzaine. Antilogus en cherchait un qui, si possible, file en droiture. Il lui fallait trouver un bateau jusqu'à Gibraltar, ou Séville, ou même Lisbonne. C'est de là, disait-on, que l'on s'embarquait pour l'Amérique et c'est là qu'il devait se rendre au plus vite. Le cadi lui conseilla de trouver une chambre et de revenir dire où il résidait. Si un bateau espagnol se présentait, on le préviendrait.

Un borgne, assis par terre, silencieux, vendait des éponges. Sortant de son entrevue, Antilogus s'arrêta près de lui, se pencha, considéra une éponge, la prit dans ses mains, puis la remit à sa place.

— Tu la touches, tu la paies, dit tout bas, et sans même le regarder, le vendeur.

— Combien ? demanda Antilogus en turc.

— Ce qui te paraît correct. Pas trop cher pour ta bourse, et suffisamment pour la mienne.

Antilogus sortit une pièce de sa poche et la posa par terre.

— Sais-tu le risque qu'il prend, le pêcheur qui va chercher les éponges ? Il va si profond que quelquefois il y en a qui ne remontent pas. Les autres, d'accord, ils remontent. Ils sont contents, ils ont rapporté une éponge. Mais c'est là que le ver qui s'y cachait leur saute au visage et les mord. Ils se retrouvent paralysés, à vie. Et toi, malheureux, tu me proposes une seule pièce ? Tu ne connais pas le prix des choses. Sinon tu m'en donnerais cinq.

— Je t'en donne deux.

— Trois.

— Deux.

— Tu m'insultes, moi, le vieil homme ? Alors, ils ne t'ont pas appris le respect.

— Allez, trois. C'est assez cher payé pour une éponge dont je ne voulais même pas.

Antilogus sortit deux pièces de sa poche.

— Si tu veux payer et laisser l'éponge, libre à toi. Je la donnerai à quelqu'un d'autre.

— Non, je la prends, répondit le jeune homme.

— Libre à toi, libre à toi, conclut le vieux.

Antilogus prit l'éponge et la mit dans l'une de ses poches. Aussitôt avait-il tourné les talons qu'il entendit le vieil homme rire de lui. Il se sentit bête. L'autre avait voulu lui vendre une éponge et il était arrivé à ses fins, et sans effort ! Ce n'était pas ainsi qu'il devait mener ses affaires s'il voulait être digne de la confiance des siens. Il était naïf, encore trop naïf. Contrarié, il acheta du pain frais et un morceau de fromage de brebis, un gobelet de citronnade fraîche ainsi qu'une guirlande d'une vingtaine d'abricots secs, et il remplit sa gourde d'eau de source. Puis il s'en retourna là où il avait laissé sa malle. Le vieil homme était parti, mais la malle était là. Il fit signe à deux porteurs et leur demanda de le conduire en un lieu où il pourrait poser ses affaires et se reposer. Les hommes le conduisirent dans une ruelle, derrière le port. Là, on lui loua une chambre. Lorsqu'il ouvrit la malle, elle était vide. Envolés le pistil, le simit, les fruits secs, les vêtements de rechange et la petite mallette du médecin. Antilogus se rendit au port et raconta au cadi comment le vieillard avait profité de lui. Le cadi lui rétorqua qu'il s'était jeté tout seul dans la gueule du loup. Il n'y avait qu'un fautif, c'était Antilogus, pour avoir fait confiance au premier venu.

— Mais c'était un vieillard !

— Et alors, répliqua le cadi. Parce qu'ils ont les cheveux blancs, les hommes seraient moins malhonnêtes ?

Furieux de s'être fait rouler, par sa propre naïveté, et par deux fois, Antilogus se jura qu'on ne l'y reprendrait plus.

Les jours se succédèrent, doucement, très doucement, et le jeune homme qu'il était commença à s'impatienter. Combien de temps lui faudrait-il attendre encore ? L'inaction, il s'en apercevait, était, plus que tout, nuisible. Il errait maintenant – et deux semaines seulement après son arrivée sur l'île – comme une brebis égarée, sans but, sinon celui de se nourrir et de regarder les paysages. Il traînait sur le port pour y prendre ses informations, et aussi dans l'espoir de retrouver ce vieil édenté qui lui avait joué un tour. Quelquefois il croisait des hommes de la même confession que lui, mais n'osait les aborder. Si l'on savait qu'il était juif, jamais on ne le laisserait monter sur un bâtiment espagnol. Les Espagnols avaient brûlé ou chassé tous leurs Juifs, et malgré leur absence, ils continuaient de les haïr, au point de déclarer impraticable une embarcation sur laquelle se tiendrait une seule âme juive ! Antilogus avait été prévenu. Un Juif découvert sur un navire espagnol était un Juif mort. Il serait abattu ou jeté à la mer, sans délai et sans pitié.

Au bout de dix-huit jours, on vint le prévenir qu'un bateau était arrivé d'Espagne pour emporter une cargaison de savon. Le bateau resterait à quai une journée complète, le temps de charger. Antilogus se présenta donc au port avec sa malle à nouveau remplie – il avait fait l'acquisition de deux chemises, de pantalons crétois et de chaussettes de laine montantes. Cette fois, il l'avait portée lui-même.

Des caisses de savon étaient entreposées sur le quai. Le capitaine du navire espagnol et le cadi se hurlaient au visage. Antilogus, qui parlait avec autant d'aise une langue que l'autre, eut vite fait de voir que les deux hommes ne se comprenaient pas. L'un posait une question, et l'autre, ne l'ayant pas saisie, posait la sienne, avec plus d'impatience encore. Antilogus se glissa entre eux et se proposa de leur servir d'interprète. Les deux hommes acceptèrent d'un mouvement de la tête.

L'Espagnol s'inquiétait de savoir si tout le chargement de savon était là. Le cadi répondit que la quantité demandée excédait les capacités de production de la fabrique et qu'ils ne pourraient, quoi qu'il arrive, en fabriquer huit caisses de sitôt. L'Espagnol demanda s'il n'y avait qu'un seul fabricant de savon sur l'île. Oui, et s'il ne le prenait pas ici, il ne lui restait plus qu'à se rendre à Alep. L'Espagnol ne pouvait pas se permettre un tel détour. Il avait avec lui une cargaison périssable et il n'était pas question de prendre un risque.

— Eh bien, répondit le cadi, ils n'ont qu'à nous acheter la cendre et nous acheter l'huile, et ils le fabriqueront eux-mêmes, ce savon.

Antilogus se tourna vers le capitaine et lui traduisit l'offre du gouverneur. Le visage du marin s'éclaira et il gratifia Antilogus d'un sourire amusé.

— Toi, tu es un malin.

— Je parle votre langue, c'est tout, répondit Antilogus.

On emmena le capitaine à la fabrique de savon. On lui fit, comme à Antilogus, enlever ses souliers pour les remplacer par des planchettes de bois maintenues au pied par une lanière de cuir. Le sol était glissant. L'Espagnol voulait acheter cinq gigantesques sacs de cendre, et deux tonneaux d'huile d'olive, mais sans la recette, tout cela ne lui servirait à rien. Aussi, naturellement, demanda-t-il qu'on la lui donne.

Antilogus, comme il l'avait fait pour les requêtes précédentes, traduisit. Aussitôt, un vent de panique envahit la fabrique. Le propriétaire se tourna vers Antilogus.

— Si je lui donne la recette, les Espagnols n'auront plus besoin de nous. Je ne peux pas la lui donner.

— Ils ne peuvent pas vous donner la recette, rapporta Antilogus.

— Mais qu'est-ce que je vais faire de cette cendre et de cette huile, si je n'ai pas la recette ? Dis-lui que je veux bien payer un peu plus.

— Il veut bien payer un peu plus, continua le Juif.

— Mais cette recette est dans ma famille depuis sept générations, j'ai des enfants, et mes enfants auront des enfants, je n'ai pas le droit de leur faire ça.

— Il dit que c'est un secret de famille et qu'il a le devoir de le garder.

— C'est à lui de voir, répliqua l'Espagnol. S'il ne me donne pas sa recette, je lui rends sa cendre et son huile et je raconte à tous en Espagne qu'il vaut mieux aller à Alep.

Antilogus traduisit.

— Il fait exprès, il fait exprès, il veut notre mort, cria la femme du fabricant, n'y tenant plus. Dites-lui que c'est comme ça que nous gagnons notre pain. Si nous perdons cela, alors comment nourrirons-nous nos enfants ?

— Je crois, madame, dit Antilogus, que cela n'est pas sa préoccupation.

Alors la femme attrapa un bâton et le brandit vers l'Espagnol.

— Dehors, criait-elle, ouste, dehors ! Mangeur d'enfants ! Assassin !

— J'étais prêt à lui donner tout ce que j'avais, ajouta le capitaine. Mais je comprends, je comprends.

Le capitaine salua le fabricant et s'éloigna. Antilogus salua à son tour.

Ils avaient fait vingt pas en direction du port quand ils entendirent le Crétois.

— Attendez, attendez ! criait-il. C'est d'accord !

— C'est d'accord, répéta Antilogus, incrédule. Il dit que c'est d'accord.

— Réponds-lui qu'il est un homme intelligent, demanda le capitaine.

Et c'est ainsi que l'affaire fut faite.

Sur le chemin du port, escorté par une multitude de badauds et d'enfants, l'Espagnol proposa à Antilogus de se joindre à son équipage.

— Je ne voudrais pas t'offenser, jeune homme, en te proposant un voyage qui ne conviendait pas à ton rang, car j'ignore les usages et le langage des turbans. Mais je sais qu'un homme comme toi a de la valeur, et tu m'as tiré de l'embarras. Aussi, si je peux te rendre service, je serais heureux de le faire.

Le spectacle, sur le port, s'était un peu animé. Aux hommes restés sur le bateau, les vendeurs criaient ce qu'ils avaient à vendre. Les marins répondaient en criant tout aussi fort. Le vendeur prenait une canne au bout de laquelle était accroché, relié par une longue ficelle, un panier d'osier. Il la balançait de sorte que le panier atteigne le marin qui l'interceptait et y plaçait sa pièce. Le vendeur récupérait ensuite le panier et la pièce, puis il faisait signe à l'acheteur de se tenir prêt. Et, ayant posé sa canne et pris son élan, il envoyait le fromage, le fruit, le pain. Les marchands ambulants du port de La Canée étaient les meilleurs lanceurs. Ils visaient parfaitement.

Après avoir, aux côtés de son nouvel ami, admiré l'adresse de quelques-uns de ces échanges, le capitaine revint à bord, suivi de la cendre et de l'huile, de seize pastèques portées à l'épaule par quelques vifs gaillards et d'énormes jarres pleines d'eau douce, de vin, d'olives et de fromage de brebis, chargées sur des chariots.

Antilogus, qui avait pris goût à son poste d'observateur de l'infini, grimpa sur l'un des sacs de cendre et, ni le capitaine, ni aucun membre de l'équipage n'y voyant d'objection, décida qu'il y serait bien pour la suite du voyage. Le capitaine procéda à l'appel, puis il sonna le départ.

Tous sur le port, hommes, femmes, enfants, se figèrent quelques instants pour regarder partir le navire.

À la nuit tombée, lorsque vint l'heure de manger, le capitaine apporta lui-même du pain et des olives à Antilogus.

— On l'a bien roulé quand même, lança-t-il, joyeux. Le vieux bouc doit se faire passer un de ces savons par sa femme ! La mer, reprit le capitaine, ça use, et je serais bien content de pouvoir créer ma fabrique de savon, maintenant que j'ai la recette. Bientôt, c'est auprès de moi que la cour d'Espagne se fournira.

— Vous lui avez menti ?

— Il est aussi coupable que moi, puisqu'il m'a cru. Personne ne l'y obligeait.

Antilogus ressentit alors une profonde tristesse. Il espéra que, là-bas, sur le rivage crétois, celui qui avait vendu sa recette se frottait les mains lui aussi, qu'il n'avait pas donné la recette exacte, qu'il avait triché un peu, pour sauver l'honneur et les générations à venir.

Le bois

Le galion avait atteint Tunis sans difficulté, où il avait choisi de faire escale, le temps de charger à nouveau eau et vivres pour l'équipage. Puis il était reparti, avait longé la côte jusqu'à Gibraltar sous les yeux médusés d'Antilogus, fasciné par ce rocher géant dont on aurait dit qu'il cherchait à effrayer – pour le mettre en garde peut-être – l'homme tenté de passer d'un monde à l'autre.

Avant de toucher terre, le capitaine avertit le jeune homme que l'Espagne ne voulait pas plus de sujets de Mahomet que de descendants d'Abraham, Isaac et Jacob. S'il comptait continuer son voyage ou, plus simplement, rester en vie, il lui fallait se débarrasser de son manteau et de son turban. Comme il n'en était pas question, le capitaine accepta d'intervenir en sa faveur. Il lui écrivit même une lettre dans laquelle il expliquait que le jeune Ottoman avait servi la cour d'Espagne en lui permettant d'acquérir les secrets de fabrication du savon, et qu'à ce titre, il devait être protégé.

Lorsque Antilogus posa le pied à Cadix, la ville était baignée d'une lumière orangée, splendide. C'était donc cela, la Sefarad. La terre des terres. Le plus beau pays du monde avant l'exil. Il acheta quelques oranges et s'assit, un peu plus loin, à la terrasse d'une taverne. Il commanda à boire et mangea un fruit en attendant son vin. Les ruelles étaient aussi animées que le port. Femmes, enfants, vendeurs de rues se dirigeant vers les quais ou en revenant. Il écoutait les uns, les autres, et il comprenait tout. Ici, tous parlaient sa langue maternelle ! Il mangea encore une orange, puis une troisième. Il était heureux. Heureux de ce fruit si sucré et juteux, il ne l'oublierait jamais. Heureux de voir. À son retour, promis, il leur raconterait. Il loua une chambre mais ne trouva pas le sommeil De sa fenêtre, toute la nuit durant, il regarda la rue et écouta. Les chevaux, les hommes, les badauds, les guitares. Et ces colombes blanches que la lune éclairait.

Après avoir bourré sa malle de pâte de coing, de vin de Rioja, de fromage, d'olives, de citrons, d'oranges juteuses et d'amandes fraîches achetés au marché le plus proche, ainsi que d'un savon, que lui avait donné le capitaine du précédent voyage, Antilogus s'embarqua sur un galion gigantesque et somptueux en partance pour le Nouveau Monde. Des hommes transportaient sur leur dos des jambons séchés. Devant lui, des vaches, des poules, des oies, des canards, des cochons, des chèvres et des moutons prenaient possession des lieux. Bientôt ils seraient conduits par quelques hommes à un étage inférieur où ils ne dérangeraient les marins ni par leurs grognements ni par leur pisse ou leurs excréments. Il aurait été dommage qu'un capitaine si richement vêtu, expert en l'art de tenir un navire, maître de son destin en mer, si plein de lui-même et de l'ambition de son pays, se casse la figure au milieu d'une grosse bouse, car cela aurait très certainement nuit à l'autorité qu'il exerçait sur ses hommes.

Cent vingt-sept jours plus tard, dans la crasse et l'insupportable mélange des odeurs – car aucun depuis le départ, si ce n'est le capitaine, n'avait pu faire la moindre toilette –, au milieu des quelques animaux qui avaient survécu à la faim des hommes, à l'absence de lumière et à la promiscuité, Antilogus se trouva sans rien à manger ni à boire. Il avait mâché toutes ses gommes, sauf une qu'il gardait précieusement, comme un goût qui le rattachait encore à sa terre. Des puces couraient sur son corps et les démangeaisons le rendaient fou.

Il s'en fut trouver le capitaine. Il avait besoin d'eau pour se laver ; bien entendu il paierait pour cela. Le capitaine lui proposa, dès que le temps le permettrait, un bain au filet. En attendant, il lui fit porter de la viande séchée et un peu de vin. La viande, malgré le sel, avait pourri. L'eau de dessalage avait croupi et la moisissure avait attaqué la chair. Antilogus se força à manger, manquant, à chaque bouchée, de la vomir. Il goûta au vin, puis se coucha, épuisé. Il arriverait bientôt en Amérique et cette traversée ne serait plus qu'un mauvais souvenir. Il fallait tenir bon.

Après un calme plat qui avait immobilisé le bateau pendant plusieurs semaines, la mer était épaisse, presque déchaînée, et il fallait bien se cramponner pour ne pas être projeté sur le sol. Tant bien que mal, il monta sur le pont. Le temps était orageux. Il pleuvait et la pluie fouettait son visage, le rafraîchissait. Il ouvrit les bras et tendit les paumes de ses mains vers le ciel, accueillant cette ondée comme une bénédiction. Sa bouche était grande ouverte, pour attraper autant de gouttes que possible. Plus loin des hommes avaient tendu une bâche pour récolter l'eau de pluie. Il n'y en aurait pas assez pour tout le monde. L'eau, il fallait l'attraper maintenant, avec la langue. Partout autour de lui des passagers se tenaient la bouche ouverte, comme lui. Antilogus voulut enlever son manteau et sa chemise, pour sentir l'eau fraîche courir sur son corps, mais la houle le projeta à terre. Couché sur le pont, il se retourna et releva sa chemise pour accueillir encore sur sa poitrine et dans sa bouche la pluie généreuse.

Le lendemain, les hommes en charge du filet vinrent le trouver. La mer s'était assagie, et s'il voulait toujours se baigner, cela pouvait s'organiser pour midi. Il n'avait qu'à se déshabiller.

Alors, pour la première fois depuis qu'il avait quitté Istanbul, Antilogus se défit de son manteau et de son turban. Terriblement amaigri, vêtu seulement d'un caleçon long, le jeune homme, tenant dans ses mains ses chemises et ses pantalons qu'il espérait bien laver, eux aussi, prit place sur le filet. Quelques passagers firent de même. Tandis qu'on les descendait dans le vide, vers l'océan, Antilogus considéra la distance qui le séparait du navire. Il réalisa qu'il suffirait de détacher le filet du galion, pour que lui et les hommes qui l'entouraient se retrouvent à jamais perdus en mer.

L'eau fit à tous un choc. Elle était glacée, bien plus froide encore qu'Antilogus ne l'avait imaginé. Mais au moins il serait propre, propre ! Fini les démangeaisons ! Il frotta sa peau et son linge comme un désespéré, tant pour se décrasser que pour se réchauffer. S'il n'attrapait pas la mort avec ça, alors il survivrait à tout. C'est pour cela que les bains étaient déconseillés. Ils décimaient les équipages. Mieux valait des hommes puants de saleté que des cadavres propres. Après vingt minutes, le filet fut levé. Difficile de dire ce qu'il y avait de plus glacé. L'eau ou l'air ?

Lorsqu'il arriva dans la cale qui servait de chambre aux passagers, Antilogus tomba sur un homme qui tenait son manteau à la main.

— Ce manteau m'appartient, dit-il aussitôt. Rendez-le-moi.

— J'ai trouvé une perle par terre.

— Je vous demande de poser ce manteau.

— Il est bien lourd. J'aime bien ce qui est lourd.

Antilogus fit un pas en avant. L'homme sortit un poignard de sa ceinture.

— Alors, répondit Antilogus, je vais devoir en informer le capitaine. Je ne suis pas sûr qu'il apprécie la présence de voleurs à son bord.

— Tu as raison, peut-être ne l'apprécie-t-il pas plus que celle d'un Juif. J'ai vu le livre.

Antilogus s'immobilisa.

— On ne te croira pas, balbutia-t-il.

— Je promets de me taire si, de ton côté, tu fais un geste, proposa le malfrat.

— Qu'est-ce que tu veux ? demanda Antilogus.

— Je veux que tu me donnes un peu de ta richesse.

— Ces perles ne sont pas à moi.

— Elles sont en ta possession, c'est tout ce qui importe.

Les deux hommes s'observaient, maintenant. L'un ne tenait-il pas dans sa main la vie de l'autre, plus encore que ce filet au ras de l'océan ? Il jeta son manteau à Antilogus. Celui-ci l'attrapa des deux mains, vérifia ses poches. Le livre de prières du rabbin était bien là.

— Je te laisse un quart d'heure pour réfléchir.

— C'est tout réfléchi, répondit Antilogus. C'est non.

L'homme, dans un sourire, tourna les talons et s'en fut.

Ce serait sa parole contre la sienne.

Antilogus s'habilla de ses vêtements mouillés et froids. Il enfila difficilement son manteau, se coiffa de son turban. Il gravit l'échelle qui menait sur le pont. Son manteau était moins voyant et pourtant il lui sembla que tout le monde le regardait. S'il dénonçait le voleur, il s'exposait à être donné. S'il ne le faisait pas, le voleur aurait raison de son trésor. Il marcha jusqu'au poste du capitaine qui scrutait l'horizon à la longue-vue. Antilogus le prit à part.

— Savez-vous si nous sommes encore loin de la terre ?

— Je ne vois rien pour le moment.

Sur le pont, Antilogus croisa le regard de celui dont sa vie maintenant dépendait. Il était entouré de trois individus qui semblaient ses complices. Cet homme n'avait qu'un mot à dire, « Juif », et son sort serait réglé. Est-ce que ce n'était pas à Dieu, et à Dieu seulement, que devait incomber la tâche de décider qui s'en irait de ce monde, et quand ?

Cette nuit-là, Antilogus ne ferma pas l'œil. Mais au petit matin, il s'assoupit. Lorsqu'il se réveilla, on avait dérobé son manteau. Le jeune homme s'en fut aussitôt trouver le capitaine et lui raconta qu'on l'avait volé. Lorsque le capitaine accusa le marin de salir l'honneur du royaume d'Espagne, celui-ci déclara que voler à un Juif n'était pas tout à fait voler.

— Notre passager est turc ! défendit le capitaine. Et il nous a été recommandé.

— C'est un Juif, rétorqua le marin.

Le capitaine se tourna vers Antilogus et lui tendit aimablement son manteau.

— Est-ce vrai ?

— Bien sûr que non.

— C'est bien ce que je pensais.

L'un des complices sortit alors de sa chemise le livre de prières et le remit entre les mains du capitaine.

— Je vous dis que c'est un Juif, capitaine. Et il vous ment.

Le capitaine ouvrit le livre de prières. Dérouté par les caractères hébreux, il se tourna à nouveau vers Antilogus.

— Et ceci, est-ce que ça vous appartient ?

— Non.

— Alors je vous demanderai de cracher dessus.

Antilogus sentit le sang lui monter à la tête. Cracher sur le livre de prières, est-ce que cela ne revenait pas à cracher au visage du rabbin, à cracher sur les enseignements de Dieu ? Quel choix avait-il ? S'il avouait la vérité, il se condamnait, et les siens avec lui.

Antilogus cracha. Le capitaine conçut de ce geste une grande joie.

Alors, il ordonna que les voleurs soient pendus par les pieds et fouettés. Puis il se tourna vers Antilogus.

— Jetez le Juif à la mer ! ordonna-t-il.

Et il remit le livre de prières entre les mains d'Antilogus.

— Vous en aurez besoin, au fond de l'eau.

— Vous vous trompez ! protesta Antilogus. Je suis un citoyen du grand sultan Mehmet IV ! En me traitant de la sorte vous concourez à créer un incident diplomatique majeur. Je suis le protégé du sultan, et croyez-moi, il n'appréciera pas.

Antilogus fut saisi par quatre hommes de l'équipage et amené sur le pont.

— Je suis un citoyen du grand sultan Mehmet IV ! cria-t-il.

Et tandis qu'on s'apprêtait à le lancer dans le vide, du plus profond de ses poumons, il se mit à hurler.

— Je suis un Juif ! Prenez-moi tout et prenez ma vie, vous ne me prendrez pas cela !

Il fut précipité dans le vide.

Dans sa chute, il tâcha de ne perdre ni son livre de prières ni son magnifique turban turquoise. La température de l'eau ne l'étonna pas. C'est son nouveau poids qui lui fut une surprise. Son manteau gorgé d'eau l'entraîna aussitôt vers le fond. Avant qu'il ne soit trop tard, il parvint à l'ôter.

La tête enfin hors de l'eau, il rangea le livre de prières dans l'une de ses poches. Tenant son manteau à bout de bras, il battait des jambes comme un fou. Combien de temps un homme pouvait-il survivre dans ces conditions ? Une heure ? Une minute ? Oui, il avait appris à nager, mais il n'y avait aucune terre à l'horizon, aucune ! Nager n'aurait servi qu'à l'épuiser, à le faire mourir plus vite encore !

Il s'aperçut qu'il avait égaré son turban. Il regarda de tous côtés et l'aperçut, à quelques mètres de lui. Incrédule, il le regarda quelques instants encore, jusqu'à ce qu'il comprenne.

Le turban flottait.

Alors, le jeune homme mobilisa ses forces et, profitant du calme de la mer, rattrapa le vagabond. Il était en liège ! En liège ! Le sultan lui avait fait une bonne farce ! Il enveloppa la coiffure avec son manteau, et cala le tout sous son ventre, de sorte que seuls ses membres inférieurs soient immergés.

Il avait une bouée !

L'écorce

Le danger était là, tout autour de lui. Il n'avait aucune chance de s'en sortir vivant. Pourtant cette certitude d'une mort prochaine l'apaisait plus qu'elle ne l'effrayait. Le plus désagréable, c'étaient cette chemise et ces pantalons glacés, collés à sa peau. Ni le soleil ni la brise n'étaient parvenus à les sécher. Et cette soif.

N'y tenant plus, il but une petite gorgée d'eau de mer. Il avait entendu de la bouche d'un matelot qu'un homme peut survivre plusieurs jours en buvant de l'eau de mer, à condition que ce soit en très petite quantité, car le sel le nourrissait mais le tuait de l'intérieur et aiguisait sa soif plus qu'il ne le désaltérait. C'était tout ce qu'il avait pourtant.

Il s'assoupirait et se réveillerait dans des fonds bleutés peuplés de femmes accueillantes et tendres, criant l'une et l'autre « mon enfant », « mon enfant ». Il y aurait Vida, et d'autres gens, le Caraso, la tya peut-être. Il y avait un monde sous-marin, c'était sûr. Leurs vêtements s'étaient sûrement déchirés avec le temps, abîmés, pris dans les coraux, dans les algues, dans les rochers qui peuplent les profondeurs. Mais il les reconnaîtrait, parce que leurs visages, leur bonté, leurs sourires seraient intacts. Et il se joindrait à eux. La mer n'était peut-être que cela, une immensité créée pour donner à l'homme une idée de l'infini, pour le préparer à l'idée d'un autre monde. Il regardait autour de lui. Une baleine allait-elle apparaître pour le sauver, l'abriter, le nourrir et le recracher sur une plage ?

Il s'était pris pour plus fort qu'il n'était, il le savait. Mais n'est-ce pas comme ça que l'on accomplit de grandes choses ?

Il n'en voulait ni à Dieu, ni aux hommes, ni à lui-même. Il acceptait désormais la situation. Chacun avait son destin, le sien était de périr en mer. Il se noierait. Mais le turban, lui, continuerait à flotter. Où irait-il ? Est-ce que quelqu'un, un jour, le retrouverait ? Est-ce qu'il traverserait l'Atlantique, la Méditerranée, la mer Égée, est-ce qu'il arriverait au pied des échelles génoises ou pisanes d'Istanbul, ou devant le bazar ? Est-ce qu'il serait pêché par un homme ou bien ramassé par un enfant ?

Le soleil avait pris une légère oblique. D'ici quelques heures il se coucherait. Déjà, Antilogus avait froid.

La nuit, doucement, tomba. Mais avant cela, il y eut un coucher de soleil, sans doute le plus beau de l'histoire du monde. Il y eut de l'orange, du rose, de l'or, du violet, le ciel se déchira de parme et d'argenté. Antilogus le dévora des yeux. C'était ce même soleil qui venait éclairer le Bosphore, le matin, qui donnait cette couleur de miel aux maisons du quartier de Galata et de Pera. Et c'était ce même soleil qui lui disait maintenant au revoir. Alors Antilogus lui répondit. « Au revoir, soleil, je t'ai aimé. »

La nuit tomba, mais sa clarté étonna Antilogus. Et ces bruits ! Ils étaient tous plus mystérieux les uns que les autres. Une fois, on aurait dit un râle, venu de loin, des profondeurs peut-être. Une autre fois, c'était juste le clapotis de l'eau. La peur gagna Antilogus. Doucement, elle eut raison de lui. Il craignait de voir apparaître une bête énorme, un monstre des mers qui ouvrirait ses mâchoires pour l'engloutir et le déchiqueter. Les pensées les plus effrayantes le torturaient, et pour se défaire d'elles il en inventait d'autres qui s'avéraient plus atroces encore, plus terrifiantes, et le jeune homme perdait à chaque instant un peu plus de sa force et de son souffle. Il ne voulait pas mourir dans la nuit. Il fallait tenir bon, surmonter la terreur et attendre, patiemment, laisser défiler chaque moment, comme un grain de sable dans un gigantesque sablier. Trouver des pensées, des prières, des chansons, et tenir. Penser aux aubergines, et tenir. Se souvenir, se remémorer chacune des étapes de la préparation des berendjinas, et tenir. Le matin, ils en mangeaient aussi. Coupées en lamelles. Trempées dans du lait. Puis dans la farine. Frites. Puis salées et recouvertes de quelques gouttes de miel. Comme il aurait aimé en manger. Allez, qu'il lâche le turban, qu'on en finisse. À quoi est-ce que cela lui servait, de faire durer. Il croyait au miracle ? Quel miracle ? Aucun miracle n'était possible.

Après de longues heures, le soleil à nouveau se leva. Antilogus ôta la gomme de sa bouche, la colla sur son manteau. Il vérifia que le manteau était bien attaché au turban, que le livre de prières ne risquait pas d'en tomber. Il demanda pardon à tous ceux qui lui avaient fait confiance, et il laissa partir ses biens ainsi ficelés.

La tache de velours échappa à sa vue plus vite qu'il ne l'avait imaginé. Déjà, elle était à vingt mètres, cent mètres ! Et lui, l'idiot, il battait des jambes, pour rester à la surface. Non, ce n'était pas facile d'accepter de mourir. Maintenant qu'il n'avait plus rien à quoi se rattacher, non, il ne voulait plus, plus du tout mourir. Mais il était trop tard. Il avait laissé filer sa chance, et la mer ne permettrait pas leurs retrouvailles. Il se débarrassa de ses vêtements. Désormais, seule sa tête émergeait de l'eau.

— Je lève les yeux vers les montagnes, cria-t-il. D'où viendra mon secours ?

Mon secours émane de l'Éternel, qui a créé le ciel et la terre.

Il ne permettra pas à ton pied de faiblir. Ton gardien ne sommeille pas.

Non, Il ne dort ni ne sommeille, le gardien d'Israël !

Il battait des jambes comme un fou, tentant désespérément de rester à la surface de l'eau, s'essoufflant. Sa tête s'enfonça dans les flots, mais il ne se laissa pas faire et la sortit à nouveau.

Quand les pièges menaceront, quand la peste régnera, par son envergure Il te couvrira ! Ton abri est sous ses ailes. Et sa fidélité sera ton bouclier et ton armure !

Ses yeux seuls n'étaient pas immergés. Il ne battait plus des jambes.

« Adieu, pensa-t-il, la terre que j'aimais. Je me rends. »

Au moment où il prononçait ces paroles, il aperçut qui flottait, à quelques mètres de lui, un oignon. Un oignon ! Alors il refit surface et nagea jusqu'à lui. C'était un bel oignon blanc, bien lisse. Antilogus regarda autour de lui, mais ne vit rien de plus. Comment cet oignon s'était-il retrouvé ici, en plein océan ? Était-ce le rescapé d'un naufrage ? Est-ce que c'était un oignon juif dont les inquisiteurs avaient démasqué l'imposture ? Est-ce que c'était le Messie ?

— Dieu, toi dont je ne dois prononcer le nom ! Tu me punis de ma vanité, de mon arrogance, de ma naïveté, et cela, tout cela je l'accepte ! Je ne suis pas parfait, j'ai mes défauts, je ne suis pas toujours assez malin, je sais tout ça. Mais pourquoi me narguer avec cet oignon ? Tu m'envoies un oignon ! De toutes les choses qui se trouvent dans ce monde, c'est bien d'un oignon dont j'ai le moins besoin ! Qu'est-ce que tu veux que j'en fasse ! Tu veux que je le mange et que je crève de mal au ventre ? Pourquoi m'en veux-tu autant ? Qu'est-ce que je t'ai fait !

Sa brusque mauvaise humeur lui avait donné un sursaut d'énergie. Tout en pestant, il battait des jambes bien plus vigoureusement qu'avant. Il attrapa l'oignon, y enfonça ses dents et le dévora. Comme il était sucré, comme il était acide, il lui brûlait la langue, il était délicieux, il était dégoûtant. Le goût de l'oignon, depuis combien de temps ne l'avait-il pas eu dans la bouche ? Dans quelques instants, son estomac hurlerait de douleur. La mer à son tour l'avalerait et peut-être aurait-elle mal au ventre elle aussi.

À peine avalé, l'oignon déjà lui brûlait les entrailles. Il avait suffi de quelques petites minutes. Et ce goût dans la bouche, ce goût était une torture plus pénible encore. Les gorgées d'eau de mer n'y changeaient rien. Le goût ! Le goût âcre et sucré revenait toujours ! Sa langue, son palais, ses gencives s'en étaient imprégnés et cela le rendait fou ! Il se rinça encore et encore à l'eau de mer, mais c'était une bataille pour rien ! Il était maintenant furieux contre lui. Il avait mangé l'oignon, il n'avait pas réfléchi aux conséquences.

— Je croyais que Tu étais le Dieu de miséricorde, de compassion, je pensais que Tu venais en aide aux souffrants, aux malheureux ! Mais moi, moi je ne compte pas pour Toi. N'est-ce pas ? Est-ce parce que je suis un enfant adopté ? Tu as fait exprès de mettre cet oignon devant moi. Tu l'as fait apparaître ! Je ne l'avais pas vu venir. C'est Toi qui l'as mis là ! Je te déteste !

C'est alors qu'au loin il aperçut une silhouette.

— Tu vas me narguer avec des visions maintenant, c'est ça ?

Antilogus pestait. La fatigue avait eu raison de son jugement.

— Vous croyez que je vais essayer de vous faire un signe, pour que vous veniez me sauver ! Je sais bien que vous n'êtes qu'une illusion. Vous n'êtes qu'une ombre envoyée sur la mer pour ajouter à ma confusion !

Sa tête s'enfonça encore dans l'eau. Il but la tasse, manqua de se noyer. Il était à bout.

La vision du navire s'était étrangement rapprochée.

— Si je survis à cela, murmura-t-il, tout bas, je me jure de retrouver celle qui m'a donné la vie.

Des hommes reliés au bateau par une corde plongèrent. Ils nagèrent énergiquement jusqu'à lui et le secoururent.

Oui, c'était un homme nu, et de plus, circoncis. Et le capitaine du bateau, un Anglais, ne s'en offusqua pas. *Nous sommes tous nus devant la volonté de Dieu*, lança-t-il en guise de bienvenue. Le Juif ne tenait pas debout. Il était une pauvre loque, livide et maigre.

Deux hommes furent chargés de le porter jusqu'à l'infirmerie. On l'allongea sur un matelas, on l'habilla, et chaudement encore. On lui prépara un grog qu'on porta à ses lèvres, puis le capitaine lui fit préparer un genre de crêpe, fait d'un œuf de poule, de lait de l'une des bonnes vaches embarquées sur le navire et de mélasse. Mais Antilogus ne pouvait rien avaler. Il était à peine conscient. Il dormit pendant plus de quarante heures d'un sommeil hanté.

Ses cauchemars – et indéfiniment, ils se succédaient – étaient tous teintés de bleu. Il ne savait plus où il était. Vivant ou mort ? Il ne savait même plus s'il dormait ou s'il était éveillé. Où était parti l'oignon ? Lorsqu'il ouvrit les yeux, il ne se souvint plus pourquoi il était là. La cabine ne lui disait rien, ni le matelot chargé de veiller sur lui. Se trouvait-il sur le galion espagnol ? Ses muscles, son corps, ses articulations lui faisaient affreusement mal. Il se tordait dans tous les sens, vomissait de la bile. Et tout tournait autour de lui. Il avait de la fièvre, une sacrée fièvre. La mort l'avait épargné, peut-être, mais elle avait laissé sur son corps quelques empreintes. Et puis il y avait ce goût d'oignon.

Lorsque après trois jours, enfin, il sembla recouvrer ses esprits, le capitaine était à ses côtés.

— Ça va mieux maintenant ? s'inquiéta celui-ci, bienveillant.

— Vous êtes anglais ? demanda Antilogus.

— Oui.

— Alors vous n'allez pas me tuer ?

— Non.

Antilogus voulut se redresser. Il n'y parvint pas.

— Merci.

— Oh, pas de merci qui compte. On est des hommes, on s'épaule, c'est tout. Vous étiez nombreux ?

— J'étais seul.

— Eh bien maintenant, mon ami, vous n'êtes plus seul. Allez, reposez-vous.

— Mon manteau, mon turban, murmura Antilogus.

— Nous les avons rincés à l'eau douce afin qu'ils sèchent plus vite. Ne vous en faites pas, avec le soleil qu'il fait, vous les récupérerez secs d'ici ce soir.

Il y eut un silence.

— Comment, comment est-ce que... commença Antilogus.

— C'est simple. D'abord ils ont aperçu une boule de couleur qui flottait, puis ils l'ont remontée. Nous avons trouvé le livre de prières. Les pages se décollaient encore assez bien les unes des autres et l'encre n'était pas effacée. Nous en avons déduit que le naufrage était récent. Alors, mes hommes ont fait de leur mieux. Si vous dériviez au tiers de la vitesse du turban, vous seriez là en quelques heures. Nous avons essayé de comprendre d'où il venait et nous avons décidé d'essayer de ne plus bouger. Le reste, c'est à la Providence, ami, que vous le devez.

— La Providence, répéta Antilogus qui ne connaissait pas ce mot.

L'*Eliza*

Le navire anglais apportait avec lui des couvertures de laine, près de trois cents bibles et deux presses, l'une qui serait vendue à la bourgade de Williamsburg, la seconde que les quelque quatre-vingts quakers trembleurs embarqués à bord garderaient pour eux et qui les accompagnerait plus au nord où ils comptaient s'établir. Tous originaires de Manchester en Angleterre, ils étaient partis dans l'espoir de vivre une vie meilleure. Pour eux, rien ne serait facile. Il faudrait tout créer, tout affronter. Mais c'était aux générations suivantes qu'ils pensaient, déjà. Pour leurs enfants, et pour les enfants de leurs enfants, ils voulaient construire un monde juste, un monde d'équité et de tolérance. Pour accomplir ce miracle de générosité, ils avaient la volonté et l'endurance. L'idée d'une terre nouvelle où l'on puisse tout recommencer à partir de rien, c'était une manière comme une autre de se rapprocher de Dieu, et de Sa création. Loin de la misère et du mépris des hommes, ils feraient de cette contrée un lieu où l'homme pourrait s'épanouir tout en se conformant aux Commandements. Ils travailleraient une terre qui serait la leur et vivraient honnêtement de ce labeur. Ils s'organiseraient en société humaine et s'entraideraient pour parer aux manques, aux pénuries et à la rudesse du climat. Aucun ne serait jamais laissé de côté, et chaque homme, chaque femme aurait la même importance aux yeux de la communauté. Enfin, ils pourraient prier comme ils l'entendaient, ou plus exactement comme ils le ressentaient. Ces hommes et ces femmes avaient une manière de prier qui n'appartenait qu'à eux et qui leur valait le surnom de « déments » de la part de l'Église d'Angleterre. Renoncer à leur façon de prier ou partir, ils avaient dû choisir.

Voyager avec des bibles leur était apparu comme un bon augure, et en effet, jusque-là, le bateau n'avait connu ni tempête ni gros temps. Toujours la mer était restée une amie et il leur semblait que tous ici étaient bénis. La traversée n'en était qu'au vingt-troisième jour, mais d'après le capitaine, dont c'était le sixième voyage à travers l'Atlantique, ils ne tarderaient pas à arriver dans les îles. Tous s'en réjouissaient, tout en restant prudents. Quant à ce naufragé qu'on avait tiré de l'eau, il était à leurs yeux un signe supplémentaire de la clémence de Dieu et de la bénédiction de leur embarcation. Leur projet humain prenait déjà corps.

Parmi les autres passagers, bon nombre venaient pour occuper la place de domestiques auprès de colons installés à Williamsburg ou dans les comtés voisins. Leur futur maître avait payé leur voyage et quelquefois celui de leur famille. En échange de quoi, ils serviraient sept années. Au bout desquelles ils seraient libres et pourraient à leur tour s'établir.

Sur le bateau, la nourriture était plus qu'acceptable. Après seulement trois semaines, les victuailles étaient encore tout à fait comestibles. Il restait de l'eau douce pour tout le monde, qui n'était pas croupie. Antilogus en but avec délices. Bien sûr elle avait déjà un petit goût. Mais rien à voir avec celle, immonde, du galion. Le jeune homme, à qui l'on avait aménagé une cabine spéciale à côté de celle du capitaine, à l'arrière du navire, dans ce qu'ils appelaient le « gaillard », était traité comme un invité de grande importance. Ainsi avait-il à dîner du saumon fumé bien gras, deux gros œufs de poule cuits à la coque, ainsi que du pancake et du *lemon curd*, sorte de pâte faite de sucre et de citron de Sicile, qui permettait, selon le capitaine, de prévenir cette maladie qui fait gonfler les gencives et tomber les dents les unes après les autres et finit par rendre fou. Bien sûr, tout cela était arrosé d'un bon whisky, et pas qu'une rasade. La journée, les hommes étaient tous à la bière, mais en l'honneur du rescapé on avait distribué du whisky, ce qui avait immédiatement valu à Antilogus une popularité certaine.

Antilogus, encore convalescent, trouva une place sur le pont du navire. Il décida qu'il passerait ses journées là, enveloppé de son manteau un peu défraîchi, mais toujours aussi lourd, à guetter tout signe annonciateur de cette terre qui le faisait languir. Quelques passagers se postaient, de temps à autre, en un lieu où ils étaient sûrs de ne point gêner. Ce matin-là, il remarqua, non loin de lui, une mère qui donnait le sein à son enfant. Elle était belle, et son visage lui était étrangement familier. Mais il était impossible de déterminer en quoi. Venait-elle ici tous les matins ? Y restait-elle la journée ? Avait-elle d'autres enfants, un mari ? Elle scrutait l'horizon avec plus d'avidité que celle de son bébé quand il suçait son sein.

Tout à coup, au son d'une cloche, un grand nombre de passagers se réunit sur le pont. Les hommes se placèrent d'un côté, les femmes de l'autre. Le prêtre apparut et commença un sermon. Les hommes et les femmes répétaient chaque phrase après lui, ou la complétaient de quelques mots ou d'un « Amen ! » Après quelques minutes, tous entrèrent dans une forme de transe. Leurs mains se mirent à trembler de plus en plus, puis ces convulsions gagnèrent leurs bras, puis s'étendirent à tous leurs membres. Ils tapaient des pieds, ils levaient les bras, ils chantaient, ils criaient.

Les « Trembleurs », comme les appelaient leurs détracteurs, se réunissaient ainsi une à deux fois par jour.

— Ils sentent Dieu entrer dans leur corps, expliqua plus tard le capitaine à Antilogus, et les débarrasser de tout ce qui leur pèse, les peines, les douleurs, pour ne les emplir que de joie pure. Cette joie pénètre en eux jusqu'au bout de chacun de leur membres, et une fois qu'elle les remplit comme le sang remplit leur corps, ils ne sentent plus leur poids, ils sont comme transportés et ils peuvent danser pendant des heures, même s'ils n'ont pas mangé et même s'ils sont malades. La joie en eux répare tout, instantanément, plus rien ne compte que cette communion avec le Seigneur.

À partir de ce jour, le capitaine prit l'habitude d'avoir une conversation quotidienne avec son protégé. Antilogus lui décrivait

Istanbul, le capitaine lui expliquait Londres. Les deux villes s'étaient trouvé un triste point commun : les incendies. Antilogus raconta comment chez lui on construisait soit des maisons en bois résistant aux tremblements de terre soit des maisons en pierre résistant aux incendies. C'était un véritable casse-tête et personne ne savait jamais quoi faire lorsque venait le moment de bâtir ou d'acheter une habitation.

Le capitaine à son tour évoqua le grand incendie de Londres, dix ans auparavant. La ville commençait à peine à s'en remettre.

— Ceux qui ont tout perdu n'ont pas le choix : ils sont obligés de se tourner vers l'avenir. Et l'avenir, c'est l'Amérique.

— C'est si vrai que ça ? demanda le Turc.

— L'homme qui naît aujourd'hui en Angleterre est obligé de se conformer à un ordre existant. C'est sa naissance qui définit sa place. Et même si cette place est injuste, même si elle bafoue qui il est et compromet sa destinée, il n'y peut rien. En Amérique, il n'y a pas de place préétablie, puisqu'il n'existe aucun ordre, aucun établissement, aucune Église exclusive. C'est le pays de la liberté, la deuxième chance de l'humanité. Et elle est là, derrière l'horizon, elle est là. Pourquoi ne regarderaient-ils pas tous vers elle ? C'est un monde à prendre et à façonner. Et le Seigneur attend cela de nous, que nous prenions cette terre avec respect, avec bonté, que nous en fassions Sa terre. Comme si...

— Comme si ?

— Eh bien, imaginez que dans le jardin d'Éden il n'y ait pas eu seulement Adam et Ève, mais un autre homme, avec une autre femme. Ève a mangé le fruit, mais l'autre femme, écoutant Dieu, et Le craignant, ne l'a pas touché, et l'homme avec elle non plus.

— Et alors ?

— Et alors, peut-être bien que l'Amérique est la terre de ces deux-là.

— Ces deux-là ? répéta Antilogus. Qui sont-ils ? Est-ce qu'ils ont un nom ?

— Je n'en sais rien.

Antilogus, incrédule, regardait le capitaine.

— Ils seraient une sorte de double de l'humanité qui, lui, n'aurait pas failli ?

— C'est ça.

— Mais qui auraient payé quand même, pour le péché des autres.

— En quelque sorte.

— Pourquoi leur histoire n'apparaîtrait-elle nulle part ? Vous remettez en cause toutes les Écritures...

— Non. Je ne les remets pas en cause. Mais je m'interroge sur le fait que quelque chose manque.

— Et cette femme, cet homme, ils auraient créé une lignée, ils auraient des descendants ?

Le capitaine offrit à son passager un sourire mystérieux et triste.

— N'avez-vous jamais eu l'impression qu'il existait deux communautés humaines bien distinctes ?

— Il m'a semblé, répondit Antilogus, que c'était plus complexe que cela. Mais oui, il m'est arrivé de penser cela. Alors, si je vous suis, quelque chose de l'histoire se serait perdu.

Le capitaine se leva.

— Pardonnez ces propos, mon ami. L'imagination d'un homme seul est fertile.

— Mais vous y croyez, n'est-ce pas ?

Le capitaine regardait Antilogus droit dans les yeux.

— Il y a quelque chose en nous qui est resté pur, vous comprenez ? Il y a quelque chose en nous qui refuse et refusera toujours de s'avilir. C'est pour ça que nous avons besoin de l'Amérique.

Un matelot se mit à crier. La terre était là ! Aussitôt le capitaine et Antilogus bondirent. Le capitaine prit sa lunette. C'était bien la terre ! Tous les passagers se précipitèrent pour la regarder.

— Ceci n'est pas la grande terre d'Amérique, cria le capitaine aux curieux. Nous sommes dans la mer des Caraïbes et cette île se nomme La Barbade. Ici nous ferons une escale, le temps de remplir nos cuves d'eau douce et de faire le plein de nourriture ! Il nous faut des fruits, du poisson frais, de la viande, des volailles, il nous faut tout ce que l'île peut nous offrir qui apaise la faim et la soif. Que ceux qui veulent descendre à terre le fassent, mais ils doivent être revenus à bord avant le coucher du soleil. Les retardataires resteront sur l'île. Quant à moi, je resterai sur le bateau.

Le capitaine donna l'ordre de préparer les chaloupes. Des marins descendirent les uns après les autres le long des échelles de corde pour y prendre place.

Les chaloupes étaient grandes, on pouvait loger sans problème dans chacune une trentaine d'hommes et le double de barriques.

— Des volontaires ? cria l'un des hommes d'équipage.

Antilogus avait bien envie de descendre, mais il était encore un peu faible. Aussi décida-t-il de rester à bord. Il emprunta la longue-vue du capitaine et put apercevoir la couleur de l'eau. Elle était bleue comme cette pierre de Turquie, la turquoise, dont tous assurent qu'elle porte bonheur à celui qui la porte. Cela le fit sourire. Il existait donc, loin de chez lui, des mondes magnifiques, peut-être plus beaux encore que l'esprit humain ne pouvait l'imaginer. Il eut une pensée pour Gözlem. À son retour, il irait trouver le maître dans son théâtre et lui raconterait l'eau turquoise et le sable rose.

Après cinq heures, les premières chaloupes revinrent vers l'*Eliza*, chargées d'eau de source, de légumes, de sucre brun, de fruits tous plus colorés et extraordinaires les uns que les autres. La cargaison fut montée à bord. Tandis qu'un marin faisait passer une noix de coco entre les mains des uns et des autres, dans la surprise et l'incrédulité générales, un homme prit la parole, interpellant les passagers.

— C'est comme une tête d'enfant avec des cheveux qui lui auraient poussé partout, pas vrai ?

Tous éclatèrent de rire.

Une femme secoua le fruit.

— Ça fait du bruit ? Il y a un liquide dedans ?

— Bien sûr, c'est du lait. Blanc, pur et délicieux comme celui de nos bonnes vaches d'Angleterre. Peut-être même encore meilleur !

Après être passée entre toutes les mains, la noix de coco parvint à celles du commentateur. Avec un marteau, celui-ci fit un trou dedans. Puis il appela les vingt enfants du navire un à un afin que chacun goûte au lait. Puis, à la force de son poignet, il fendit la noix contre le mât. Avec le marteau, il la brisa et distribua à chaque passager un tout petit morceau blanc entouré d'une peau beige foncée.

Antilogus goûta lui aussi, et il trouva le fruit délicieux. Le commentateur, fort en gueule, continua sa présentation des papayes, plantains, patates douces, fruits de la passion et goyaves.

— Il y en aura pour tout le monde ! clamait-il.

Et les passagers reçurent chacun un fruit, « avant-goût de notre nouvelle vie ».

— Moi, c'est ici que je veux vivre ! cria alors une femme.

Antilogus reconnut celle qu'il voyait chaque jour scruter fébrilement l'horizon en allaitant son bébé. Elle était entourée de sept marmots ! Sans perdre un instant, elle regroupa sa petite famille et négocia avec le capitaine que l'une des chaloupes la rapproche du bord.

Elle fut conduite jusque-là où les enfants avaient pied. Elle tenait dans ses bras le plus petit, âgé d'un an et demi à peine. Il était rond et rose, la tête recouverte d'un bonnet en crochet, et souriait benoîtement. Une petite fille était portée par sa grande sœur. Deux petits garçons de cinq ans environ, chétifs, le teint pâle et les joues creuses, peut-être des jumeaux, tenaient la main d'une fillette à peine plus grande, cheveux de paille flottant dans le vent. Un autre garçon, l'aîné, marchait dans son coin, le visage sale et résolu.

Antilogus regardait cette mère, encore jeune et belle. Par quels tracas était-elle passée pour préférer partir seule avec toute sa progéniture dans une aventure dont elle ignorait presque tout ? « Huit bouches », pensa-t-il. Et il pria pour que l'île regorge de fruits et de soleil. Et que la vie y soit, pour elle, comme au jardin d'Éden avant le serpent et la pomme. Simple. Facile. Naturelle.

Avec la longue-vue, il pouvait encore suivre leurs silhouettes. Pour une raison qu'il ne s'expliqua pas, le départ de cette femme et de ces enfants fit naître en lui une immense détresse. « C'est une étrangère, tentait-il de se raisonner. C'est une parfaite étrangère. Je ne la connais pas, je n'ai aucune raison de me mettre dans cet état. » Sa gorge était serrée, trop serrée, et sa tête lui tournait. Il s'assit et ferma les yeux.

Une demi-heure plus tard, après le retour des dernières chaloupes, le navire leva l'ancre. Il devait à présent aller chercher le vent qu'il fait bon avoir derrière soi pour longer la côte. Celle qui les mènerait à Williamsburg, en Virginie.

Alors Antilogus se ressaisit. Il marcha droit jusqu'au poste d'observation du capitaine.

— La femme, l'homme du jardin d'Éden, comment se nomment-ils ? J'ai besoin que vous me donniez leur nom.

Mais le capitaine resta muet.

— S'ils existent, ils doivent avoir un nom, n'est-ce pas ?

Chesapeake

Après avoir longé les côtes de l'Amérique pendant plus de huit jours, le bateau arriva en baie de Chesapeake. Des drapeaux anglais, hissés sur le haut des maisons du bord de mer, annonçaient fièrement la Virginie. Le capitaine Whittaker donna l'ordre de lever les voiles, puis, solennellement, l'ancre fut balancée pardessus bord. Ce geste fut salué par une salve d'applaudissements. Le capitaine avait réussi sa traversée. Il s'inclina devant ses passagers, désigna d'une main son vaillant équipage. Un marin fut envoyé en éclaireur pour annoncer aux autorités locales qui ils étaient, ce qu'ils apportaient et ce dont ils avaient besoin. Le bateau resterait au port quelques jours, le temps de prendre des forces à terre ainsi que de charger les marchandises que le capitaine rapporterait en Angleterre après avoir déposé les Trembleurs et leur presse plus au nord. Il fallait préparer pour tous de quoi se remplir l'estomac. De la biche, de l'élan ou de l'ours rôtis, des châtaignes au lard ou de la tortue fumée, n'importe quoi, pourvu que ce soit chaud, gras et bien juteux.

L'intendant du port de Williamsburg donna l'ordre à ses soldats de bien vouloir satisfaire les demandes du capitaine. Les femmes préparèrent à la hâte de grandes pintes d'eau fraîche et le jus de pomme à leur servir dès leur arrivée. Le marin revint à bord de l'*Eliza* annoncer la nouvelle : ils étaient attendus, et dignement. Ceux dont le voyage s'arrêtait ici s'embarquèrent avec empressement sur les chaloupes. Les Trembleurs, quant à eux, restèrent groupés, serrés les uns contre les autres, d'un côté du bateau. Il leur fallait patienter encore. Ici, ce n'était pas chez eux.

Des vols d'oiseaux sauvages vrillaient le ciel de part et d'autre. Les nuages, peu nombreux mais énormes, rebondis, blancs cerclés d'or et de gris bleuté, laissaient passer quelques gloires. Le capitaine s'approcha d'Antilogus.

— Alors ? Vous avez décidé ?

— Si c'est par ici que transitent les marchandises, c'est ici que je dois m'établir.

Le capitaine haussa les sourcils. Antilogus le regardait. C'est à cet homme-là qu'il devait d'être vivant. Ne valait-il pas mieux rester avec lui, poursuivre le voyage et se faire une place au sein de cette société de gens exaltés, peut-être, mais tellement bons ?

— Bonne chance, ami, dit le capitaine en lui tendant la main.

— Bonne chance à vous, capitaine, pour la suite et pour le retour.

Et ils réalisèrent qu'ils ne s'étaient jamais présentés.

— Whittaker, dit le capitaine dans un éclat de rire.

— Antilogus, Naor, Azaria, d'Istanbul.

— Eh bien, vive la communauté humaine !

Antilogus se dépêcha de rejoindre une chaloupe.

Lorsqu'il posa le pied à terre, il ressentit le même vertige incertain qu'en Crète. Il s'allongea sur le sable. Son corps avait besoin de réapprendre la terre ferme.

Après quelques minutes, il se leva. Son corps hésitait encore, mais l'équilibre prit peu à peu le dessus. Ça y est, il y était. Là, debout, sur le sol de cette Amérique qui faisait rêver le monde. Il attendit une émotion – ce n'était quand même pas rien d'être arrivé jusque-là – mais, à son grand étonnement, il n'en ressentit aucune.

Devant lui, quelques bâtisses se faisaient face. Le paysage lui parut morne. Les arbres ne l'impressionnaient pas. Ni par leur taille, ni par leur beauté. Ils étaient pour la plupart trop jeunes, trop fins. Il n'y avait pas la moindre fleur. Aucun parfum ne se dégageait de nulle part, et le ciel... le ciel était bleu mais d'un bleu pâle, et froid. Est-ce que c'était cela, leur fabuleuse terre ? Où étaient les fruits merveilleux, les poissons multicolores dont rêvait Gözlem ? Antilogus sentit son orgueil d'enfant turc pousser en lui comme un baobab. Il pensa au sultan. Istanbul était mille, cent mille fois plus belle et plus riche que cela ! Et au lieu de la grande exaltation qu'il attendait, il éprouva une certain malaise – sa gorge, à nouveau, se serrait. Il se raisonna et se mit à la recherche de quelques informations vitales.

Les maîtres, sur les quais, attendaient leur main-d'œuvre. Ils étaient tous bedonnants et leurs joues rougeaudes leur donnaient un air de bons vivants. De petits chapeaux noirs en feutre ou en toile leur servaient de couvre-chef. Les hommes portaient une tenue assez proche de celle des Européens que l'on croisait à Istanbul. Il y avait d'abord ces culottes gris clair ou beiges, qui leur moulaient la cuisse et le genou, des bas qui leur prenait le mollet, puis des souliers de cuir. Par-dessus, ils portaient une chemise de coton et une veste longue dont – Antilogus l'apprendrait plus tard – la couleur et la coupe dépendaient plus de critères pratiques, la disponibilité et le prix du tissu, que de codes sociaux clairement définis.

Antilogus se présenta à l'intendant du port. Il expliqua qu'il était sujet de Mehmet IV et qu'il souhaitait s'établir sur ces terres américaines si on le lui permettait.

Le gouverneur lui rappela aimablement qu'il se trouvait sur un territoire anglais et que par conséquent il devait, pour s'y installer, posséder une autorisation.

— Comment l'obtenir ?

— Il faut que quelqu'un d'ici ait demandé à vous faire venir et qu'il vous offre une garantie d'hébergement, de travail, de protection. Ou bien...

— Ou bien ?

— Ou bien il faut que vous ayez un talent particulier, un talent qui fasse de vous un homme unique, irremplaçable, tel que nous ne puissions pas nous passer de vous. Et alors nous fermerons les yeux sur votre nationalité.

— Je connais le théâtre de marionnettes. Je parle plusieurs langues. Et je voudrais faire du commerce.

— Vous avez donc une fortune personnelle ?

— Oui.

— Il fallait commencer par cela.

Le gouverneur délivra une autorisation à Antilogus. Sa profession, « négociant », y figurait.

Le jeune homme sortit de la caserne, son papier à la main.

L'Angleterre s'intéressait au produit de ses colonies, mais vraiment pas à ce qui s'y passait. Ainsi, pour peu qu'on ait pu naviguer jusque-là, il n'était pas question de mettre des bâtons dans les roues aux arrivants. Chacun faisait ce qu'il voulait, du moment qu'il proposait sa production en priorité à l'Angleterre.

On indiqua à Antilogus une auberge où il pourrait se sustenter, se réchauffer et récupérer. Il s'y rendit aussitôt, avec tout son bien, c'est-à-dire lui-même, son chapeau et son manteau.

L'auberge était tenue par un homme affable aux jambes si arquées qu'on aurait juré qu'il avait passé son enfance à califourchon sur un tonneau de bière. Le sieur Appleton, c'était son nom, donna à Antilogus une petite chambre sans fenêtre, mais avec un lit muni d'un matelas. Autant dire du plus grand confort. Puis dans la salle à manger où étaient dressées trois tables, l'Anglais lui fit servir une soupe de maïs et prit place à côté de lui. Antilogus se fit expliquer de quoi et comment on vivait ici. Cela tenait en un mot : le tabac. Il y avait du maïs, des pommes, des noix et des pacanes, mais qui s'exporte, qui remplisse la mère patrie de fierté et ses ouailles exilées de deniers, non, il n'y avait que le tabac.

— Seulement le tabac ? demanda Antilogus, déçu.

— Comment ça, seulement le tabac ? Toi, tu n'as jamais fumé.

— Si, à Istanbul.

— C'est bien ce que je dis, tu n'as jamais fumé. Vraiment fumé. Enfin, je veux dire, du vrai tabac.

Et Appleton se leva de table.

Il revint avec un petit rouleau ambré. Il le tendit à l'étranger. Antilogus le prit entre son pouce et son index.

— C'est un cigare, dit l'Anglais. Mets-le à la bouche.

Il attrapa la chandelle et l'approcha du cigare. Antilogus s'exécuta.

— Maintenant, quand j'approche la flamme, tu aspires.

La chandelle brûlait l'extrémité du cigare.

— Vas-y ! Aspire !

Antilogus aspira de toutes ses forces. Il ôta le cigare de la bouche. Il ne respirait plus. Tout à coup, il se mit à tousser comme un fou. Il toussa tant que le cigare tomba sur sa cuisse et le brûla. Antilogus, de surprise, tomba à la renverse et se retrouva par terre, encore bouleversé de cette rencontre avec les principes actifs de la plante.

Appleton affichait un sourire satisfait.

— Alors ? C'est quelque chose, pas vrai ?

Antilogus leva les yeux vers lui, l'air hébété. La tête lui tournait plus encore que sur les bateaux qui l'avaient amené jusqu'ici. Mais ce n'était pas désagréable. Au contraire. Ce tournis, ce malaise avaient quelque chose de plaisant. Il lui semblait qu'il n'était pas tout à fait lui-même, que son corps était à la fois plus léger et plus lourd, que son centre de gravité s'était déplacé. Il se sentait plein de coton ou de laine. Appleton flottait dans l'air. Au plafond, une porte ouverte laissait entrer des hommes qui descendaient le long du mur.

— C'est quelque chose, pas vrai ? répéta Appleton.

Il attrapa la main d'Antilogus et le remit sur pied. Antilogus se dit qu'il était beaucoup mieux par terre que debout. Et qu'il préférait la porte dans le plafond et les hommes qui se suivent à la verticale le long du mur à la normalité du monde. Pourquoi un homme marchant droit sur le sol aurait plus de vérité qu'un homme tête en bas descendant du plafond ? Il avait envie de croire en n'importe quoi. Des bateaux qui volent entre les nuages, des arbres avec des bras et des mains tenant chacune une fleur ou un poignard, des marmites qui se mettent à servir, d'elles-mêmes, les convives. Et il se mit à rire.

— C'est quelque chose, sans aucun doute, c'est quelque chose, répondit-il enfin à son hôte.

— C'est mieux que l'or, ajouta encore le vieux.

Ainsi, les *settlers* de Virginie étaient fiers. Fiers de leur terre, fiers de leur travail, fiers de leur tabac. C'était le meilleur du monde, et il ferait d'eux des seigneurs, et il leur donnerait, un jour, la richesse et la puissance. Aussi Antilogus décida-t-il que c'était cela qu'il choisirait lui aussi. Si le tabac était de l'or en feuilles, s'il était si apprécié de tous, et si celui de Virginie, parmi tous ceux qui poussaient sur ce continent, était le meilleur, alors c'était à n'en point douter cette piste-là qu'il devait suivre, parce que c'est ce tabac qui lui permettrait de prendre de l'importance aux yeux du sultan et de sauver les siens.

Il n'en dormit pas de la nuit.

À l'aube, il descendit trouver Appleton. Il voulait un autre cigare.

L'homme, encore en bonnet de nuit, ne put s'empêcher de sourire. Il lui confia une chandelle et Antilogus repartit avec le rouleau ambré et la flamme.

Dans sa chambre, il s'allongea sur le lit, adossé contre le mur.

Il prit le cigare, le mit à sa bouche, approcha la chandelle et aspira.

À nouveau, la plus intense sensation s'empara de son corps. Une sensation forte et complète. Le tabac procurait un plaisir intense, il enivrait, c'est ça, il enivrait !

Il prit une autre bouffée, aspira aussi profond que ses poumons le lui permettaient. Ses jambes s'engourdissaient, ses bras aussi, sa tête était lourde, la fumée prenait son corps. Il se sentait partir. Lorsque l'impression s'atténua, il prit une autre longue bouffée. Cette fois, il aspira encore plus fort et ferma la bouche pour ne pas laisser s'échapper la fumée.

Il prit une quatrième bouffée, puis une cinquième. Et il éteignit le rouleau de tabac juste avant que ses doigts ne soient atteints par son bord incandescent. Appleton avait raison, le tabac, c'était l'avenir, la fortune ! Et Antilogus se laissa envahir par un sentiment de confiance extraordinaire.

Il ferma les yeux. Il s'imaginait richement vêtu, debout sur le pont d'un bateau faisant route vers Istanbul. Rayonnant, souriant comme un vainqueur, devant des caisses de pierreries, d'épices et de bois précieux, qu'il offrirait à son peuple. Le bateau s'approchait de la Corne d'Or et tous couraient en tous sens pour s'en approcher. « Il est de retour ! » criaient les uns. « Il est revenu ! » criaient les autres. Et c'était une explosion de joie à

Balat, à Galata, à Pera, au bazar, partout. Antilogus descendait à terre. Il remerciait chacun de cet accueil si chaleureux, puis il annonçait qu'il avait de bonnes nouvelles. Il faisait ouvrir les caisses remplies de trésors. De l'or ! De l'argent ! Des pierreries ! Mille fois plus ce qu'avec quoi il était parti ! Le sultan lui-même était là pour l'accueillir. Antilogus faisait alors ouvrir d'autres caisses plus gigantesques encore, pleines de petites cigarettes. « Vous êtes propriétaire de la plus grande fabrique de cigarettes d'Amérique », annonçait fièrement le Juif à son sultan. Puis il lui rendait le turban et le grand homme lui donnait une petite tape amicale dans le dos. « Merci », lui disait-il. Puis il se tournait vers la foule et annonçait : « Les sanctions contre les Juifs sont levées ! » Il y avait des musiciens, des jongleurs, et des enfants, beaucoup d'enfants, partout. Gaddith était là, elle aussi. Et Esther. Heureuse et fière.

Quelques minutes plus tard, Antilogus laissa s'échapper un cri de joie qui réveilla tous les locataires de l'auberge, et le bon Appleton, et son chien Chumkey.

Qu'ils ne s'inquiètent pas, surtout. Tout allait bien. Très bien même. Antilogus était en Amérique, enfin.

Et la journée qui suivit, et celle après, et encore deux comme ça, le Juif acheta à l'Anglais du tabac, encore du tabac. Il ne sortait plus de sa chambre, il ne faisait plus que cela, fumer et rêver, rêver et fumer, étendu sur son lit, dans une béatitude n'ayant d'égal que la terreur à laquelle, en vérité, il cherchait désespérément à échapper.

L'or

Williamsburg était une petite bourgade bien organisée. On y trouvait à peu près tout ce qu'on voulait, et notamment des artisans, des magasins, des tavernes et des comptoirs. Un représentant de la Couronne d'Angleterre y avait un bureau où les colons pouvaient se rendre, librement, pour demander audience. Qu'il s'agisse d'une plainte, d'une affaire de justice, d'un conseil ou d'un courrier à transmettre à sa famille restée en Angleterre, le bureau s'en chargeait, dans la mesure de ses moyens. Si les colons étaient indépendants, ils n'en restaient pas moins liés à l'Angleterre. Malgré le souhait de certains de couper le lien avec Albion, celle-ci constituait le principal, sinon l'unique débouché pour leur production, et leur permettait de vivre en achetant à leur tour aux Anglais tout ce qui demeurait à ce jour introuvable sur le sol américain et dont ils avaient besoin. Laine, coton, dentelles, marmites, ustensiles, papier, encre, verrerie, souliers, chapeaux, coutellerie, armes : la liste s'allongeait chaque jour. Si les planteurs, tous autant qu'ils étaient, travaillaient exclusivement pour la Compagnie anglaise de Virginie, c'est parce qu'elle était la seule à y envoyer des bateaux. Parfois arrivaient des bâtiments remplis de quakers ou de puritains qui s'arrêtaient, le temps de vendre quelques affaires. Mais ils n'achetaient jamais rien, et surtout pas de tabac.

Le tabac était une aubaine pour les colons. Non seulement parce qu'il leur fournissait un revenu, mais parce qu'en le fumant ils oubliaient les pensées qui régulièrement leur menaient la vie dure. La vie n'était pas facile ici. Et sans le tabac ni le bourbon qu'on fabriquait un peu plus au nord, sans les dizaines de barriques de whisky expédiées d'Angleterre ou d'Écosse, ils n'auraient pas tenu. Il faut dire que bon nombre d'hommes s'étaient installés seuls. Les femmes, il fallait les faire venir d'Angleterre, les acheter, et par-dessus le marché leur payer le voyage, et tout ça sans savoir la tête ni le caractère qu'elles auraient. Elles étaient issues de toute l'Angleterre. Orphelines, filles des rues, veuves sans le sou, cinglées : ici, les hommes seuls étaient si désespérés de ne pouvoir partager leur couche avec une personne du sexe opposé qu'ils étaient prêts à fermer les yeux sur beaucoup de choses. Les dents de travers – quand il en restait –, la calvitie, la maigreur, les oreilles décollées, la poitrine tombante, ils savaient passer outre. Du moment qu'ils pouvaient se blottir douillettement contre le ventre ou l'épaule de madame, surtout l'hiver venu, car il était rude, avec ses vents. Certains colons avaient amené leur femme avec eux, et cela, c'était de loin la meilleure solution. Pour peu qu'on ait des filles, et l'on était considéré. Tout homme préférait pour son fils trouver une fille d'ici, que l'on puisse rencontrer et dont on puisse apprécier les qualités plutôt que de contracter un mariage à l'aveugle dont en plus on n'était pas sûr qu'il aboutisse, puisque le bateau en provenance d'Angleterre pouvait sombrer ou être pris par des pirates.

Williamsburg était bâtie autour du port. Il y avait l'église, des petites maisons, quelques fermes et deux hangars. Et un peu plus loin, au bout de petites routes, des plantations. Antilogus s'engagea dans l'un de ces chemins qui séparaient les champs. Il aperçut des hommes et des femmes courbés qui travaillaient la terre. Tous avaient la peau noire comme celle des Abyssins qu'il croisait parfois à Istanbul.

Lorsque Antilogus rentra à l'auberge, il interrogea Appleton. Les hommes et les femmes qui travaillaient la terre étaient-ils toujours des Noirs ?

— Les Anglais ne sont pas assez nombreux ni assez résistants pour faire le travail, répondit l'aubergiste. Quant aux Indiens, ils sont beaucoup trop fiers et ne nous causent que des ennuis. Ils connaissent trop bien le pays. Ils s'enfuient et on ne les retrouve jamais. Les Noirs, eux, ne font pas d'histoires.

— D'où viennent-ils ?

— Ils arrivent ici pour travailler, c'est tout ce qui nous intéresse.

Appleton ajouta qu'il y avait une loi ici, une loi non écrite mais respectée de tous, et que cette loi était que chacun se mêle de ses affaires, et que nul ne vienne sermonner ou juger son prochain. Antilogus acquiesça puis il demanda à l'aubergiste s'il connaissait un planteur chez qui il pourrait demeurer quelque temps. Avant de se lancer dans les affaires, il avait besoin de comprendre le fonctionnement d'une plantation. Il paierait, bien sûr.

Appleton tira sur son mégot puis il évoqua un certain Wade, George Henry Wade, qui habitait à deux bonnes heures de cheval du bourg. Il lui raconta que les gens qui arrivaient ici, et auxquels étaient attribués par décret cinquante ou soixante-dix acres, préféraient s'enfoncer vers l'ouest, pour pouvoir prendre possession de davantage de terrain.

— Si tu t'éloignes tu pourras t'installer sur une plus grande terre, toi aussi. C'est ce que tu veux, n'est-ce pas ? C'est ce que nous voulons tous. Avoir une terre rien qu'à nous.

Antilogus le paya pour l'hébergement, le tabac, les repas et les conseils de deux superbes perles dont la blancheur n'avait été altérée par aucune de ses mésaventures. Appleton les regarda, l'air de ne pas savoir qu'en faire. Antilogus se pinça le lobe de l'oreille.

— Des boucles d'oreilles. Vous en ferez des boucles d'oreilles pour votre femme.

— Des boucles d'oreilles ? répéta l'Anglais, incrédule. Je n'ai pas de femme.

— Savez-vous ce qu'on dit chez moi ? Si vous vous voulez qu'une femme vous entende, si vous voulez qu'elle vous écoute, il faut lui offrir des boucles d'oreilles. Peut-être que cela vous aidera à en trouver une.

Appleton se mit à hocher la tête d'un air amusé, puis il sourit et tendit la main à Antilogus.

— Alors, je les prends ! s'exclama-t-il, coquin.

Appleton trouva une voiture pour Antilogus. Le cocher était un jeune garçon qu'il avait fait venir d'Angleterre comme serviteur. L'Anglais en avait trois autres à son service, et cela lui suffisait pour tenir la maison. Bien entendu, le cocher reviendrait à Williamsburg dès qu'il aurait terminé sa mission, mais en attendant, Antilogus le lui louerait un shilling par semaine. Il était entendu que pendant toute la durée du voyage et jusqu'à son retour à Williamsburg, Antilogus aurait le devoir de le nourrir. Le loger, c'était inutile, sauf en cas de mauvais temps : Finmore avait sa couverture, il dormirait sur le chariot. Antilogus paya quatre-vingt-dix jours d'avance. Il espérait d'ici là avoir acquis suffisamment d'expérience pour se lancer dans son entreprise.

Finmore n'avait pas plus de douze ans et pas un poil au menton. Il était orphelin et transportait sur son chariot un vieux chien aveugle et bon à rien ainsi qu'un oiseau qui n'avait plus qu'une patte. Il les soignait, leur donnait à boire, à manger, et cela mettait son cœur en joie.

Son accent était incompréhensible pour Antilogus, mais malgré cela, tous deux parvenaient à peu près à se comprendre. Finmore parlait peu et son physique, rachitique, ajoutait encore à cette discrétion. Vêtu de haillons, il ne faisait pourtant pas pitié. Il avait une bonne tête, affable et bien ronde. Une multitude de taches de rousseur lui donnait un petit air espiègle. Il semblait heureux de son sort, et d'ailleurs il le répétait au détour de chaque phrase, avec son accent des faubourgs de Birmingham ou d'ailleurs : « Je ne suis pas à plaindre, moi. » Effectivement, il ne le paraissait pas. Ce « petit » avait, au dire d'Appleton, un sens de l'orientation hors du commun. Pour l'instant, il n'y avait qu'à suivre la route. Et par chance, elle était bien sèche. Il n'avait pas plu depuis plusieurs semaines.

La voiture n'était rien d'autre qu'un chariot de bois tiré par une bonne mule. Assis côte à côte, Finmore et Antilogus ne se parlaient pas. Antilogus regardait le paysage. Des prairies de part et d'autre du chemin, une forêt, un bois. Des animaux sauvages gambadaient ici et là. Une fois, c'était un lièvre. Une autre, un groupe de daims.

Après deux heures de route, ils parvinrent dans ce qui ressemblait à une petite colonie. Il y avait là plusieurs cabanes de bois, une bâtisse de pierre, des champs de tabac à perte de vue, un champ de maïs et de citrouilles.

— On est arrivés, dit Finmore. C'est là.

Antilogus sauta du chariot, rajusta son manteau, se dégourdit un peu les jambes et pénétra dans la propriété de George Henry Wade.

Il se dirigea vers la bâtisse principale, une maison de pierre et de bois, bien charpentée et de bonne taille, qui devait abriter au moins quatre ou cinq chambres. La porte de l'office était ouverte ; il entra. La servante noire qui était là sursauta.

— Je cherche George Henry Wade, expliqua Antilogus.

La jeune femme ouvrit une porte sur une cuisine noire de suie, qui comportait un énorme four, puis une seconde sur ce qui devait servir de salle à manger, avec à sa gauche un salon où deux fauteuils se faisaient aimablement face, à côté d'un banc de bois long et étroit. Elle fit signe à l'étranger de s'asseoir et se présenta. Elle s'appelait Joanna.

Antilogus prit place sur le banc. Aux fenêtres pendaient de petits rideaux de coton ourlés de dentelles. Sur la table, une nappe en crochet surmontée d'un chandelier en étain annonçait qu'ici, on était chez des gens civilisés.

Un homme s'avança vers Antilogus. Son visage était encadré de favoris, ses cheveux châtains tiraient çà et là sur le gris. L'homme ressemblait à sa maison : ayant essuyé quelques coups durs, mais résistant, les fondations bien solides.

Joanna leur apporta une tasse de thé.

— Je viens de la part d'Appleton, en ville. Je cherche une plantation où loger pendant quelque temps. Je paierai ma chambre, évidemment, ainsi que mes repas et toute autre dépense que mon séjour pourrait occasionner.

— Vous ne venez pas d'Angleterre.

— Je suis d'Istanbul, capitale et joyau du grand Empire ottoman.

— Et ce doit être un bien beau pays si j'en crois l'étincelle de votre regard. Mon nom est George Henry Wade. Soyez le bienvenu. Ce n'est pas très grand ici, mais il y a tout ce qu'il faut. Et surtout du bois pour se chauffer, c'est nécessaire en ce moment. Je suis veuf, mais j'ai deux filles, Charlotte Ann, qui est mariée et attend un bébé pour le mois prochain, et Bess, qui a quinze ans tout juste et traverse une période un peu difficile. Ne vous étonnez donc pas si son accueil n'est pas très amical. Venez, nous allons vous installer.

— Alors, vous acceptez ?

— Vous nous parlerez, à moi, à mes filles et à mon gendre, de l'Orient, de ses mœurs, de ses coutumes, de ses gens, de ses paysages. Cela promet de nous divertir au moins quelques soirées et de nous éduquer aussi, ce qui, croyez-moi, n'est pas un luxe ici. Vous n'avez pas de malles ?

— Tout ce que je possède est sur mon dos.

— Mon vieux, il va falloir vous commander des affaires au bourg. En attendant, je vous en prêterai.

Wade tendit sa main vers le Turc, qui aussitôt en fit autant. Antilogus ignorait combien de temps durait une poignée de main. Il secoua la main de son interlocuteur cinq, six fois et se décida à la lâcher à la septième. Wade en conçut un certain amusement. Ils montèrent l'escalier.

— La nourriture n'est pas toujours variée ici, je vous préviens, mais chacun mange à sa faim, et Joanna, notre cuisinière, fait du très bon travail.

Wade poussa une porte.

Antilogus aurait un lit, une chaise, une petite table et une armoire. Wade sortit du placard un édredon rempli de plumes d'oie et un oreiller. Si son hôte avait froid, il pourrait faire du feu dans sa cheminée. On lui apporterait sans tarder un pot de chambre, une bassine de cuivre ainsi qu'une robe de nuit. S'il avait faim, qu'il se serve ou réveille Joanna. Elle dormait à l'office, toujours prête à répondre aux demandes de Wade ou de ses filles.

Antilogus devrait se plier à l'emploi du temps de la plantation. Lever avec le soleil, suivi du petit déjeuner, et au travail. Il y avait beaucoup à faire ici.

— Quand mon père, Nathaniel Lesley Wade, est arrivé dans

ce pays, il ne connaissait personne. Williamsburg n'existait pas encore officiellement. Il n'y avait là que quelques pauvres baraques de fortune. Ce n'était pas ce que c'est devenu aujourd'hui. Mon père avait débarqué ici par un déluge affreux. Des vents glacés, une pluie torrentielle. Il n'y avait nulle part où s'abriter, à part dans le bateau. Et tous ceux qui en étaient descendus se dépêchaient d'y retourner. Mais la tempête qui faisait de la mer une furie menaçait aussi le navire. Mon père pensa qu'il valait mieux rester à terre. Dans la nuit qui suivit, le bateau, trop proche de la côte, se brisa et sombra. Mon père, transi de froid, frappa à une porte et un certain George Henry Fogarty lui ouvrit. L'homme l'hébergea, le nourrit, le soigna jusqu'au retour du printemps. Puis il lui prêta des outils, pour que mon père construise sa maison à la force de ses seuls poignets. Quand mon père le remercia, savez-vous ce que Fogarty répondit ? « Je l'ai fait pour toi, tu le feras pour un autre, et lui encore pour un troisième, et c'est ainsi que la terre tourne et qu'elle tournera, car nous sommes tous des frères et des frères nous resterons. » Alors disons que, depuis, accueillir les étrangers, c'est une tradition dans la famille.

— Alors, maintenant, ça vaut aussi pour moi, conclut Antilogus en souriant.

Pour lui assurer un bon accueil, Wade ordonna que l'on prépare un *apple tansey* à son nouvel ami. Les pommes étaient abondantes, sucrées et délicieusement acides malgré leur peau verte et grise. Il présenta ses filles à Antilogus, ainsi que son gendre, le jeune Will Grant Morris, de dix-huit ans à peine, que tous ici appelaient Grant. Il était le fils d'un ferronnier de Williamsburg. La distance entre les deux plantations n'arrangeant pas les familles, il avait finalement été décidé que le couple vivrait chez Wade jusqu'à la naissance du bébé.

Le repas était prêt. De bonnes patates au four, avec de la soupe au pain rassis. Ce soir-là, Charlotte Ann resta allongée dans sa chambre, veillée par son mari et par Edly, la nourrice qui s'était occupée d'elle comme de sa propre fille, Joanna.

Comme annoncé, la cadette des filles afficha toute la soirée une mine renfrognée. Elle ne souriait pas, ne faisait pas le moindre effort pour se rendre sympathique ou aimable. De temps à autre, son père la reprenait d'un regard, mais cela n'y changeait rien. Lorsque Bessy quitta la table, au dessert, l'atmosphère se détendit enfin.

Bientôt Grant Morris les rejoignit à table. Les trois hommes restèrent attablés autour d'un verre de bourbon. Wade proposa à Antilogus un peu de *tabago* dans une longue pipe dont, disait-il, la forme s'inspirait du calumet indien. Antilogus raconta comment, chez lui, on chauffait le *tumbak** à la vapeur avant d'aspirer celle-ci par un petit tuyau.

— Et l'effet est le même ? demanda Grant Morris.

— Non, cela enlève beaucoup de sa force au tabac. L'effet qu'il produit sur le fumeur en est d'autant atténué. Quant au goût, il est très différent. Voyez-vous, nous mélangeons à l'eau du miel, des pétales de rose, du melon, et bien d'autres saveurs encore. Notre tabac est sucré. C'est une gourmandise.

Et au moment où il prononçait ce dernier mot, une idée germa dans l'esprit d'Antilogus. Et s'il mariait les savoirs des deux mondes ? Si au tabac d'Amérique il ajoutait, comme on le faisait chez lui, des arômes ? Wade était intrigué, et presque agacé par le silence d'Antilogus. Que voulait-il, vraiment, cet étranger ?

Les Anglais posèrent encore de multiples questions à Antilogus, et celui-ci à son tour les interrogea. Les premiers évoquaient les coutumes locales, comme cette huile d'ours qui remplaçait souvent le lard et dans laquelle on faisait tout cuire ; l'autre racontait les aubergines, les loukoums et la gomme à mâcher de Chio.

— Mais quel est l'intérêt de mâcher, si ce n'est pour avaler ? demanda Grant.

— Cela permet de se nettoyer les dents, et cela détend.

— Cher hôte, s'exclama Wade. Tout ce que vous nous avez raconté est fort intéressant, mais cette gomme que l'on mâche sans but et ne sert qu'à faire fonctionner ses mâchoires, voilà qui ne me semble pas une affaire, et si vous étiez venu ici pour nous en vendre, je vous aurais répondu tout de suite un non catégorique. La garder dans la bouche pendant autant de temps que vous le prétendez, bah ! Moi, quand je mets quelque chose dans ma bouche, c'est pour l'avaler. Ou alors, c'est du tabac.

— Un jour, reprit Antilogus, la gomme à mâcher sera peut-être aussi connue que le tabac, et aussi appréciée.

Cette idée fit rire aux éclats le planteur et son gendre. Antilogus en fut froissé, mais il s'efforça de n'en laisser rien paraître. Parce que cela vient d'ailleurs, ce serait moins bien que ce qui vient d'Amérique, s'insurgea-t-il silencieusement. L'Orient n'avait pas attendu la découverte de l'Amérique pour cultiver du tabac ! Qu'avaient inventé ces Anglais, si ce n'est de le rouler en petits cigares ?

— Est-ce que vous l'aromatisez, elle aussi ? demanda le gendre.

— Légèrement, oui. À l'essence d'eucalyptus.

Et tandis que Wade resservait un whisky à chacun, Antilogus monta dans sa chambre. Il déplia son manteau et fouilla le fond des poches. C'était sa dernière gomme. Comme sa terre lui manquait, soudain. Malgré cela, il découpa la gomme en deux minuscules morceaux, et descendit les offrir à Grant et à Wade. Les deux hommes placèrent chacun le morceau sur leur langue et se mirent à mastiquer énergiquement, en grimaçant.

— Je ne voudrais pas vous contrarier, mais je crois que vous vous faites des idées, conclut Wade en retirant le morceau de mastic de sa bouche.

— C'est dur comme du bois, ajouta Grant.

— Il faut la mâcher plus longtemps que ça, insista le Turc. Il faut qu'elle devienne souple.

Wade replaça la gomme dans sa bouche et reprit sa mastication.

— Comment l'appelez vous, déjà ?

— *Chio gum*, répondit Antilogus.

— *Chew gum*, répéta le planteur avant de l'ôter de sa bouche. Je ne suis pas convaincu mon ami, désolé.

Comme le planteur cherchait un endroit où la poser, pour s'en débarrasser sans avoir à quitter son fauteuil, il s'aperçut que la gomme lui collait aux doigts.

— Mais je lui vois d'autres qualités que celle du goût.

Antilogus se dérida enfin. Wade offrit alors une nouvelle tournée de bourbon. Chacun leva son verre et ils trinquèrent au tabac, à l'avenir, puis – Antilogus insista pour cela – à la gomme de Chio. Le monde n'était pas parfait, mais les hommes ayant choisi ce soir-là de considérer leurs points communs plutôt que leurs différences semblaient unis. Le monde était un, le monde était rond, et il tournait.

Pour la première fois depuis fort longtemps, Antilogus se sentit fort. Il avait grandi, il était prêt. Il accomplirait sa mission sur terre, son destin. Et il y était déterminé : rien ni personne ne l'en empêcherait.

Le lin

Le lendemain matin, Antilogus se réveilla heureux. Il descendit dans la salle à manger, y trouva Joanna en train de débarrasser : tous avaient déjà fini de prendre leur petit déjeuner. Sur le fauteuil du salon, Charlotte Ann brodait. Son visage était rose et bouffi et son ventre, énorme, s'étirait, droit devant, défiant les lois de la gravité. Elle sourit à l'étranger. À sa droite, assise sur le long banc de bois, se trouvait Edly qui, elle aussi, crochetait, ainsi qu'on le lui avait appris, pour augmenter encore le trousseau de l'enfant. Antilogus les salua toutes deux, puis il prit place à table et se fit servir par Joanna un bol de lait chaud bien crémeux parfumé de noix de muscade, ainsi que des crêpes épaisses au lard et au sucre d'érable qu'il trouva fades mais tout à fait mangeables. Lorsqu'il eut fini, il sortit de la maison. Il portait, comme toujours, son manteau.

Il traversa un champ de tabac et observa les hommes et les femmes qui y travaillaient. Quand il passa entre les rangées de plants, tous se tournèrent vers lui. On aurait dit qu'ils n'avaient jamais rien vu de semblable. Était-ce à cause de cette cascade de boucles qui lui tombait sur les épaules, de son turban ou de son étrange beauté ? Il les saluait, les uns après les autres, en inclinant la tête et en se présentant. Comme les Noirs ne répondaient rien, sinon en lui adressant un regard étonné ou méfiant, Antilogus en conclut qu'ils se méfiaient probablement des inconnus, ou qu'ils n'avaient pas envie de s'interrompre pour le saluer. Il se força alors à afficher la plus complète indifférence. Mais lorsqu'il vit un groupe d'enfants en train de garder les poules, il ne put s'empêcher de leur parler. Les enfants reculèrent, puis comme il attrapa un bâtonnet et commença à dessiner sur le sol, ils se rapprochèrent. Il traça d'abord la silhouette d'une poule en imitant ses gloussements, ce qui les fit beaucoup rire – puis une chèvre, un ours. Il tendit le bâtonnet à l'un d'entre eux et lui montra comment faire. Tous s'essayèrent à l'exercice. Certains dessinaient avec les doigts, d'autres avec un petit caillou. Ce n'était pas mal du tout ! Antilogus dessina alors un éléphant. Les enfants regardaient les contours de l'animal, n'y comprenant rien. Ce n'était pas un chien, ce n'était pas une vache. Ils levèrent les yeux vers Antilogus. Est-ce que le Blanc ne se moquait pas d'eux ? Antilogus leur raconta qu'il existait, dans le vieux monde, des animaux extraordinaires, plus forts que mille hommes. Une femme noire s'approcha et rappela les enfants à l'ordre. Ils s'éloignèrent aussitôt. La femme, qui portait un ventre de sept mois, lança un regard révolté à Antilogus. Elle resta plantée là, devant lui, attendant visiblement qu'il déguerpisse. Antilogus s'étonna de cette attitude. Qu'avait-il fait de mal ?

Plus loin, il aperçut un hangar et s'y aventura. Des feuilles de tabac étaient suspendues une par une à des chevalets. Puis il emprunta un sentier qui menait à de simples cahutes. Il passa la tête à l'intérieur de plusieurs d'entre elles : il n'y avait là que de la paille en vrac. Était-ce ici que dormaient les ouvriers de la plantation ? Il s'aventura un peu plus loin. Au bout du chemin se trouvait une dernière petite case sans fenêtre. Il poussa la porte. Une toute jeune fille noire était allongée sur le sol. Elle était nue et son corps mince brillait. À côté d'elle il remarqua une cruche en terre cuite qui lui sembla familière.

La jeune fille releva la tête pour voir qui l'observait. Elle était attachée. Ses poignets et ses chevilles étaient maintenus à la planche qui lui servait de lit par de gros anneaux de métal. Leurs regards se croisèrent, un instant à peine : Antilogus recula brusquement. Il se heurta contre quelque chose, se retourna. C'était Bessy.

— Alors, vous aussi, dit-elle, sévère.

Il était rouge écarlate, ne trouvait pas ses mots.

— C'est vrai, pourquoi donc seriez-vous différent ?

— Je ne comprends pas, balbutia Antilogus.

— Tout ça ne vous dérange donc pas ? Pourquoi est-ce que vous la regardiez comme ça ? Il vous a permis d'aller la voir ?

— Non, non, je ne sais pas qui elle est, je me promenais.

— Celle-ci, c'est sa préférée. Elle doit rester là pour lui, offerte, jour et nuit. Il ne faut pas qu'elles soient des femmes encore.

Antilogus ne bougeait pas.

— Pourquoi est-ce que vous êtes venu en Amérique ? demanda-t-elle.

— Pour faire du commerce, balbutia Antilogus.

— Du commerce, répéta la jeune fille avec une pointe d'ironie. C'est pour ça que nous sommes tous ici. C'est pour ça que nous traitons les nègres comme nous le faisons. C'est une nécessité économique. Bien sûr, une nécessité économique d'obliger une fillette à rester attachée ici avec interdiction de voir la lumière, à garder les cuisses ouvertes en attendant qu'il vienne deux, trois, cinq fois par jour, en lui mettant la main sur la bouche pour qu'elle ne crie pas trop fort.

Antilogus ne bougeait pas.

— Je ne savais pas.

— Et maintenant que vous savez, qu'allez-vous faire ?

— Faire ? répéta Antilogus, pris au dépourvu.

— Oui, faire, répéta Bess avec autorité.

— Rien, répondit-il. Rien.

Et il reprit le sentier en sens inverse. Il traversa la plantation en tâchant de ne croiser aucun regard et s'en fut retrouver Finmore. Le rouquin était en train de donner à boire à sa mule. Antilogus monta sur le chariot. Il se mit à l'interroger, et lui posa une foule de questions.

Finmore lui répondit de la façon la plus complète qu'il pouvait.

Aucun esclave n'était payé. Les planteurs considéraient qu'ils les achetaient déjà assez cher comme ça. Il fallait bien cinq années pour les amortir. À leur descente de bateau, on leur lançait des seaux d'eau pour les débarrasser de la crasse accumulée pendant le voyage, et pour faire briller leur peau aussi. Ils étaient ensuite alignés sur un genre d'estrade, et choisis. Selon leurs besoins, les planteurs choisissaient plutôt des hommes ou des femmes. Les enfants intéressaient moins, puisqu'on ne pouvait les utiliser à rien, à part à surveiller les poules. Et puis, une fois qu'on possédait des esclaves, il était facile de leur faire fabriquer des petits. Certains planteurs se vantaient même d'élever leurs esclaves comme on s'occupe d'un troupeau. Les enfants qui naissaient, c'étaient autant de futurs petits travailleurs qu'ils n'auraient pas à acheter. Le plus costaud de tous les hommes était naturellement sélectionné pour faire la saillie aux femelles qui leur semblaient les plus résistantes, ou les plus belles lorsqu'il s'agissait pour eux de répondre à des besoins un peu plus personnels. Il arrivait même qu'un planteur décide d'accoupler un père à sa propre fille, parce qu'il pensait que le résultat serait heureux, et malgré la résistance de l'un et de l'autre, ces deux-là devaient s'exécuter sinon la fille était vendue à Belt.

Belt était la terreur de tous ici. Un vieil homme, cinquante ans peut-être, dont on racontait qu'il éviscérait ses esclaves pour en manger le cœur et les tripes. Personne ne disait rien à cela, parce que Belt avait de l'argent. Lui n'était pas en Amérique pour faire fortune ; il la tenait déjà de ses ancêtres. Il était là pour se livrer à la barbarie en toute impunité, sans crainte d'être jugé. C'était le pays de la liberté, ici. Et chacun était libre de tout, y compris de considérer la liberté comme une aberration. Au marché aux esclaves, il y avait toujours du monde. On séparait systématiquement les mères de leurs enfants. Les planteurs considéraient tous qu'un Noir, une fois brisé par la séparation d'avec les siens, était un bien meilleur esclave, et qu'il devenait inutile de le battre, ce qui n'était, à en croire les dires de ces messieurs, « une partie de plaisir pour personne ». Les jours où des bateaux chargés d'esclaves entraient au port et où se tenait le marché aux esclaves, on entendait des hurlements de désespoir. Les femmes criaient dès qu'on touchait à leurs enfants. Quand se reverraient-ils ? Jamais.

Ces jours-là, on voyait flotter sur la mer des cadavres de bébés et d'enfants qui n'avaient pas supporté la traversée. Il était arrivé à Finmore d'en récupérer quelques-uns pour les mettre en terre. Un soldat l'avait interpellé et il avait dû se justifier : ça ne faisait pas très bon effet pour les familles qui arrivent d'Angleterre de voir tous ces bébés morts flotter, ce n'était pas bon pour le moral. Et le soldat d'acquiescer et de le laisser continuer son œuvre. Alors Finmore riait tout le temps. C'était la seule chose à faire, ici. Sinon, il fallait tout de suite se pendre à un arbre.

— Et combien de temps servent-ils ?

— Combien de temps ? reprit Finmore amusé. Toute leur vie. Sauf si le maître est mécontent d'un qui l'a contrarié, ou bien s'il a des soucis de trésorerie.

— Ils les vendent à qui ?

— À des gens du comté, des voisins, ou au bourg. Mais avec les arrivées, il y a de la concurrence, et à moins d'avoir un gaillard bien jeune et bien costaud, on n'est pas sûr d'en tirer grand-chose. Et quand on a un gaillard bien costaud, on se le garde, parce qu'il y en a du travail, ici.

— Mais comment est-ce que quelques hommes seulement peuvent avoir le dessus sur un plus grand nombre d'autres qui paraissent de surcroît bien plus forts physiquement ?

— Les Blancs ici font des exemples.

— Des exemples ?

Antilogus ne comprenait pas.

— Pourquoi ne s'échappent-ils pas ? demanda-t-il.

Finmore le regarda avec une grimace.

— Où est-ce qu'ils iraient ? Même moi, qui parcours le comté à dos de mule depuis trois ans, je ne saurais pas où aller.

Personne ne connaissait cette terre, personne n'avait idée de son étendue, personne encore n'en avait dessiné les contours, et encore moins ces pauvres esclaves qui débarquaient d'on ne sait quelle contrée lointaine. Seuls les Indiens savaient se repérer. seuls les Indiens avaient une réelle connaissance de ses chemins, de ses paysages et de ses dangers. Selon eux, il y avait là-bas, derrière l'énorme barrière de montagnes, un fleuve énorme qui descendait jusqu'à une autre mer. Mais à ce jour aucun Blanc n'avait vérifié et personne n'avait envie de s'y aventurer, de peur qu'il s'agisse d'un piège. Les relations avec les Indiens étaient instables, et même s'ils avaient sauvé les Anglais d'une mort certaine en leur apprenant la culture du maïs, ils n'en restaient pas moins une menace. Non, ici les Anglais n'étaient pas en territoire conquis comme ils essayaient tous de le faire croire de l'autre côté de l'océan. Et il n'y avait pas que les Indiens, il y avait les loups, et l'hiver, et la neige, et puis encore l'été, sa chaleur, son humidité, ses moustiques et son lot de maladies. Les deux meilleures saisons, c'étaient le printemps et le début de l'automne, quand les forêts devenaient complètement jaune, orange et rouge.

— Et toi, tu es là depuis quand ?

— Je suis arrivé à l'automne, il y a trois ans. Je portais des grains sur le port, à Londres. J'ai entendu qu'ils cherchaient de la main-d'œuvre, alors je suis allé m'inscrire.

— Où sont tes parents ?

— Je ne sais pas. Je ne les connais pas. Mon père était certainement un brave type, et ma mère une gentille femme. Mais ils n'ont pas pu me garder, la vie est dure parfois. Je ne leur en veux pas. Je suis ici maintenant. Et ça va bien. Je ne suis pas à plaindre, moi.

Et soudain cette phrase prit tout son sens. Antilogus se leva et descendit de la carriole.

— Vous pensiez être arrivé dans un pays de bonté, pas vrai ? lança le cocher.

Antilogus resta silencieux.

Il monta tant bien que mal les escaliers qui menaient à sa chambre. Là, il s'assit sur le lit et se prit la tête entre les mains. Était-ce cela, un monde meilleur ? Un monde dans lequel l'opprimé était devenu un oppresseur tout-puissant ? Dans quel odieux mensonge s'était-il fourvoyé ? Wade était-il meilleur que l'homme qui mange les cœurs ? Antilogus était-il prêt, lui aussi, à devenir un monstre ?

Toute la journée, il resta allongé sur son lit, les yeux fixés sur le plafond, son livre de prières fermé posé sur son cœur et ses paumes posées à plat dessus. Il regrettait d'avoir quitté les Trembleurs. Qu'il reste honnête et qu'il condamne les siens ?

Qu'il se trahisse, lui et toutes les valeurs que ses parents, le rabbin et Gözlem lui avaient transmises, et qu'il les sauve ? C'était sa conscience contre la survie de sa communauté.

C'est cela qu'avaient dit les anciens : « Tu fais comme eux. »

Comme eux.

Après tout, George Henry Wade disait peut-être vrai. C'était peut-être une nécessité économique.

Lorsque le soleil fut près de se coucher, on frappa à la porte d'Antilogus. C'était Joanna qui le priait de venir à table. Antilogus se redressa. Joanna était si douce, si gentille, si souriante. Wade ne la traitait pas mal. Il enleva le livre de son cœur et solennellement, le rangea dans un tiroir. Puis il descendit.

Ce soir, ils avaient à dîner une soupe de pommes de terre et des œufs battus au lard.. Pour le dessert, ils mangeraient chacun quelques pacanes à la mélasse, une invention d'Edly du temps où elle était encore à la cuisine, avant la naissance des deux petites Wade. Les noix, une fois débarrassées de leur coquille et de cette fine membrane qui les protégeait, étaient plongées dans une bassine de sirop de mélasse brûlant, puis sorties à la pince une par une, et séchées sur un plateau. Le sirop ne tardait pas à durcir, et cela formait de petits bonbons merveilleux au goût unique. Tous ici en étaient friands, même Bess. Et Antilogus, comme eux, les trouverait absolument délicieux.

La perle

Le lendemain, lorsque Antilogus descendit dans la salle à manger, Wade l'attendait.

— Pourquoi êtes-vous venu en Virginie ?

— Je voudrais établir un commerce.

— Ici il n'y a que du tabac.

— Oui, on me l'a dit. Je n'ai rien contre.

— Vous voudriez devenir mon concurrent ? lança Wade, d'un ton mi-amusé, mi-agacé.

— Votre partenaire, plutôt, répondit Antilogus.

— Je mène mes affaires seul. Depuis toujours.

— J'ai beaucoup réfléchi, commença Antilogus. Vous avez le tabac et l'expérience de sa culture et de son négoce. J'ai l'idée et l'argent : je vous propose qu'à nous deux nous créions le premier tabac américain aromatisé. Il faudrait agrandir vos terres. Nous devrons être les meilleurs, tout de suite, et fournir en telle quantité que nos clients ne songent pas à se fournir ailleurs. Il faudra que notre produit soit si unique que personne ne puisse nous égaler. Car beaucoup chercheront à nous copier. Et plus vite qu'on ne croit.

— Je vous trouve bien optimiste. Tous ici font le même tabac, et le mien n'est ni moins bon ni meilleur.

— C'est ce que nous allons ajouter au tabac qui sera extraordinaire, et rare.

Antilogus but son lait chaud, mordit dans sa crêpe.

— Dans un premier temps, nous créerons la surprise. Nous annoncerons que notre tabac est différent des autres. Il nous faudra engager quelqu'un pour accompagner cette cargaison, quelqu'un de confiance et d'entregent qui s'en fera l'ambassadeur à Londres et qui se chargera de le vanter dans la bonne société, de sorte que la rumeur se propage.

— La rumeur ?

— La rumeur qu'en Virginie, maintenant, deux hommes fabriquent du tabac aromatisé. Et c'est celui-là qu'ils voudront. Notre tabac sera rare et son cours ne s'effondrera pas. Mais pour cela, il faudra garder secrète la recette de sa fabrication. Nous devons l'un et l'autre nous engager à ne rien révéler à qui que ce soit.

— Pourquoi avez-vous besoin de moi ? Votre plan paraît si bien établi.

— Je vous l'ai dit. Vous avez l'expérience. Vous savez mener une plantation.

— Mais pourquoi moi plutôt qu'un autre ?

— Vous avez accepté de m'héberger. C'est moi qui financerai tout, reprit Antilogus. L'achat de terres, de plants de tabac, de main-d'œuvre, la construction de nouveaux bâtiments, les expérimentations d'arômes, le salaire du représentant à Londres. Tout. Les bénéfices seront aussitôt réinvestis pour étendre la plantation, la développer. Le reste, maigre au début, conséquent par la suite, nous le partagerons. Vous en serez le copropriétaire.

Les yeux de Wade roulaient maintenant de droite à gauche comme des billes. L'Anglais visualisait à présent sa plantation, mais en dix fois plus grande. Il imaginait ces messieurs et dames de Londres en train de se pâmer devant le « tabac aromatisé de Virginie », et les regards d'admiration que leur succès susciterait, à Williamsburg.

— Cinquante, cinquante ? proposa Wade.

— Non, répondit fermement Antilogus. C'est moi qui prends tous les risques. Et en faisant ma richesse, je ferai la vôtre.

— Bien sûr. Bien sûr.

L'Anglais attendait. Par son silence, il admettait la supériorité économique de l'étranger. Mais il avait tant à gagner que cela ne le dérangeait en rien. Ce qu'il voulait maintenant, c'est connaître le pourcentage.

— Il faudra beaucoup produire, reprit Antilogus. Et sans que cela, jamais, n'altère la qualité de la production. Nous n'avons pas le droit à l'erreur. Il faut tout de suite être excellent.

— Bien entendu.

Les deux hommes se regardèrent encore. Alors, Antilogus appuya son dos sur sa chaise et déclara, définitif :

— Soixante-dix, trente. Soixante-dix pour moi et ceux que je représente, trente pour vous. Ça vous va ?

— Ça me va, répondit Wade, rouge d'excitation.

Il se leva brutalement pour revenir avec une bible. Il y posa sa main gauche.

— Sur la Bible, je m'engage à ne rien divulguer de ce secret.

Et Wade laissa échapper un son qui n'allait pas du tout avec son personnage, aigu et étrangement féminin. Il se leva à nouveau et, ne tenant pas en place, alla demander à Joanna du whisky et deux chopes, pour fêter ça. Il tendit la main à Antilogus, et Antilogus la saisit.

— Affaire conclue, dit Wade.

— Affaire conclue, répondit le Juif.

Puis Wade se rassit et but son whisky d'un trait.

— Et comment l'appellera-t-on, ce nouveau tabac ? demanda-t-il.

— Le sultan en Virginie.

Le planteur parut étonné.

— C'est très, très... inattendu. Ne serait-il pas mieux, plus simple, d'accoler nos deux noms ?

— Deux mondes, répondit Antilogus, c'est beaucoup plus fort que deux noms.

Et en disant cela Antilogus éclata de rire.

— Deux mondes, reprit-il, ce sera le nom de notre compagnie !

— Le sultan en Virginie, par la Compagnie des Deux Mondes, répéta Wade maintes fois. C'est une drôle d'idée, mais cela ne sonne pas mal.

Aussitôt après le petit déjeuner, les deux hommes discutèrent des modalités du projet. Ils établirent une liste de priorités. Tout d'abord, il fallait mettre au point une technique et posséder de quoi parfumer le tabac. Ici, on trouvait des baies, des pommes, des noix, des pacanes. Dans le jardin, Mme Wade avait planté de la menthe, de la sauge, des oreilles d'agneau, de l'achillée, de l'échinacée et encore d'autres herbes qui permettaient de prévenir les maladies ou d'apaiser les maux. C'était la première chose que les colons avaient faite en arrivant : planter dans la terre leurs précieuses herbes médicinales apportées d'Angleterre. Mais ce n'était pas assez.

Les deux hommes décidèrent de se rendre ensemble à Williamsburg.

Une fois par semaine, les settlers se retrouvaient là pour vendre fruits, légumes, poissons – car la rivière en était pleine –, volailles, œufs, cidre, confitures, outils, couvertures et autres objets nécessaires à la vie de tous les jours. Avec les navires venant d'Europe, et ceux arrivant des îles plus au sud, il était possible de trouver quelques épices un peu rares et de se procurer, à condition d'y mettre le prix, du sucre de canne roux ou encore un drôle de fruit allongé et courbé, jaune tacheté de brun, à la chair légèrement farineuse et extraordinairement parfumée, qu'ils appelaient *banana*, et qu'ici on aimait bien mettre dans les gâteaux.

Après s'être rendu au comptoir du gouverneur et y avoir échangé quelques onces d'argent pour des shillings d'Angleterre, Antilogus fit son marché. Clous de girofle, miel, sève d'érable blond, sève d'érable brun, mélasse, muscade, confiture de poires, réglisse. Il acheta aussi, à un prix exorbitant, un bâton de vanille de La Barbade. Le vendeur lui expliqua que, fendue en deux, cette plante donnait une multitude de grains noirs et parfumait merveilleusement crèmes, fruits cuits et gâteaux. À un ferronnier, Antilogus acheta une belle bassine de cuivre. Au potier, il prit toutes les jarres. De retour à la plantation, il s'installa dans la cuisine et commença ses expériences.

D'abord, il dilua dans un peu d'eau la sève d'érable avec un clou de girofle. Puis il trempa une feuille de tabac séché dans le mélange, jusqu'à ce qu'elle s'en soit totalement imprégnée. Ensuite il la sortit et l'accrocha à un petit chevalet, pour qu'elle sèche. Il renouvela l'opération avec une nouvelle feuille en ayant, au préalable, fait chauffer l'eau. Il l'accrocha à gauche de la précédente.

Puis il procéda à la même manipulation en mélangeant à l'eau des lamelles de poire, puis de la réglisse, puis les deux ensemble, car il jugea que les deux goûts pourraient se marier. Mais la poire était trop faible et ses arômes ne tenaient pas face à la réglisse. Ensuite ce fut le tour du miel, puis il essaya la poire au miel, la pomme à la cannelle, la menthe, et enfin la sauge. Chaque préparation était conservée dans un vase étiqueté avec soin. Un jeune garçon noir de treize ans, Colly, l'assistait. Antilogus appréciait sa présence, discrète mais efficace. Il prenait un grand plaisir à lui faire sentir les parfums qu'il élaborait. Le garçon semblait fasciné par les expériences et exalté par l'éveil de son odorat.

Wade fit un feu dans la cheminée, et, délicatement, Antilogus et Colly déplacèrent le chevalet juste devant, de sorte que la chaleur accélère le séchage des seize feuilles parfumées.

Antilogus et Wade prirent place, chacun, sur un fauteuil du salon, et ils attendirent, silencieux, tandis que Colly, debout derrière eux, observait le feu.

Au bout de trois heures, le tabac était totalement sec. Le Juif détacha la première feuille, la posa sur un banc de bois. Colly détacha les quelques suivantes. Mais lorsque Antilogus fit de même avec la deuxième rangée, les feuilles se brisèrent aussitôt en miettes. Colly fit remarquer que celles auxquelles on n'avait pas ajouté de sucre – celles à la réglisse, à la menthe, à la sauge – avaient résisté : l'ajout de sucre rendait le tabac plus friable. Antilogus prit une feuille, la roula et l'alluma. Il prit quelques bouffées, puis fit goûter le cigare à Wade. Lorsque Wade le lui rendit, Antilogus le passa naturellement à Colly. Cette complicité entre l'étranger et le jeune esclave parut froisser le planteur.

— Ce n'est qu'un nègre, lança-t-il.

— Il m'aide, il doit donc tout comprendre, et pour cela, tout connaître et tout goûter, affirma Antilogus avec une certaine autorité.

Malheureusement, aucune des feuilles n'avait d'autre saveur que celle qu'on lui connaissait déjà.

Qu'à cela ne tienne. Antilogus changerait de méthode. Dès le lendemain, il construisit un genre de treille qu'il pourrait poser à plat sur la bassine de cuivre. Il emplit la bassine d'un mélange d'eau, de sève d'érable et de clous de girofle et l'amena à ébullition. Il plaça par-dessus la treille recouverte de feuilles de tabac, comme un couvercle, de sorte que la vapeur les imprègne de ces arômes nouveaux. Après quelques minutes, une fine couche de fumée se forma juste au-dessus des feuilles. Des volutes qui semblaient de pas vouloir s'éloigner de leur lit, et qui s'épaississaient, se densifiaient imperceptiblement.

Après une bonne demi-heure, Antilogus enleva la treille et la posa sur la table. Il prit quelques feuilles, les roula ensemble et tenta de les allumer. Le petit cigare était trop humide et Antilogus dut attendre jusqu'à la fin de la journée. Enfin, le tabac accepta de s'embraser. On pouvait sentir sur la langue le gôut de l'érable, et celui du girofle ! Il était un peu faible, ce goût, mais il était là ! Il était bien là !

Alors Antilogus renouvela l'opération, laissant cette fois la treille plusieurs heures au-dessus du mélange bouillant. Les arômes y gagnaient en force et le tabac en saveur !

Cette semaine-là, il essaya d'autres associations, la menthe et le sucre de canne, le sucre et la réglisse, la pomme et le miel, le miel et la muscade, la poire et la vanille. Le sucre et la réglisse étaient intéressants, ainsi que le miel et la muscade. La vanille était merveilleuse par elle-même, et délicatement subtile. On ne la sentait pas à la première bouffée. Il lui fallait quelques secondes pour émoustiller le palais, le surprendre. Quant au sirop d'érable, sa saveur se heurtait malheureusement à celle du tabac : au lieu de s'enrichir mutuellement, les deux goûts s'annulaient.

Toute la semaine, Colly et lui ne firent que fumer, abondant l'un et l'autre de commentaires, rivalisant d'idées. Lorsqu'ils se furent mis d'accord sur quelques saveurs, l'étranger et son apprenti en offrirent des échantillons à Wade et à Finmore, et ils firent mâcher Charlotte, mais personne d'autre, parce que leur invention devait pour l'instant demeurer un secret. Comme Wade était enthousiaste, que Finmore adorait et que le palais de Charlotte en redemandait, tous en conclurent qu'Antilogus et son apprenti Colly avaient trouvé.

Alors Wade prit son cheval et s'en fut sur les bords de la rivière. Il pêcha un superbe brochet et un esturgeon dont il récupéra les œufs. Au poulailler, il ramassa autant d'œufs qu'il pouvait – ils n'étaient, ici, pas plus gros qu'une coquille de noix. Au dîner, il présenta du caviar aux œufs mollets. C'était une tradition, chez certains colons. Quand on avait de la chance, il fallait tout de suite manger des œufs, autant d'œufs qu'on pouvait, pour que cette chance fasse des petits et nous porte dans un avenir radieux.

Lorsque Wade annonça ce soir-là à ses filles et à son gendre que le Turc et lui s'associaient, Bessy, sans un regard, sans un mot, quitta la table. « Quel mauvais caractère », reprit son père, en présentant ses excuses à celui qui était désormais son partenaire. Et Wade leva encore son verre à l'avenir.

C'était la première fois qu'Antilogus mangeait du caviar.

Le sel

Lorsque, le lendemain, Antilogus se rendit dans son atelier, il ne trouva point Colly. Celui-ci l'y attendait chaque matin et c'était la première fois qu'il n'était pas au rendez-vous. Antilogus ne s'en offusqua pas et préféra ne pas en avertir Wade, car il ne voulait pas que le garçon se fasse sermonner inutilement. À treize ans on avait bien droit à un peu de liberté, et ce n'est pas Antilogus qui viendrait contredire cela.

Mais les heures passèrent, et à midi, Colly ne s'était toujours pas montré.

Antilogus ôta son tablier et abandonna ses bocaux et ses préparations. Il se dirigea vers les petites cahutes et entra dans celle où Colly dormait. Il y vit le vieil Archie, assis sur le sol, qui gardait quelques enfants en bas âge.

— Vous n'avez pas vu Colly ? demanda-t-il.

Le vieux détourna le regard. Antilogus s'agenouilla auprès de lui.

— Où est-il ?

Le vieux ne voulait pas parler. Il se contenta de lui montrer une autre cabane, plus loin.

Colly était allongé par terre, inanimé. Lizzie, la femme enceinte qu'Antilogus avait croisée au poulailler le lendemain de son arrivée, lui épongeait le front, lui massait les mains et les pieds tout en émettant un râle qui ressemblait autant à une prière qu'à une plainte.

— Colly ! appela Antilogus.

Il s'approcha du jeune garçon. Ses paupières s'ouvraient, se fermaient. Il était vivant.

Mais à côté de lui, un drap était couvert de sang.

— Colly, est-ce que tu vas bien ?

Alors Colly se redressa un tout petit peu et se mit à pleurer comme un enfant. Il n'avait pas assez de ses deux mains pour essuyer ses larmes.

— Que se passe-t-il, Colly ? Raconte-moi. Je suis ton ami, tu peux me parler.

Alors la femme qui le veillait se tourna vers Antilogus.

— Pourquoi lui dites-vous ça ? Vous n'êtes pas son ami. Vous êtes de l'autre côté, du côté des Blancs, du côté de ceux qui nous traitent moins bien que leurs chiens et viennent encore nous prendre le peu qui nous reste pour faire de nous des bêtes. Ça ne sert à rien que vous restiez là, vous ne le voyez pas ? Il ne peut pas vous parler. Il ne pourra plus jamais vous parler.

Colly essaya de dire quelque chose, mais il n'y parvint pas. Son impuissance le précipita dans une détresse plus profonde encore.

— Qu'est-ce qui s'est passé ? demanda Antilogus.

— Le planteur lui a... le planteur lui a...

Et la femme fit le geste.

— ... coupé la langue, termina Antilogus, ahuri.

Il resta assis, sonné, quelques instants. Puis il se leva et marcha, d'un pas lent mais ferme, jusqu'à la grande bâtisse blanche.

Wade était assis en train de lire la Bible. Antilogus se posta devant lui.

— Pourquoi ? demanda-t-il.

— Pour être sûr qu'il garde le secret. Il connaît tout de la fabrication du tabac aromatisé.

— Comment avez-vous pu faire une chose aussi monstrueuse ?

— Cela n'est monstrueux que si on le considère ainsi. Pour moi c'était une mesure de prévention.

— Mais alors il faudrait aussi couper la langue de votre fille, celle de votre gendre et celle de mon cocher.

— C'est différent.

— En quoi est-ce différent ?

— Ces pauvres nègres ne croient en rien, comment pourraient-ils jurer et respecter leur serment comme nous autres chrétiens ? C'est vous qui lui avez donné un pouvoir qu'il n'aurait jamais dû avoir, pas moi.

Antilogus était abasourdi.

— Il aurait gardé le secret, je le sais.

— À quoi bon en discuter maintenant, c'est fait.

— Colly est mon aide, j'ai besoin de lui pour progresser, et j'ai besoin de ses commentaires qui me sont autant utiles que les vôtres. Sinon plus !

Wade rougit de la comparaison.

— Comment pouvez-vous comparer un seul instant l'homme éduqué que je suis avec un négrillon insignifiant ?

— Personne n'est insignifiant en ce monde, cria Antilogus.

— S'il vous en faut un autre, je vous le trouverai.

Le sang d'Antilogus bouillait dans ses veines. Lui qui détestait la violence se sentait prêt à frapper Wade, peut-être même à le tuer. Il avait envie de partir loin d'ici, pour toujours. À lui de décider. Écouter sa haine, son dégoût et quitter ce pays, ou penser aux siens et se calmer, malgré l'atrocité commise, malgré la criante injustice, se calmer et se taire, parce que la colère ne donne rien de bon, parce qu'il était là pour autre chose, la survie de ceux qui l'avaient élevé, qui lui avaient fait confiance et comptaient sur lui, là-bas, et qu'il n'avait pas le droit de décevoir.

Alors il s'efforça de se calmer.

— Nous sommes des partenaires, reprit-il. Ce qui signifie que nous devons prendre les décisions ensemble. Vous n'aviez pas à faire ça sans me consulter.

— De toute façon, un exemple ne fait pas de mal, répondit Wade, et il se replongea dans sa lecture.

— Un exemple, répéta Antilogus.

C'était la deuxième fois qu'il entendait ce mot. Maintenant, il en comprenait tristement le sens.

Il retourna dans son atelier.

« Il faut continuer, se dit-il. Continuer. »

Et il tomba à terre. Sa mission, il la détestait. Il pensa à Gözlem, à ce que le vieil homme lui avait raconté, sur le petit banc, avant qu'il quitte le théâtre.

— Vous qui êtes en moi, appela Antilogus, vous qui êtes avec moi, qui m'avez légué ce que je suis, vous ma force, vous ma faiblesse, vous d'où je viens, qui que vous soyez, j'ai besoin que vous m'aidiez. Je ne sais plus où est la justice. Je ne sais plus où est mon chemin. Je ne sais plus si je suis bon ou mauvais, je ne sais plus ce que je dois être ni ce que je dois faire.

Quelqu'un allait-il lui envoyer un signe, un avertissement, un conseil ? Il attendait, silencieux.

Une heure durant, il attendit. Mais rien ne vint. Rien que de douloureux maux de tête. Gözlem était bon, mais Gözlem se trompait. Un homme n'était que lui-même.

Le soir venu, Antilogus se rendit à table où l'attendait le repas. Au dessert – une pomme au four – Wade lui servit un bourbon. Le Juif n'avait pas bonne mine.

— La sensibilité, ce n'est pas bon pour les affaires, lança l'Anglais.

— J'ai dû prendre froid, répondit précipitamment Antilogus. N'allez pas vous imaginer quoi que ce soit d'autre. Rien ne compte pour moi que les affaires.

— Alors tout est pour le mieux, approuva le planteur, soulagé. J'aurais été fâché que cet événement contrarie notre grand projet. Vous allez voir. Vous et moi, on va faire un malheur.

Wade adressa un sourire complice à Antilogus.

— Il faudra que je vous apprenne à les choisir. D'abord vérifier les dents, puis l'aine et le cou, qu'il n'y ait pas de ganglions. Le blanc de l'œil. Vous verrez, au troisième, vous ferez ça mieux que moi.

Une fois dans sa chambre, Antilogus se déshabilla. Sa tête lui tournait. La douleur cognait contre ses tempes et derrière ses yeux. Il avait trahi qui il était. Il avait trahi Colly. Brusquement, il se mit à se gratter les bras, les jambes, les mollets, les épaules.

Comme il aurait aimé se l'arracher, cette peau. Il s'était trahi lui-même, lui et le cœur d'enfant qui avait grandi en lui et qui était toujours là, dans ce corps d'adulte. Il avait trahi Vida, il avait trahi Esther. Est-ce qu'un jour il pourrait l'oublier ? Le corps ne garde-t-il pas pour l'éternité la trace de la lâcheté ? Est-ce que cela ne viendrait pas s'inscrire, comme les peines ou les joies, sur les traits de son visage ? Il avait peut-être de bonnes excuses pour ce qu'il faisait, mais à ses yeux, à ses propres yeux, il venait de glisser dans la fange du monde.

Le ciel

Cette fois, Charlotte Ann ne pouvait plus bouger. Toute la nuit, elle avait senti s'accroître la pression sur son bas-ventre. Les coups de pied que donnait l'enfant ne lui faisaient pas vraiment mal, mais il semblait que sa tête appuyait sur quelque chose de très, très sensible. Depuis le matin, elle hurlait régulièrement comme une désespérée. Son visage bouffi, ses pieds gonflés, la grimace qui lui tordait la bouche effaçaient tout ce qu'il restait de beau en elle. Edly, à ses côtés, ne cessait de lui mettre de l'eau fraîche sur le front, de lui masser les mains, les jambes, les pieds.

Charlotte souffrait de plus en plus, et si elle n'avait pas encore perdu les eaux, d'après Edly qui avait l'expérience de ces choses, ayant elle-même assisté – et même parfois aidé – à une bonne dizaine d'accouchements, cela ne tarderait pas trop. Il fallait se préparer à ce que le bébé sorte.

Edly s'en fut trouver Wade. Tandis que le planteur expliquait à Antilogus les différentes techniques de séchage du tabac, et pourquoi celle à l'air chaud ventilé présentait, d'après lui, plus d'avantages que celle au feu, qui altérait légèrement l'arôme originel en le fumant, elle apparut, mains jointes, les lèvres pincées. Il était temps d'aller trouver une sage-femme.

Wade se précipita à la maison, suivi de la nounou et d'Antilogus. Grant, qui terminait sa promenade matinale, les aperçut et les rejoignit aussitôt. Lorsqu'il comprit qu'il ne restait plus que quelques heures avant la naissance, le futur père insista pour qu'ils prennent la route de Williamsburg. C'était tout de suite qu'il fallait partir. C'est cela qu'ils avaient décidé. La nounou mit en garde le jeune marié. Il y avait deux bonnes heures de route, et pas de tout repos : et si le bébé se prenait à vouloir sortir en chemin ? Et si la mère se trouvait mal ? Que feraient-ils au milieu de nulle part ?

Edly n'avait pas son mot à dire. C'était une conversation entre Blancs, une esclave n'intervenait pas pour donner son opinion.

— L'enfant naîtra sur les terres de ma famille, affirma Will Grant Morris avec une grande fierté.

Et il ordonna à Vince et à Pecker de prendre la malle pleine de linges pour la future mère et son bébé. Edly remplit d'eau une cruche. Puis elle mit dans sa poche un couteau et un bout de ficelle. Si Charlotte Ann accouchait en chemin, Edly aurait de quoi couper le cordon et faire le nœud.

— Est-ce que ce n'est pas une folie ? demanda Wade.

Grant se tourna vers sa femme.

— Tu vas tenir jusqu'à Williamsburg, n'est-ce pas ?

Charlotte Ann ressemblait maintenant à une baleine échouée sur une plage qui attend sans y croire qu'on lui porte secours. Elle hocha la tête. On lui demandait de se retenir, de garder le petit, jusqu'à ce qu'ils arrivent au bourg ? Elle le ferait. C'était ainsi depuis toujours. L'ordre était établi. Les hommes décidaient pour les femmes.

— Elle tiendra jusqu'à Williamsburg, affirma Grant sûr de lui.

Wade s'agenouilla auprès de sa fille.

— Tu es sûre que ça va aller ?

— Ça va, murmura-t-elle.

Antilogus se tenait à l'écart dans un coin de la pièce. C'était une affaire de famille, il ne s'en mêlerait pas. Mais il avait son idée. Charlotte n'était-elle pas mieux ici ? Ne serait-il pas toujours temps de l'emmener avec son bébé à Williamsburg après la naissance ?

Wade n'était pas fier. Il semblait hésiter à laisser partir sa fille.

— Il n'y a pas une minute à perdre, lança Grant Morris.

— Je viens avec vous, dit Wade.

— Surtout pas. Nous serons déjà quatre dans la voiture, et un cinquième ralentirait la cadence.

Antilogus aussitôt proposa de mettre Finmore et sa carriole à la disposition de Wade.

— Je vous dis que tout ira bien, interrompit Grant Morris. Vous nous rejoindrez demain, beau-père. Et vous verrez un magnifique bébé !

L'image d'un poupon rondouillard et souriant apaisa le planteur.

Ralph et Thomas furent appelés en renfort pour porter Charlotte jusqu'à la voiture. Deux chevaux y étaient attelés. Edly chargeait des couvertures et des outils. Elle demanda à Wade de l'alcool pour faire passer le mal et le planteur lui en donna une belle fiole qui fut calée dans une caisse de bois, avec la cruche d'eau et quelques provisions pour le voyage. Une bâche de lin graissé fut pliée en quatre et placée par-dessus. Le ciel n'était pas exactement bleu, et en cas de pluie, il fallait pouvoir abriter les futurs parents, la gouvernante et accessoirement Ralph, le cocher. Joanna courut embrasser Edly, sa maman. Edly la serra contre son cœur en lui faisant promettre d'embrasser Benji, son cadet, qui travaillait à curer le tabac et n'avait pas été prévenu de son départ. Charlotte Ann et elle reviendraient vite pour leur présenter le bébé. Du moins elle l'espérait. Joanna sentit son cœur s'alourdir. Pourquoi fallait-il que sa mère chérie s'en aille ? Elle aurait tant voulu la garder avec elle ! Et son petit garçon, son tout petit garçon n'avait-il pas lui aussi besoin de sa grand-mère ?

Wade embrassa sa fille qui lui rendit un demi-sourire malaisé.

— Tout va bien se passer. Je vous rejoins très vite.

Antilogus se tenait sur le porche de la maison. Tout à coup, son regard croisa celui de Charlotte. Il aurait juré qu'elle le suppliait. Il s'approcha de Grant. Peu importe après tout que ce ne soit pas ses affaires.

— Vous avez vu comme elle souffre, elle ne survivra pas à un tel voyage.

— Qu'en savez-vous ? répondit Grant. Sans vouloir vous offenser, vous êtes un étranger ici, vous ne connaissez rien à qui nous sommes ni comment nous vivons. L'enfant naîtra au bourg.

Antilogus resta muet.

Qu'avaient-ils donc tous à vouloir à tout prix imposer leur vision des choses contre le gré d'autrui ?

Wade donna une petite tape amicale dans le dos d'Antilogus. « Ne prends pas ombrage de ce que raconte cet imbécile de Grant », semblait dire le planteur. Antilogus s'éloigna.

Edly monta à côté de Charlotte et cala la tête de la jeune femme contre sa poitrine. Elle prit sa main droite dans la sienne et recommença à lui masser les doigts, la paume de la main, puis à nouveau les doigts, un par un. « Ma fille, ma petite fille », disait-elle.

Et Ralph fouetta la croupe des chevaux qui se mirent en route.

Antilogus retourna dans la grange où séchait le tabac et s'y assit, tranquillement. Il décrocha une feuille, la huma. Son parfum était sucré et poivré à la fois. Pourtant elle n'avait pas encore été aromatisée. Il la tint entre ses doigts. Comme elle était large, cette feuille, comme elle était longue. Elle était encore souple. On aurait dit de la peau. C'est ça, de la peau brune comme du cuir, comme celle avec laquelle on fabriquait les marionnettes.

Que devenait Gözlem ? Et le sultan ? Il s'était bien moqué de lui en lui faisant jurer de rapporter ce turban. Il n'avait pas pu s'empêcher de sauver un Juif, parce que c'était inscrit là, dans son histoire, dans sa culture. Est-ce que la terre avait tremblé à Istanbul ? De nouveaux incendies s'étaient-ils produits ? Et Nissim ? Que faisait-il à Smyrne ? À son retour, il irait le trouver. Il lui raconterait son aventure, et l'oignon, et les quakers trembleurs.

Il ne comprenait pas Wade. Comment un homme, et de surcroît un père, pouvait-il réunir en lui la compassion et la plus froide cruauté ? Les hommes pouvaient-ils être comme les biskotchos de Bemidra, sucrés et salés à la fois ? Mais comment un être humain pouvait-il se diviser en deux parties distinctes, une accomplie, l'autre inaccomplie ? Même un fruit que l'on séparait en deux était fait de la même chair !

Antilogus sortit du hangar un instant pour regarder la couleur du ciel. Il avait entendu l'orage.

Wade, de son côté, était comme paralysé par l'inquiétude. Il ne bougeait plus de son fauteuil. Lorsque Bessy apparut, il s'empressa de lui annoncer le départ de Charlotte pour Williamsburg.

— Ils ont eu raison de partir, dit-elle gentiment.

Puis elle ajouta :

— Aucun bébé ne devrait naître ici.

Cette fois, Wade se leva, attrapa sa fille et la plaqua contre le mur. D'une seule main – car ses mains étaient trapues et larges – il maintenait Bessy par les poignets. De l'autre, il la giflait.

— Tu es comme ta mère ! criait-il. Maintenant que ta sœur n'est plus là, je vais m'occuper de toi, tu entends ? Je vais m'occuper de toi.

Bessy s'enfuit de la maison. Comme l'orage avait éclaté, elle courut s'abriter dans le hangar. Antilogus était là.

Elle s'assit dans un coin. Des larmes coulaient le long de ses joues. Elle grelottait.

Alors Antilogus enleva son manteau et le posa sur ses épaules. Puis il s'assit à côté d'elle.

La pluie fouettait si violemment le toit et la terre que la jeune fille s'arrêta de pleurer, médusée de voir les éléments ainsi déchaînés.

Ils étaient là, tous les deux, protégés, à observer la colère du ciel.

— Qui êtes-vous ? demanda Bessy.

Il y avait quelque chose d'enfantin dans sa question, et cela frappa l'imagination d'Antilogus. Il tourna son visage vers la jeune femme.

— Pour votre sœur, dit-il, vous croyez que ça va aller ?

À nouveau, ils se regardèrent.

En d'autres temps, en d'autres lieux, ils auraient sûrement été de bons amis.

Antilogus s'en fut trouver Wade. La mule de Finmore les conduirait sur les traces de Grant et de Charlotte Ann. Wade accepta l'offre. Ensemble, sous une pluie battante, ils prirent la route de Williamsburg.

La cire

Des nuages noirs s'étaient accumulés dans le ciel et il était impossible de croire qu'il n'était pas plus de midi. Il grêlait maintenant. Ralph se dépêcha de tendre la bâche. À l'intérieur de la carriole, Charlotte se tenait le ventre. Grant Morris, quant à lui, observait comme un enfant les caprices du ciel. Une grande déchirure bleu cobalt dans le ciel noir. Un coup de ciseaux dans un grand drap. Les chevaux étaient affolés. Ralph les réconforta comme il put d'une petite tape et de quelques mots.

La voix de Charlotte Ann était si faible et le bruit de la pluie si fort que personne ne pouvait l'entendre. Elle souffrait.

La route était boueuse maintenant. Une roue se brisa et la voiture s'arrêta net : la jeune femme fut aussitôt projetée sur les genoux de son époux.

Aidé par Edly, il la réinstalla le plus confortablement possible.

Charlotte tourna son visage vers son mari. Elle le regardait étrangement. Ses yeux partaient légèrement en arrière, puis revenaient vers lui comme pour demander des comptes. Il semblait qu'une partie d'elle-même voulait rendre l'âme et qu'une autre s'évertuait à résister. Le vent les fouettait et la pluie passait maintenant en oblique sous la bâche.

Les gouttes d'eau, masquant la sueur qui perlait sur le front de Grant Morris, sauvaient son honneur d'homme.

— Tu vas tenir bon, Charlotte, on sera arrivé dans deux

heures. Ne t'en fais pas. Ce n'est qu'un orage, il passera. Les orages finissent toujours par passer, tu le sais bien.

Ralph descendit de la carriole.

— On ne peut plus continuer. La roue est cassée, impossible de la réparer avec ce temps. Il faut s'abriter et attendre que ça se calme.

— D'accord, cria Grant. En attendant il faut retendre la bâche.

Edly et Ralph s'y efforcèrent, pour que la pluie battante ne vienne pas empirer le malaise de Charlotte. L'humidité, l'orage, ce n'était pas bon du tout pour les femmes enceintes. Le vent, furieux, ne leur facilitait pas la tâche.

Après qu'ils furent parvenus à l'arrimer, Edly remonta dans la voiture et trouva Grant Morris en train de pleurer.

— Qu'y a-t-il ? cria la vieille nourrice.

— Je ne veux pas qu'elle accouche sur la route, comme une mendiante.

Edly passa la main sur le visage de Charlotte. Ses yeux étaient révulsés, elle était évanouie. Il y avait peu de lumière, mais il semblait que son visage devenait bleu.

— Dieu du ciel ! s'écria Edly. Ma petite, ma toute petite !

Edly était entrée au service de la famille Wade juste avant la naissance de Charlotte. À quinze ans à peine, c'est Edly qui s'était occupée de bercer le bébé, des heures durant. De lui chanter des berceuses, lorsqu'elle ne trouvait pas le sommeil. C'est Edly qui la consolait lorsqu'elle tombait et se blessait. C'est Edly qui lui avait appris à tenir sa cuillère pour manger sa bouillie, qui l'avait baignée, séchée, massée, habillée, jour après jour, semaine après semaine, mois après mois et année après année, jusqu'à ce que l'enfant devienne une petite fille, puis une jeune fille. C'est Edly qui lui avait appris à compter. C'est Edly qui l'avait protégée, comme elle avait protégé Bessy, elle qui lui avait raconté des histoires, appris des prières.

Lorsque Charlotte s'était mariée, elle qui jusque-là n'avait jamais rien demandé, avait exigé et obtenu de son père et de son mari qu'Edly devienne sa dame de compagnie. « Tu te rends compte, Edly, tu élèveras mes bébés ! Et tu leur chanteras *Choum-*

bala ! » *Choumbala*, c'était la chanson préférée de Charlotte Ann. Drôle de chanson, qui ne comportait qu'une pauvre strophe, ne voulait rien dire et ne rimait même pas. Mais elle était rythmée, et, depuis le jour de leur naissance, c'est avec cette chanson-là qu'Edly les avait endormies, ces deux petites.

— Il faut l'allonger, cria-t-elle. Il faut sortir de la voiture, fabriquer une tente.

Sous une pluie battante Ralph détacha la bâche de la carriole. Il l'accrocha à des piquets de fortune plantés dans le sol boueux. Ça ne tiendrait jamais.

— Il faut la mettre sous la carriole, cria-t-il à son tour.

Celle-ci tenait encore sur une roue.

— Tu es fou ! rétorqua Edly. Elle va tomber sur elle.

— C'est notre seule chance de l'abriter.

Edly et Ralph sortirent péniblement Charlotte de la voiture pour la déposer sur le sol trempé.

— Ça va aller ma chérie, ça va aller, répétait Grant.

Charlotte ne répondait plus. Son visage, tous ses membres étaient maintenant complètement bleus, et enflés. Elle respirait encore. Edly lui ouvrit la bouche. La jeune femme avait avalé sa langue. Son ventre bougeait, son ventre semblait s'agiter. Edly et Grant le regardaient, terrifiés.

— Qu'est-ce qu'on fait ? hurla le mari. Qu'est-ce qu'on fait ?

Edly s'agenouilla, tâta le ventre de Charlotte Ann, prit son pouls. Le reprit. Posa ses doigts sur la gorge de la jeune femme. Elle cherchait désespérément un battement de cœur auquel se raccrocher. Même lent, même affaibli. Mais il ne venait pas. Le cœur de Charlotte Ann avait cessé de battre.

— Elle est morte. Elle est morte ! cria Edly terrifiée.

Elle posa sa main sur le ventre de Charlotte Ann. Lc bébé bougeait comme s'il était conscient qu'il lui fallait au plus vite sortir de là pour ne pas connaître le même destin que sa mère.

— Le bébé ! Il est vivant ! Il bouge ! Si on ne le sort pas de là il mourra aussi. Il faut le sauver, tout de suite !

Sous le regard effrayé de Grant, Edly, les dents serrés, sortit un couteau de son tablier.

— Marchez loin, aussi loin que vous pourrez, lui ordonna-t-elle.

Grant s'exécuta.

Edly releva les jupons de Charlotte.

— Tu seras brûlée pour ce que tu fais, lui dit Ralph.

Edly traça une ligne avec son couteau. Ralph se détourna. Il tomba à genoux et se mit à pleurer. Edly, elle, ne se laisserait pas impressionner. Elle se mit à chanter. Fort, très fort. Plus fort qu'elle ne l'avait jamais fait. Le sang lui gicla au visage, mais la pluie le lava aussitôt.

Que de mondes, que d'enveloppes la séparaient du bébé. L'eau ruisselait sur les entrailles de la mère. Edly fouillait, haletante, parmi les entrailles, les muscles, énorme masse rougeoyante. Il n'y avait pas une lumière à l'horizon. Si seulement elle arrivait à le sauver !

Elle plongea ses mains plus profond encore. Et enfin, elle le sentit. Son visage s'illumina. Elle le saisit, le retourna. Elle le tenait maintenant entre ses mains, ses deux énormes mains rugueuses ! Elle le tira de toutes ses forces.

Le bébé se mit à hurler.

Elle coupa le cordon d'un coup sec et brandit l'enfant comme un trophée.

— Elle est vivante ! C'est une fille !

Tandis que Charlotte Ann Morris, éventrée, reposait, morte, quelque part sur la route de Williamsburg, en Virginie.

Une heure plus tard, Wade, Antilogus et Finmore étaient là.

Wade se contenta de regarder, incrédule, le corps sacrifié et la voiture affalée. Les chevaux avaient déguerpi depuis longtemps. Grant Morris était assis, prostré, à l'écart. Edly berçait le nouveau-né contre son cœur, elle le berçait en lui chantant la chanson, toujours la même. Presque normalement, comme si de rien n'était.

La cendre

Antilogus réfléchissait, il ne cessait de réfléchir à ce qui s'était passé, à la suite des événements, qui, à son avis, auraient pu être évités, si quelqu'un avait fait preuve d'un tout petit peu de bon sens. Il se sentait confusément coupable de ne pas avoir dit plus que ce qu'il avait dit alors, et cela l'obsédait. Quand fallait-il ou non intervenir dans les affaires des autres ? Quel que soit le débat qu'il menait contre lui-même et les arguments qu'il déployait, aucun raisonnement ne tenait devant cette image qui surgissait en lui régulièrement et qui l'anéantissait : le regard de Charlotte Ann, assise sur cette carriole de malheur. Antilogus se torturait et essayait à tout prix de tirer de l'expérience un enseignement. Il comparait l'incomparable : ce qui était arrivé à Colly et ce qui était arrivé à Charlotte Ann. Pour Colly, il n'avait rien pu faire. Il ne s'était douté de rien, n'avait pas anticipé, ne s'était pas méfié. Il se considérait donc innocent, même s'il se reconnaissait responsable de la situation. Dans le cas de Charlotte Ann, il n'était pas responsable ; c'était bien pis : il avait eu entre ses mains la possibilité d'interrompre le déroulement des événements, mais il ne s'était pas suffisamment écouté, ou plutôt, il s'était reposé sur les autres et les avait laissés décider. Non pas que la décision lui incombe à lui en priorité, mais si personne ne la prenait, alors c'était à lui de se montrer un homme et de s'opposer, et par tous les moyens, au voyage. Eût-il insisté que Wade en aurait vite fait autant et la carriole serait restée dans la grange et Charlotte Ann allongée, au chaud, veillée. Est-ce qu'un jour, cela aussi, il se le pardonnerait ?

Une atmosphère lugubre régnait dans la plantation. Les esclaves étaient tous dans leurs cases. À la maison, personne n'osait prononcer la moindre parole. Wade était dévasté, et pour une fois, Bessy se tenait à carreau. Une jeune nourrice noire donnait le sein au bébé. Un bébé en pleine santé, auquel on avait donné le nom de sa mère, Charlotte Ann, en y en ajoutant un, Poinsettia, car c'étaient là les fleurs qu'entre toutes la maman préférait.

Grant était reparti chez ses parents. Il n'avait pas souhaité prendre Charlotte Ann Poinsettia avec lui.

Edly, quant à elle, avait retrouvé la case qu'elle partageait avec ses enfants et son petit-fils.

Assise sur le sol, elle se balançait dans un mouvement régulier et continu, comme si c'était elle-même qu'elle cherchait à bercer. Les paroles qui s'échappaient de sa bouche n'avaient plus aucun sens. Elle avait des visions, dans son demi-sommeil. Elle revoyait Mme Wade, la douce Mme Wade, lui confier la petite Charlotte en lui disant : « Vous saurez l'aimer et la protéger comme votre propre fille, je le sais. » Mme Wade lui avait fait confiance, puis Mme Wade était morte. Et puis Edly avait ouvert le ventre de Charlotte Ann, et puis l'orage avait cessé. Elle avait sauvé le bébé. Est-ce que ce n'était pas cela qui comptait maintenant ?

En fin d'après-midi, Wade se leva de son fauteuil, se rendit à la cuisine et considéra un instant Joanna. Comme il la regardait avec insistance, elle sentit confusément un danger.

Pour détourner l'attention, elle proposa de servir le dîner, et Wade aquiesça. Joanna avait préparé de la terrine d'esturgeon, avec des œufs battus, de la chair de poisson hachée, du cerfeuil et des feuilles de laitue bouillies. Elle avait préparé tout cela en leur absence, ne se doutant de rien. Elle avait fait des crêpes aussi, des bonnes crêpes à la confiture de myrtilles.

Chacun se servit et mangea sans émettre un seul mot. Puis Wade, après un rire spontané, brisa le silence.

— Cela n'affectera en rien nos affaires. J'ai besoin de quelques jours pour encaisser, puis tout sera à nouveau comme avant et nous ferons des merveilles.

Antilogus hocha la tête. Comment la vie pourrait-elle reprendre comme avant ?

— Ne vous en faites pas, lança Antilogus, rassurant.

Wade lui sourit : cet étranger, c'était un ami maintenant.

Comme chaque soir après dîner, Antilogus fit une petite promenade le long des champs de tabac. Soudain, il entendit un léger bruissement de feuilles à sa droite. C'était Joanna. Joanna avec un enfant dans les bras. Un petit garçon adorable, qui dormait.

— Joanna ?

— Ma mère n'a tué personne. Ma mère n'a tué personne, au contraire, elle a sauvé le bébé de Charlotte Ann.

— Oui, c'est ce que j'ai compris, moi aussi, quand Ralph a raconté.

— Mais maintenant le Maître dit que c'est à cause de ma mère si sa fille est morte. Que si ma mère n'avait pas ouvert son ventre Charlotte Ann serait encore vivante.

Joanna avait de la peine à trouver son souffle.

— Il a dit qu'il allait lui faire ce qu'elle avait fait à Charlotte Ann. Qu'il allait me tuer devant elle en m'ouvrant le ventre. Il a dit que mon enfant serait là, qu'il le forcerait à regarder ça. Il m'a dit que je pouvais aller dormir une dernière fois avec mon enfant, parce que demain ce serait fini pour moi, et qu'alors sa fille serait vengée, et que justice serait faite. Je ne veux pas que mon enfant me voie mourir devant lui. Et je ne veux pas que mon enfant ait la même vie que moi, la vie que nous avons tous ici. Je vois bien que ça ne va pas s'arranger. Je ne vois rien de bon devant nous. Je ne veux pas qu'il grandisse là-dedans et d'abord je ne veux pas qu'il s'appelle Henry ! Je ne veux pas qu'il porte le nom de cette brute ! Pourquoi est-ce que c'est aux Blancs de nous donner nos prénoms ? Pourquoi est-ce que nous devons prendre leur nom de famille, dès qu'ils nous achètent ? Pourquoi est-ce que les Blancs seraient libres et les nègres ne le seraient pas ? Est-ce que c'est ça qu'a voulu le Créateur du monde ? Où les Blancs voient-ils que nous sommes moins bons qu'eux ? Ils ne nous laissent rien faire. S'ils nous laissaient faire, ils s'apercevraient que non seulement nous ne sommes pas moins bons, mais que sûrement nous sommes aussi bons et peut-être même meilleurs.

— Peut-être bien qu'ils le savent. Peut-être bien que c'est de cela qu'ils ont peur.

— Mais si personne ne fait rien, comment vivront les enfants des enfants de nos enfants ? Comment vivront-ils ? Ils vivront dans la crainte, persuadés par les Blancs qu'ils n'ont aucun pouvoir sur le monde ni sur leur vie, et ils se condamneront, eux et leurs enfants. C'est dans leur tête que se sera installé le Blanc, le Blanc et ses idées. Je ne peux pas accepter cela, et ce n'est même pas pour moi, ni même pour mon enfant, mais pour les enfants de mon enfant, et leurs enfants. Un jour, ils se retourneront sur leur passé, et ils regarderont vers moi sans savoir très bien ce qui s'y trouve, et ils demanderont des comptes. Je veux que les enfants de mes enfants marchent la tête haute, qu'ils soient fiers. Je dois faire tout ce qui est en mon pouvoir pour cela.

Et Joanna plaça son enfant dans les bras du Juif.

— Prenez-le avec vous.

— Mais qu'est-ce que vous voulez que j'en fasse ? Je ne peux pas.

— Il n'y a que vous qui puissiez le faire, prenez-le je vous dis, et sauvez-le.

Joanna alors le regarda droit dans les yeux.

— Je serai morte demain. Et je ne pourrai pas revenir pour vous le demander une nouvelle fois. Il faut que vous acceptiez. Il le faut parce que sinon, je mourrai dans la plus grande détresse, je mourrai en pensant que mon fils va souffrir. Et je ne veux pas ça. Je veux mourir en sachant que l'avenir sera meilleur. Au moins pour l'un d'entre nous ! S'il vous plaît.

— Je suis désolé, Joanna.

— Ils nous séparent, et moi je vous demande de veiller sur lui, parce que je ne pourrai plus le faire. Que vous faut-il de plus ?

— Mais comment est-ce que je le cacherai dans la plantation ? Qui s'en occupera ? Vraiment c'est impossible.

— S'il vous plaît. S'il vous plaît, murmura-t-elle tout bas. Je n'ai que vous.

Antilogus baissa les yeux. Qui peut refuser de sauver un enfant ? Qui peut refuser de sauver un enfant et continuer de vivre, chaque jour, sa vie d'être humain ?

C'était chacun son tour sur cette terre, et comme George Henry Fogarty l'avait enseigné au père de Wade, il fallait faire pour les autres ce qu'un jour quelqu'un avait fait pour nous. Rendre à celui qui nous avait donné, c'était une chose. Mais rendre à un autre qu'on ne connaissait pas ? C'était peut-être cela, la clé de voûte de l'humanité. Je ne sais pas ce que tu me donnes ni ce que tu me donneras, et peut-être que tu ne me donneras rien, mais moi je choisis de te donner, même si l'on ne se revoit jamais, même si tu ne m'apportes rien, surtout si tu ne m'apportes rien. Un bienfait n'était jamais perdu. Jamais.

— Comment faut-il l'appeler, cet enfant ? demanda Antilogus.

— Moi, je l'appelle Vinny.

Et elle embrassa l'enfant, qui dormait. Elle l'embrassa sur la bouche et sur le front, elle embrassa ses mains et ses petits pieds adorables. Et elle lui parla :

— Toi, je t'aime. Tu vas aller avec lui, et il va te protéger. J'ai confiance en lui, alors toi aussi, tu l'écouteras et tu le respecteras. Il veillera sur toi jusqu'à ce que tu sois en âge de faire ta vie tout seul. Mon fils, mon enfant, je sais que tu oublieras mes paroles mais je sais aussi que, même si tu ne t'en souviens pas, elles seront là, gravées en toi. Va mon fils, et tu seras le plus fort, et tu seras le meilleur des hommes, et tu seras juste, et surtout, tu seras libre. Va, grandis, fais ta vie. Je t'aime.

— Dois-je lui dire quelque chose, quand il sera grand ? demanda Antilogus.

Joanna leva ses grands yeux noirs vers lui.

— Dites-lui que je suis dans son cœur, comme il est dans le mien. Que nous sommes reliés l'un à l'autre par un fil invisible. Dites-lui que la mort enlève les corps mais qu'elle n'atteint pas les âmes. Dites-lui que nous ne sommes pas des nègres mais des Africains.

Et elle disparut comme elle était venue.

Antilogus tenait l'enfant dans ses bras. Il pleurait. Ils étaient maintenant seuls, l'un avec l'autre. Les choses s'étaient-elles passées ainsi pour lui ? Sa mère l'avait-elle abandonné parce qu'elle n'avait pas eu le choix ? Avait-elle été pendue ? jetée en prison ? Avait-elle fui très loin ? Lui avait-elle dit quelque chose avant de disparaître, comme Joanna ? Comment s'en souviendrait-il ? S'en était-il déjà souvenu ?

Cet enfant, c'était lui.

Soudain, mais cela ne dura qu'un instant, un pauvre instant, il sentit sur sa langue comme un goût de gâteau. Ou plutôt un goût d'amande. D'amande ou de fleur d'oranger ?

Il s'en fut trouver Finmore. Le cocher dormait comme un loir sur la voiture, la tête calée contre le flanc de son vieux chien, une expression béate sur le visage. À quoi rêvait le rouquin ? Certainement à une bonne marmite de viande, bien chaude, avec une belle miche de pain pour saucer et un verrre de rhum. Appleton lui en avait fait goûter, une fois, du bon, ambré, des Antilles. Antilogus le réveilla et lui présenta le petit. Antilogus lui apporterait de la nourriture et des affaires pour l'enfant, et un édredon. Finmore n'aurait pas à le garder longtemps, parce qu'Antilogus trouverait vite une solution. Personne ne devait le surprendre avec le petit. « Très bien », répondit Finmore, soudain droit comme un i. Garder un enfant, le protéger, voilà une mission qui le remplirait de fierté et surtout qui l'occuperait autrement que d'attendre, avachi, qu'on l'appelle. Antilogus fit le tour de la maison. Wade était déjà couché.

Antilogus resta posté en bas de l'escalier. Si Wade ne l'avait pas prévenu avant de couper la langue de Colly, il ne fallait pas s'attendre à ce qu'il l'avertisse pour ce qu'il ferait à Joanna.

Et tandis que les heures s'égrenaient mollement comme sur un tespih, la conviction montait en lui qu'il ne fallait pas laisser faire. On ne sépare pas une mère de son enfant. On ne sépare pas une mère de son enfant !

Au milieu de la nuit, Wade sortit de sa chambre.

— Vous non plus, vous n'arrivez pas à dormir ? demanda l'Anglais tandis qu'il bourrait sa pipe de tabac.

— J'ai appris que vous aviez décidé de venger votre fille en ôtant la vie à Joanna.

— C'est exact.

— Nous réagissons tous comme nous pouvons. Néanmoins, il me semble que ce serait là commettre une certaine injustice, car Joanna n'y est pour rien.

— Charlotte Ann n'y était pour rien, elle non plus.

— Bien sûr. Mais répondre à une injustice par une autre injustice, est-ce que cela peut réellement réparer quoi que ce soit ?

— Ce ne sont pas vos affaires.

— Nous sommes partenaires.

— Où voulez vous en venir ?

— Je voudrais vous racheter Joanna.

— Si vous vous sentez seul, je peux vous en vendre une autre. Je les connais toutes, si vous voyez ce que je veux dire, et je pourrais même vous conseiller.

En disant cela, le planteur avait légèrement bombé le torse et sa bouche s'était tordue d'un demi-sourire. Il se vantait.

Antilogus en conçut un dégoût profond. Ainsi, il couchait avec toutes. Est-ce que c'était pour cela que sa femme était morte ?

— Je ne cherche pas de compagne, répondit Antilogus. Je veux seulement racheter Joanna.

— Joanna crèvera devant sa mère et devant son enfant.

— Vendez-la-moi.

Wade ne put s'empêcher d'éclater de rire. Il rit, rit, au point de manquer de s'étouffer. Il avala de travers la fumée de sa pipe et la recracha mêlée de quelques glaires qui atterrirent sur la table. Il essuya le mélange d'un revers de manche de sa chemise de nuit et reprit son calme.

— Pourquoi voudriez-vous l'acheter, si ce n'est pas pour faire ce qu'un homme fait avec une femme ?

— J'apprécie sa compagnie. Et elle est bonne cuisinière.

— Vous êtes un original.

— Peut-être bien. Alors ?

— Cinq cents livres.

— Cinq cents livres ?

— Vous la voulez, ça crée sa valeur. Et puis vous occultez la dimension affective. Elle a grandi ici, je l'aime beaucoup.

— Va pour cinq cents livres, lança le Juif, écœuré par l'humour de Wade.

— Mille.

— Va pour mille. Je ne veux pas négocier plus avant la vie de quelqu'un.

— Vous êtes si bon, c'est plus fort que moi, je vais vous la vendre. Cinq mille livres. Ce sera mon dernier prix

— C'est le prix que nous coûterait l'achat d'un terrain, les installations et trente nouveaux esclaves !

— Cinq mille livres, répéta Wade, sûr de lui.

Antilogus était silencieux.

— À prendre ou à laisser.

La sueur perlait au front d'Antilogus. Cinq mille livres, c'était la totalité de sa fortune. Qu'Antilogus achète Joanna et il n'aurait plus rien, et même plus de quoi la protéger, elle et Vinny.

— Pourquoi faites-vous ça ?

— Pourquoi ? Mais parce que avec cet argent, je pourrai développer ma plantation, acheter trente nouveaux esclaves, devenir le planteur le plus riche de la région et produire l'incomparable tabac aromatisé de Virginie. Que j'appellerai par mon nom, si ça ne vous fait rien.

— C'est d'accord, prononça difficilement Antilogus.

Il dut prendre appui sur la rambarde de l'escalier.

— C'est d'accord, répéta-t-il, comme pour se convaincre de ce qu'il faisait. Cinq mille livres, je vous l'achète.

— Laissez-moi le temps de réunir mon argent, balbutia-t-il, blême.

— On aura tout le temps d'en reparler demain. Je vais me recoucher. Vous devriez en faire autant.

Antilogus n'avait pas bougé. Il lui était impossible de regagner sa chambre. Il sortit de la maison. La nuit brillait toujours autant. Il leva les yeux vers le ciel, compta douze étoiles. Puis il traversa la plantation jusqu'aux cases.

Joanna ne dormait pas. Elle était assise dehors et contemplait, elle aussi, la constellation.

— Joanna, appela-t-il, à voix basse. Joanna !

Elle se leva.

— Nous allons partir, vous, moi et votre bébé. Nous allons quitter ces lieux. Et ce ne sera pas trop tôt. Vous savez où se trouve mon cocher n'est-ce pas ?

— Oui.

— Je vous attends là-bas, prenez vos affaires. Il faut partir avant le lever du jour.

Antilogus remonta dans sa chambre, prit son turban et mit son livre de prières dans l'une de ses poches. Il emporta du linge et des galettes. Quand il sortit de la maison, il lui sembla que la nuit était un peu moins sombre. C'était seulement une impression : dans la maison il n'avait pas allumé de bougie et ses yeux s'étaient habitués à l'obscurité.

Il accéléra le mouvement jusqu'à l'entrée de la plantation.

Le jour se lèverait dans un peu moins de deux heures.

Le bâton

Lorsqu'il arriva à la barrière, Finmore l'attendait. Antilogus posa son premier regard sur l'enfant qui dormait encore à poings fermés, sous les couvertures, à côté du vieux chien. Il cala dans la charrette les biscuits et l'eau, ainsi que les quelques affaires qu'il emportait avec lui. Puis il leva les yeux vers Finmore.

— Et Joanna ? Où est-elle ? demanda-t-il.

Pour toute réponse, Finmore se contenta de faire une grimace.

— Elle devait être là.

— Que se passe-t-il ? demanda Finmore.

— Nous allons partir d'ici.

— Partir ? répéta le rouquin. On retourne déjà au bourg ?

— Non, on ne va pas au bourg.

Finmore, surpris, regarda Antilogus.

— Il faut qu'on parte dans une autre direction.

— J'ai pas de problème avec ça, répondit le rouquin.

Antilogus s'assit à côté de lui.

Le ciel était un peu plus clair. Il ne tarderait pas à passer au mauve. Aujourd'hui il ferait beau. Une de ces journées de la fin de l'hiver ou l'on sent un printemps impatient de faire éclore tous les bourgeons. Mais que faisait Joanna ?

Il ne fallait pas perdre son sang-froid. Et si elle ne venait pas, eh bien il faudrait s'en aller quand même, comme elle le souhaitait, et s'occuper de Vinny comme Esther et Nissim s'étaient occupés de lui. Il lui faudrait trouver une femme pour lui donner l'amour maternel. Où trouverait-il donc une femme ? Au marché aux esclaves ? Il n'était pas question de s'y montrer.

Tout à coup, il entendit comme un murmure. Des pas se frayaient un chemin au milieu des ronces et des herbes folles – ou ce qu'il en restait après une saison blanche. Enfin, il l'aperçut.

— Joanna, vous êtes en retard ! lâcha-t-il.

C'est alors qu'il les aperçut, tous. Joanna n'était pas seule. Elle était suivie de un, deux, trois, dix, douze, vingt, elle était suivie de tous les esclaves de la plantation ! Antilogus pensa qu'ils étaient venus pour lui dire au revoir, lui souhaiter bonne chance, bonne route. Puis il aperçut les balluchons, les cuvettes de fer, les fourches, les pelles, et, dans le dos des mères, les enfants. Et il comprit. Ils avaient tous le même regard, celui de l'homme qui, perdu dans la nuit, croit apercevoir, au loin, une lumière.

— Qu'est-ce que c'est que tout ce monde ? demanda-t-il à la jeune mère. Vous voudriez que je vous sauve tous ? Et je ne connais même pas cette terre ! Nous n'avons rien préparé et nous n'avons pas d'armes. Et que trouverons-nous à manger pour les enfants ?

— Nous mangerons des herbes s'il le faut, répondit Joanna.

— Des herbes ? répéta Antilogus abasourdi. On ne survit pas avec des herbes !

Et tandis qu'il disait cela, il se souvint, honteux, que l'on peut survivre avec des herbes, même lorsqu'elles sont amères. Les Hébreux l'avaient bien fait, et pendant quarante années ! Son excuse n'était pas valable. Il ne pouvait plus se dérober. Tous ces visages étaient tournés vers lui, tous ces regards attendaient. Edly était là, et même le vieil Archie.

Il fallait décider maintenant qui il voulait être. Maintenant !

Quelqu'un poussa Colly devant les autres. Ses yeux étaient boursouflés comme s'ils avaient été attaqués par des abeilles.

— Vous êtes tous là au moins ? demanda Antilogus.

— Tous, répondit Joanna, le visage crispé.

— Et la fille, la fille sur la planche ?

— On n'a pas réussi. On n'avait pas le temps, dit Francis.

— Que lui fera-t-il si on ne l'emmène pas avec nous ?

Quatre hommes parmi les plus forts s'avancèrent vers Antilogus. Celui-ci saisit la hache qu'il avait rangée dans la carriole et ensemble ils prirent le chemin des cases.

La pauvresse dormait. Ralph la recouvrit de sa chemise tandis qu'elle se réveillait, affolée.

— Ne t'inquiète pas, c'est nous. On va essayer de te sortir de là. Ne dis rien surtout, ne fais pas de bruit.

Puis chacun à tour de rôle donna des coups sur les anneaux de fer. Dans le silence de la nuit, ce bruit régulier résonnait comme le tic-tac de la pendule. Les anneaux ne cédaient pas. Combien de temps pouvaient-ils continuer à frapper le fer ainsi sans réveiller le planteur ?

— On l'emmène comme ça, dit Antilogus.

Alors, tous ensemble ils s'emparèrent de l'épaisse planche de bois. Ils porteraient la jeune fille à bout de bras, comme en son temps, peut-être, la reine de Saba.

Ils se dépêchèrent de retrouver les autres. Là, Antilogus s'adressa à eux.

— Je vous préviens, dit-il, je ne vous promets rien du tout. Nous avons quelques heures d'avance, il s'agit d'en profiter. Ils ont des chevaux, des chiens, nous n'avons que nos jambes et cette pauvre mule. Ceux qui seront fatigués, on ne pourra pas les attendre, ou alors il faudra, ensemble, renoncer. Quand je dirai quelque chose, il faudra écouter, sans poser de questions. Et cela pour une seule raison : parce que vous m'aurez désigné pour être votre guide. Les enfants sur la voiture, immédiatement.

Antilogus se plaça à l'avant du cortège, tandis que les hommes qui portaient la planche se plaçaient à la fin.

D'un geste, Antilogus invita Colly à se placer à la droite de Finmore. Il attrapa la main de Lizzie, et la fit monter à la gauche du rouquin. Sur la carriole se trouvaient maintenant une dizaine d'enfants de tous âge. Les plus petits étaient restés attachés au dos de leur maman.

Alors Antilogus se tourna vers Finmore.

— Allons-y ! lança-t-il.

Finmore n'était pas un niais, et il prit la direction de l'ouest. L'ouest, c'était indéniablement ce qu'il y avait de mieux. À l'est, il y avait Williamsburg. Avec une garnison de soldats et assez de gueux blancs dans les tavernes pour former une armée. Au nord, encore bien d'autres plantations. Au sud aussi, là où on essayait depuis une année seulement de développer le coton. Mais à l'ouest, il n'y avait rien. Que des montagnes, au loin, très loin, des montagnes gigantesques dont leur avaient parlé les Indiens. Qu'y avait-il de l'autre côté de ces montagnes ? Finmore se plaisait à croire que là seulement se trouverait le monde libre.

Les hommes et les femmes marchaient, marchaient, marchaient.

Wade s'était probablement réveillé, maintenant. Comment avait-il réagi devant le silence de sa plantation désertée ? Même son cocher s'était enfui. Plus personne pour allaiter la petite Charlotte Ann Poinsettia ! Cela l'obligerait à aller en ville pour trouver une nourrice. Bessy se retrouverait seule face à son père. Que se diraient-ils ? Sûrement il avait enfourché son cheval et galopé jusqu'aux autres plantations pour prévenir qu'un Turc, un voleur, un traître lui avait volé son bien. Sûrement ils se mettraient tous à sa poursuite, impitoyablement. C'était du gros gibier, la main-d'œuvre d'une plantation entière, sans compter les enfants. Antilogus se ferait prendre sa fortune et balancer au bout d'une corde. Il le savait.

Après quelques heures de marche, Ralph s'avança vers Antilogus.

— Les femmes sont épuisées, les plus âgés aussi. On voudrait s'arrêter un peu.

Antilogus fit signe à Finmore d'arrêter la mule.

— On va vous donner de l'eau et un petit morceau de biscuit. Asseyez-vous, détendez-vous un instant.

Joanna avait emporté des noix. Elle en distribua.

Hommes et femmes s'assirent par terre. Ceux qui portaient la planche la posèrent. Ils étendirent leurs bras en grimaçant. Les uns les autres, ils se massèrent les épaules.

— À l'heure qu'il est, Wade et les planteurs du bourg sont sûrement déjà en route, annonça Antilogus, et ils ne tarderont pas à nous rejoindre. Alors, ce qui va faire toute la différence, c'est la façon dont nous allons nous battre. Parce que nous allons nous battre, vous m'entendez ? Nous allons tous nous battre.

Antilogus regarda autour de lui.

— Prenez des branches, lança Joanna, faites-vous des bâtons, taillez-les en pointe. Ceux qui ont des outils, préparez-vous à les utiliser.

— J'ai un marteau ! lança un homme.

— Moi, un couteau ! lança un autre.

— J'ai une hache, une serpe, une fourche, renchérirent quelques-uns.

— Il faut que tous ici nous ayons de quoi nous défendre, reprit Joanna. Même les femmes. Ceux qui ont un couteau, coupez des branches et taillez-les pour les autres.

Tous se mirent à arracher des branches. Les uns après les autres, ils en faisaient tailler l'extrémité par ceux qui avaient les couteaux.

— Je vous ai vus, tous, soulever des charges terribles, couper du gros bois, reprit Antilogus. Ce ne sera pas tellement différent. Toutes vos forces doivent être mobilisées. Toutes ! N'êtes-vous pas des guerriers ?

Personne ne répondit. Antilogus regarda un instant Joanna. Seul, il ne pouvait rien, il avait besoin d'elle.

— Vous êtes des guerriers, cria Joanna, comme vos pères étaient des guerriers, et les pères de vos pères ! Les meilleurs guerriers ! continua-t-elle. Ceux qui savent attraper l'antilope, le léopard, le lion ! Ceux qui n'ont peur de rien !

— Peur de rien ! cria Benji, le jeune frère de Joanna.

— Peur de rien, murmurèrent quelques hommes.

— Je ne veux pas un murmure de femmelette, cria Joanna. Je veux un cri qui sorte de vos tripes, je veux entendre votre rage d'avoir été arrachés à votre terre d'Afrique, votre rage d'avoir été humiliés, battus, bafoués jour après jour ! Répondez-moi !

— Oui, crièrent les hommes, galvanisés. La rage est en nous !

— Il faudra tuer leurs chiens, cria celui qui tenait la fourche. Ce sont eux qui nous sautent à la gorge.

— Et nous immobilisent, continua un autre.

— Nous pourrions planter des pieux en biais dans l'herbe et en enterrer d'autres dans le sol, pour qu'ils marchent dessus et se prennent dedans.

— Il faudra neutraliser ceux qui ont des armes à feu, dit Joanna. C'est cela, le plus dangereux, car aucun homme ne peut arrêter une balle, même s'il est le plus rusé d'entre tous, même s'il est grand, fort et agile. Qui s'en chargera ?

— Je m'en chargerai, cria Ralph.

— Et moi aussi, renchérit Francis.

— Et moi, entendit-on encore.

— Nous allons nous battre et nous allons gagner, lança Antilogus, parce que c'est notre seul espoir.

— Nous allons nous battre et nous allons gagner, hurla Joanna.

— Nous allons nous battre et nous allons gagner, hurlèrent les hommes.

— Pour nos enfants, et pour les enfants de nos enfants !

— Pour nos enfants, et pour les enfants de nos enfants !

Et tandis que les hommes se préparaient au combat, un murmure monta, qui ressemblait à un chant de guerre.

We gonna fight and we gonna win.
We gonna fight and we gonna win.
We gonna fight and we gonna win.

Ils les attendraient ici. Et lorsque les planteurs arriveraient, Ralph, Francis, Tom, Benji, Garett, Nathaniel, Francis, Floyd et tous les autres les surprendraient. Les hommes se répartirent de part et d'autre du chemin. Certains grimpèrent dans les arbres pour vérifier la vue qu'ils avaient de ce point d'observation. Finmore emmènerait les femmes et les enfants en un lieu plus sûr. Antilogus confia son turban au rouquin. Il lui montra les émeraudes, les grenats, puis il lui fit tâter la doublure de son manteau.

— Il est garni d'or, d'argent, de pierres précieuses, de diamants. Si nous mourons tous... tu t'en serviras pour mettre les enfants à l'abri. Tu essaieras d'aller vers le nord, jusqu'à ce que tu trouves les quakers.

— Les quakers ?

— Eux, ils vous protégeront. Tu raconteras aux enfants comment leurs parents ont tout tenté. Qu'ils soient fiers. Ils ne doivent jamais cesser d'être fiers. Tu m'entends ?

— J'entends. Et vous ? demanda Finmore tout bas. Vous n'avez même pas un bâton.

— Moi ? Ne le répète pas, mais je ne sais pas me battre.

Le galop d'un cheval se fit entendre. Ralph et les siens se mirent immédiatement en position d'attaque. C'était Bessy. Ils stoppèrent l'animal sans difficulté. C'était une répétition inattendue, mais elle démontrait les bons réflexes des uns et des autres.

— Tout le comté est alerté, dit-elle à Antilogus. Ils viennent pour vous tuer, vous, et les capturer, eux. Ils seront une bonne vingtaine, avec des chevaux, des filets, des fusils et des chiens. Il faut que vous franchissiez la rivière. C'est le seul moyen que leurs chiens perdent notre trace. C'est votre seul moyen de survie.

— Quelle rivière ? demanda Finmore.

— Vous pourriez nous y conduire ? s'enquit Antilogus.

— Oui, dit Bessy, déterminée.

Antilogus se tourna vers les hommes.

— Nous allons faire comme elle propose. Nous allons marcher vers la rivière.

— Mais c'est une des leurs ! cria Tom.

— Je suis de votre côté, et vous le savez, répondit Bessy.

— Elle est la fille de son père ! Elle a le même sang, cria Archie.

— Elle est avec nous seulement parce qu'elle déteste son père, reprit un autre, et non parce qu'elle ressent ce qu'il y a dans nos tripes.

— Peu importe ses motivations, déclara Antilogus, l'important, c'est qu'elle nous aide. Aucun d'entre nous ne connaît cette terre. C'est la seule information dont nous disposons, alors il faut écouter Bessy. Nous allons faire comme elle dit, marcher jusqu'à ce que nous trouvions la rivière. Et nous la traverserons.

Edly s'approcha du cheval.

— Et le bébé de Charlotte Ann, demanda-t-elle, le bébé ?

— Le bébé ?

La jeune femme sourit avec malice. Le bébé se trouvait là, dans une grosse sacoche de cuir gras accrochée au cheval. Edly en souleva le rabat et sortit l'enfant, rose comme un pétale, enveloppé dans une multitude de draps.

À l'instant où Antilogus vit l'enfant, il comprit que c'était la fin. On pouvait prendre ses esclaves à un planteur, à la rigueur. Mais voler l'enfant d'un Blanc ? Ils auraient tous la gorge tranchée pour cela. Il s'approcha de Bessy.

— Pourquoi avoir fait ça ?

Bessy semblait réaliser, soudain, la portée de son geste. Oui, elle les mettait tous dans un danger plus grand encore.

Antilogus prit le bébé des mains d'Edly et le remit dans la sacoche.

— C'est l'enfant de ma sœur, elle aurait voulu que je le prenne avec moi, j'en suis sûre, se défendit Bessy. Et puis il n'y avait plus personne pour lui donner le sein.

— Nous en avons assez de donner notre lait pour nourrir des enfants blancs, cria Lizzie. Nous ne le nourrirons pas !

— Cette enfant n'a rien à faire avec vous, encore moins avec nous. Vous allez le ramener, et tout de suite, ordonna Antilogus.

— Non, répondit Bessy.

— Et pourquoi ?

— Je ne veux pas que cette enfant soit comme eux.

Antilogus cachait mal son agacement.

— Vous croyez aimer les autres, mais si vous les aimiez vraiment, vous n'auriez pas pris cette enfant. Vous voulez notre mort !

— Je veux vous aider, cria Bessy. Je ne suis venue que pour ça ! Mon père ne sait même pas que je suis ici, il ne sait pas que j'ai pris la petite.

Antilogus détourna son regard.

Il la trouvait stupide. Il la détestait.

Le bébé se mit à crier. Ce cri qui semblait traverser les forêts, les champs et les collines amènerait la meute sur eux en un battement de paupières.

— Vous avez besoin de moi pour continuer, dit Bessy.

— Ça, c'est votre point de vue.

— C'est le vôtre aussi, rétorqua-t-elle.

Antilogus, vexé, se tourna vers les hommes et les femmes qui le regardaient.

— Levez la main ceux qui souhaitent que l'on garde l'enfant.

Personne ne leva la main.

— Vous voyez bien, lança-t-il à Bessy.

C'est alors qu'une voix qu'ils ne connaissaient pas se fit entendre.

— Nous voulions partir, nous échapper, vivre libres. Nous n'avons jamais souhaité faire du mal à qui que ce soit, ni de nous venger. Surtout pas sur un bébé.

Tous se retournèrent. C'est la reine, sur sa planche, qui avait parlé.

— L'abandonner, ce serait faire la même erreur qu'ils font avec nous. Et nous nous devons d'agir mieux qu'ils ne font. D'être plus justes, d'être meilleurs. Même si cela complique notre existence, même si cela nous oblige à prendre des risques. Même si cela met en plus grand danger notre vie. Mais que serait notre vie, avec en nous la pensée que nous avons commis une injustice ? Elle serait inacceptable, simplement inacceptable. Maintenant que ce bébé est là, nous allons le garder, et nous allons le protéger comme si c'était l'un des nôtres.

Tous se tenaient immobiles.

— Si personne n'en veut, ajouta-t-elle, je le prendrai avec moi.

Antilogus lança un regard interrogateur à Joanna. Elle acquiesça d'un regard.

Ils feraient tous comme la reine avait dit. À peine sur son sein, l'enfant se tut et s'endormit.

— Il n'y a pas de temps à perdre, cria Antilogus. Ils sont à nos trousses. En route !

— Et qu'est-ce que je fais, moi, avec les enfants ? demanda Finmore.

— On reste tous ensemble, répondit Antilogus.

Bessy sortit de sa robe deux pistolets à un coup et en tendit un à Antilogus.

— Vous me compliquez la vie, lui dit-il, rancunier.

— Nous ne sommes pas là pour discuter, répondit-elle froidement.

Elle vérifia que son pistolet était bien chargé.

Antilogus considéra l'arme.

— Vous n'avez qu'à placer l'index sur la détente et vous appuyez. Je vous préviens, ajouta-t-elle, je n'ai pas de quoi les recharger.

— Je ne vois pas pourquoi les deux seuls pistolets seraient gardés par les deux Blancs que nous sommes ici, déclara Antilogus. Qui le veut ? demanda-t-il en le brandissant.

Cette fois c'était Bessy qui le détestait de l'avoir humiliée. Oui, c'était une Blanche, et elle avait encore, malgré elle, des réflexes de Blanche. Mais elle faisait de son mieux.

Colly, doucement, s'avança vers Antilogus. Et Antilogus lui remit l'arme.

Le poisson

Après une heure de marche, ils aperçurent la rivière. Ils cherchèrent un passage pour la traverser. Elle était large. Ralph y entra le premier. L'eau était profonde, elle lui arrivait à la poitrine. Il était pourtant l'un des plus grands. Il fit demi-tour. Il faudrait abandonner la carriole. Les plus costauds porteraient les plus jeunes sur leur dos ou sur les épaules.

— Et la mule ? demanda Finmore.

— Est-ce que ta mule sait nager ? lui demanda Antilogus.

— Je n'en sais rien.

— Alors, elle restera ici.

— Ici ?

— Quant à ton chien, tu devrais pouvoir le porter.

Finmore paraissait dévasté. Comment sa mule survivrait-elle ? Comment lui-même survivrait-il sans elle ? À passer tout ce temps à attendre avec elle, à la nourrir, à la faire boire, à la brosser, il s'y était drôlement attaché. Et la mule et le chien s'étaient aussi attachés l'un à l'autre.

— Cela n'aurait aucun sens que je choisisse l'un plutôt que l'autre, leur dit-il, alors je vais vous laisser ensemble ici, tous les deux. Je ne sais pas comment vous survivrez, ni ce que vous pourrez bien trouver à manger, ça ne pourra pas être pire que le peu que je vous donnais. Mais au moins vous serez ensemble.

Il les caressa une dernière fois.

Antilogus donna le signal. Il fallait rejoindre l'autre rive sans attendre. Les hommes et les femmes installèrent les enfants sur leurs épaules. Ils commencèrent à traverser. Seuls les visages dépassaient de l'eau. Surtout, il fallait marcher vite, ne pas traîner, que les pieds ne s'enfoncent pas dans la vase.

Teddy dut porter Finmore. Le pauvre gosse pleurait. Rien ne lui faisait peur dans l'existence, à condition qu'on ne le sépare pas de sa mule ni de son chien. Ils étaient toute sa famille.

Le courant était fort, et il leur était difficile à tous, hommes et femmes, de garder l'équilibre, d'autant qu'ils avaient les enfants dans les bras. Tom, Garett, Francis et Finch saisirent la planche où était enchaînée la jeune fille, la petite Charlotte Ann Poinsettia couchée contre elle, et ils entrèrent dans la rivière Posée sur l'eau, la planche était plus facile à manœuvrer.

Les anciens – Edly, Archie – furent installés sur le cheval. Ralph le tirait.

Tous avançaient sans dire un mot. Seuls Bessy et Antilogus restaient encore sur la rive.

— Vous venez ? lança-t-il à la jeune fille.

— En restant là, je dois pouvoir un peu les freiner.

— Et vous faire tuer ?

Bessy haussa les épaules. Antilogus fit quelques pas en arrière et lui tendit la main. Bessy attrapa ses jupons d'une main et saisit celle qu'Antilogus lui proposait. Bessy n'en menait pas large. L'eau lui arrivait au menton et à son visage crispé, on pouvait deviner qu'elle se tenait déjà sur la pointe des pieds. Antilogus se plaça devant elle.

— Accrochez-vous à moi.

La fille du planteur plaça ses bras autour des épaules d'Antilogus et ramena ses jambes autour de sa taille.

— J'y suis ! cria alors Benji.

Il avait atteint l'autre rive.

Les hommes et les femmes sortirent de l'eau. La végétation arborée, touffue, offrait mille et une cachettes. Chacun se dépêcha de s'y réfugier. Puis ce fut le tour de ceux qui portaient la reine, puis celui de Ralph et de son cheval, d'Edly et Archie, de Pecker, de Vince et enfin de Colly, porté par Timothy. Ils rejoignaient la terre, les uns après les autres, glacés, trempés, mais sans faiblir.

Seuls Antilogus, Bessy, Joanna et Vinny étaient encore dans l'eau. Antilogus s'aperçut que Joanna montrait des signes de panique. Tenant son petit Vinny sur les épaules, elle regardait autour d'elle, bouleversée, et sa bouche était prise d'un tic nerveux.

— Joanna, est-ce que tout va bien ?

— Mmmm mmm, grogna-t-elle, essoufflée.

Antilogus s'approcha d'elle. Il lui prit l'enfant, qu'il cala au creux de son bras gauche.

— Tenez mon bras droit, lui dit-il, restez bien accrochée à moi, avancez comme ça, à petits pas.

— Je ne sais pas nager.

— Il ne s'agit pas de nager mais de mettre un pied devant l'autre. Courage, Joanna, allez-y, on avance tous ensemble.

Et ils avancèrent, doucement, tout doucement. Bessy sur le dos d'Antilogus, Vinny dans un bras et Joanna accroché à un autre. Ils avaient parcouru la moitié du chemin maintenant. À l'abri sur l'autre rive, les trois quarts des hommes et des femmes regardaient, anxieux, ceux qui étaient encore dans la rivière.

— Ça va ? appela Tom. Vous avez besoin d'aide ?

— Non, cria Antilogus, tout va très bien. Un pied devant l'autre, répétait-il à Joanna, un pied devant l'autre.

L'eau était lourde, épaisse, et chaque mouvement était un effort. Bessy était fine mais le poids de ses jupons englués d'eau vaseuse lestait Antilogus et rendait son avancée plus difficile. Joanna serrait son bras comme un garrot. Quant au bébé, il s'était agrippé à son cou, et il le tenait serré, très serré, ses petits poings refermés sur les belles boucles d'Antilogus, et il tirait dessus tant qu'il pouvait, car il semblait y trouver un certain réconfort.

Comme Finmore pleurait toujours, Teddy décida de retourner de l'autre côté pour chercher la mule et le chien. Il traversa aussi vite qu'il put. Arrivé de l'autre côté, il prit le chien sur ses épaules et détacha la mule de son attelage. Il tira l'animal jusqu'à l'eau et repartit vers l'autre rive.

Il prenait le chemin du retour lorsqu'un murmure se fit entendre.

— Ils arrivent, cria Bessy.

— Continuons, continuons comme si de rien n'était, dit Antilogus. Un pied devant l'autre jusqu'à l'autre rive.

Ralph et Benji sautèrent dans l'eau pour leur venir en aide. Benji mit l'enfant sur ses épaules et Ralph prit Joanna sur son dos. Antilogus accéléra. Le bruit des chevaux au galop pouvait maintenant s'entendre distinctement, il ressemblait à un roulement de tambour. Bessy gagna le rivage, suivie d'Antilogus, qui n'était pas fier.

Tous les esclaves criaient à Teddy de se dépêcher. Mais la pauvre mule ne voulait plus avancer. Le pauvre homme était bloqué au milieu de la rivière.

— Dépêche-toi, criaient-ils tous.

Finmore était terrorisé. Réalisant tout à coup que Teddy risquait d'y rester, il hurla.

— Lâche la bride et reviens !

Teddy obéit et rejoignit la rive aussi vite que possible. Et tandis que Finmore retrouvait son vieux chien, la mule termina toute seule sa traversée. Elle les avait rejoints !

— Merci, dit Finmore à Teddy.

Soudain, de l'autre côté de la rivière, ils apparurent. Eux, leurs chevaux et leurs chiens haineux. George Henry Wade menait l'expédition. À ses côtés se trouvaient vingt-quatre hommes et autant de chevaux et de chiens. Quelques-uns des plus gros planteurs de Williamsburg et des environs étaient là. Radulph Remmington et ses quatre fils, Thomas Bromley, Nelson Prise, Henry Osborne, James Chapell, John Ellington et son fils, Ezekiah Hodgkins et ses hommes de main Stephens Worthall et Joe Dunnell, le grand James Baram dont on disait qu'il était le plus riche du bourg, avec plus de soixante esclaves à son nom, Nathaniel Lickburrow, Thomas-Lee Jackson et Averyn Cowper. Il n'avait pas fallu longtemps pour les convaincre de se joindre à cette chasse à l'homme. Une fuite d'esclaves, c'était un bien mauvais exemple pour les nègres de leurs plantations. Ils auraient vite fait de vouloir s'échapper, eux aussi, et ce serait un grand malheur. Cela mettrait en péril le commerce, et donc l'avenir sur cette terre nouvelle. Ce n'était quand même pas pour rien qu'ils avaient enduré toutes ces épreuves depuis leur départ d'Angleterre. Les bateaux qu'ils avaient pris pour venir ici ne se nommaient-ils pas *Le Bon Espoir*, *Le Prospère*, *La Bénédiction*, *L'Avenir radieux* ? Il n'était pas question de les faire mentir.

Will Grant Morris était là, lui aussi, accompagné de son père.

Chaque homme avait son cheval, son fusil, son pistolet, et ensemble, ils gagneraient. C'était ainsi.

Un tir mal ajusté siffla vers les anciens captifs.

— À couvert ! cria Antilogus. Cachez-vous derrière les arbres.

La troupe ne l'avait pas attendu. Beaucoup, grelottants, s'étaient réfugiés derrière un tronc. D'autres avaient disparu dans le sous-bois, vers l'intérieur des terres, dans les taillis et les buissons de fougères.

— Fuir ne servira à rien, dit Bessy. Ils nous aurons rattrapés en moins de temps qu'il ne faut pour s'en apercevoir. Et nous avons des enfants avec nous. Et des anciens.

— Finmore ! cria Antilogus. Emmène les petits, file !

Antilogus se tourna vers ses compagnons.

— C'est maintenant que nous devons nous battre !

C'était le moment que tous attendaient. Pourtant, ils paraissaient pris au dépourvu. Le froid et l'eau les avaient distraits. Là-bas, sur la rive, les pisteurs reprenaient leurs forces, s'organisaient. Certains prenaient leur chien en croupe. Les molosses devaient passer l'eau pour aller mordre. Beaucoup d'entre eux étaient comme fous et rendaient les chevaux nerveux. Trois chiens d'une meute avaient rompu leur laisse et nageaient déjà vers l'autre rive. L'un fut un moment emporté par le courant, mais il parvint à rejoindre un peu plus loin la terre d'où il était parti. Deux autres perdaient du terrain, mais concentraient toutes leurs forces pour rejoindre l'objet de leur haine.

— Tenez les chiens, cria Wade. Sans eux on ne pourra pas tous les retrouver. Et je les veux tous, jusqu'au dernier. Même s'il est encore dans le ventre de sa mère.

Sur la rive, Grant Morris, encore pâle, fébrile, ajustait son arme sur Benji, de l'autre côté de la rivière. Wade arrêta son geste.

— Ne tire pas sur mes esclaves. Ils m'ont coûté trop cher pour que j'en fasse seulement de la nourriture pour chiens. Et puis tu trembles. Tu gâcherais de la poudre inutilement.

— Mais ils vont s'échapper !

— Où veux-tu qu'ils aillent ? Ils sont incapables de quoi que ce soit. C'est le Turc qui est dangereux. C'est lui qu'il me faut. Quand nous l'aurons, ils comprendront qu'il faut rentrer à la maison.

— On les reprend, et c'est tout ? demanda l'un des fils Remmington.

— Oui, c'est tout, répondit Wade.

— Et la punition ? demanda le jeune Ellington.

— La punition, on s'en occupera après.

Baram s'approcha de Wade. Il était impressionnant, avec ses grandes bottes de cuir noir, brillantes de graisse, et son large manteau de toile brune.

— Qu'est-ce qu'on attend, bon sang ?

Wade mit les mains en porte-voix :

— Oh ! L'étranger ! Tu as abusé de ma confiance et tu m'as volé mes nègres.

Il reprit son souffle puis déclara :

— Ralph ! Benji ! Garett ! Tom ! Teddy ! Et tous les autres ! C'est à ce voleur que j'en ai, et seulement à lui ! Le Turc m'a trahi et il doit payer. À vous je ne ferai aucun mal si vous revenez maintenant.

Il attendit encore. Pas une feuille ne bougeait.

— Je vais compter jusqu'à dix. Tous ceux qui retraverseront la rivière auront la vie sauve, ainsi que leur femme et leurs enfants. Tous ceux qui ne seront pas revenus, nous n'aurons pas de pitié pour eux. Si vous suivez le Turc, vous crèverez de faim ou de maladies sous peu. Moi, je vous protégerai, je mettrai un toit au-dessus de vos têtes comme je l'ai toujours fait. Et je vous donnerai de quoi manger, à vous, à vos enfants. Il vous a promis la liberté ? Il vous a menti ! C'est un étranger, il ne connaît rien de cette terre et de ses dangers. Vous n'avez aucune chance, ni avec lui ni tous seuls. Le seul avenir possible est avec moi.

Il se mit à compter.

Baram s'approcha de lui.

— On y va, ça ne sert à rien de négocier. Ils ne reviendront pas.

— Ils reviendront, je les connais, lui rétorqua Wade.

— Vous perdez votre temps à leur faire confiance.

De l'autre côté du fleuve, Antilogus et les siens se regardaient.

— Il a raison, lança Twain, le Turc ne connaît pas cette terre, et si ça se trouve, on se fera rôtir comme des cochons par les Indiens.

— Ou bien on crèvera tous de faim, ajouta Petit George.

— Je vous ai dit que je ne pouvais rien vous garantir, répondit Antilogus. Mais je sais que si nous nous en donnons les moyens, et si nous nous battons, nous avons une chance de réussir. Vous m'avez choisi comme guide, alors maintenant vous allez m'écouter !

— Moi, je retourne avec lui, dit Twain.

— Il te fera payer pour nous tous, tu seras fouetté à mort, intervint Lizzie.

— Les gens du comté voudront faire un exemple, insista Teddy.

— Il a dit qu'il nous protégerait.

— Et toi, tu le crois ! lâcha Joanna.

Wade leur criait quelque chose. Ils se turent pour l'écouter.

— Je vous aime comme mes enfants, criait le planteur, et mon seul souhait est de continuer à veiller sur vous et sur vos petits !

En disant cela, Wade avait ressenti une émotion inattendue. Oui, il était attaché à ses esclaves. Ils étaient sa vie !

— Il faut rester avec l'étranger, continua Joanna. Il risque sa vie pour nous, est-ce que ce n'est pas la preuve qu'il est de notre côté ?

— Peut-être, mais ça ne nous avance à rien, il est tout aussi impuissant que nous, reprit Twain.

— Nous ne sommes pas impuissants, protesta Joanna. Nous pouvons tout, il suffit pour cela d'arrêter de considérer que nous avons perdu d'avance. En nous échappant, nous avons pris le risque d'échouer. Il faut maintenant que nous nous décidions à prendre le risque de gagner.

— Gagner ? Qu'est-ce que nous gagnerons ? demanda Twain. Je préfère sauver ma peau pendant qu'il est temps.

— Moi aussi, ajouta Petit George en se levant. J'ai trop peur.

— Vous avez tous voulu partir, lança Antilogus, ce n'est pas moi qui vous ai forcés. Quand on prend une décision, on s'y tient, et maintenant nous sommes là. Alors pas question de revenir en arrière.

— Vous ne sauverez pas votre peau en vous rendant, lança Bessy. C'est mon père et je le connais. Il essaie juste de vous faire céder. Quand vous serez passés de l'autre côté il vous mettra dans ses filets, et ensuite vous serez torturés pour faire un exemple au bourg. Croyez-moi, il faut tenir.

Tous les regards se tournèrent vers la fille du planteur. Pourquoi fallait-il donc que ce soit elle qui leur donne des conseils ?

Twain et Petit George s'approchaient de l'eau.

— Très bien, les encouragea Wade. Je peux compter sur la loyauté de mes enfants !

Joanna apparut alors sur la rive.

— Nous ne sommes pas vos enfants ! hurla-t-elle. Nous n'avons jamais été et ne serons jamais vos enfants !

Edly, qui avait entendu ces mots, pleurait.

Un coup de feu fut tiré. Antilogus se précipita auprès de Joanna et l'emmena derrière un buisson. Heureusement la balle n'avait fait que la frôler. Puis Ralph et Tom la transportèrent plus loin.

— Il est encore temps, cria Wade. Réfléchissez. Je ne vous ferai aucun mal. Et vous serez mieux à la plantation qu'avec ce fou qui ne sait même pas où il va. Il a de l'argent, soit ! Mais qu'en fera-t-il lorsque vous vous retrouverez au milieu de nulle part ? Vous mangerez ses rubis ? Vous boirez son or ?

Tous les Blancs sentaient leur sang bouillir d'impatience et l'inaction ajoutait encore à cette rage intérieure. Ils n'attendaient que ça, leur mettre une bonne raclée, pour qu'ils comprennent la vie, ses codes, ses lois.

Tout à coup, un aboiement se fit entendre. Trois chiens se jetèrent sur Twain et Petit George. La lutte était inégale. Mais les bêtes ne voulant point lâcher leurs proies furent entraînées avec elles au fond de l'eau. Un quatrième chien avait rejoint la rive où se cachaient Antilogus et les siens.

Anesthésié par l'eau froide, l'animal ne sentit pas tout de suite l'épieu effilé lui percer le ventre. Mais un choc sourd avait stoppé son élan. Sans comprendre, il s'efforçait d'avancer, tandis que l'épieu s'enfonçait vers les chairs chaudes, innervées, douloureuses, déchirant ses entrailles.

Sa dernière vision fut celle d'un homme à la peau noire qui levait encore sa lame vers lui. C'était Teddy. Il souleva le chien par une oreille. Tous voyaient, dégoulinant de sang, les babines retroussées, les crocs qui ne mordraient plus. Un cri de victoire monta du bois. Teddy jeta la bête dans la rivière.

De l'autre côté, les yeux plissés, on avait tenté de voir ce à quoi on ne voulait pas croire.

— Allons-y ! cria Wade.

La horde avançait maintenant dans la rivière. Peu de chiens parvenaient à garder le cap. La plupart étaient emportés par le courant.

Tout à coup, Dunnell vit le vieux Remmington, qui avançait en tête, se pencher vers l'eau comme s'il voulait boire. Et s'y enfoncer, complètement. La bataille avait commencé.

Ralph, Benji, Finch et Tom s'avançèrent vers les Blancs en hurlant. Ils tenaient chacun des outils, et semblaient déterminés à les utiliser. Garett avait soulevé à la fourche un chien qu'il tenait maintenant, comme une botte de paille, au-dessus de sa tête. Les plaintes de l'animal étaient insupportables. Baram fit feu vers lui. La balle traversa son cou, projetant l'homme, la fourche et le chien en arrière. Tom récupéra la fourche avant qu'elle sombre au fond de la rivière. On pouvait entendre des balles siffler. Certains des planteurs, paniqués par la froideur de l'eau et leur premier mort, tiraient sans réfléchir.

Tom, à pied, mit un genou à terre et leva la fourche vers le cheval de Wade, qui s'empala le poitrail dessus. Wade se dégagea à temps du cheval qui allait l'écraser dans sa chute. Sa main rencontra la musette de cuir où était rangé son pistolet. Il parvint à le maintenir hors de l'eau en se débattant. Il fit feu vers Tom qui fonçait sur lui.

Tom, touché au ventre, s'arrêta net. Wade entreprit de nager jusqu'au bord. Grant Morris et le cadet des Remmington y étaient parvenus, et déjà des couteaux ennemis leur avaient pris la vie. Dunnel, Bromley et Cowper gagnèrent enfin la rive. D'un arbre, Benji sauta sur le premier et lui brisa la nuque tandis que Toby assommait le troisième avec une pelle. Bromley aussitôt tira sur les attaquants, touchant Toby à l'estomac.

— Ne les tuez pas, cria Wade tandis qu'il sortait de l'eau. Ne les tuez pas ! Ils sont tout ce que j'ai !

— Ils nous attaquent, nous sommes bien obligés de nous défendre ! hurla Bromley.

Tandis que Jackson, Chapell et trois des fils Remmington le dépassaient, Wade entendit un coups de feu tiré dans sa direction : les fugitifs s'emparaient des armes sur les cadavres des Blancs. Il se pencha sur la dépouille de son gendre resté à terre. Il prit les pistolets à sa ceinture, rattrapa la bride d'un cheval qui trottait en rond sans comprendre, le monta et entra dans le bois.

Antilogus vit s'avancer deux planteurs munis d'un filet vers Joanna et Lizzie. Joanna poussa un cri et tenta de se relever pour leur échapper. Antilogus attrapa une houe et l'enfonça de toutes ses forces dans le torse du premier assaillant, tandis que Colly lançait une pierre sur la tête du second.

De chaque buisson, de chaque fourré semblait jaillir un couteau, une serpe, un épieu pour toucher les Blancs au cœur, aux bras, aux jambes.

Le vieil Archie aperçut un planteur coincé sous son cheval agonisant. Il s'approcha. C'était Baram. Le premier chez qui il avait travaillé avant d'être revendu, parce qu'il s'était blessé à la jambe, pour deux shillings à Wade. Celui dont il tenait toutes ses cicatrices. Celui qui lui avait enlevé sa femme, et qui avait vendu chacun de ses cinq enfants. Le Blanc, qui ne l'avait pas reconnu, le suppliait de l'aider. Archie retira les pistolets glissés dans la ceinture du Blanc, avant de disparaître dans un fourré.

Quelques planteurs continuaient d'avancer en ordre dispersé.

Trois étaient à pied, deux encore sur leur monture. L'un d'entre eux se mit à hurler lorsque Maggie, dans son dos, lui planta un couteau entre les côtes. Worthall se retourna et la regarda droit dans les yeux. Maggie, bouleversée de ce qu'elle venait de faire, ne bougeait pas. Worthall lui donna alors un violent coup sur la tête de la crosse de son fusil. Exactement en même temps, ils s'écroulèrent, et leurs corps se retrouvèrent étrangement collés l'un à l'autre, comme si dans leur chute ils avaient voulu s'étreindre.

Bromley et Chapell aperçurent Antilogus. Ils se ruèrent sur lui et le projetèrent à terre. Antilogus se heurta le crâne contre un rocher et perdit connaissance.

Tandis que Chapell le maintenait au sol, Bromley rechargea sa carabine.

— Si vous voulez lui faire du mal, il faudra commencer par me tuer, entendirent-ils.

Ils se retournèrent, faisant face à Bessy, les vêtements encore collés par le froid et l'eau contre son corps trop maigre.

— Bessy, qu'est-ce que tu fais là ? demanda Bromley.

— Wade ! cria Chapell. Ta fille est là, avec l'étranger. Qu'est-ce qu'on fait ?

Wade aussitôt les rejoignit, un pistolet à la main.

— Laissez-moi, je m'en occupe.

Les hommes s'éloignèrent.

— Est-ce que c'était son idée ou la tienne ? demanda-t-il en regardant le corps inanimé.

— C'était peut-être une idée de tes enfants, comme tu les appelles.

Bessy tendit son arme vers lui. Wade était décontenancé.

— Ma propre fille ! dit-il.

— Si tu t'autorises à disposer de la vie d'autrui, je ne vois pas pourquoi je n'aurais pas le droit d'en faire autant avec la tienne. Ne suis-je pas une Blanche, moi aussi ?

— Insolente.

— Je sais ce qui a tué ma mère.

— Je vais être obligé de te tuer.

Il arma son pistolet.

— Tu me tueras, et après ? Tu sais bien que toi et tes amis, vous avez perdu. À partir d'aujourd'hui, vous n'êtes plus invincibles.

— Petite garce. Nous ne pouvons pas perdre.

Il tira. La balle vint se loger dans l'épaule de Bessy. La jeune fille vacilla un instant, puis elle s'assit, doucement, pour encaisser le choc. Elle n'avait pas lâché son arme.

Wade se retourna vers ses compagnons. Profitant de cet instant d'inattention, Bessy, dont le nez et la bouche saignaient, leva le pistolet vers la nuque de son père. Le coup partit et l'homme s'écroula. Pourtant, elle n'avait pas tiré.

Colly-langue-coupée s'en était chargé, avec l'unique balle de son pistolet.

Quand Antilogus se réveilla, il crut qu'ils avaient perdu. Un Blanc chauve aux joues couperosées le regardait avec mépris. Mais deux gaillards noirs le maintenaient solidement.

Plusieurs corps noirs étaient alignés sur le sol. D'autres avaient disparu dans la rivière. Deux planteurs étaient prisonniers, une bonne dizaine avaient perdu la vie. Quant aux autres, ils avaient déguerpi. Dans le camp d'Antilogus et de Joanna, presque tous ceux qui avaient survécu étaient blessés.

Les pleurs d'Ann Charlotte Poinsettia avaient attiré l'attention de l'un des planteurs en fuite. Numa Remmington observait maintenant la planche. Il ne pouvait pas voir le visage du bébé, juste les épaisseurs de tissus qui l'emmaillotaient et le haut de son crâne. La jeune reine, quant à elle, tremblait de peur. Le Blanc fit glisser la planche sur l'herbe en la poussant du pied. Elle plongea dans l'eau avant de refaire surface un instant plus tard. La jeune femme, recrachant de l'eau de ses poumons et gémissant de terreur, descendait maintenant le cours de la rivière vers une direction inconnue, et probablement l'enfer. Le bébé, agrippé à elle, hurlait. Ralph entendit les cris et, suivi de quelques autres, courut jusqu'au bord.

— Il faut les rattraper ! cria-t-il en apercevant la planche qui s'éloignait à vive allure.

Et il se jeta à l'eau, tandis que Teddy, Francis et Benji couraient le long de la rive dans l'espoir d'aller plus vite que le courant.

Le Blanc fut pris. Les hommes lui attachèrent les mains derrière le dos, lui ligotèrent les pieds, et le balancèrent dans l'eau. En quelques secondes seulement il avait disparu au fond de la rivière.

Le courant était fort, et malgré leur courage et leur détermination, Teddy, Francis et Benji perdirent la fille sur la planche. La voyant leur échapper, pour toujours, ils lui crièrent de tenir bon, de garder espoir, mais en disant cela ils pleuraient. Ils auraient voulu l'appeler par son prénom. Mais qui savait son prénom ?

Charity. Elle s'appelait Charity.

La roue

La terre fut creusée par les hommes, les femmes et les enfants. Puis, autour des corps, allongés, côte à côte, chacun tour à tour se mit à évoquer la mémoire des disparus.

Garett. Twain. Benji. Maggie. Thomas. Finch.

Twain, le premier touché. Arrivé à la plantation à l'âge de douze ans, la tête pleine de poux, qui savait attraper les poules, deux à la fois. Petit George, quinze ans à peine, qui s'intéressait aux étoiles et pouvait effectuer de tête n'importe quelle soustraction, addition ou multiplication. Garett et ses yeux qui regardaient toujours dans deux directions différentes, qui faisait rouler les balles de tabac aussi facilement qu'une bille de verre. Tom, capable de sculpter des merveilles avec un simple greffoir, comme cette tête d'enfant offerte à Joanna pour la naissance de Vinny. Maggie la silencieuse dont la voix si profonde, si aiguë parfois, avait le don de les transporter jusqu'en Afrique. Toby, né sur un négrier. Acheté un demi-pound par la femme d'un planteur qui ne pouvait pas avoir d'enfant et s'ennuyait. Et qui l'avait revendu cinq livres à Wade dès qu'il était devenu un « petit garçon noir ». Responsable du pressoir, il rapportait toujours une écuelle de jus de pomme pour les enfants.

Un murmure s'éleva vers le ciel. Tous gardaient la bouche fermée. Aucun mot, aucune parole. Juste une mélopée pour exprimer la peine et, en même temps, célébrer la victoire.

Antilogus se tenait debout, en retrait, les yeux rivés sur le ciel, bleu roi.

Bessy, quant à elle, avait perdu connaissance. Personne ne s'en était encore aperçu. La tache humide qui avait fleuri plus tôt sur son corsage s'étendait maintenant jusqu'à sa poitrine.

Lorsqu'elle se réveilla, quatre visages étaient penchés sur elle. Celui, long et grave, de Ralph, cet autre, bien rond et poupon de Colly, les grands yeux bleu-gris ourlés de cils noirs de l'étranger, et celui, ravissant, aux pommettes saillantes et aux sourcils décidés, de Joanna. Pendant qu'Antilogus tenait la tête de la blessée, Joanna la faisait boire à une flasque trouvée sur un des attaquants. Elle devait boire autant qu'elle pouvait, parce que ce qu'on allait lui faire ne serait pas une partie de plaisir.

Antilogus inspira profondément pour puiser en lui le sang-froid nécessaire à l'opération. Aucun de ceux qui l'accompagnaient n'avait voulu s'occuper d'extraire la balle : toucher le sang d'un Blanc, depuis ce qui était arrivé avec Charlotte Ann, ils disaient que ça portait malheur.

Près de lui, dépliée, une trousse de chirurgie trouvée dans les fontes d'Averyn Cowper. Il hésita un instant entre une pince et un scalpel, mit un instrument dans chaque main. Il fallait y voir clair dans le sang qui commençait à cailler et les chairs qui brunissaient avec une odeur fade, écœurante.

Les dents serrées, il tenta d'insérer la lame du scalpel d'un côté de la balle afin de la faire pivoter vers l'extérieur et de la déloger. Bessy se débattit comme une furie – ils n'étaient pas trop de trois pour la contenir – et à hurler. Antilogus sentait sa tête lui tourner. Le sang et le cri de la jeune fille l'avaient replongé bien malgré lui dans un état de terreur profonde. C'était Vida qui se rappelait à lui. Il leva les yeux sur Bessy. Ces boucles blondes. Ces yeux clairs. Que faisait-il là ?

Il reposa ses instruments dans la trousse. Il était comme paralysé. Il se leva, manqua de perdre l'équilibre, recula. Avec le scalpel, elle souffrirait trop, se justifia-t-il, et il n'était même pas certain qu'on parvienne à extraire la bille de plomb. Ralph proposa d'aider. Antilogus ne répondit même pas. Il se retourna, s'éloigna, chancelant.

— C'est comme pour une grosse épine dans le jarret d'une mule, lui cria Ralph. Je dois pouvoir y arriver.

Il plaça la pince comme un écarteur, posant un index à la jonction des branches pour que leurs extrémités repoussent les lèvres de la plaie. Tant pis pour la superstition. Teddy était venu en renfort. La pauvre fille remuait la tête comme une folle, tout en émettant les bruits d'une bête sauvage qu'on torture, mais Joanna maintenait son épaule valide plaquée au sol et ses mouvements ne parvenaient pas à distraire Ralph. De la bave coulait de sa bouche. Colly l'essuyait continuellement. La balle apparut, luisante de sang. Ralph tenta de l'attraper mais n'y parvint pas. Cette fois Bessy s'était évanouie pour de bon.

Antilogus se tenait en retrait, ahuri. Est-ce que Vida avait orchestré cette rencontre entre Bessy et lui, comme Esther l'avait fait avec Vida ? Est-ce que Vida veillait sur lui ? Est-ce qu'une femme avait le pouvoir de désigner celle qui prendrait, dans son cœur, le relais ? Est-ce que toutes ces femmes étaient, en vérité, la même et unique femme ? Il pensa à celle qui lui avait donné la vie. Est-ce qu'Antilogus était le nom qu'elle avait choisi pour lui ? Il le portait, et pourtant il le détestait, ce nom.

Il ferma les yeux. Il ne fallait pas s'apitoyer sur son sort et s'interroger sur qui étaient le père et la mère, le père du père, la mère du père, la mère et le père de la mère, mais au contraire se réjouir que le fait même d'être en vie était la preuve que notre existence avait été désirée et défendue par une force de vie sur laquelle le temps n'avait aucun pouvoir. Aucun homme en ce monde n'était jamais orphelin ! Son cœur battant en lui était le signe d'un amour éternel, plus fort que tout, certainement plus fort que la mort. Le temps n'effaçait rien. Il donnait seulement l'illusion de le faire.

Quelques instants plus tard, Ralph le tirait de ses pensées. Il ne parvenait pas à extraire la balle. Elle était logée trop profondément. Il aurait fallu charcuter Bessy pour y arriver. Elle en mourrait, très probablement. Il valait mieux laisser le projectile où il était. Joanna avait entendu Wade parler d'un homme, au bourg, qui en avait un dans la cuisse et que ça n'empêchait pas de mener une vie normale. Avec un peu de chance, miss Bessy survivrait.

Antilogus la regarda. Si chacun naissait dans un dessein précis, sa mission à elle, quelle était-elle ? Contrer son père ? Avait-elle vécu sa vie uniquement pour venir leur indiquer, à eux, les esclaves en fuite, le chemin de la rivière, pour les sauver et sauver l'un d'entre eux, particulièrement, dont les descendants auraient, plus tard, peut-être, à accomplir de grandes choses ? Existait-il, au sein de chaque famille, comme dans le cœur de l'individu, des forces du bon et des forces du mauvais, qui étaient là, chacune, pour affronter l'autre et donner naissance à un équilibre ou, au contraire, à un chaos ? Est-ce que cette division de l'être humain en deux forces opposées était applicable à chaque entité de l'univers ou était-elle spécifique à l'homme ?

Joanna coupa le bas du jupon de Bessy et lui confectionna un pansement.

Les hommes s'affairaient à présent sur les cadavres des Blancs, prenant leurs chaussures, leurs ceintures, leurs armes, leurs gourdes. Billy Boy ôta ses bottes à Baram et les mit, sentant pour la première fois une semelle sous son pied. Ne plus sentir le sol, les cailloux, les ronces, les épines sous la corne. Avec de telles bottes, pensa-t-il, n'importe qui pouvait se rendre maître du monde.

Les hommes rassemblèrent les chevaux qui n'étaient pas blessés. Leurs fontes regorgeaient de trésors : fil de pêche, argent, balles et poudre, corde, haches, couteaux, fruits rouges séchés qu'ils partagèrent aussitôt, tabac, un briquet à amadou, des couvertures.

Les chevaux eux-mêmes furent partagés. Les bêtes les plus nerveuses furent attribuées aux garçons d'écurie, qui les connaissaient bien, et les plus dociles furent réservées aux blessés et aux femmes. Les hommes porteraient les outils, les femmes les enfants, et ces derniers seraient bercés par le rythme des pas de l'exode. Finmore, prévenu de la fin de la bataille, avait ramené tous les petits ainsi que sa mule et son vieux chien.

— Il faut que nous reprenions la route, annonça Joanna. Nous pouvons espérer nous éloigner suffisamment pour que les colons ne nous retrouvent jamais.

Antilogus avait trouvé une boussole dans le gilet d'un Blanc. Il se plaça face au nord pour la consulter.

— Nous avons le choix entre fabriquer des radeaux et descendre cette rivière, où qu'elle aille, et continuer vers l'ouest, dit-il.

— La rivière, c'est sans doute le moyen le plus rapide de s'éloigner d'ici, intervint Billy Boy.

— Sauf qu'on ne sait pas où elle va, remarqua Joanna.

— Combien de temps nous faudrait-il pour fabriquer des radeaux ? demanda Antilogus.

— Plus d'une journée, répondit Ralph.

— Il faut prendre cela en considération, reprit Joanna. Ceux qui sont retournés au bourg reviendront avec cent hommes, et s'ils nous trouvent à couper des troncs d'arbre c'est nous qu'ils abattront à coups de hache.

— La rivière va vers la mer et c'est toujours près de la mer que se trouvent les Blancs, dit Finmore. Pourquoi n'irions-nous pas vers les montagnes ? De l'autre côté des montagnes, il n'y a personne.

— Qu'est-ce qu'on en sait qu'il y a personne ? rétorqua Vince.

— C'est là que vivent les Indiens, renchérit Archie.

— En tout cas, il n'y a pas d'Anglais, c'est ce que je voulais dire, répondit le rouquin.

— Qu'est-ce qu'on t'a dit sur ces montagnes, exactement ? demanda Antilogus.

— Il paraît que derrière, il y a des terres immenses, avec un grand fleuve qui coupe le monde en deux.

— Comment ça, qui coupe le monde en deux ? demanda Antilogus.

— C'est comme ça que les Indiens en ont parlé aux Anglais, c'est comme ça que les Anglais en parlent entre eux.

— Les Indiens ne sont-ils pas pires que tout ? lança Francis.

— Oui, reconnut Finmore. Il paraît que ce sont des brutes. D'abominables brutes. Avec les hommes en tout cas. Cependant on dit qu'ils ne tuent jamais ni les femmes ni les enfants de leurs ennemis.

— Entre les Anglais et les Indiens, il faut déterminer le moindre mal, conclut Antilogus. Sont-elles loin, ces montagnes, Finmore ?

— Je n'en sais rien. Ceux qui y sont partis n'en sont jamais revenus.

— Vous sentez-vous prêts à marcher ? demanda Antilogus en regardant tous ses compagnons. Marcher longtemps. Je pense à Edly, à Archie, aux enfants et à Lizzie.

La femme enceinte s'approcha de lui.

— Si tu me dis que là où tu m'emmènes, le bébé que je mettrai au monde pourra grandir libre et heureux, alors moi je suis prête à marcher jusqu'à ce que mes pieds saignent et que mes os se fendent.

— Je ne peux pas vous promettre quoi que ce soit, répondit Antilogus, mais je sais qu'il faut avoir confiance, et essayer.

Antilogus s'approcha de Bessy et s'agenouilla auprès d'elle.

— Je serai un poids pour vous, je vous freinerai, dit-elle. Ici, ils me retrouveront, ils me secourront, car je suis comme eux, ajouta-t-elle, comme eux.

Il regardait le sang sur son corsage. Il se releva.

— Est-ce que quelqu'un saurait fabriquer un brancard ?

Mais les hommes refusaient de porter la fille du planteur.

— J'ai juste besoin de l'un d'entre vous, insista Antilogus. Je porterai l'autre extrémité du brancard. Sans elle nous serions probablement tous morts.

— Peu importe, répondirent les uns et les autres.

Antilogus voyait bien que certains étaient tentés de l'aider, mais qu'ils ne le faisaient pas pour ne pas se démarquer des autres. Il regarda un instant Finmore : le gamin portait déjà son vieux chien.

Antilogus prit deux grands bâtons pour en faire deux montants. Il retira son manteau. Dans chaque manche il en enfourna un, qui ressortait comme une jambe maigre. Puis il boutonna le manteau. Il attacha le brancard à la sangle d'une selle. Il tiendrait deux des extrémités comme les poignées d'une brouette, pour minimiser les cahots.

Et ils reprirent la route

Elle était allongée, là, devant lui, et il ne la quittait pas des yeux. Il adaptait son rythme à celui de l'animal, et elle ne le quittait pas des yeux. Elle comptait sur lui et il savait qu'il pouvait compter sur elle, désormais.

Le groupe s'arrêtait toutes les trois ou quatre heures. Les plus agiles étaient alors chargés de dénicher de quoi se nourrir. Un rat musqué par-ci, une marmotte par-là, des framboises, des baies sucrées et parfumées. Il y avait de quoi manger pour cinq, pour dix peut-être mais certainement pas pour tout le monde.

Lorsque le jour tomba, ils se couchèrent tous à l'orée d'une forêt. Ils s'abritèrent au pied de grands arbres. Il faisait froid. Les enfants s'endormirent sans difficulté. Des bruits terrifiants venaient de temps à autre interrompre le silence de la nuit. Une fois c'était le hululement d'une chouette. Une autre fois le bruit de buissons froissés par le passage d'une bête. Les hommes, courageux, se tenaient sur leur garde, armés de leurs couteaux et de leurs fusils dont il ne savaient pas toujours se servir. Les mères se reposaient, allongées, aux côtés des enfants. Mais aucune ne fermait l'œil. Bess se reposait au pied d'un arbre, son épaule toujours engourdie de douleur. Elle avait mal.

Antilogus, assis près d'elle, regardait le ciel : il y avait des centaines d'étoiles.

— Est-ce que je vais mourir ? demanda Bessy tout bas.

— Je n'en sais rien, répondit Antilogus. La seule chose que je sais, c'est ceci : les choses ne se déroulent jamais comme on les a imaginées. Et le plus incroyable, c'est que soi-même, on s'adapte à des changements qui paraissaient insurmontables. Je ne sais pas, des deux, ce qui est le plus déroutant, les épreuves ou notre capacité à les surmonter.

— Le plus déroutant, c'est de s'apercevoir que l'on est plus fort que tout ce qui peut nous arriver.

Cela les fit sourire tous les deux.

— Vous survivrez, dit-il, confiant. Je le sais.

Il y eut un silence. Puis ils suivirent des yeux la trajectoire d'une étoile filante. Ils se sentirent complices, tout à coup, étrangement complices. Les hommes pouvaient s'acharner contre leurs semblables comme ils le voulaient, fomenter des guerres, se battre et se voler, tant qu'il y aurait des étoiles dans le ciel, personne n'aurait jamais raison de la poésie de la vie.

— Vida ? essaya-t-il à mi-voix en la regardant.

— Pardon ?

C'est lui qui devenait fou, à force de vouloir trouver des explications à tout. Bien sûr que non, quelqu'un ne pouvait pas devenir quelqu'un d'autre. Bessy lui souriait. Et il avait envie de lui rendre ce sourire, et bien plus encore.

Antilogus ramassa les cheveux de la jeune fille. Il joua avec un instant et commença à les natter.

— Ça fait très mal ? demanda-t-il en regardant sa blessure.

— Il suffit de ne pas y penser. Et je n'y pense pas.

Bessy avait dit ces mots avec bonheur.

— Parce que je sais maintenant qu'il y a de l'espoir, reprit-elle. Il y a de l'espoir, n'est-ce pas ?

— Il n'y a pas d'espoir, répondit-il.

Le ton sur lequel il prononçait ces mots sinistres était étonnamment bouleversant, sensuel.

— L'espoir est une fausse idée, continua-t-il. Il y a des circonstances à comprendre, des combats à mener et des opportunités à saisir. Il y a l'idée que chacun de nous se fait de lui-même et du monde. La vie se résume à une succession de choix, qu'il vaut mieux faire au bon moment.

— Je ne parlais pas de ça.

Antilogus se leva et, sans un mot, s'éloigna.

« Chaque fois que j'ai aimé, pensa-t-il, chaque fois, j'ai perdu. »

Au pied d'un noyer gigantesque, il se coucha. Il essaya de se remémorer la voix de Vida. Puis il tenta de retrouver, dans sa mémoire, son visage. L'image lui apparaissait – Vida, riant aux éclats –, mais très vite elle devenait floue. Si Vida était vivante, se dit-il, je n'aurais jamais quitté Istanbul. Et sur cette pensée, il s'endormit.

L'iris

Tous avaient repris la route en direction de l'ouest. Antilogus, précédé de Ralph, s'était hissé au sommet de rochers pour se situer. Il n'y avait pas de quoi se réjouir. Une forêt, à perte de vue. Oui, l'Amérique était immense, aussi immense qu'on le disait. Mais était-elle si accueillante qu'on le prétendait, si amie ? Tous ici avaient du courage, c'était la seule chose qui comptait. Même Bessy qui marchait désormais sans se plaindre, au milieu des autres femmes.

Après de longues heures, ils aperçurent un ruisseau et en profitèrent pour faire boire les chevaux, se rafraîchir et se désaltérer. Non loin de là, quelques daims s'abreuvaient, eux aussi. Benji, Francis et Teddy s'en approchèrent doucement. Les daims ne montraient aucune peur. Ils laissèrent venir les hommes. Lorsque Teddy se fut trouvé face au plus gros d'entre eux, l'animal tourna la tête de côté, comme s'il cherchait une caresse. Teddy en fut décontenancé, et il annonça au daim qu'il n'était pas son ami. L'animal releva la tête, mais ne s'enfuit pas. Teddy alors lui expliqua qu'il n'avait pas le choix. Ce n'était pas par cruauté, mais par nécessité. Avant que la bête comprenne les intentions du colosse, celui-ci lui avait brisé la nuque d'un coup de fusil. Ce n'était pas beau à voir, et il n'était pas fier. D'habitude ils mangeaient du maïs, des œufs de poule, des noix, rien qui demande qu'on porte atteinte à la vie d'une créature. Briser la nuque d'un si bel animal, même pour survivre, les avait mis mal à l'aise.

Les hommes se chargèrent de faire un feu. Puis ils dépecèrent la bête. Le daim fut rôti pendant deux heures. Colly se chargeait de le faire tourner sur une broche : l'un des bâtons qui avait servi au brancard. De temps à autre quelqu'un prenait le relais, et le garçon pouvait reposer ses bras.

Lorsque l'animal fut cuit, Ralph en découpa des morceaux pour tout le monde. La chair était trop ferme, mais savoureuse. Pour faire manger les plus petits, les mères mâchaient d'abord la viande avant de la leur donner. Les hommes cassèrent des noix et les partagèrent. C'était un bon repas, ils avaient de la chance. Le feu perdit de sa force puis il s'éteignit tout à fait. Antilogus suivit du regard la fumée qui montait dans le ciel.

Ils reprirent leur marche. Bessy vint se placer aux côtés d'Antilogus. Pour l'éviter, il alla vers l'arrière du cortège. Elle l'y rejoignit aussitôt. Il recula, de quelques pas seulement, et elle le suivit encore. Il laissa le cortège le dépasser, jusqu'à être le dernier. Alors, simplement, elle cessa d'avancer. Immobile, elle pleurait. Tous passèrent devant elle. Quand Antilogus arriva à sa hauteur, il s'immobilisa lui aussi.

— J'ai dit quelque chose qu'il ne fallait pas ? demanda-t-elle.

— Je ne pourrai rien vous donner, Bessy, rien.

Et attrapant son bras, il accéléra le mouvement pour retrouver les autres. Puis il la lâcha et s'éloigna.

Lorsqu'ils sortirent enfin de la forêt, ils n'étaient pas seuls. Une centaine d'hommes, aux cheveux longs, sombres et raides, le visage mat et l'expression sévère les attendaient, debout, formant un arc de cercle.

Les Africains ne bougeaient plus. Antilogus avança d'un pas vers les Indiens. Devant eux, il ôta son turban, son manteau et les posa à terre, puis il s'agenouilla.

— Il faut leur montrer que nous ne leur voulons aucun mal, chuchota-t-il.

Ceux qui l'accompagnaient s'assirent sur le sol.

— Sortez vos couteaux, vos haches, déposez-les devant vous, murmura-t-il encore.

— S'ils nous attaquent, nous ne pourrons plus nous défendre, lança Vince.

— Nous n'avons pas fait tout ça pour nous agenouiller devant qui que ce soit, dit Lizzie.

— S'ils avaient voulu nous tuer ils l'auraient déjà fait, rétorqua Antilogus. Ils ont tous des arcs et des flèches, ils sont bien plus nombreux que nous et visiblement, ils sont ici chez eux.

Alors tous, à contrecœur, s'exécutèrent.

Lorsque toutes les armes et tous les outils furent au sol, Antilogus s'adressa à celui qui semblait être le chef.

— Nous ne vous voulons aucun mal, ni à vous ni à votre terre, et nous déposons les armes en gage de notre sincérité. Nous sommes ici avec des enfants, des personnes âgées, quelques blessés et une femme enceinte. Nous ne voulons aucun mal à personne. Nous cherchons seulement une contrée où vivre en paix. Peut-être pouvez-vous nous aider à la trouver.

Comme les Indiens ne répondaient pas, Antilogus continua.

— Je me nomme Antilogus Naor Azaria et je viens d'Istanbul, joyau de l'Empire ottoman, loin après la grande mer Atlantique, au fond de la Méditerranée. Ces hommes et ces femmes que j'accompagne, ainsi que leurs enfants, sont des Africains qui se sont échappés du joug de l'esclavage. Nous avons quitté la plantation Wade, sur la route de Williamsburg, et les Anglais nous ont rattrapés. Nous nous sommes battus vaillamment et six d'entre nous ont péri.

Les Indiens ne réagissaient pas. Ils demeuraient pétrifiés tels des statues, regardant droit devant eux.

— Ils ne comprennent rien, lança Joanna. Qu'est-ce qu'on fait ?

— Je n'en sais rien. Ils n'ont pas l'air très aimable.

Sous l'impulsion de l'un d'entre eux, le demi-cercle d'Indiens se mit à avancer, imperceptiblement, jusqu'à former un cercle qui enferma tout à fait les étrangers. Le chef – qui portait sur chaque côté du visage des rayures blanches et ocre – avança jusqu'à Antilogus. Il lui fit signe de se relever.

Quand Antilogus se redressa, le chef réalisa qu'il mesurait une bonne tête de plus que lui. L'Indien considéra le turban qui grandissait davantage encore l'étranger. Antilogus sentait qu'il fallait le lui offrir, mais il avait promis au sultan de le lui rapporter.

Le chef saisit entre ses doigts une mèche des cheveux d'Antilogus, en étudia la courbe parfaite, puis il fronça les sourcils et relâcha la boucle. Puis il la toucha encore, étonné que des cheveux puissent être si doux et si fins.

— Nous cherchons les montagnes, dit Antilogus.

Et d'un geste, il dessina le contour d'une montagne.

— On nous a dit qu'il y avait des montagnes, par ici reprit-il, et nous avons pensé que derrière elles se trouvaient de bonnes terres où nous pourrions nous établir.

Le chef de la tribu Ishaw regardait maintenant les cheveux roux de Finmore et ses taches de rousseur, visiblement intrigué. Il s'approcha ensuite de Teddy, de Joanna et de Colly. Il aperçut Bessy, son pansement et sa grande pâleur. La blondeur de ses cheveux semblait le fasciner.

Puis, sans trahir l'expression de défiance qui lui marquait le visage, le chef indien se retourna et, d'un signe de tête, ordonna à ses hommes d'escorter les Noirs, la blessée, les deux cheveux clairs, la mule et les huit chevaux.

Lorsqu'ils furent arrivés de l'autre côté de la colline, ils découvrirent des champs au milieu desquels se trouvait un campement entouré de hautes palissades. Le village comptait de très nombreuses habitations, de forme ronde pour la plupart ainsi que deux rectangulaires, aux murs de paille tressée. Dans le champ, des femmes semaient du maïs. Des dindes et d'autres oiseaux qu'Antilogus ne connaissait pas se promenaient librement.

Il n'y avait là aucun esclave noir.

Alors, les uns et les autres, ils échangèrent des regards soulagés.

Le chef parla cette fois à haute voix à l'un de ses hommes. Puis il se retira dans l'une des maisons rondes, ni plus grande ni plus petite que les autres.

Le groupe fut conduit au centre du village, et les Indiens l'encerclèrent à nouveau. Deux femmes accompagnèrent Bessy dans une maison. Là, le médecin du village lui enleva la balle fourrée dans son épaule. Il rouvrit la plaie, plaça sa bouche sur la blessure et aspira la bille de plomb. En guise de pansement, il appliqua sur l'épaule de la jeune fille des feuilles de tabac mouillé.

Une heure plus tard, des femmes se présentèrent devant les nouveaux venus avec des cuillères et des bols de terre cuite contenant un gruau de maïs bien sucré. Tous s'en régalèrent. On apporta aux enfants un jus délicieux – fait de drôles de fruits rouges, pleins de tout petits pépins. Plus tard, on les conduisit dans des maisons au milieu desquelles brûlait un feu. Quelques familles indiennes s'étaient regroupées pour leur permettre de dormir sous un toit.

Antilogus se retrouva avec Bessy et Finmore. Il avait paru logique aux Indiens de les rassembler. Après tout, on ne pouvait pas les en blâmer : ils étaient tous les trois blancs. Le Juif et l'Anglaise, chacun allongé sur un flanc, se tournaient le dos. Finmore, au milieu, dormait comme un bébé. Heureusement qu'il était là. Sans lui, qu'auraient-ils fait ? De temps en temps, quand même, Antilogus se retournait. Bessy et lui se regardaient. Bessy et lui se dévoraient. Si bien que le rouquin se réveilla. Il comprit ce que l'un et l'autre attendaient de lui, sans oser le demander. Alors il sortit.

Antilogus se rapprocha de Bessy. Elle était si rouge qu'on aurait dit que son visage allait éclater. Il était là, étendu, contre elle. Mais ils ne s'embrassaient pas. Ils se contentaient d'être là, allongés côte à côte. Leurs visages, leurs épaules, leurs bras, leurs flancs, leurs pieds se touchaient. Antilogus lui prit la main, la serra, fort. Bessy attendait. Bessy espérait. Antilogus respirait profondément. De minuscules gouttes de sueur perlaient sur ses tempes, sur son front, son nez. Bessy tenait la main d'Antilogus aussi fort qu'elle le pouvait. Il ne fallait rien dire, il ne fallait rien faire. Antilogus, n'y tenant plus, se redressa. Doucement, il posa sa tête sur le ventre de la jeune femme. Il pleurait.

— Je ne peux pas, dit-il. Je ne peux pas vivre dans la même maison que toi.

— Je sais.

Et il s'en fut dormir dehors, lui aussi, à la belle étoile.

Le lendemain, on leur apporta la même bouillie sucrée que la veille. Et le surlendemain aussi. Avec, on leur donnait une cruche d'eau. Une grogne monta à nouveau dans le groupe.

— Il ne fallait pas leur donner nos armes, pestaient certains.

— Nous aurions pu les combattre, renchérissait un autre.

— Ils ne nous font aucun mal, répondait Antilogus.

— Oui, peut-être, mais nous ne sommes pas libres.

— Ils nous éprouvent, répondait Antilogus. Ils ont besoin d'être sûrs de qui nous sommes. Bientôt, nous pourrons partir.

Au quatrième jour, le chef envoya chercher Antilogus.

On le fit entrer dans le tipi. Là, il vit toutes les fourches, les couteaux, les fusils, les pioches, et aussi son manteau, découpé en seize morceaux, toutes les pièces d'or et d'argent, les perles et les pierres précieuses soigneusement étalées sur le sol. Les objets avaient subi une méticuleuse inspection.

D'un doigt, le chef désigna les outils et le trésor. Puis il dit quelque chose qu'Antilogus ne comprit pas. Alors, l'Indien tourna sa main droite, paume vers le ciel, tout en levant les sourcils. Pourquoi ? Ses yeux demandaient pourquoi.

— Ce serait trop long à expliquer, répondit Antilogus.

Le chef fit signe à l'un de ses hommes de lui apporter l'un des couteaux confisqués aux nouveaux venus. Il le tendit à Antilogus, l'air interrogatif. Antilogus mima celui qui coupe la viande ou qui veut poignarder. Il rendit le couteau. Un Indien lui passa alors une hache. Antilogus saisit la hache, désigna un arbre non loin de là et imita le mouvement du bûcheron qui cherche à abattre un tronc. Pour la pioche, Antilogus l'enfonça de toutes ses forces dans la terre. Les Indiens en conçurent une vive émotion et l'un d'entre eux s'empressa de remettre la terre comme elle était avant qu'Antilogus la frappe.

À nouveau, le chef tourna la paume de sa main droite vers le ciel, l'air de dire : pourquoi ?

— Nous avons pris ces outils pour pouvoir nous défendre, expliqua Antilogus.

Le chef le regardait d'un air condescendant – du moins, c'est comme ça que lui, le Juif, le ressentait.

Par terre, Antilogus remarqua un objet. C'était une peau

tendue sur un cerclage de bois. Un tambourin ! Il le saisit, se mit à le manier comme il le faisait, autrefois, au théâtre. Non, il n'avait pas perdu la main ! C'est alors qu'une idée lui vint. Il ne pouvait rien raconter de ce qui leur était arrivé, qu'à cela ne tienne. Il y avait d'autres manières de se faire apprécier. Il montra la peau du tambourin et en demanda plusieurs. Le chef, circonspect, ordonna qu'on aille lui en trouver. Il voulait aussi des bâtons et une lame. Un couteau ferait l'affaire.

Antilogus, surveillé par cinq hommes, découpa dans la peau les différents morceaux de ses personnages. Les jambes, les bras, le bassin, le torse, le visage, le chapeau ! La peau était souple, mais pas trop. Comme elle n'était pas translucide et qu'il ne pouvait pas dessiner les yeux ni la bouche, il les découpa.

Son travail dura toute la journée, sous le regard aussi curieux qu'impatient des Indiens.

À la nuit tombée, il était fin prêt. Il demanda à Colly et à Ralph de venir l'aider et leur expliqua ce dont il s'agissait. Il ôta sa chemise, la boutonna avec celle de Ralph, boutonna celle de Ralph avec celle de Colly, et ainsi de suite : tous ceux des compagnons d'Antilogus qui portaient une chemise l'ôtèrent aussitôt. Ainsi fut constitué le drap. Comme le ciel était trop clair et que le théâtre d'ombres réclamait l'obscurité, Antilogus demanda au chef l'autorisation de placer l'écran dans l'une des grandes huttes, au centre du village. Les pans de peau qui la fermaient seraient roulés, de sorte que, de l'extérieur, tous puissent suivre le spectacle.

Indiens et Africains furent réunis devant le drap. Oh non, Antilogus n'avait pas envie d'utiliser son karageuz pour montrer la haine des Blancs envers les hommes noirs. Il leur jouerait un spectacle comme ceux qu'il jouait avec Gözlem. Antilogus avait montré à Colly comment manier le tambourin. Un rythme différent par personnage. Tu vois lequel je fais avancer derrière l'écran, et tu joues la musique qui lui correspond. Le gamin s'en sortait à merveille. Il était, et du premier coup, aussi bon, et peut-être même meilleur qu'Antilogus.

Ralph et Benji tenaient l'écran d'un côté, Vince et Pecker de l'autre.

Antilogus retrouvait son Karageuz. Il prenait sa voix, et puis celle d'Hadjivat. Puis encore le timbre, suraigu, de la Zenné, et puis celle du poisson qui se moque de Karageuz le maladroit et finit par renverser son bateau.

Les Indiens suivaient les personnages comme s'il s'agissait d'une apparition miraculeuse. Ils se tenaient, bouche bée, devant l'écran, réagissant au moindre trait comique, éclatant de rire, s'inquiétant. Ils se passionnaient pour le spectacle comme s'il s'était agi d'une affaire très sérieuse. Ils adoraient et en même temps ils avaient peur, et le rythme de leurs battements de cœur suivait celui des rebondissements de l'histoire.

Antilogus parlait en turc, car c'est dans cette langue qu'il avait appris le karageuz, et c'est dans cette langue, avec cette salive-là, qu'il connaissait ses personnages, qu'il pouvait le mieux en restituer la saveur. Il se retrouvait chez lui ! Dans sa ville, son enfance, son théâtre au sommet de la colline de Pera. Les odeurs qu'il aimait tant revenaient à sa mémoire, à ses narines, celle du figuier, bousculée par cette autre de cuir mouillé après que la pluie a lavé la ville de sa saleté.

Le chef, comme les autres, suivait l'histoire avec toute son attention. Et lui, Antilogus Naor Azaria, dit le Lumineux, lui le Turc, le Juif, l'étranger, il ne voulait plus jamais s'arrêter. Il voulait rester là, dans ce théâtre fragile, avec ses personnages dérisoires, bercé par l'illusion délicieuse qu'il était toujours là-bas. Chez lui. À Istanbul.

Lorsqu'il eut fini, il défit l'écran et chacun de ceux qui avaient prêté sa chemise la récupéra. Les hommes et les femmes restaient muets. Ni applaudissements, ni cri, rien ne vint sanctionner le spectacle.

Le chef s'approcha d'Antilogus et saisit une marionnette. Il l'observa. Le jeune homme lui expliqua que la peau devait sécher et être grattée pour être transparente. Alors on pouvait dessiner les yeux, le nez, la bouche, les cheveux et même les vêtements des personnages.

— Cela s'appelle le karageuz, dit-il.

— Keureugœuz, répéta le chef.

Et Antilogus lui montra comment tenir les baguettes. Comment les faire pivoter. Comment placer ses doigts. Où se placer par rapport à la flamme pour que l'ombre du marionnettiste, elle, n'apparaisse pas.

Le sage homme se leva et, brandissant les marionnettes devant ses hommes, dit : « Keureugœuz ! » Les hommes répétèrent en écho : « Keureugœuz ! », comme ci c'était là un cri de ralliement ou, mieux, un nom sacré.

Plus tard, le chef invita Antilogus à s'asseoir prêt de lui, dans son tipi. Ils restèrent l'un et l'autre silencieux un bon moment.

Puis Antilogus raconta. Quitte à ne pas se faire comprendre, il parlait dans sa langue maternelle. Comment les Anglais arrachaient les Africains à leur terre, comment ils les traitaient, les séparaient, les vendaient, les exploitaient, les battaient. Il raconta encore comment ils s'étaient battus, eux, les Noirs, vaillamment. Ils avaient sauvé leur peau, l'honneur, peut-être, mais ça ne suffisait pas, parce que les Blancs n'allaient pas tarder à venir les chercher et qu'ils avaient des chevaux, un par homme, et qu'ils seraient armés. C'est pour cela que lui et ses amis cherchaient à s'éloigner le plus possible. C'est pour cela aussi qu'ils ne pourraient pas rester longtemps ici. Il fallait continuer le chemin, marcher, encore, dans l'espoir qu'ils la trouveraient, la terre où ils seraient, pour toujours, les uns comme les autres, en sécurité.

Il n'y avait pas besoin de comprendre l'anglais, l'espagnol ou l'ottoman. Le visage d'Antilogus, sa voix disaient tout.

Alors le chef regarda le jeune homme.

— Keureugœuz, dit-il, tristement.

Et, avec une certaine solennité, il frappa deux petits coups sur la poitrine du Juif, puis sur la sienne. Il laissa passer un temps, puis recommença. Antilogus ne comprenait pas.

Une expression de malice apparut soudain sur le visage du vieil homme. Il fit un large sourire, laissant apparaître de longues dents foncées.

— Keureugœuz ! dit-il encore.

Mais cette fois, il l'avait dit avec force et détermination. Et il ajouta :

— Appalach.

— Appalach ? répéta Antilogus qui ne connaissait pas ce mot.

Alors le chef se désigna, désigna les hommes autour de lui, puis, de la main, décrivit la courbe d'une grande, d'une très grande montagne.

— Appalaches ! cria-t-il.

Antilogus sourit. Ils avaient gagné.

L'Indien tendit alors à Antilogus un très long tuyau de bois au bout duquel se trouvait un fourneau d'argile. Antilogus aspira. Le tabac du chef était délicieusement suave et acidulé. Il avait le goût de vijna, de la cerise ! Ici, depuis toujours, on fabriquait du tabac aromatisé. Antilogus n'avait rien inventé.

Le lendemain, on lui rendit le manteau, recousu.

L'artichaut

Le départ d'Antilogus vers les Amériques avait fait grand bruit et si toutes les jeunes filles juives d'Istanbul avaient fini par prendre mari, la réputation du jeune homme, son courage, sa détermination et sa grande beauté continuaient de faire parler la ville. Avec l'été, Gözlem s'était fabriqué une nouvelle marionnette de Karageuz et acheté un nouveau matelas. Il continuait à jouer des pièces, des anciennes, mais aussi celles inventées par Antilogus. Il avait introduit un drôle de personnage qui se disait espagnol, grec, turc, juif, américain, un adolescent terriblement attachant, curieux de tout, et qui rêvait de réparer les malheurs des autres et ainsi, croyait-il, de sauver le monde. Il l'avait nommé comme celui qui lui manquait tant, ou presque. Antilotouk. Antilotouk intervenait souvent à la fin des pièces. Devant l'écran, en guise de conclusion, il posait une question.

Ainsi, grâce à Gözlem, grâce à la légende que l'absence d'Antilogus entretenait et que l'imagination de chacun nourrissait, Antilogus était plus présent à Istanbul que n'importe qui. On savait tout de lui. Qu'il était né sans prépuce, qu'on l'avait abandonné dans une église latine, puis à la synagogue. On savait qu'il venait d'une famille chrétienne. Certains disaient qu'il était d'origine grecque, d'autres que c'était un Italien. D'autres encore assuraient que c'était un Juif, un vrai petit Juif, digne héritier d'Isaac et de Jacob, et que ce prépuce qui manquait ne manquait pas par hasard mais que c'était là le sceau de Dieu, parce qu'il était, lui aussi, élu. Quelques originaux s'étaient mis en tête qu'il était un fils caché du sultan, car le sultan lui avait fait des cadeaux, l'appréciait et n'avait jamais puni son insolence. Cette dernière thèse semblait de loin la plus saugrenue et ses trois défenseurs se voyaient chahutés chaque fois qu'ils l'évoquaient. Est-ce que le sultan avait eu vent de cette rumeur ? Peut-être. Peut-être pas. En tout cas, il ne validait ni n'invalidait ces propos.

Ce qu'on ne savait pas, on l'inventait. Parce qu'il y avait un public. Chacun était avide du moindre détail de la vie de celui qui était désormais un héros. La situation avait encore empiré pour les Juifs, et bon nombre d'entre eux vivaient maintenant dans les rues, réduits à l'état de clochards. La solidarité s'organisait, mais sans moyens, elle s'organisait mal. Des émissaires avaient été envoyés à Amsterdam et en Allemagne pour parer à l'urgence. Seulement chacun de ces voyages avait coûté cher et l'aide obtenue n'avait fait que couvrir les frais. Le seul espoir demeurait bien Antilogus, et les rêves que chacun faisait, le soir, de la vie qu'il leur rendrait. Une vie de sécurité et de dignité. Tous le bénissaient. Avant chaque repas, à l'entrée de chaque chabbat. On pensait à lui et l'on priait pour qu'il reste vaillant et en bonne santé, qu'il dépasse tous les obstacles qui se trouveraient sur sa route, et qu'il revienne, avec de belles et bonnes nouvelles, et la richesse. Quant à Gaddith, elle était veillée comme une reine.

Cette attente, cet espoir fournissaient aux Grecs un motif de raillerie supplémentaire. Se moquer d'Antilogus, jurer qu'il n'arriverait à rien, qu'il avait été mangé par des bêtes sauvages ou qu'il était mort de faim, qu'il avait été fait prisonnier ou encore qu'il avait abusé de leur confiance et qu'il ne reviendrait jamais : il n'y avait rien de tel pour faire perdre patience à une femme juive. À coup sûr, elle sortait de ses gonds et tentait de rouer de coups celui qui commettait l'injure. Les Grecs prenaient un immense plaisir à ce jeu-là. Que le sultan décide de mesures plus concrètes contre les Juifs, et ils seraient prêts à l'aider.

La seule protection dont bénéficiaient les Juifs était que le sultan continuait de condamner celui qui tuait l'un d'entre eux. Autrement dit, on pouvait, et sans impunité, tout leur faire subir, du moment qu'on ne les laissait en vie. Il y a bien d'autres crimes que le meurtre, mais pour les voir, encore faut-il avoir l'œil, l'œil juste, et bienveillant, et cet œil, ces yeux-là manquaient au palais, et aussi parmi la population. Cet Empire ottoman qui leur avait offert l'asile, deux siècles plus tôt, les Juifs l'aimaient. Et la vérité – mais qui s'intéresse à la vérité ? – est que ces hommes et ces femmes se sentaient turcs et stambouliotes et ottomans bien plus que seulement juifs. Mais pour les autres maintenant ils n'étaient plus que cela, des Juifs, comme si l'histoire d'un homme pouvait se faire au mépris de sa géographie. On les traitait de « Juifs », comme s'ils n'étaient plus des Turcs.

Ils étaient des Turcs.

Athina, comme les autres, et plus peut-être, car elle était mendiante sur le port, en entendait sur Antilogus. C'était son fils. Elle le savait. Elle n'en avait aucune preuve, elle en était juste persuadée. Il avait survécu au Bosphore, lui, un enfant, alors que personne, jamais, ne remonte du fond des eaux ! C'est parce qu'il avait un destin. Où était-il ? Elle aussi, comme les autres, mais dans une autre langue, priait. Une fois qu'il aurait accompli son destin il reviendrait. Elle serait vieille, et sale, et maigre, son visage serait marqué par les hivers, mais il la reconnaîtrait, même s'il ne l'avait jamais vue.

Il avancerait vers elle, naturellement, sans réfléchir, sans penser à rien, et il la prendrait dans ses bras, car il serait grand, très grand, et elle si petite, si petite et si chétive, désormais. Elle pleurerait, elle pleurerait enfin toutes ses larmes, et elle se retrouverait comme une petite fille dans les bras de son père, enfin rassurée. Et il la serrerait contre lui, et elle reconnaîtrait en elle le souffle intérieur d'avant le malheur, le souffle de l'harmonie entre soi et le monde, et son corps tout entier s'éveillerait à ce lien retrouvé. Alors il lui prendrait la main, et il l'emmènerait sur un banc, non loin de là, et ils resteraient assis, par une matinée lumineuse, ensoleillée, à regarder les mouettes dans le ciel, partant une fois vers la droite, une fois vers la gauche, se posant sur la corniche d'un bateau, venant picorer çà et là sur le port après qu'un maladroit eut renversé un sac de grains. Il y aurait quelques nuages blancs, comme gorgés de vie et de soleil, et le Bosphore aurait, à cet instant, la couleur argentée de l'unité. L'eau et l'air seraient réconciliés.

Elle avait revu, par hasard, celle qui avait emmené l'enfant loin de son cœur. La femme était en train de choisir un artichaut. Athina s'était avancée vers elle doucement, comme une ombre, un fantôme. Elle s'était approchée jusqu'à se trouver face à elle. La femme l'avait regardée, ne comprenant d'abord pas pourquoi cette mendiante se mettait ainsi dans son chemin.

— Tu veux que je t'achète un artichaut, c'est ça ? Mais je n'ai pas assez pour mon mari, mes enfants, mes frères et moi. Je ne peux pas. Non pas que je ne veuille pas, mais je ne peux pas, alors si tu fais l'aumône, adresse-toi plutôt aux riches, s'il te plaît.

Comme Athina ne bougeait pas, l'autre avait fini par sortir un citron de son panier et elle le lui avait mis dans la main. Athina avait regardé le citron, et des larmes aussitôt avaient coulé de ses yeux. Elle était comme muette. Elle ne parlait plus à personne depuis si longtemps. Elle n'aurait pas su quel mot mettre en premier, ni quoi dire. Elle prit la manche de sa robe et la retourna pour s'essuyer les yeux avec le revers, moins sale.

Alors celle qui avait été sa servante la reconnut. Elle l'emmena en dehors du marché, sur un petit banc, à l'ombre d'un grenadier. Elle lui raconta comment elle l'avait cherchée partout en apprenant qu'elle avait été répudiée. Elle s'en était tellement voulu d'avoir abandonné son enfant, cet enfant qui n'était même pas le sien, que pendant de nombreuses années, et malgré les supplications de son mari, elle s'était interdite d'en avoir elle-même, pour se punir.

— J'aurais dû le cacher, le confier à quelqu'un que je connaissais, l'emmener chez moi. J'étais si jeune, je ne me rendais pas compte de ce que je faisais. Il m'a donné cet ordre, et moi j'ai obéi parce que c'est ce que doit faire une servante. J'ai eu peur et j'ai fait ce qu'il m'a dit. Après j'ai essayé de retrouver le bébé, mais c'était trop tard.

Athina lui prit la main et lui sourit.

— C'est lorsque j'ai atteint l'âge de dix-huit ans que j'ai réalisé. L'angoisse est montée en moi, de plus en plus, et je ne parvenais plus à m'en dépêtrer. Je ne pensais plus qu'à ça et je souffrais pour vous deux dans ma chair. Je me frappais la poitrine et je pleurais, je pleurais. Chaque fois que j'entendais le chant d'un muezzin, cinq fois depuis le lever du jour jusqu'au coucher du soleil, je me frappais la poitrine et je m'effondrais. C'est pour ça que j'ai voulu quitter la ville. Alors j'ai confié mes petits frères à une vieille tante, et je suis partie un moment dans la campagne. J'ai travaillé dur dans les champs. Je cueillais des citrons, toujours des citrons. J'habitais une petite cabane de fortune. C'est là que j'ai rencontré mon mari. Je lui ai parlé de mes petits frères, et on a décidé qu'on irait les reprendre et qu'on s'installerait ensemble. D'abord il a vendu des citrons, et puis il a laissé ça pour l'huile. Il se promène avec une vingtaine de petites fioles accrochées à son gilet de laine. Selon l'approvisionnement, il propose de l'huile d'amande, de sésame, d'argan ou d'olive. Pour masser, pour soigner, pour cuisiner, pour parfumer, cria-t-elle tout à coup pour l'imiter, lorsqu'il se promenait au marché ou qu'il passait devant les maisons.

Ils n'étaient pas riches mais ils ne manquaient de rien, et ils étaient heureux. Ses frères étaient devenus cordonniers.

Eyet baissa les yeux.

— Je n'ai plus jamais fait de gâteaux, ajouta-t-elle. Plus jamais.

— Mon fils est vivant, lança Athina. Je le sais. Un jour, il viendra me chercher. Un jour, nous serons réunis. Je l'attends, ajouta-t-elle.

Ses yeux bleutés brillaient comme un miroir.

La jeune femme, un peu gênée, eut un mouvement de recul. Athina, pauvre Athina qui, à tant souffrir, avait perdu la raison.

À ce moment-là, la jeune femme entendit son mari l'appeler.

— Et maintenant ? demanda la vieille.

— Je suis mariée. Et j'ai deux enfants. Trois et deux ans. Un garçon et une fille.

— Vous avez des enfants et vous ne leur faites pas de gâteaux ?

La jeune femme secoua la tête.

— Vous devez faire des gâteaux pour vos enfants.

La jeune femme haussa les épaules.

— Promettez-moi de faire dès ce soir un gâteau pour eux.

Alors la jeune femme promit.

Athina était étrangement lumineuse. Tout perdre, et survivre, comment est-ce que cela était possible ? Dans ce terrible vide, l'espoir semblait s'être engouffré comme un liquide épousant tous les coins et recoins de son âme et de son corps. Sans rival aucun, sans concurrent d'aucune espèce, il occupait chaque membrane, chaque cellule et chaque pensée de son être.

Athina se nourrissait des fruits abîmés dont personne ne voulait et qui traînaient par terre, après le marché. Une fois par semaine, avec l'argent que des passants lui donnaient, elle se payait un voyage à Gekshua, dans les eaux douces où, à l'abri des regards, elle faisait sa toilette. L'hiver, c'était autre chose. Il fallait qu'elle survive. Mais il y avait toujours un pêcheur qui avait pitié d'elle et la laissait se chauffer à son feu. Quelquefois, c'est vrai, des pensées sombres l'assaillaient. Mais elle les chassait comme on chasse un voleur avec un balai. Et elles déguerpissaient vite fait. Il fallait avoir confiance, ou mourir. Si on choisissait de vivre, et elle avait fait ce choix, il fallait croire.

Le vendeur d'huile cria encore le nom de sa femme.

Alors, celle-ci se leva.

— Celui qui est parti en Amérique, dit la servante tout bas, on dit que c'est un enfant trouvé. Et il a le même âge qu'aurait votre fils. Ils lui ont donné ce nom bizarre, ajouta-t-elle en baissant les yeux. Un nom qui veut dire qu'il n'a pas de nom.

— Je sais, répondit Athina.

Alors, ignorant les appels de son mari, la servante raconta ce qu'on disait dans la ville. Que son bébé ne tarderait pas à naître, et que sa femme, qui s'appelait Gaddith et qui était devenue très belle à son contact, avait le ventre pointu comme une aubergine, et que c'était un garçon, là-dedans. Elle embrassa la main de la mendiante, y déposa un artichaut, et elle disparut dans la foule.

Quelques heures après seulement, la mendiante se trouvait au pied de la vieille synagogue. Elle leva les yeux. Au-dessus de la porte de bois se trouvaient l'étoile du bouclier de David et le croissant de l'islam bienveillant. Gravés dans la pierre, côte à côte.

« La femme qui est enceinte, enceinte de celui qui est en Amérique », demandait-elle aux passants. Mais on ne lui répondait pas. Elle était grecque, et cela s'entendait. Sa façon de poser la voix, ses intonations, l'absence de voile sur ses cheveux ne pouvaient la faire prendre pour une Ottomane, et encore moins pour une Juive. Elle n'était pas la bienvenue ici.

Elle demanda encore si c'était par ici qu'elle habitait.

Qu'est-ce qu'elle lui voulait ? Est-ce qu'on n'avait pas assez de malheurs comme ça ? Elle voulait lui mettre l'œil, c'est ça, elle venait, telle une sorcière, pour jeter la malédiction ! Et les femmes se mirent à tirer sur leur lobe d'oreille et à cracher par terre.

— Non, se défendait Athina, non !

Les femmes formèrent un cordon avec leurs bras et entraînèrent Athina avec elles. Leur mouvement faisait grand bruit, et ce bruit arriva aux oreilles de la future mère.

Gaddith, installée dans une maison non loin de là, envoya sa sœur regarder par la fenêtre.

— Il y a une femme en haillons, qui n'est pas d'ici et qui demande où tu es. Et des autres, de chez nous, qui cherchent à l'éloigner.

— Dieu bénisse la mère, Dieu bénisse l'enfant, murmurèrent les trois femmes qui veillaient la future mère.

Gaddith tourna son visage vers la fenêtre.

À cet instant, l'enfant dans son ventre remua. Elle l'apaisa d'un geste. Du bout des doigts, à travers cette superbe enveloppe de chair et de peau tendue, Gaddith massa tendrement ce qui devait être un tout petit pied.

— N'aie pas peur, mon enfant chéri. Je suis là.

Et le brouhaha de la rue s'estompa, pour disparaître bientôt tout à fait.

Deux jours plus tard naissait le fils d'Antilogus et on le circoncit, comme il se doit, à huit jours révolus. L'enfant fut choyé, couvé, protégé comme s'il était le fils d'Abraham en personne. Il était rond et souriant, et l'on imaginait aisément qu'il se plairait bientôt à faire des farces, car il était jovial, il avait comme on disait alors une nature divine : Dieu lui avait soufflé dans le creux de l'âme un amour de la vie et une confiance en lui extraordinaires. L'humour, il n'en manquait pas et tout était pour lui propice aux éclats de rire. Il ne connaissait pas son père mais on lui en parlait tous les jours. Quant à sa mère, elle était plus belle que jamais, radieuse qu'elle était d'avoir mis au monde le descendant, le fils.

Et ce nom qui ne voulait rien dire, ce nom un peu honteux qui cachait la douleur et l'abandon, voilà qu'il était maintenant un patronyme fier, et unique, et l'enfant le porterait comme on porte un trophée, ou encore une couronne, car il se nommait Elichah Kini Azaria, fils d'Antilogus. Gaddith était comblée, et elle portait ce fils dans ses bras, et elle lui donnait le sein et le regardait ramper avec l'amour ému d'une mère et aussi avec tout celui qu'Antilogus ne lui prenait pas.

Les baies

Ce serait un long voyage et, depuis plusieurs semaines, tous s'y préparaient. Il fallait abattre des bouleaux pour fabriquer des canoës, confectionner des mocassins, chasser l'élan et préparer le pemmican*. En guise de participation, Antilogus avait offert quelques émeraudes. Le chef lui avait fait comprendre que les pierres étaient belles, mais qu'elles avaient peu de valeur. Antilogus avait ajouté quelques pièces d'or. Cela avait plu.

Pendant qu'Indiens et Africains s'épaulaient à la tâche, les enfants des deux peuples jouaient ensemble. Les Noirs apprenaient aux Ishaws quelques mots d'anglais. *Child. Berries. Eat. Sleep. Sky.*

La veille du départ, le chef emmena Antilogus avec lui. Il s'arrêtait pour lui montrer une pierre, un rocher, plus poli ici que là. Il regardait en l'air la branche torse d'un arbre, la caressait du bout des doigts, s'immobilisait pour suivre des yeux une petite plume portée par le vent. Lorsqu'ils arrivèrent à la rivière, le chef sortit de son ballot un poisson de bois de la taille d'une petite truite. Le poisson était articulé par six liens de cuir. Le chef le plaça dans les mains du Juif. Antilogus promena ses doigts sur l'objet sans comprendre ce dont il s'agissait.

Le chef reprit le poisson de bois. Il le posa dans l'eau en prenant soin de le caler entre deux pierres afin que le courant ne l'emporte pas. Quelques instants plus tard, une bonne douzaine de truites de taille similaire à la sienne lui tournaient autour. Le poisson de bois avait attiré les vrais poissons !

Antilogus était fou de joie de cette découverte, et il s'amusa à placer le poisson de bois ici et là. Quand il raconterait cela à Gözlem, sûr qu'il aurait du succès. Et quand à son tour Gözlem le raconterait au café, ce serait la fête !

Ce soir-là, le chef réunit tous les siens, ainsi que les hommes et les femmes qui étaient arrivés avec Antilogus, autour d'un feu. Il ordonna quelque chose, que seuls les Indiens comprirent.

Une vingtaine d'hommes se levèrent. Ils revinrent les bras chargés de huit pierres énormes qui devaient peser chacune au moins la moitié de leur poids. Ils en posèrent cinq sur le sol, puis posèrent les autres en équilibre dessus, de sorte que l'arrangement ressemble à une petite montagne. Le chef fit un signe à son fils. Wanaka s'avança, se mit à mimer quelqu'un qui tente de gravir une montagne, escalada les pierres, feignant la peine, la difficulté. Il parvint enfin au sommet, se tint debout, en équilibre, un instant, puis il fit celui qui descendait de l'autre côté et tâcha, rien qu'avec les traits de son visage, d'exprimer la joie. Lorsque Wanaka fut de nouveau sur le sol, le chef invita chacun des hommes et des femmes noires à en faire autant. C'était ainsi que l'on gravissait les montagnes, en faisant disparaître, par l'exercice de la simulation, la peur de la première fois, et en inscrivant en soi l'expérience de la victoire.

Chacun se prêta à l'exercice, même Lizzie.

Sans ouvrir la bouche, sans presque desserrer les lèvres, les Indiens entonnèrent un chant qui semblait arraché aux profondeurs de leur être. Ceux qui avaient un tambourin frappèrent dessus. L'un des Indiens se leva et entreprit une danse autour des flammes, s'en rapprochant dangereusement. Voilà qu'il sautait par-dessus, encore et encore, comme s'il voulait le provoquer. Il dansait avec le feu et à chacun de ses mouvements, les flammes semblaient danser elles aussi. La danse dura longtemps. Puis l'homme s'arrêta et s'agenouilla près du feu qu'il remercia longtemps et humblement. Puis il retourna à sa place.

Joanna se mit à chanter.

Alors, un à un, les Africains se levèrent. Ils bougeaient en tous sens et leurs muscles étirés faisaient l'effet de branches noueuses cherchant désespérément à se replanter dans le sol. Vers le ciel et vers la terre, déployant leurs bras et allongeant leurs jambes, s'accroupissant, sautant, tournant sur eux-mêmes, oubliant leur tête pour n'être plus qu'un corps, délié et tellement heureux.

Et cela dura, et dura encore.

Le son des tambourins s'arrêta. Chacun retrouva sa place. La lune éclairait les visages. Un vent d'air chaud soufflait. Les hommes et les femmes d'Afrique se regardaient. C'était leur dernier soir ici.

— Demain nous allons partir, déclara Antilogus. Ils nous accompagneront jusqu'à la montagne, puis nous serons à nouveau seuls, livrés à nous-mêmes. Profitons de ce moment de fraternité et de sérénité, gravons-le dans notre cœur.

— Pourquoi partir ? lança Lizzie à Antilogus. Est-ce que nous ne sommes pas heureux ici ?

— Elle a raison, dit Vince. Nous sommes heureux ici !

Antilogus se leva.

— Oui, nous sommes heureux ici, dit-il. Et c'est précisément pour cela que nous devons partir. Parce que ces hommes et ces femmes nous ont sauvés. Parce qu'ils nous ont porté secours, parce qu'ils nous ont logés, parce qu'ils nous ont nourris, parce qu'ils ont vêtu nos enfants, chaussé nos pieds, parce qu'ils se sont souciés de nous comme si nous étions leurs propres enfants. Les planteurs n'abandonneront pas, ils parcourront la lande jusqu'à ce qu'ils nous aient retrouvés. Et s'ils venaient à nous découvrir ici, ce n'est pas seulement nous qu'ils tueraient, mais eux, ces hommes, ces femmes et ces enfants. Nous n'avons pas le droit de leur faire courir un risque ni de leur apporter, en récompense de leur hospitalité, la haine, le sang, la mort. Comme vous, bien sûr, je n'ai pas envie de ce nouvel exil. Mais comme je veux que vous viviez, je veux qu'ils vivent.

— Ils ont des guerriers plus agiles que n'importe quel pistolet ! lança Vince.

— Ils nous apprendraient à tirer à l'arc, renchérit Pecker.

— Nous avons déjà vaincu les Blancs, dit Archie. Nous l'avons fait, cela signifie que nous pouvons le faire à nouveau.

— Ils étaient une trentaine, rétorqua calmement Antilogus. La prochaine fois qu'ils viendront, ils seront cent, peut-être plus.

Archie, le vieil Archie, alors, se leva.

— Pourquoi faut-il que les Blancs toujours nous voient comme des enfants ? Antilogus, tu n'es pas notre maître. Tu nous as sauvés une fois, peut-être, et encore. Est-ce que c'est toi qui nous as sauvés ? N'est-ce pas plutôt nous qui avons décidé de prendre nos vies en main ? Nous ne voulons pas de toi pour nous guider. Tu étais associé au planteur, et pour peu, tu aurais bientôt fait comme lui. Nous t'aimons bien, peut-être, mais rien de plus. Nous ferons comme il nous plaira, comme il nous semblera judicieux, et approprié d'agir. Mais toi, toi qui n'es pas noir comme la terre brûlée, toi qui n'as pas été arraché à ta mère comme nous l'avons été à notre mère Afrique, toi qui ne sais pas ce que c'est que perdre, cesse de vouloir penser à notre place. Tu ne sais rien de qui nous sommes.

Antilogus se leva. Ils avaient raison. Pour qui s'était-il pris ? Lui qui n'était qu'un enfant adopté avait la Loi chevillée au corps. Tu accueilleras l'étranger et tu lui porteras secours, car étranger tu le fus toi aussi, souviens-t'en, au temps de l'esclavage. Il pouvait bien s'en défendre, il était plus juif que n'importe quel Juif. Mais ce n'était pas l'exode, il n'était pas Moïse, et aucune mer ne viendrait s'ouvrir en deux devant eux. Vanité des vanités, il s'était trompé. Ces gens-là n'avaient pas besoin de lui.

Il rentra dans son tipi, s'allongea sur son matelas de paille tressée, son turban sous sa tête en guise d'oreiller. Bessy était là. Elle s'approcha de lui. Doucement, il lui ôta ses vêtements et se déshabilla. Lorsque la jeune femme sembla prête à s'abandonner à lui, lorsqu'elle eut refermé ses bras endoloris sur ses magnifiques épaules, il s'empara d'elle comme si sa vie en dépendait. Qu'il oublie, tout. Bessy ne savait plus très bien où elle en était, de l'extrême douleur ou du plaisir, et les sensations se nourrissaient l'une l'autre. Antilogus était beau, et son corps poignant. Elle connut alors la grandeur du monde et la beauté de la vie, tandis qu'il poussait le cri primal de l'homme qui vient de trouver un refuge, pour l'éternité.

L'argile

Antilogus enfila son manteau. Il rangea son poisson de bois dans une sacoche de peau qu'il accrocha à sa ceinture. Sans aucun doute, il en aurait besoin.

S'ils restaient tous avec les Indiens, alors Antilogus n'avait plus de raison d'aller vers les montagnes. Il n'était pas question non plus de faire marche arrière. Il prendrait un autre chemin, vers la mer, et là, comme il l'avait fait déjà, il trouverait un bateau, en espérant qu'il pourrait négocier sa place, et s'y embarquer. Il posa son turban sur sa tête. Sa peau avait bruni et ses yeux n'en paraissaient que plus profonds. Lorsqu'il fut prêt, il se tourna vers Bessy. Elle dormait encore. Le jeune homme sentit sur ses épaules un poids plus lourd que celui du manteau rempli de pierreries, d'argent et d'or. Il avait juré fidélité à Gaddith, et, là-bas, elle l'attendait. Qu'avait-il à offrir à Bessy ? Rien. Il n'avait pas menti.

Dehors, il trouva Ralph, Joanna, son petit garçon, Teddy, Colly, Finmore, Edly et Lizzie qui l'attendaient. Ils avaient tous leurs provisions empaquetées et harnachées sur le dos. Antilogus planta ses yeux dans ceux de Joanna.

— Archie pense ce qu'il veut. Nous, nous pensons qu'il vaut mieux venir avec toi, dit-elle.

Antilogus, sans répondre, s'en fut trouver le chef. Où donc était la mer ? L'Indien fit un dessin sur le sol. Si le Juif suivait tranquillement le courant, il arriverait à la mer.

Le chef remit un gros *satchel** à Antilogus. Le Juif y trouva de la nourriture, une couverture épaisse, du tabac, une pipe de pierre ainsi qu'une belle gourde. Puis le sage homme ordonna que des guerriers accompagnent Antilogus et les siens jusqu'à la rivière. Bessy avait rejoint le petit groupe qui resterait avec le Turc.

— Nous allons prendre cette rivière qui nous conduira au fleuve, dit Antilogus. De là, nous rejoindrons la mer.

— Nous n'allons plus vers la montagne ? demanda Finmore.

— Non. Nous continuons plus loin.

— Et où allons-nous alors ? demanda Joanna.

— Il vous faut une terre à vous, à vous seuls. Une terre invincible, une terre riche et fertile qui vous nourrisse et promette de nourrir votre descendance. Une terre si éloignée du monde que personne ne soit tenté de s'y rendre, une terre si généreuse qu'elle fasse de vous des hommes et des femmes comblés. C'est cette terre-là qu'il nous faut trouver.

Tous le suivirent jusqu'à la rivière. Les Indiens les escortaient, portant à bout de bras les canoës. Bessy s'était jointe au cortège. Antilogus ne montrait pas la moindre attention à son égard. C'était comme si elle n'était pas là. Ceux qui avaient choisi de rester les accompagnaient, pour la toute dernière fois.

La rivière était devant eux.

Les anciens de la plantation Wade se dirent au revoir, trop vite, mal. Ils étaient tous comme hebétés par cette séparation. Ensemble ils avaient appris à être une famille.

Les Indiens mirent le premier canoë à l'eau. Les Africains embarquaient les uns après les autres. Bessy s'approcha d'Antilogus, et avant qu'il ait eu le temps de réagir, elle s'était blottie contre sa poitrine. Antilogus était muet, glacial. Sa peur l'avait transformé en statue. Hissée sur la pointe des pieds, la jeune fille enfouit son nez dans son cou. Ses mains tremblaient, mais elle les remonta doucement jusqu'à la nuque d'Antilogus. Elle passa ses doigts dans sa chevelure, et lorsqu'enfin elle eut une prise sur lui, elle amena jusqu'à elle le visage du jeune homme et posa ses lèvres sur les siennes.

Il aurait voulu dire quelque chose, faire un geste, prendre sa main. Qu'elle comprenne qu'elle n'avait pas été rien pour lui. Car elle n'avait pas été rien pour lui. C'est pour cela, précisément, qu'il la fuyait ! Bien sûr qu'il l'aimait. Il l'aimait et cela criait maintenant à l'intérieur de lui, cela hurlait. Mais il n'arrivait même pas à bouger. Ses pieds restaient désespérément plantés dans le sol. Parler, sortir un son de sa bouche, c'était au-dessus de ses forces. Oui, il l'aimait. Évidemment qu'il l'aimait ! Il l'aimait !

— Je suis trop blanche pour rester avec vous et trop noire pour accepter de vivre avec des Blancs, dit-elle en s'efforçant de sourire.

Pourquoi parlait-elle ?

Chaque fois qu'il avait perdu quelqu'un qu'il aimait, cela avait été si brutal. Il fallait regarder Bessy et se promettre de ne rien oublier de son visage. Que resterait-il d'elle, que resterait-il d'eux ? Il n'y avait plus de temps pour se dire tout cela, maintenant. C'était trop tard.

— Ici, ils s'occuperont bien de moi, ajouta-t-elle.

Cette dernière phrase assomma Antilogus. Bien sûr, ils s'occuperaient d'elle, parce que après tout, elle était convalescente, ils s'occuperaient d'elle parce que le rôle d'un homme, c'est de protéger la femme et que si lui ne le faisait pas, il était normal qu'elle se tourne vers ceux qui pourraient le faire à sa place. Elle ne pouvait plus retourner parmi les siens, c'était fini, on ne pouvait plus revenir sur ce qui avait été fait. Elle vivrait parmi les hommes et les femmes à maisons rondes, et peut-être même lui trouverait-on un mari. Oui, c'est ça, elle fonderait une famille. Elle se vêtirait de robes de peaux et cuisinerait le maïs, le pemmican et le *jerkee**.

Le chef avait préféré rester au village. Mais Wanaka remit à Antilogus une petite bourse de sa part. C'étaient des graines de tomates. Qu'ils les plantent, dès qu'ils trouveraient leur terre. Comme ça, chacun, d'un côté et de l'autre du monde, se souviendrait.

Bessy s'était éloignée.

Joanna monta dans le dernier canoë avec son enfant, puis ce fut Finmore. L'un des Indiens fit signe à Antilogus. C'était à son tour de monter, et vite. Antilogus ne détachait pas ses yeux de la jeune femme.

— Bessy, appela-t-il, mais sa voix était si faible... Bessy !

Alors elle se tourna vers lui. Son visage était baigné de larmes.

— Bess, je suis désolé ! Je suis désolé !

Ce n'est sans doute pas ce qu'il avait voulu dire, mais c'est cela qui était sorti de sa bouche et il fallait s'en accommoder.

Un Indien lui fit signe de monter dans le canoë sans attendre, parce qu'ils ne pourraient plus le retenir très longtemps. Antilogus s'exécuta. Aussitôt, l'embarcation fut emportée par le courant. Antilogus se releva, désemparé, manquant de la faire chavirer. Il pouvait encore sauter dans la rivière, rejoindre la rive et remonter jusqu'à Bess. Il pouvait encore le faire !

Mais il ne le fit pas.

Il sentit poindre en lui une sourde tristesse, comme si, encore une fois, on lui avait arraché le cœur.

Il se tourna vers Joanna, le regard suppliant.

— Est-ce que tu pourrais me prendre dans tes bras, comme si j'étais ton fils, comme si tu étais ma mère ? Rien qu'un instant, s'il te plaît ?

Joanna aussitôt lui ouvrit ses bras, et Antilogus, le bel Antilogus, comme un tout petit enfant, s'y engouffra pour hurler sa peine et sa douleur. Et Joanna le serra contre elle aussi fort qu'elle pouvait.

Ce n'est rien, mon bébé. Ce n'est rien, mon petit bébé. Ils te font de la peine, mais toi tu es plus fort que ça. Toi, tu es plus fort que tout. Pleure, mon petit enfant que j'aime, ça te fait du bien. Pleure, mon petit, pleure.

Le canoë filait à vive allure et rien n'était plus douloureux que cette certitude-là : l'eau ne repasse jamais par où elle a coulé.

La perle

Personne ne disait mot. On n'entendait que le bruit des vagues et le ressac. L'air était iodé, délicieux. Le ciel se couvrait un peu.

Antilogus fit quelques pas, regarda autour de lui. La terre était humide, et les arbres, robustes, étaient couverts de fruits. Les oiseaux étaient jaunes, rouges, verts et s'accordaient parfaitement aux grandes fleurs qui poussaient çà et là, et embaumaient. Quelques barques mouillaient tout près. Au loin, on pouvait apercevoir quelques cabanes et des maisons plus imposantes.

Les canoës étaient abîmés et ne leur permettraient jamais de prendre la mer. Et avec les courants, ils auraient vite fait de se perdre les uns les autres. Ce n'est pas ça qu'ils voulaient.

Antilogus posa son regard sur l'horizon. Un vent léger s'était levé.

— Il faut construire un bateau, dit-il.

— Nous avons les outils qu'il faut, répondit Ralph.

— Oui, mais qui sait fabriquer un bateau ? demanda Finmore.

Il y eut un long silence. Non, personne ne savait construire un bateau.

Antilogus alors se tourna vers la mer. Tout à coup, tout lui revint. Mot après mot. Il s'en souvenait comme si le meldar c'était hier, juste hier. Le meldar et Esther, et les aubergines, et le vendeur d'eau, et les petits pains au sésame blond, et la glace, et le grand maître avec sa vara en train de leur raconter la méchanceté des hommes et le déluge, avec une voix qui les terrifiait tous, même lui, et Vida dans la cour qui l'attendait pour qu'il lui raconte ce que, ce jour-là, il avait appris.

Il s'en souvenait, c'était un miracle.

Comme son visage s'était étrangement éclairé, tous s'étaient regroupés autour de lui. Ils tâchaient de voir, à l'horizon, ce que le Turc avait vu de si extraordinaire. Il n'y avait rien, rien d'autre que la ligne qui relie et sépare les eaux et l'azur. Une ligne parfaite.

— Trois cents coudées pour la longueur de l'arche, dit-il, cinquante coudées pour sa largeur, trente coudées pour sa hauteur. Nous ferons à l'arche un toit et nous l'achèverons une coudée plus haut. Nous placerons l'entrée sur le côté, et nous ferons un premier, puis un deuxième, puis un troisième étage. Puis nous entrerons.

Tous se regardèrent, incrédules.

— Est-ce que nous avons le temps pour cela ? demanda Teddy.

— Bien sûr que non, répondit, tout bas, Antilogus.

Puis il se tourna vers Teddy et Ralph.

— Il faudrait trouver le moyen de relier nos canoës ensemble. Et sans tarder.

— Est-ce qu'il ne vaut pas mieux vivre sous la domination de quelqu'un plutôt que dans la peine, l'incertitude, la faim et la soif ? s'énerva Lizzie. Est-ce cela la liberté dont nous rêvions ? Cet exil nous tue autant que la condition d'esclave à laquelle nous avons échappé ! Notre terre, c'était l'Afrique ! cria-t-elle. L'Afrique !

— Alors il faudra reprendre l'Afrique, lui répondit Antilogus. Mais vous ne le ferez pas à sept et avec un enfant en bas âge. En attendant d'être en mesure de retourner chez vous, sur cette terre dont ils n'auraient jamais dû vous arracher, eh bien oui, mes frères, vous êtes, nous sommes condamnés à l'exil.

Alors, tout à coup inspiré, il leur raconta l'exode des Hébreux. Puis encore comment, bien plus tard, un sultan ottoman avait ouvert les portes de son empire aux Juifs d'Espagne pourchassés par les inquisiteurs. Il leur dit enfin que certains exils sont moins douloureux que d'autres.

— Il nous faut trouver un sultan, dit Ralph.

— Non, répondit Antilogus. Il vous faut une terre qui n'appartienne qu'à vous.

Il leur raconta pourquoi il avait quitté Istanbul. Il leur parla du bazar, du manteau, du départ. Qui sait ce qu'il adviendrait des siens, là-bas.

— On pourrait abattre deux troncs d'arbre, proposa Teddy, et les installer sous quelques canoës, en travers, pour les attacher entre eux et les surélever. Il faut que le fond soit assez solide pour prendre la mer.

Avec Antilogus, ils se sentaient prêts à tout affronter. Même l'océan.

Ralph et Teddy abattirent quatre troncs de jeunes arbres. Des branchages furent tressés aussi serré que possible et pour fabriquer la nouvelle embarcation. On remplit des gourdes. On cueillit des fruits et on ramassa des noix.

Le lendemain matin, juste avant le lever du jour, ils embarquèrent. Les hommes poussèrent le bateau pour l'éloigner du rivage, puis ils grimpèrent à son bord. Ils ramaient, ramaient encore. Mais le bateau ne bougeait pas. Ou peu. Il tournait et revenait vers la plage, celle-là même qu'ils venaient de quitter. Quand finalement ils s'éloignèrent du rivage, Lizzie se mit à hurler. Son bébé s'annonçait.

Il y avait peu d'espace mais les hommes se poussèrent pour l'allonger au fond de l'un des canoës. Teddy se tenait près d'elle. Lizzie poussait des hurlements terrifiants, mais à part Antilogus, personne ne se laissait impressionner. Ralph encourageait Lizzie. Il allait sortir, ce bébé. Ce serait l'enfant de la liberté. Et il serait fort comme un lion. Il prit le turban turquoise et le plaça sous la tête de la future mère. Le bateau était malmené par les vagues. Les creux faisaient plusieurs mètres. Vinny était terrorisé. Joanna aussi. Finmore vomissait sans arrêt. Ce serait peut-être l'accouchement le plus inconfortable mais il fallait bien qu'il naisse, cet enfant. Et sans que la mère ait besoin de fournir de grands efforts, cela se fit. Si un enfant pouvait naître dans ces conditions, au milieu de toute cette incertitude, de cette hostilité, si la vie malgré tout l'emportait, alors oui, il y avait encore quelque raison d'espérer.

C'était une fille. Elle s'appellerait Gaâ.

C'est Ralph qui coupa le cordon au couteau. Quant au bébé, il passa directement sur le sein de sa mère. Il le happa avec sa minuscule bouche et commença à téter comme un fou. Il s'en fichait pas mal, lui, que ça tangue, que ça balance, que tous sur ce radeau de malheur risquent la mort. Il tétait son sein, le sein qui lui appartenait, et le reste, il semblait n'en avoir rien à faire.

Antilogus, fasciné, regardait le bébé et sa mère. Lizzie s'était légèrement redressée. Son sein n'était pas caché. Elle s'était dévêtue pour nourrir confortablement la petite et, enfin, elle souriait.

La mer semblait maintenant apaisée. Gaâ tétait toujours, mais l'autre sein cette fois. Et Antilogus continuait de la regarder. C'était donc cela, un bébé. Une bête vorace qui ne craint rien ni personne et qui compte bien faire entendre sa loi. Une petite créature dégoûtante et obscène, avec des yeux énormes, des plis partout et des orteils très longs et très maigres.

Il n'y avait plus un bruit maintenant, sinon celui, léger, du clapotis de l'eau. Gaâ s'était endormie. La mère alors la prit sur son épaule et lui tapota le dos. Un renvoi sortit de la gorge du petit être, si rauque, si inconvenant, et surtout tellement disproportionné par rapport à sa taille que tous se mirent à rire, et Antilogus le premier. Gaâ ne s'était pas réveillée pour autant, elle ronflait comme un ivrogne. Antilogus était perplexe. Il avait été cela, lui aussi, autrefois. Un monstre. Un ogre. Une merveille.

Ce soir-là, tandis que la lune à demi pleine les éclairait et que la mer était calme, tous s'endormirent, les uns sur les autres, affamés, épuisés.

Les rois

Tout à coup, Antilogus sentit un coup violent dans son estomac. Par réflexe, il porta sa main sur son ventre, sentit du bois. Une rame. Il ouvrit les yeux. Des hommes vociférants les tâtaient pour voir s'ils étaient encore vivants. Tous se réveillèrent, hébétés, pour découvrir les visages noirs de ceux qui les interpellaient. Ils se sentaient si fatigués qu'ils ne comprenaient rien. Le radeau était posé sur le sable. Où avaient-ils dérivé ? Trois navires mouillaient dans la baie. Les drapeaux annonçaient les couleurs de l'équipage. Une tête de mort noire sur fond blanc au-dessus d'une chaîne brisée.

On les fit sortir des canoës pour les emmener plus loin où on leur donna à manger, des fruits, du cochon rôti et du vin. Un homme les y accueillit chaleureusement. C'était un nègre ! Comme eux ! Il s'appelait Mitch et était armé jusqu'aux dents.

Plus de la moitié des pirates étaient originaires d'Afrique. Comment étaient-ils arrivés là ? Étaient-ils des passagers d'un négrier qui avaient réussi à se débarrasser de leurs chaînes ? Avaient-ils été achetés à prix d'or aux Espagnols ou aux Anglais, ou tout simplement échangés contre une vie blanche sauve ? Maintenant ils étaient là, ensemble, et parlaient la même langue, celle de la force.

Ici, on avait pour mission de ne laisser approcher aucun bateau de Blancs, et les négriers qui étaient interceptés étaient immédiatement pris d'assaut, les Africains libérés et les geôliers massacrés. La réputation de Mitch s'étendait d'un bout à l'autre de l'océan, et depuis quelque temps aucun négrier ni aucun navire ne se profilait plus à l'horizon. Les Blancs avaient compris la leçon. Cela contraignait Mitch et ses hommes d'aller toujours plus au large, pour continuer à vivre de la contrebande du butin, butin qui était revendu à ceux-là mêmes à qui il était au départ destiné.

Les pirates étaient organisés. Ils s'entraînaient régulièrement et travaillaient leur défense, le maniement des armes et leur stratégie d'attaque comme s'il s'était agi d'un corps d'armée. Avec eux vivaient des femmes, venues de leur plein gré ou non, et des enfants nés de ces unions. La vie semblait parfois douce et tranquille mais cela ne durait jamais très longtemps : elle était tendue par l'idée de défense, de batailles et d'assauts, au service de la justice des hommes – ou du moins selon l'idée que Mitch et ses compagnons s'en faisaient.

Après qu'elle eut fini de se sustenter, Joanna s'aperçut que ni Antilogus ni Finmore n'étaient avec eux.

— Il y avait deux autres personnes avec nous, dit-elle.

— Des Blancs, grommela le capitaine, forçant son anglais.

Antilogus et Finmore étaient suspendus à un arbre, côte à côte.

— Il faut les libérer ! s'écria Joanna.

Le capitaine l'ignora et s'approcha d'Antilogus. Comme Joanna essayait de défaire le lien qui retenait les mains du Juif, Mitch fit signe à ses hommes d'éloigner la jeune femme.

— Que font les Blancs avec les Noirs ? demanda Mitch en regardant ses hommes. Ils les volent, ils les ruinent, ils les exploitent jusqu'à la moelle. Ils les bouffent vivants, eux et leurs enfants ! Ils boivent leur sang et c'est de cela qu'ils tirent leur puissance. Et après, comme si cela ne leur suffisait pas, ils s'en vantent ! Tu vas payer, cria le pirate, pour ce que les tiens infligent aux miens !

Et il approcha le fer rouge d'Antilogus. Ralph et Teddy se ruèrent sur Mitch mais furent arrêtés par quatre hommes plus costauds qu'eux. Le métal incandescent se posa sur la peau du prisonnier. Il hurla de douleur. Joanna et Lizzie, tous les compagnons d'Antilogus criaient : il fallait arrêter ça, immédiatement !

Le capitaine retira le fer puis l'approcha à nouveau.

— Vous n'avez rien compris, répétait Joanna, il nous a sauvé la vie ! Il nous a, à tous, sauvé la vie !

Mitch continuait de marquer la peau de son captif.

— Honte sur vous ! assenait Ralph.

— Vous n'avez pas le droit ! scandait Lizzie. Il n'a fait que nous aider !

Colly courut se mettre devant Antilogus. Il pleurait et suppliait dans une langue incompréhensible. Deux gaillards lui saisirent chacun un bras pour l'emmener plus loin.

— C'est vous le salaud de Blanc ! hurla tout à coup Joanna.

Mitch alors se retourna. Il sembla s'amuser beaucoup de cette insulte. Le traiter de salaud de Blanc, c'était presque un compliment. Il posa le fer rouge et prit un fusil.

— Vous allez vous taire ou bien je le tue, dit-il en visant la tête d'Antilogus.

Plus personne n'osait bouger. Alors Mitch posa le fusil. Et prit un fouet. À chaque coup, chacun des compagnons d'Antilogus sursautait.

Joanna se jeta aux pieds de Mitch pour implorer sa clémence.

— Le pire, c'est qu'il vous a convaincus qu'il voulait votre bien, lui dit le pirate.

— Ce n'est pas ce que vous croyez, répondit-elle. Si seulement vous me laissiez vous expliquer.

Un homme releva Joanna et voulut l'éloigner. Mais elle supplia et se blottit, accroupie, au pied de l'arbre où Antilogus était attaché. Mitch faisait claquer son fouet.

— Mettez-vous là si vous voulez, ça ne m'arrêtera pas !

Antilogus baissa les yeux vers Joanna.

— Le manteau, murmura-t-il. Il faudra le rapporter.

Le bruit du cuir à nouveau retentit.

— Assassin ! cria Joanna en regardant Mitch. Assassin ! Vous ne savez pas ce que vous faites. Il nous a sauvés ! Il nous a sauvés, il a tout risqué, tout perdu pour cela ! Assassin ! Oui, c'est un Blanc, mais tous les Blancs sont-ils mauvais ? Tous les Noirs sont-ils bons ?

Mitch éclata de rire.

— Le turban, prononça péniblement Antilogus. Où est mon turban ? J'ai perdu le turban que le sultan m'avait confié !

Et il s'agita comme il put, comme une bête en cage, il s'agita comme un homme qui a perdu la raison.

Les coups reprirent.

— Tuez-moi mais gardez-le en vie, implora Joanna.

— Le turban, murmura encore Antilogus.

Et sa tête partit en arrière. Il avait perdu connaissance.

— Tu ne veux plus qu'on le fouette, soit.

Mitch lança le fouet à l'un de ses hommes qui l'attrapa d'une main agile.

— Nous allons le châtrer. Parce que c'est cela qu'ils nous font, n'est-ce pas ? Est-ce que la dame respectable que tu es le sait ? Les Blancs coupent les couilles des nègres ! Seulement, on ne sait pas très bien ce qu'ils en font après. Est-ce qu'ils les jettent à la mer ? Est-ce qu'ils les donnent à manger aux cochons ? Ôtez-lui son pantalon, ordonna-t-il. Et faites-les déguerpir, tous, sauf elle, dit-il en désignant Joanna.

Des hommes se précipitèrent sur les compagnons d'Antilogus pour les éloigner. Tous pleuraient. Non, ils ne voulaient pas l'abandonner là, certainement pas.

— Ne lui faites pas ça, suppliait Joanna.

On apporta à Mitch des tenailles rougies au feu. Mitch s'en saisit et s'approcha de son prisonnier. Il ordonna à l'un de ses hommes de lui baisser le pantalon.

Lorsqu'il vit le sexe d'Antilogus, il eut un mouvement de recul.

— Mais c'est un Juif ! C'est un Juif, s'écria-t-il, furieux.

Et, de rage, il jeta les tenailles par terre.

— Salaud de Juif, hurla-t-il ! Tu n'aurais pas pu me le dire plus tôt !

Il se tourna vers Joanna qui, tremblante, se tenait toujours au même endroit.

— Pourquoi ne me l'avez-vous pas dit ?

— Quelle est la différence entre un Juif et un homme ? demanda Joanna, terrorisée.

— La différence ? Mais la différence c'est que les Juifs sont les ennemis des Espagnols, et que les Espagnols sont mes ennemis. Qu'on le libère ! Qu'on le détache ! Et qu'on le soigne. L'imbécile !

Ainsi, par une logique bien à lui, Mitch considérait les Juifs comme ses frères de sang.

— C'est un Juif, cria-t-il à ses hommes. Et il ne me l'a même pas dit !

Il s'approcha de sa victime.

Le cœur battait encore. Lentement.

Le citron

Enfin, Mitch écouta l'histoire que Joanna voulait lui raconter.

Antilogus ne s'était toujours pas réveillé.

Il fut allongé sur une paillasse dans une petite hutte. Joanna le veillait. Il ouvrait les yeux de temps en temps, malgré lui, aurait-on dit. Son regard vide ne se détachait jamais d'un point mystérieux devant lui. Ses membres étaient inertes. Il était impossible de lui faire avaler quoi que ce soit. On lui mettait régulièrement quelques gouttes d'eau sur la langue. Quelques gouttes d'eau le matin, quelques gouttes d'eau dans la journée, quelques gouttes d'eau avant la tombée de la nuit.

Chaque jour, deux hommes le prenaient par les épaules et le levaient, tandis qu'un troisième s'occupait de lui déplier les jambes et de poser ses pieds à plat sur le sol. Antilogus ne voulait plus marcher. Cent vingt années semblaient être passées sur lui. Il lui restait ses cheveux, ses splendides boucles d'ambre. Et le sang, en lui, qui continuait de circuler. C'est tout. Pour tout le reste, on aurait dit qu'il était mort. Mitch en personne lui rendait visite chaque jour. Il s'asseyait, silencieux. Non, le grand pirate n'était pas fier de sa méprise.

Le cœur battait encore, et il fallait espérer. Il fallait avoir confiance. S'il y avait une seule leçon, un seul enseignement à retenir de leur voyage avec lui, c'était bien celui-là.

La vie s'organisait chaque jour un peu plus. Les hommes de Mitch avaient aidé Teddy et Ralph à construire trois cabanes.

Entourés de Noirs, comme eux, ces derniers apprenaient à ne plus avoir peur. Mais cela leur était difficile et quand, la nuit, survenait un bruit qu'ils ne connaissaient pas, ils sursautaient et, par réflexe, se blottissaient les uns contre les autres. Ils avaient beau se persuader chaque jour qu'il n'y avait plus rien à craindre, quelque chose en eux ne comprenait pas ces mots-là. Combien de temps leur faudrait-il ? Comme une famille qui a traversé l'épreuve, Joanna, Colly, Teddy, Ralph, Finmore et les enfants restaient toujours collés ensemble où qu'ils aillent.

Le guérisseur du village leur conseilla de dormir nus à même la terre. Pour se sentir heureux quelque part, la peau avait besoin de ce contact. Il leur distribua des pépins de courge et des haricots. En prenant soin de son petit jardin, l'homme, la femme et l'enfant fraîchement arrivés se sentiraient plus vite chez eux.

Un soir, Joanna s'en fut trouver Mitch. Peut-être que ce qui sauverait Antilogus serait de retrouver les siens. Et puis, il y avait ce manteau. Ce grand manteau rouge, usé, sale et lourd. Il fallait le rapporter à Istanbul.

— Si vous vous étiez échappés tout seuls, lança Mitch furieux, vous n'auriez pas besoin de faire tout ça. Nous, les pirates, nous n'avons besoin de personne pour décider de notre destin. Il nous appartient, une fois pour toutes. Tout contrevenant, fût-il un colosse, un vent mauvais ou un équipage se voit plié en deux par notre volonté de rester libres. »

Joanna le regardait maintenant avec sévérité.

— C'est vous le responsable. C'est vous et vous seul qui lui avez fait du mal. Vous devez réparer.

Mitch était plus qu'agacé que cette femme lui dicte sa conduite. Mais bon, elle ne se laissait pas faire, et il respectait cela.

— C'est pour que nos enfants soient libres qu'il a tout sacrifié. Et quand ils seront grands, je suis certaine qu'ils seront très fiers que leurs parents aient choisi de faire, pour lui, ce voyage, reprit Joanna.

Un voyage de l'autre côté de l'océan, loin là-bas vers les mers d'Orient, ça ne s'improvisait pas. Il leur faudrait un bon navire, et un équipage. Et peut-être même un second navire, en escorte. Mitch se leva.

— Cet homme vous a sauvé la vie. Nous ne pouvons pas l'abandonner. Et encore moins ignorer ce qui apparaît comme sa dernière volonté. Alors oui, moi, Mitch le Pirate, la terreur des empires et des royaumes, je m'y engage. Vous partirez. Et dans de bonnes conditions. Car si vous partez, c'est pour arriver, n'est-ce pas ?

À ces mots le cœur de Joanna se gonfla d'un sentiment nouveau. Quel était ce souffle qu'elle ressentait maintenant au plus profond d'elle-même ? L'espoir se dressait en elle comme un oiseau fier. Le sourire éclairait son visage et ses yeux brillaient comme des étoiles. Ils allaient sauver Antilogus !

— Mais il ne faudra plus me parler sur ce ton, dit Mitch, et surtout pas devant les autres. C'est compris ?

— C'est compris.

Les trois bateaux des pirates furent préparés en vue de la grande traversée. Dix-sept caisses de bijoux, d'argenterie, de pierres précieuses et d'or arrachées à un galion castillan furent chargées à bord. Ainsi, Antilogus Naor le Lumineux ne reviendrait pas les mains vides. Ainsi, les siens pourraient à nouveau regarder l'avenir.

Avant de partir, Colly grava un C au couteau sur l'écorce d'un arbre. Antilogus, toujours inanimé, fut allongé sur un lit. C'est ainsi qu'il voyagerait, veillé par Joanna. Comme elle ne savait pas prier, elle avait posé le livre de prières, ouvert, contre le cœur du Juif. Elle espérait qu'ainsi le Dieu d'Antilogus pénétrerait en lui et qu'il viendrait le sauver de cette fin qui s'annonçait.

Les uns après les autres, ils montèrent dans les bateaux. Ils avaient tout embarqué, tout plié. Même les minuscules plants de courges qu'ils emportaient dans des pots de terre cuite. Même leurs splendides fleurs exotiques, fuchsias, jaunes, orangées. Même leurs chèvres, leurs tortues, même leurs cochons sauvages. Il n'y avait eu aucune précipitation, aucun sentiment de panique, aucune surprise lisible sur aucun visage. Si le capitaine disait qu'il fallait partir, il n'y avait pas à discuter. Cet homme-là connaissait la vie, il connaissait la mer.

Avant de lever l'ancre, comme Joanna regardait Mitch d'un œil nouveau, celui-ci se sentit obligé de faire un commentaire.

— De toute façon, lança-t-il à la jeune femme, aucun bateau ne passe plus jamais par ici.

Joanna ne put s'empêcher de sourire. Mais elle se reprit aussitôt, pour ne pas blesser son orgueil. C'était un pirate avant tout, un pirate !

Après avoir grimpé au mât pour être entendu de tous, Mitch s'adressa à ses hommes :

— Nous avons vécu ici et c'était un paradis. Il faut savoir, quand on est pirate, accepter, pour survivre, de changer d'horizon. Je suis certain qu'il y a des coups fumants à faire par là-bas, s'écria-t-il, revigoré.

Un pirate n'est jamais sentimental, et Mitch s'engagea à couper lui-même l'oreille de celui qui ferait preuve de la moindre nostalgie. Ainsi, tous ensemble, ils prirent la mer. Trois navires en armada. Le vaisseau du trésor et deux escorteurs.

Une nuit, Antilogus ouvrit les yeux. Il regarda autour de lui.

— J'ai faim, dit-il.

Joanna sursauta, n'en croyant pas ses oreilles ni ses yeux.

— Ton Dieu existe. Et maintenant, je veux bien le connaître.

Et elle éclata de rire.

Il ne s'agissait pas non plus de lui servir un festin. Mais s'il pouvait avaler quelque chose, boire un peu, alors, il serait sauvé.

Car il n'était plus que la peau sur les os, et le visage creusé.

La peau sur les os.

Le visage creusé.

Ses yeux paraissaient tellement grands.

(Aussi grands que lorsqu'il était un enfant.)

Le temps d'aller chercher une galette et un peu d'eau.

Durme, durme, querido ijico.

Le visage creusé, la peau sur les os.

Le temps d'aller chercher une galette et un peu d'eau.

Durme, durme, querido ijico.

Antilogus regarda autour de lui.

Il ne reconnut rien, mais cela ne l'inquiéta pas un instant.

Et lui revint cette phrase entendue un jour, il y a très longtemps.

C'était une femme qui avait parlé. Au creux de son oreille. Elle l'avait battu, secoué, et ensuite, elle lui avait parlé. Juste quelques mots. Maintenant, très clairement, il s'en souvenait.

Il prononça la phrase pour l'entendre à nouveau. C'était tout ce qu'il avait de sa mère, il ne le savait même pas.

Si j'ai survécu, alors toi aussi, tu dois survivre.

Puis c'était la voix d'Esther, qui lui disait de bien se reposer. Qui lui disait qu'elle l'aimait.

Sur le chemin des cuisines Joanna criait et hurlait :
« Il s'est réveillé !
Il est bien vivant !
Il est bien vivant !
Il s'est réveillé ! »

Mais quand Joanna revint, l'imprudente, le cœur d'Antilogus le Juif ne battait plus.

Avait-il dit autre chose pendant qu'elle s'était absentée ?

L’encens

Pas question de jeter son corps par-dessus bord.

Il serait enterré par les siens. Là-bas.

Alors Antilogus fut placé dans une pirogue à deux places que les pirates utilisaient pour les abordages de nuit, quand ils allaient trancher les gorges et couper les drisses, les haubans, les cordages, afin que leur proie ne puisse plus donner de la toile et s’enfuir. On recouvrit le corps de sel.

La pirogue fut accrochée au plafond, comme un hamac, afin de ne pas subir le tangage ni le roulis. Ainsi, malgré les tempêtes qu’ils pourraient traverser, le cercueil de sel d’Antilogus ne perdrait pas un grain de son précieux chargement. Et dans cette terre qui tournait, dans cette mer qui voguait, dans ce bateau ballotté par les vents, la houle, les vagues et les flots, Antilogus était la seule chose qui ne bougeait pas, tel le pivot du monde qu’il avait prématurément quitté.

La myrrhe

Mitch n'avait pas menti. Le pirate arriva fabuleusement riche au large des côtes d'Espagne : girofle, vanille, et même argent, or et pierreries abondaient dans les trois vaisseaux. Croyant avoir affaire à une armada marchande, plusieurs navires avaient demandé l'escorte du groupe pour s'apercevoir trop tard que le prix à payer pour leur survie n'était autre que celui de leur cargaison ! « J'ai volé aux voleurs », ironisait Mitch qui savait que des hommes avaient péri dans les mines ou sous les Tropiques pour rassembler ces trésors.

À la fin de l'été, le bateau s'avança doucement dans le Bosphore.

Où donc était Istanbul ?

Quelques-uns des pirates s'en furent dans une barque trouver des renseignements auprès d'un pêcheur.

Le vieil homme montra, au loin, des minarets. Les pirates étaient satisfaits.

— Et les Juifs ? Où vivaient les Juifs ? demandèrent-ils encore.

Comme ils parlaient anglais, le pêcheur ne comprenait rien. Lorsque les pirates mimèrent l'action de la circoncision, dans le but de donner un indice au pauvre homme, ce dernier comprit que s'il ne donnait pas la bonne information, c'est lui qu'on amputerait de son organe reproducteur. Terrifié, il indiqua, de son bras tendu, qu'ils étaient loin par là-bas, loin par là-bas.

Puis le pêcheur rentra chez lui. La famille regroupa toutes ses affaires – sans oublier le gobelet, le livre ni le chandelier – et quitta le soir même sa pauvre maison, avec parents, grands-parents, frères, oncles, tantes, cousins et enfants, tout ce monde installé sur une vieille charrette tirée par un âne avançant à grand-peine.

Les pirates continuaient leur route, tranquilles. Tout à coup, ils l'aperçurent.

La plus belle ville du monde.

Ils hissèrent sur les mâts de chaque bateau les drapeaux que les femmes avaient eu le temps de coudre pendant la traversée. Un manteau rouge surmonté d'un turban bleu.

En moins de temps qu'il n'en faut pour faire le tour d'horizon des deux rives, plus de trente caïques de l'armada du sultan entourèrent les galions.

Mitch lui-même descendit et expliqua qu'il cherchait les Juifs. Le vizir demanda pourquoi, et le pirate répondit qu'ils avaient quelque chose à leur remettre de la part d'Antilogus. Antilogus, tous à Istanbul, et même plus loin que cela – à Smyrne, à Salonique, et jusqu'à Safed, Oran, Sarajevo, Vienne, Bakou, Venise et Tunis –, connaissaient ce nom. Le Juif parti en Amérique pour sauver les siens.

La flotte ottomane conduisait maintenant les bateaux pirates. Le cœur de la ville s'était comme arrêté de battre. Tous, sur une rive comme sur l'autre, s'immobilisaient au passage des galions et de leur escorte. Était-ce la guerre ? D'où venait ce drapeau ? Dans la Corne d'Or, le bateau de Mitch jeta l'ancre.

Un mendiant juif reconnut le manteau rouge qu'il avait autrefois cousu. Il se mit à courir vers la maison du rabbin. Il était là ! Il était revenu ! Et avec trois bateaux ! Énormes ! Gigantesques ! Il avait fait fortune, Dieu bénisse ! Il avait réussi ! Et le mendiant se mit à pleurer. Ils étaient sauvés ! Sauvés ! C'était un miracle.

Et de maison en maison, de pérame en pérame, de rive en rive, tous furent informés qu'il était revenu, il était revenu, béni soit Son Nom.

Les femmes se précipitèrent hors de chez elles tandis que d'autres s'évanouissaient, les hommes abandonnèrent leur travail, laissant derrière eux un bazar désert, les enfants quittèrent le meldar, suivis de leurs maîtres. Tous couraient maintenant à perdre haleine, entre des poules et des moutons qui avaient profité de leur distraction pour se faire la belle, tous se bousculaient pour être les premiers à le voir, à l'accueillir.

Les Génois, les Grecs, les Français, et même les derviches, qui vivaient sur la colline, suivaient le mouvement. Tous autant qu'ils étaient, d'où qu'ils soient, ils voulaient voir. Gözlem, qui faisait sa sieste, fut réveillé à grands cris par le cafetier. Il se rua hors de sa maison, les larmes aux yeux et, n'ayant pas même pris le temps de bien enfoncer son pied droit dans sa chaussure, il la perdit en chemin.

— Anti ! Anti ! criait-il, en pleurant lui aussi. Tu es vivant ! Anti !

Athina, la pauvre Athina, se dépêchait comme elle pouvait. Mais il y avait tant de monde, et tous se bousculaient. Elle se tenait le ventre avec une main comme si son fils était encore dedans.

Gaddith, à qui l'on était venu annoncer la nouvelle, prit son petit garçon dans ses bras. Elle embrassa ses petites joues roses et bien pleines.

— Ton père est revenu, lui dit-elle simplement.

Elle se mêla à la foule de gens qui descendait vers le bas de la colline de Galata. C'est là que le premier bateau avait jeté l'ancre.

Le deuxième bateau le rejoignit. Puis le troisième. Ils étaient arrivés ! Ils étaient à Istanbul !

Et pour Finmore, c'était mille fois, dix mille fois plus beau que l'Amérique.

Tous et toutes saluaient et criaient, hilares. « Il est revenu ! Il est revenu ! Il a réussi ! Nous sommes sauvés ! »

Tout en cherchant des yeux l'homme, l'enfant, le fils.

Mais tout ce qu'ils voyaient, c'étaient des Abyssins affublés de tenues et de chapeaux étranges. Et un gosse rouquin, tout frisé.

— Où est-il ? demanda le rabbin lorsque le premier bateau fut arrimé.

Gaddith s'approcha.

— Laissez-moi passer, ordonna-t-elle.

Et au son de sa voix, tous s'écartèrent.

— Où est-il ? demanda-t-elle en toisant Finmore. Où est mon mari, le père de mon enfant !

Alors Joanna s'avança, et commença à parler. Un homme sortit de la foule. Il traduisait pour Gaddith.

Un à un, les visages se fermèrent. Et des cris montèrent, mais ce n'étaient plus des cris de joie.

— C'est ma faute, s'il n'a pas pu accomplir ce pour quoi il vous avait quittés, dit Joanna.

— S'il n'a pas pu l'accomplir, répondit Gaddith, c'est que la situation l'exigeait. Et nous sommes fiers de lui.

Alors la foule se mit à siffler et à insulter dans le désordre Antilogus, la femme noire, Gaddith et son enfant.

— Il nous a trahis ! cria un homme.

— Il nous a trompés ! lança un autre. Nous avons tout perdu.

— Il a trahi vos espérances, cela, peut-être bien, reprit le rabbin. Mais il n'a pas trahi son cœur, et ce faisant, il n'a pas trahi l'Éternel. Car qu'est-ce que l'élan du cœur sinon l'expression de la présence divine en soi ? Je suis fier de lui. Bien plus que s'il avait réussi et que pour cela, il s'était compromis.

À ces mots, la foule se révolta encore.

— Nous survivrons autrement, nous nous débrouillerons, affirma le rabbin.

Mais personne ne voulait plus l'écouter. Déjà, certains repartaient d'où ils étaient venus. Effondrés. Ou simplement déçus. D'autres qui voulaient qu'on leur rende des comptes restaient là, et continuaient de crier leur rage.

— Si les Grecs veulent bien nous laisser en paix, reprit le rabbin, nous nous sortirons de ce mauvais passage. Nous sommes dans un bon pays, il y a des lois qui nous protègent ! Des lois qui nous protègent !

Et il ajouta à l'intention de Gaddith :

— Il vaut mieux que vous ne restiez pas là.

Finmore tendit alors le manteau au rabbin. Le rabbin le prit. Il le regarda curieusement. Il semblait avoir été décousu et recousu plusieurs fois. Mais il était toujours aussi lourd. Peut-être même plus lourd.

— Nous avons perdu le turban, ajouta le rouquin.

— Mon mari, murmura Gaddith, mon mari, où est-il ?

Joanna lui fit signe de monter. Tenant son enfant contre sa poitrine, la Juive gravit l'échelle et enjamba la passerelle.

Trois hommes détachèrent la pirogue pour la poser sur le plancher. Il n'y avait là rien que du sel, gros et gris. Joanna fit signe qu'on la laisse. Délicatement, elle repoussa le sel du bout de ses doigts fins. Le visage d'Antilogus apparut.

Quand elle le vit, Gaddith ne put s'empêcher de pousser un cri. Il était si amaigri. Mais il était toujours tellement beau. Alors elle posa son enfant sur lui.

— Elichah, voici ton père. Antilogus Naor, mon époux, voici ton fils Elichah.

Elle mit son enfant dans les bras de Joanna, un instant, rien qu'un instant. Et elle se coucha sur le cercueil de sel, sa joue collée contre celle de son défunt. Puis elle déposa sur ses lèvres un baiser. Elle voulut l'entourer de ses bras mais c'était impossible. Il aurait fallu sortir le corps tout entier. Comme tout cela était salé.

Puis Gaddith se releva et elle recouvrit de sel le visage de celui qu'elle avait si peu connu et tant aimé. Cinq jours et cinq nuits, pour l'éternité.

Tandis que la foule s'éloignait du bateau, les pirates descendirent, une à une, les caisses remplies du trésor.

— Qu'est-ce que c'est que ça ? demanda le rabbin.

— C'est pour que vous puissiez vous défendre, dit Mitch.

Le rabbin n'en croyait pas ses yeux. Il y en avait pour une fortune. De quoi acheter un petit pays !

— Et il y a ça aussi, ajouta Finmore en lui tendant un pot de terre cuite d'où sortaient, fragiles, trois tiges.

— Qu'est-ce que c'est ?

— Ce sont des tomates.

— Des tamates ?

— Des to-mates. Ça vient d'Amérique, et ça nous a été donné par les Indiens Ishaw.

— To-ma-tes, répéta le rabbin.

— Des fruits rouges, ronds et délicieux, gros comme le poing, qui pissent du jus comme pas possible.

Gaddith annonça qu'elle repartait avec eux. Si c'était pour ces gens qu'il avait risqué puis perdu la vie, c'est que ces gens en valaient la peine, et mieux que ça. Elle voulait les connaître. Et elle voulait vivre avec eux – car il lui restait tout à découvrir d'Antilogus, et c'était désormais le seul moyen qu'elle avait de le faire.

Le sultan ? Il était mort récemment et son fils l'avait aussitôt remplacé. Les Grecs avaient pris encore davantage d'importance et les Juifs étaient toujours en disgrâce. Mais avec cet argent, ils pourraient à nouveau établir des commerces, se rendre utiles, voyager en Europe et y étudier pour à nouveau pouvoir espérer occuper, et dans un avenir proche, des places de choix dans la société ottomane. Antilogus n'avait pas échoué, Antilogus avait réussi ! Ils seraient tous sauvés grâce à lui. Et ils pourraient continuer de vivre, heureux, protégés, sur cette terre à leurs yeux plus belle encore qu'une promesse.

Tout à coup, on entendit quelqu'un crier : « Berendjinas ! » Les aubergines étaient arrivées.

Le lait

Tout à coup, elle était là.

Une toute petite île, riche, fertile, généreuse, mais si éloignée de tout, et si minuscule, qu'elle ne serait jamais, à n'en point douter, la proie d'aucune convoitise. Une drôle d'île, couverte d'arbres fruitiers, de gigantesques baobabs, peuplée d'oiseaux multicolores et de fleurs odorantes. Déserte, et entourée d'un lagon d'émeraude.

Ils y seraient bien. Tous, ensemble. Car en vérité, nul n'avait plus envie de se battre.

Antilogus fut mis en terre.

Juste au-dessus de son cœur, on planta un pied de tomate.

(Le premier fruit ne tarda pas à venir.)

Il n'était plus là, mais son âme, qui n'était pas morte, s'interrogeait encore. Et si, dans le jardin d'Éden, ils n'avaient pas été deux mais quatre ? Si, au lieu des seuls Adam et Ève, il y avait eu, en plus, un autre homme et une autre femme ? Qui n'avaient pas voulu manger le fruit. Qui n'avaient pas voulu manger le fruit !

Qui étaient-ils, ces deux autres-là ?

Le miel

Lorsque Elichah eut quinze ans, Gaddith décida qu'il était bien temps de le marier. Comme il aimait bien la petite Gaâ, on décida qu'on les unirait.

Mais Elichah voulait d'abord réparer là où la corde s'était cassée. Pour pouvoir créer une famille, il lui fallait trouver celle qui avait donné naissance à son père. Il était essentiel pour lui de retrouver cette partie de ses origines, cette partie de lui-même.

— Et si tu ne la retrouves pas ? avait demandé Gaâ.

— Si je ne la retrouve pas, au moins, j'aurai essayé.

On lui donna une petite barque. Il rama jusqu'à l'île suivante et s'embarqua dans un bateau pour la grande côte. Après trois mois de marche à travers les déserts et les montagnes, il avait gagné Istanbul.

Comme la ville était belle ! Comme elle était animée ! Il croisa un vieil homme suivi d'une ribambelle d'enfants. Était-ce un rabbin ?

Il arpenta les ruelles, s'arrêta dans une échoppe, et acheta, comme le lui avait conseillé sa mère, du sorbet. Il n'avait jamais goûté cela, et c'était extraordinaire ! C'était si bon qu'il ressentit le besoin de fermer les yeux pour vivre la découverte plus intensément encore. Soudain il vit devant lui une tour, trapue, parfaite. Galata. Il fut gagné par une émotion nouvelle, comme un sanglot à l'intérieur de lui, comme un cri. Que s'était-il passé ici ?

Puis il descendit de la colline et, captivé par la très grande beauté du bras de mer, longea la Corne d'Or. Le Bosphore brillait comme de la poudre d'argent et l'éblouissait d'autant. Le ciel était si lumineux, avec ses gloires, qu'il fallait plisser les yeux pour qu'ils ne brûlent pas.

La plus belle ville du monde.

C'est alors qu'il aperçut une très vieille femme assise sur un banc. Figée comme une statue, elle regardait droit devant elle. Ses cheveux étaient complètement blancs.

Tout à coup, elle se mit à sourire. Sans décoller ses yeux de l'horizon.

Alors, Elichah s'assit à ses côtés. Il prit sa main dans la sienne. Pauvre main, menue, tremblante, fripée. La vieille femme sentit un frisson lui parcourir l'échine. Et une immense chaleur l'envahir. Comme si le sang, et la vie avec lui, se mettait à nouveau à circuler en elle. Elle se tourna vers Elichah.

— Tu es le fils de mon fils, reprit-elle.

Et elle lui ouvrit ses bras, trop maigres, trop fins. Elichah s'y blottit, maladroitement. Il était si grand. Elle referma son étreinte sur lui avec une force et un amour qui n'étaient pas de ce monde.

— Mon petit, dit-elle, mon tout petit. Enfin, tu es là.

Elle se détacha de lui pour mieux le regarder. Elle pleurait.

— Comme tu es beau, comme tu es grand. Tu es magnifique.

Elle l'agrippa et l'entoura à nouveau de ses bras.

— Comme tu m'as manqué ! cria-t-elle. Comme si on m'avait enlevé tous les os du corps. Mon petit. Mon tout petit.

Elichah avait cédé à l'émotion et, bien qu'il ne comprenne pas cette langue grecque qu'elle parlait, il sanglotait, lui aussi, comme un fou.

— Le fils de mon fils ! L'enfant de mon enfant ! Est-ce que tu lui ressembles ? dit la femme en prenant le visage d'Elichah entre ses deux mains abîmées. Comment a-t-il vécu ? Dis-moi qu'il n'a pas trop souffert ! Peux-tu me répondre ?

Et elle le serra encore. Ses bras le pressaient si fort qu'ils lui faisaient mal.

Brusquement, elle le repoussa.

— Tu es beau, tu es fort, tu es grand, dit-elle avec autorité. Tu es un homme. Alors cesse de pleurer, et va te trouver une femme !

Et elle fit un mouvement avec la main indiquant qu'il devait partir maintenant.

— Et toi, lui fit comprendre Elichah, et toi ?

— Moi, répondit-elle dans un sourire radieux, maintenant, je sais qui je suis, et je sais où je vais.

Elle embrassa ses mains, et il embrassa les siennes.

— Va-t'en, j'ai dit ! Ta vie t'attend.

Alors il se leva.

Le temps d'ajuster son sac à dos sur les épaules et il était parti.

Le lendemain, lorsque le marchand de sahlep découvrit, sur le petit banc, la vieille dame aux cheveux blancs, elle était morte. Mais c'était étonnant, et il s'empressa de le raconter au café. Elle était morte, mais elle souriait.

Glossaire

Malgré l'apparition d'une norme du judéo-espagnol, et la lecture avisée de Joëlle Colin, j'ai fait le choix de franciser un certain nombre de termes judéo-espagnols, selon des critères de lisibilité, ou d'autres, plus personnels. Les capitales entre parenthèses indiquent la langue des termes définis : (T) pour turc ; (H) pour hébreu ; (JE) pour judéo-espagnol.

Aguna (pluriel : agunas ou agunot) (H) : femme dont le mari ou le fiancé est mort mais qui ne dispose ni de la dépouille ni de la preuve formelle du décès, et qui, par conséquent, a interdiction de se remarier. Femme abandonnée par son mari qui a emporté avec lui le *get*, seul document permettant d'obtenir un divorce rabbinique, et qui, par conséquent, a interdiction de se remarier.

Bebek : quartier d'Istanbul.

Botikita (JE) : petite boutique, échoppe.

Chamach (ou chammach) (H) : bedeau de la synagogue. Celui qui crie l'entrée et la sortie du chabbat et fait office de gardien du temple.

Cortijo (JE) : cour ou courette.

Deunmés (ou dönmes) (T) : apostat. Partisans de Sabbataï Tzevi convertis du judaïsme à l'islam au XVIIe siècle.

Göstermelik (ou göztermelik) (T) : décor que le marionnettiste de karageuz utilisait au début du spectacle.

Hamets (H) : levain ou aliment à base de levain.

Haroset (ou harosset) (H) : l'un des éléments du plateau du Séder. Purée de fruits divers mélangée à des épices. Le haroset symbolise le mortier et l'argile que les Juifs pétrissaient pour fabriquer les briques du pharaon.

Hayali (T) : marionnettiste.

Ijo, ijico, ija, ijica (JE) : fils, fille. Le *j* se prononce à la française, et non comme la *jota* espagnole. (L'utilisation de la *jota* espagnole est postérieure au départ des Juifs de la péninsule Ibérique. Le judéo-espagnol parlé par les séfarades représente la forme la plus pure du castillan.)

Jerkee (ou jerky) : lamelles de viande marinées puis séchées qui se conservent très longtemps, consommées par les tribus natives d'Amérique du Nord.

Judesmo (ou djudesmo, djudezmo) (JE) : l'un des noms de la langue judéo-espagnole. Le ladino est l'appellation de la langue liturgique.

Kale (ou kal) (JE) : synagogue.

Kaïmak (T) : crème de lait.

Kukla (T) : marionnette.

Machiah (H) : nom du Messie.

Madre (JE) : mère.

Marash (ou maras) : ville de Turquie qui a donné son nom à la glace turque, connue aussi sous le nom de *sahlepi dondurma*, et si dure qu'on doit la couper au couteau. Mélange de lait, de sucre et de tubercule d'orchidée sauvage des plateaux d'Anatolie battu avec un fouet en métal puis glacé. La poudre de tubercule d'orchidée agit comme un épaississant et donne à la glace une consistance étonnamment élastique. Le tubercule d'orchidée sauvage est connu pour être un puissant aphrodisiaque.

Matsah (ou matsa , au pluriel, matsot) (H) : galette non levée, aussi appelée pain azyme, que les Juifs consomment pendant Pessah.

Mikveh (H) : lieu du bain de purification rituelle.

Meldar (JE) : école élémentaire juive dans l'Empire ottoman.

Mitsvah (ou mitsva) (H) : un des six cent treize commandements donnés par Dieu au peuple juif. Par extension, toute bonne action.

Mohel (ou moel) (H) : personne habilitée à procéder à la circoncision, généralement un rabbin.

Nona (JE) : grand-mère.

Ombre (JE) : homme.

Pacanes : noix de pécan.

Padre (JE) . père.

Padisha (T) : autre désignation du sultan.

Passatiempo (ou pasatyempo) (JE) : graine de tournesol.

Pemmican : mélange de poudre de viande séchée, de cerises ou de baies séchées, de noix et de gras fondu, qui, une fois refroidi, se conserve très longtemps. Utilisé par les tribus natives d'Amérique du Nord.

Pérame : petite barque.

Pessah (H) : la pâque juive, qui commémore la sortie d'Égypte. Elle a lieu au début du printemps et dure huit jours (seulement sept en Israël). Pendant toute cette période la consommation de hamets est interdite et la matsa ou pain azyme remplace le pain habituel. Le mot pessah signifie « passage » en hébreu.

Kidouch (ou Kiddouch, Kiduch) (H) : bénédiction sur le vin.

Romanza(s) (ou romansa(s) (JE) : romances épiques ou lyriques, chansons emportées par les Juifs dans leur exil. Les mélodies de certaines d'entre elles furent adaptées à des poèmes religieux et leurs textes furent modifiés pour être conformes à la religion et la culture juives.

Saradoura (ou seradura, ou endulcho) (H) : de *tsar*, « peur », « danger », « angoisse », et de l'espagnol *cerradurra*, « fermeture », « enfermement ». Traitement traditionnel d'autrefois répandu dans le monde séfarade de Turquie, de Rhodes, des Balkans, destiné à soigner les femmes ayant subi un choc, un traumatisme, ou étant sujettes aux angoisses. Pratiqué quatre ou cinq jours avant la nouvelle lune (c'est-à-dire le début du nouveau mois du calendrier lunaire) par une soignante ménauposée. Pendant trois, sept ou neuf jours, la malade est isolée, allongée, baignée rituellement et mise sous un régime très strict. Elle ne doit pratiquement rien manger (le pain, le yaourt ou le fromage sont acceptés) et surtout pas d'aliments odorants ou cuits (pas d'ail, pas de poisson, pas d'oignon, etc.). Ce régime doit se poursuivre pendant les semaines qui suivent l'isolement.

Chaque soir, un remède différent est utilisé et appliqué sur le corps de la malade : marjolaine, café en poudre, miel, eau de rose... Les remèdes sont utilisés de façon interne et externe : appliqués sur la malade et mélangés à de l'eau pour être bus. Le premier jour on frotte la pâte de marjolaine sur le corps de la malade et on la lui sert en infusion. Le deuxième jour on fait de même avec le café. Le troisième jour on verse de l'eau de rose sucrée sur le lieu où la malade a connu sa frayeur. Dans les cas les plus sérieux, la saradoura était pratiquée avec du miel. On enduisait le corps de miel et on le recouvrait d'un drap, et la soignante disait les prières pour chasser le mal. (D'après Isaac Jack Levy et Rosemary Levy Zumwalt, *Ritual Medical Lore of Sephardic Women*, University of Illinois Press, 2002).

Satchel : besace.

Sahlep (ou salep) (T) : la boisson préférée d'Antilogus est constituée du même mélange que le marash, sauf qu'il n'est pas battu ni glacé mais seulement réchauffé et saupoudré de cannelle.

Sandak (H) : parrain lors de la circoncision, rôle honorifique.

Séder (H) : rituel du premier soir de la pâque juive au cours duquel on raconte l'histoire de la sortie d'Égypte, lue dans la Haggadah, récit comportant bénédictions, prières, paraboles et chants, et au sein duquel est programmé le repas pascal.

Sefarad (H) : Espagne.

Séfarades (H) : descendants des Juifs qui vécurent en Espagne et au Portugal avant l'expulsion de 1492. Par la suite, cette appellation s'est étendue aux Juifs d'Afrique du Nord et du Moyen-Orient.

Simit (T) : anneau de pain rond et fin recouvert de sésame blond.

Stamboul (ou Stambol) : Istanbul.

Talith (ou talit) (H) : châle de prière traditionnel dont se couvre l'homme juif.

Tespih (ou tespil) (T) : rosaire de prière.

Tsatsa (JE) : nourrice, nounou.

Tumbak (T) : tabac

Tya (JE) : tante.

Vara (JE) : longue baguette de bois dont les maîtres se servaient au meldar.

Vijna : cerise dont on fait un jus délicieux.

Bibliographie

Ce livre est un roman, et non un reflet rigoureux de l'Histoire. Néanmoins, je me suis appuyée sur un certain nombre d'ouvrages qu'il me semble important de mentionner. Au lecteur tenté d'en savoir plus, il trouverait dans cette bibliographie de quoi étancher sa soif. J'ai pris un certain nombre de libertés – notamment avec la berceuse Durme querido ijico *qui daterait de la fin du* XIXe *siècle. Elle est donc largement postérieure à l'époque d'Antilogus. J'ai pensé que c'était une si jolie chanson qu'elle se devait de faire partie du livre.*

ALGAZI Léon, *Chants séphardis*, publication de la Fédération séphardite mondiale, diffusée par Aqui estamos (association), 1956.

ANAR Ihsan Oktay, *Atlas des continents brumeux*, roman, Actes Sud, Arles, 2001.

AND Metin, *Karagoz, Turkish Shadow Theatre*, Dost Yayinlari, Ankara, 1975.

AQUI ESTAMOS AALS (édité par l'association), *La Comida de los muestros*, Paris, 1999.

ASSOULINE Pierre, *Le Dernier des Camondo*, Folio, Gallimard, Paris, 1999.

AVRAM Galante, *Histoire des Juifs de Turquie*, 9 volumes, Isis Press, Istanbul, 1994.

BAUDIN P., « Les Israélites de Constantinople », *Les Carnets du Bosphore III*, 1872, réédité par Isis Press, Istanbul, 1995.

BEAUMONT Gustave (de), *Marie ou l'Esclavage aux États-Unis, tableau de mœurs américaines*, Librairie Charles Gosselin, Paris, MDCCCXLII.

BENBASSA Esther et RODRIGUE Aaron, *Histoire des Juifs sépharades de Tolède à Salonique*, Le Seuil, Paris, 2002.

BENSIMON Raphael, *Haggadah Quiz*, compte d'auteur, Paris.

BERLIN Ira, *Many Thousands Gone, the First Two Centuries of Slavery in North America*, Harvard University Press, Harvard, 1998.

BERNHEIM Gilles, *Le Souci des autres au fondement de la Loi juive*, Calmann-Lévy, Paris, 2002.

BITTAR Thérèse, *Soliman, l'Empire magnifique*, coll. « Découvertes Gallimard Histoire », Gallimard, Paris, 2001.

BRAMLY Serge, *Terre sacrée : l'univers sacré des Indiens d'Amérique du Nord*, coll. « Espaces libres », Albin Michel, Paris, 1992.

BRAUDEL Fernand, *La Méditerranée et le monde méditerranéen à l'époque de Philippe II*, 3 vol., coll. « Références Histoire », LGF, Paris, 1993.

Caroline-du-Nord, Chapell Hill, site Internet de l'université.

CHALIAND Gérard et RAGEAU Jean-Pierre, *Atlas des diasporas*, Odile Jacob, Paris, 1991.

CHÈVRE Mathilde et DEL MORAL Jean-Marie, *Délices d'Orient*, Plume, 1999.

CHICHE-YANA Martine, *La Table juive*, recettes et traditions de fêtes, Edisud, Aix-en Provence, 2001.

COHEN A., *Le Talmud*, coll. « Petite bibliothèque Payot », Payot, Paris, 2002 (première édition, 1950).

CORNELL Jimmy, *Routes de grande croisière : l'encyclopédie pratique des traversées en navigation hauturière*, Éditions Loisirs nautiques, Cenon, 2001.

DEUTSCH A. (grand rabbin), *Manuel d'instruction religieuse israélite*, 1938, nouvelle préface en 1947.

DORÈS Maurice, *La Beauté de Sham : mondes juifs, mondes noirs*, Balland, Paris, 1992.

ELELE (documentaire réalisé par l'association), *Karagoz*, 20, rue de la Pierre-Levée, 75011 Paris.

FASSASSI Assani (président du COFFAD : Collectif des fils et filles d'Africains déportés), *Sursaut de l'Afrique qu'on achève*, Al Qualam, 1995.

FRANCO M., *Essai sur l'histoire des israélites de l'Empire ottoman depuis les origines jusqu'à nos jours*, 1897, réédité par le Centre d'études Don Isaac Abravanel, Paris, 1980.

GARRY Jean-François et PHILIPPE Jean-Pierre, *Guide de construction des bateaux en bois*, Éditions Le Chasse-marée/Armen, Douarnenez, 1998.

GOODBLATT Morris (D.H.L.), *Jewish Life in Turkey in the XVIth Century, as Reflected in the Legal Writings of Samuel de Medina*, Jewish Theological Seminary of America, 1952.

GOODWILLIE Christian (compilés et édités par), *Shaker Songs*, Back Dog & Leventhal Publishers, Inc., 2002.

GUÉNO Jean-Pierre, *Paroles d'étoiles, mémoire d'enfants cachés* (témoignages), Librio, Paris, 2002.

HALEY Alex, *Racines*, J'ai lu, 1977.

HERMES Patricia, *Our Strange New World*, Scholastic, New York, 2000.

History of the Capital of Asia and Turks, together with an Account of the Domestic Manners of the Turks in Turkey, volume I, II, III, Boston, reprinted for Isaac Edrehi, son of the late British Consul at Jerusalem, 1855.

Histoires tragico-maritimes, trois récits portugais du XVIe siècle, coll. « Magellane », Michel Chandeigne, Paris.

HITZEL Frédéric, *L'Empire ottoman,* Guide Belles-Lettres des civilisations, Belles-Lettres, Paris, 2001.

HOMBERGER Éric, *Atlas historique de l'Amérique du Nord : États-Unis, Mexique, Canada, une lutte pour l'espace*, Autrement, Paris, 1996.

HUYGHE Édith et François-Bernard, *Les Coureurs d'épices*, coll. « Petite bibliothèque Payot », Payot, Paris, 2002.

INALCIK Halil, *The Ottoman Empire, the Classical Age*, Phoenix Press, London, 1973.

INALCIK Halil et QUATAERT Donald, *An Economic and Social History of the Ottoman Empire*, volume I, 1300-1600, Cambridge University Press, Cambridge, 1994.

JAQUIN Philippe, *Sous le pavillon noir, pirates et flibustiers*, coll. « Découvertes Gallimard », Gallimard, Paris, 2002.

JUHASZ Esther, *Sephardi Jews in the Ottoman Empire*, Israel Museum, Jerusalem.

KARMI Ilan, *Jewish Sites of Istanbul, a Guide Book*, Isis Press, Istanbul, 1992.

KASTORYANO Lidya, « Quand l'innocence avait un sens, Chronique d'une famille juive d'Istanbul d'entre les deux guerres », *Cahiers du Bosphore IX*, Isis Press, Istanbul, 1993.

KNIGHT James E., *Sailing to America, Colonists at Sea*, éditions Troll, Mahwah, New Jersey, 1982.

La Haggadah de Pessah à l'usage du rite sefardi, Sinaï Publishing, Israël.

LAPOUGE Gilles, *Pirates, boucaniers, flibustiers*, Éditions du Chêne, 2002.

LASKY Kathryn, *A Journey to the New World, the Diary of Remember Patience Whipple*, Scholastic, New York, 1996.

LEITCH WRIGHT Jr., *The Only Land they Knew, the Tragic Story of the American Indians in the Old South*, The Free Press, a Division of Macmillan Publishing co., New York, 1981.

Le Nouveau Monde, récits de Christophe Colomb, Pierre Martyr d'Anghiera, Amerigo Vespucci, coll. « La roue à livres », Belles-Lettres, Paris, 1992.

LEWIS Bernard, *The Jews of Islam*, Princeton University Press, Princeton, 1984.

LEWIS Raphaela, *Everyday Life in Ottoman Turkey*, Putnam's Sons, New York, 1971.

MANIGUET Xavier, *Survivre, comment vaincre en milieu hostile*, préface de Pierre Schoendoerffer, Albin Michel, Paris, 2002.

MANTRAN Robert (sous la direction de), *Histoire de l'Empire ottoman*, Fayard, Paris, 1989.

MANTRAN Robert, *Istanbul au siècle de Soliman le Magnifique*, coll. « La vie quotidienne », Hachette, Paris, 1994.

MARIAGE-STRAUSS Annie, *Les États-Unis face à l'immigration*, coll. « Les essentiels de la civilisation anglo-saxonne », Ellipses, Paris, 2002.

MECHOULAN Henri (sous la direction de), *Les Juifs d'Espagne, Histoire d'une diaspora 1492-1992*, Liana Levi, Paris, 1992.

MERELL James H., *The Indian's New World : Catawbas and Their Neighbours from European Contact through the Era of Removal*, W. W. Norton & Company, New York-London, 1989.

MORGAN Edmund S., *American Slavery, American Freedom, the Ordeal of Colonial Virginia*, W. W. Norton Company, New York, 1975.

NAVAL MUSEUM, *The Gallery of Historical Caïques*, Besiktas, Istanbul, 1998.

NEHAMA Joseph, « Salonique au XVIIIe siècle. Instruction et culture juives », in *Studies in Honor of J. M. Bernardete (Essays in Hispanic and Sephardic Culture)*, edited by I. Langnas & B. Sholod, Las Americas Publishing Company, New York.

NERVAL Gérard (de), *Voyage en Orient*, Garnier-Flammarion, volume II, Paris.

OJALVO Harry, *Osmanli Padisahlari ve Musevi Tebaalari* (« Les Sultans ottomans et leurs sujets juifs »), publié par la Fondation du cinq-centenaire pour la commémoration du 700e anniversaire de l'Empire ottoman, 2001.

OUAKNIN Marc-Alain, *Invitation au Talmud*, coll. « Dominos », Flammarion, Paris, 2001.

OUAKNIN Marc-Alain et ROTNEMER Dory, *Le Livre des prénoms bibliques et hébraïques*, Espaces libres, Albin Michel, Paris, 1997.

OYHON Edith et ETINGU Bente, *Churches in Istanbul*, YKI, Istanbul, 1999.

PACHTER Pin'has (rabbin), *La Lettre hébraïque et ses secrets*, Biblieurope & Dora, 2001.

PÉREZ Joseph, *Brève histoire de l'Inquisition en Espagne*, Fayard, Paris, 2002.

PESKINE Brigitte, *Les Eaux douces d'Europe*, Le Seuil, Paris, 1996.

PLANCHARD DE CUSSAC Étienne (de), *Le Sud américain : histoire, mythe et réalité*, coll. « Les essentiels de la civilisation anglo-saxonne », Ellipses, Paris, 2001.

QUATAERT Donald, *Manufacturing in the Ottoman Empire and Turkey, 1500-1950*, State University of New York Press, New York, 1994.

REIKER Walter F., *Ottomans, Turks and the Jewish Polity, a History of the Jews of Turkey*, University Press of America, 1992.

RONDEAU Daniel, *Istanbul*, NiL éditions, Paris, 2002.

ROSSEN CARDOZO Arlene, *Jewish Family Celebrations*, St. Martin's Press, New York, 1982.

ROTH Cecil, *Histoire des marranes*, 1932, réédité par Liana Levi, Paris, en 1990.

SAKURAY Gail, *The Jamestown Colony*, Children's Press, Grolier Publishing, New York, 1997.

SAKURAI Gail, *The Thirteen Colonies*, Children's Press, Grolier Publishing, New York, 2000.

SEMO Marc (sous la direction de), *Le Guide culturel des Juifs d'Europe*, Le Seuil, Fondation Jacques et Jacqueline Lévy-Wilard, Paris, 2002.

SENI Nora et LE TARNEC Sophie, *Les Camondo*, coll. « Hebraïca », Actes Sud, Arles, 1997.

SHAUL Eli, *Folklor de los Iudios de Turkya*, Isis Press, Istanbul, 1994.

SHOLEM Gershom, *Sabbataï Tzevi, le messie mystique, 1626-1676*, coll. « Les dix paroles », Verdier, Paris, 1983.

SIRKIS Ruth, *La Cuisine de Pessah*, Terra Sancta Arts, Herzlia, Israël, 1994.

STANFORD J. Shaw, *Turkey and the Holocaust, Turkey's Role in Rescuing Turkish and European Jewry from Nazi Persecution, 1933-1945*, New York University Press, New York, 1993.

STAVROULAKIS Nicholas, *Cuisine des Juifs de Grèce*, L'Asiathèque, Paris, 1995.

STEINSALTZ Adin, *La Rose aux treize pétales, introduction à la cabbale et au judaïsme*, coll. « Spiritualités vivantes », Albin Michel, 1989.

STEINSALTZ Adin et RADFORD Daniel, *Personnages du Talmud*, Bibliophane, Paris, 2000.

SUMMER-BOYD Hilary et FREELY John, *Strolling through Istanbul, a Guide to the City*, Redhouse Press, 1972, réédité en 2001 par Sev Matbaacilik ve yayincilik A.S, Istanbul.

VAN DOREN Mark, *The Travels of William Bartram*, Dover Publications, New York, 1928.

VAROL Marie-Christine, « Balat, faubourg juif d'Istanbul », *Les Cahiers du Bosphore III*, Isis Press, Istanbul, 1989.

VAROL Marie-Christine, *Manuel de judéo-espagnol, langue et culture*, L'Asiathèque, Paris, 2004.

VEINSTEIN Gilles (sous la direction de), *Salonique 1850-1918, la « ville des Juifs » et le réveil des Balkans*, coll. « Mémoires », Autrement, Paris, 2001.

WEATHERFORD Jack, *Ce que nous devons aux Indiens d'Amérique et comment ils ont transformé le monde*, coll. « Terre indienne », Albin Michel, Paris, 1993.

Williamsburg, site Internet de la ville.

WINTHROP D. Jordan, *White over Black, American Attitudes towards the Negro, 1550- 1812*, published for the Omohundro Institute of Early American History and Culture at Williamsburg, Virginia, by the University of North Carolina Press, Chapel Hill, NC, 1968.

WOLBE Rav Chlomo, *Semer et construire, propos sur l'éducation*, édité par la famille Mrejen, Jérusalem.

Remerciements

Marc Semo et Florence Illouz, pour leur enthousiasme et leur amitié. Merci à Marc de m'avoir construit ma « bibliothèque ottomane ».

Nikola Stavrolakis, fondateur du Musée juif d'Athènes, qui a fait reconstruire l'ancienne synagogue de Hania, en Crète, telle qu'elle était avant que les nazis ne la détruisent totalement. Nikola m'a aidée, m'a donné des noms, des adresses, a été pour moi une aide précieuse. Qu'il trouve ici l'expression de ma gratitude, et le témoignage de mon admiration et de mon affection. Mireille Mazoyer-Saul, qui m'a laissée consulter les ouvrages de sa bibliothèque, m'a prêté en toute confiance des documents rares, qui m'a initiée au monde judéo-espagnol, m'en a dessiné les contours, et décrit les douleurs. Les membres de l'association Aqui Estamos, Jenny Fresco, et particulièrement Claire Romi, qui m'a ouvert grands les bras et m'a accueillie jusque dans sa famille. Les autres membres de l'association qui m'ont transmis leur force et leur amour de cette culture. La bienveillante Nicole Abravanel. Je voudrais remercier tout particulièrement Marie-Christine Varol, chercheur au CNRS, professeur de judéo-espagnol à l'Inalco et à la synagogue Don Isaac Abravanel, dont les cours ont été pour moi une source de vie extraordinaire, tant par leur contenu que par les discussions qui surgissaient entre les élèves. Aux jumelles Gaëlle et Gwenaëlle Collin, ses élèves, pour leur amitié immédiate et leur assistance. Merci à Gaëlle d'avoir relu mon texte et de l'avoir corrigé. Harry Ojalvo, de la Quincentennial Foundation, à Istanbul, qui a pris le temps de me montrer son exposition ainsi que des documents uniques, notamment concernant les sultans et leurs relations à leurs sujets juifs. Turgay Erol, libraire à l'excellente librairie maritime d'Istanbul, Denizler Kitabevi, qui m'a prêté des documents exceptionnels, et m'a conseillée. Mes amis Oya Elmastasoglu et son mari Raviv, qui m'ont conduite d'un bout à l'autre d'Istanbul, m'ont aidée dans mes recherches, initiée aux kaïmak, sahlep, marasc et autres délicatesses turques, et qui m'ont raconté certaines des légendes locales. L'hôtel Anemon Galata. Erol, qui m'a orientée jusqu'à Harry Ojalvo. Berverly Le May, du Museum of Tolerance à Los Angeles, et ses amis professeurs à UCLA. Mon amie Mathilde Fletcher-Karkafi, d'origine salonicienne. Simon et Hélène Lentschener, pour m'avoir, il y a plus de vingt ans, un peu « adoptée », et, donc, pour m'avoir transmis... Je voudrais remercier Fouad Hassani Fassassi, président du Collectif des fils et filles d'Africains déportés, qui a pris de longues heures pour me parler de l'identité africaine, et de l'esclavage. Daniel Panzac. Sophie Mouton et son amie Olivia Maincent. Elles m'ont toutes deux conduite vers Antoine Berteloot. Antoine Berteloot qui m'a patiemment expliqué les courants et les vents, m'a aidé à établir un itinéraire pour Antilogus, et sans qui mon héros n'aurait jamais pu quitter la mer de Marmara. Le contre-amiral Beauvois, mon voisin. Les libraires, et particulièrement celles de Beith Hassofer, rue Richer, à Paris, de la Librairie du Temple, rue des Rosiers, de la librairie du musée d'Art et d'Histoire du judaïsme (MAHJ), à Paris, sans oublier celle de la librairie du musée de la Marine. Tous les bibliothécaires, et particulièrement ceux de la bibliothèque Edmond-Rostand et ceux de l'AIU. Caroline Essers, documentaliste à l'Opéra de Paris, qui a finalement élucidé la question de l'existence de la guitare au temps d'Antilogus. Il en existait peu, mais il en existait quelques-unes. Et elles se distinguaient de la viuhela (information confirmée par Judith Cohen, ethnomusicologue, spécialiste de l'époque, que je remercie aussi). Le docteur René Guglielmina pour ses explications sur l'éclampsie. Zoran. Et Micky.

Remerciements

Je voudrais évidemment remercier Nicole Lattès qui m'a permis de me consacrer sereinement à l'écriture de ce roman, et Elsa Rosenberger qui a veillé mon texte avec patience, respect et dévouement. Jean-Pierre Lablanchy et Dominique Guetta, la fée. Nicole Attali pour son soutien. Je voudrais remercier The Algonquin Tea Co. pour son infusion « mélange sacré » (pin blanc, sauge, acore odorant). Serge Bramly, dont le merveilleux livre, *Terre sacrée*, a été pour moi une révélation. Isabelle Fregnac pour son soutien. Phyllis Salomon, à Los Angeles, et sa fille Reva, qui m'ont beaucoup appris. Clémentine et Emmanuel Portier Kaltenbach, mes amis. Rindala El Khoury, pour sa lumineuse sagesse et sa joyeuse confiance. Cynthia Loiseau, pour avoir été là, toujours. Je voudrais remercier la Fondation de la Vocation, *Le Républicain lorrain*, ainsi que le Centre national du livre, ce que j'avais omis de faire dans un ouvrage précédent.

Je voudrais dire aussi qu'en écrivant ce livre, j'ai pensé tout particulièrement à Laetitia et Benjamin.

Enfin, je voudrais remercier Martin, qui n'a cessé de m'encourager.

Achevé d'imprimer sur les presses de

BUSSIÈRE
GROUPE CPI

à Saint-Amand-Montrond (Cher)
pour le compte des Éditions Robert Laffont
en octobre 2004

Composition réalisée par PCA
44400 Rezé

N° d'édition : 45307/01. — N° d'impression : 044206/4.
Dépôt légal : octobre 2004.

Imprimé en France